鴉片戰爭 下

一本小說式的歷史史實書

陳舜臣 著
卞立強 譯

本書在日本暢銷數十年，曾被東京大學作為學習近代史的指定教材。

五南圖書出版公司 印行

主要登場人物

連維材：白手起家創建了廈門大商號金順記。不但是位充滿活力的商人，同時也是對世界趨勢觀察敏銳的知識份子。

溫　翰：傑出人物，金順記的大掌櫃。在連維材十七歲、被名門連家所經營的金豐茂驅逐時也跟著一起離開。在林則徐會試中進士後，一直扮演著其幕後支持者的角色。

連同松：廈門名門連家嫡子，和連維材是同父異母的兄弟，也是金豐茂的主人。

陳化成：號蓮峰，是個稚氣洋溢具反差的猛將。鴉片戰爭時任江南提督，後在吳淞戰死。

關天培：不善於表達喜怒哀樂的猛將，蓄著美髯，身材高大。與林則徐有著極佳的友情。其在鴉片戰爭時任廣東水師提督，後不幸殉職。

龔自珍：號定庵，公羊學者，同時也是大詩人。生性多情，與軍機大臣穆彰阿的愛妾關係親密。

休・漢米爾頓・林賽：東印度公司幹部，中文名爲胡夏米。

查理斯・歐茲拉夫：澳門新教教會傳教士，精通中文，舊譯郭士立。

溫　章：金順記大掌櫃溫翰的獨子。

溫彩蘭：溫章的女兒。其從小被寄養在主人家，與連維材的四個兒子一起長大。

哈利・維多：原爲東印度公司職員，後被廣州夷館墨慈商社挖角。

石田時之助：原為日本商船的警衛，在海上漂流被救而與溫章認識，住進金順記，後來成為林則徐的幕僚。中文名字為石時助。

余太玄：金順記的食客、拳法家。

林則徐：字少穆。在鴉片弛禁論和嚴禁論的爭辯中，其所持的嚴禁論深獲道光帝之心，特命其為欽差大臣，授與全權，實施鴉片嚴禁。

連統文：連維材的長子，生性豪放。

連承文：連維材的次子，生性浪蕩，嗜吸鴉片，後被其父囚禁，最終戒掉毒癮。

連哲文：連維材的三子，立志成為畫家。

連理文：連維材的么子，最像父親，後來進龔定庵之門學習。

招綱忠：林則徐的幕僚，雖無行政能力，在人際關係的處理卻十分拿手。

王舉志：遊俠的大首領，頗有光風霽月的胸懷，被眾人尊稱為王老師，年紀很輕。他受林則徐委託，集結「山中之民」的力量。

吳鐘世：龔定庵等公羊學派人士聚會地點——不定庵的主人，也是林則徐的幕僚之一，常在北京擔任情報蒐集工作。

穆彰阿：朝廷中權力最大的軍機大臣，持鴉片弛禁論而與林則徐對立。

李默琴：穆彰阿之妾，因接受龔定庵詩文的刪修、指導，而與其有親密的男女之情。

李清琴：默琴之妹，為了刺探林則徐、連維材的動向，而親近石田時之助和連哲文等人。

辰　吉：與石田一起漂流的少年，被溫章視同家人般看待，長住中國，後改姓王。

久四郎：曾是京都和服店的代銷業務員，中文名字為林九思。

伍紹榮：廣州十三行總商（理事長）怡和行主人伍元華之弟。很有骨氣，繼承兄長之職，成為對外貿易商之最高領袖，被稱為浩官。

西　玲：印度帕斯族錢莊商人的女兒，雖是連維材的情婦，但個性自由奔放，也大膽地與有名仲介商彭祐祥、伍紹榮等人交往。

簡誼譚：西玲之弟，在金順記工作，因為與人口角而離開，到處惹事。後來在廣州做買辦，與連承文聯手做變造鴉片的生意。

威廉・墨慈：接替英國東印度公司，大力招攬新興資本家投資遠東的商人。

道光帝：清朝第八代皇帝，廟號宣宗。

奕　譞：道光帝之四男，日後成為咸豐帝。

王　鼎：漢族軍機大臣，是個正義凜然的熱血漢子，以氣節而獲得他人尊敬。也是林則徐的擁護者。

曹振鏞：奉慎重、仔細為政治要諦，為最年長的軍機大臣；也是極端的文字至上主義者。

藩耕時：昌安藥鋪主人、穆彰阿心腹。穆彰阿就是經由藥鋪後門與愛妾默琴相通。

魏　源：與龔定庵並列為公羊學派巨擘。對海防、鹽政、河運等，都有深入了解的經世濟民學者。

鮑　鵬：英商顛地商社之買辦，替廣州高官們增殖財產，深獲信任。在琦善對英交涉中也得到重用。

律勞卑：極具功名心的軍人外交官，後來成為新成立的駐清商務監督之首席，作風強硬。

梁章鉅：林則徐支持者之一，鴉片戰爭時為廣西巡撫，以金石學著名於世。

予厚庵：徵稅高手，具有超群才能的經濟官員，林則徐的幕僚之一。鴉片戰爭時任廣東海關監督。

王　玥：湖廣道監察御史，曾向道光帝上奏鴉片弛禁論。

許乃濟：太常寺少卿，曾向道光帝上奏鴉片弛禁論。

黃爵滋：鴻臚寺卿，與林則徐、龔定庵、魏源等有深交的少數直諫之士。以《黃鴻臚奏議》勸導道光帝採鴉片嚴禁論而出名。

鄧廷楨：在廣州首倡弛禁論，後來悔悟，因此終生不再支持此論。鴉片戰爭時，與林則徐合力共度難關。

查理斯・義律：勇敢的英國商務總監督。繼堂兄喬治・義律後，受命為總司令官兼特命全權大使，最終使清朝屈服。

喬治・義律：查理斯・義律之堂兄，英國艦隊總司令官兼特命全權大使，因與堂弟意見不和而回國。

韓肇慶：被稱為「取締鴉片的名人」，走私者如果向他賄賂則不會被抓，他自己也以走私鴉片而獲利。是個體態肥滿、不像軍人的副將。

錢　江：慷慨任俠之士。鴉片戰爭時，自願成為眾矢之的而被流放新疆。

何大庚：林則徐的幕客，主要擔任文書工作。

怡　良：江蘇按察使、布政使，曾幫助時任江蘇巡撫的林則徐，是林則徐的老朋友，後來成為廣東巡撫。

琦　善：直隸總督，屬穆彰阿一派。在欽差大臣任內以割讓香港來處理鴉片戰爭。

查　頓：原為東洋航路的船醫。與馬地臣合組查頓馬地臣商社，活躍於對清貿易，被稱為「鴉片王」。

馬地臣：是廣州外國人的智囊。

伊里布：鴉片戰爭時，任兩江總督兼欽差大臣。因與英國談和而被撤職。

耆　英：由熱河都統做到盛京（奉天）將軍，率領滿洲八旗軍，之後以欽差大臣身份參與鴉片戰爭。

陳連陞：曾是琦善的部下，景仰連維材的先見之明而與其成為知己。抱著「為林（則徐）尚書而死」的壯志，以司令官之位在沙角要塞奮戰。

丁守存：軍機章京。天文曆算之泰斗，也會製造地雷，但對俗事漠不關心，記憶力特強。

奕　山：皇帝的外甥。取代琦善以靖逆大臣成爲廣東首腦，最後仍舉白旗投降。

裕　謙：蒙古鑲黃旗人，由江蘇巡撫繼伊里布之後成爲欽差大臣。屬於勇敢、單純的主戰論者，英國人稱其爲「十九世紀的成吉思汗」。

余步雲：由一名義勇兵卒成爲浙江提督。相信自己是幸運兒，對英軍卻連戰連敗，是鴉片戰爭中唯一被判死刑者。

目錄

第五部

第六部

第四部

艦隊北上

「繼封鎖廣州之後，奉命占領舟山群島，接著封鎖長江和黃河，最後應到達的地點是逼近北京北直隸灣的白河。在各地要遞交巴麥尊外交大臣致清朝宰相書，要求他們轉達。到達白河仍然得不到回答時，要發出限期答覆的最後通牒，然後積極開始戰鬥。」喬治．義律首先就遠征軍要採取的行動做說明。

1

伯麥準將率領的主力艦隊於六月二十一日到達澳門，第二天宣布封鎖廣州：自六月二十八日起，禁止一切船隻進入廣州。六月二十五日發布《告廣東人民》的布告，這個布告是以「大英國特命水師將帥」（即伯麥）的名義發布的。總司令喬治．義律少將因爲在開普敦補充兵員耽誤了時間，尚未到達。

伯麥在布告中譴責廣東大憲林（則徐）、鄧（廷楨）兩人玩視聖諭、「捏詞假奏」、停止英國的貿易、損害中外千萬良民，並再一次警告要封鎖廣州，但是不阻止漁船在白天進出；沿海船隻可以停靠英國船進行貿易；保護供給貨物者，並以公正的價格付款。

關於英艦封鎖廣州，林則徐和連維材的看法不同：

林則徐認爲美國等並非英國的屬國，而且由於義律對廣州貿易態度消極，美國商人獲得了巨大利益，美國一定不會聽英國的話。

連維材認爲這是一種天眞的想法，他以爲在中國的門戶開放問題上，英美兩國的利益在根本上是一致的。

「是嗎？不過，無論是哪種情況，我們都已經做好戰備的準備。」林則徐說。

他預先知道英國遠征軍的到來，而且認眞做好戰鬥準備。從葡萄牙購買來的大砲已經配備在虎門水道的各個砲臺上；主力的沙角砲臺增強了；在靖遠還新建了砲臺，使其和威遠、鎭威兩砲臺相呼應。永安及鞏固的砲臺起著援護這些砲臺的作用，第三線上已有大虎山砲臺，在廣州的前面圍起三層門戶。此外，四月還買下道格拉斯船長的甘米力治號，供「進攻夷船」演習用。

林則徐雖然不認爲可以戰勝，但是他有信心把仗打得很漂亮。

交給英國遠征軍的第一個任務，首先是封鎖廣州河（珠江）。在西歐各國，歷來認爲封鎖海港是一次重大的行動，可是對閉關自守的大清帝國來說並不產生多大效果。沿海人民雖然會發生生活上的困難，但是當政的人卻仍然感到無關痛癢，甚至還有像曾望顏那樣的人，早就主張要實行徹底的閉關自守。從這裡也可看出清英兩國在認知上的差異。

面對敵人的封鎖應該採取強硬措施——這是作戰的常識。可是，清朝當局並沒有受到多大衝擊，最多只覺得對方「狂妄！」，連林則徐也認爲美國等國家的商船不會遵守封鎖令。

在封鎖的前一天，兩艘美國船獲得入境許可開進了虎門。它們是巴拿馬號和哥斯休斯哥號。「今後美國船大概還會這樣進來。」這種樂觀的想法占據了統治地位。

在開始封鎖的六月二十八日，由開普敦出發的各船艦終於到達了。總司令兼特命全權大使喬治．義律乘坐在戰艦麥爾威厘號上，他的堂弟查理．義律以及英軍首腦都聚集在麥爾威厘號召開會議。

「繼封鎖廣州之後，奉命占領舟山群島，接著是封鎖長江和黃河，最後應到達的地點是逼近北京的北直隸灣的白河。在各地，要遞交巴麥尊外交大臣致清朝宰相書，要求他們轉達。到達白河仍然得不到回答時，要發出限期答覆的最後通牒，積極開始戰鬥。」喬治・義律首先就遠征軍要採取的行動做了簡單說明。他接著說道：「封鎖廣州已從今天開始。本司令官認爲，應該立即著手占領舟山群島。這裡留下少數必須的船艦，由都魯壹號史密斯艦長指揮。留下的船艦名單已發到諸位手中。其他的加緊準備，和本司令官一起向舟山進發。」

都魯壹號的艦長因爲邱吉爾勳爵病故，已由原窩拉疑號艦長史密斯接任。史密斯艦長因爲不能參加遠征軍，臉上露出不滿的神色。

會議一直開到傍晚，遠征的各船艦已經分別開始準備，出發的日期訂在六月三十日。

2

「可以和英國船進行買賣。」英國特地命令水師將帥張貼這張布告，一下子把沿海貪心的人們吸引到英國船艦的周圍。

這一次辦艇不必害怕「火攻」了。三十艘武裝的船艦一字排開在那裡，清軍方面當然不會突襲了。在英國的軍艦當中，人們最熟悉的是窩拉疑號。兜售東西的人們帶著各式各樣的商品來到窩拉疑號甲板上。石田時之助帶著辰吉打扮成賣豬肉的也來到這裡。

甲板的一角放著一個桿秤，管後勤的軍官透過翻譯購買人們帶來的商品。賣主很多，無法一一討價還價，因爲貼出了一張價目表。從這個價目表來看，所有商品的價格都比時價高得多。對清朝當局來說，凡是向英國船艦提供物資的人都是「漢奸」。英國方面爲了誇耀漢奸之多，故意出高價把人們引到這裡來。

「漢奸就是反對林則徐暴政的人民。」——他們企圖用這樣的解釋來爲他們即將發動的不義戰爭塗脂抹粉。

石田時之助把他的全部注意力集中到耳朵上。他和辰吉都懂英語，他想從船員們的隻字片語談話中探聽英國方面的動向。

「人真多呀！英國人看來要大批購買東西了。」辰吉悄悄地用日語對石田說。

辰吉已經二十四歲了，完全像個商人，絲毫沒有當年漁家少年的影子。

「看來好像是要遠航。」石田回答。他雖然動著嘴巴，耳朵仍然傾聽著周圍水兵們的談話。

水兵談論著，「聽說對方砲臺的大砲根本打不到這裡。」

「據說是一百年前的大砲嘛！」

「打起仗來，那有個屁用。」

其實虎門砲臺現在已經面目一新，早已沒有什麼一百年前的大砲，都是新的八千斤砲。這些情況英國方面應該是很了解的。

「這麼說，仗恐怕是不會在廣東打了。……」石田心想。購買這麼多物資，看來不單是爲了討好人民，而是爲了準備航海用。

「據說這次的仗很好打，對方沒辦法派援軍。」

「爲什麼？」

「是海島。大海是我們的天地，派援軍也過不去。」

從相反的方向傳來了這樣的談話。

石田左右兩邊耳朵都忙碌極了。也許是爲了把漢奸們都盡量集中在甲板上，物資的收購只由一個後勤軍官辦理，讓賣主們排著長隊。那些來出售貨物的漢奸們，在等候期間都比比畫畫地找水兵們閒聊。水兵們爲了解悶也跟他們耍鬧，用聽不懂的話跟他們開玩笑。

「這傢伙看得多清楚啊！」石田旁邊的一個漢奸用水兵的望遠鏡朝四面一望，然後高興得尖叫起來，

「哇——對面船上人的臉也看得清清楚楚哩！喂！你也來看一看吧！」

那人把望遠鏡塞給石田，石田把它放到眼前一看，心裡一驚，「啊呀！那艘軍艦是怎麼回事？」望遠鏡中看到的是都魯壹號。商船姑且不說，所有軍艦的甲板上都聚集著許多漢奸、堆著各式各樣商品，唯有都魯壹號軍艦上人煙稀少。

「那艘軍艦一定是留在這裡的。」

這時都魯壹號上出現了一位女子。

「啊？」石田把聽覺上的注意力全都轉移到視覺上來了。

當時高級軍官都是夫婦一起出來航海，軍艦上有女人並不奇怪，穿西服的女人在甲板上散步也是常見的事。

石田之所以緊張起來，是因爲這女人很眼熟。這女人是西服打扮，但是不是洋女人。「一定是西玲！」但是石田不明白她爲什麼要穿著西洋女人的服裝，還待在那地方。

這時，聽到一個嘶啞的聲音喊道：「喂！」石田手中的望遠鏡被人飛快地奪走了，他面前站著一個大鬍子水兵，正惡狠狠地在咒罵著什麼。他說的一定是方言土語，憑石田的英語能力還聽不懂，意思大概是——快把望遠鏡還他。望遠鏡被拿走了，但是穿著西服的西玲形象還留在石田的腦海中。

這時，在附近溜達的辰吉回來了，他在石田的耳邊小聲說：「到處都可以聽到zhou-shan這個詞，可能就是要到這個地方去。」

「zhou-shan？」石田學著說了一遍。zhou-shan一定是舟山。

「喂！下面輪到買豬肉了。帶豬肉的來吧！」

「輪到我們了。」石田讓辰吉把裝在竹籃裡的豬肉搬到秤前。

「啊！這不是石田先生嗎？」石田突然聽到有人用日語跟他說話，吃了一驚。

「辰吉也一起來了呀！」翻譯這麼說著走到他們面前。

翻譯是綢緞鋪掌櫃久四郎——林九思。

3

連維材來到金順記的澳門分店，最近他忙得不可開交。由於英國艦隊的到來，他要在自己力所能及的範圍內蒐集各種情報。和林則徐派遣的密探取得連繫也成了他的主要工作。

海上英國人的動靜、來自美國商人和葡萄牙人的情報，以及密探送來的簡短報告——他把這些綜合在一起，已大致推測出英國艦隊的動向。

「英國艦隊將撤開廣州北上。」——現在他正要把這個預測報告用傳信鴿送往廣州。在報告的結尾，他還特別寫上一句，「我確信是這樣。」

搭辦艇去英國軍艦上賣豬肉的石田和辰吉，回到澳門所做的報告，也證實了連維材的判斷。

「哦！那個叫林九思的日本人勸你們到船上去工作嗎？」連維材聽到綢緞店掌櫃久四郎的情況，很感興趣。

「是的，他一再勸我們。大概是翻譯不夠吧！」辰吉回答。

「那麼，石先生，你覺得呢？」連維材問石田說。

「我回答他：『讓我考慮考慮。』……林大人跟我說，這個報告結束之後要讓我休息一下。是呀！任何事情都可以嘗試，我倒是想去看看。」

「互相摸底的時期已經告一段落，接下來該打仗了。」

「看看打仗……」

「去嗎？」

「我想去。」石田回答。

「辰吉呢？」連維材對著辰吉問道。

「可是，店裡的事……」

「這個不必擔心。」連維材說：「其實，如果可能，我倒是希望你們去見識見識這次的戰爭。無數本國人民將被捲進戰火，我們將會透過這次戰爭獲得教訓、覺醒起來；英國很快也會向日本提出開放的要求。雖然有點冒險，不過，我還是希望你們去看看。」

「如果石田先生去，我也想一起去看看。」辰吉的眼睛閃閃發亮。這位青年一向把石田當作兄長般敬重。

「好……」

「另外還有一件事，」石田稍微放低一點聲音說：「我從窩拉疑號甲板上用望遠鏡看到西玲小姐在都魯壹號上。」

「什麼？西玲！」連維材揚起眉毛，望著石田。

「確實是西玲小姐，她穿著西洋女人的服裝。」

「這個奇怪的女人。……」連維材自言自語地說。接著說：「提起都魯壹號，可能是要留下來的那艘軍艦吧！」

連維材看了看桌上的一張紙，英國艦隊主力估計要北上，但是從補給等情況可能會有軍艦留下封鎖珠江。連維材已經列出了這些軍艦名單。

「是的。」石田故意不看連維材的臉回答。

「那麼，」連維材改變話題，「如果軍艦雇用你，你應該什麼時候上船？林九思說過嗎？」

「要快。久四郎說：『最遲明天中午之前要去。』」石田回答。

「石田先生，」連維材站起來說：「我已對店裡的人吩咐過，你馬上去領盤纏，給辰吉發一年的薪水……我要趕回廣州。一段時間我們不能見面了，請保重！」

連維材當天就出發去廣州。

他急著去廣州，可是不能坐五十人划槳的快船，因爲英國艦隊已經封鎖珠江。但是伯麥的布告中說：不阻止漁船在白天進出，所以只能坐小漁船。而且爲了愼重起見，還需要打扮成漁夫的模樣。連維材不僅雇了漁船，還特地把一張漁網放在膝頭上。沿途他一邊眺望英國的各種船艦，一邊思考問題。

「溫翰曾經說過我是破浪前進的船頭，果眞是這樣嗎？」他反問自己。

即使眞的是船頭，恐怕也不需要破浪前進了——因爲時代的急流會從後面推著船前進。他一向爲儘快推動時代前進而做努力，採取過種種措施，可是，即使他不這麼做，今天這種局面也會到來。

「那都是無益的努力嗎？」他又反問自己。

他並不後悔，不管有無效力，他畢竟做了努力。總算有了一個覺醒的人站在時代前頭想帶動時代前進，這說明並不是大家都在沉睡。

只是被潮流推著走的船和乘破浪前進的船，即使速度一樣，還是有根本的差別。只有一艘船曾經破浪前進——連維材爲自己能是這樣的一艘船而感到滿意。

「由於這次戰爭，過去所有隨波逐流的船將會一起破浪前進了。」他感覺自己的使命即將結束。

戰爭期間以及在戰爭以後，他都不會是孤單的。起來破壞舊事物的將不只他一人，今後他將和群眾一起前進了。面臨即將到來的悲慘戰爭，他反而感到安心起來。安心解除了他精神上的緊張。此時他的腦海裡浮現出西玲的身影。

「這裡能看到都魯壹號嗎？」連維材站起身來用手搭著涼棚。

4

漁船的速度很慢。連維材到達廣州時，在他動身之後起飛的金順記澳門分店的傳信鴿，早已飛到廣州。

信鴿的信筒裡裝著一份報告，上面寫著澳門至香港洋面一帶的英國艦隊主力忽然無影無蹤。這個報告由金順記廣州分店迅速地送到林則徐手裡。

就在這時，公行總商伍紹榮來拜訪海關監督予厚庵。伍紹榮帶來居留在廣州的美國商人，以「稟」（請求書）形式遞交的情報。

稟報中說：

據說英國兵船將赴浙江、江蘇，也有人說還要去天津。

「事情嚴重了！……」予厚庵對伍紹榮說。

「但願不要出大事。不過……」伍紹榮回答。

「看來是林總督加強防禦的措施刺激了英國。」

「確實是挑釁性的措施。」

「應該加強砲臺，這一點是對的。」

「廣州是牢固的，可是沿海其他地方幾乎沒有一點防禦能力，恐怕不堪一擊。」

「我也一直擔心這一點，極力避免它的發生。總督一再提出籌措軍費的要求，我煞費苦心尋找藉口盡量拖延、委婉回絕，弄得我和總督那麼親密的關係最近似乎也很尷尬。我們是十多年的好友啊！」予厚庵認為伍紹榮是自己陣營中的人，而且彼此都懂經濟，因此放鬆了警戒，在他面前發了一點牢騷。

「監督閣下費心了，但總督還是把砲臺大大地充實了。」

「我對此也感到很驚訝，那可要花不少錢啊！聽說都是募捐來的。」

「說是募捐，其實是募捐不到這麼多錢的，公行也只捐獻了很少的錢，總督有另外的大宗獻金，砲臺修建費基本上是靠這筆獻金的。」

「我也聽說過有大宗的獻金，也不知道是來自何處？」

「我知道。」

「什麼地方？」

「金順記的連維材。」

「哦！原來如此……是他呀！不過，他也是出自愛國心而捐獻的吧！他並不知道這反而會給國家帶來損害。有許多人就是不明事理啊！」

「您是說連維材不明事理嗎？這我可不敢苟同。」

「我要趕快把美國人這個稟報送到林總督那裡去。」予厚庵站起身來，他凝視著伍紹榮的臉結結巴巴地說：「你辛苦了！……今後恐怕還要更辛苦，希望你能永遠跟我合作。」

連維材到達廣州，得到了鴿子帶來的情報，立即坐轎子去總督官署。

「材翁，英國兵船已經離開廣州了。」林則徐一見連維材，就用手中的扇子敲著桌子說。今年以來，林則徐都叫連維材為「材翁」，因為當時年過五十稱「翁」是很自然的事。

「這裡留待以後吧！不過，虎門各個砲臺的大砲總有一天要噴火的。」連維材回答。

「我也是這麼想。不過，叫人擔心的是舟山，那裡沒有一門像樣的大砲……懈翁可要為難了。」林則徐閉上了眼睛。

前兩廣總督鄧廷楨（號嶰筠）和他是刎頸之交，現爲閩浙（福建、浙江）總督，英國艦隊即將襲擊的舟山群島即屬浙江省管轄。

「這是讓人擔心的事。不過，更可怕的是英國軍艦會從舟山繼續北上。」連維材說。

「是的……」林則徐仰首望著天花板。

這時正是盛夏，除非正式會見，官吏也會穿著涼快的便衣辦公、會客。林則徐敞著白色長衫的領子用扇子向胸前搧風。房子很通風，可是，即使坐著不動也會全身冒汗，再加上談的又是這樣的事情。

「眞熱呀！」林則徐不停地搖著扇子。扇子雖然可以把風送到肌膚上，但是不能送進悶熱的心裡。英國軍艦北上，逼近天津，北京就有被動搖的危險。林則徐的行動得到道光皇帝的支援，也可以說，是道光皇帝的絕對信任使他採取了果斷措施，但林則徐最擔心的是皇帝的動搖。他想起紫禁城賜騎那些光榮的日子，當時皇帝的眉宇間充滿禁絕鴉片的決心，這種決心如果消失，林則徐就無能爲力了。

「恐怕還是在奏摺中先報告一下英國軍艦可能去天津爲好。」連維材看著總督的眼睛這麼說。

「對，有道理。預報一下，眞到了那時候，多少也可以防止一些動搖。」林則徐又用扇子敲了敲桌子。

三天後，林則徐和巡撫怡良聯名向北京送去的奏摺中說：

……若其徑達天津，求通貿易，諒必以爲該國久受大皇帝怙冒之恩，不致遽遭屏斥。……可否仰懇天恩仍然優以懷柔之禮，敕下直隸督臣，查照嘉慶二十一年間英國夷官羅爾·阿美士德等自北遣回成案……

5

「自從我跟隨律勞卑勳爵來到這個國家，轉眼已快六年了。」

總司令喬治・義律提督對他的堂弟遇事都要來這麼一段開場白感到十分反感，他心想：「查理心裡可能在想——『這個國家的事情都交給我，我那位堂兄什麼也不懂。』」

這兩個堂兄弟向來不對頭，少將義律遇事都擺出「我是總司令，我是全權大使」的架子，表現出看不起大校義律的樣子。

艦隊於六月三十日從澳門洋面出發，朝著舟山群島前進。英國預定未來把舟山當作對清朝滲透的中心地。

拿出中國地圖一看，舟山確實占據著誘人的位置。當時《中國叢報》上寫道：「從舟山的定海出發，兩、三天內可以到達臺灣海峽至山東的所有河川、海港。清晨登船，即可看到寧波的市場；早飯時可觀看杭州的運河，然後經乍浦、上海去南京，辦完當天的事情；黃昏或晚上即可回到定海。」

英國人是看著地圖認為這裡是控制中國的中樞，他們實際上沒有在這裡居住過，所以也不知道當地環境的惡劣、瘧蚊的威脅，以及居民強烈的敵對心理。他們想把舟山和南方的香港建成新的貿易基地，使兩地之間的廈門和福州成為開放港口——這就是英國對清朝滲透的藍圖。

「要在廈門遞交信件。」一出廣東海域，義律少將突然這麼說。

「遞交巴麥尊外交大臣信件的地點，訓令上不是規定在廣東、浙江、天津等三個地方嗎？」堂弟義律質問說。

他詳細研究過英國訓令，認為自己和清朝打過六年交道，有關清朝的事務，除了自己外其他人都無法處理，這種自負心使他說出這樣的話。但是在他的堂兄看來，完全是「僭越之詞」。

提督冷冷地說道：「不，不是巴麥尊大人的信件，是本總司令我的信件。廈門應該有和我對等的水師提督。」

堂弟沉默不語，輕輕地轉過頭去咬著嘴脣。

「派布朗底號去廈門。」提督說。

布朗底號是和都魯壹號同一類型的重巡洋艦，波爾查艦長被叫到麥爾威厘號上接收一封公函，公函上寫道：「大英帝國致大清帝國特命水師提督，乞執奏清朝皇帝。」

布朗底號停泊廈門，對方拒絕接受公函。

翻譯羅伯聃和班長尼科爾遜等人打著白旗，乘著快艇行進到海邊，但是被趕回。廈門當局根本不明白打白旗是什麼意思。廈門同知蔡覲龍和參將陳勝元等人反覆說：「不接受夷人書信。而且現在提督不在，趕快退走。」

快艇遭到一陣箭雨空手而回。

猛將陳化成已調任江南，當時廈門的水師提督是陳階平。他因病療養，不在廈門，即使在也不會接受書信。

對夷艦到來的消息感到好奇的市民們，成群結隊地站在山上，布朗底號在眾目睽睽之下卻對著城牆和兵船開砲。

布朗底號又派出兩艘武裝小艇向海岸開來，想把一張用中文寫的大告示——

「如加害我們，則鏖殺清朝人！」貼到城牆上。這一隊人雖然登了岸，卻遭到子彈和箭雨的襲擊，又折返回去。海灘上遺留一名英國兵的屍體，這屍體被割下首級，身體被拋入海中。

十天之後，閩浙總督鄧廷楨在泉州親自檢驗了這顆首級。他在奏摺中寫道：「該屍白面卷髮。」

布朗底號無計可施，只好追隨大隊北上。廈門不是他們的目的地。

以上是七月三日發生的事。

由於各船艦速度不同，所以沒有結隊同行。最早到達舟山的是懸掛準將旗的威里士厘號。艦隊司令伯麥準將坐在這艘軍艦上，艦長是馬依特蘭大校。

七月四日，這艘威里士厘號軍艦出現在舟山的定海縣洋面上。在艦內的一個房間裡辰吉正在磨墨。翻譯官馬禮遜把毛筆蘸滿了墨，用漂亮的筆跡開始寫道：

大英國特命水師將帥子爵伯麥、陸路統領總兵官布林利，敬啟定海縣主老爺知悉。

接著寫道：

……現我等奉大英國主之命，率領強大水陸軍師到此登陸。占據定海及所屬各海島時，居民如不抵抗，大英國亦不欲加害彼等身家產業。廣東上憲林、鄧等，舊日行爲無道，凌辱大英國主之特命正領事義律及英國人民，顧不得不做此占據。我國之鑑船、兵員應該受到保護。閣下應立即率定海及所屬之海島、堡壘投降。因而本將帥和統領欲招閣下安然投降，以免受戮。但是如不肯投降，我等將以戰鬥手段奪據。送書後一小時以內等候答覆。時限內閣下如不投降或答覆，立即開砲，轟擊島地及其堡，並率兵登陸。

馬禮遜喘了一口氣，又補充寫道：

特啟此。定海縣主老爺閱鑑！

一八四年七月四日，即道光二十年六月五日啟。

這是一封勸降書。

定海陷落

「夷艦太可怕了！……我多麼希望有更大威力的大砲啊！」張朝發說到這裡昏迷了過去，之後說的盡是胡話。

希望有更多的大砲、更大的兵船——這表明他已經覺悟了，但已經太晚了。數天之後，總兵張朝發死了。

1

「破船來啦！」

隨著這一聲叫喊，戰艦威里士厘號的甲板上一下子擠滿了人。

在風平浪靜定海外海的道頭洋上，有一艘船搖搖晃晃地朝這邊划來。那確實是一艘破船，從它那威武飄揚的紅條旗可以了解到，它不是一般的漁船。那面長條旗上寫著三個字。

「喂！小王，那上面寫什麼呀？」水兵問辰吉。

辰吉本來沒有姓，他挑選了這個威武的「王」字作爲自己的姓。正好馬禮遜寫完了勸降書，辰吉磨墨的工作已經結束，所以他也跑上甲板。紅底上寫的黑字很難辨認，船到了眼前他才認出來。

「上面寫著『定海縣』三個字。」

馬禮遜給定海知縣寫的勸降書，不必用小艇送到對岸去，知縣老爺——知縣——自己坐著破船來了。

清代地方行政單位的順序是省、道、府、州、縣，縣是最小的行政單位，相當於日本的郡；縣的長官知縣是七品官。

當時定海的知縣是姚懷祥。姚懷祥字斯征，號履堂，福建侯官人，和林則徐是同鄉。他現年五十歲，肥肥胖胖、滿臉紅光。他緊張地兩眼盯視著前方，清楚地露出雙下巴的線條。

在威里士厘號到達後不久，康威號、鱷魚號、巡洋號，也先後到達道頭洋。知縣乘坐的船朝著最大的威里士厘號划去。知縣一行人被很有禮貌地帶上軍艦。

姚懷祥站在甲板上朝四周掃視了一眼，大聲問道：「這艘船爲何開到此處？」

翻譯馬禮遜推開圍觀的水兵，走到他面前說：「您是知縣大人吧？這邊請。」

知縣圓睜著兩眼，望著這個操著流利中文的紅毛人的臉，年輕的馬禮遜滿臉笑容。

姚懷祥的官帽頂上鑲著素金頂的「頂戴」，這是七品官的標誌。不過，只有知縣這種七品官才能打著定海縣的長條旗而來，這對馬禮遜來說還是從沒聽說過的新鮮事。

在知縣一行人被請進的艦內房間裡，伯麥準將正坐在那裡。

「爲何跑到此處？」姚懷祥朝著這位配戴威嚴金絲緞子肩章的對手，再一次提出質問。

伯麥沒有答話。

馬禮遜從旁遞上一封書信說道：「請看看這個。」

打開一看，是一封施加高壓的勸降書。知縣的大紅臉更紅了。

「怎麼樣？時間還有餘裕。不過，如果你願意當場答覆也可以。」馬禮遜說。

知縣看了看馬禮遜的臉，又看了看伯麥的臉。

這時伯麥跟馬禮遜說了兩句話。

「知縣大人，」馬禮遜的臉上更堆滿了笑容，「看來立即答覆有困難，因爲您也要和其他人商量。您特地來了一趟，還是希望您看一看軍艦吧！」馬禮遜說後，鞠了一躬。

「好吧！看一看吧！」知縣帶了一個名叫羅建功不愛說話的軍官和三名部下，他們跟在馬禮遜身後參觀軍艦。

當時的艦砲是從船樓上的方形砲眼中發射的。知縣一行人了解到七十四門可怕的大砲已經做好隨時開砲的準備，武器庫也看了，數百枝新型的槍整齊地排列在那裡，彈藥也儲存無數，刀劍寒光閃閃。

回到原來的船艙，姚懷祥對伯麥說：「這艘兵船的強大，我很清楚了。我們的軍隊習於太平，不習戰爭，非常弱。大砲、兵器都不行，戰必敗。不過，我們不會投降。」

「你們不會打明知必敗的仗吧？」伯麥透過馬禮遜的翻譯這麼說。

「不過，還是要打。」

「是害怕皇帝的責罵嗎？」

「不，不是這樣。不打而投降，在青史上將會留下汙名，我怕的是這個。」

「生命不是比寫在紙上的汙名更重要嗎？」

「我害怕汙名，汙名比這艘兵船更可怕。」

「我們充分研究了定海的情況：砲臺有三座，沈家門、岑港、道頭，每個砲臺各有砲三門、士兵各五十人，不過，這也只是制度上的規定，實際上恐怕還沒有五十人。定海大砲的陳舊是有名的，跟您剛才所看到的艦砲相比，您覺得如何？」

「您了解得十分清楚，根本無法相比。」

「您理解得很正確，無益的流血對雙方都是可悲的，請您再考慮一下。」

「不必考慮了。」姚懷祥挺著胸膛回答：「問題十分簡單，三歲孩童也會做出和我同樣的回答。」

「我十分遺憾。」

「這封信我暫且收下，不過，請不要期待答覆。」

「如果沒有答覆，我們的做法已經確定了。」

知縣臨回去時看到留著辮子的辰吉，他向馬禮遜說：「請把那個人叫過來，我想問點事情。」

馬禮遜拉著辰吉的手走上前說：「您找他有什麼事嗎？」

「我想問兩句話。」姚懷祥盯著辰吉的臉，「你在夷國的兵船上供人差使、背叛祖國，你的良心何在？」

辰吉一言不發，視線也不避開。

馬禮遜代替他回答：「這個人不是清朝人，是日本人。」

「啊！太好了！」知縣這才露出爽朗的神情，接著說道：「你讓我知道了大砲也有各種種類，而世界上除了大清朝外還有各國的人，看來我們知道的東西太少了……獲益匪淺。」

伯麥準將站在船舷邊，一直目送著知縣的船回到岸邊。

他低聲地說：「好漢子！……這次戰爭可能輕易取勝。不過，應該有好的對手。」

2

知縣姚懷祥把文武官員和地方豪紳召集到定海縣城的城隍廟開會。會議主要討論作戰，沒有討論投降。定海只有三營兵，約兩千人，指揮官是總兵張朝發。這裡是海防要地，曾經駐守過上萬守軍，後來裁減到兩千人，而且由於多年太平，沒有戰爭，軍隊都做起了木工、瓦工等副業。會議決定向對岸的鎮海水師營求援，張朝發給浙江水師提督祝廷彪寫了一封求援信。關於當前對待英國軍艦的策略，知縣姚懷祥極力主張退守，要把三營軍隊盡數撤入城內，準備以城牆迎敵作戰。

定海縣城位於離道頭洋海岸三華里處，知縣親眼看到夷艦上強而有力的大砲，所以他認爲，應該盡量退到艦砲射程達不到的地方，以待援軍的到來。他說：「我方兵少，而且紀律鬆弛，出戰必敗。那時，縣城就會不堪一擊。與其如此，還不如利用堅固的城牆等待援兵。」

但是總兵張朝發主張出擊，要在海岸上和敵人決戰。他逼問知縣說：「你是說士兵還不如城牆可靠嗎？」

總之，爭論的焦點是，在堅持至援兵到來之前，是依靠軍隊還是依靠城牆。

儘管是文尊武卑，但總兵的官階和知縣比，有如今天的師長和村長，級別相差懸殊。而且這是打仗，最後還是以總兵的意見爲主。

姚懷祥參觀威里士厘號是國曆七月四日。看到知縣的態度，就知道不會對勸降書有什麼答覆，因此英國軍艦早就做好準備，決定在第二天五日下午二時開始進攻。

張朝發率領中、左、右三營、兩千士兵開赴海岸，他親自上帆船，他想在海邊把敵人擊退。應該說這是愚蠢透頂的作戰。

「那個破大砲能打到這裡嗎？」

「打還是能打到，只怕打不準。」

「我認爲打不到。我們賭兩個先令。」

在威里士厘號的甲板上，水兵們在爲道頭砲臺大砲的射程距離打賭。

「那艘帆船有帶什麼武器嗎？」

「不過是火箭、大刀而已。」

「憑它還想衝殺過來？可笑！」軍官和士兵們在取笑眼前的敵人。

石田時之助原本在比休恩艦長的康威號上，在進攻開始前調到威里士厘號。他們登陸時需要翻譯，先遣隊決定由威里士厘號派出。

「敵人的砲臺一旦沉默、停止抵抗，立即乘快艇登陸。」伯麥準將在向先遣隊訓話，石田和辰吉也夾在先遣隊當中。

準將繼續說道：「舟山是大英帝國將要占領的第一塊清朝領土，軍紀必須嚴明，這關係到大英帝國的榮譽。先遣隊登陸後要做的第一件事，就是把陸地上所有的酒罈通通打碎，不准軍隊喝酒。」

馬依特蘭艦長凝神地注視著手錶。

下午兩點——威里士厘號的艦砲首先向海岸砲臺發射了第一顆砲彈。這是信號。與窩拉疑號同型的康威號、鱷魚號以及巡洋號等三艘軍艦，也一起拉開了砲門。

這眞是無情的猛烈砲擊。道頭洋海岸大地震動，海岸邊一家民房一下子被掀到半空中；總兵張朝發乘坐的帆船也被打斷桅杆、打碎了船頭。勝敗在一瞬間就決定了。

張朝發曾經長期在臺灣水師工作，自認爲是老練的海軍軍人。他不過是到處追捕小股海盜和走私集團，這樣的海戰還是第一次經歷。他聽了姚懷祥的意見，雖然意識到敵人不好對付，但實際情況還是遠遠超過了他的想像。

震耳欲聾的巨響震撼著帆船。

「啊——喲！」張朝發哼了一聲。他感覺左腿一陣劇痛，用手一摸，黏了一手鮮血，劇痛很快就傳到腰部。

「骨頭碎了！」劇痛幾乎使他暈倒過去，一個軍官把他抱了起來。

「船上的士兵已死了大半。趕快撤退吧！」那個軍官把嘴巴湊到總兵的耳邊，大聲地喊道。

帆船已經傾斜了。

「知道了……」總兵好不容易說出一句話，軍官抱著張朝發就跳進海裡。

道頭洋砲臺是上上個世紀大砲發射的砲彈，還是打到了英國軍艦附近，而且還有幾發打中了。不過，那就像是把沙袋投擲在牆壁上一樣，連桅杆也沒有打斷一根。身負重傷的總兵張朝發，在海岸邊被人放在門板上，由部下護送著往後撤退。

三個營的指揮官——中軍游擊羅建功、左營游擊錢炳煥、右營游擊王萬年，下令全軍撤退；而在撤退的命令發出之前，士兵已逃了一半。殿後的部隊破壞了通往縣城的橋樑，沿途居民把家中財物裝在車上、扛在肩上，爭先恐後地逃跑。敗退下來的軍隊，一部分進入城內；大部分丟下即將陷落的縣城跑到更遠的地方。知縣姚懷祥關閉了城門。

「我錯了！對不起。……」張朝發朝著來看他的知縣無力地說。

「別說這種話。我們考慮一下善後的措施吧！」姚懷祥安慰總兵說。

「現在城也守不住了，鎮海也不會來援兵。海是他們的天地，只要那些怪物似的兵船停在那裡，就別指望援兵了。事到如今，只有撤退，把軍隊散開……」張朝發痛苦地掙扎著說。

「把南門打開吧！」知縣說：「從那裡可以逃進山裡，也要勸居民們逃難。」

「夷艦太可怕了……我多希望有更大威力的大砲啊！」張朝發說到這裡昏迷了過去。之後說的盡是胡話。

希望有更多的大砲、更大的兵船——這表明他已經覺悟了，但已經太晚了。數天之後，總兵張朝發就死了。

3

威里士厘號派出的先遣隊登上了無人的海岸。到處橫陳著被遺棄的屍體，既沒有軍隊，也沒有居民。

因爲沒有人，所以翻譯派不上場。

「我們準備設營和偵察。老石和小王，你們去找酒桶把它打碎。」班長下令。部隊很快就要登陸，伯麥準將命令，在部隊登陸之前要把酒桶都打碎。

石田和辰吉走進民房吃了一驚！酒、酒、酒——到處是酒桶和酒缸。除了農業和漁業外，舟山只有釀酒業。釀造大量的酒，用船運到對岸換回日用雜貨，這就是舟山的經濟。而且在城外至海岸一帶，還有準備運出用的酒庫。

「這可不得了！」石田回頭看了看辰吉說。

到其他房子裡去看了看，到處也都是酒。辰吉看了看手中的斧子，苦笑著說：「眞的，光靠我們兩個人對付不了這裡的酒桶啊！」

「反正我們照他們說的辦吧！把酒桶都打碎——這樣的工作今後恐怕還很難遇到呢！」

「可是，太多了！」

兩人走進酒庫，那裡擺滿了酒罈。石田猛地揮起斧子使勁地砸下，砰的一聲，罈子碎了，黃色的液體湧了出來；石田一腳踢倒了打碎的罈子。

「還是揭開蓋倒出來快吧？」辰吉說。

「不行，封得太嚴了。還是打碎快，幹起來也痛快。」

「就這麼幹吧！」

伯麥下令要打碎酒桶，但他並不知道這裡是個大酒庫。石田說：

「辰吉，你能不能去跟班長說，這裡的酒太多，兩個人幹不了。」

「好吧！」辰吉走了出去。

石田揮起斧子打破了第二個酒罈，然後兩手插進罈裡，捧起一捧酒喝了下去。

「好喝！」石田邊說邊把罈子踢倒。

接著，他像發狂似的揮舞起斧子。酒罈子一個接一個被打碎、踢倒在地，流出的酒浸漫了地面。石田的布鞋濕透了，一不注意就要滑跌一下。

「嗨！呀！」他發出了擊劍時的喊聲。

打碎酒罈是英軍司令官的命令，是爲了維護軍紀。石田讓酒流到地上，是爲了居民免遭喝醉酒軍隊的欺凌，他認爲這是自己對清朝人民的友誼。

「可是，這不過是自我安慰吧！」他稍微休息了一會兒，這麼自言自語地說。仗已經打起來了，不管有酒沒酒，人民反正都要遭殃。

辰吉回來了，他吃驚地睜大眼睛說：「啊呀！打碎了這麼多。」

三十多個酒罈子的殘骸散落滿地。

「小心！別被碎片劃破了腳。班長怎麼說？」

「來支援的軍隊已進了隔壁酒庫。」

「他們已開始幹了嗎？」

「沒有。剛才我順便看了一眼，他們沒有幹，反而先喝上了。」

「我就知道會是這樣。」石田用手背擦了擦額頭上的汗，手在砸酒罐時濺上了酒，弄得黏呼呼的。他說：「我們開始吧！」

石田懷著祈求的願望舉起斧子。

《廣州紀錄》上刊載的《舟山通訊》中寫道：「軍官們砸破了數千個大酒桶，酒在街上嘩嘩地流過。」定海城外後來好幾個月都瀰漫著酒氣。

不過，少數先遣隊並未把所有的酒桶、酒罈都打碎。占領軍很快就登陸了，那時還留下許多完好無缺的酒桶、酒罈。

「有好酒呀！」士兵們一聽這喊聲，眼睛都亮了。他們從開普敦或印度出發，經過漫長的航行終於登上陸地。他們在廣州不能登陸，已經好幾個月沒有踏上陸地，酒正是他們渴望已久的好東西。

在登陸的部隊中，有臭名昭彰的孟加拉志願軍，他們到處尋找酒。由於人數太多，軍官們已無法控制。不，軍官們也早就渴望喝酒，伯麥準將也無法驅散圍在酒罈邊的士兵。

從海岸到縣城還不到兩公里，如果能一口氣進軍，定海縣城會很快陷落，可是，伯麥看到工兵都酩酊大醉，決定等一天。他說：「橋梁遭到破壞，工兵隊修好之後再正式進城。」

當天在可以俯瞰縣城的關山上升起了英國國旗。禮砲齊鳴，英國國旗沐浴著夏日傾斜的陽光在藍空中飄揚，吹來的風中帶著酒氣。

「你看，龍旗被米字旗打落下來啦！」石田瞇著眼睛望著天空這麼說。

「太簡單了！」辰吉附和著說。

清朝把黃龍作爲國徽；米字旗是指英國國旗。

「如果就日本來說，等於是在對馬升起外國國旗。」石田說。

「這不只是清朝的事啊！」

「日本也在沉睡，沒有軍艦開過去，看來是沒有辦法的。」

「應該大大地覺醒！」辰吉緊鎖著眉頭。他在日本已無棲身之地，但在他的腦海裡還是浮現出故國的山河。

「要用大砲去轟醒！」石田鄙視地這麼說。

一名隨軍在舟山登陸的英國人，曾經誇耀地這麼寫道：「……一八四〇年七月五日，即道光二十年六月七日，大清帝國領土的一部分，就這樣最後落於外國之手。清朝不屈膝投降就只有潰滅。」

4

恐怖的一夜過去了。

軍隊逃跑了，居民也基本上逃光了，留下沒逃的只有少數「豁出去」的居民；另外還有一些可憐的僕人，主人強制他們留下看守剩下的家財。不過，這些人都屏聲斂息地待在家中，定海縣城內的大街上空空如也。

「變成空城啦！……」知縣姚懷祥那張紅臉對著東方發白的天空自言自語。

城的東、西、北三門都緊閉著，只有南門敞開，有的人從這裡逃往山裡，有的人逃到海上。

透過漁船的報告，了解到在出現道頭洋上的四艘夷艦後面，還有二十多艘後續艦船。道頭洋上的四艘夷艦，現在正忙於兵員登陸，要往海上逃，應該趁這個空檔。身負重傷的張朝發也被人抬上轎子逃到海上，奔赴鎮海。

不過，姚懷祥沒有逃，知縣是「守土之臣」。

「一箭不發，一彈不放，縣城就失守，而且一個吏臣也未死。這怎麼成呢？」他循著城牆徘徊心想。

有些人大概是因爲收拾家財而耽誤了時間，到了清晨才出城逃走。知縣在這些人當中看到自己的幕友王慶莊，對方也發現了知縣，他們的視線碰到一起，但是誰也沒有開口說話。王慶莊拱手行禮，知縣也回了一禮。

人們都走了，再見吧！

「我應該死！」姚懷祥這麼想著。守土之臣的死可以抵得上一百人的死啊！他是文官，不會持刀去拚死，但是死的方式是不成問題的。總之是要死。

「應該在什麼地方死呢？」他想起城北普陀寺的「同歸城」，「對，那裡好。」那裡有座雪交亭，據說院內有一棵梅樹和一棵梨樹相對，開花時，兩樹的枝頭相接。那裡是埋葬爲明朝魯王殉難的妃嬪和文武大臣的地方，作爲他的殉難之地是最理想不過了。

「那裡有一個池子，因爲在梵宮祠旁邊，人們稱它爲『梵宮池』。」

此刻傳來了猛烈砲聲，英軍開始進攻了。

城裡的人幾乎都在夜間逃光了，軍隊和官吏逃起來比居民還快。長年在這裡居住的人們，一旦要離家逃走還有點猶猶豫豫，而且該收拾的東西也很多；那些從外地來當官的官吏，相對來說就顯得沒什麼負擔。定海縣監獄裡的官吏也早就逃了。

在清朝的官職名稱中，稱監獄長爲「典史」。這種官吏身份極低，比最下等從九品還要低一級，稱作「未入流」。

定海縣的典史是一位名叫全福的大漢，他的臉經常是紅的。知縣姚懷祥的大紅臉是天生的，全福是喝酒喝紅的。他的屋子裡擺著酒罈，想起來就用勺子舀著喝。他從早喝到晚，夜裡也是喝得爛醉才睡去。

這天晚上也和往常一樣，他灌足了老酒呼嚕呼嚕地打著鼾聲、沉入夢鄉。他雖然也聽說英軍進攻的消息，但他滿不在乎地說道：「那是軍隊的事，我的責任是看守囚犯。」

第二天早晨，一個姓董的忠僕把他搖醒。

「眞討厭！讓我再睡一會兒。」全福揉著眼睛說。

「老爺，快逃吧！大家都逃了。」僕人說。

「我不逃，這裡是我的崗位。」

「看守和僕役都逃光了。犯人也在叫嚷哩！」

「什麼？犯人？」全福跳了起來。

他跑去一看，關在牢中的囚犯都在叫喊、咒罵，「放我們出來！」

「獄吏想把我們丟下不管嗎？」

「番鬼就要來了，會把我們通通殺死的。救救我們吧！」

全福站在牢房前大喝一聲，「住嘴！」

可是，和平常不一樣，囚犯們不聽他的話了，大家叫嚷得更加厲害。

全福回到屋子裡穿上朝衣、戴上官帽，他從容不迫地用勺子舀起酒，接連飲了三杯，然後才拿了刀回到牢房前，他拔出刀大聲喊道：「逃跑者斬！」

囚犯們已經沒有心思聽他喊什麼了，他們用身體撞著牢房的鐵格子，睜著血紅的眼睛搖著鐵格子；有的人跪在地上哀乞，有的人一個勁兒地在哭，害怕喪命已經把他們變成瘋子。他們以為英國番鬼打過來一定會把他們殺死。

「不能讓番鬼看到這些敗類。一定會有人跪在番鬼面前哀哭，夷鬼會以為中國人都是這個樣子。」全福心想。

「好吧！」他大聲地說：「放你們逃走。快跑吧！」

鐵鎖一打開，囚犯們都爭先恐後地逃開了，牢房一下子變得空空如也。

「老董，你也逃吧！」他對他的忠僕說。

「可是，老爺您呢？」

「我還有點事沒辦完。」他輕聲地說道：「我把公印交給你，你好好地帶著它去吧！遇上當官的就交給他。」

中國衙門裡的公印等於是軍隊的軍旗，歷來十分受重視。在遇到火災或其他緊急情況時，首先要保護公印。丟失了公印要受革職處分；落到敵人手中，處分會更重。

全福把一個刻著「浙字第八十八號定海縣典史」的大印交給僕人。

「噯……」僕人帶著不安的神情抬頭看了看主人。

「對了，你等一等，我馬上寫一封信，你把信和公印一起交給當官的。」全福提起筆，閉了一會兒眼睛，他想起了他的家人。

全福，甘肅省武威人，字疇五。他在新疆省長期工作過，是從那個被沙漠包圍的地方來到這個被大海包圍的島上的。現年三十八歲，家屬還在甘肅，他已派人去接，預定十月左右到達浙江。

他不停地眨巴著眼睛，放下了筆。他的信上寫道：

家屬如來浙江，人地生疏，舉目無親，希上司能發給路費和通行文書，送返甘肅。

信的最後說：

難中之紙筆，潦草具稟下情。

全福把信加上封交給僕人，僕人還在猶豫，全福向他大聲斥責說：「還不快走！」

砲聲比以前更大了。

英軍進城時，留在定海縣未走的政府官吏只有知縣姚懷祥和這位典史全福。

5

駐紮在城外的英軍，決定在七月六日拂曉進攻定海縣城。

義律少將率領二十幾艘軍艦將於六日到達道頭洋，現有兵力已足夠攻克定海縣城，因此不必等待後援艦隊。

據斥候的偵察，縣城方面並無抵抗的樣子。

凌晨三點──石田悄悄地溜出住宿的民房，辰吉似乎已呼呼大睡。

石田朝四周看了看，避開了崗哨，彎著腰在黑暗中向前走去。他的手中拿著浸了油的破布，約莫過了一刻鐘他又回到房裡，手裡什麼也沒拿。

「啊呀？」原本睡在他身旁的辰吉不見了。石田正要點燈籠尋找時，身後有一個低低的聲音說道：「先生，我都看到了。」

「辰吉？」石田轉過身。

「噯！是我。我剛才緊跟著先生的後面出去了。」

「你怎麼不睡覺？」

「睡不著。」

不一會兒，外面突然一下子明亮起來。離天亮還早，而且那種亮光帶有紅紅的火光。

「燒起來啦！」辰吉說。

周圍突然人聲嘈雜，許多人從門外跑過去還傳來了大喊聲，「失火啦！」

「哪裡有水？」

石田和辰吉也走到外面。那座像是倉庫的最大建築失火了，那裡住著很多軍隊。還好不到一小時，火就被撲滅了。

「有沒有人受傷？」

「幸好全體人員都平安無事。」

「是嗎？我一再說，滅了燈之後絕對不准點火。大概是不小心有人又點火抽煙了。」

「沒什麼損失呀！」辰吉說。他是用日語說的，所以沒有壓低聲音。

「無所謂。」石田小聲說：「是我的情感使我這麼做的。我不得不這麼做。」

「我理解。」辰吉安慰石田說。

兩人又鑽進房裡。石田說道：「我所做的和金順記的連維材所做的相似，放把火對大局並無影響。不過，我不能不放火。」

「連先生確實是個了不起的人。」

「所以我也會了不起的。」石田這麼說後躺了下來。

「是了不起。看到先生放火，我佩服極了。」

「謝謝誇獎！」石田的聲音中帶有自嘲的味道。他接著說：「我是用浸著油的破布放火；連維材是在一個可以燒得更旺的東西上放火。還是他高明。」

「你所說的可以燒得更旺的東西是什麼？」

「林大人……那把火已經熊熊地燃起來了。」火撲滅之後不久響起全體起床的號聲。

就要進攻縣城了。爲了進行威嚇，發射了幾發榴彈，城內並未還擊。爲了愼重起見，接著又向城裡發射了無數砲彈，可是城裡連一槍也沒放。幾名英國兵爬上城牆，從裡面打開了城門。

當時的英軍官兵可以說絲毫沒有感覺到「戰爭的恐怖」。在占領道頭洋砲臺時，他們已經看到那裡的黃銅大砲上刻鑄的製造年代和鑄造者姓名。他們聽說是一百年前的大砲，實際一看才知道比聽說的還要古老。那是一六一一年由一個名叫理查・菲力浦的人鑄造的，砲齡整整二百四十年。

看到這門大砲，把他們對清軍最後的一丁點兒恐懼心理也刮除得一乾二淨。從打開的城門口，英軍像潮水般湧進定海縣城。他們根本沒有打仗的感覺，他們一開始就爲了獲得戰利品，爭先恐後地專找那些高門大戶闖進去。

英國方面記載當時定海縣城的情況說：「街上飄溢著死一般的沉寂。」

6

入城後，石田等人奉伯麥準將的命令去向留下的居民宣讀安民告示。最初他是挨家挨戶地進去，可是家家戶戶都是空的，只有地板上零亂地散放著一些破爛，大概是匆匆忙忙收拾箱籠細軟剩下的。

「對，有錢人家也許會留下僕人看家。」石田這麼想，之後他就重點式地專進大戶人家。有一家有著高大的門樓，他走了進去。

英國兵也專找那些財主人家。在這戶人家裡，石田看到士兵們正在一個朱漆大衣櫃裡尋找衣物；兩個士兵正在爭奪一件粉紅色的綢子女衣。

「是我先看到的！」

「胡說，是我先拿到手的！給我！」

「我們爭奪這個小東西，好東西會讓別人給拿光啦！」

「嗯！這還有點像話。」那個愚蠢的滿臉鬍子大兵鬆了手，跑進另一個房間。

這座房子很大，有好多房間。石田一邊仔細地看著每個房間，一邊往裡走。所有的房間裡，除了英國兵之外看不到其他人。

走進最後一個房間他才發現一個中國人。那是一個女人，從服裝上來看好像是個女傭人。她緊緊地趴伏在地板上，三個英國兵圍著她。這三個兵都是白人，他們身上所有口袋裡都裝得飽鼓鼓的，連劍鞘上都纏著紅的、黃的綢子。背囊和帽子放在一邊。

女人一動也不動。因爲她不能動，一個大兵把刺刀緊貼著她的臀部，動彈一下就會被刺傷。

石田的肩上斜繫著白布帶，上面寫著「MILITARY SERVICE（軍務）」兩個紅字，這個標誌表明他是英軍方面的人。

「你要幹什麼？」紅毛大兵回過頭來問他。

「奉伯麥準將的命令來向留下的居民宣讀告示。這裡有一個人，我要宣讀給她聽。」石田說。

「討厭！滾開！」

「不宣讀告示就是違抗命令。這裡有留下的居民……」

「唸吧！」大兵忿忿地說，轉過身去。

石田掏出告示開始唸起來，「告定海居民：大英帝國現在占領了定海。」

大兵們發出了一陣哄笑。女人稍一動彈，碰上刺刀，慘叫了一聲；另一個大兵用刺刀伸進女人的裙子，把裙子掀了起來。

「還穿著黑褲子哩！」

「喂！脫下！」

「妳不脫，我們就給妳扒下！」

「我們怎麼說她也聽不懂呀！」一個大兵蹲下來扯女人的褲子。

「哎喲！」女人掙扎著。貼著臀部的刺刀這次扎進去相當深，鮮血染紅了她的白色單裙。

石田繼續唸告示：「必須服從大英帝國軍統領之命令，各自勤於家業。良民將受到保護。……」

大兵們又發出一陣哄笑聲。「扒下來啦！」一個大兵用刺刀尖挑著黑褲子來回舞動。裙子已被撕破了，女人露出了下半身。

石田看到兩個隆起的屁股尖，刺刀插在兩個屁股尖中間，寒光閃閃。

「和大英帝國合作者，將得到報償。……」石田大聲地唸著。

大兵們忙著幹他們自己的勾當。

「把她翻過來！」一個大兵說。另外兩個大兵從兩邊把女人抱起來。

這時石田才看到了女人的臉。女人已經不年輕了，約莫四十歲左右。她圓睜著兩隻眼睛，那是一雙由於恐怖和恥辱而茫然失神的眼睛。她被抱起來時已像死去一樣，而刺刀還在撕扯她的上衣。

「哇——！」英國兵發出了怪聲。女人的上衣被撕成兩半，露出乳房。

「對軍隊採取敵對行爲者，將徹底鎮壓之。」石田唸完了布告的最後一句。

女人又被扔在地板上。這一次是仰躺在那裡，身上一絲不掛。

「上去！」三個獸兵開始爭奪女人肉體的競賽。一個兵把臉埋在乳房中間；一個抱住腳；另一個想把他推開——白色的裸體在三個互相爭奪的獸兵之間搖來晃去。

「喂！停一停！」一個獸兵喊道：「好像死了！」

另外兩個獸兵放下他們手中拿著的一隻腳，看著女人的臉。石田已經宣讀完告示，也看了看女人的臉。一道鮮血從女人的脣邊順著臉頰流下來。女人的眼睛還是圓睜著的。

「他媽的！把舌頭咬斷了！」

一個獸兵朝死去的女人臉上吐了一口口水。

當時《廣州紀錄》上的一篇《舟山通訊》寫道：「我沒有看到一個人遭到殺害。特別是歐洲的士兵態度極好，在定海縣發生的不幸事件均爲孟加拉志願軍所爲。」

可是，「紅毛夷」在定海的暴行和「黑夷」的掠奪，同樣在居民中長期流傳著。福建林昌彝的《射鷹樓詩話》中說：

……自海口之亂以來，定海、寧波婦女受害最慘。有的被帶往夷國，有的被賣給他人，有的被肆淫後扔入水中。

英國遠征軍是把全部主力都開往舟山的。據說在印度和開普敦集中的陸海軍人員約爲一萬五千人，不過，占領定海縣城是由四艘先遣軍艦進行的，所以人數要少得多，主力於七月六日到達道頭洋。

旗艦麥爾威厘號因爲躲開東印度公司的武裝商船阿塔蘭塔號，在逆行時觸了礁，因而兩個義律轉移到威里士厘號上，這時定海縣城已經陷落了。

占領縣城時沒有發生戰鬥。只有一個高大的漢子，一邊用中國話喊叫著什麼，一邊揮舞著大刀。他在砍傷兩名印度兵和一名白人兵之後被刺死了。如果這能稱之爲戰鬥的話，這就是占領定海縣城唯一的戰鬥。

受傷的白人兵報告說：「靠近他身邊的時候酒氣沖天。那傢伙是不是個醉鬼呀？」

典史全福最後就是這樣犧牲的；知縣姚懷祥在梵宮池投水自盡了。

西歐的史學家寫道：「這是那一系列長長的插曲中第一個插曲，它在英國人心中引起了帶有尊敬和輕蔑的感嘆。」

由自殺或自殺性的反抗所譜寫的漫長故事，就是從這裡開始的。

開赴天津

道光皇帝對林則徐還有點留戀，覺得這麼大義凜然的官吏很難得。但是軍艦來到天津洋面已是不可忽視的事實，他決定在經過調查之後也可以把林則徐拋出。在道光皇帝動搖的心裡已經產生了這種想法。

1

龔定庵並不住在故鄉杭州，而是在蘇州和上海之間的昆山定居。

去年四月，他一度從北京回鄉。當時他和默琴一起到蘇州，把家眷留在北京；接著在九月他又北上，這一次是去接家眷。不過，吳鐘世聽到他已到達北京附近的消息時，趕快跑去阻止他說：「現在你可不能進北京。」

「爲什麼？」

「據說穆彰阿已經知道默琴是你帶走的，他正大發雷霆，絕不會饒過你的。」

「韃虜要幹什麼？」

「可不能小看了那傢伙。你只是來接家眷的，由我來安排，把你的家眷送到這裡，你暫且在這裡等著。跟那傢伙較勁兒，不值得。」

吳鐘世說得十分誠懇認眞，龔定庵只好留在固安縣在那裡等候家眷。這次他沒有踏上北京的土地就南下了，寄居在他家的連維材小兒子理文也跟著龔家的人同行。

龔定庵給昆山的住所取名爲「羽岑山莊」。昆山縣屬蘇州府，當天可以到達蘇州城或上海城；到故鄉杭州需要三天的旅程。他經常外出旅行，過著悠閒自在的生活。

「我要去蘇州一趟。」一天，龔定庵這麼說後就準備離開山莊。

「這次怎麼不去上海？」他賢淑的妻子何吉雲說起了挖苦話，她早已知道龔定庵過去的情人默琴現在在上海。

「之前是去見溫翰的，這次是去看看理文。」龔定庵不高興地說後，坐上了轎子。

龔定庵去上海見溫翰，溫翰並沒有告訴他默琴在什麼地方，他也沒有過問。龔定庵常在上海的街上散步。他心想：「說不定在哪個街角突然遇到默琴。」不過，他從來沒有遇到過。

他只好命令自己：「斷念了吧！」

溫翰每次也只是跟他說：「默琴小姐很好，過著新的生活，你不用擔心。」

清琴在溫翰那裡，所以也不能在她面前隨便談默琴的事。

連維材把理文寄託在龔定庵家。理文在羽岑山莊讀書，有時去蘇州哲文哥哥那裡；現在理文在蘇州。

龔定庵來訪時，哲文正在畫英國軍艦的畫。英艦入侵的消息早已傳到這一帶，理文在旁邊看哥哥畫畫，哲文是仿照弟弟英文書中的插圖在畫畫。

「老師，您聽到定海的事了吧？」理文一見龔定庵就這麼問。

「嗯！聽說了，據說沒打像樣的仗。」

「根本就沒打仗。」

「看來新時代就要來啦！」龔定庵今年四十九歲，最近一年來，他好像一下子蒼老了許多。他說：

「那可是你們的時代啊！不過，你們比我們這一輩人可能還要不幸。……」

「老師，那該怎麼辦呀？」年剛二十的理文，一個勁兒地要打破砂鍋問到底。他說：「打，一定會敗。可是，對方要來挑戰呀！」

「如今只有保護中國的精神。戰敗了，只要不丟掉精神，日後還是有希望的。」龔定庵壓低了聲音接著說：「垮掉一兩個王朝也不打緊。」

理文把他緊攥的拳頭放在膝上，而哲文一直在揮動他的畫筆。

這時來了一位稀客，他是王舉志。王舉志和龔定庵是初次見面，但他們彼此都久仰大名。龔定庵──龔自珍是詩人、公羊學的泰斗，普天下的讀書人都知道他的名字；大俠王舉志在江南也赫赫有名。

「久聞壯士神出鬼沒，不知這次要去何方？」龔定庵問道。

王舉志指著哲文所畫的夷艦回答：「到那個兵船停泊的地方去。」

「是定海嗎？」

「是的。」

「已經被英軍占領了。」

「聽說縣城失陷時，殉難的只有知縣和典史兩人。」

「兩人都是文官……武官早就逃了。」

「這太不像話了！我國當然有腐敗的一面，但也有健全的一面。這次送到英軍面前的果子都是腐爛的，只有兩個還有點咬頭的柿子。這樣不行呀！這對後世是不利的。我想讓他們看一看這個國家也還有未腐爛的新鮮水果。」

「新鮮水果？……是山中之民嗎？」

「是的。還有海邊之民。」

「他們會接受您的調遣，這是値得慶賀的事，願您好自爲之。」龔定庵低頭行了一個禮，他是難得向別人低頭的。

「慚愧、慚愧！」王舉志也慌忙地低頭行禮。

「人的才能各不同，您有團結民眾力量的非凡才能，現在該是您發揮的時候了。」龔定庵指著哲文說：「例如他也有才能，但是現在還不是他出場的時候。」

哲文仍然在揮動畫筆。

「沒錯。今天我來就不是求哲文君，而是求理文君。」王舉志這麼說後，坐正了姿勢。

「求我？是什麼事呀？」理文那雙明亮的眼睛直視著江南大俠。

「聽說連家的子弟都擅長英語，據說理文君最具有這方面的才幹。」

「我？不，哪有……」

「不，現在這種時候，希望你不要謙虛了。我已和上海的翰翁商量過，據說你在北京一直和欽天監（天文臺）的學者學習英語，造詣很深，因此，我想請你跟我一起去浙江，不知你是否同意？」

「去浙江？」

「是的，去浙東的海濱。舟山有英國佬，我希望有會英語的年輕人協助。」

這時，龔定庵簡直用命令的口氣從旁說道：「理文，去吧！」

理文一聽這話，挺直了腰桿回答：「是。」

哲文這時也終於擱下畫筆，慢慢地說：「我也去吧！」

「不是說過了嗎？現在還不是哲文君出場的時候。」龔定庵帶著訓導的語氣說。

「我並不是想去協助王老師，我是想畫畫，我要看更美的景色，要見各式各樣的人……」哲文拿起了另一支畫筆。

這支畫筆蘸飽紅色顏料，哲文伸開手臂，把這支筆直接落在剛才畫的夷艦圖上，使勁地向上猛勾了一筆，黑色的夷艦看起來好像噴出了火柱。

2

定海縣城陷落的報告立即送到對岸的鎮海。在這之前，浙江巡撫烏爾恭額已獲得英國艦隊逼近的情報，急忙趕往鎮海。

前面已經說過，定海當局曾向對岸求援。浙江水師提督祝廷彪接到求援文書，立即撥給參將胡得耀和游擊周士法八百軍隊，準備讓他們去定海。但是援軍尚未到達，定海已落入敵人的手中。

現在的問題是加強鎮海的防禦。鎮海營約有水師兩千人駐守，提督又命令湖州、金華、嚴州、紹興、處州、衢州等三千五百名士兵趕赴鎮海，趕來的只有紹興的三百名士兵，各營的兵力都不足定額。武官的養廉（薪俸）雖少，但部下的供給均由國庫支付，所以實際兵員都少於規定的數額，上級武官也從中揩油。而且拼湊來的士兵大多是廢物，不少是根本不能打仗的鴉片鬼。

英軍占領定海縣城後，喬治·義律少將宣布「舟山是維多利亞女皇領有的土地」，任命巴賴爾準將爲這塊新領地的總督；傳教士歐茲拉夫在總督的領導下就任司政官，擔任民政工作；石田時之助、辰吉、久四郎等三名日本人，以及從廣東跟來的二十幾名中國人，分配到歐茲拉夫衙門，從事跟居民打交道的工作。

英艦立即實行海上封鎖，斷絕大陸和舟山的連繫，但是允許持有英軍頒發「通行證」的船隻出入。封鎖主要以對岸的商港寧波爲對象，一直延伸到長江口，後來對福州也實行封鎖。

可是，封鎖對中國是不會產生任何效果的。中國的經濟原則一向是自給自足，別說對外貿易，甚至透過水路的國內貿易朝廷也不予以鼓勵。他們是害怕人民和外國人接觸。英國的軍艦鱷魚號去封鎖福建省會福州海面，其實不過是一幕滑稽劇。因爲福建當局爲了避免人民勾結外國人作亂，早就自己封鎖海港、禁止船舶出入。清朝的海軍力量薄弱，不可能徹底阻止民船悄悄地出入。鱷魚號等於是被派去協助清朝官員實行海上封鎖，借助英國軍艦的力量，福建當局才成功地實現自我封鎖。

義律少將在定海待了二十五天後，朝著訓令所指定的最終目的地——白河口出發了。白河的河口即天津洋面，皇城北京就在它眼前。

北上艦隊由五艘軍艦組成，旗艦是威里士厘號，其他是赴舟山途中曾經砲擊廈門的布郎底號、廣州的老對手窩拉疑號，以及卑拉底士號、摩底士底號。另外還帶了輪船馬達加斯加號、運輸船阿塔蘭塔號和達維德·瑪律科姆號。隨軍翻譯用抽籤選定，結果辰吉和久四郎留在舟山，石田參加北上艦隊。

舟山洋面部分，夷艦繼續北上的消息迅速傳到各地。報告送到北京，也傳到廣州。連維材比廣州當局更早接到這一情報，英國艦隊北上早就是他預料中的事。他心想：「林則徐的命運將會如何呀？」

林則徐的命運如何將由北京動搖的程度來決定。放棄定海縣城、逃到對岸鎮海的武官羅建功等人，在那裡向水師提督報告了定海陷落的經過。

古今中外的敗將所說的話都大體相似。他們報告說：「該做的都做了，敵人過於強大。」他們誇張地報告敵軍的力量，企圖以此減輕打敗仗的責任。義律的艦隊確實是強大的，但是傳到北京的情況遠遠超過了實際發生的。

浙江巡撫烏爾恭額和提督祝廷彪聯名上奏的報告中說：

……英逆之夷船，又來五艘，合爲三十一艘。四面裝砲，大者三層，次者二層，小者一層。其中有兩艘船旁裝有輪盤，旋駛如風，往來甚速，是爲前導。……

3

聽說夷艦要開往天津，直隸總督琦善慌了手腳。

「林則徐這傢伙！」他攥著茶杯憤憤地說。

琦善任兩江總督時林則徐是江蘇按察使。由於這個老部下在廣東採取不必要的強硬政策，眼看就要牽累自己了。如果皇帝嚴令他擊退夷艦，那該怎麼辦？戰勝是不可能的。天津的守兵只有八百，除去看守倉庫、監獄、城池的衛兵和傳令、雜役外，實際的戰鬥兵力不過六百人，靠這麼一點兵力怎麼也打不了勝仗。總督是該地區軍事和行政的最高負責人，而且直隸省（現在的河北省）不設巡撫。也就是說，可供推卸一半責任的對象也沒有。

琦善心想：「要是在天津打仗，那一切都完了。」

他一向不把軍備放在心上，如果說有覬覦天津的外敵，只有朝鮮或日本。朝鮮是進貢國，日本在實行閉關自守，不可能進攻；討厭的西洋夷人則專門由廣東去應付——他是這麼想的，所以幾乎毫無準備。現在得到敵艦即將到來的緊急報告，琦善就急忙到北京去找穆彰阿。

「你無論如何一定要把宮廷內的主戰主張壓下去！」琦善向穆彰阿提出了強烈要求。

穆彰阿閉著小眼睛說道：「放林則徐到廣東去，本來就是不合適的。」

「現在不是翻老帳的時候。如果這麼說，那早就該把嚴禁鴉片的主張壓下去了。」

琦善爲正黃旗人，出生於世襲一等侯爵的名門。在當河南按察使時期，雖然曾經因爲斷錯案子而被降職，但是在官場廝混總算還沒有出什麼大的差錯。他的哲學是避開麻煩的事；實在避不了就裝糊塗。他看起來年輕，氣色也不錯，一看他那張臉，就知道他沒有經歷過什麼勞苦。他一帆風順爬上了直隸總督寶座，但是遇到逆境就難以應付了。平常人們說他是冷靜沉著的長者，可是，一旦面臨困難局面立即暴露出他的弱點，變得極不冷靜。

「弛禁鴉片的問題，我不是盡了最大努力了嗎？」穆彰阿帶著辯解的語氣說。

「過去的事情就不用提了，還是談眼前的問題吧！」

「首先要讓皇上認識英夷的可怕。」

「定海的陷落，皇上應該明白這一點了。」

「其次，要了解英夷的意圖。他們想得到的東西，恐怕要給他們一些。」

「會不會出無理的難題呢？」

「他們會有各種要求。不過，他們講價，我們可以還價。」

「恐怕會要林則徐和鄧廷楨的腦袋吧！」琦善這麼說後，掏出了一張紙。

那是英國人給浙江巡撫的「夷書」，其中極力譴責林、鄧二人的暴虐，因此，我大英「國主震怒，起仁義之兵六百萬」。

「要腦袋太便宜了，要多少都會給他們。」穆彰阿嗓子裡發出咯咯的笑聲。

「可是，皇上現在信任他呀！」琦善臉色蒼白。

「這話只能小聲說。」穆彰阿湊到琦善的跟前說：「皇上可不是會一個信念堅持到底的人，這一點你也很清楚。情勢一變，皇上的想法也會變的。」

「能坐等情勢的變化嗎？說不定還沒等到變化，我們的腦袋已經搬家了。」

「這個我早就考慮到了——連彈劾林則徐的奏摺也早已準備好。我想該是一點一點端出來的時候了。」

「該打的牌就打吧！英國的艦隊馬上就要到天津洋面了。」

琦善早就心急如焚，緊攥的拳頭不知道該往哪裡放好，心裡七上八下。

穆彰阿裝出一副同情的樣子，安慰他說：「不要太擔心！有伊里布在那裡，他當了欽差大臣，會和定海的英國人好好打交道的。他是我們陣營中最可信賴的人啊！」

兩江總督伊里布於七月二十九日得到欽差大臣的關防，被委任全權處理有關浙江的夷務。

穆彰阿一看琦善那驚慌失措的樣子心想：「比起琦善來，伊里布是多麼可靠啊！」

琦善回去後，軍機大臣走到院子裡。他一邊用他那皮底的布鞋踐踏院子裡帶著露水的草叢，一邊仰望天空，心想：「這傢伙已經慌了，有什麼可慌的呀！皇上是跟我們站在同一邊的嘛！」

他早就有信心，要保持天下太平、搜羅財寶、享受富裕的生活，就不能打仗，就應該避免改變世道的事情發生。在這一點上，皇帝、大臣，以及所有滿族統治階層的利害關係是一致的。

「皇上現在爲高燒弄昏了腦袋，總有一天會退燒的。」

他正想到這裡，僕人走了進來，向他稟報昌安藥鋪老闆在另外的房間裡等他。

一看藩耕時的臉，就能知道事情的大概。

「還沒弄清楚嗎？」穆彰阿這麼說後，斜坐在紫檀的大椅子上。

「是的。默琴小姐的去向怎麼也查不出來，一定不在龔定庵那裡。」

「盯住龔定庵，不就可以弄清楚了嗎？」

「龔定庵現在來往於蘇州、杭州和上海、江寧之間。」

「默琴一定會在這其中什麼地方。」

「也請清琴小姐協助了。不過，目前還……實在沒臉見您。」

「得啦！」穆彰阿厭煩地閉上眼睛。他在極力使自己的心情平靜下來，太陽穴上的青筋又暴了起來。

過了一會兒，他說：「無論如何一定要把默琴找到，我穆彰阿不能讓一個女人白白地逃了！」

「是，明白了，我一定盡力去辦。」藩耕時低下了頭。

「廣州那邊有什麼消息嗎？」穆彰阿改變了話題。

「據說廣州的水師十分強大。根據予厚庵大人方面的情報，連維材拿出自己的財產增強了海口的砲臺和軍隊力量，那裡已固若金湯了。」

「所以夷人才避開廣東出現在舟山。要是在廣東打起來就好啦！」

由於那裡加強了防守，敵人才避開它，去衝擊其他薄弱的地方。如果全國沿海都像廣東那樣加強防守，外夷就沒有空子可鑽了。

穆彰阿並不是沒有想過這個道理，但是他認爲，「那需要一筆很大的錢。這筆巨大的支出將會動搖國家財政，說不定還會使清朝的統治產生裂縫。」穆彰阿輕輕地搖了搖頭，「只有妥協。不能『戰』，只能『撫』；把夷人想要的東西給他……最好是要林則徐的頭。」

「大人，您說什麼？」聽到穆彰阿的低語，藩耕時問道。

「我什麼也沒說。」軍機大臣這麼說後轉過臉去。

4

七月二十九日，英國北上艦隊的八艘艦船從舟山的定海出發。

石田最初被分配在威里士厘號上，航行期間不太需要翻譯，只讓他在廚房裡幹活。在海上如果遇到帆船則開砲威嚇，迫使其停船、掠走船內的糧食；如果是漁船，則沒收其捕獲的魚蝦。只有在這種時候，石田才被叫去當翻譯。

「英國人說要通通沒收。」他這麼一說，帆船上的人就哀求說：「但求饒了性命，東西都送給你們。」

軍艦卑拉底士號一出舟山就襲擊並燒毀了一艘帆船，艦長後來還因此受到義律少將的表揚，說他「打退了海盜」。

當這艘帆船上的烈火熄滅後，石田曾和其他船員乘小艇去查看。甲板上躺著十幾具燒焦的屍體。搜查船艙，兩個倖存者躺在船艙角落，一被發現，立即跪在英國水兵面前叩頭。他們黝黑的臉上滿是淚水，哀聲呼喊：「救命！救命！」

八月一日遇上特大暴風雨。這次暴風對艦隊來說是順風，航行反而比預料的還快。

艦船是分散進入黃海的。水兵們一看到這泥土色的海水紛紛說道：「黃色的海，果然名不虛傳。」

八月五日，西邊可看到山東半島的陸地。

六日，進入渤海——即直隸灣。

七日，開砲威嚇一艘航行的帆船，搜查船內。這艘帆船上掛著一面「進貢」的長條旗，他們以爲一定有什麼貴重的東西，其實裝的都是綠豆。綠豆不能作爲英國人的食品，因此沒有沒收，放了過去。

進貢船上有一個小官。帆船上的船員們害怕喪命，都朝著登船的英國水兵合掌求饒，齊呼：「救命！救命！」唯有那個小官傲慢地大聲喊道：「要幹什麼？」一個英國兵用槍托橫掃了這個小官一個耳光，小官被打倒在甲板上。他那充滿仇恨的血紅眼睛，很久很久都印在石田的腦海裡。

八月八日，全部船艦在洋面上集中在一起；九日到達了目的地——白河口洋面。

由於海圖不完備，逐漸接近陸地時，船艦都謹愼地緩慢前進。旗艦前面的船不停地測量水深，用信號傳達給各個船艦。

「終於到達目的地啦！……」義律少將把望遠鏡對準陸地，感慨頗深地小聲說道。

陸地向海上伸出兩座方形的建築物——可能是砲臺。

第二天，輪船馬達加斯加號進入白河，由於水深的關係，特別選定這艘輪船打前哨站。義律大校坐在這艘船上，不用說，這艘船帶著和清朝官員接觸的任務，石田等翻譯人員大多也奉命上了這艘船。輪船溯河而上，沙洲很多，需要引水。英國艦隊在附近扣住一艘帆船，強迫帆船上的船員擔任引水，條件是——

「如果能平安到達，就退還扣押的帆船。」

英國船到這裡來的目的，是把外交大臣巴麥尊的書信交給清國大官並領取回信。巴麥尊的書信已由馬禮遜譯成中文，這封信相當長，主要內容是這樣：

賠償欽差大臣在廣東沒收銷毀的鴉片款項；對英國商務監督官施加的侮辱賠禮道歉，並保證今後不再發生此類事情；指定沿海一個或數個島嶼作為英國臣民居住和進行商業活動的地方；清算公行商人對英國商人的負債。

信上還寫道：

應該認為，英國全權代表團對清國朝廷的要求，即我英國政府的要求。細節問題全部委託於全權代表團。

在馬達加斯加號上的查理．義律的心情很不好，他跟他的堂兄喬治怎麼也合不來。

查理長期待在中國，深受居留在中國的英國商人影響，他認為，無論如何貿易是首要的。他從一開始就是主戰派。但是戰爭的目的是為了貿易，他希望儘快獲得好的條件重新展開貿易。

從開普敦來的喬治．義律不了解清朝情況和英國僑民的意圖，他腦子裡只有英國政府的命令；他只考慮「打擊清朝」，經常駁斥他的堂弟說：「你開口閉口都是什麼貿易、通商。最重要的應該是大英帝國的

章保證十天後答覆。

直隸總督琦善早就來到大沽等待英國艦隊。他首先派出千總白含章，給艦隊送去了牛羊等食物。白含章後來在太平天國戰爭中被打死。這位白長官於八月十六日接受了巴麥尊外交大臣的書信。琦善透過白含

榮譽。」

5

「一切都是廣東發生的事件所產生的後果。」穆彰阿跪伏在地上說道。如果沒有軍機大臣王鼎瞪著兩顆大眼珠子站在旁邊，他一定會把「廣東」說成「林則徐」。

「是呀……」道光皇帝皺著眉點了點頭。皇帝已經動搖了。

穆彰阿偷看皇帝的臉色，繼續上奏說：「賠償沒收的鴉片也好，向受侮辱的商務監督官賠禮道歉或清算公行的負債也好，這些都應該在廣東當地解決。在當地解絕不了，他們才跑到這裡來。」確實如此。但是穆彰阿的意思是，天津是無辜地為廣東發生的事件擦屁股。

「割讓海島，絕對不行！」道光皇帝突然大聲說。這話聽起來也可以理解為：除此之外還可以考慮。

「是的，臣也這麼認為。」

「他們的軍艦很堅固，大砲很強大。這是真的嗎？」道光皇帝問道。

「誠惶誠恐，確實如此。」穆彰阿這麼說後，把額頭蹭在地上。他早已利用內廷的親信大肆向皇帝灌輸敵人「船堅砲利」的可怕。

「林則徐有點短慮了。」皇帝把手放在下巴上。

穆彰阿側眼看了看王鼎，王鼎露出不服的神色。他是林則徐的狂熱支持者，他上奏道：「英夷的船堅砲利林則徐早已了解，而且上奏過。禁絕鴉片，只是忠實地執行皇上的意圖；關於銷毀鴉片，還獲得皇上

的嘉賞。至於公行的負債，那應該是管轄公行廣東海關監督的責任，海關不屬於總督管轄，如果要追究責任，恐怕要追究隆文和卓秉恬兩位尚書。」

海關不屬地方總督所管，直屬於中央戶部（財政部）。當時戶部的長官是滿人尚書隆文，漢人尚書卓秉恬。

「現在不是追究責任的時候。當前英國軍艦已來到天津洋面，首先要研究採取什麼對策。」穆彰阿提高嗓門說道，好像是要掩蓋王鼎的發言。

接著討論了各種「對策」。賠償鴉片貨款，這關係到大清朝的面子，根本不能接受。於是提出了免除英國商人今後的進口稅來代替賠償方案。對於兩國官吏以對等地位進行接觸的要求，議論的結果認為——不能突然改變。但是過去接觸的途徑是按「英國官吏——公行——海關監督——朝廷」的順序，現在可以去掉公行這一級，承認英國官吏和海關監督處於對等地位。割讓海島絕不允許。但是鑑於澳門已經部分委託葡萄牙管理，有人認為可以此地代替，也向英國人開放。

無論如何，英國對林則徐恨之入骨。如果拿出「處分林則徐」的方案，英國的態度很可能軟化。穆彰阿使盡一切手段煽動皇帝處分林則徐。軍機大臣王鼎雖然反對，但他這個人只會感情用事，缺乏謀略。

道光皇帝對林則徐還有點留戀，覺得這樣大義凜然的官吏很難得。但是軍艦來到天津洋面已是不可忽視的事實。他決定在經過調查後，那時也可以把林則徐拋出。在道光皇帝動搖的心裡已經產生了這樣的想法。

穆彰阿終於取得勝利，准許向英國全權代表團做這樣的說明，「林則徐的禁煙措施有失當之處，已經上達天聽。一定仔細調查，將治其重罪。」

「如何答覆總算有了眉目啦！……」琦善聽了穆彰阿說的情況，心裡落下了一塊石頭。

十天的期限很快就到了。在這十天期間，英國的船艦也不是悠閒自在地度過的。

透過這次航行，了解到海圖很不完備、訛誤很多，因此各個船艦分別測量了附近一帶水深。威里士厘號去山東登州的砣磯島；布郎底號和摩底士底號去複州灣的長與島；卑拉底士號去潤河，各個船艦都順便補充食物。

各船艦於二十七日再次在白河口洋面集結，商定的十天期限已經過了。琦善早就在等待英國艦隊的出現，會談決定於八月三十日在大沽舉行。

革職

在北京，穆彰阿正爲他的同志——直隸總督琦善，擔任欽差大臣赴任廣東舉行餞別宴會。他帶著滿意的神情舉著酒杯，「兩江有伊節相（伊里布），廣東有琦中堂（琦善），邦家安泰無疑。……」

宿敵林則徐已失去皇帝信任，即將革職查辦。唯一讓他擔心的是，庇護林則徐的軍機大臣王鼎對皇帝說：「林則徐頗有人望，如強行處分，人心動搖。」而皇帝似乎也微微地點了點頭。

1

辰吉坐在海灘上修補漁網。他曾在城市的店裡工作八年，但是在這之前他當過漁夫、水手，漁網是可以修補得很好的。

海邊的氣味讓他很懷念。這不是廣州或澳門的碼頭氣味，這裡的空氣可以放心地一直吸到心的深處。

「王先生的手眞靈巧啊！」劉婆張開她那掉了門牙的嘴巴笑著說。

不過，在她身旁的孫女香月，不僅臉上沒有一絲笑容，還用充滿敵意的眼睛瞪著辰吉。辰吉的肩上掛著「軍務」的帶子，他知道島上居民把自己這類人稱作漢奸。

「你要小心啊！」劉婆說。

「小心什麼？」辰吉並沒有停止手中補網的動作，反問說。

「昨天又有一個黑兵被鋤頭砍死了。」

「是嗎？」辰吉又朝香月看了一眼說：「反正是要挨敲的，我倒希望能讓像香月姑娘這麼漂亮的人狠狠地敲一下。」

「這可不是開玩笑啊！這一帶的人都知道你不是壞人，可是，最近外面來了許多人，你可眞的要小心啊！」

最近用小船送來許多恐怖份子，辰吉早已聽說這件事。如果是本地人，例如像香月那樣的，最多不過瞪他一眼，不會施加傷害。在這一點上他是很有信心的，因爲他幫本地人做了很多好事。

定海的英軍司令兼總督巴賴爾準將，命令部下上繳戰利品。據英國國會的藍皮書報告，這次上繳給國庫的戰利品價值五萬八千六百英鎊。毫無疑問，沒有上繳的戰利品更多。好不容易獲得的財物，不在萬不得已的情況下才不會拿出來，軍官和士兵們一般都把它藏匿在某些地方。辰吉曾經多次偷偷地把這些藏匿財物的地點告訴附近居民，居民們因此取回了許多財物。

辰吉也知道有人這麼說：「他做這種事，可能是想讓我們放鬆對他的警戒，我們是不會輕易上當的。要知道，他是英國的間諜啊！」

不過，他最近幫居民辦好事從未帶來損害，例如他曾救出好幾個被抓到英軍司令部的居民。劉婆隔壁的一個小夥子，只因爲不賣雞給軍隊就被抓走，是辰吉去說情才把他放出來的。民政官是歐茲拉夫，辰吉過去曾在歐茲拉夫那裡待過，有過一段關係，這給他爲居民調解點什麼事情提供了有利條件。

本地人暫且不論，從大陸來的恐怖組織一定會把他當作敵人看待，所以一定要小心。辰吉爲劉婆爲他擔心而感到高興，如果香月能爲他而憂心，那他會更高興，可是香月仍然用一種冷冷的眼光看他、用譴責的表情對待祖母。

歐茲拉夫把民政部的辦公室設在知縣的衙門裡。辰吉到那裡一看，只見一個全身是血的白人兵在向歐茲拉夫控訴著什麼。

「應該把北門一帶的居民通通綁起來！」那傢伙擦了擦額頭上滴下來的血，大聲叫著。他說他在北門外走路時突然被十來個暴徒圍住，挨了一頓亂棍。據說這是一刹那間發生的事，還沒等到巡察隊過來，那些人已經飛快地撤退了。

「你能認出那些暴徒嗎？」歐茲拉夫問道。

「他們都在臉上蒙著一塊布。」

「那是有計畫的行動。」

「管他什麼有計畫沒計畫，你給我把那裡的傢伙都抓起來！」

「暴徒恐怕不是那一帶的居民，我認爲這種有計畫的行動是大陸潛來的人幹的。你被他們搶去了什麼東西嗎？」歐茲拉夫眨了眨眼睛問道。

「嗯……對了，用繩子綁著的三隻雞不見了。」

「那是買的嗎？」

「不，那是……那些傢伙不賣呀！」

「那是搶來的囉！」

「沒辦法嘛！」

「幹這種事是很危險的。不過，這可是麻煩事啊！」歐茲拉夫抱起了胳膊。恐怖組織早就使他感到棘手。據說，長江下游一個很有勢力的祕密結社，其首領名叫王舉志，它的成員最近進入舟山。

「你暫且到醫院去吧！暴徒的事，等我和司令官商量後再採取措施。」

「醫院？醫院已經滿員了，不會幫我做什麼治療的。」那個士兵嘟嘟囔囔地走了出去。野戰醫院的住院病人已經超過千人，瘟疫正在侵蝕占領軍官兵的肉體，最多的是壞血病。

「辰吉，你有什麼辦法能分辨出大陸來的人嗎？」歐茲拉夫問道。

「沒有。可以問當地人，但是他們絕不會說的。」辰吉搖了搖頭說。

「瘟病是可怕的，但更可怕的還是居民的敵對情緒。」歐茲拉夫仰首望著天花板，這麼自言自語地說。

2

「不給你上鎖了。」連維材臨出房間時這麼說。

二兒子承文好像看什麼耀眼的東西似的仰視著父親的臉，點了點頭。這句話意味著監禁結束。這裡不是牢房，而是普通房間。在廣州金順記店鋪後面一間屋子裡，床上躺著簡誼譚。被毒煙傷害了中樞神經的誼譚，不時說著胡話，但是一旦沉默起來，可以兩、三天不說話。醫生剛才搖著頭回去了。連維材解除了承文的監禁，讓他看護誼譚。

承文好像變了一個人，是長期的監禁生活把他改變了。儘管這是強制性的，但是解決了一個大難題——斷了他的鴉片癮。不過，過去沒有的一種「陰影」，現在卻深深地刻印在他臉上。

他的身旁是他過去的朋友誼譚。誼譚也變了，他躺在床上，劈劈啪啪地拍著手。「好啦！稍等一會兒。」承文拿來一個前端彎彎的粗竹筒。誼譚要小便的時候就拍手，要大便的時候就挺起身子，把腰彎得像一隻龍蝦。承文揭開夾被，誼譚光著身子躺在那裡。「好啦！尿吧！」承文把竹筒對準誼譚的下身，猛地朝誼譚肚臍上拍了一掌。這是一種信號，誼譚就向竹筒裡嘩嘩地撒起尿來。

誼譚咯咯地笑著，他拉屎撒尿的時候總要笑，大概是感到痛快吧！

「得啦！得啦！完了沒有？」儘管這麼問，誼譚並不回答。

「當年那個聰明伶俐的簡誼譚就是這個下場嗎？」承文想到這裡，不覺得感傷起來。他到外面處理了尿、便，在走廊遇到彩蘭。彩蘭的父親溫章經常往來於廣州和澳門之間，但是她最近一直待在廣州。她已經十九歲了，正是妙齡姑娘。她跟承文打招呼說：「夠你受的吧？」

「不，沒什麼。因爲是誼譚，爲他做點事也是應該的。」父親讓承文感到頭暈目眩，彩蘭也讓他有同樣的感覺。

「誼譚竟變成那個樣子。以前在澳門見到他的時候非常有精神啊！」彩蘭低下了頭。

「人會變成什麼樣子，很難預料的。」

「承文哥也變啦！」

「應該吧！關在那樣的地方怎麼能不變呢？」承文苦笑了一下。

「我希望你笑得更痛快些。」

「笑得更痛快些？……我現在辦不到啦！如果能得到人們的尊重，那還……」

「我尊重你呀！」

「怎麼尊重？」

「承文哥說的話我都聽，什麼事我都爲你辦。」

承文說：「妳了解我這個人嗎？」

「當然了解。」

「那妳還是不要說這種危險的話吧！」

彩蘭向前跨了一步說：「我不在乎。」接著又跨了一步。他們的臉快貼在一起了，呼出的氣息已碰在一起。

不過，彩蘭的頭頂只到承文的眼睛，姑娘呼出的氣息撩得承文的脖子發癢。

「現在你笑吧！」

承文往後退了一步，好像是爲了讓對方看清楚，然後露出了潔白的牙齒。

「不行！那完全是假笑。」

「不行嗎？」

「而且還拿著那個東西。」彩蘭猛地轉過身，撒腿跑開了。

承文低頭看了看手中的竹筒，趕快沖著彩蘭的背影大聲說道：「已經用水洗涮得乾乾淨淨了啦！」

接著他笑了。他心想：「這次笑得也許及格了。」

不過，彩蘭連頭也沒回，已經轉過走廊。承文感覺自己面前的世界好像明朗起來了。

回到屋子裡，誼譚正在唱著什麼莫名其妙的歌。

「眞悲慘呀！儘管邁出一步，外面就有歡樂！難道這就是人生嗎？」他在監禁期間讀過大量書籍，書中的詞句一個接一個地湧上他的心頭，可是，好像沒有一個詞句能夠完全表達他現在的心情。

在另一個房間裡，連維材正和西玲面對面談話。

「爲什麼要把我們帶出來？待在那艘船上很舒服，而且還有醫生幫誼譚治病。」西玲冷冰冰地說。

「廣州也有醫生呀！」

「那條船上的醫生好，還有女看護。爲什麼要……」西玲雖然嘴硬，但是她好像盡量避免和連維材的視線接觸。

連維材是請墨慈商會的哈利．維多把西玲和誼譚從都魯壹號帶出來的。墨慈商會的大老闆墨慈已在麻六甲、馬尼拉等地收購商品。由於廣州被封鎖，中國的各種物資失去了市場，正在當地大幅落價。哈利這時在澳門洋面的商船上看家。

「我並不想束縛妳的自由，只是想讓誼譚由我們來照顧，妳才可以放心到妳喜歡的任何地方去。」連維材說。

「到什麼地方都可以嗎？」

「可以，什麼地方都行。妳要到什麼地方去？是去伍紹榮那裡？還是石井橋？」

「我正在考慮。」她確實一時間決定不了要去什麼地方。唉！不幸的女人。

「我看還是石井橋李芳先生那裡最適合吧！」連維材建議。

「現在還想不出個頭緒，我誰也不想見。誼譚弄成那個樣子……」她說著說著，突然兩手捂著臉，肩頭激烈地聳動起來，接著發出了嗚咽的聲音。

她痛哭著，連維材還是頭一次看到她痛哭。他把手放到西玲肩上說：「妳應該生個孩子。」

「生孩子？」西玲仰起頭。

「對，生了孩子，也許能得到新的幸福。」

「生誰的孩子？」

「跟妳要去的地方一樣，生妳所喜歡的人的孩子。」

「這……」西玲第一次凝神地看著連維材的眼睛。

「生我的孩子。」連維材這麼說著，突然抱住她。

西玲全身無力地躺在連維材懷中，低聲說：「一到你面前就感到全身無力了，我眞想在都魯壹號上多待些時候……」

「西玲，我把妳帶出來不好嗎？妳待的地方是軍艦啊！也許馬上就要打仗了。」連維材把嘴唇放在還想說什麼的西玲嘴脣上。

連維材已經知道最近要發生戰爭。

劍橋大學的畢業生——士當東牧師，於八月六日被清朝官吏抓進監獄。留在廣東的都魯壹號艦長史密斯透過葡萄牙當局要求釋放士當東，遭到林則徐拒絕。史密斯採取報復行爲，砲擊了澳門與香山交界的關閘。關天培提督顯然也會對這種行動採取報復性的出擊。在西玲姐弟離開後不久，副將陳連陞果然率領五艘兵船和三千名水勇，在磨刀洋上襲擊了都魯壹號。這次海戰十分激烈，廣東的水師和定海可不一樣。都魯壹號雖然奮力應戰，但是最後彈藥打盡，放著空砲就逃跑了。

這次海戰發生在八月十七日。第二天，到達天津洋面的英國全權代表團透過白含章，向清朝遞交了巴麥尊的書信。接著各個船艦利用等候答覆的時間，測量了附近海域的水深。

3

英國全權代表團的副使義律大校，作爲英方代表出席八月三十日的大沽會談。少將義律是特命全權大使，還不清楚清朝代表琦善究竟是否受了北京皇帝的全權委託，因此他們認爲，在未弄清楚對方的身份之前，全權大使不應出面。

海岸上拉開了兩頂帳篷，一頂是清朝代表團的；另一頂是英國代表團的。會談長達六個小時，是在清朝的帳篷裡舉行。

「你方的要求過高了、太大了。」琦善突然開始還價了，這是遵照和穆彰阿一起商定的對策。這次會談只限極少數人參加，英國代表團的翻譯是馬禮遜，像石田那樣的普通翻譯當然不能參加。

「我們認爲要求是極妥當的。」馬禮遜表達了義律大校的意見。

「不，有點太過了。如果是其中一部分還有可能……」琦善好像是在測試，看了看義律的臉，又看了看馬禮遜的臉。他一開始就暴露了手中的牌：接受全部要求是困難的，部分還可以考慮。

「我們在廣東受到了貴國官員的嚴重虐待。」

「這個我們了解，我們也坦率地承認，林則徐的言行，北京早就有所議論。」

這一天琦善始終玩弄拖延戰術，對任何問題都回答：「我沒有這個許可權，必須徵詢皇帝意見。」他的態度很鄭重，不，已經超過了鄭重。他的姿態很低，簡直可以說是卑屈。

義律看慣了廣東官員的妄尊自大，所以他以奇怪的眼光看這位大官。琦善說話拐彎抹角，但是義律已經大致察覺出清朝方面的意圖——起因是廣東發生的事件，因此希望在廣東解決。

義律長期待在中國，他很了解這種心情。夷人來到皇城前談判，接受其種種要求這有損皇帝的面子。同樣是讓步，如果是在遠離皇城的廣東，丟了面子也不會引人注目。

義律大校對琦善說：「您是一個通情達理的人。將來如果能在廣東會談，我也希望能有像您這樣的對手。怎麼樣？您能去嗎？跟林則徐那樣的人是談不起來的。」

「當然，林則徐是不會出場的。我希望您不要對外說，林則徐可能要受到處分了。」琦善這麼說後，察看義律的臉色。他認爲處分林則徐是使英國態度軟化的最大本錢。

林則徐當然是義律的宿敵。對英國來說，像林則徐這樣剛直的人是不好對付的。但是作爲一個人才來說，他又是傑出的，連義律也承認這一點。

「是嗎？」義律冷冷地回答。

不過，馬禮遜畢竟年紀輕，聽了之後不禁面露喜色。琦善一看這情況，感到滿足了。

義律說希望能在廣東和他這樣的人談判，這是因爲義律覺得像他這樣的談判對手比較好對付，絕不是對他的尊敬；相反的，義律在內心裡對他很輕蔑，覺得，「和林則徐相較，這傢伙多麼沒骨氣啊！」

「林則徐已經不行了，他失去了皇帝的信任。」琦善又把這兩句話反覆說了好幾遍，前面當然還加上一句，「希望您不要對外說。」

道光皇帝正在爲英國軍艦北上而感到頭痛時，廣東的林則徐送來奏摺，報告繼續逮捕鴉片犯。

「現在還搞這個，有什麼用！」道光皇帝大發脾氣，在這篇奏摺上加了以下朱批，「外而斷絕通商，並未斷絕；內而查拿犯法，亦不能淨，無非空言搪塞。不但是終無實濟，反生出許多波瀾。思之曷勝憤懣，看汝以何詞對朕也！」

這個激烈的朱批是八月十九日寫的。琦善知道這一情況，確信林則徐會受處分，認為可以利用這個和英國討價還價。

由於凡事都要請示北京，決定再等六天，這六天是向北京請示所需的時間。臨分手的時候，義律一再地說：「歡迎您去廣東。」

義律大校會談回來後，在威里士厘號的船艙裡和堂哥義律少將爭吵了一頓，這件事立即傳遍了整個艦隊。他們的爭吵在船艙外都能聽到，可見相當激烈。

石田在馬達加斯加號的甲板上，聽著那些喜歡說長道短的水兵們在說：「聽說少將是想到這裡就結束，而大校卻要在廣東解決。」

「彼此都很頑固。」

「廣東是大校的根據地，他想在那裡露一手吧！」

「讓自高自大的堂弟在他的老巢廣東得手，少將哥哥當然不樂意啊！」

「堂兄弟共事反而麻煩。要是一般的上下級關係，只管服從命令就簡單了。」

「不過，大頭頭吵架有點不像話呀！」

如果是在廣東，石田會把這種情報馬上向林則徐報告，可是在天津的洋面上他毫無辦法。

「聽說廣東的林欽差被解雇了。」

「啥？有這樣的事嗎？那個頑固的傢伙……」

石田一聽這話，心裡一驚，「這是怎麼回事？」這本來是一場有趣的戲，但是他這個旁觀者的立場慢慢動搖了，他開始覺得自己好像也變成了戲中的一個人物。

六天時間過去了，又開始會談。臨出席會談之前，義律大校對少將堂哥說：「這裡靠近皇城，對方從面子考慮是絕對不會讓步的。如果你非要在這裡簽字不可，我看還是你親自去試試看吧！」

「正因爲靠近皇城，不是更方便嗎？即使說要請示皇帝，最多幾天就解決了。要是在廣東，恐怕要拖延兩個月。」少將反駁說。

果然如大校說的那樣，清朝堅決要求在廣州解決，在現實面前，少將也無法固執己見了。他們也曾考慮過用武力威嚇，但是光靠六艘船艦是無濟於事的。命令舟山的艦隊北上，時機也不好。北方已經是秋天，海面一旦結冰，是很難進行軍事行動的。

「林則徐總算革職了，北上已收到了一定效果。」義律少將也斷了念頭，小聲說。

「在廣東談判的對手是琦善。這傢伙和林則徐不一樣，很好對付，我覺得對我們有利。」義律大校好像安慰他那個滿臉不高興的堂哥說道。

艦隊開始揚帆南下了。道光皇帝正式任命琦善爲欽差大臣，決定讓他去廣東，一切都在廣東解決。

4

義律的艦隊於九月十五日離開天津洋面，第二天停靠山東的登州。在登州，原本在顚地商會當買辦的鮑鵬跑來接待英國人。

這傢伙在禁煙運動的熱潮中逃離廣州，投靠他在山東當官的同鄉招子庸。聽說英國軍艦要在登州停靠，山東巡撫托渾布招募會說英語的人，招子庸推薦了鮑鵬，認爲他很適合，決定帶他去登州。鮑鵬在英國艦隊裡有翻譯馬禮遜等好幾個熟人，他向這些英國老朋友大發了一頓牢騷，說他在廣州被當官的敲去七萬元的竹槓。這傢伙能說善道，但是從英國人所寫的航海記中可以看出，英國對他並沒有多少好感。

同一天，在舟山的定海，一位名叫安突德的英國海軍軍官，帶著七名印度兵去城外測量。臨出兵營時，同事們跟他開玩笑說：「喂！小心別叫人家給抓走了。」占領軍經常遭人暗算，最近很多人被活活捉走，印度兵也常被捉去送到對岸的鎮海。據說活捉夷兵可以得到賞錢。

「那些拐子算什麼！」安突德付之一笑。

他是砲長，三十二歲，體格健壯。一天，他正在測量時，突然遭到十幾名漢子襲擊。他們的下半張臉都用布包住。

他們不追逃跑的印度兵，只衝著安突德一個人圍上來。安突德進行抵抗，但是沒有用。他被綑起來，抬走了。以前也捉走過士兵和漢奸（在英軍中做事的中國人），而捉走軍官，安突德是第一個。逃回的印度兵報告情況，定海的駐軍幾乎全部出動了。定海約有白人兵二千五百人、印度兵一千人。其中一千五百人因病住院，病死的已達三百人。士兵不是在戰鬥中戰死的，而是得了壞血病病死的。

英軍傾巢出動尋找也找不到安突德，大概他已經被送到對岸的鎮海去了。

「辰吉，可要小心啊！」歐茲拉夫臉色陰沉對辰吉這麼說。

「小心什麼？是壞血病還是綁架？」

「都要小心。連軍官也綁走啦！辰吉，有點事要跟你商量。」

「什麼事？」

「你和居民們的關係很好，他們也許不會提防你。」

「不一定吧！」

「你能不能爲我暗暗地打探從大陸來的那些綁架者。我們區別不出來，居民們應該一眼就能看出誰是外地人。」

「島上的人對他們有好感，絕不會說的。」

「這就要看你的本領啦！」歐茲拉夫眨著眼睛說。

第二天，辰吉到劉婆家去。劉婆正拿著一個粗竹筒準備出去買菜。

「最近菜市場上連蔬菜也不容易買到了。」老婆婆發牢騷。

舟山島上的居民們已經停止種蔬菜，地上一長蔬菜就被英國兵拿走。後來居民吃的蔬菜是從大陸偷偷運來、偷偷出售的，買菜的人就像劉婆這樣，把菜塞進打通竹節的竹筒裡。

當時英軍爲了獲得生鮮食品，曾多次和居民發生衝突，例如柯靈吞少校率領十三名士兵組成的採購隊，在崇明島遇到居民和守軍的抵抗，一名見習士官和一名水兵被殺。

「你幫我看家吧！」老婆婆說。

「我要睡午覺，小偷進來我也不知道呀！」辰吉回答。

「不要緊、不要緊。」老婆婆搖著手說：「小偷來了，也沒什麼東西可偷，早就叫英國鬼子搶光啦！」

辰吉躺在竹床上，眞的迷迷糊糊地打起盹來。歐茲拉夫要他蒐集恐怖組織的情報，辰吉壓根兒就不想做這種事。他準備馬馬虎虎地回報說：「我想盡一切辦法打聽了，可是居民口風緊，誰也不說。」

正當他舒舒服服地睡覺時，腰上突然被踢了一腳，辰吉跳了起來。十幾個人把他團團圍住，這些人都戴著斗笠，下半張臉用布遮住，看來就是傳說中捉人的恐怖份子。

只有一個人沒有遮臉——是個女的。劉婆的孫女香月指著辰吉說：「這傢伙是漢奸！他一定是英國軍隊雇用的間諜。」香月的話還未落音，辰吉就被人從左右兩邊抓住胳膊、嘴巴被堵住，繩子很快就纏到他身上。

就在同時，三百噸的武裝運輸船鳶號，在測量水域時觸礁沉沒。這艘運輸船上有航海長努布的妻子和孩子，努布爲了救他快要溺死的孩子而丟了性命。達古拉斯大尉成了清朝的俘虜，努布夫人和另外幾名水手曾轉移到小艇上，但是小艇遇到清朝的帆船，上面的人都被帶到大陸去了。

5

王舉志已來到舟山群島的對岸鎮海，他站在海灘上，他那豪爽的臉迎著海風。幾個人把被繩索綁著的辰吉送到他面前，其中一個人說道：「抓來了一個漢奸。」辰吉抬起頭，又趕快閉上眼睛。他在漆黑的船艙裡關了好長時間，一睜眼太陽光刺得他頭暈目眩。

「叫什麼名字？」王舉志問道。

「我叫王辰吉。」辰吉老實地回答。

王舉志的眼睛一亮說道：「這個人交給我吧！你們可以走了。」

辰吉被帶進一座民房。這房子相當大，好像沒有其他人，房間寬敞空曠。王舉志把兩手放在背後嚴肅地說：「坐在那裡。」

辰吉想往椅子上坐，但是上半身被繩子綁著，坐不好。王舉志走到辰吉身邊爲他解開繩子。

「你怎麼到定海來啦？金順記的工作不做了嗎？」

「啊？」辰吉吃了一驚，望著對方的臉。現在屋子裡光線已不那麼耀眼了。辰吉定神地看著看著，終於回憶起來了說：「啊！您是廣州的客人……王老師吧？」

「你到底想起來了。」王舉志笑著說。

辰吉有一段時期經常由金順記的澳門分店派往廣州辦事。當時住在廣州分店裡的一位客人現在就在他眼前。他心想：「這個人一定姓王，當時人們都叫他王老師。」

「金順記的工作停掉不幹了嗎？」王舉志又問道。

「不，沒有停。」繩子雖然解了，被綑綁過的胳膊還在發痛。辰吉一邊揉著胳膊，一邊說：「老闆勸我來看看打仗，並提供些情況供他參考。」

「到底還是連先生呀！你是日本的漂流民吧？」

「是的。您很了解呀！」

「在廣州時，金順記店裡的人曾經告訴過我，我對你很感興趣。你也學過英語吧？」

「學過一點兒。」

「想回舟山嗎？」

「啊呀……」

「想回就送你回去，我已跟部下說過是抓錯人了。我還可以跟他們說，漢奸王辰吉實際上是我方打進英軍裡的密探，要他們以後注意，這樣就可以把事情應付過去。」

「是嗎？……」辰吉感到爲難起來。

他希望能盡量擴大眼界。他在舟山已經待了兩個半月，他記得連維材什麼時候說過這樣的話：「英國看著舟山，其實是估計錯了，舟山不可能成爲貿易基地，將來上海的地位要在舟山之上。」

辰吉想到上海去，那裡有金順記的分店，還有溫翰老人。但是他考慮了一會兒說道：「還是請您放我回舟山吧！」他要回舟山有兩個原因：跟隨義律北上的石田時之助終究會回來，他希望能和石田在一起；另外舟山有香月……

「好吧！我們用船送你。你會游泳嗎？」

「當然會，我當過船伕。」

「那到定海的附近，你跳海游回去。跟英國人就說，你被抓住後半路逃回來了。」王舉志當天命令部下把辰吉送回舟山，他自己去了寧波。到處走動已成爲他多年的習慣。

在途中一個小鎮的市場上圍著許多人，他朝裡面看了看。一個檯子上擺著三個高約一公尺的結實木籠子。王舉志朝其中一個籠子看，裡面坐著一個紅毛漢子，眼睛瞪著看熱鬧的人。他那滿臉鬍子的臉上閃動著兩顆藍眼珠，顯然是被俘虜的英國兵。他的襯衫已破爛不堪，褲子也遮不住形體，沒有穿外衣。

群眾一邊看熱鬧，一邊嚷叫著，「完全像個大猴子呀！」

「是呀！聽說夷人跟猴子差不了多少。」

「我們看看女的去。」

最後的籠子裡裝著一個女夷人，她是鳶號船長努布的妻子，努布為了救孩子淹死了，搭乘小艇逃命的努布夫人就這麼被裝進籠中，變成供人們觀賞的丑角。她當時二十六歲。

「聽說她是英國皇后的妹妹哩！」

「這可是好人質啊！可以跟英國人說：他們不從舟山滾出去，我們就把皇后的妹妹砍頭示眾。」

看熱鬧的人互相談論著。

籠子高僅一公尺，寬度僅高度的一半，所以籠子裡的人無法躺下，只能坐著或蹲著，否則只得四肢朝下弓著了。

兩個男夷人戴著腳鐐，腰上繫著鎖鏈；努布夫人僅繫鎖鏈，未戴腳鐐。她的裙子已被撕碎，只能蓋到膝頭且破碎不堪，上衣也被撕裂。她併著兩膝，伸出雙腳，背靠在籠子上，兩手緊捂著乳房，把長髮垂到前面，好像不讓人看到她的臉。

「好大的腳呀！那個大腳板有幾寸呀？」

「頭髮也不短啊！還是棕色的哩！」

「那女的全身發抖哩！活該！誰叫他們跟天朝打仗呢！」

有的人還說些下流話，「乾脆把她脫光吧！」

「把腿打開！」

王舉志從努布夫人垂到前面的頭髮中間看到她失神的褐色眼睛，他心想：「打仗不必帶女人嘛！說她是皇后的妹妹恐怕是瞎說，她很可能和戰爭毫無關係。舟山有許多中國婦女遭到英國兵的凌辱，也難怪大家很痛恨她。」

王舉志分開人群從籠子邊走開。他一到寧波就去寧紹道臺的衙門留下一套女服說：「夷人並不是猴子。尤其是婦女，並不是戰鬥人員。能不能還他們的原形呀？」

江南地方官吏一向害怕這位「無冠帝王」王舉志。當時的道臺李紹昉說：「知道了。夷婦送到之後，我們將妥善處理。」

努布夫人到達寧波後收到一套華麗的中國服裝。後來刊載在《中國叢報》上的努布夫人的《幽囚通訊》中，也談到這件事。

6

寧波是浙江最大的商港。因爲「寧」字觸道光皇帝的名字「旻寧」的諱，當時寫作「甯波」。

王舉志在這裡得到林則徐被革職的情報。「這消息正確嗎？」他問了送情報的人一句。

「是從可靠的管道聽來的，不會有錯。」

「是嗎？……」王舉志的大眼珠子不停地轉動，他心想：「今後可忙了！」

如果林則徐革職是事實，那就意味著主戰派失敗，朝廷已經決定和平談判。官兵不打，但是中國必須要抵抗。王舉志想到自己組織的民眾。可是，英國究竟會採取什麼態度呢？他巡視了廣東，向連維材請教許多外國情況，他還預測不出目前的情勢將會如何變化。

「我到上海去一趟。」他跟部下這麼說後當天就離開寧波。

上海有溫翰。他到金順記的上海分店一看，溫翰不在。

李清琴儼然以女主人的樣子出來告訴他說：「溫先生叫水師提督請去了。」

「哦！是上蓮峰翁那裡去了。」八年前阿美士德號開到廈門時，廈門的水師提督是陳化成，號蓮峰。去年年底（國曆是今年的年初），他調任江南水師提督。英軍襲擊舟山時，他立即趕赴吳淞口整頓軍備；而他已年過七十。

王舉志立即來到陳化成住家。（他可以自由出入任何場所，會見任何人。）

陳化成正把溫翰請來商談時局。

「聽說少穆（林則徐）先生被革職了，是真的嗎？」王舉志一進屋就問道。

「我們正在談這件事哩！」溫翰帶著沉痛的神情回答。

「果然是眞的。那該怎麼辦？」王舉志緊接著問道。

「這太不像話了！我剛才也在徵詢翰翁的意見。翰翁說：『不管北京如何希望和平，英國最後還是要使用武力的。』」陳化成回答。

「既然帶著軍隊來了，那就是準備打仗的。我們不做全面讓步，他們一定會向我們開火的。」溫翰向王舉志這麼解釋說。

「不過，北京不是準備讓步嗎？」

「那是有限度的。英國已提出要割讓領土，皇帝在這一點上是絕不會准許的。」

「有道理，皇帝是個吝嗇鬼嘛！」王舉志當著提督的面竟然說出這樣毫無顧忌的話。

「所以要打仗。」溫翰肯定地說。

「英國是明明知道這種情況而提出和平談判的嗎？」

「是的。他們打算把最堅固的廣東防禦搞垮之後才開戰。」

這時，陳化成嘿嘿地笑著說：「廣東？他們以爲收拾了廣東，其他人都是呆鳥嗎？哼！他們還沒領教三吳的強大哩！」三吳的海防當然是由他這位江南水師提督指揮的。

陳化成把兩手攏到背後慢慢地踱步。他雖然意志剛強，但是畢竟上了年紀。也許是爲了掩蓋他那開始彎曲的腰背，他挺起胸膛說道：「王老師，請不必擔心。北京雖然沒給錢，但是剛才我們已接到金順記修建砲臺的捐獻。」

「我出不了錢，但是我將把人組織起來爲您效力。」王舉志拱了拱手回答。他向別人拱手是很少見的。

在北京，穆彰阿正爲他的同志——直隸總督琦善擔任欽差大臣赴任廣東——舉行餞別宴會。他帶著滿意的神情舉著酒杯，「兩江有伊節相（伊里布），廣東有琦中堂（琦善），邦家安泰無疑。……」

宿敵林則徐已失去皇帝信任，即將革職查辦。唯一讓他擔心的是，庇護林則徐的軍機大臣王鼎對皇帝說：「林則徐頗有人望，如強行處分，人心動搖。」而皇帝似乎也微微地點了點頭。

九月二十八日，道光皇帝發出了下面的上諭：

前因鴉片煙流毒海內，特派林則徐馳往廣東海口，會同鄧廷楨查辦，原期肅清內地，斷絕來源，隨地隨時，妥爲辦理。自查辦以來，內而奸民犯法，不能淨盡；外而興販來源，並未斷絕。甚至本年英夷船隻，沿海遊弋，福建、浙江、江蘇、山東、直隸、盛京等省，紛紛徵調，糜餉勞師，此皆林則徐等辦理不善之所致。林則徐、鄧廷楨等交部分別嚴加議處，林則徐即行來京聽候部議。兩廣總督著琦善署理，琦善未到任以前，著怡良暫行護理。此次英夷各處投遞稟帖，訴稱冤抑，朕洞悉各情，斷不爲其所動。唯該督等以特派會辦大員，辦理終無實濟，轉致別生事端，誤國病民，莫此爲甚，是以特加懲處。並非因該夷稟訴，遽予嚴議也。

上諭中辯解處分林則徐並非由於英國的強硬要求。應該說，這種託詞是此地無銀三百兩，反而露出了馬腳。

舟山通訊

清朝命令人民停止對英軍的反抗，英軍留下一半，其餘開赴廣東；伊里布可以此向北京邀功。

英軍當時早已對占領舟山斷念，因爲舟山沒有作爲貿易基地的價值已日益明顯。兩個義律離開舟山期間，英軍病死者達四百人；據說「光榮的蘇格蘭團」官兵已瘦得皮包骨。

1

林則徐十月一日獲悉琦善以欽差大臣身份來廣東。林則徐早已解除欽差大臣的職位，僅任兩廣總督。十月三日，朝廷決定革除其總督職務，等候處理。大約二十天後，他從吏部的文件中知道這一消息。新派欽差大臣來廣東，意味著皇帝已對林則徐失去信任。

林則徐早已有了準備。他上奏陳述自己的最後意見：

……夷性無厭，得一步又進一步，若使威不在克，即恐患無已時。且他國效尤，更不可不慮。（道光皇帝在這裡加朱批說：「汝云英夷試其恫嚇，是汝亦效英夷恫嚇於朕也。無理！可惡！」）……自道光元年至今，粵海關已徵銀三千餘萬兩，收其利者，必須預防其害。若前此以關稅十分之一，製砲造船，則制夷亦可裕如……（道光皇帝在這裡加朱批說：「一派胡言！」）

林則徐管理廣東的時期就這麼結束了。

十月十三日，巡撫怡良接到北京來的文件，封面上寫著「護兩廣總督怡」（代理兩廣總督怡）的字樣。正式通知雖然還沒下來，林則徐由此已經知道自己被革職了。

十月二十日，終於收到了吏部公文，命令他上京等候處分。他立即把總督的大印送交給怡良。因爲欽差大臣琦善已兼任兩廣總督，在他到任之前由巡撫怡良代理。

第二天，林則徐開始收拾什物，他必須立即退出總督衙門。「想幹的事堆積如山啊！」林則徐這麼想著。他認爲應盡的責任已經盡到了，但還有許多事情使他放心不下。

北京的穆黨勝利了。北京雖然也有許多林則徐的支持者，但是他們不像王鼎那樣在精神上給予支持，並沒有組成一個支持集團；不像穆黨那樣形成一個實際左右局面的集團。皇帝的動搖也大出林則徐的意料。穆黨當然在皇帝耳邊灌輸了許多東西，而皇帝本人也確實對天津洋面上的夷艦感到害怕了。

林則徐一邊整理書籍，一邊不時地嘆氣。

這時，幕客招網忠走進來說：「來了許多老百姓，把大街都擠滿了。」

「他們來幹什麼？」

「說是要慰問林大人。」

「我很高興。不過，我現在是獲罪反省期間，不能見他們。」

「有的人是來贈送餞別禮物的，您看怎麼辦？」

「送的是什麼東西？」

「鞋匠送靴子、茶商送茶葉，還有香爐、鏡子；另外還送來許多頌牌。」頌牌是一種匾額，上面寫著稱頌該人功德的詞句。

「只把頌牌收下吧！那是不能賣錢的東西，要他們帶回去也沒有用。其他東西都婉言謝絕。」

「明白了。」招綑忠走出房間。

當時廣州的人們送了林則徐五十二面頌牌，林則徐把這些頌牌放進天后宮。頌牌上寫著「仁風共沐，明鑑高懸」、「勳留東粵，澤遍南天」、「清明仁恕，廉潔威嚴」等等。

十月二十五日晚上，林則徐把連維材召到官署。

「我明天就要出發去北京，承蒙你給了許多協助。可是，結果事與願違。」林則徐的臉色確實不佳，但是他說話的樣子仍然和平常一樣。

「我說不出什麼話來安慰您。」連維材低下了頭。

「不過，由於得到您的協助，砲臺總算面目一新了。能把它留下來，也可聊以自慰了。」林則徐說。

連維材朝屋子掃視了一眼。行李已經收拾好，分成三堆放在那裡。林則徐指著行李淡淡地說道：「行李已分成三份。一份我帶走；一份送回福州的老家；剩下的一份準備寄放在予厚庵處。」

連維材的情報快，早已知道取消林則徐上京查處的決定，改為留在廣東等候查處，但是他沒告訴林則徐，因為這消息他遲早會知道。

北京方面也擔心苛刻對待頗有聲望的林則徐會造成很大波動。那麼多的民眾聚集在官署前，就真實反映了林則徐的聲望。他是個嚴厲的官吏，但是人們還是敬慕他。因為他清廉，當時清廉的官吏是很少的。

連維材離開官署來到街上，他感覺到心裡好像失去了平衡，因為林則徐太冷靜了。時局當然會有起伏，現在正處於低潮時期，林則徐表面上卻顯得異常冷靜沉著。連維材心想：「為什麼不能發出更壯烈沖擊巨岩的浪濤聲呢？」他突然想起了自由奔放的西玲。

當天晚上他回到家裡，緊緊地摟抱著西玲。

連維材回去後，林則徐接到了吏部的公文——在廣東等候查處。預定第二天去北京的日程，雖然不得不匆忙取消，但是他必須離開官署。

第二天，他和連維材商談的結果，決定借住高第街的連陽鹽務公所。鹽商們欣然同意作爲林則徐的寓所。在他搬進行李、剛安頓下來後，連維材又來了。他是來讓林則徐看兒子哲文寄來的信。

「哦！是在蘇州的公子嗎？」

「他不知什麼時候跑到舟山去了。信是十月十五日（農曆九月二十日）在鎭海投寄的，報告了舟山的情況。」

「是嗎？……」林則徐打開了信。當時民間傳遞情報比政府的公文還快，哲文的信應該有寶貴的消息。

2

舟山群島約由大小六十個島嶼組成，最大的舟山島長三十公里、寬十公里，島中央南岸有縣城定海，這個島主要由頁岩構成。

哲文握著畫筆在爲關山寫生，關山就是英軍在登陸後升起英國國旗的那個小山崗。「毫無生氣。」哲文說道。

一看這裡的景色，就可以大致了解居住在這裡的人們生活。被占領土地上的居民情緒低落，這是自不待言的；就連占領軍方面也毫無生氣。舟山的氣候給英軍帶來了種種疾病，最多的是壞血病，其次是瘧疾和赤痢等，而且很難獲得食物。清朝的紀錄說：英人占據定海後，不和居民同住，無法買到食物，而且水土不服，患病甚多。

當時在舟山的英國人給澳門的朋友信中這麼寫道：……

占領這裡究竟能起什麼作用呢？舟山並不是什麼重要的地方，廈門比它還強得多。廣州長期是對外貿易的中心，市場能得到保證，居民也熟悉我們的語言、性格和愛好等。你還是打消把公司轉移到舟山的念頭爲好，如果放棄澳門的事業轉移到這裡來，你一定會後悔的。

哲文正在寫生，一名十六、七歲的姑娘走到他背後看著。哲文畫好一幅素描，回過頭來說道：「妳喜歡的話就送給妳吧！」

「可以給我嗎？」姑娘的兩隻雙眼皮大眼睛滴溜溜地轉動著。

「這姑娘比這山崗還有吸引力啊！」哲文心想，他同時也回憶起蘇州那個划船的姑娘。

哲文凝視著姑娘。姑娘用手摸了摸臉頰說：「我的臉上沾了什麼東西嗎？」

「不，沒有。妳能告訴我妳叫什麼名字嗎？」

「香月。」

「好名字。」

「人家都說我這個名字太高雅了，和漁家姑娘不相稱。」

「沒有的事，非常相稱。」

「你問了人家的名字，爲什麼不說自己的名字呀？」

哲文叫姑娘這麼一說，趕快在關山素描畫的拐角上簽上名字遞給她看。

姑娘接過了畫，害羞地說道：「我不認識字。」

「我教妳唸，好嗎？」

「不用了。」香月轉過身跑開了。

「小心啊！別叫英國人給抓住了。」哲文衝著姑娘的背影大聲喊道。

「我還要抓英國鬼子呢！」香月停了一下腳步，回頭喊了一句，又一溜煙跑了。

哲文望著她的背影開心地笑了。他是和弟弟理文一起被王舉志帶到舟山來的，他畫完了，就回到定海縣城東南郊的祕密住處，王舉志就住在這裡。居民們都掩護來自對岸的支援者，占領軍控制的只有縣城。《中國叢報》上的《舟山通訊》中說：「我們在舟山的統治只能達到城牆。」所以說是祕密住所，也並不是那麼戒備森嚴。

「去畫畫了？」王舉志親切地問哲文。

「畫了。不過，送給村裡的姑娘了。」

「你眞是個好畫家呀！」王舉志笑了笑，但是他馬上就皺起眉頭。

王舉志正在苦惱，他向民眾宣傳民族的榮譽、綁架英國兵、抓捕漢奸，對英國明確表示人民的反抗，但是他覺得光是這樣不行。他無法把英國軍隊趕出舟山。舟山的洋面上停泊著英國軍艦，兵營裡有英國武裝的士兵，王舉志還沒有力量和他們正面對決。集結的力量還不夠，而且組織得也不好，他們所做的抵抗不過是綁架、放火。他想把爭鬥向前推動一步，要做到這一點，必須回到對岸重新計畫、加強組織。

「在這裡也沒什麼辦法，我準備明天回去一趟。」他突然這麼說。

這時理文已從縣城回來，他是裝成賣雞蛋的進城去的。他懂英語，一邊向英國軍隊賣雞蛋，一邊注意聽他們的談話、蒐集敵情。他當然裝作不懂英語的樣子，英國兵在他面前才會毫無顧忌地談了許多情況。

「怎麼樣？」哲文問弟弟說。

「看來他們是受不了了。病號多、居民不合作，弄得他們焦頭爛額。營房、重要設施好像也停止建造，我想說不定是準備放棄這個島。」

「軍隊的士氣怎麼樣？」王舉志問道。

「非常害怕疾病。壞血病、赤痢……他們中間好像都在談論馬上就要撤退的消息。」

「是嗎？」王舉志點了點頭，他的臉上露出一種懊惱的神情。英軍也許要撤離這裡，但是這不是他們的抵抗取得的成功，而是舟山的水土氣候把他們趕走的。

「也不只是因爲氣候、疾病的原因。」理文看出了王舉志的想法，安慰他說：「居民的敵對情緒也挫傷了他們的士氣。」

「是嗎？……」

「是的。老師的宣傳也起了作用，剛才我在街上就挨了一個漁家姑娘的罵。她說：『又去賣雞蛋給英國鬼子吧！你是漢奸、賣國賊！』」

「哦……」哲文露出高興的神情。

「哥哥也很了不起呀！那姑娘還拿著你畫的畫呢！」

「啊！原來是那個活潑的姑娘。」哲文苦笑了笑。

「據說和伊總督的談判很有進展。」理文坐到椅子上開始詳細報告。從天津洋面回來的義律已開始和兩江總督伊里布會談，理文詳細地向王舉志報告英軍官兵中傳說的會談情況。

3

從天津洋面返航的途中，兩位義律之間的鴻溝更深了。同意在廣州談判當然是貫徹了查理．義律的主張，但年輕的義律卻頑強地說服了堂哥。

「這麼一來，我眞不明白我們爲什麼要去天津洋面一趟。」喬治．義律不高興地說。

「不是白跑。正因爲去了一趟天津洋面，才能夠在廣州談判。以前連談判也辦不到呀！」堂弟義律反駁說。

由於六年的商務監督生活，查理的腦子裡已經深深烙印著「要保護貿易」。喬治是第一次到中國來，他只有一個念頭——「要使清朝屈服！」由於想法不同，所以他們怎麼也談不到一塊去。

北上艦隊一旦撤回舟山，本來應該立即開赴談判的地點廣州，但是在舟山還有一些必須解決的問題。最大的問題是釋放俘虜的談判。在測量時被綁架的安突德，以及在海上被抓住的努布夫人等，約三十名英國人已成爲清朝的俘虜。在兩個義律北上期間，伯麥準將和後來在鴉片戰爭中病死的聖荷斯準將，已經多次要求清朝釋放俘虜。當時兩江總督伊里布反覆強調，「英軍如撤出舟山，立即交還俘虜。」

查理．義律回到定海後，於十月三日帶著翻譯馬禮遜赴鎮海，原本在寧波的伊里布這時正好也來到鎮海。「他們這麼堅持要求釋放俘虜，特別是要求釋放安突德，其中一定有什麼原因。」伊里布是這麼想的。

據《夷寇雜錄》中說，清朝相信了一般的流言，以爲安突德原本是荷蘭大將，是英國女皇從其丈夫的國家借來的，因此一定要他們釋放。這和把努布夫人說成維多利亞女皇的妹妹，同樣都是出於猜測。「奇貨」可居就應該高價出售。伊里布再次提出釋放的條件是英軍退出定海。

「俘虜和撤退是兩個問題。是否歸還定海，將和琦善大人在廣州商談。」義律拒絕了這個條件。他表示，如果伊里布堅持把歸還定海作爲條件，那麼，俘虜問題先擱著也不妨。

伊里布大失所望。安突德並不是他所想像的「奇貨」，他決定降低價格，「英軍如全部撤退，立即就地釋放俘虜；如撤退一半，則在廣東交還。」

英國方面仍然堅持這是兩個性質不同的問題。在僵持不下的情況下，只就在定海停戰達成了協議。清朝命令人們停止對英軍反抗，英軍留下一半，其餘開赴廣東，伊里布可以藉此向北京邀功。

英軍當時早已對占領舟山斷念，因爲舟山沒有作爲貿易基地的價值已日益明顯。兩個義律離開舟山期間，英軍病死者達四百人；據說「光榮的蘇格蘭團」的官兵已瘦得皮包骨。

在談判期間，伊里布曾派執事張喜和軍官謝輔升向英軍贈送了牛羊肉等。張喜告訴伯麥準將，關於兩廣總督林則徐和閩浙總督鄧廷楨被革職的消息，並說：「慶賀之至。」

他本來是想討好對方，沒想到伯麥卻搖了搖頭，鄭重地說：「林則徐先生是一位有傑出才能和勇氣的總督，可惜的只是不懂外國情況。鴉片是不好的，但是斷絕貿易太過分了。貿易是我國的生命，我們不能不戰，並不是因爲憎恨林先生。」

由此可見，林則徐在英軍中也受到很高的評價。對英國人阿諛奉承的人雖然容易打交道，對他們有利，但是也受到英國方面的蔑視。

十月二十三日，喬治．義律要求伊里布出告示，不准定海縣人民襲擊英國人。伊里布照辦了，於是達成了停戰協定。

十一月十五日，兩個義律率領三千英軍離開舟山出發，其數正好爲整個兵力的一半。留下的陸海部隊由巴賴爾準將，和曾經襲擊廈門的布郎底號艦長波爾查分別指揮。

4

伊里布的停戰告示原文如下：

爲曉諭事：照得本年六月間，英吉利國夷船駛入浙洋，占據定海縣城。前撫部院烏❶，調集師徒，力籌堵剿，並頒給賞格，令爾等士民，協拿夷眾，分別給賞。嗣本大臣奉旨來浙，正在相度機宜，酌量籌辦。適該國統帥義律等，前往天津投遞稟詞，經直隸爵閣部堂琦❷，代爲轉奏皇上。因該國率兵赴浙，系屬有激而成，且並無滋擾之志。其在天津，所遞稟詞，又極恭順，情屬可原，並因定邑士民，皆屬國家赤子。今該國兵船，聚集定洋，與爾等相距咫尺，一經彼此相拒，恐爾等不免震驚之患。是以特命本大臣，不得復行攻擊，此正聖主息事愛民，樂天保世之至意。凡我臣民，皆當感戴者也。今本大臣已約定該統帥等，分船赴粵，聽候查辦。一俟粵東辦理完竣，該國即將兵船全行撤退，並不久據定城。本大臣又令其約束所屬，不得向爾等擾害。惟爾等不知原委，或因前撫部院出有賞格，仍然將該夷查拿，致起釁端。用是出示曉諭，爲此示仰定海縣士民等知悉，務須各安耕讀，自保身家。如果夷人並不向爾等擾害，爾等不得復行查拿也。各宜凜遵，切切特示。

王舉志看到這個告示後，臉色陰沉。他這個人是不輕信官僚的，但那是因爲他深信官府是錯的，可是這次他不明白了。

「遵從兩江總督的告示，果眞對國家、人民有利嗎？」他對這個問題感到懷疑，但他又沒有決定性的

---

❶ 指前浙江巡撫烏爾恭額。
❷ 指琦善。

掌握。

他曾接受林則徐建議到廣東了解外國情況，但是那次時間有限，不可能了解很多。他的廣東之行得出了這樣的結論，「外國的事情不能以我們過去的常識來判斷。」

王舉志抱著胳膊想，如果有把握，不管是欽差大臣還是總督，他都不會盲目服從他們的命令。「可是，這件事我實在不明白。服從告示可能對民眾有利吧！」他打不定主意，心裡十分著急。

他經常在江南各地閒遊，他眞後悔沒有利用這些時間更多地研究一些外國情況，現在連一個可以商量的人也沒有。「金順記的連維材也許會明白。」他想到了連維材，可是這位可以請教的人如今卻遠在廣州。

「理文君，你對這個問題怎麼看？」理文讀過一些外國書，因此王舉志這麼問他。

「我感覺停戰有點可疑……」理文的回答也含糊其辭。他年紀輕，還不能很好地理解這種問題。至於哲文，一開始就找了個遁詞說：「要說畫畫，我還可以說說。這麼重大的問題……」

「這可不好辦了！」王舉志是善於行動的人，可是，無法判斷是非的行動是不能貿然採取的。燃眉之急是要了解外國的情況，王舉志深切感到問題很麻煩。他十分煩惱，但哲文仍然若無其事地畫畫。

「好悠閒自在啊！」王舉志心想。不過，聽說哲文正在研究泰西的繪畫技巧，那也是一種了解外國的方法吧！他想到這裡就不生氣了。他受到許多人的信賴，自己卻這麼優柔寡斷，要憤恨的話，倒應該憤恨自己。

「該怎麼辦？」他的部下一見到他就這麼問。他的一句話就可以決定是繼續綁架或放火，可是他很難下這種決斷。

「在沒有我的命令之前，暫時靜觀等待。」他只能這麼說。他一個人回到自己的房間裡後，就提起筆給廣州的連維材寫信：

維材兄：握別以來，倏忽二星霜，遙祝起居安吉。愚生碌碌如恆，惟賤軀頑健，每撫寸心，僅自聊慰。此地伊中堂（伊里布）忽下停戰布告。愚生不敏，難測天之晴雨，不知示眾徒之方策，汗顏之至，即奉詢仁兄。……

義律一行於十一月十五日離開定海，開赴廣東。義律在臨走前發布了以下停戰命令：

總司令官現在通知全體遠征軍：目前英清兩國仍然在談判中，但是本司令官已與清朝欽差大臣伊里布之間達成了停戰協定。協定的要點是：兩國均不得侵犯已規定之界限，不阻撓人民之往來；英國的界限爲舟山島及鄰接的各小島——即摘葉島、螺頭島、冊子山、黃星山、普陀山和桃影山線内的各島。

因而提醒各遠征軍注意：不得越過這些界限，不得以任何方式和清朝人尋事，否則將會受到對方追究不履行停戰協定之責任。目前我方和清朝人民之間正產生一種友誼，面對這一事實，本司令官藉此機會表示滿意。鑑於遠征軍之安適與方便，有賴於這種友好關係甚大，希各遠征軍努力協助建立和人民之間的親善關係。

海軍少將喬治・義律

一八四〇年十一月六日於麥爾威厘號

5

在從舟山開往廣東的麥爾威厘號的船艙裡，兩個義律又爭吵起來。兩人對和兩江總督伊里布締結的停戰協定的解釋，意見並不一致。清英兩國的戰鬥並不只在舟山地區進行。在廣東水域，留守艦隊的都魯壹號艦長史密斯封鎖了珠江，不斷地和清朝方面發生衝突。總司令官義律少將解釋停戰協定只限於舟山地區；而堂弟義律大校卻想擴大解釋，認爲停戰也包括廣東。

「到廣東去是爲了和琦善談判的。一邊打仗一邊談判，那怎麼談呢？廣東的戰鬥應該停止。」年輕的義律說。

「那麼，遠征軍是幹什麼來的？」少將勃然變色反問說。

「是爲了向清朝施加威壓。」

「英國的艦隊不是裝飾品。」

「追根究柢，不是讓對方屈服就好了嗎？」

「你的腦袋裡想的盡是貿易。你的鬼點子是想在廣東停戰，讓那些貪婪的商人在虎門外做買賣吧？」

「做買賣有什麼不對。」查理．義律忘了上下級關係，頂撞堂兄。

他們翻來覆去地爭論著。查理有在當地工作六年的經驗，就滔滔不絕地大談清朝問題；而喬治剛從開普敦來，對清朝問題一無所知，無法進行正面爭論。

「這種事不是我了解的範圍。」喬治只好採取蠻不講理的態度，這更加刺激了年輕的堂弟。

「這次遠征的原因就是貿易！」

「我應該執行倫敦的命令。」

「哥哥的想法並不是高明的辦法。」

「那只是你那麼認為。」

查理深信不必訴諸戰鬥琦善遲早也會屈服，但是堂兄喬治卻想開砲。好不容易被任命為遠征軍總司令，不打仗那還算什麼遠征艦隊。

從舟山開往廣東的軍艦除了麥爾威厘號外，還有威里士厘號、伯蘭漢號、拉呢號、加略普號、黑雅辛斯號、摩底士底號和哥倫拜恩號；另外還有武裝商船進取號、皇后號、復仇神號和馬達加斯加號。這支艦隊十一月二十日出現在澳門洋面。

在南下艦隊到達前，頑固的留守艦隊司令史密斯大校在廣東水域大耍威風。十一月九日襲擊從福州開來的官糧船；第二天又奪走陽江右營的大米船，綁走了三十名清兵；另外還掠奪近十艘鹽船。史密斯大校認為，這是執行封鎖任務，而那些渴望恢復貿易的商人看到這種情況都感到惴惴不安。

「查理．義律來了會幫我們想點辦法。」商人這麼議論著。

查理雖然是軍人出身的貿易監督官，但畢竟有六年的經驗，容易理解商人的心情。事實確實如此。查理．義律拚命地和上司喬治．義律爭論，要把停戰區域從舟山擴大到廣東。

到達澳門洋面的英國艦隊和留守艦隊會合，開進了銅鼓灣。第二天——二十一日，輪船皇后號懸掛白旗開赴虎門，其意圖是表明英國全權代表團已來會談。當船上放下的小艇即將靠岸時，穿鼻新砲臺的大砲一起開砲；皇后號撤回小艇，發射六十八磅砲彈，並立即返回銅鼓灣。

之前在廈門也是這樣，廣東官員不知道懸掛白旗是什麼意思。英國方面憤慨地說：「連世界共同的信號都不知道，簡直是些無可救藥的傢伙！」而清朝方面卻抱持，「什麼白旗標誌？那是夷狄隨意規定的，跟我們沒有關係。」從英國方面來看，認為清朝是處於世界之外；從清朝方面來看，認為中國就是一個世界，白旗只不過是這個世界之外的信號標誌。

喬治．義律當晚在澳門登陸，把致琦善的書信交給清朝官員要求轉遞。其實談判的對手琦善還沒到廣州。琦善從北京出發由陸路南下，他進入廣州城是農曆十一月六日（國曆十一月二十九日），即義律到達後的第九天。

廣東在琦善到達之前等於是沒有首腦的。兩廣總督林則徐已被革職，廣東巡撫怡良是代理總督，當地負責對外關係的海關監督予厚庵因爲父親去世正在服喪。英國艦隊閒極無聊，不時朝著砲臺開砲進行威嚇。這當然是喬治．義律的命令。

主角替換

第二天——三十日，琦善來高第街拜訪林則徐，這是禮貌性的拜訪。林則徐有意不見他，琦善在完成拜訪前總督這一形式後也匆匆離去。

他們倆都意識到彼此立場有明顯分歧。如果他們以直隸總督和兩廣總督的身份見面，當然會歡談一番。但是現在是在同一個地方來交接同一件工作——「夷務」，並且琦善要以和林則徐完全相反的方法進行這一工作，所以彼此都不願意見面。有時巡撫怡良來訪，林則徐也不見。

1

談的都是一些閒話，但是伍紹榮感覺西玲的話中似乎有什麼難言之隱。西玲很久沒來了，他不清楚西玲是帶著什麼想法來怡和行的。

「是想重修舊好？」伍紹榮心想。

西玲跟各式各樣的男人好過，她是不是要在這些男人身上再一次尋找什麼東西？伍紹榮突然感覺西玲的眼光好像想要從男人心中挖出什麼東西來。

「西玲，妳到這裡來是想檢驗一下究竟哪個男人好吧？」

西玲的眉頭動了動。伍紹榮凝視著她，等待她的回答。

「猜錯了一點兒。」她壓低了聲音回答。

「一點兒？」伍紹榮笑了起來，「哪裡錯了？」

「哪個男人適合做我孩子的父親……」

「哦！是猜錯了一點兒。」

「我也不年輕啦！」

「哈哈哈！」

緊張的情緒消除了，伍紹榮大笑起來。這時僕役走了進來問道：「鮑鵬先生來訪，請老爺吩咐。」

「讓他進來吧！」伍紹榮說後，回頭問西玲，「妳知道鮑鵬嗎？」

「嗯！非常了解。」

「聽說他威風凜凜地回來了。妳要見他嗎？反正不過說點客套話，沒什麼了不起的事。」

「不，我不想見他。」

「那麼，妳到隔壁去吧！」伍紹榮指了指布幔。

所謂隔壁，並沒有牆壁，而是用一塊布幔隔開的地方。西玲撩起布幔，走進了那個西式房間。那裡有椅子；另外在葡萄花紋的地毯上，還放了一個紅色大座墊和一個閃緞的睡墊。西玲躺在那裡，不一會兒，鮑鵬和伍紹榮談敘闊別的聲音從鄰室傳進她耳裡。鮑鵬的聲音比他在顛地商會當買辦時神氣多了。

「我到義律那裡去了。」鮑鵬裝腔作勢地說。

「辛苦啦！」伍紹榮回答。他的聲音仍然和平常一樣。

「是去通知新欽差大臣到任，回來又向琦善大人報告。剛好有點空，就拜訪拜訪過去的老朋友。從明天起我就要忙了，我想趁現在還有點空……」

「這、這太感謝了！」

衣錦還鄉本是男兒的宿願，鮑鵬現在正是春風得意時。他之前在顛地商會當買辦，在嚴禁鴉片時，他因為一向在顛地商會辦理鴉片券，害怕被當作鴉片犯判處死刑而逃到北方。他在山東當官的同鄉招子庸那裡當食客時，開赴天津洋面的義律艦隊歸途中路過山東的登州。山東巡撫為了接待英國人，正在尋找會英語的翻譯，這時招子庸推薦鮑鵬。鮑鵬因此走了紅運。在登州，有老友馬禮遜和跟副使查理・義律也很熟，他們在一起暢談往事。清朝的官員們看到這情景十分欽羨，覺得「這傢伙在夷人中很有人緣」。

琦善將以欽差大臣的身份去廣東，很希望有精通夷語的人，山東當局向他推薦了鮑鵬。北方會英語的人不多，鮑鵬當年幾乎像黑夜潛逃似的溜出廣州，如今當上了欽差大臣的隨員，大搖大擺地回到廣州。他擔任的工作當然是和夷人交涉，因此給了他八品官的待遇，他當然洋洋得意。

伍紹榮和鮑鵬——一方是公行的總商、廣州首屈一指的大富商；一方不過是和伍紹榮有買賣關係的顛地商會雇員。之前鮑鵬見到伍紹榮，簡直像僕人對主人那樣謙卑；而現在他經常提醒自己：「如今和過去不同了。我是官，是欽差大臣琦善大人的心腹。」

現在他說話時清嗓子的次數增多了，語調顯得很不自然。西玲隔著布幔聽著兩人談話，不覺得撇了撇嘴，「裝腔作勢！」

2

「鮑鵬先生，你出人頭地啦！恭喜恭喜！」伍紹榮說。

鮑鵬就愛聽這樣的話。這句話終於從對方的口中說出來，他的答話當然早已準備好，他早就在心裡練習了許多遍。

「謝謝你！沒什麼，我不過是幸運。慶幸的是欽差大臣大人對我十分滿意。」鮑鵬不等對方詢問，就洋洋得意地談起他和新欽差大臣琦善相遇之後如何得寵，「第一次見面的時候，琦善大人就詢問夷人的情況，特別詢問了義律情況。你也知道，義律在澳門時我就認識，所以我就談了我的感覺。我的感覺和琦善大人在天津會見義律的感覺完全一樣。啊！這也可以說是一種機緣吧！」

對他這種自吹自擂，連伍紹榮也不覺地皺起了眉頭。不過，鮑鵬並未注意。他大概是想起當時的情況，好像陶醉似的閉上眼睛，接著說道：「琦善大人這麼跟我說：『……你很了解夷人，而且觀察也很準確。你跟我到廣州工作吧！』」

琦善一行人從北京出發，六十來天才到達廣州。這和前欽差大臣林則徐上任所花的時間差不多。不過，林則徐是在一月的嚴冬季節從北京出發，一路上又爲風雪所阻，而且沒帶隨從，旅途十分簡樸。琦善的情況正好相反，他是在十月上旬最好的季節南下，而且一路上大講排場。

據鮑鵬說，旅途中琦善經常把他叫到身邊詢問了許多事情。「這太好了！」伍紹榮隨便地爲他幫一兩句腔。

「說起來眞有點誠惶誠恐。我跟琦善大人還談得很投機哩！」他翻來覆去地這麼說。但是並未具體說出一個欽差大臣和一個前買辦究竟是怎樣談得投機的，所以鮑鵬的話聽起來讓人感到肉麻。

「同樣是欽差大臣可不一樣啊！」鮑鵬說：「以前的林大人太不像話了，伍先生也吃了不少苦頭吧！我也算是被他趕出廣州的。不過，你看，現在我伴隨著新欽差大臣一起回來了。人的命運眞有點諷刺，而且我說的『伴隨』可不是一般的『伴隨』啊！」

總之，他的意思就是說自己是如何得到琦善的重用，因而和當買辦時的他已經大不同了。伍紹榮故意裝作沒聽懂他的意思，這麼一來，鮑鵬就更想展現他的實力了。

「把我趕走的林大人怎麼樣了？現在他觸怒了天子，老老實實地在待罪。琦善大人是欽差大臣，他將代替天子來審訊林大人。這就是世道的輪迴報應啊！林大人當然要由琦善大人處理，其他的一些小人物，憑我的權力就可以給予處分。我可是不久前被他們趕出廣州的。」

出來。

「啊！真了不起。」伍紹榮的話，一聽就會明白是帶有揶揄的意思。但腦袋發熱的鮑鵬卻一點也聽不出來。

「是呀！例如像金順記的連維材，馬上就要把他抓起來。他跟著林大人幹了些什麼事，我已經調查清楚了。」鮑鵬看了看伍紹榮的臉。連維材怎麼使公行難以應付，鮑鵬當然是清楚的，而且在公行利用承文僞造鴉片、企圖陷害連維材的陰謀中，他還充當過一個角色。

以公行的力量是無法對付連維材的，現在憑自己的力量就能輕易地把他收拾掉。

鮑鵬是個大圓臉，他的額頭和臉頰由於得意而油光閃亮。

「哦！要抓連維材……」

「對，那傢伙應該抓。不，就是要抓他。」

「會那麼簡單嗎？」

「沒什麼！情勢不一樣了。林大人的盾牌沒了，連維材也變成折斷翅膀的老鷹啦！」

「逮捕令……？」

「就在這一、兩天內。」

「眞厲害！」

「那當然囉！林大人的過錯是惹怒了夷人。沒收鴉片姑且不說，還建造砲臺、製造兵船、搜羅流氓無賴充當鄉勇。這些錢是從哪裡來的？我早就清楚是連維材出的。連維材幫助林大人做壞事，就是對天子的不忠，當然免不了懲罰。」

「公行也捐獻了一點錢……」

「那是沒辦法，是被迫的。這種事就睜一隻眼閉一隻眼了。」

鮑鵬眞的閉上了眼睛，那樣子好像在說一切都是由他決定。對伍紹榮來說，連維材可以說是宿敵，但是他尊敬這個敵人，他不希望連維材落到鮑鵬這種人手裡。

「另外還有許多人也將受到懲罰。」鮑鵬得意地說。

伍紹榮擔心起來。他立即聯想到公行，會員中有沒有人跟鮑鵬結過仇呢？「公行的人怎麼樣？」

「那沒問題。」鮑鵬拍著大肚子，露出會心的微笑，「不管我怎麼出人頭地，待我好的人，我是不會忘記他們的恩惠的。公行的各位對我都很好，你放心吧！不過，讓我吃過苦頭的人，我是不會放過的。」

「鮑鵬先生和人們的關係都不錯嘛！」

「不，不，有時我想對人家好，人家卻給我安下陷阱。例如以前我就曾經被人告密過。」

「哦！有這種事嗎？」

「有個傢伙把鴉片暗自放進我家中，同時向衙門投了告密信。這一手可真厲害啊！幸好那是韓肇慶當權的時期，給我把這件事暗自了結了。」

「花了不少錢吧？」

「那就不用說了——我知道那個想陷害我的人。老韓把告密信讓我看了，一看筆跡我就知道了。」

「不能饒恕這個人嗎？」

「那當然。不過，請放心，這個人和公行毫無關係，甚至可以說是公行的敵人。你就等著瞧吧！我要讓他們喊爹叫媽地求饒。」

鮑鵬到這裡來，除了展示他衣錦還鄉之外，看來好像還有另外的目的。臨走前，他終於說了出來，「林大人的後面有個連維材幫他大筆地出錢。琦善大人的後面如果也能有這樣一個人，事情就好辦多了。這一點我希望你能考慮一下。」

意思就是要伍紹榮拿錢出來。伍紹榮一開始就心中有準備，誰來都要在他身上拔毛，這就是商人的命運——但是他想做一點抵抗。

「聽說琦善大人是個大財主……」

「再大的財主，錢也是放在北京呀！」

「是嗎？不過，林大人要造砲臺、造船，所以才要錢；琦善大人並不打算造這些東西，爲什麼要錢？」

「這個嘛……搞政治這種玩意兒，往往在眼睛看不到的地方需要很大的開銷。」

「這件事我會放在心上的。」

「那就拜託你啦！」

裝模作樣而來的前買辦，裝模作樣地回去了。

3

西玲猛地掀開布幔走進房間。

「妳都聽到了吧？西玲小姐，怎麼辦？這可是關係到連先生的一件大事啊！」伍紹榮說。

他看到西玲蒼白的臉，心想：「這女人到底還是連維材的人呀！」他曾經感覺過西玲是自己的人，那是在發生林則徐包圍夷館事件的時候。唯有那一次他感覺到自己戰勝了連維材，但是他付出了披枷戴鎖的代價。

「你勸老連暫時避避難，落在這種人的手裡不值得。」他說。

「好吧！」西玲點了點頭。

「老連是我的情敵，眞的被抓起來，對我倒是有利呀！」伍紹榮半開玩笑地說：「不過，對手太下流了，我不希望老連落在他的手裡。妳看怎麼辦？這傢伙很記仇，連過去告密的人也想趁這個機會整一整。這可和工作毫無關係的。」

「是我。」西玲說。

「啊？」

「告密的就是我。」

「哦……」伍紹榮看著西玲的臉，就好像在看什麼稀奇的東西。

「可是，要說告密，也是鮑鵬先告的。為鴉片的事情把我弟弟連同老連的兒子一起告了，我知道這情況，只是報復一下。」

「是這樣呀……」

西玲轉身就出了房間，簡直像一隻牝豹。

「小豹子的父親看來已經選定了。」伍紹榮閉上眼睛坐在椅子上。

林則徐雖然是待罪之身，但是罪名並沒有判定，所以他並沒有身繫囹圄，而是蟄居在高第街鹽商的家中。和他同罪的鄧廷楨現為閩浙總督，同樣被取消了押送北京的決定，奉命赴廣州等候查問。鄧廷楨於十一月二十一日到達廣州，和義律艦隊由定海到達澳門洋面幾乎是同時，當時琦善還沒有到任。他們倆都是待罪之身，久別重逢，交杯暢飲。自包圍夷館、銷毀鴉片以來，他們是苦樂與共的同志，幾乎每天都互相往來。

林則徐雖然是待罪之中，來訪的客人仍然不少。尤其是巡撫怡良，經常來徵詢林則徐對時局的意見，但是正式場合則必須回避。十一月二十九日，新欽差大臣兼兩廣總督琦善到達廣州時，他沒有出迎，只派了代表。

第二天——三十日，琦善來高第街拜訪林則徐，這是禮節性的訪問。林則徐有意不見他，琦善在完成了拜訪前總督這一形式後也匆匆離去。

他們倆都意識到彼此的立場有明顯分歧，如果他們以直隸總督和兩廣總督的身份見面，當然會歡談一番。但是現在是在同一個地方來交接同一份工作——「夷務」，琦善還要以和林則徐完全相反的方法來進行這工作，所以彼此都不願意見到彼此。有時巡撫怡良來訪，林則徐也不見。可以放心見面的是，和遭到革職處分的老友鄧廷楨和民間人士連維材。林則徐走下政治舞臺後，寫詩作文、飲酒下棋，做一些自己所喜愛的事情，等待定罪的日子到來。和鄧廷楨一起可以寫詩唱和、飲酒暢談。可惜鄧翁不會下棋，下棋的對手是連維材。

十二月一個陰雨日子，林則徐整理出過去英國人以稟（請求書）的形式遞交來的二十五份公文送交琦善，然後就和來訪的連維材下棋。連維材的棋和他的詩一樣都沒有經過正式學習，下得不太高明，經常輸。

「材翁的棋有點兒怪，」林則徐笑著說：「你太過於只看大局。棋不強，不過很難得。」初學棋的人往往只注意小局，而連維材正好相反。

「這是我自己的獨特下法。」

「棋如其人。」林則徐凝視著連維材說：「從下棋來看，我感覺到你可能會在微不足道的小事上摔一跤。」

「謝謝你的忠告，我會記在心上。」

林則徐投下一個子說：「你看，這個地方你又有點小損失了。」

「啊呀呀！我疏忽了。」

「小事情上疏忽，有時也會致命的。」

連維材又輸了。回到金順記，西玲臉色蒼白，突然緊偎著他說：「聽說鮑鵬要害你。」

「鮑鵬？」

鮑鵬是個小人物，要注意小事情——林則徐剛才對他進行了忠告。

4

艦隊到達澳門洋面等待琦善到來的期間，英軍司令部裡的堂兄弟——兩個義律的衝突，已經發展到不可收拾的地步。

英國的商人們感到疑惑不解。由於司令部裡意見分歧、流傳出各式各樣的消息，他們不知道該相信哪一個好。

顛地、貝爾等幾家英國商會聯名給喬治·義律寫信詢問說：「自宣布六月二十日封鎖珠江的命令以來，我們沒有接到任何關於英國政府方針的通知。封鎖是否要等到協定成立才解除？舟山的停戰是否也適用廣東？將來的貿易是在虎門外進行，還是可以進入虎門？或透過澳門進行？貨物存放海上，由於停泊時間過長，費用增多；卸到岸上，存放澳門，必須向葡萄牙納稅，而且需付倉庫費用。我們究竟該怎麼辦？」

十一月二十六日，義律少將回信說：「停戰協定和舟山以外的地方無關。關於商業上的問題，本司令官也希望能儘快通知諸位，但是目前由於清朝的意圖不明，我只能說，但願不久就能解除諸位的擔心。」

兩個義律的意見分歧是在於如何考慮貿易問題，但是爲了使清朝門戶開放、繼續進行鴉片貿易，他們都認爲必須給對方狠狠一擊、使其屈服，在這一點上他們並沒有多大分歧。兩人的不和主要還是由於個性原因而產生的感情不睦。

意見的分歧還可以透過討論得到一定程度的接近，感情上鬧彆扭則是無法修補的。兩人之間經常罵罵咧咧地爭吵，每當這時候，都是年輕的義律占上風。

堂哥義律全身哆嗦、臉色蒼白，大聲喊道：「隨你的便吧！」他藉口「急病」，眞的踏上了回英國的歸途。這事發生在十一月二十九日。正好這一天琦善到達廣州，他立即派出直隸的守備張殿之、白含章兩個軍官和鮑鵬等三人，去虎門外通知欽差大臣已經到任。

當時義律少將親自接見了這三名清國委員。

「我方懸掛白旗前去，貴國的砲臺卻開了砲，這實在令人遺憾。在浙江會見伊里布總督，聽說清朝皇帝已有和平的恩旨，爲什麼還要開砲？我們要求正式賠禮道歉，並保證今後不對懸掛白旗的船隻進行攻擊。」義律少將突然採取強硬態度，對三名委員提出抗議。

三名清朝委員回去不久，兩個義律之間就發生了大衝突，結果一方辭職。

三人回到廣州，在鮑鵬去怡和行訪問伍紹榮時，英國方面緊跟著送來通知：特命全權大使義律少將因急病回國，提升副使義律大校接任。

清朝當局看到這個通知大爲驚訝，尤其是剛剛見到精神抖擻的少將的三名委員，更是感到莫名其妙。

「怪不得他的臉色好像有點兒發黃。」鮑鵬出於本性迎合琦善的詢問，這麼回答。

不過，張殿元和白含章卻老實地回答：「他的氣色很好，根本看不出是病人。」

「說是得了急病……」欽差大臣琦善帶著警戒的神情低聲地說：「是不是什麼策略呢？」

琦善的方針早已決定——不戰、求和。條件要盡量殺價，最後一定要達到「和」的目的。因此，他的做法當然和前任林則徐背道而馳。這一方針他和北京的盟友——軍機大臣穆彰阿早就仔細商量過了。

來到廣州之後，他首先感到不快的是林則徐的影響仍然深遠。爲了走走形式，他到任後立即聽取廣州高級官員的意見，巡撫怡良的意見和他在北京聽到的林則徐主張完全一樣；水師提督關天培也是如此。

他心想：「除掉一個林則徐，還有第二、第三個林則徐啊！……」他很不高興，於是琦善決定不信任當地的人。和英國人的談判只用他的心腹張、白、鮑三人，把當地官員排除在外。在給北京的奏摺中也插進去一些影射當地人的話，說什麼廣東省城遍地是漢奸等。

他覺得賠禮道歉可能太輕了。琦善最擔心的是惹怒皇帝的「割讓海島」，爲了降低這個條件，其他方面應該放寬。「處分參將級的軍官也可以。」他這麼考慮。

鮑鵬已經沒有工夫去逮捕連維材和曾經告密的西玲。他被琦善叫去，和張、白一起再次上英國人那裡去。

琦善命令他們三人向英方轉達以下內容：

向懸掛白旗的皇后號開砲是士兵的錯誤，現在正在調查中，已經命令有關方面今後不得亂加攻擊；希望貴方船艦盡量停泊於伶仃洋，不要太靠近虎門；書信連繫今後希望透過澳門同知。

琦善特別附在張殿元的耳邊說道：「你和他們明確地說：『開砲的負責人一定要處分；我們說調查中，絕不是藉口拖延。』」

同時，他還命令廣州知府及幾名高級軍官去虎門。

琦善的奏摺中說：

……夷情仍然不可測，虎門乃近省之要地，不宜沒有防備，因此命廣州知府余保純、副將慶宇、游擊多隆武等人，赴該處嚴加防備。

余保純等人曾經鎮壓花園事件，保護過英國人。琦善命令他們的其實不是奏摺中所說的「嚴加防備」，琦善的眞正意圖是：監視我方軍隊不得對英國船艦亂加攻擊。

5

連維材把西玲送到了石井橋。

「妳逃吧！」當西玲跟他這麼說的時候，他很高興。她那眞誠的表情說明她是在爲自己擔心。

石井橋有西玲以前住過的房子，但是鮑鵬知道那地方，住在那裡會有危險。

李芳就住在附近。他體弱多病，是地方名門，頗有聲望。西玲對李芳似乎也動情，這一點連維材也知道。讓西玲寄居在李芳家中，等於是把西玲交到情敵手中。李芳是半個病人，看到他那幾乎馬上就要倒下的身體，連維材不覺得放心了。可是，交談了一會兒之後，他又勾起了一陣不安。

連維材本來是一個婢女所生的孩子，他一向把自己看成是一隻野狼——一隻出沒無常、露出獠牙、滿身缺點的野獸。而現在在他眼前是一個臉色蒼白、出身地方名門的家主——一個繼承了悠久傳統、完美無缺的人物。

「這傢伙的身上有一種可以壓垮我的東西。」連維材心想。不過，李芳並不會讓他產生敵意，而且他和伍紹榮等公行裡的人不一樣，在事業上和連維材幾乎沒有任何關係，但是他確實是連維材應該撕成碎片的對象。他正是懷著這樣複雜的感情面對李芳的。

「看來你也很危險吧？」李芳說。

「我不想因爲鮑鵬這種人而逃出廣州。」連維材這麼回答。不過，連他自己也意識到這話裡有點虛張聲勢。他補充說道：「當然，爲了避免不必要的麻煩，我打算暫時不回金順記，先到廣州城內找個避難的地方。」

「連先生的事情妳不必擔心。」李芳不是對連維材，而是對西玲這麼說。他的態度和聲音都有所抑制，但是還是明顯地表現出一種關懷。

李芳拄著拐杖把連維材送到門口，「今天身體疲勞，下石階有點困難。失禮了。」

「請回吧！不必客氣。」連維材低頭行了個禮，「她住在你這裡，我想還是不要讓錢江先生或何大庚先生知道爲好。」

「我也是這麼認爲。」

這些慷慨激昂的處士，腦袋一發熱，不知道會在什麼地方說出去。

連維材從石階上走下去時，西玲和李芳在他背後的談話聲傳進他的耳裡。

「以前不是在你家前面的廣場上訓練壯丁嗎？」

「是的。以前從連先生那裡借來余太玄先生訓練壯丁，現在停了。」

「爲什麼？」

「昨天琦善總督下了通知，不准民間進行武裝活動。」

「果然和之前林總督所做的一切都正好相反。」

「是的。太明顯了，簡直是大變了。」

這個曾經訓練壯丁的廣場現在空無人影，連維材從那裡穿過，踏上了歸途。

他想起西玲曾告訴他李芳說過的話——財主們爲了保護自己的生命財產，教貧苦農民武藝；有一天農民活不下去了，將會用這種武藝對付財主們。

李芳心裡十分明白，有些東西正在崩潰。他好像用自己多病的肉體來象徵這一正在崩潰的東西。李芳的眼睛讓人感覺到好像在說這樣的話——「沒落是要沒落的，但是不必借助他人的武器。我要靠我自己和自己的武器垮掉！」

這個國家要想獲得新生，新興的山中之民和海濱之民一定要有力量——連維材是這麼深信的，因此必須有破壞。在他的腦子裡，一直認爲破壞的過程將是直線的，但是見到李芳之後，他感覺到有可能採取較爲曲折的方式。即將崩潰的事物，在一定時期可能成爲時代的主人公，發揮粉碎自己的作用。看到李芳孱弱的身體，連維材反而感覺到他身上蘊藏著一股巨大的力量。

走到廣州城前，他坐上轎子。他不去金順記，而讓轎夫抬往高第街。他選擇的避難地點是高第街的鹽務公所。

林則徐雖然已被革職，但是這裡畢竟是前總督的寓所。儘管鮑鵬是八品官，又能依恃琦善的權勢，還是不敢隨便闖進來。

林則徐事先已得到通知，他笑著迎接連維材說：「你被一個破棋子給趕來啦！」

「破棋子尖利，會刺傷手指。」

「最好不要無謂地負傷。不過，這個破棋子大概又被扔到虎門去了，目前恐怕還沒有空來傷害材翁的手指頭。」

避戰

琦善也和義律一樣，並不知道自己的命運。皇帝是個愛錢如命的人，在英國艦隊離開天津洋面後，他的態度又強硬起來。北京的氣氛正轉向主戰論，這些情況還沒有傳到廣州琦善的耳裡。

琦善一直深信：我的任務是無論付出任何犧牲也要避免武力衝突；皇上之所以用我，都是為了和平。

1

琦善預料關天培會滿臉通紅、大發脾氣。不過，在廣東文武首腦的協商會議上，關天培臉色煞白。只有他那不停抖動的灰鬍子，顯示出他極其憤怒。

琦善在協商會上發言說：「副將陳連陞是向懸掛白旗的英國船皇后號開砲的禍首，我認為要斬了他向英國賠禮道歉。」

關天培感到全身的血液停止了流動，緊攥著拳頭大聲說道：「要斬陳連陞，先斬了我！只要我活著，絕不准斬他！砲擊英國船的最高負責人是我水師提督！」關天培說後，搖搖晃晃地坐下來。他感覺到全身無力、眼睛發眩。

「軍門，這可不好，說這種話可不好。」琦善為難地說。

琦善的話並沒有進入關天培的耳裡。他一坐下來又反覆地說道：「不斬我，絕不准斬陳連陞！」

在座的官員全都屏聲斂息。在這樣的寂靜中，琦善清楚地感覺到其他人對自己的敵意。過了一會兒，巡撫怡良站起來說道：「英夷不是只要求登船道歉嗎？」

關於砲擊懸掛白旗的英國船問題，義律只提出高級官員正式賠禮道歉的要求，並沒說要斬負責人。

「登船道歉有損國家的體面。」琦善回答。天朝的大官怎麼能向夷人低頭道歉呢？與其做這種叩頭下拜的事，還不如斬個人，以保全面子——琦善吞吞吐吐地做了這樣的解釋。

廣州將軍阿精阿站起來說道：「我也反對處分陳連陞。當然，制軍（總督）帶有欽差大臣的關防，儘管我們反對，仍然可以強制處分。不過，要是那樣的話，我要求把我堅決反對的意見明確地寫在紀錄上，並向北京報告。」

未等阿精阿落座，陸路提督郭繼昌挺起腰桿站起來說道：「在我任職期間，無法忍受做出這樣的處分。如果非斬陳連陞不可，老夫希望在斬他之前辭退。」七十三歲的郭繼昌這麼說後，連喘帶咳地坐了下來。

「這些傢伙怎麼全都這麼不明事理呀！」琦善心裡咒罵著，心情煩躁起來。

他是欽差大臣，可以獨斷專行，不顧任何人的反對，但是沒有一個人贊成處分陳連陞。只要把一名副將當犧牲品，在和英國的談判中將會得到多少好處啊！他多麼希望透過這個辦法在割讓海島的問題上殺價，從而求得和平。可是……

「能不顧一切的反對嗎？」他心裡這麼琢磨著。

可是，在目前這種狀態下，要斬陳連陞就必須斬關天培。處死一個副將還不那麼引人注目；要是斬了水師提督，這個問題可就太大了。而且陸路提督提出辭呈；廣州將軍要把他的反對意見寫在紀錄上。這些情況怎麼向北京奏報呢？從許可權上來說，他是可以這麼做的，但是實際上行不通。當時的廣東政界已經死氣沉沉，只有琦善從北方帶來的幾個官員在工作，以前在廣州擔任政務的人幾乎全部被排擠在外，因爲琦善不信任他們，他認爲這些人都有點「林則徐氣味」。

「廣州的這些傢伙都受了林則徐影響，都偏袒林則徐跟我作對。」琦善心想。

當布政使梁寶常站起來時，琦善心裡產生了希望，覺得他也許會支持自己。梁寶常是新來的布政使，幾乎和琦善同時到任，他之前一直在北京，所以不可能受林則徐的影響。可是，這位梁寶常一開口也表示不贊成處分陳副將。「我想當時各營的指揮官都接到命令，夷船一靠岸就立即開砲。白旗雖然是軍使的標誌，但是我國軍隊中並沒有這種規定，不知道這一情況就不能構成罪狀，恐怕應該說，陳連陞是忠於職守的，應該給予嘉獎。把這種人處斬，恐怕不是天朝的正道。」梁寶常到底是文官，表示反對還能說出一套道理來。他就座之前又補充了幾句，「新任按察使王廷蘭大人至今尚未到任，在此期間由小官代理。我作爲代理司法刑獄的按察使陳述反對意見，認爲這種不合情理的處罰會擾亂天朝的法度。」

琦善一聽這話，站起來說：「這個問題再考慮考慮吧！」

他顯得很不高興，踢起波浪花紋的朝服退出了會場。他心裡已暗自下決定，「會議這種玩意兒今後把它弄成形式，做做樣子算了。」

「廣東的兵心這時已經瓦解。」——歷史學家這麼寫著。

這種解釋是正確的。沒有打仗，軍心就已經崩潰了。處分陳連陞的事遭到官員們的激烈反對，琦善終於也不得不死了心。但是這次會議的情況很快就透露出去，傳到軍隊裡。

忠實執行命令，反而要割腦袋，而且英國方面並未事先提出這種要求，顯然是欽差大臣想取得英國方面的歡心，而要獻上副將的首級。軍隊知道了這種情況，怎麼會拚出性命去打仗呢！

2

這時鮑鵬正在磨刀洋上的英國軍艦上再次拜訪義律。

「鮑先生，你穿的衣服眞漂亮呀！」看到鮑鵬穿著八品官的禮服，義律笑著說。

這笑裡帶著侮蔑的味道，而鮑鵬卻一點也不在意，他已經習慣外國人的嘲笑。他從小就在外國人的公司裡當僕役，後來慢慢地「出人頭地」，當上顚地商會的買辦。對顚地來說，鮑鵬是他過去雇用的人；從義律來看，他不過是他管轄的英國商人手下一個使喚的人。儘管鮑鵬現在穿著威嚴的官服，也不會增加他的敬意，因爲這個對手從來就是一個低頭哈腰、阿諛奉承的傢伙。

「琦善也只能派這樣的傢伙來吧！」義律心想。

他對一國的代表所說的話實在太不禮貌了。而鮑鵬由於衣服受到誇獎，他那胖臉上笑開了花。他用手摸著自己的雙下巴說：「現在我當上官了嘛！」

他對伍紹榮等人故意擺架子以顯示「官」的威嚴，讓別人感覺到他已不是舊日的買辦；但是他對英國人的態度仍然和當年當僕役時一樣。

琦善曾吩咐他說：「要盡量微詞謙卑，不要惹對方不高興。」鮑鵬忠實地執行了這個吩咐。

「琦善閣下是爲了和平談判而到廣州來的吧？」義律問道。

「是的。」鮑鵬畢恭畢敬地回答。

「既然如此，爲什麼廣東的海域遍布兵船和軍隊呢？」

「那都是前總督林大人留下來的，琦善大人馬上就要裁減兵船和軍隊。」

「啊！眞的是這樣嗎？」

「是這樣的。」鮑鵬充滿自信地回答。

從北方來廣州的兩個月旅途中，鮑鵬確實多次聽到琦善說過這樣的話，「增加兵船和軍隊，夷人會生氣。我去了，首先就裁減軍備。」

「不僅是兵船和軍隊，」義律對鮑鵬說：「水路上還放置了木材、石頭、沉船等各式各樣障礙物。說要進行和平談判，這不是準備打仗嗎？」

「是。這也是前總督林大人弄的，我回去後立即轉告總督，儘快把障礙物拆除。」

「那就請你轉告吧！總之，我們是希望進行和平談判的。如果忘了這一點，那就……」義律輕輕巧巧地操縱著鮑鵬。鮑鵬也好、總督琦善也罷，都是非常容易對付的。如果是有點骨氣的對手，馬上就會回敬說：「誠然，在和平談判期間，炫耀軍隊和兵船確實不好。貴國方面是否也把滿載戰鬥人員和大砲的艦隊撤回本國呢？」但是，不必擔心鮑鵬會做這樣的反駁。

「我告訴你……」鮑鵬摸了摸他那油光閃亮的腦門，慎重地拿出那張王牌，「砲擊皇后號的負責人將要處以斬刑，那可是一個將官級的軍人啊！這是絕對可靠的消息。琦善大人已經明確地做了保證，他準備用將官的腦袋來爲皇后號事件賠禮道歉。」

「腦袋？」義律聳了聳肩膀，鄙視地說：「不要這樣的東西。我們的要求是正式地賠禮道歉。」

「所以，帶有賠罪的意思，才用腦袋……」

「沒有必要！」義律大聲說道：「與其這樣，還不如把軍隊、兵船、水路上的障礙物給我設法搞掉。」

「是，是。」鮑鵬用手背擦著腦門上的汗。

這張原本很有信心的王牌，看來沒有一點效果。不過，他並不感覺有太大的訝異。「不知道夷人在想什麼。」這是他長年在夷館工作多次得出的經驗。

鮑鵬不斷地說前總督林則徐的壞話，「廣州的一切糾紛都是林則徐引起的……」

義律聽著頻頻點頭，但是沒有和鮑鵬一起指責林則徐，他反而覺得，「如果我是清朝人，我也會像林則徐那樣做的。」

義律沒有跟著罵林則徐，這種態度也使鮑鵬感到意外，因爲義律吃過林則徐那麼多苦頭。鮑鵬又套用了那個「不知道夷人在想什麼」的法則來打消他的疑慮。不管怎麼說，對方頻頻點頭，他自認爲把一切罪過都推到林則徐身上，英國方面也了解這一點。

3

「是嗎？和在天津提出的要求還是一樣嗎？……那麼，割讓海島的條件有可能收回嗎？」鮑鵬從義律那裡回來，琦善焦急地問道。

鮑鵬得意極了。一想到欽差大臣兼兩廣總督這樣一個天朝大官現在也膽怯心驚，他不由得心花怒放。他一本正經地回答：「當然，這要靠今後的談判，我們不正是爲這個而來的嗎？對方也絕不會一開始就讓步的。」

「話是這麼說，可是……」琦善在鮑鵬面前並不掩飾他不安的表情。鮑鵬看到對方赤裸裸地暴露出來的弱點，更充滿自信。

「義律雖然是軍人，但是他當過六年貿易監督官，圓滑老練多了，還是要施展一些手腕呀！」

「跟夷人施展手腕，我不太擅長。」

「這種事就交給小的辦吧！不過，要使對方讓步，我們也要表示一定的誠意。」

「我早就考慮過要削減兵員。」

「夷人們都痛恨林大人，應該儘快處分。」

「不過，他畢竟是前欽差、前兩廣總督，輕易地處分，我在北京會受到彈劾的。沒有證據是不能輕易下手……英國女皇的親筆信問題，仍然只是傳說嗎？」

「看來的確如此。」鮑鵬好像認為這是自己的責任，搔了搔頭說：「義律說沒有這件事。」

當時廣州的街頭巷尾都流傳一種謠言，說英國女皇給北京的皇帝發出一封懇求通商的信，這封信被林則徐壓下了。

如果是東印度公司的大班或貿易監督官的信，壓下來關係還不大；要是英國女皇的親筆信被壓下，那可是一個大問題；至於向不向皇帝轉達，那又是另外的問題了。總之，接到這種樣的信必須向北京奏報，如果是隨意壓下這封信不向北京報告，而引發了戰爭，這就構成了嚴懲林則徐最重要的證據。為了搞倒林則徐、討得夷人歡心，琦善一直希望這是事實。可是，義律否定了。

「這可不好辦了。」琦善沉思著。

他來到廣州後，主要工作就是在尋找林則徐以往的措施有什麼疏忽、漏洞。但是找不到；從接收的資料中沒有發現一點措施不當的痕跡，而且廣州的高級官員遇事都袒護林則徐。琦善為了乞求和平，不要說一個副將的首級，甚至認為把林則徐的腦袋獻給夷人也未嘗不可。他所擔心的只是會受到彈劾，如果沒有這種擔心，他恐怕會隨意捏造一個證據，迅速地處分林則徐，以討得夷人歡心。

琦善沉思著，他的腦子裡此刻浮現出御史們的臉孔。在這些有彈劾資格的人當中，盟友穆彰阿能掌握幾個人呢？只要有一個人不受他的拉攏，那都是冒險的。而且在軍機大臣中還有王鼎那個林則徐的狂熱支持者，所以他不能隨便下手。

「先從他的周圍下手吧！」他低聲說。

「要搞官員，恐怕會有許多問題。可不可以先從林大人親信中的民間人士開刀呢？」

「有什麼人嗎？」

「連維材。」

「哦！是金順記呀！很有名的。」

「這件事就由小的去辦吧！」

「好吧！你去吧！可要小心啊！」

鮑鵬從琦善那裡退出來後，立即準備逮捕連維材和西玲。連維材的罪名是——煽動前總督提供金錢、亂招無賴之徒當水勇，引起海口的糾紛。

其實這不過是鮑鵬報私仇。據說連維材是嚴禁鴉片的後臺，暗中十分活躍。鮑鵬因此被迫的不得不遠逃到山東，所以這種人他當然不會饒過。至於西玲，因爲她的告密而使他吃了很大的苦頭。

他走進金順記，溫章迎了出來。溫章一看鮑鵬身後跟著五名官兵，頓時大驚失色。不過，他已聽連維材說過，心中也早已有所準備。

「我是這裡的負責人，請問有何貴幹？」溫章問道。

「連維材在嗎？」鮑鵬指名道姓地說。

「他因事回廈門去了。」

「什麼？回廈門？」鮑鵬一開始就遭到挫折。

溫章的閨女彩蘭這時從父親的身後走出來。她一直不放心地看著父親在答話，終於忍不住走出來說道：「我父親經常在澳門，廣州店裡的事情不太了解。我一直待在這裡，維材伯父的事情我很了解。有什麼事，您就請說吧！」

彩蘭說後，盯著鮑鵬的眼睛，她的態度很從容。

鮑鵬的氣焰瞬間被壓了下去，他的威嚴很快就露了餡，結結巴巴地說道：「這、這……這是有關公事……家裡要搜查一下。」

「那就請您搜查吧！不過，家裡有病人，希望不要太驚動他。」

鮑鵬裝作身不由己的樣子，督促著官兵開始搜查。

承文站在走廊上瞪著兩眼盯視著鮑鵬。承文已戒了鴉片，人徹底變了，幾乎沒有一點過去的影子。

鮑鵬沒有覺察到是承文，逕自從他的身旁走過，他要到各個房間去看看。

「這間屋子裡有病人。」彩蘭在門前說。

「不過，這是公務……」

「那就請輕一點吧！」彩蘭說後，接著推開了門。

鮑鵬進了屋裡。屋子裡有一張床，床上的西洋毛毯下隆起一塊，病人連腦袋都鑽在毛毯裡。

「請看看裡面吧！」彩蘭說，這話好像是一道命令。鮑鵬彎下腰，戰戰兢兢地揭開毛毯。

「哇！」隨著一聲輕叫，一個年輕小夥子張開雙臂從床上跳了起來。

「啊呀！」鮑鵬險些跌倒在地，向後倒退了兩三步，好不容易才站穩了。

床上的男人一絲不掛，他不是別人，正是簡誼譚。

「嘻嘻嘻！」誼譚發出了怪叫聲，同時把上身微微地挺了挺。不知什麼原因，精神失常的誼譚突然朝著鮑鵬撒起尿來，尿正好射中鮑鵬的鼻子下。

「呸！呸！」鮑鵬一邊吐口水，一邊用袖子擦臉，趕忙往後退。噴射出的尿落在地磚上，濺起的尿打濕了鮑鵬引以爲榮的漂亮官服。

「他神經不正常，請您不要見怪！」彩蘭恭敬地行禮道歉說。

另一組人同時跨進離金順記不遠的西玲住宅。不過，他們在那裡只找到一個看家、洗衣服的老太太。老太太耳背，費了好大勁只問出這麼兩句話，「說是坐船上福建去了，暫時不回家。」

「坐船上福建？那一定是去廈門囉！」鮑鵬猜想著。

福建不是兩廣總督管轄的地方，現在林則徐尚未定罪，要求福建協助逮捕連維材是沒有多大希望的。

「說不定是事前得知了消息而逃了吧！」

要逮捕這兩個人他只對伍紹榮說過，是伍紹榮透露出去的嗎？不，不會的。連維材是公行的宿敵，這一點鮑鵬非常清楚。

「金順記的總店在廈門，是因爲什麼事情回去的吧！」鮑鵬只好這麼猜想。

4

鮑鵬闖進金順記的事，立即傳到隱藏在林則徐寓所裡的連維材耳裡。

「雖然說是衰世，可是越來越臭氣熏天了。」連維材說。

「東西腐爛了就會發出臭氣的。」林則徐也搖了搖頭說。

兩人對這件事只說了這幾句話。除了這一幕醜劇外，還有許多事更讓他們擔憂，話題自然轉向這些事情上。

首先是削減兵員的消息。巡撫怡良來報告了情況，他們都十分氣憤。

琦善已把一萬名軍隊削減到八千，而且把大部分軍隊撤到廣州附近；派駐虎門等第一線要地砲臺的兵力只有兩千人。不僅如此，林則徐和關天培苦心組織和訓練的志願軍已全部解散，這支志願軍就是靠連維材的經濟援助組織起來的。

琦善解散這支軍隊是必然的，因爲他沒有養活這支志願軍的財源。他本人是個大財主，但是他絕不會拿出自己的財產來養活這些人。

後來琦善因爲割讓香港而被問罪、沒收了家產。根據當時的清單，他的家產有洋銀一千萬元、黃金四百餘兩、珠寶一千顆、田地三十四頃（一頃爲六一四點四平方公尺）、當鋪六處、商店及倉庫八十一處……。

一名水勇每月薪餉為十二元，包括訓練費用在內，每月只要拿出十萬元就可以養活五千名水勇。從琦善的財產來看，這個數字是微不足道的。這種費用本來應該由國庫支付，但是吝嗇鬼道光皇帝從來不批准任何額外的支出。以前林則徐沒收外國商人的鴉片時，每箱鴉片給茶葉五斤，這筆錢也是靠連維材以及廣州的公行、茶商和鹽商等捐獻的；從葡萄牙購進的大砲的款子也是如此。

政府的高級官員都處心積慮地只想不讓皇帝增加財政負擔，政治上當然不會有生氣。琦善也極力不使皇帝的財產減少，但是他更重視自己財產的增加。

「看來總督是想在義律面前脫得光光的讓他欣賞吧！」林則徐仰首望著天花板說。

「女人脫得光光的，男人會高興；沿海的防禦搞得光光的，義律會高興。」連維材說。他的腦海裡浮現出義律急不可待地盯視裸露的珠江河口的情景。

「我擔心那些解散的水勇。」林則徐低下頭。

建立志願軍的目的不單是為了海防。沿海的漁村以及生活在水上的人，人口已經過剩，許多人想謀求正當職業，但是沒有這麼多工作可做，有的人因此去搞鴉片走私，建立志願軍也帶有使這些人得到一個職業的目的。

志願軍是一種非常時期的職業，也許不能說是長久正當的職業，但是它解決了當前問題。他們被解散了，那他們將何去何從呢？真叫人擔心。

「戰爭就要來了！」林則徐又沒頭沒腦地說。

已經脫得光光的，對方不會只是看看開心就了事。英國一直在看著，一定會像襲擊舟山那樣襲擊這裡。英國艦隊當時之所以放過廣州，原因是在林則徐和關天培的配合下，珠江河口的守備十分堅固。現在琦善把堅固的守備拿掉了，英國當然不會放過通商要地——廣州。

「沒錯，戰爭也許會來得非常快。」連維材答話。

這時水師副將陳連陞來訪，這位將軍險些被砍頭，他自己也知道，所以心情有些煩躁。

「我是因事到廣州，馬上還要回虎門去。」他說。

「你跟虎門結下了不解之緣，夠辛苦的。」林則徐安慰他說。

「虎門是我的墳地，這次我把兒子也帶去。」陳連陞的話中滲透著悲憤。

「希望您保重！」連維材插話說。

「連先生，我們相處不久，但是我覺得我得到了一位良友。」陳連陞的話中帶有一種淒涼的情緒。

他們在官湧砲臺初次相識時，這位將軍對多嘴多舌的商人連維材並沒多大好感，但是當他一旦佩服連維材預見的準確，立即成了終生知己。

「古人說：『士爲知己者死。』我即使死了，請你們相信，我絕不是爲琦善總督而死，我是爲林尚書而死的。」

林則徐早已不是尙書，但是陳將軍仍然不改這個稱呼。

「到底不愧是軍人，他已經感覺到戰爭就要來了。」陳連陞回去後，林則徐嘆了一口氣這麼說道。

和政治、外交毫無關係的一介武夫已經感覺到戰爭就要來臨，而總督琦善卻還在做和平夢。沿海的軍備迅速撤走，水路上的障礙物也清除了，這是爲和平付出的代價。甚至當鮑鵬來報告義律提出的苛刻條件時，琦善仍然不放棄妥協的希望。他心想：「要價高，這是理所當然的，以後還可以還價嘛！」

他把廣州的高級官員放在一邊，遇事只和鮑鵬商量。

義律提出的要求如下：

1. 對英國人所受的侮辱賠禮道歉，並保證未來不再有此行爲。
2. 賠償沒收的鴉片價款及遠征費用。

3. 由官憲保證公行還清債款。
4. 不得因外洋的鴉片走私而連累英國人及英國船隻。
5. 規定進出口稅銀，不得隨意增減。
6. 減輕課加貿易船繁重的經費。
7. 英國人的請求書可以不經地方官憲，直接封呈北京的皇帝。
8. 為英國人在福建、浙江、江蘇、直隸等處開放六處以上的商港。
9. 在北京開設使館；在各開放港口派駐領事。
10. 在開放港口，按澳門的方式開闢外國人居住區。
11. 英國人的家屬也可住居住區。
12. 英國人在開放港口犯罪由英國官吏審判，清朝官憲不得干預。
13. 在開放港口可以設立教會。
14. 廢除公行制度，如不能廢除，所屬商人也不能增減。
15. 割讓海島或海港，英國在此地區擁有特別司法權。

5

賠償鴉片的價款為兩千萬元。在義律所提出的條件中，只有這一項是用數字表示的。鮑鵬首先從這一條談起。「無論如何，這個價錢太高了，在印度的原價我是知道的。」

「商人是希望獲得利潤才運到這裡來，損失當然也包括利潤。」義律回答。

「即使如此，那也是按照禁煙初期不正常的市場價格計算的呀！」

「精神上所受的痛苦也要算進去。」

「太高了！太高了！這有點不像話。」

「那就按標準的市場價格算吧！」義律似乎對這種討價還價很感興趣，「讓你一點，算一千六百萬元吧！」最上等的公班土標準市場價格爲每箱八百元，二萬箱恰好是一千六百萬元。

「不行。我早就聽說二萬箱並不都是公班土，據說裡面有瑪律瓦產的鴉片，還有不少是土耳其、波斯的便宜鴉片。」

「好吧！那就最底價——一千二百萬元。」義律冷笑了一聲。

「太貴了！按印度的原價再加上運費，這樣行不行？」鮑鵬擦著腦門上的汗說道。

義律巧妙地說：「無論如何，先決條件是有沒有賠償沒收鴉片的想法？我想先問一問這個問題。」

「是有的。因爲有，所以才還價嘛！」

「這麼說，只是金額的問題囉！我們把這個問題往後放一放。其他條件你們有全部接受的意思嗎？」

「這個嘛……」鮑鵬的臉紅了。那些要求都是難以接受的，特別可怕的是「割讓領土」的要求。

「如果原則上接受，細節可以另外商談。現在的問題是，貴國有沒有這個意思？然後我們再一一解決。」

「是全部要求嗎？」

「當然是全部。」

「其中有一、兩項不好辦。」

「不，必須要全部接受。」義律毫不客氣地說：「少一項也不行。」

「如果拒絕一、兩項呢？」

「老辦法，我們艦隊的大砲隨時都可以噴火。」

「那我先回去跟總督大人商量商量。」鮑鵬慌慌忙忙地回去了。

琦善最怕的是開戰，這一點義律是知道的，當然他也不指望對方會爽爽快快地把他提出的全部要求都接受下來。那麼，琦善會耍什麼花招呢？也是老辦法——磨來磨去，企圖拖延時間。

「我對清朝官吏的拖延戰術早就膩透了，我們快點速戰速決吧！」義律和艦隊司令伯麥準將這麼說。意思是先打擊一下，這樣會加快解決的速度。

「艦隊是處於一有命令即可開始行動的狀態。」伯麥回答。

「時機也不錯呀！……」義律露出會心的一笑。

他十分得意，時機確實不錯。對方的戰備已經基本搞垮，他們要發動的是一場不費吹灰之力的戰爭。要是堂哥義律少將的話，恐怕會一開始就發動戰爭，那樣一來，和定海可不一樣，爲了要搞掉林則徐在虎門的防禦力量，恐怕就要付出相當大的犧牲。他選擇琦善作爲談判對手，也應該說是他有先見之明。琦善爲他撤回了軍隊和兵船、解散了水勇。一部分失業的水勇已被義律蒐羅起來，讓他們製造登陸用的小艇，一旦開戰，還可以利用他們代替英國兵去打仗。

「一切都十分順利。」義律沉入自我陶醉之中。

可是，被他排擠走的堂哥義律少將，在歸國途中會見了印度總督，極力指責堂弟義律大校的軟弱無能。「義律大校手軟」的說法，很快地也傳到英國，最後他也被革職。不過，這時的義律做夢也沒想到會有之後的狀況。

琦善向皇帝奏報說：

沒收的鴉片價款可能壓到六百萬元。這筆款子有可能先付一百萬元，餘額分七年償還。當然，這些錢均由公行負擔，不給國庫添麻煩。英國的戰鬥力是可怕的，水師提督也認爲我方很難敵過他們。戰爭對我朝不利，臣認爲應該絕對避免。廈門和福州是否可以開闢商港？

琦善也和義律一樣，並不知道自己的命運。

皇帝是個愛錢如命的人，在英國艦隊離開天津洋面之後，他的態度又強硬起來。北京的氣氛正轉向主戰論，這些情況還沒有傳到廣州琦善的耳裡。

琦善一直深信：我的任務是無論付出任何犧牲也要避免武力衝突；皇上之所以用我，都是爲了希望和平。他把鮑鵬悄悄地叫來面授機宜說：「根據情況，也可以答應義律的全部條件。只是有的條款讓皇上知道了不好，例如割讓領土。這個問題能不能弄成事實上是割讓，但表面上似乎並不是那樣。」

琦善說的意思是「暗割」，總之能瞞住皇帝就好。鮑鵬就這件事苦苦哀求了義律，可是，全權大使義律的回答是冷冰冰的。他堅持要「明割」。他說：「如果不以條約的形式明確表示割讓，英國是不會同意的。」

義律早已決定使用武力威嚇，他心中暗暗地嗤笑琦善之流的枉費心機。

一月七日

「不管掛不掛白旗，只要敵人不開砲……」陳連陞說了一半停住了，緊咬著嘴脣。

微暗的司令部房間裡籠罩著沉悶氣氛。這個沙角要塞僅有六百名士兵，司令官是副將陳連陞。以前這裡擁有兩千多兵力，琦善把其中大部分兵力撤到廣州附近去了。

1

一八四一年一月七日（道光二十年十二月十五日）。北京王府井丁守存的住宅裡，主人丁守存兩手烏黑，正在製造一種烏黑的怪東西。

「你在做什麼呀？」來訪的不定庵主人吳鐘世看了看問道。

「地雷呀！」丁守存摸了摸長下巴回答，沾著黑粉的手指頭把下巴也弄黑了。

「哦！這可是個稀奇的東西。」

「這傢伙可有趣呢！」主人好像很高興，露出潔白的牙齒笑了笑。

「對實戰會起作用嗎？」

「會起作用吧！」丁守存像談別人的事情似的回答。

「聽說在舟山登陸的英國軍隊沒有損失一兵一卒，輕輕巧巧地就打進定海縣城。如果能用上這種地雷，一定會給英國人造成很大的損失。」

「嗯！會吧！」丁守存含含糊糊地回答，繼續做他的工作。

這位正熱衷於試製地雷的丁守存，字心齋，是天文曆算的泰斗，據說他「善製器」。

當西方由於產業革命而洋溢出來的精力，像怒濤般湧向東方時，中國不得不一敗塗地、長期痛苦呻吟；與中國相反，日本由於明治維新，總算衝破了困難的局面。就市場來說，中國較大，因此日本被放在後面再收拾，幸運地獲得了時間，因為可以看到中國的前車之鑑。除了這個重要原因外，恐怕還應該舉出兩國洋學家的差異。日本洋學家幾乎都是學習醫術的，醫生這種職業和社會有密切連繫。日本洋學家了解西方的情況，為一種急迫的情緒所驅使，向社會敲起了「這樣下去不行」的警鐘。可是在中國，中醫的力量過於強大，幾乎沒有人學習西方醫學。當時中國學習西方學問的人主要是天文曆算的學生，即觀測天象、研究高等數學的人，跟社會並無多少來往，大多像超凡出俗的神仙。他們雖然了解西方實力，但是沒有向世人敲響警鐘的精神。丁守存就是這樣的一個人。

吳鐘世站在他身旁，看著他工作，好奇地望著架子上稀奇古怪的工具。他心想：「在定海的戰鬥中能有這種武器該有多好啊！」

可是，製造這種武器的丁守存卻沒有這種念頭。研究和製造本身就是一種最大的樂趣；至於製造出來由誰去使用——這種庸俗的事情和他並無關係。

「好啦！告一段落了。」丁守存拍打雙手，這才好像注意到吳鐘世站在身旁。他說：「啊呀！讓你久等了。我去洗洗手。」說完走出了房間。

丁守存由戶部主事升任軍機章京。吳鐘世到這裡來，是為了從他口中獲取宮廷內部的情報。

不一會兒，丁守存回來了。他的手是洗了，但看來並未洗臉，下巴上還黏著黑粉。

「今天皇上召見的情況怎麼樣？」吳鐘世趕忙問道。

「哦！這個嘛……今天太有趣了，看來會越來越有趣的。」丁守存笑嘻嘻地說。
「發生了什麼事？」吳鐘世急不可待地催促說。
「發生了大事啦！琦善大人叫皇上狠狠地訓斥了一頓。」
「有這種事？」
「廣州送來奏文，琦善大人在奏文上寫著：『戰爭必須設法避免，應該向英國讓步。』皇上一看奏文就火冒三丈。」
「哦！……」吳鐘世的臉上露出笑容。
琦善一反林則徐的方針做的是完全相反的一套，現在皇帝對此表示不滿意，那就意味著可能爲一度遭到否定的林則徐翻案。
「皇上這次說話的聲音可大著哩！」丁守存說。
軍機章京是軍機大臣的輔佐。雖然不能像大臣那樣到皇帝身邊，但是因爲傳遞資料等各種事務可以出入乾清宮、了解皇帝召見的詳情。而且丁守存有一種特殊才能，凡是聽過一次的事、看過一遍的文章，他都能原原本本地記住。
琦善的奏摺中提到英國要求割讓香港，奏摺中雖然寫著拒絕了這一要求，但是英夷的這種狂妄要求本身就使道光皇帝大發雷霆。其次，鴉片的賠款六百萬元這個龐大數字也刺激了皇帝，而琦善竟然在誇耀自己把兩千萬元壓到六百萬元。
關於除了廣州外能否開放福州和廈門兩個港口的問題，皇帝提起朱筆親自批了八個字——「憤恨之外，無可再論。」意思是說，英國人太豈有此理，已經不值得跟他們說什麼，不必理睬他們。
「中斷談判，不就意味著戰爭嗎？」聽了丁守存的話，吳鐘世問了一句。
「是呀！皇上性子急，已經下令湖南、四川、貴州出動四千軍隊。」丁守存回答。

戰爭！吳鍾世全身打了一個哆嗦。

「那麼，關於處分林大人的事呢？」吳鍾世最擔心的是這件事。

「目前的情勢應該說對林大人有利。」丁守存回答：「不過，這只是就目前而言。琦善總督已經威信掃地。皇上已經向總督下了上諭，今後任何事情都要和林則徐、鄧廷楨兩人商量。」

「是嗎？……」吳鍾世解開了愁眉。

不過，廣州一定會發生戰事的，他必須馬上回到不定庵立即給林則徐寫報告。他的腦子裡已經開始爲這個報告打草稿了。

「越來越有趣啦！」丁守存又自言自語地說。對他來說，廣州即將發生的戰爭，和他發明器具、向吳鍾世出賣宮廷的情報，以及幫助龔定庵的情人逃跑一樣，只不過是無關緊要的「有趣」事情。他那張笑嘻嘻的臉看起來眞有點像神仙。

2

「難道在英國軍艦來天津的時候就解決了更好嗎？」軍機大臣穆彰阿坐在紫檀桌前兩手托腮，陷入沉思。

那時候皇帝非常動搖。因爲有割讓領土的條件，不管道光皇帝怎麼動搖，恐怕也不會接受英國的全部要求。還是在遠離皇城的廣州談判這方法最好，在廣州可以根據情況採取非常手段，甚至瞞著皇帝和夷人締結密約。

在琦善赴任之前，他們就這個問題曾仔細商談過。不過，琦善是在北京政界爲英國艦隊嚇倒、籠罩一片妥協的氣氛時出發的。後來儘管穆彰阿拚命地活動，對英妥協的言論仍未抬頭，北京的對外政策已經發生變化；而身在廣州的琦善還不知道這些變化。

「什麼時候人都迎合占上風的輿論啊？」穆彰阿想到這裡，不覺得嘆了一口氣。皇帝的情緒變了，英國艦隊一離開天津，他立即有精神起來。皇帝的情緒會感染群臣，不斷地出現了強硬的論調。

琦善到任不久，廣州的消息就不斷地傳到北京。這消息來自南方的旅行者、商人和調到北京的官吏們口中，傳遍了街頭巷尾，對琦善的評價越來越不佳。穆彰阿的同僚——軍機大臣王鼎，把這些不佳的評價一一地轉告皇帝。

「聽說使用了一個名叫鮑鵬來歷不明的傢伙和英國人交涉，據說這傢伙只知道向夷人點頭哈腰。」王鼎斜著眼睛瞪了穆彰阿一眼對皇帝這麼說。

「這個膿包是琦善的幕客嗎？」皇帝問道。

「原本是夷人使喚的一個傭人。」

「這樣一來，夷人會看不起吧？」

「那當然。」

王鼎的目的是想爲林則徐翻案，所以極力使皇帝對琦善留下一個軟弱無能的印象。

農曆十二月八日吃「臘八粥」（臘八粥是用糯米、菱角米、紅豆、栗子、棗、花生、糖等做的粥。農曆十二月八日，中國人早晨習慣用這種粥贈送親戚、朋友。）時，情勢對穆黨越來越不利，強硬派又占了上風。

這一天，穆彰阿給廣州的琦善寫了一封信。信中說：

……北京情況和您出發時已不太一樣，實在令人可嘆。那些嚇唬人的空洞強硬言論又再度橫行，皇上也傾向於這種言論。因此，今後在奏文中要避免使用軟弱的言辭，重要的是務實；表面上要裝作強硬，這也是一種策略。對英交涉的妥協和讓步，希望能盡量隱蔽，不要露於表面，爲此需要當地官員們的協助。從當地傳來的情報判斷，您和廣州官員之間的關係似乎不太融洽。此事至爲重要，務請留意。……

儘管這是一封快信，也需要二十天左右才能送到。吃臘八粥那天發出這封信，不到農曆除夕前後是到不了廣州的。一月七日（農曆十二月十五日）到達北京的琦善奏文，是在接到穆彰阿的忠告之前寫的，所以還沒來得及耍花招，沒有用強硬的言詞來掩飾他的妥協讓步。

穆彰阿所擔心的事終於發生了。皇帝大發雷霆，命令其他省派四千軍隊去廣東，下了不和英國談判的上諭。不僅如此，還取消了琦善獨斷專行的權力，命令一切事情都要和林則徐、鄧廷楨兩人商量。這道上諭也使穆彰阿很傷腦筋。

「強硬派統帥林則徐會不會東山再起呢？」穆彰阿正想到這裡，僕人進來稟告說：「藩耕時先生在那間屋子裡等您。」

昌安藥鋪老闆、和平派祕密活動的聯絡人藩耕時，因爲走進房間來的穆彰阿臉色難看而猛吃了一驚，他心想：「一定是發生了糟糕的事情。」

軍機大臣一進房裡，果然大聲地叱責說：「廣州的那些傢伙究竟在幹什麼？他們知不知道他們的任務是什麼？」

「是。」藥鋪老闆縮著脖子說：「廣州的人當然要協助和平運動，搞掉林大人的威信……」

「現在聲望降低的不是林則徐，而是琦善。」

「是。林大人的聲望很……」

受穆彰阿派遣、由藩耕時連繫的廣州祕密工作人員，雖然大力展開降低林則徐聲望的活動，但是很不順利。

他們在廣州一帶散布了種種流言：

「沒收的鴉片一部分叫林大人私吞了。」

「林則徐私蓄美妓。」

「用修建砲臺費的名義從民間徵收來的資金，大部分落進林大人的私囊。」

可是，這些流言傳播不出去，因爲聽到的人都付之一笑。市民們親眼看到了林則徐的清廉，他們壓根兒就不相信，認爲這是「胡說」。

「我花了大量經費，他們在幹什麼？」穆彰阿向藩耕時亂發了一頓脾氣。

藥鋪老闆只是諾諾連聲地說：「是！是！……」

穆彰阿畢竟是穆彰阿，儘管他大發脾氣，腦子裡還是在冷靜地盤算。

在廣州進行破壞林則徐聲望的活動，其目的還是希望能傳到北京、進入皇帝的耳朵，那麼，何不採取正面攻擊的方法呢？現在情況緊急，沒有那麼多時間，應該在北京製造林則徐的壞名聲，然後直接灌到皇帝的耳朵裡去。

「得啦！改變方針！」穆彰阿對低著頭的藩耕時說：「林則徐的工作暫時停下，從今以後，廣州那些人的工作改爲提高琦善的聲望，要盡一切力量去做、要到處宣傳、要把他說成是一個菩薩。明白了嗎？」

「小人明白了！」藩耕時小聲地回答。

正當藥鋪老闆要離開時，軍機大臣衝著他背後問道：「默琴的消息呢？」

「實在對不起！」藩耕時轉回身，耷拉著頭。

「得啦！」穆彰阿的太陽穴上又暴起了青筋。

只剩下穆彰阿一個人時，他回想起當天皇帝召見的情況。

「什麼賠償沒收的鴉片？『賠償』這個字眼不遜之極！」皇帝尖著嗓門大聲喊道。

「這六百萬元並不是由國庫支出。」穆彰阿膽顫心驚地奏道。

「那讓沒收鴉片的林則徐去負擔嗎？他沒有這麼多財產。王鼎跟我說過，他是清廉的，沒有錢。」皇帝說。

英國艦隊來到天津洋面時，皇帝認爲是林則徐造成的，對他感到氣憤，但是在內心裡還是信任林則徐的。

「不能讓林則徐負擔，可以讓公行的商人負擔，他們是可以負擔得起的，絕不會讓國庫遭受損失。」穆彰阿爲琦善，不，爲和平運動拚命地辯解。但是皇帝的怒氣並未消除，皇帝說：「公行的商人能負擔這麼多錢嗎？好吧！就算能負擔得起，有這麼多錢白白送給英夷，他們何不把這些錢獻給國庫呢？歸根究柢，還是損失了應該進國庫的錢。」

這完全是歪理，他認爲天下多餘的錢都應該歸皇帝所有？道光皇帝眞的有貪財的劣根性。

穆彰阿想起了召見時皇帝的話，拍著大腿說：「對！就是那個道理。……」

兵船、砲臺、水勇等所花的大批軍費，是林則徐從民間徵集來的，沒有讓國庫負擔。但是民間這些富裕資金本來也是可以進國庫的，也就是說，林則徐也給國庫造成了損失。根據道光皇帝的歪理，也可以這麼來控訴林則徐。

由於決定了該採取的手段，穆彰阿的臉上才恢復了一點血色。

3

天還微暗，東邊的天空只露出一點黎明曙光。

風很涼，廣州金順記的院子裡，彩蘭已和平常一樣在練拳了；承文則坐在院子角落的籐椅上看著彩蘭練拳。他要是像之前那樣抽鴉片，是不會起這麼早的。吸進清晨新鮮的空氣，他感覺到肺腑像被清洗了一遍似的。

彩蘭身穿深藍色衣服，她那白色的臉和白色的鞋子在拂曉的微暗中飛舞。

此時飛落下另一個白色東西——是一隻白鴿。

「是澳門飛來的鴿子。」彩蘭停住伸出的拳頭這麼說。

「帶著信筒。」承文走到鴿籠前抱起那隻鴿子。

他從信筒中取出一張紙片。紙上寫道：

英軍決定今天進攻我方，戰鬥將在穿鼻附近。我方防禦薄弱，不勝憂慮。希善處！——石

「是石先生寄來的。」彩蘭走到承文身邊，承文把信遞給她這麼說。

「承文哥，怎麼辦？」彩蘭把信看了一遍問道。

占領定海的一部分英軍開赴廣東海域時，石田時之助跟隨英軍回來，辰吉還留在定海。石田經常透過澳門的金順記分店把英軍的情報送往廣州。

「爸爸不讓我們去他的住處。」

「女人去不要緊吧？我去怎麼樣？」

「妳能去嗎？」

「當然能。」

「這可是一件大事，越快越好。彩蘭，全靠妳啦！」

彩蘭快步走到微暗的街上。當她來到高第街鹽務公所的後門時，天空才開始發白。

連維材從彩蘭手中接過石田的來信，立即和林則徐商量。

「按照正常的辦法，要請求總督派援兵。」林則徐說。

「琦善大人會派兵嗎？」

「不知道。不過，應該求援。陳連陞指揮的穿鼻兵力很少。」

「要求援的話，由誰去呢？」

「我是待罪之身。」林則徐低下頭，「即使我能見到總督，恐怕也會得到相反的效果。」林則徐閉上了眼睛。不知道總督是否會向穿鼻派援兵，可是，既然接到石田的緊急報告，那就應該考慮解決辦法。首先由誰去向總督請求好呢？

「如果予厚庵在就好了。」林則徐心想。

現在能對琦善施加影響的只有穩健派人物，主戰派的人說什麼琦善也不會聽的。海關監督予厚庵被人視爲穩健派，又和琦善同爲滿洲旗人，由他去請求是最適合不過了。

可是，予厚庵已經辭官。在當時的中國，父母如果不幸去世，官吏必須立即辭職回原籍服喪。予厚庵因爲父親去世現在正「回旗穿孝」，三天前林則徐剛剛送他登船回原籍。

「巡撫、將軍恐怕都不能說動總督。」連維材說。琦善說他們有「林則徐氣味」，十分厭煩他們。

「看來沒有適當的人。」林則徐低聲說。琦善不信任當地任何官吏，他不信任的人去求他，說破了嘴他也不會聽的。

「伍紹榮怎麼樣？」連維材說。

「哦！他去的話，也許比巡撫去更好。」

伍紹榮是一個商人，但是身為公行的總商，他作為一個貿易家，當然支持穩健派。他有可能會說服琦善。

「不過，伍紹榮是避戰派。他會向總督轉達派援兵的事嗎？」林則徐感到懷疑。

「會轉達的。」連維材幾乎是斬釘截鐵地回答：「我來寫封信吧！」

連維材提筆寫了一封短信。

「不署名嗎？」林則徐在一旁問道。

「不要，他認得我的筆跡。」

「他一定以為您已經回福建，突然接到信，會感到驚訝吧？」

「不，伍紹榮絕不會認為我會被鮑鵬之流嚇得逃跑的。」

兩個宿敵相互都非常了解。

彩蘭在屋角一直緊張地等到連維材封好信。

「彩蘭，妳再辛苦一下，到十三行街的怡和行去一趟，把這封信親自交給伍紹榮先生。」

「好。」彩蘭緊張地點了點頭。

4

伍紹榮當著彩蘭的面打開信。信中寫道：

澳門緊急情報。英軍決定今天向穿鼻方面發動進攻。希速謁總督，懇求向該方面派遣援兵。……

信沒有署名，但是伍紹榮已從字裡行間感覺到連維材的氣息。

「好吧！」他對彩蘭說：「妳可以回去了。我不敢保證總督能不能接受，但是我伍紹榮一定會向他轉達。」

彩蘭是從清晨的街上跑來的，她的臉上泛著紅暈，帶著健康的光澤。伍紹榮看到她產生一種安心的感覺，覺得她是下一代有爲青年的象徵。

來到總督府的門前，伍紹榮突然想起林則徐當政時期。像這樣的清晨、炎熱的中午，或者是深更半夜，他隨時都會被林則徐叫去接受詢問。儘管對方和自己觀點不同，但是他們接觸多麼頻繁啊！可是，自從穩健派的琦善擔任總督以來，儘管琦善和自己的立場相近，他們的見面次數卻寥寥可數。想起來眞有點奇怪。

總督府的門衛稟報了幕客。

「你說有緊急公事，是什麼？」一個蓄著鬍子的幕客邊擦眼睛邊走出來，審視地看著伍紹榮問道。

伍紹榮想起林則徐的幕客們十分謙虛的態度。「關於夷情，我希望立即報告總督大人。」伍紹榮回答。

「是嗎？在那裡等著。」幕客慢吞吞地轉過身子朝裡面走去。

伍紹榮預料到總督不會見他，過了一會兒，幕客走了出來，果然搖搖頭說：「我原原本本地傳達總督大人的話，你聽著：『我和林則徐不一樣，我身爲總督，不能把夷情都一一裝進腦袋裡。』——總督大人就是這麼說的。」

伍紹榮靜靜地垂下頭，事情很明顯，即使再次懇求，結果也會一樣，即使派出援兵也不會戰勝。不過，如果不表示我方是不好對付的對手，在未來的談判中將會受到對方鄙視，招致極不利的後果。

「那麼，我希望您能傳稟幾句話：『有情報說，英軍今天將進攻虎門水道的我方陣地，如果可能，懇求派出援兵。』」伍紹榮說。

幕客皺著眉頭歪著頭。

「乞援不成，意味著會流更多的血。」——伍紹榮產生了這種想法。冬日早晨的太陽靜靜照著廣州街道，彩蘭那張焦急的臉仍然縈繞在伍紹榮腦際，伍紹榮只能在心裡對她感到歉意。

一月七日上午八時，伍紹榮垂頭喪氣地離開總督府大門。這時，伯麥準將率領的英國艦隊在離虎門水道三英里的停泊地，準備一起起錨出動。

虎門的第一個關口是夾著水道的兩個陣地——東面的大角島和西面的穿鼻島尖端的沙角。

伯麥準將早已做好準備，準備同時進攻扼虎門水道的大角和沙角兩陣地。大角陣地由薩馬蘭號、都魯壹號、摩底士底號和哥倫拜恩號砲擊，由斯哥德大校指揮；穿鼻島的沙角，高地和低地上分別築有要塞，由加略普號、黑雅辛斯號和拉呢號進攻低地要塞；皇后號和復仇神號進攻高地要塞。指揮是荷伯特大校。以戰艦威里士厘號爲首的各主力艦匯集虎門水道中央，援護戰鬥部隊。

登陸戰鬥部隊的兵力如下：

皇家砲兵隊，三十六人，由諾爾斯大尉指揮。

水兵隊（從威里士厘號、伯蘭漢號、麥爾威厘號水兵中挑選的），一百三十七人，由威爾遜中尉指揮。

第二十六及第四十九團的支隊，一百零四人，由約翰斯頓少校指揮。

陸戰大隊，五百人，由愛利斯大尉指揮。

第三十七馬德拉斯團（印度人部隊），六百零七人，由達夫大尉指揮。

孟加拉志願軍支隊，七十六人，由波爾頓大尉指揮。

總兵力爲一千四百六十一人，第二十六團的伯拉特少校任總指揮。

此外，隨軍行動的還有數百名從失業水勇中募集來的中國人。說是輜重部隊，其實伯麥準將準備把他們推上戰鬥的第一線，以減少英軍傷亡。這些人從義律那裡領了錢，被趕到同胞互相殘殺的戰場。

威里士厘號上的西蒙斯中尉擔任部隊登陸的指揮。上午八點剛過，西蒙斯中尉就高高舉起右手。登陸用的舢板群，朝著穿鼻的沙角南面兩英里處預定登陸地點划去。

5

「副將，不開砲嗎？」千總張清齡問沙角司令陳連陞說。張清齡年紀很輕，臉色蒼白，不像一個軍人。他的一雙明亮的眼睛正焦急地盯著陳副將。

「琦善大人不准我們比敵人先開砲。」陳副將回答，聲音中帶著怒氣。

「可是，這次他們沒有懸掛白旗呀！」

「不管掛不掛白旗，只要敵人不開砲……」陳連陞說了一半停住了，緊咬著嘴唇。

微暗的司令部房間裡籠罩著沉悶氣氛。這個沙角要塞只有六百名士兵，司令官是副將陳連陞。以前這裡擁有兩千多兵力，琦善把其中大部分兵力都撤到廣州附近去了。

「登陸的夷兵估計有一千人到一千五百人，顯然是要打仗嘛！」張清齡緊逼著陳副將。

「他們還沒有開砲……」陳副將生硬地說完後，閉上了眼睛。

英軍沒有遭到任何抵抗就登陸，整理好隊伍後正向要塞衝來。洋面上的各個船艦已分別開到最有利於砲擊的地點待命進攻。

「戰爭馬上就要開始了！」張清齡激動得全身顫抖。

「清齡，」陳副將睜開閉著的眼睛慢慢地說道：「這當然是戰爭，應該報告提督大人。清齡，你趕快到靖遠去一趟。」

水師提督關天培這時在靖遠的要塞。

張清齡平常是忠實服從陳副將的模範軍官，他毅然地搖搖頭說：「有必要到靖遠去報告嗎？關提督從靖遠要塞看到這邊的情況就應該知道了。」

比要塞兵力多一倍的敵人已經登陸，正向要塞逼近，船艦正在等待開砲的命令。戰鬥一開始，沙角要塞就面臨絕望的命運。要塞不僅兵力少，而且從琦善到任以來又停止了彈藥補給。張清齡是個年輕有爲的軍官，陳副將平時對他特別關照，他覺得這樣一個有爲的青年死在這裡太可惜了，他想找個藉口讓張清齡去報告提督，離開這個死地。張清齡不願去，他很理解副將的心情。「只有這一次我不能服從命令。」年輕的張清齡臉上帶有一種不可侵犯的驕傲。

「眞拿你沒辦法。」副將寂寞地笑了笑，年輕的千總張清齡也回報了一笑。

陳連陞走出營房，要塞的牆聳立在深溝前面，砲臺後面挖著深深的壕溝，砲手們正隱身在那裡。

第三堡壘是圓形的，陳副將在那裡發現兒子長鵬在指揮士兵。陳連陞由於砲擊懸掛白旗的皇后號事件，幾乎處了斬刑。他已暗自下定決心，要把虎門的門戶當作自己的墳墓，他還把兒子帶來了，準備一起戰死在這裡。

在早晨的陽光照耀下，陳長鵬年輕的臉上汗毛閃閃發光。

父親的心中突然湧起一股憐憫之情，「這樣一個年輕有爲的青年，雖然說是自己的兒子，難道做父親的應該帶著他一起去死嗎？」

青年軍官的臉上重疊地現出幼年時代的身影。陳連陞回想起兒子牙牙學語、初次上學時的種種情景。

陳副將難過起來。「長鵬！」他叫了一聲兒子的名字。

「唉！爸爸……」長鵬露出雪白的牙齒，爽朗地笑了。

「幫我辦一件事。」

「什麼事？」

「新總督到任以來壓縮經費，將士們沒有飽飽地吃過一頓飯，我想讓他們痛快地吃一頓肉。你到鎮上跑一趟，去買些肉來。」

「爸爸，這種跑腿的差使讓士兵去就行了。」長鵬不自然地露出微笑回答。陳長鵬是武舉人出身，是正規的軍官。

「你不願意去嗎？」

「不去。」

「好吧！」陳連陞轉過頭，命令衛兵說：「帶馬。」

他給自己的愛馬取了名字叫「神駿」，那確實是一匹名副其實的駿馬。

他一跨上神駿，立即圓睜雙眼發出命令，「向各個堡壘傳令：『立即懸掛戰旗，準備戰鬥！』」

沙角要塞

英軍以爲這次會像打定海時那麼容易，沙角和大角的猛烈抵抗卻大出他們的意料。如果清朝兵力能多一倍、彈藥更豐富些，是不會這麼容易陷落的。儘管遭到這麼猛烈的砲擊，砲臺始終在噴火，一直到彈藥斷絕。

當漢奸部隊在英軍的驅使下用竹梯子從沙角要塞背後爬上來、蜂擁而入時，可以說戰鬥已經結束了。由於砲擊，要塞已經損失了半數以上的兵力。

1

「漢奸部隊！」石田時之助望著一群拖著英軍大砲走在山道上的中國人，低聲地說。在他們當中很多人不久前還是志願軍，受過「打倒洋鬼子」的訓練。他們都是海邊的貧民。一個矮個子男人擰了腳在路旁休息。石田問他說：「馬上就要和官軍作戰了，你的心情如何？」

「沒有辦法呀！」這漢子皺巴著臉回答。

「也是。」

「我們要活下去也不能不吃飯呀！現在洋鬼子的頭頭給我們飯吃。」

登陸部隊把一部分陸戰隊作爲先遣隊，正朝著沙角要塞前進。先遣隊的後面跟著一門曲射砲和兩門野砲，拖砲的是印度兵和中國雇傭兵，中國人約有兩百人。

部隊在山道上前進，來到一條可以看到要塞的山梁上，砲兵隊把曲射砲和野砲安放在那裡。要塞裡飄揚著各式各樣的戰旗，經歷過定海戰鬥的水兵們指著那些旗子嗤笑說：「那是要逃跑的信號。」

不一會兒，軍艦上的大砲開始射擊了。首先是皇后號和復仇神號向高地要塞發射了一陣砲彈。爬上山梁的部隊稍事休息後把砲兵留在那裡，立即轉入攻堅戰。這時也給漢奸部隊分發帶刺刀的槍，這些渣滓們是懂得槍的用法的，於是他們紛紛議論起來，「不參加戰鬥不行嗎？」

「事前不是這麼說的。」

「我以爲只是造船哩！」

「硬叫洋鬼子給拉來啦！」

有的人逼著石田說：「喂！翻譯，給頭頭說說，我們不幹了！」可是，他們已處在端著刺刀的一千四百名軍隊的包圍中，只好拿著槍前進。

「走吧！」漢奸部隊中一個獨眼龍的漢子啞著嗓門說：「我們已經叫當兵的兔崽子欺侮夠了，我們要報仇！」

所謂當兵的兔崽子是指中國的官兵，當時一般民眾和官兵的關係不好，官兵的待遇低，他們當中不少人因此欺壓農民和漁民。

「你很有精神呀！」石田對獨眼龍說。

「我的一隻眼睛就是叫當兵的兔崽子給弄瞎的。」

「哦……」石田看到這傢伙的眼裡燃燒著仇恨火焰。

「幹吧！」獨眼龍端著槍走在前頭。

他們已經不需要翻譯，只要端著槍衝鋒就行了。石田留在砲兵隊裡，當他坐到石頭上，剛才那個瘸了腳的矮子正一瘸一拐地走過來。

「還好嗎？」石田和他搭話說。

矮子好像還感到疼痛，不時地皺著眉頭。扁平的鼻子、厚嘴脣、像受驚似的圓睜著大眼珠。他臉上的五官都很大，身材卻非常矮小，叫人感覺到這漢子的身材比例很怪。

「越來越痛了，實在有點受不了。」

矮子一屁股坐在石田旁邊伸開兩腿。這時，近旁的野砲發出轟隆巨響，開始開砲了。

「啊呀！」矮子兩手捂著耳朵。

「馬上就會習慣的。」石田安慰他說。

「我這個人對什麼都不太容易習慣。」矮子露出可憐的表情。

這時另一門野砲和曲射砲也開砲了，周圍是一片砲聲，說話也很讓對方聽見。矮子在石田的身旁嚇成一團，石田不停地拍著他的肩膀給他壯膽。

「你說什麼？」矮子好像說了什麼，石田問他。

矮子把兩手攏在嘴邊大聲地說：「你讓開！」

「你要幹什麼？」石田也大聲地喊道。

「那塊石頭……」後面的話被砲聲掩蓋了，沒有聽見。

要塞的牆壁被轟得東倒西歪，裡面的營房也開始燃燒起來。一根戰旗的旗杆好像被砲彈擊中了，像風幡似的帶著長長穗子的紅旗被掀到半空中，然後又飄飄蕩蕩地落到噴著火苗的營房上。

「石頭怎麼啦？」石田站起來問矮子。

矮子沒有答話，而是去抱起剛才石田坐的那塊石頭。這是一塊扁平的橢圓形石頭，看起來似乎並不重。

「你要用它幹什麼？」

矮子沒有回答。他抱起石頭向左右揮動了兩三下，突然拔腿跑了起來。

「啊呀！這傢伙是假裝擰壞了腳嗎？」石田望著矮子的背影心想。

最近的一門野砲離他們只有十幾步遠，剛剛裝進一發砲彈，矮子已跑到這門野砲的砲口前。

「危險！」砲手站起身來大聲地吼道。

矮子把石頭高舉過頭，對著砲口使勁地扔下去。矮子的力氣有限，石頭本身也沒有多大威力，鐵的砲口好像嘲笑似的立刻把石頭彈開。

「他媽的！他媽的！」矮子彎下腰，還想撿起落在地上的石頭。

石田呆呆地看著這一幕。排列在那裡的野砲和曲射砲不斷地發射出砲彈，發出轟隆轟隆的巨響。在這種情況下，用多大的聲音去制止矮子他也不會聽到的。

「渾蛋！」砲手們大聲地叱罵著矮子。

矮子也在不斷地大聲叫喊著什麼，但是聽不清楚。「你們敢……我的兄弟同胞……」石田好不容易才聽到這樣的隻字片語。

這時，在後面指揮的皇家砲兵隊長諾爾斯大尉走到前面來，他滿臉怒氣，大聲地喊道：「不用管他！放！」

砲手毫不猶豫地點了火。矮子籠罩在硝煙裡，叉開雙腿站在砲口前正舉起石頭。

「啊呀！……」在砲聲轟響的同時，石田閉上了眼睛。

當他睜開眼睛時，矮子已在砲身前消失了蹤影。石田感覺到自己右肩上黏著一塊什麼黏乎乎的東西，他用左手摸了摸，一團鮮血淋淋的肉塊正附在他的手心裡。這肉塊正好有拳頭大小，石田悄悄地把它放在胸前。

2

水師提督關天培在靖遠要塞，他懊恨得直咬牙。

虎門各營的總兵力已被削減到兩千人，遭到襲擊的沙角和大角是虎門的咽喉、第一道關卡，特別在那裡多放了兵力，但是兩個要塞合在一起也不足一千人。至於第二個、第三個關卡，守兵的人數就更少了。關天培所在的靖遠要塞，兵力只有兩百人。威遠要塞和橫檔，分別由總兵李廷鈺和游擊班格爾馬辛駐守，他們麾下的兵力也不過兩、三百人。

威里士厘號、麥爾威厘號和伯蘭漢號等英國戰艦，群集虎門水道的中央，虎視眈眈地睨視著四方。各要塞自身都難保，哪裡還有力量向沙角、大角派援兵。據說當時的情況是「相向而哭」。

關天培立即派威遠要塞的李廷鈺去廣州，向總督琦善告急、乞求援軍。

「又是陳連陞……」琦善厭煩地說。

巡撫怡良、布政使梁寶常、按察使王廷蘭等廣州高級官員也聞風趕來，齊聲要求琦善派兵援救。

「省城的守禦怎麼辦呢？」琦善不答應派兵。藉口是把廣州城附近的兵力派往虎門，省城的守禦才削弱的。

「虎門是廣州的咽喉，那裡丟了，省城也難守。」按察使王廷蘭要求派兵的態度尤其強烈。

「不行！下棋也是要保將帥的，當然必須保廣東的省城。」琦善堅持不同意派援兵。

他還不知道北京宮廷裡的氣氛已經傾向於強硬派。就在這一天，北京發出了上諭，命令停止和英國談判，把其他省四千軍隊調往廣東。但是上諭到達廣州還需要二十來天；穆彰阿勸告他和廣東官員搞好關係的建議是在吃臘八粥那天寄出的，也還沒有到達。

琦善還以爲道光皇帝的意圖是避戰。他心中不勝感嘆，「廣州的文武官員還是受到林則徐的影響啊！」

他口頭上強調保衛省城的重要，實際上是擔心向虎門增兵會刺激英方。他認爲可以對陳連陞見死不救，但是對御史的彈劾還是有點害怕。

琦善突然想起了這天早晨，怡和行的伍紹榮來傳送英方開始軍事行動的情報，要求派援兵。英軍攻入已爲眾人所知，派援兵在任何人眼裡都是普通常識。在這種事情上疏忽了而受到彈劾，那太不值得了。

「好吧！派五百兵吧！不過，要盡量把人數分散，黑夜分乘小艇去虎門。」對琦善來說，分散派兵是讓敵人理解這不是增兵、沒有軍事意義，目的是不願刺激對方。

官員們退出之後，琦善把鮑鵬叫來說道：「大家纏住不放，我只好派了五百兵。」

「這可不行呀！」鮑鵬裝模作樣地搖晃著肩膀。

「但是這不是我的本意，你給我向英方這麼轉達。」

「應該、應該。不過，大人帶有欽差的關防，爲什麼對這些人這麼顧忌呀？」

「有人早就等在那裡要陷害我，不能讓他們有空子可鑽。我本來不打算增兵，但是遭到進攻而不派兵，以後可能會有人就這件事做文章。」

「大人想的這麼多，小人覺得似乎有點太過慮了。」

「不過，一再催促派援兵的不僅是軍人和巡撫、按察使呀……今天早晨伍紹榮也來了。」

「哦！是怡和行嗎？」

「對。我沒有見他，他好像預先知道英軍的進攻，跑來要求我派援兵。」

「連他也……」

「是呀！其他人還可以理解，公行的人是最希望和英國維持和平的，連他們也認爲應該派援兵，看來一百個人當中有九十九人都是這麼想的。」

「一百人當中只有一個人是正確的，這種情況也是有的。」

「對，我相信自己的方針是正確的。不過，九十九人當中說不定有誰會出來彈劾。派五百名援軍，就是爲了我不致受到彈劾，可以繼續進行和平談判。像王廷蘭就要求派五千兵，五百是最低的數字了。這一點應該讓義律充分理解。」

「大人的苦衷，小人是理解的。」鮑鵬畢恭畢敬地低下頭。

「我這就寫信，你趕快給我送到義律那裡去。」

琦善一邊下令派五百名援軍，一邊送去要求停戰的書信。

林則徐被革職以後，在廣州的官員中仍然很有威望。怡良和王廷蘭等人帶著不滿情緒離開總督府，來到林則徐寓所，把琦善的言行告訴他。他們來找林則徐是爲了傾訴心中的憤懣。

過後，林則徐把這些情況告訴連維材。林則徐定神地看著連維材的眼睛說道：「材翁，我們國家今後將會怎樣發展，你恐怕比我更清楚吧？」

「怎麼發展？大體的方向是可以預料的。不過，我們究竟要怎麼戰鬥，將會有很大的不同。」連維材回答。

「要求我們流血呀！」

「虎門現在就在流血了。」

3

諾爾斯大尉命令砲兵隊停止砲擊。看來要塞內已要進行白刃戰，洋面上的艦砲也差不多同時安靜了。來自洋面和山梁上的砲擊只不過持續了二十分鐘，在這短促的時間內，清朝的軍隊經歷了過去從來沒有經歷過的戰鬥。還沒看到敵人的影子，砲彈卻像雹子般傾注下來，破壞了牆堡、炸毀了砲臺，殺傷了大批將士。一座座營房騰起了火焰，火藥庫隨著巨響聲被掀到半空中，虎門的上空升起一股股濃煙。

「竟然有這麼可怕的戰爭！……」被火海包圍的士兵們，由於極度恐懼而喪失了鬥志。他們對這場從未經歷過的戰鬥感到恐懼，不知道接下來會出現什麼情況。不，即使不是這種情況，這支部隊也由於處分陳連陞之事早已軍心渙散了。

「爸爸，已經有人逃跑了，要開槍打死他們嗎？」陳長鵬滿臉怒氣問父親說。

「隨他們吧！」陳連陞回答。

他跨在神駿上緊貼著營房的牆壁，盯視著要塞下面。到處都有受傷的人在呻吟。傷亡的人太多，早已沒有收容的地方。千總張清齡的右手腕也受傷了，半個身體血跡斑斑，卻仍然在拚命督戰。如果是揮舞著利刃衝過來的敵人還有應戰的辦法，可是，飛來的是砲彈。

「敵人從背後的山上衝過來了，是漢奸部隊。」防守要塞背面的守備程步韓派來的傳令兵報告。可是出現的敵人卻是這麼罕見的部隊。

「來啦！……」陳連陞露出一副好像獲救的神情。

可是盼來的敵兵卻是中國同胞，那個獨眼龍衝在部隊前頭。他們是一群自暴自棄的烏合之眾，盲目地衝了上來。他們的背後是武裝的英國兵，如果有人想逃跑就會挨英軍的子彈。他們不停地大聲吶喊，簡直像野獸的咆哮。他們沒有任何目的，好像是荒野上的一群野牛。

在進攻之前，英軍指揮官命令漢奸部隊盡量散開，英軍早已偵察出沙角要塞的附近埋有地雷。爲了減少正規軍的傷亡，他們要漢奸部隊在前面踏出進攻的道路。不時地發出不太強烈的爆炸聲，掀起一道道塵煙。塵煙消失後，留下一兩具屍體和呻吟的受傷者。每出現一次這種情況，這些人就更加瘋狂地往前狂奔。他們的身上布滿塵土，每一張臉都是烏黑的。不光是地雷，有的人還被要塞裡射出的子彈擊斃。

獨眼龍首先從炸開的木柵外跳進要塞，胡亂地揮舞著上了刺刀的槍。他用刺刀和槍托打倒好幾個迎上來的清兵，向前猛衝、猛闖。

「當兵的兔崽子！當兵的兔崽子！」他就像唸咒似的喊著。

「打倒這小子，剩下的都是烏合之眾。對準他！」指揮官程步韓雖然下了命令，可是對獨眼龍卻毫無辦法，連地雷和子彈都好像避開他似的。

「好吧！我來收拾他。」程步韓按捺不住，拔出刀。

獨眼龍瘋狂地衝過來，程步韓掄起大刀，迎面擋住他的去路。

「喂！」

「殺！」

當他們擦身而過的一瞬間，一人揮下大刀，一人捅出刺刀。

兩人就勢向前竄出了五、六步遠，幾乎同時趴倒在地。但是沒過一會兒，雙方又幾乎同時爬了起來，搖搖晃晃地邁開腳步。程步韓腹部挨了一刺刀，獨眼龍的左肩被砍了一刀。幾個清兵立刻跑到程步韓的身邊把他抱回要塞。

「大勢已去。」陳連陞朝四周看了看，自言自語地說。

到處是一片廢墟，士兵們已傷亡過半，逃跑的人也不少，就要在這樣的情況下迎戰敵兵。

「戰爭才剛剛開始，還有以後哩！命令士兵撤退吧！」陳連陞指示身邊的張清齡說。

張清齡猶豫了一下，向傳令兵傳達副將的話。

這時陳連陞已從馬上跳下來。他撫摸著神駿的鬃毛說道：「多年來讓你辛苦了。我不能讓你也死掉。」他在馬屁股上打了一鞭，神駿揚起前蹄，長嘶了一聲。

他目送著神駿朝原野上跑去，然後慢慢地拔出刀。這時張清齡傳達了退卻命令跑回來，看到陳連陞在拔刀，就抓住他的袖子問道：「將軍爲什麼不退？」

「要逃恐怕也不可能了。我軍指揮官還不乏人，沒有我也可以打仗。沙角要塞雖然失守了，如果司令官能夠戰死，將會振奮軍心。」

「是嗎？……我不勸阻將軍。不過，我不退，也請將軍不要阻止我。」

「你既然這麼說，我也不說什麼了。」陳連陞微微一笑。

4

英軍以為這次仗會像打定海時那麼容易，沙角和大角的猛烈抵抗卻大出他們的意料。如果兵力能多一倍、彈藥更豐富些，是不會這麼容易陷落的。儘管遭到這麼猛烈的砲擊，砲臺始終在噴火，一直到彈藥斷絕。

當漢奸部隊在英軍的驅使下用竹梯子從沙角要塞背後爬上來、蜂擁而入時，可以說戰鬥已經告終了。由於砲擊，要塞已經損失半數以上的兵力。

陳連陞握著刀，凝視著遭到破壞的要塞荒涼情景。他是湖北人，行伍出身，身經百戰，輾轉於湖北、四川、陝西，和所謂「教匪」作戰；在湖南、廣東平定瑤族之亂中建立功勳。他是一位從未打過敗仗的猛將，可是，現在他不得不承認是打敗了。從左邊滾過來一個大火團，滾到他身邊停下不動了。他用一隻手向這個火團拜了拜，那是一名全身著火的士兵。在這次砲擊的戰鬥中，很多士兵都是這麼死去的。士兵的制服都是棉的，怕火；落上火星，全身立即燃起熊熊的火焰，身上裹著彈藥盒的士兵立即「爆死」。

「要退卻的士兵轉告關提督，軍服應該改……棉服容易著火。」陳連陞回頭對張清齡說。

「明白了。這件事很重要，我這就去向他們傳達。」

張清齡剛離開，一個漢子就踉踉蹌蹌地走過來，端著刺刀對著陳連陞喊道：「你是當兵的頭頭，叫你嘗嘗我的厲害！」

「漢奸！」陳連陞迎上前去。

「兔崽子！」那漢子還沒來得及捅出刺刀，早就向前打了個趔趄，險些栽倒在地。

只見陳連陞的軍刀一閃，迸出一股鮮血，那漢子的腦袋已掉了下來，那顆圓睜著一隻怪眼的黑腦袋滾落在剛才燒死的士兵身邊。那士兵身上的軍裝還在燃燒，火燒著了獨眼龍的辮子，一眨眼的工夫就把辮髮燒成灰燼。

不一會兒傳來了槍聲，跟在漢奸部隊後面爬上要塞的印度兵開始射擊了。子彈毫不客氣地打在跑在前頭的漢奸部隊背上，那些闖過地雷區的漢奸們卻遭到理應是「自己人」的英國兵、印度兵的盲目射擊，躺倒下來。堅持留在要塞不走的士兵們殺進蜂擁而來的漢奸部隊。這是一場悲慘的同胞相殘的廝殺，而英軍的子彈卻不加區別地打進這亂鬥的人群中。

陳連陞連斬了三個人。他畢竟不年輕了，感到有點力氣放盡，拄著軍刀喘一口氣。這時，一顆子彈貫穿了他的胸膛，鮮血汩汩地流出來，和他全身濺滿的血立即混合在一起，他當場倒下陣亡了。

張清齡傳達了希望改換軍服的建議跑回來時見狀，立刻抱起司令官，帶著哭聲喊道：「完了！」

他扛著司令官的屍體向後退去，他知道陳連陞的兒子長鵬在臨海的一座堡壘裡。他來到這裡大聲地喊道：「長鵬！將軍戰死了！」

陳長鵬帶著可怕的神情跑了過來。

張清齡恭恭敬敬地把陳連陞的屍體放在地上說道：「戰場上無暇悼念，而且……」說後立即返轉身去，他的手中握著一把利劍。

「爸爸，現在無法保護您的遺體了。……」陳長鵬用手背擦了擦眼淚，拾起落在地上的一面戰旗蓋在父親臉上。

回到戰場上的張清齡，幾分鐘之後也追隨司令官陣亡了。沙角要塞就這樣落入了英軍手中，要塞上高高地升起了英國國旗。

要塞裡死屍累累，英國兵把每個角落都搜尋遍了。這裡是軍事要塞，沒有居民，和定海縣城不一樣，沒什麼值錢的東西可供掠奪。他們雖然不高興地咂著嘴巴，仍然在尚未完全倒塌的營房裡到處尋找。沒來得及逃走的士兵躲藏在各個角落，英國兵一旦發現他們立即拖出來用刺刀捅死。他們大多是身負重傷、無法退卻的傷兵。

陳連陞的屍體從服裝上被看出來可能是指揮官。

「這傢伙給我們增添了許多麻煩。」一個英國軍官用軍刀砍在屍體上。戰場的血腥氣使得這個軍官的心智狂亂了，他一邊狂叫著，「這傢伙！這傢伙！」一邊不停地揮著軍刀猛砍著屍體。

手腕被砍了下來；大腿被砍斷了。這時陳長鵬正屏息斂聲地躲藏在旁邊一個破堡壘裡，他看到父親的屍體在自己眼前被敵人肢解。

「洋鬼子！」他跳到堡壘頂上大喝一聲，將手中的軍刀朝著對自己父親施加暴行的那個軍官擲去。他看到軍刀扎進那軍官的肩頭，然後一轉身就朝著堡壘外躍身跳下，絕壁下是虎門滔滔的大海，他為父親殉身死去了。

那個肩上被扎了一刀的軍官，雖然倒在地上，但是被士兵們扶起來送去治療。這傢伙雖然受了重傷卻並沒死。

在這次戰鬥中，英軍沒有一個人戰死。進攻的一方雖然死了一百來人，但是全都是漢奸部隊的中國人。他們被當作英國正規軍的盾牌——從背後挨英國兵子彈的可憐盾牌。

5

大角要塞也同時陷落了。大角守軍千總黎志安看到大勢已去，在命令撤退前，把十四門還沒遭到破壞的大砲全部推落海中。這裡的退路只有後山，而且沒有下山的路，必須爬到山腰上然後翻過山崗。撤退的將士正好成了英軍的狙擊目標，傷亡慘重。

這裡也和沙角一樣，漢奸部隊被趕上第一線，死傷了很多人。英軍沒有人戰死，連受傷的也很少。據報告，進攻兩要塞的英軍只傷了三十八人，其中大半是在沙角低地的火藥庫爆炸時被火燒傷的。清朝方面戰死二百二十九人，受傷四百六十三人，其中軍官有四十四人。

在進攻要塞的同時，英國艦船還在海上進攻清朝的兵船，約擊毀十艘。各兵船安裝的大砲一般爲七、八門，所以清軍除了損失兵船外，還損失了約八十門大砲。復仇神號深入虎門水道上游，捕獲了兩艘停在岸邊的中國帆船。這一收穫受到嘉獎，認爲是這一天戰鬥中的第一大功。

實際的戰鬥大約兩個小時就結束了。但是戰艦群之後仍然停在虎門水道裡，繼續牽制橫檔、靖遠、威遠等各要塞。

接到戰鬥結果的報告後，義律在澳門洋面的商船上對本國的商人們說：「道路正在打開，也許還需要一、兩次小規模的戰鬥，最後琦善將會接受我們的全部要求。」

貿易就要恢復了。原本意志消沉的商人們也爲這個消息而感到激動。對方一旦屈服，不但正規的貿易可以恢復，就連鴉片的輸入也比過去更安全。巨大的利潤正在等著他們，這簡直像投射進來一道玫瑰色的亮光。聽了義律的話，大家都喜形於色，只有墨慈感到擔心。他剛從廟六甲觀察商情回到澳門，而且透過金順記聽到北京的態度變強硬和琦善地位不穩的情報。

「義律大校，」墨慈猶猶豫豫地說道：「弄個兩、三次威嚇，琦善也許會屈服。不過，他只是受皇帝指派暫時到這個地方來的一個官吏，他被革職，另外任命一位更強硬的欽差大臣，這種可能性也是有的。威嚇太重，會不會出現琦善被追究責任、革職查辦的情況呢？」

「我正在考慮這個問題。」義律好像早已胸有成竹，挺著胸脯說道：「我早就爲琦善準備了一個在皇帝面前保全面子的條件。」

對英國來說，琦善是一個再理想不過的談判對手，義律希望琦善永遠留在廣州，因此，絕不能讓他垮臺，需要給琦善一點什麼禮物，使他能在皇帝面前搪塞過去。

義律所考慮的禮物就是「歸還舟山」。根據停戰協定，定海兵力雖然撤走了一半，但是英軍仍然占領著。由於瘟疫流行、風土惡劣、糧食困難，以及居民的敵對情緒等不利條件，英國早已丟棄把舟山作爲貿易基地的打算。反正遲早都要從那裡撤軍，何不把它贈給琦善作爲禮物呢？這眞是一個錦囊妙計。

「聽了您的想法，我這才放心了。」墨慈說。

義律的表情充滿了自信。義律回到房裡，祕書官告訴他琦善送來了密信。

「我想它也該來了。」義律笑著說。他預料琦善會在信中表示願做大幅度讓步，哀求停止戰鬥和恢復談判。

一切都按照義律的計畫進行。在這次戰鬥中，英國沒有損失一兵一卒，這使義律大爲得意。軍事行動是爲了迫使恢復貿易和開放門戶的威嚇手段，因此戰鬥的規模應該盡量縮小，既要避免損失，又要有效果。這些他都做到了。如果是堂哥喬治·義律，那將會如何呢？他一定會突然發動要付出很大犧牲的正式戰爭、攻取廣州；就連那個毫無作用的舟山小島，他也要堅持在那裡永遠飄揚英國國旗；即使撤軍，他那個死腦袋瓜恐怕也不會想出把它當作談判工具的妙計。

義律和堂哥一比，深感自己有著高超的外交手腕。他打開琦善的密信，信上果然懇求停戰。

「一分不差地按照我的想法在進行。」他感到很滿意。

祕書官等義律看完信，問道：「送這封信來的鮑先生想見您，說有機密的事要轉告您。我讓他在另外的房間裡等著。您要見他嗎？」

「是他呀！」義律考慮了一會兒，滿意地笑著說：「好吧！見他。」

他一向蔑視鮑鵬。不過，在目前的情勢下，鮑鵬這傢伙是一顆重要的棋子，對他按照計畫行事具有一些利用價值。

「要是喬治的話，他不喜歡的人是不會接見的。而我……」義律心想。

他在一切問題上都把自己和堂哥做比較，而且深感自己要比堂哥高明得多。在遠離英國的土地，擔任六年最高負責人，一般人恐怕都會陷入自我陶醉，最後變成無可救藥的獨裁者。當時的清英談判實際上不過是琦善和義律的個人談判，他們誰也沒有正式代表北京和倫敦的意圖。

第五部

年關

「穆樞相在北京怎麼搞的？」他帶著不滿情緒，勉勉強強地朝高第街走去。

上諭是一月二十日送到的，按照農曆來說，已是年關了。

「今後想聽聽您的意見，請予以協助。」琦善雖然到了林則徐的臨時寓所，但是只說兩句客套話、走走形式，很快就離開了。

1

鐵火穿沙角，當年塞草肥。
蘭枯鋪廢瓦，駿馬踏雲歸。

《飛鯨書院志》所收的連維材的詩中，有上面這首五言絕句。這首詩是他在高第街林則徐的寓所裡寫的，題名爲《陳將軍義馬》。

清軍在沙角和大角的慘敗，給廣州的居民帶來了極大震動。

「清軍原來這麼軟弱呀！……」——人們重新認識了清軍；另一方面，也讓他們領教了一向被鄙視爲夷狄的英國之強大。

他們早已聽說舟山慘敗的消息，但是那畢竟是在遙遠的地方發生的事，有人甚至振振有詞地誇耀，「英國艦隊之所以避開廣東，是因爲虎門的防守堅固。」

可是，被說成是金城湯池的虎門第一關，現在卻輕而易舉地被英軍攻陷了。

不過，廣州人的自負心理對此又做了另外的解釋，「這都是因爲林則徐被革了職。如果當時虎門的水勇團沒有解散，那就……」

林則徐的聲望本來就高，這一來就更加提高了；相反的，琦善的身價一落千丈。

陳連陞父子在沙角一起殉難的事，尤其讓人們深深感動。英雄的事蹟被人們加工潤色，連陳將軍的愛馬「神駿」也被神化了。

陳將軍在戰死之前確實從馬上跳下來，在牠的屁股上打了一鞭，讓牠離開死地。據說這匹馬後來被英國兵逮住，餵牠飼料也不吃，只是悲哀地嘶叫，最後終於餓死。這個悲哀壯烈故事的主人公是不會說話的動物，更加使廣州人感動。人們感嘆地說：「連馬也爲主人殉難了啊！」

「陳將軍義馬」遂成爲各地詩社的詠題，詩人們以「神駿」爲題競相作詩。上述的連維材的詩就是這樣的一首詩。詩的大意是：英國的砲火粉碎了沙角，以前要塞上茂草叢生，神駿一向吃那裡的草。現在蘭草枯了（詩中往往以蘭枯比喻佳人的死，這裡當然是指神駿的主人陳將軍的死），到處是一片廢瓦，神駿不願踏這些瓦礫，遂踏雲歸去了——即追隨主人殉難了。

「請您斧正。」連維材請求林則徐刪改。林則徐在詩詞方面的造詣當然要比連維材高明的多。

「我無法勝任。」林則徐這麼回答。不過，他還是把詩箋接過來看了好幾遍，扭著頭想了好一會兒，然後把詩箋放回桌上換了話題說：「剛才好像是彩蘭來了。」

「是的，帶來了兩條消息。」連維材回答。

送到金順記的情報都是由彩蘭送到這裡，她的到來就意味著有什麼新的情報。

「北京來的嗎？」

「一條是北京的，一條是上海。北京來的消息不壞，上海的卻令人擔心。」

「擔心？」

「翰翁病了。病得好像不重，不過，畢竟他上了年紀，彩蘭很爲她的祖父擔心。」

「翰翁……可不能出什麼問題啊！」

「北京的消息談到給琦善大人的上諭，皇上的意見是要停止和英國談判，一切要和林、鄧兩位大人商量。」

「啊！……」

琦善自從上任以來，從未就任何問題和林則徐商量過。因爲林則徐已被革職，他這麼做也不是沒有道理的。這次上諭中指示琦善要和林則徐商量，也許不單是皇帝的心境發生變化，而是主和派的勢力在北京政界中敗退的癥兆。

此時林則徐的腦海中浮現出軍機大臣穆彰阿和王鼎的臉。

「琦善大人不僅不和林大人商量，好像也不和其他官員商量。」連維材說。

「怡良來的時候經常發這樣的牢騷。大概是總督知道和他們商量會遭到反對，因此乾脆就不做了。」

「顧問的職務好像由鮑鵬一人來擔任。不過，既然下了上諭……」

「形式上也許會來商量，但是那完全是形式而已……總督恐怕還是想貫徹他的方針，而這個方針並不是他個人的。」

「對穆樞相的指示，總督恐怕比對上諭還要重視。」

「請問這個上諭已經到達總督那裡了嗎？」

「沒有，今天早晨剛剛傳到金順記。我們用的是傳信鴿，比快使還要快兩三天。」

「他會怎麼看呢？」

根本的意見完全相反，商量也不會有什麼效果。道光皇帝的上諭簡直就像一個任性孩子硬要做一件根本辦不到的事。

連維材從懷中取出上諭的抄本遞給林則徐說：「和原件可能有兩、三句出入。」

這是丁守存在軍機處看過一遍默記下來的，文章相當長，但是幾乎和原文一字不差。

「調四川、貴州的兵……這可不行啊！」林則徐邊看邊搖頭。

「不行嗎？」

「不行！我國的軍隊離家鄉越遠越不行。區區四千軍隊，在廣東也是可以徵集起來的。……」

連維材一聽，突然感到心裡空虛起來。他和林則徐都知道最後是不可能戰勝英軍的，即使戰敗，仗也要打得很漂亮——但他們朝著這個目的所做的努力完全是徒勞無益的。

2

琦善的獨斷專行，不僅是依靠欽差大臣關防這張王牌，還因爲他相信北京的同伴，尤其是穆彰阿的堅強後盾。但是這位穆彰阿此時早已心急如焚。

在專制君主制的國家裡，一切都由皇帝做最後決定。身爲臣子，不管有多大權勢，能辦到的事都是有限的。要改變皇帝想法，需要做相當的努力，有時甚至要使用威嚇的辦法。

在迫近年關的一次召見時，穆彰阿帶著沉痛的臉這麼上奏說：「關於邦家的財政、軍事力量和民生，陛下已有深刻了解。乾隆大帝的偉業垂惠於兩億生靈，如今皇上撫育著四億臣民，以天下不變之財富養活加倍之人口，不如意之處在所難免，臣等日夜痛心。幸而民心穩定，治績卓著，此皆由於皇上聖明，聊撫寸心，咸感聖恩。唯維持眼前太平，應該說已達人力之極限。如大堤之一角一旦微有洞孔，則滿河之水恐將成爲怒濤湧來。」

「卿想威嚇朕嗎？」道光皇帝說。

「不敢！奴才不過是誠實地說明現狀。無業之貧民，今天爲數之多，皇上也有所知。如僅是餓民之群，尙無大慮；但是由於某種契機，說不定會變爲流寇集團。奴才最擔心的就是這種『契機』。」

「不讓貧民變爲流寇，不是採取了種種措施嗎？例如禁止設教……」

「由於皇上聖明，目前尙無大事。但是奴才剛才已經稟奏，疆臣（督、撫）們已費盡心機，達到他們的力量之極限。如有某種可怕的契機，那就……」

「你是說，遇事不要過分，不要造成不好的契機嗎？」

「如皇上聖察。」

道光皇帝並不愚笨，他已懂得穆彰阿的意思是不要和英軍造成事端。他已習慣把南方海口的事件，和新疆或西藏等的邊境問題同等看待。英國艦隊出現在天津洋面時，因爲靠近北京，他才有點慌張。但是現在問題已轉移到遙遠的廣東。

「廣東南部的事件會成爲卿所說的『契機』嗎？那裡離得很遠。」

「在愚民中，消息的傳播是非常快的。奴才聽說，江南地方的愚民以定海戰事爲契機，還是結成了相當大的幫夥。」

清王朝是由爲數極少的滿族統治全中國，他們最怕漢民族利用各種形式團結起來。所有的結社，無論是宗教的還是經濟的，或者是以互助共濟爲目的，均受到監視；凡被認爲具有危險性的均加以禁止。例如白蓮教就遭到武力鎮壓。清王朝最擔心的是人民結黨，據說現在江南地區已有這種徵兆。

「應該迅速鎭壓這些暴徒！」道光皇帝說。在他眼裡，成群結夥的民眾都是暴徒。

「早已嚴密監視。不過，他們是祕密地搞結社活動，很難掌握他們的實際情況。在那個地區和英軍發生衝突後，這種動向才顯露出來。」

「所以才解除了伊里布的總督職務，讓裕謙來擔任。」

「是的，裕謙會嚴厲鎮壓。不過，對外問題再發生麻煩，這方面的工作自然就會疏忽，有可能會發展到不可收拾的地步……」

兩江總督原本由伊里布兼任，現在已由江蘇巡撫裕謙代理，伊里布僅以欽差大臣的身份專門處理夷務。

裕謙是蒙古鑲黃旗人，雖然是文官，但是以成吉思汗式的蠻勇而聞名，一旦要鎮壓人民，他將會充分地施展他的蠻勇。不過，如果要和英軍打仗，那就顧不了鎮壓暴徒了。

「恕臣直言。」軍機大臣王鼎從旁說道：「關於江南暴民結社的事，據臣所聞，實際是在今年夏天定海之戰時官兵棄城逃跑、英夷占據該地，人民憤慨，在忍無可忍的情況下結黨抵抗英夷。依臣愚見，此非背叛天朝，而是出於人民義憤才結黨報復英夷，可謂忠義之士，鎮壓則不合道理。」

「舟山的農民和漁民襲擊英夷，朕也有所聞。」道光皇帝的語氣中帶有同情。

穆彰阿好像要打消皇帝的這種同情，急忙說道：「無論是懷著什麼目的聚集的，既然結了黨，未來要向什麼方向發展都是讓人擔心的。拿當年白蓮教之亂來說，最初就是以宗教目的結社，後來終於發展到造反作亂。」

「我知道了。也就是說，不要給他們契機。」道光皇帝已經疲乏了，向兩位軍機大臣都說了妥協的話，利用這個辦法打斷這個麻煩問題的繼續爭論。

王鼎對皇帝的話中包含對江南結社的同情而感到滿足，穆彰阿也認爲讓皇帝理解對外糾紛的可怕性，在一定程度上達到了目的。

3

穆彰阿回到家裡不一會兒，昌安藥鋪的藩耕時就來了。這是年底繁忙的時候，如果沒有相當重要的情報，藩耕時是不會來的。

「是關於江南結黨的事情。」藥鋪老闆說。

「哦！今天早上皇上召見的時候也討論了這個問題，聽說組織已經擴展得很大。是這樣嗎？」

「是的。結黨原本是以王舉志爲核心，一向嚴格保密，過去很難了解其內情……」

「現在了解了什麼情況嗎？」穆彰阿焦急地問道。

「組織一擴大，保密就不容易了，現在比以前容易了解多了。」

「說吧！」

「王舉志的行蹤過去一向是個謎，最近才逐漸了解到他過去的一些行動。幾年前他曾去過廣東，他在廣州時就住在金順記。」

「哦！又露出了連維材這條線……說不定還可以搜尋出林則徐的線呢！」

「目前還辦不到，不過，這種可能性還是有的。」

「無論如何，江南的結黨要好好地調查，增加點人手也可以。」

「如果能確定林則徐和王舉志有關，那就可以作爲徹底搞垮他的最好武器。林則徐雖然已被革掉了總督官職，但是他在廣東的聲望還很高；不，他甚至在全國也有聲望。在朝廷還有王鼎的大力支持，這樣的人是很不容易搞掉的。」

道光皇帝看來對林則徐也還有戀戀不捨之意。從某種意義來說，儘管皇帝傾向於強硬主張，也並非那麼可怕。不管他在宮廷內怎麼大聲叫喊，如果沒有人去執行皇帝的命令也等於是畫大餅。

絕不能讓林則徐東山再起——穆彰阿一想到林則徐就心煩意亂起來。他說：「給你們增加人手，做不出實際成績那也等於白搭。」

「是。……」藩耕時膽顫心驚地抬起低下的頭，看了看軍機大臣的臉。

「廣州就投入大量人力和金錢，林則徐的聲望不但沒有降低，反而提高了。」

「現在那邊的人正在盡最大努力提高琦善大人的聲望，以抵消林則徐的聲望。」

「不只廣州，就連北京也把林則徐當作英雄到處傳頌。看來這是不定庵的吳鐘世那些人進行了活動……」

「那傢伙有那麼多活動資金嗎？他們能像我們這樣投入這麼多人力和金錢嗎？」穆彰阿認爲人的聲望是可以用財力來左右的。

「愚民們總是喜歡那些活躍的人物……」

「在皇上所在的北京，也要大力宣揚林則徐是亂臣賊子，這一點絕不能懈怠，明白了嗎？已經給了你們大批的錢，希望不要敗在不定庵那些書生手下。」

「不過，聽說不定庵的活動資金也是相當充裕的……」

「什麼？他們的資金是從哪裡來的？」

「聽說吳鐘世和連維材有特殊關係。」

「哼！又是連維材！……」穆彰阿皺起了眉頭。

棋盤上的布局已經越來越清楚了。對手是對外強硬政策的實踐者，看來是把林則徐當作一塊招牌；在財政上進行支援的是金順記的連維材；負責情報宣傳的是不定庵的吳鐘世；在煽動民眾方面也許還加上王舉志。按照這個布局發展下去，將會是怎樣的結局呢？對外強硬主張——戰爭——國家財政破產——王朝威信掃地——統治權力削弱——暴徒猖獗——反朝廷運動興起……。如果拱手投降，清朝就會垮臺。這樣一來，穆彰阿就必然會失去一切。他那向上斜吊的小眼睛不由得抽搐了起來。

「現在是關鍵時刻，一定要認眞地給我幹！」他用手指頭戳著藥鋪老闆的鼻尖大聲說道。

「小的知道了。」

「看來你是能力不足，連默琴的下落都找不到。」

「慚愧！慚愧！」

「龔定庵……這傢伙不能寬恕！一定要想個什麼辦法……」

龔定庵這傢伙竟然搶去了自己寵愛的女人。一想起這傢伙，他就怒火中燒、全身顫抖，而且這傢伙顯然是屬於敵對陣營。

藩耕時回去之後，穆彰阿給琦善寫了這樣的信：

正採取各種辦法改變皇上的想法。前信已經說過，皇上仍然堅持強硬政策，上諭已到達廣州。但是在當地，仍希一如既往，以妥協讓步謀求和平。給北京的奏文，要小心注意。具體說，爲權宜起見，字面上要表現出強烈要求採取強硬政策的情緒，然後強調英國兵力的精鋭和我軍的軟弱。不要老實稟報在當地的妥協或讓步，能隱瞞的就盡量隱瞞。此事將相當困難，但是對您的努力寄予了很大的期待……。

4

「要和林則徐商量？」——琦善讀到上諭中的這一條，露出很不高興的表情。可是，既然是上諭，那就不能不去敲林則徐的大門。

「穆樞相在北京怎麼搞的？」他帶著不滿情緒勉勉強強地朝高第街走去。

上諭是一月二十日送到的，按照農曆來說，已是年關了。

「今後想聽聽您的意見，請予以協助。」琦善雖然到林則徐的臨時寓所，但是只說兩句客套話、走走形式，很快就離開了。按照當時的習慣，高級官員的同僚來訪一定要回訪，表示答謝。琦善走後，林則徐去了總督府。不過，他沒有入內，到了門口就回去了，只是要琦善的幕客轉達他來回訪的答謝。琦善顯然也沒有眞心要跟他商量的意思，而且在態度上也表現出來，所以林則徐也只這麼跟他應酬應酬。

「材翁，這幾天讓你受拘束了吧？不過，已經沒必要再藏在這裡了。」林則徐對連維材說。

鮑鵬要逮捕連維材的表面理由是連維材煽動林則徐。林則徐的罪名雖然未定，但是皇帝已經命令琦善跟他商量事情，這就表明林則徐的行爲並不一定會遭到否定，所以連維材暫時也不會受到追究。

「我從沒想過不能外出是這麼難受。」連維材臉上露出高興的表情，彎著胳膊捶了捶自己的肩頭。

「馬上出去看看嗎？」

「我想看望一個人。」

連維材好久沒有外出了，他坐著轎子朝石井橋走去。他想看望的人是西玲。他把西玲從李芳的家中叫出來，一起走在鄉間小路上。

「今年發生了多少事情啊！」西玲回顧即將過去的一年，好像很感傷。

「確實是激烈動盪的一年。不過，來年將會比今年更爲激烈……是戰鬥的一年。」

「戰鬥的一年？」西玲把連維材的話重複了一遍，看著連維材的臉。

「對。」連維材點了點頭。

「你好像愛上了『戰鬥』這個詞似的。」

「妳是這麼看嗎？」

「當然這麼看。你這個人好像生下來就是爲了戰鬥。」

「我不是軍人。」連維材明明知道西玲的意思並不是指戰場上的戰鬥，但是他還是這麼說。在目前緊張的情勢下，他確實感受到戰鬥的來臨。不過，面對西玲，他感覺到的是另一種戰鬥。

來到一棵大榕樹下時，他突然把西玲摟進自己的懷裡。

「你要幹什麼？」西玲氣喘吁吁地說，但是她並不拒絕。

「這也是戰鬥。對我來說，是重要的戰鬥。」

西玲的臉頰感覺到連維材呼出的熱氣，她閉上眼睛。接吻之後，她用嘶啞的聲音說：「這是戰鬥嗎？……我不喜歡血腥味。對了，我對你感到不滿足的就是這個。」

「沒有鮮血的愛情是……」

「不，有的，應該有，還有比血更溫暖的東西。我希望爲它所擁抱，這就是女人的心吧！」

「難道我不懂女人的心嗎？」連維材認眞地看著西玲問道。

「在你眼裡，我和英國的軍艦是一樣的吧？你說，是這樣嗎？」西玲搖著連維材的身體問道。

「跟英國人打仗會失敗，我打算失敗之後去開闢道路；跟西玲戰鬥，我也會失敗，我想失敗之後就把臉埋進妳的乳房……」

他們倆一次又一次地擁抱和接吻之後，又慢慢地向前走去。到了石井橋祖師廟附近，民房就漸漸多起來。祖師廟前的廣場是村民們休息的場所，也是他們娛樂的地方。節日裡在那裡演小戲，平常的日子村民們三五成群在那裡曬太陽、聊天。

在石階下，連維材險些踩到一個人。這人仰面朝天地躺在地上，身上穿的是一條蔴袋，蔴袋上開了三個孔，腦袋和兩隻胳膊分別從三個孔裡伸出來。但是這是一個破爛不堪的舊蔴袋，從胸口到腹部裂了一個很大的口子，露出了肌膚。

這裡雖然是南方的廣州，到了臘月，風還是相當寒冷的。這人的肌膚大概是堆積著汙垢的緣故已變成鉛灰色，那簡直不像人的肌膚。最顯眼的是清楚露在胸部的那一根根肋骨。

「是死人嗎？」西玲緊緊地抓住連維材。

「還活著。妳看……」連維材指著那人說。

那人的腹部在微微地上下顫動，證明他還在呼吸。

「太可怕了！……」西玲用膽怯的聲音說。她第一次看到這樣的臉。

在深陷下去的眼窩深處，那人睜著兩眼仰望著天空，中午的陽光看來也沒有使他那失神的眼睛感到扎眼。那臉好像是骷髏上貼著一層鉛灰色的紙，讓人感覺到不是活人的臉，根本看不出他多大年紀。像枯樹枝一般的手指邊放著一根黑黝黝的廉價大煙槍。

「沒有死，也是個廢人，是一個在人生戰鬥中失敗的人。」

「我們走吧！」西玲閉著眼睛從旁邊走過。

在廟門的一邊圍攏著一大堆人，一個皮膚白皙的中年男人顯然跟這附近被陽光曬得黝黑的農民不屬於同一階層。他指手畫腳地和聚集的人們說話。他白皙的臉上垂著稀疏的黑鬍子，厚實的嘴脣不停地動著。他的話並沒有當地口音。

只聽他說道：「琦善大人身兼欽差大臣和總督，確實是個了不起的人。爲了避免在我們廣東打仗，大人可是操碎了心啊！我說各位鄉親，你們願意打仗嗎？」

「千萬別打仗啊！」一個老頭搖了搖頭說。

「對呀！誰都不願意打仗。一旦打起仗，田地就會荒蕪，就會妻離子散、吃不上飯，還要死人。死的可不只是軍隊，老百姓也會被子彈打死、被刀砍死……爲了不讓各位鄉親遭這個殃，琦善大人正在日夜想辦法，可不能忘了他的恩啊！」

從這個正在演說的男人身邊走過時，連維材低聲對西玲說：「這裡也有戰鬥啊！」各種形式的戰鬥在連維材身邊激烈地進行，只有生活在這種環境之中，他才能感到適得其所。

5

道光二十年除夕。

在上海金順記後面的一間屋子裡，溫翰躺在床上，雪白的辮子垂在籐枕上。王舉志坐在溫翰的身旁。他是聽說溫翰病了，跑來看望的。

「您似乎比我想像的要有精神，我感到放心了。」他對著病人微笑著說。

「您特地來看望，實在不敢當。」從溫翰的聲音中，還是讓人感覺到他衰弱多了。

「可不要勉強自己啊！」

「謝謝您！我現在也不願意死啊！」過去支撐著溫翰的是一種希望——一種也許可以看到新時代的希望，因此他才活到現在。他希望親眼看到舊時代土崩瓦解，現在剛剛揭開序幕，他才不願意死呢！他感到一陣眼花耳鳴。「眞不甘心死啊！」——他在內心裡反覆地這麼說。

「剛才來的那位是誰呀？」在另一間屋子裡，李清琴問女傭人。

「那是王舉志先生，大家都稱呼他『老師』。」

「王舉志先生！……」清琴的眼睛突然一亮。

她正閒得無聊。她這個人如果不做點什麼事總覺得不甘心，她當前的任務是刺探金順記的情況和尋找姐姐的下落。

金順記不過是在做一般的買賣，姐姐一時間也很難找到，她對這樣的工作早已感到厭煩了。正在這個時候，她聽到了王舉志的名字。

在北京，清琴經常看到穆彰阿透過藩耕時給情報人員的指示。這些指示中，刺探王舉志的情況是一項重大工作。她本人也在江南長期生活過，王舉志是什麼樣的人物她也是大體知道的。

「了解一下王舉志的情況。」——她心裡做了這種決定。即使沒有北京的指示，她對王舉志這個人也早已感到興趣。

王舉志剛走出金順記，背後一個女人就把他叫住了。

「是王舉志先生嗎？」說話的是一個年輕女人。

王舉志記得這張面孔，給他留下的印象是，這張漂亮圓下巴的臉上帶有一種說不出來的稚氣。剛才在金順記分店裡，這張面孔曾經從他的面前一閃而過。

「在下正是王舉志。請問有何貴幹？」

「我早就聽過先生的許多傳說，我希望能和老師您學習。」

「學習？我可不是開私塾的。」

「我叫李清琴。我希望了解這世上的許多事情，沒有人能像老師那樣知道許多事、做過許多事情。」

「這可太突然了……」

不過，王舉志的心裡這時已明白。他聽溫翰說過，龔定庵的情人有個妹妹，也知道她和北京的穆黨有連繫。

「是想接近我吧！」——他心想。

他也早已做好心理準備。他最近的行動一定會引起穆黨的注意，組織已經擴大，很可能已有奸細鑽了進來。不過，這麼露骨的接近方式反而讓他很高興。他微笑著問道：「您打算離開金順記嗎？」

「唉！如果老師同意的話……」清琴兩手摁著粉紅色披風的領口這麼說。

「如果沒有溫老先生的同意，我這方面……」

「我等於是不請自來的，只要我說走，誰也……」

「不過，事情也太突然了一點。再說，明天就是元旦，過了年之後再說吧！」

「是嗎？」清琴望著對方說道：「那麼，我等著老師，您一定要來啊！」

清琴目送著王舉志的背影。這時突然有人叫自己的名字，那是讓她懷念的聲音。她回頭一看，姐姐默琴正站在那裡。

「啊！姐姐！……」清琴的眼睛一下子紅了、湧出了眼淚。

「清琴，妳哭什麼？」

確實是姐姐的聲音。可是，姐姐過去曾經這麼說過話嗎？清琴詫異地望著姐姐，這時眼淚順著她的臉頰流了下來。看來默琴的態度也和以前不一樣了。

默琴一動不動地站在那裡，但是她那樣子讓人感覺到是極其牢固地站在那兒。以前的默琴整天戰戰兢兢，從來沒有腳踏實地、牢固地站立過。起碼和清琴分別以前是這樣。

「姐姐是……？」清琴也和平時不一樣，反而怯生生地這麼問道。

「聽說溫老先生病了，我來看望他。」

「那麼，姐姐現在住在什麼地方？」

「在一家書店裡工作。」

「工作？」

「清琴不也是非常喜歡工作嗎？」

「……」

「走吧！清琴是住在金順記吧？」

默琴沒等妹妹答話，猛地轉過身走開了。清琴從來沒有見過姐姐的背影是那樣的高大。

「姐姐變了！……」——她心想。

默琴是變了，一種堅定的自信心像一根粗大的鋼筋支撐著她的整個身心。這時清琴不知怎麼想起了蘇州的連哲文，她的腦海裡一張接一張地浮現出哲文畫的畫。線條在奔馳、顏色在跳躍；而且，哲文凝視著畫的身影震撼著清琴的心。

清琴這次敗在姐姐的面前了。她是在無意識之中向哲文求救，好像是被姐姐高大的背影吸引著似的。

接著，清琴走進金順記上海分店的大門。

斷章之四

琦善爲英軍武器之可怕、技術之準確而嚇倒，也慨嘆清朝海軍無用，他認爲這樣的軍隊打也是白搭——琦善徹底悲觀了。

琦善和義律會談爭論的焦點是割讓香港的形式。琦善希望用允許英國人在香港居住的形式，不要在條約中明文寫出正式割讓；但是義律堅決主張要書面寫明「正式割讓」，寸步不讓。這就是所謂「暗割」和「明割」的爭論。

1

琦善早已向義律祕密帶話，在舊曆年底之前將口頭接受義律所要求的條款。這些條款是：

1. 割讓香港。
2. 賠款六百萬元（一百萬元立即交付，餘款五年内分期交付）。
3. 建立對等的外交。
4. 農曆正月初恢復廣州的貿易。

這就是所謂的《穿鼻草約》的原型。當然，這是鮑鵬在琦善和義律之間多次奔走的結果。

爲了加快通商正常化，義律覺得不能過分追逼清朝，他的「回禮」是：

1. 歸還舟山群島。

2. 從占領的沙角要塞撤兵。

他認爲這樣也會使琦善在皇帝面前保住面子。琦善的口頭接受是在北京的強硬上諭到達之前做出的。琦善赴任廣州以來，他採取的大方針就是妥協和讓步，但是要盡量拖延時間。義律爲了不讓他拖延，於是襲擊了沙角和大角。

由於這次戰敗，琦善只好接受《穿鼻草約》。他自以爲已經頂到了可以拖延的極限，實際上他是被人打了腦袋之後，還被人逼問：「怎麼樣？」

他向北京送去奏文，大意是這樣：

……英夷占領了沙角砲臺，攻破了大角砲臺，但是很快就覺悟到自己的不是，感到懊悔，接著就提出歸還定海、撤退艦隊兵員，同時獻出沙角砲臺。……他們希望蒙受天朝寬大之恩，准許通商，以資生計。貿易斷絕後，他們已舉國喪失生計。他們來自遠隔數萬里之國家，多年骨肉分離，其情也確實可憫。西洋夷人（葡萄牙人）久沐天朝恩典，准許攜家眷去澳門。英夷也希望能和他們一樣，泊船和居住於廣東外洋之香港島。如能這樣，將不赴他省尋求貿易。……

奏文沒有涉及賠償和對等外交的問題，只是委婉地提到要把香港澳門化，懇乞皇帝的「鴻慈」。道光二十一年元旦（國曆一八四一年一月二十三日）。這一天，義律對舟山群島的占領軍簽定了有關交還該地方和撤兵的命令，這也許是他給琦善的新年禮物。

義律離開英國已近六年，他無法想像歸還定海將會引起英國的強硬派，尤其是外交大臣巴麥尊多大的憤怒。

「還得非我去不可嗎？」琦善向來賀年的鮑鵬這麼說。

「現在還說這個有什麼用？」鮑鵬的語氣很嚴厲。

義律早就要求會見欽差大臣、兩廣總督、文淵閣大學士、世襲一等侯爵琦善。口頭上已經獲得了妥協的承諾，因此，要透過代表清朝的琦善和英國的特命全權大使義律之間的最高級會談做出正式決定。

讓鮑鵬送去的中文信中，義律稱自己是：大英國主派命欽奉公使大臣、水師副將、駐中華總管本國商梢（商人及商船）等領事。琦善雖然主張對英讓步，但是並無崇外的想法。他對外國人具有當時中國人共同的看法，認爲是「犬羊之性的夷狄」，他希望盡可能不去見這些和犬羊同類的傢伙。但是對方透過鮑鵬不斷地要求會見。英國軍事力量強大，他領教得太多了，爲了讓步，也不能不去聽一聽對方的說法。

「是嗎？沒有辦法……」他低聲地說。

「夷人比我們想像的要懂得禮節，沒有什麼好怕的。」鮑鵬鼓勵他說。

對欽差大臣進行鼓勵？不，用近於呵斥的語言對欽差大臣說話——鮑鵬對自己的力量感到滿意。不久前，自己不過是外國商館所雇用的一個小小買辦，現在欽差大臣卻在自己面前戰戰兢兢，幾乎是央求自己。

「不必害怕！宴會已經準備好，一切都包在我身上。」鮑鵬洋洋得意，簡直就像哄小孩子似的，一邊搖頭一邊說。

他那雙下巴上的線條，一會兒黏合在一起，一會兒又分離開來。鮑鵬本來就很胖，自從跟琦善回到廣州之後更胖了。由於過度肥胖，他的身體不能靈活的活動，他那慢吞吞的動作看起來好像很有威嚴。

2

琦善磨磨蹭蹭地離開廣州去蓮花城見義律是一月二十五日，農曆是正月初三，還帶有濃厚的新年氣氛。從廣州坐船東行，經黃埔，從烏湧南下，出獅子洋就是蓮花城。從距離的遠近來說，正好是位於虎門的入口穿鼻和廣州的正中間。

出發的那天，廣州的文武官員都到天字碼頭送行，只有林則徐沒有來，只派去了代理人。

前面已經說過，琦善接到上諭後，曾到林則徐的臨時寓所去打了招呼。第二天，林則徐接到琦善一個正式通知要他去參加會議，但是林則徐對琦善的軟弱妥協極其憤慨，稱病沒去。送行的時候又採取了同樣手法。林則徐的胃腸本來就不太好，但是並不是什麼大病。

北京的穆彰阿聽了廣州的報告後，在皇帝召見談及林則徐時，總是向皇帝灌輸說：「林則徐體弱多病。」儘管王鼎表示懷疑說：「是這樣嗎？」穆彰阿還是說：「眞的是這樣，廣州的人都知道，不信可以調查一下。」

穆彰阿知道皇帝對林則徐還有些留戀，他最怕的是林則徐會東山再起。

附帶說一點後話。大約十年後，道光皇帝去世、咸豐皇帝一即位，穆彰阿就受到了革職處分，而且「永不敘用」。咸豐皇帝列舉事實說：「過去有人推薦林則徐，而穆彰阿屢次撒謊，說林則徐體弱多病、不堪錄用。」這是穆彰阿被革職的原因之一。林則徐之後雖然被流放新疆，後來再次被起用，甚至當上雲貴總督，十分活躍。事實證明，所謂病弱不堪錄用完全是謊言。

再說琦善來到蓮花城，他採用最傳統的款待——廣州人都知道他是想用酒肉來軟化夷人。

林則徐一月二十七日（農曆正月初五）的日記上這樣寫道：

……聞是日琦爵相（琦善）在獅子洋邊之蓮花城大宴英逆。巳刻，該逆兵頭十八人，番通事二人，夷童二人，並佛蘭西夷三人，隨帶夷兵五十六人，樂工十六人，鼓吹而來，與爵相相見。遂設滿、漢四筵，逆夷上座，署廣州府余保純、廣州協趙承德於東西末座陪宴。夷兵及樂工給熟食，水手等給洋酒。食畢，該逆夷等俱至爵相帳前稱謝，乃忽大演槍砲，繼以鼓吹，始登舟去。義律與馬禮遜至爵相舟中私語移時，有明日再議之約。

表演射擊演習乃是一種威嚇，看來琦善因此受到的震動，遠遠超過了義律的預料。

琦善於一月三十日從蓮花城返回廣州，第二天——三十一日，訪問了林則徐。林則徐在這一天的日記上寫道：「琦爵相來晤，盛言逆夷砲械之猛、技藝之精，又極詆水師之無用，言畢而去。……」

琦善爲英軍武器之可怕、技術之準確而嚇倒，慨嘆本國的海軍無用，他認爲這樣的軍隊打也是白搭——琦善徹底悲觀了。

琦善和義律會談，爭論的焦點是割讓香港的形式。琦善希望用允許英國人在香港居住的形式，不要在條約中明文寫出正式割讓，但是義律堅決主張書面寫明正式割讓，寸步不讓。這就是所謂「暗割」和「明割」的爭論。

另外關於賠款，琦善表示一定交付，懇求不要在條文中寫出來。「希望務必採用容易得到皇上批准的形式。」琦善反覆地這麼說，但是義律認爲已經得到了香港。

3

琦善回到廣州寫了奏文。他首先列舉沙角、大角的撤兵及歸還定海等事例，說明英夷比以前順從。接著就地勢、武器、兵力和民情等四點，敘述我方不足爲恃。具體地說：

虎門的地勢於守不利，假如敵人想侵入，可以不必從砲臺的前面經過。——地勢對我方不利。

國軍的火砲不如夷船的砲多，彼此的威力相差甚大。——我方在武器上也處於劣勢。

廣東的水師兵丁是從沿海招募而來，品質惡劣者爲數不少，例如沙角戰後，竟逼迫提督，如果不發給特別津貼就要逃跑。提督典當自己的衣物勉強給每人發二元錢，才使他們留防至今。由此也可了解兵心的一般。——兵力也不可靠。

廣東省漢奸甚多，動輒即爲夷人的小惠所誘惑。——民情也不穩固。

所列都是不利的一面，目的是讓皇帝了解仗是根本不能打的。不過，根據穆彰阿的建議，又補寫了兩句：

目前應爭取時間，準備將來狠狠地打擊他們。

但琦善壓根兒就沒有要狠狠地打擊英軍的想法。關於香港問題，寫成是允許英國人居住。

義律在會見琦善之後，立即在戰艦威里士厘號上宣布占領香港：

本官以一切職權在此宣布：有關香港全島的所有權、特許權、租借權及其他各種特權，不論土地、港灣、財產、勞役等，全部均已獻給女王陛下。……

三天之後，義律與伯麥聯名貼出告示，向香港島居民宣布：

根據天朝及英國政府雙方高級官員明白訂定之正式協定，香港現在已成爲英國女王陛下領土的一部分。居住香港之所有人民須知自己現在已是英國女王陛下之臣民，因而對女王陛下及女王陛下之官吏必須盡責、服從。由於女王陛下的仁慈，香港居民將得到保護，免遭一切敵人之侵害，實行各自的宗教儀式、禮法和社會習慣；合法財產及享有利益之自由將得到保障。……本政府之決定將隨時以另外之告示公布。各村之村長應負起責任，使居民尊重並服從政府之命令。

義律製造這種既成事實，迫使琦善簽約。如果正式簽約，事情就嚴重了。琦善只好僞稱有病，採取拖延戰術。

義律早就不滿意清朝方面的拖延，爲了儘快解決問題，決定再次發起軍事行動，並做了準備。水師提督關天培發覺英軍在做戰鬥準備，就一再要求增兵和補給彈藥，但都遭到琦善的拒絕。「如果增兵，會使英國產生誤解。」琦善不高興地這麼說。

琦善在蓮花城設宴款待義律的一月二十七日那天，報告沙角、大角失陷的奏文到達北京。道光皇帝火冒三丈、大發雷霆。

琦善的奏文是在還不知道北京態度已變強硬的情況下寫的，所以是避戰的論調；而道光皇帝早有主戰的想法，當然使他震怒。受過帝王教育的人一旦發起脾氣來，那是連穆彰阿也無計可施的。

即日發出詔書，一般稱之爲宣戰詔書，這不是現代意義上的宣戰詔書，應該稱之爲征討令。因爲皇帝認爲，天朝就是整個世界，外國不過是屬國、保護國或進貢國，並不是對其宣戰的對等國家；和英國的作戰和鎮壓西藏或新疆的叛亂，同樣都是征討戰。

這個詔書的開頭寫道：

我朝撫馭外夷，全以恩義，各國果能恭順，無不曲加優禮，以期共樂昇平。

接著羅列了許多憤怒詞句，譴責英軍在定海「姦淫婦女，擄掠資財」，攻占沙角、大角；咒罵英軍「性等犬羊」、「神人所共憤」。最後

著伊里布克日進兵，收復定海，以甦吾民之困。並著琦善激勵士卒，奮勇直進，務使逆夷授首，檻送京師，盡法懲治。其該夷之丑類，從夷之漢奸，尤當設法擒拿，盡殺乃止。

在發出這個詔書的同時，又下了四道諭旨：

1.琦善「交部嚴加議處」（和林則徐受到同等處分，只是沒有革職），水師提督關天培先革去

「頂戴」，戴罪立功。

2. 琦善先以廣東本省的官兵布陣。

3. 令江西省選精兵兩千，速赴戰場。

4. 令湖南、四川、貴州三省向廣東派兵，總兵祥福等率各軍速行。

4

這當然不是近代國際法上的宣戰，所以穆彰阿也沒有感到絕望，他還在皇帝及皇帝的周圍施展他那一套陰謀詭計，企圖阻止事態的發展。

道光皇帝的決心，實際上也並不像表面上所看到的那麼強大。在發出詔書的六天後，皇帝從琦善的奏報中知道收復定海和英軍從沙角撤兵，態度就稍微緩和了一些，於是對琦善下令說：「已發出命令，要奕山、隆文、楊芳三人率兵赴廣東，難以取消此命令。軍兵雖然去廣東，但是對英夷要極力設法羈縻。」

在過去的歷史書中，偶爾也可看到對琦善表示同情的看法。這種看法認爲，從客觀上，和英軍作戰是輕率的行爲，因此他對避戰所做的努力應該給予很高的評價。如果站在對琦善抱持同情看法的立場上，林則徐必定要受到相反的評價。

主戰派林則徐不是沒有察覺到對英作戰是輕舉妄動，就是明明知道還主張採取強硬政策。如果是前者，他就是愚昧無知；如果是後者，那他就成爲明知會失敗還要進行戰爭的不忠之臣。

這個問題暫且放在一邊。如果把林、琦兩人加以比較，林則徐顯然要傑出的多。

他們兩人都知道英國軍事力量的可怕，但是從態度來說，林則徐要認眞得多。他讓人翻譯外國書籍、閱讀；凡有熟悉外國情況的人，他都樂於向他們請教。而琦善根本沒有做這樣的努力，他只是聽說定海作戰的情況、看見英國的船堅砲利就產生了恐懼心理，即使有人建議他了解外國情況，他也頂回去，說什麼「天朝的大官怎麼能對外夷的事情一一研究。」——這些情況在前面已經說過。《道光洋艘征撫記》和《夷艘入寇記》上也都記載了這些情況。

林則徐從葡萄牙購買大砲，增強了砲臺和兵船、訓練水勇；琦善卻一心要撤除軍備。後來沒收琦善的財產時，發現他家裡有一千萬元洋銀的現金，擁有八十多家當鋪、商號和倉庫。英國要求賠償鴉片的價款時，因爲沒收鴉片的責任是在林則徐，清朝朝廷企圖讓他賠償，曾經調查過林家資產才知道，林家並沒有什麼像樣的財產。資產的多少並不一定能作爲評價一個人的標準，但是還是可以作爲參考。在起用人才這一點上，眞實地表現出琦善的爲人。他不信任當地任何人，這是他器量狹小的證明。在對英談判中，琦善只用鮑鵬。應該說，這件事完全暴露了他的無能與無知。

鮑鵬是何許人呢？他原本是顚地商會的買辦，一個因爲鴉片犯罪而逃亡的犯人。把一個被顚地當作傭人使喚的人派去和支配監督顚地的義律打交道，當然要受到鄙視。

退一步說，無論一個人過去的地位如何，只要他有才能、很傑出，起用這樣的人恐怕也不能一概地非議；但是鮑鵬這個人在人格上也是不可取的，任何資料文獻都沒有把他寫成很好的形象，他的奔走實際上是對英國方面有利，應該說他是對英國最友好的人士；可是，英國方面的資料文獻上對他的評價卻極差。乘坐在摩底士底號的少校曾寫過一部從軍記——《中國遠征記》❶，其中引用一個例子：

……有一天，鮑鵬來到澳門，拜訪了舊主人顚地先生之後，去看望過去跟他做同樣工作的夥

❶ 亦譯《英軍在華作戰記》。

伴。過去的同事嘲笑他說：「你是個大人物啦！」於是鮑鵬跳了起來，伸出右臂，緊攥著拳頭，大聲地嚷說：「你們還以爲我是個小人物嗎？你們還以爲我是去買一斤米、一隻雞那樣的小人物嗎？不是！我是大人物！和平和戰爭都握在我手裡。我打開這隻手，那就是和平；我這麼一握，那肯定就要打仗。我就是這樣的人物！」……有一個非常愛嘲弄這個傢伙的船長，他把一隻骯髒的狗取名叫「琦善」，他只要一叫狗，鮑鵬就跑出來說：「我要去告訴艦隊司令義律大校，你們把狗稱作『琦善！』」我不想再寫下去了，否則類似這樣的插曲要寫幾百個。……

只要讀一讀這段文字就會明白鮑鵬是個什麼樣的人。他在過去的同事面前大聲地嚷嚷說：「我是個大人物！」

把一切都委交給這種人，由此也可以大致了解琦善這個人。琦善只不過是受穆彰阿的操縱，穆彰阿吩咐他「要徹底讓步、避免戰爭」，他完全照辦；穆彰阿把北京氣氛的變化告訴琦善，指示他採取什麼對策，琦善也按照這些指示去辦。有人說琦善是個老實人，從某種意義來說也許是說對了。

在當時的中國，在報告戰果時要誇大給敵人造成的損失，自己一方的損失要少說，這已是一般常識，但是琦善卻如實地奏報沙角和大角之戰的損失。不過，他的老實也要打折扣。他報告沙角、大角之戰的損失，其目的是讓皇帝了解英國武力的可怕。而在割讓香港的問題上，琦善就未必那麼老實了。

5

琦善的所作所爲，只是徹底顚覆林則徐的政策和行動；反其道而行。一個強硬，一個軟弱；一個增強軍備，一個撤除軍備；一個前進，一個後退；一個提出質問，一個則用酒肉去討好。對琦善來說，這是例行公事；但是林則徐的心裡很不平靜。

前面已經說過，林則徐是個容易激動的人。他的房間裡貼著一張紙條，上面寫「制怒」。他知道自己的弱點，所以把「制怒」當作座右銘，經常警惕自己。

對於琦善的來訪，他的答禮只是到琦善的門前遞一張名片而不進去；要他參加會議，他也稱病不去；這些事實都說明林則徐在用最大的力氣進行抵抗，盡量壓抑自己的脾氣。但是，當他知道琦善割讓了香港時，他的怒火終於抑制不住了。

當他讀到義律的告示，說什麼今後香港島民是英國女王陛下的臣民時，他一個人在房間裡大聲地喊道：「渾蛋！絕不允許！」

這張告示的抄文是連維材弄到手的，他讓彩蘭送到高第街。

林則徐把巡撫怡良叫來。他以前是總督，地位在巡撫之上，但是現在林則徐不過是一介布衣，怡良雖然經常來拜訪林則徐，那是他主動來訪，向林則徐說明情勢、請求指教。從林則徐方面來說，他現在已丟了官職，一次也沒有把巡撫叫到自己寓所來，這是當然的禮節。唯獨這一次林則徐忍不住了，他派人去請來巡撫。

「這可是罕見的事！」——怡良帶著詫異的心情來到林則徐的寓所。彼此一見面，林則徐就遞給他一張紙，激動地說：「中丞（怡良）知道這個嗎？」

怡良沉住氣，沒有馬上回答。

林則徐緊接著又說：「中丞不是廣東省的巡撫嗎？這個告示可是在廣東省內高高地張貼出來的。」

「我知道……」怡良吞吞吐吐地回答。

「已經知道了？那麼你採取了什麼措施呢？」

「剛剛接到報告，正在考慮對策。」

「這還用考慮嗎？該做的事不是很清楚嗎？要立即把事實上奏皇上。」

上奏義律對香港島居民的告示內容，那就等於要彈劾琦善。

林則徐已被革職，失去了寫奏文的資格，如果不透過怡良，就不可能把自己的想法傳達給北京。但是光做到這一點，他還不滿足。

怡良回去後，林則徐提起了筆，他要把自己的心情向人傾訴，無論是誰都可以。他寫道：

廣東之夷務，說來令人可嘆。和議之事，靜老（琦善字靜庵）不讓局外人得知，暗中委託白含章和漢奸鮑鵬往來通信，其實人們皆已共知。……

接著寫了沙角、大角敗戰的情況，以及陳連陞戰死的經過等。又寫道：

……終於知道和議未獲批准時局勢已完全潰散、無法收復，皆因靜老（琦善）一意主和，力說不可戰。……

北京不准和議的上諭已經到來，琦善不讓人看，但是到處都有奸細，英國方面很快就會知道。他們一旦知道和議無望，很可能會再進攻；另外，關於賠償沒收鴉片第一次交付的一百萬元，琦善已令怡和行伍紹榮籌措，對英國已答應賠償。但是伍紹榮也是個很有骨氣的人，如果伍紹榮知道皇帝已下令拒絕交付賠款，他是絕不會出錢的，這樣一來，英國方面就可能指責違約、發動進攻。情況已是如此，虎門各砲臺在彈藥、人員等方面卻完全沒有準備，讓人非常擔憂。林則徐坦率地寫出了這種不安的心情。

他放下筆，陷入了沉思：「這封信發給誰呢？」給揚州的魏源？北京的吳鐘世？還是給龔定庵？

他抱著胳膊閉上眼睛。他的腦海裡浮現出最不適合接收這封信的人——他的妻子。林則徐的妻子在廣東省北部南雄，他沒有把妻子帶到廣州來，是因爲他不願意把妻子放在這個政治鬥爭的廝殺戰場上。

他睜開眼睛，心想：「不！這封發洩憤懣的信，也許發給妻子最合適。……」

他再次提起筆寫道：「賢妻妝次。」

萬燈搖曳

「不，不會的，看來是敵人故意想裝成兵員眾多，大概是把居民也驅趕出來，讓他們拿著燈籠。」

「哦！這是清朝式嚇唬人的辦法吧！」

估計靖遠要塞裡只有一千五百名守軍，而燈籠的數目遠遠不只這些，簡直就像節日似的，各式各樣華麗的燈籠在搖晃著。

「這麼好看的景色，跟開戰前夕的氣氛實在不相稱呀！」義律低聲說。

1

連維材從石田時之助那裡接到英軍正準備再度進攻虎門的情報，其實這是他早已預料到的事。水師提督關天培也覺察到英軍的動向，向琦善求援。連維材到虎門去看了看。關天培的桌上放著一只酒壺，正在大口地喝酒。他一見連維材就說：「你爲什麼到這麼騷亂的地方來？快回去吧！」

「我只是想來見見您。」連維材凝視著提督灰色的美髯，這麼說。

「是來做今生的永別吧？」提督往酒杯中斟滿酒，送到連維材面前。連維材雙手捧著酒杯一飲而盡。

「我帶來了大批的酒，作爲送給您的禮物。酒已經放在宿舍裡了。」

「那太好了！可以讓士兵們痛飲一下，我就不客氣地收下了。」

「除了酒之外，還送來了二十車火藥。」

「您是要我用這些火藥去戰勝英軍嗎？」

「不，只是讓您盡情地打一打……如此而已。」

「那麼，我就收領了。」關天培站起身來走到窗邊，從那裡可以看到虎門的群山。他手指著窗外說道：「這大好的山河馬上就要染上鮮血了。」

連維材一直低著頭，沒有答話。

關天培好像改變了情緒，回到桌邊說道：「快回廣州吧！不，如果可能，離開廣州城，躲到鄉下去一段時間。」

「我會聽從您的忠告。」

「不過，今天我很高興見到你，我的心情就平復了。我想到我死了之後，還有人支撐著這個國家……希望您長壽！」

「謝謝您！」連維材低聲地表示了感謝。

關天培自斟自飲，喝個大醉；同樣的話又反覆地說了好幾遍。

連維材聽從了關天培的建議，從虎門一回到廣州立即去了城外。石井橋附近人家的門上都貼著紅紙春聯。一到新年，人們都把春聯更換一遍。西玲寄居在李芳家，李家門上掛著的對聯寫著：

雨過池邊魚鼓浪，

風來花裡蝶尋香。

西玲一看到連維材，什麼話也沒說，只是一味地嘆氣。

「這個女人也變了！」——連維材心想。

究竟是怎麼變的他也不太清楚；而且西玲以前是什麼樣的女人，也很難說他很清楚。西玲這個女人本來就是一個謎，因爲是謎，所以他才追求這個女人。正當他就要清楚的看清她的時候，就好像感覺到害怕似的，她又把自己的心扉關閉了。

「我是來看望李先生的。」連維材說。

「李先生最近精神好多了。」

「那太好了！」

在這樣交談的時候，連維材感覺到一種奇妙的興奮。

這石井橋有一種新春的和平氣氛，而虎門正颳著帶血腥味的風。他雖然來到這裡，他並不是按照關天培的建議躲到鄉間來尋求長壽的；他打算見了西玲之後再回到廣州去。

他突然改變了主意，「我想在這裡暫住些時候，把承文、彩蘭也叫來吧！」

西玲帶著詫異的神色看著連維材的眼睛。對她來說，連維材這個男人也是一個謎。

連維材感覺到就好像已經把車輪推到山頂上，以後車子就順著坡道一直滾下去，不需要從後面推動了。他所付出努力的結果將會在今後展現出來，但是他已經放手不管了；看或不看都是一樣的。歷史的車輪發出轟隆巨響落下的情景將是壯觀的，但是他現在有一種不忍看到這種情景的心情。

看望了李芳之後，在西玲的房間裡，連維材擁抱了西玲。他們長時間地擁抱著。

西玲把臉貼在連維材厚實的胸脯上，但是她並不理解這男人的心。她聽到對方的心在激烈地跳動，不由得感覺到好像接近了這男人的心，於是她在男人的懷中開始掙扎起來。她也不想了解連維材。她覺得一旦了解，一切就會結束；她感覺到還是保持謎似的狀態好。

連維材摟抱著西玲望著窗外，窗外的風景好像和他的心情一樣混亂。窗子下面長著兩棵綠葉茂盛的香蕉樹，香蕉樹的中間可以看到梅花的樹枝，梅枝上開著淡紅色的花，而對面小山崗上的樹木都披著紅葉。從季節上來說，現在是春天，但是卻有夏天味道的香蕉樹，同時又存在著讓人想起秋天的紅葉。他突然感覺到，自己想暫時住在這裡的心情馬上就會發生變化。

「現在應該忠於自己現在的心情。」——他終於下了這樣的決心。

他好像體恤西玲似的放開西玲說道：「寫信把承文和彩蘭叫來吧！」

2

「選拔精兵，速赴廣東！」——各地接到北京這樣的命令，迅速組成了遠征軍。不過，不是精兵，希望留下有用的兵，這恐怕也是人之常情。因爲士兵的父兄不願把自己的子弟送往戰場，都暗中向當局行賄。

被選拔的大多是品質不太好的士兵，有的是窮人、有的是被父母兄弟看作是不可救藥的無賴之徒，所以一開始他們就抱著自暴自棄的心情奔赴廣東。他們沿途掠奪，簡直就像一群強盜。當時江西道的御史就在奏文裡寫道：

風聞湖南兵去廣東，沿途騷擾，所過市鎮，居民多受其累。

在義律第二次進攻虎門之前不久，湖南和貴州的一部分援兵已經到達廣州。總兵祥福率領的六百名湖南兵和總兵段永福率領的一千名貴州兵，分別部署在烏湧和鎮遠的各砲臺。

琦善在二月十二日又施展了拖延戰術，保證十天後會正式簽字。但是這個保證看來已難實現，因爲朝議發生變化，皇帝沒有批准《穿鼻草約》，義律也獲悉了這一情況。

所謂十天後，就是說二十二日到期。英國艦隊在這之前早已開始集結，加略普號、薩馬蘭號、前鋒號、鱷魚號、硫礦號、復仇神號等各艦，已於二月十九日齊集虎門口。威厘士厘號、伯蘭漢號、麥爾威厘號等三艘戰艦，以及都魯壹號、摩底士底號、皇后號、馬達加斯加號等運輸船，也隨後到達。預定二月二十五日全部集結完畢，所以決定開始進攻的日子是二月二十五日。

大艦隊的集結非常引人注目。關天培已發出緊急報告，琦善也了解情況。沙角、大角之戰讓人有突然襲擊的感覺，這次在一定程度上是事先有所了解的。清、英雙方都在準備打仗。

沙角和大角的教訓是什麼呢？中國的守軍遭到中國漢奸的襲擊。其原因之一是，琦善解散了林則徐所組織的水勇，造成了失業者。巡撫怡良爲了防止這種情況出現，拿出賞金，企圖徵集沿海民船。可悲的是，廣東省財源很少，英國人早已利用其有利條件把他們拉攏住了。不過，還有約二十艘民船跑來回應怡良的募集。

怡良這時想起關在監獄中的軍人。這些軍人是根據以前林則徐到廣東赴任途中，從江西省發出的逮捕令而逮捕的鴉片走私犯。幾名軍官曾利用其地位幫助鴉片走私，他們至今仍然關在監獄裡。

「他們在水師中工作過，和沿海的漁民、水手關係親密。如果放他們到戰場上去立功贖罪，他們會感激奮戰的。」——怡良心想，並且這麼實行了。

在獲釋去烏涌的軍官中，有一個叫梁恩升。他可不是像怡良所期待的那樣讓人欽佩的人物，他並沒有要去惡從善。

「外面的世界蠻不錯嘛！」他大大咧咧地坐在烏涌的海岸邊，仰頭望著天空，怪聲怪氣地說。

只聽有人叫了一聲：「老爺！」他回頭一看，一個商人模樣的漢子垂手站在那裡。他問道：「幹什麼呀？」

「您想賺錢嗎？」

「嗯！」

「有一句話想和您說說，行嗎？」

「那要看什麼話了。」

「老爺過去的老朋友都在焦急地等著您哩！」那商人模樣的漢子這麼說，彎了彎腰。他是林九思——開綢緞鋪子的久四郎。他已從舟山回到澳門。

「過去的老朋友？」梁恩升轉過頭問道：「是販賣鴉片的那群人嗎？」

久四郎朝四面看了看，然後小聲地說道：「嗯！是的。眼看著就要打仗了，清軍會吃敗仗的。是這樣吧？」

「嗯！會吃敗仗的。」

「那群人跟在英國艦隊的後面，打算要塞裡的軍隊逃跑後，就把鴉片卸下來。」

「哦！是混水摸魚，趁著混亂卸鴉片……」

「您已經想到了。不過，關於這件事，希望老爺能給個信號。」

「信號？」

「要塞裡的軍隊逃空時，請您放一砲作爲信號。放空砲就行。」

「可是，那時候我也要逃呀！」

「不，不對您所在的地方放砲。」

「你是受了英國佬的收買吧？」

「這個您就不用管了。您能同意嗎？有酬謝……」

「給多少？」

「請聽我說。」久四郎走到梁恩升身邊，在他的耳邊小聲地說了些什麼。

梁恩升聽著聽著，臉上露出喜色，他很快就把它掩飾起來，故意裝作爲難的樣子說道：「這可是危險的事啊！還得多出一點錢。都是鴉片的利潤。……」

過了不久，久四郎出現在湖南兵兵營附近。他向前彎著腰，背後背著一個大包袱。從在日本的綢緞鋪裡工作以來，他已經習慣這種姿勢。

久四郎身後跟著四個漢子，他們都是同樣的姿態，背著同樣的包袱。在兵營旁邊的小樹叢前，他們遭到一名肥胖的下級軍官盤問。

「你們是商販嗎？」

「是，老爺，是的。」

「來賣什麼的？」

「這……」久四郎看著下級軍官的臉，特別注意觀察他的嘴巴。久四郎一向深信：人的貪欲往往表現在嘴邊。他在下級軍官的嘴邊看到一種庸俗卑下的表情，於是他小聲地說：「我想你們會買便服的吧？」

「便服？我們這裡只有軍隊。」

「不過，老爺，到了萬一的時刻，便服也有用呀！」

「萬一的時刻？」下級軍官兩眼盯視著久四郎，他臉頰上的肌肉慢慢地鼓脹起來，露出一種邪惡的微笑。

「是的，我是這麼想的。」久四郎故作天眞地這麼說。

「有道理。」下級軍官收斂了笑容，嘴巴撇成「八」字形。

打了敗仗逃跑時，穿著軍隊的制服是很危險的，既會遭到敵人的狙擊，也可能被自己的督戰官斬首。在這種時候，最好是改換便服，而遠從湖南來的軍隊並沒有帶便服來。

「不久前打的那一仗就是這樣的。據說英國軍隊是不打老百姓的。」久四郎說。

「嗯！……不過，多少錢？」

「大賤賣，最上等的棉布做的，一百二十文。」

「價錢還可以。不過，你帶來了很多呀？」

「我想你們會買很多的。」

「那麼，我去問一問還有沒有人想要。」

「那太好了！」

肥胖的下級軍官走進兵營，不一會兒帶來了二十來個士兵。

「你要一百二十文，不還你的價，也不用看貨了，我買下啦！」下級軍官遞給久四郎一百二十文銅錢。

久四郎像蒙受賞賜似的雙手接過銅錢說道：「謝謝！請您稍微等一等。」

五個賣便服的商人都把包袱放在地上。久四郎在自己的包袱邊蹲下解開包袱，拿出一套便服說：「對不起！讓您久等了。這可是上等貨啊！」

可是，下級軍官並不接衣服，卻說：「我要全部。」

「全部？全部有兩百套啊！」

「兩百套也好、三百套也罷，通通都要。」

「那可要二兩銀子。」

「不對，你說了一百二十文買全部。」

「這是哪裡的話？」久四郎吃驚地仰視著對方。

二十多個士兵早已把五個賣便服的商販圍住，其中一個士兵手裡拿著大刀不斷地看著刀刃。這些黑皮膚、大眼珠的士兵們，露出雪白的牙齒嘻嘻地笑著。

肥胖的下級軍官冷冷地說道：「我問你全部多少錢，你回答說：『一百二十文。』」

「這糊塗的……」

「現在你想反悔嗎？」士兵們從四面八方逼上來。

久四郎臉色蒼白，其他的四個人也顫抖起來。

「同意不同意？」拿大刀的那個士兵大聲地吼叫著。刀身閃閃發光，杵在久四郎眼前。

「饒命！饒命！……」久四郎拱手作揖說：「是，是，同意……」

「那就滾吧！錢已經付了。」下級軍官洋洋得意地說。

久四郎等人丟下包袱拔腿跑了。跑到烏湧的海岸邊，他才罵道：「叫這些兔崽子中了英國的砲彈死了得啦！」

不過，久四郎實際上並沒有什麼損失，因爲被搶走的那兩百套便服本來就是英國商人顚地免費提供的。有了逃跑用的便服，士兵們就會一心想著逃跑，士氣就高不起來，這樣就會減少英國方面的損失。英國商人看準了這一點，和義律商量之後想出了這條妙計。總之，只要能把便服留在清軍的兵營裡就行了。久四郎他們已經達到了這個目的。

「得啦！算了！」久四郎一邊看著手裡一百二十文銅錢，一邊恨恨地這麼嘟囔著。

3

「英軍開始進攻的日期定在二月二十五日。」——石田時之助從澳門發出的信鴿把這個情報送到廣州的金順記。承文和彩蘭被連維材叫到石井橋時也帶去了這個情報。

「還有三天啊！」連維材低聲地說，他的臉上幾乎毫無表情。

肅。

「這裡很安靜，太好了！」承文一邊看著窗外，一邊這麼說。

「你也有了喜歡安靜的心情嗎？」連維材一邊飲茶，一邊望著兒子的側影。兒子臉上的表情一直很嚴

「讓人感覺到很開闊，我非常喜歡。因爲我長期被監禁在狹窄的地方。」

「你應該帶著彩蘭去散散步。」

廣東二月的景象是異常的，拿李芳的宅院來說，那裡有香蕉樹、梅花，還有遠處的紅葉作爲襯托。承文和彩蘭兩人一邊觀賞著這種春、夏、秋交雜在一起的氣氛，一邊在村子裡漫步。

有在門前下棋的老人，也有在磨鋤頭的少年。一個中年婦人肩上擔著扁擔，扭動著腰肢，走在狹窄的小路上。她是去擔水的。在棕櫚樹下，三個光著肩膀的小伙子在練拳。

兩人沒有理睬，走了過去。「小孩子太多了。」彩蘭說。

「一個勁兒地生孩子嘛！」承文指著路旁的房子。那是一間用竹子搭成屋架、用泥巴糊的小房子，屋簷已經傾斜，從敞開的門口可以看到屋子裡面。屋裡就有四個孩子，他們正在擲骰子，大概是學大人賭博呢！承文說：「這樣的人家究竟能養活幾個人呀？」

「爸爸說過，」彩蘭回答：「中國人應該大批到國外去。我們的國家因爲人口過多而發生了困難；而麻六甲、爪哇這些地方，卻由於勞動力不足而苦惱哩！」

「妳爸爸在國外待過，所以很清楚情況。」

「承文，你想去國外嗎？」

「也不是不可以去……如果妳能跟著我一起去的話。」

彩蘭沒有答話，笑了起來。她對承文的話似乎絲毫不介意。

「我爸爸說，」承文說：「與其到國外去，還不如在國內從事能養活更多人的工作。他好像正在尋找

這樣的工作。」

「有這樣的工作嗎？」

「有呀！和外國的貿易如果能更興盛，就要大量製造外國想買的東西出售。現在茶葉一項就爲幾十萬人帶來了工作，一定還有其他產業。要去發現它。」

「對，要發展和外國的貿易……我爸爸也說過這樣的話。他說只在廣州進行貿易是不夠的，這樣的時代一定會到來。祖父所在的上海也必須要變得和廣州一樣。」

「當官的都墨守成規……所以要打仗。爸爸好像是期待打過仗之後的改變。」

「可是，打仗要死人的。」

「這樣的過程看來是不可避免的……這樣才能開闢出一條道路。」

「是爲了未來吧！美好的時代能到來就好啦！」

「我對未來也想過許多。」

「想過什麼？」

「這不是一兩句話就能說清楚的……」這兩個年輕人都有自己的未來，他們互相談論著。

在李芳家中，連維材一直在考慮著眼前的事情。「當前該怎麼辦？」他原本打算在戰爭期間隱藏在這鄉間，但是他現在的心情已經無法忍受這種生活。

石田時之助的信鴿除了帶來英國已經決定開戰的日期外，還報告了香港近況。香港以前只有五千位居民，自從英國宣布占領之後，人口突然增加，據說已近一萬人。人們爲什麼往那裡集中呢？因爲那裡有工作可做，渴望工作的人太多了。

廣州一直遭到封鎖，英國商人只好以香港作爲貿易的舞臺。那裡已成爲清朝威嚴的法令到不了的地方，也沒有像公行那樣壟斷貿易的機構，誰都可以在那裡做買賣，廣州二三流的商人已有不少人去香港。

「要不要去香港看看？」連維材心想：「我喜歡即將開始創造的東西，而不是已有、現存的東西。」他希望在一無所有的土地上開創新的事物，這塊土地就是香港。

他來到李芳房裡。李芳的病情已好轉，已經起床在看書了。

連維材和李芳接觸，感覺到他像個透明人。他想到西玲的話：「李先生沒有人間的煙火氣，所以一見到他，心情不由得就平靜下來。……」

連維材人的氣味太濃了，連他自己也十分清楚這一點，大概因此而使西玲的激情無法平靜下來吧！

「李先生，」連維材鄭重其事地說：「本來我打算在這裡打擾一段時間，現在改變主意。」

「是嗎？」李芳帶著平靜的笑容說：「連先生不是安於閒居的人，我早就預料到先生很快就會改變主意。」

「我想到香港去看看。」

「去香港嗎？……嗯！也可以。不過，說實在的，我還是希望您再忍耐一下這種寂寞的鄉下生活。有時候脫離人間戰場，靜靜地考慮一下問題，對將來也許會有好處的。」

「我也是這麼想。不過，很難……」

「香港可能是一個很有吸引力的地方。不過，還是讓年輕人去香港吧！您看這個意見如何？」

「讓承文去？」

「對，讓承文君、彩蘭小姐他們去……香港是年輕的土地，適合年輕人。」

「那我？」

「您待在這裡，哪裡也別去。您也曾經禁閉過承文君，承文君不是因此而很好地成長起來了嗎？我希望您也能進一步成長。」

「關提督也說過，要我多活幾年。」連維材嘆了一口氣，他感覺到疲累了。

「一件工作完成之後應該休息一下。」李芳好像看透了他的內心想法，這麼說道。

4

海浪的聲音聽起來好像帶著哀愁。在舟山島海邊，香月坐在一塊岩石上，腳脖子浸泡在海水裡。海浪打來時，起著白沫的海水一直浸到她的小腿上。她不時地擺動雙腳，一會兒攪和著海水，一會兒用腳踢水，激起的水花濺到她臉上；辰吉則一直站在她身邊。

「我希望你明白地說。」香月望著浸泡在海水中的雙腳說。

「我不是說了嗎？」辰吉猶豫了一下，接著說道：「只要妳要我留在這裡，我就留下來；如果妳要我回去，我就搭上英國船回廣東。」

「還有別的說法嗎？」香月仍然凝視著水面，風拂起她額前的頭髮，她閉上眼睛。

辰吉坐在她身邊，同樣把腳泡在水裡，連布鞋也沒脫。他仰首望著天空說道：「海潮的氣味眞令人懷念啊！我從小就在這海邊長大的……」

「懷念？如果是因爲懷念而要留在這裡……如果只是因爲這個，那就留下吧！」

「香月，」辰吉說：「我要明確地說……」

辰吉的手剛一觸及香月的肩頭，香月就趁勢倒在他懷裡，他們的臉頰互相磨蹭著。

「快說！……」香月低聲地說。

「如果妳願意跟我一起生活……我就留在這裡。」辰吉在她耳邊小聲地說：「爲什麼不答話呀？」辰吉一邊撫摸著她的頭髮，一邊問道。

香月沒有答話。辰吉感覺到少女在自己膝頭上正無聲地嗚咽著。他的膝頭濕了，看來這不只是濺在香月臉上的水花而已。過了一會兒，香月仍然把臉埋在辰吉的膝上說了什麼話，但是辰吉沒有聽清楚，問道：「香月，妳說什麼呀？」這時她才仰起臉來說道：「可是，你還有工作吧？」

「不，我的任務已經完成了。」

「是嗎？」少女的臉上滿是淚水，她的眼睛像暈眩似地凝視著辰吉的臉。

辰吉感到猶豫不定。如果隨艦隊一起返回廣東，可以再次見到像親哥哥似的石田；但是這海島上有香月。

二月二十三日——在廣東，英軍兩天之後即將進攻虎門。在定海這裡，英軍已準備撤退。根據琦善和義律的協定，已決定將定海歸還清朝。

他和香月之間最初並不友好，香月甚至把他看成漢奸，對他十分痛恨；正是香月向王舉志的人告密，才把他逮捕了起來。但是後來弄清楚他不僅不是漢奸，而且是負有使命、潛入英軍內部的人，香月對他的看法當然也改變了。辰吉一開始就爲她吸引。他生長在海邊，他感覺到自己懷鄉的哀愁可以從香月身上得到安慰。衝擊著舟山海濱的波濤，和日本撫育他鋪滿白沙的海灘是相連的。

他深深地吸了一口氣。「逃走！」他下了這種決心。但是一想到石田，心中的一角突然升起一團愁雲。而他面前又有這樣一位滲透著海潮氣味的少女。

辰吉已經過了很長時間的異國生活，直到如今，不同的風俗習慣仍然在異國和他心中的祖國之間劃下一條界線。只有這海邊的景物和海潮的氣味會消滅這界線。他感覺透過香月將會使他成爲這個國家的人。

辰吉隱藏在老百姓家裡，這時英軍兵營裡因爲準備撤退而變得一片混亂。儘管發現辰吉失蹤，但是已經沒有時間去找他了。

「又讓他們綁架了嗎？」

「不過是個翻譯嘛！這種時候誰還顧得上他呀！」負責運輸的軍官乾脆對這個翻譯棄之不顧了。

傷病員早已提前送回麻六甲、新加坡或加爾各答去了，之後又不斷地有許多人發病，所以需要讓大批病人先上船。「這個鬼島！」英軍一邊咒罵著一邊離開舟山；舟山的居民們則冷眼目送他們離去。

二月二十四日，英國的運輸船隊離開舟山向南開去。辰吉站在曾經飄揚過英國國旗的那座山上，久久地凝視著鼓滿風帆前進的運輸船航跡。在他身後，香月雙手抱在胸前低聲說道：「鬼子滾蛋啦！」

同一天，在對岸伺機而動的清軍立即乘上兵船朝著舟山開來。辰吉從山上看到這種情況，狠狠地罵道：「這些膽小鬼！」他們是在敵軍撤退之後企圖「不流血」地奪回舟山。

浙江的欽差大臣伊里布透過廣東同夥琦善的通報，預先已經知道英軍即將退走。他早已接到道光皇帝的命令要收復舟山，爲了避免犧牲，只能等待英軍撤退。

收復了定海，他立即奏報北京，但是道光皇帝並沒有寬恕伊里布的想法。皇帝下了一道上諭說：

逆夷占據定海已達數月。朕命汝攻取定海，殲除丑類，以快人心。而汝觀望遲延，株守數月，英軍悉數起碇，望風遠竄之後，才收復定海，不能不謂庸懦無能之極。……伊里布因此而被剝奪了協辦大學士的榮譽稱號，拔去雙眼花翎，接著又受到革職留任的處分，在今後八年中，如無過錯才能寬赦，以觀後效。儘管穆彰阿大力活動，但是北京已經是一片主戰氣氛。

5

不流血而收復定海，這使伊里布倒大霉。而從定海撤退，也成了義律垮臺的原因。

無論是倫敦還是北京，都爲強硬的言論而沸騰起來。看來好像是離戰場越遠，人們的態度越強硬。英國艦隊出現在天津的洋面上時，北京的主戰論一度銷聲匿跡；軍艦開走後，主戰論又重新高漲起來。由此也可以得到說明。

英國外交大臣巴麥尊對義律歸還定海大爲不滿，但是離開倫敦已近六年的義律並不了解這些情況，他自以爲走了最聰明的捷徑。

二月二十五日，義律在珠江口威里士厘號軍艦上，向全軍發出準備戰鬥的命令後，親自登上先遣隊的復仇神號。

虎門的第一道關口——沙角和大角兩個要塞雖然已歸還清朝，但是要塞上的砲臺已遭到破壞，大門口空空如也，所以英國艦隊沿途捕捉民船，輕輕鬆鬆地開到第二道關口。

過了沙角和大角之間的安全地帶，東面有亞娘鞋島，清朝的水師提督坐鎮在那裡的靖遠砲臺裡，指揮虎門水道的各營軍隊。在這個亞娘鞋島和大角島之間排列著兩個小島，稱作南、北橫檔島，要塞建在南橫檔島。大角島南端的大角砲臺，在上次的戰鬥中已遭到破壞，而在它北面的鞏固砲臺還完好地存在，那裡有數百名守兵。

義律因爲和琦善談判，曾到過最北面的獅子洋，那一帶的地形和防禦情況他早已偵察得一清二楚。弱點是在南橫檔島，那裡幾乎毫無防禦；相反的，北橫檔島的要塞在虎門各個砲臺中最堅固，海岸上構築了壘起沙袋的陣地，全島到處都有砲臺，連山上也築有舊式的小砲臺。細長的兵營行列，從西岸像長蛇似的圍繞山上的小砲臺排列著。

在復仇神號的甲板上，義律指著南橫檔島說：「先把那個島拿下來！」偵察的結果，了解到這個島上有附近的砲臺，大砲射程達不到登陸點。

在林則徐擔任總督時期，南橫檔島的周圍平常都有兵船，不是砲臺上的砲，而是兵船上裝載的砲保衛這個島，所以當時露不出弱點。可是，琦善聲稱要避免英國誤解，把兵船撤了，島當然就裸露在敵人面前，義律準確地看到這一點。拿下南橫檔島，從這裡就可以很輕易地進攻北橫檔島；也可以向東、西兩面進行監視。

江中的障礙物早已被琦善清除，但是不少地方還殘留著用鐵鍊繫在一起的木材。英國艦隊一邊清除這些障礙物，一邊向南橫檔島靠近。

「林則徐留下的禮物，這就清除乾淨啦！」義律一邊看著掃海作業，一邊這麼自言自語說。

他由旗艦改乘打先鋒的復仇神號，正是表明他的信心。這時，他突然想到，定海的撤退計畫應該順利進行吧？只是他做夢也沒想到他會因此而被革職，他深信不疑自己現在所採取的策略是最好的上上策。他所策劃的不是打一場大戰，而是威脅廣州，把迫使琦善承認的要求變爲明文規定的條約落實，其結果就會正式恢復通商，如此一來，鴉片就可以大搖大擺地再度進入中國，就可以把掠奪來的銀兩用來支持孟加拉的財政，英國對印度的統治就會平安無事。不一會兒，英軍就在聖荷斯準將的指揮下開始在南橫檔島登陸。諾爾斯大尉率領的皇家砲兵隊把三門曲射砲移到陸地上，馬德拉斯砲兵隊以及一百五十名馬德拉斯土著步兵隊相繼登陸。

南橫檔島是一個裸露的島，所以登陸並沒有什麼困難。東面的亞娘鞋島的砲臺和北橫檔島的砲臺，都例行公事地開了砲，但是登陸地點是在其射程之外。擔任運輸任務的復仇神號也遭到狙擊，只是在離它很遠的前方激起了水柱而已。

由《廣東報》轉載到《中國叢報》上的《從軍記》，敘述當時的情況說：

> 清朝軍隊極警戒，把北橫檔島變成要塞，建造了防禦設施。可是沒想到，在南橫檔島的登陸卻未遭到砲火攻擊，很輕易地完成了，這讓人感到很不可思議。

產生這樣的疑問是很自然的。不過，前面已經說過，守衛南橫檔島的前提不是靠鄰近砲臺，而是靠兵船。現在兵船沒了，英軍可以不流血地登陸也就不足爲奇了。

占領了南橫檔島，就可以從那裡壓制北橫檔島。登陸的英軍徹夜構築了沙袋陣地、安放了大砲。按照義律的作戰計畫，首先奪取虎門水道中央的南橫檔島，鞏固有利的地形，然後於第二天二月二十六日拂曉，向虎門的各個要塞發起全面進攻。準備工作進行得十分順利。到了晚上，關天培坐鎭的南亞娘鞋島的靖遠大砲臺，以及其他各要塞的砲臺都熱鬧地開了砲。

「看來是信號砲。」義律對伯麥準將說。

清軍缺少彈藥，在臨戰前夕當然不會向射程以外的目標白白浪費實彈。

「不過，也很壯觀呀！」伯麥望著亞娘鞋島說。

夜景確實十分壯觀。要塞裡到處是燈籠的火光，一群群紅、黃、藍的燈籠在不停地移動著。

「那也是什麼信號吧？」

「不，不會的，看來是敵人故意想裝作兵員眾多，大概是把居民也驅趕出來，讓他們拿著燈籠。」

「哦！這是清朝式嚇唬人的辦法吧！」

估計靖遠要塞裡只有一千五百名守軍，而燈籠的數目遠遠不只這些，簡直就像節日似的，各式各樣華麗的燈籠在搖晃著。

「這麼好看的景色，跟開戰前夕的氣氛不相稱呀！」義律低聲地說。

他在對岸燈火映照的波浪中回想起曾在蓮花城見過面的敵軍將領關天培的形象。他感覺到眼前華麗燈火的饗宴和這位捋著灰白鬍鬚、樸實敦厚的武將很不相稱，沒有開戰他已經感覺到敵軍將領的可憐了。義律已經打勝了——他不會打敗的；於是他想到了不會打勝仗的敵軍將領。

戰旗墜落

要塞的戰旗上繡著「龍心」兩個大字，但是旗子無力地垂著，龍的精神也振奮不起來了。逃跑的士兵逐漸增多，有的軍官跟士兵一起，不——帶頭逃了。

「大勢已去啦！」水師提督關天培回頭看了看麥廷章說道。

1

靖遠要塞到處是燈籠的火光，司令部裡也燈火輝煌。

「關鍵是士氣！」水師提督關天培是這麼想的。不，他不得不這麼想。現在檢討兵員的多寡、武器的優劣，已經無濟於事；琦善再也不會派來援兵，槍砲彈藥的補給也已經絕望。事已至此，只有依靠士氣來戰鬥了。

連維材送來的酒，他分給了將士。後來連維材爲了慰問前線，又送來三千兩銀子。關天培決定把這些銀子也分給將士，每個士兵可以得到二兩銀子。這個消息已經通知全軍，全部銀子交給一個負責後勤名叫何居桐的把總，由他去分配。

處理了這些雜務後，關天培和游擊麥廷章對飲起來。麥廷章是廣東省鶴山人，他的官職雖然是相當於校級軍官的游擊，他因爲立有功勳，享有參將的待遇。和關天培相比，他的個子較矮小，但是他長得剽悍、性格直率。因爲他是當地人，關天培遇到什麼事情都與他商量。

「會有一些效果吧！不過……很少。」麥廷章說。他是指犒賞士兵的事。不過，他所說的很少，不知道是指賞金的數額還是指效果。

「是很少，我們盡力而爲吧！」關天培喝了一口酒說。

「連士氣也要用金錢來購買。光想到這些，心裡就不是滋味。」

「英國人拿出多少？」

「我們是無法相比的。」麥廷章回答：「他們爲了引誘沿海的年輕人，服裝費是三十元、月餉是十元……」

「月餉是我們的一倍多呀！」關天培苦笑了一下。

清軍水師兵丁的月餉是三兩，義律爲漢奸部隊每人付出十元。這十元如果換算成銀子就是七兩多，正好是清軍的一倍多；而且還發服裝費，清軍裡是沒有這筆費用的。

「我們也曾經給水勇發過六元月餉和六元安家費啊！」麥廷章說，就像在談論過去遙遠的事情。

「不久之前還是這樣的！」關天培撫摸著他灰白的鬍子說：「是在林大人的時候開始的，而且也有經濟來源。這和今天這三千兩來自於同一個地方……」

「金錢的事，我們就不談了吧！」麥廷章這麼說，喝乾了酒杯裡的酒。

這天夜裡，關天培久久不能入眠。他有一個八十多歲的老母親，母親那張滿布皺紋的臉始終縈繞在他腦海。「在沙角戰死的陳連陞，把自己的兒子帶著一起走了。……」他想到這裡，不由得想起自己死去的長子。他的長子名叫奎龍，已經晉升到水師參將，但是在吳淞營服役期間病死了。這是最近發生的事，至今他還沒有忘卻失去兒子的悲痛。

「如果奎龍還活著……」關天培沉思著。不過，他恐怕不會像陳連陞那樣帶著兒子一起去死吧！二兒子從龍今年十八歲，正在江蘇讀書。前幾天關天培已給故鄉寄去作爲遺物的紀念品，盒子裡只裝著最近掉下的兩顆牙齒和幾件舊衣服。

「什麼也不能留下了，最多也只能留下一個英勇的名聲吧！」關天培這麼想著走出司令部，望著大海，深深地吸了一口氣。

掛在天空的上弦月就好像貼在天上似的。在黑色的大海遠方，隱約可以看到英國軍艦群。由於月亮的輪廓鮮明，它襯托出的艦影讓人有一種不吉利的感覺。海面上不時閃著光亮，但是已經聽不到砲聲了，南橫檔島已經陷入敵人手中。

忠僕孫長慶在他身後擔心地說道：「老爺，進來休息吧！老是站在這種地方會傷風感冒的。」

「傷風感冒！……」關天培眞想放聲笑出來。

這時，保管大量銀錢的年輕軍官何居桐，在他那冷冷清清的房間裡不言不語地抱著胳膊。

三千兩啊！何居桐很窮，兩年前他在廣州有一個海誓山盟的情人。她是個可愛的姑娘，脖子上有顆黑痣。當他想到情人白嫩的皮膚上那顆像一滴水滴似的黑痣時，他閉上了眼睛。靠把總的薪餉是不可能讓這位美麗的姑娘盡情揮霍的，因此他們遲遲還沒有結婚。

「可是，有了這筆鉅款……」他鬆開胳膊嘆了一口氣。他走到窗邊，朝外面看了看。燈籠的波濤在晃動，外面一片通明，而且有無數的人。這樣的夜晚不正是逃跑的最好時機嗎？到外面去誰也不會懷疑的。

「租一艘小船又能花幾個錢？」他考慮了一會兒，好像已下定決心，站了起來。

2

英軍占領南橫檔島後，連夜在山上構築了砲兵陣地。

二月二十六日拂曉，皇家砲兵隊的諾爾斯大尉命令向北橫檔島的清軍要塞開砲。瞄準準確，島東邊的砲臺首先被破壞，木造的營房立即騰起火焰，拂曉的天空很快地染成一片火紅。

北橫檔島的要塞上懸掛著鮮紅戰旗，沒有風，戰旗沒精打采地垂在旗杆上。這面戰旗上繡著「獅心」兩個字，獅子的心終於不動了。旗竿首先燃燒起來，帶著漂亮穗子的戰旗也悲慘地掉進火中，化為灰燼。

預定一開砲，英國艦隊也同時進攻。可是這天早晨沒有一絲風，加上是大退潮，艦船無法開動。預定艦砲首先向關天培所在的靖遠要塞開砲，可是艦隊遲遲不進。可怕的、長時間的沉默，漸漸地使亞娘鞋島陣地裡的將士們焦躁起來。

進攻延遲是英國作戰參謀的失誤，他們對海潮和氣象條件的預估過於樂觀。不過，從結果來看，這反而發揮了使清朝軍隊焦躁、削弱其鬥志的作用。

靖遠要塞裡的軍心已經動搖。答應發給的特別獎金無法發了，因為保管三千兩銀子的把總何居桐早已無影無蹤。

「我們被騙了！」

「不給錢，我們就不打！」

到處都有人在公開地煽動。這座陣地裡有郭標、歐振彪這些臭名昭彰的無賴兵，他們專門在兵營裡開設賭場、抽頭賺錢。他們是為了賭博賺錢才當兵的，壓根兒就沒打算打仗。他們藉口因為不發獎金，就挑唆其他的士兵說：「我們怎麼能在欺騙士兵的長官下面打仗呢！」

關天培看到了兵心不穩，仰首望著天空。

「想用錢來買士氣，反而弄壞了事情。」麥廷章直率地說。

關天培臉色陰沉、一聲不吭。可依靠的只有士氣，士氣不振，豈不萬事皆休。

上午十一時左右，英國艦隊終於起錨開始移動，戰艦伯蘭漢號巨大的船體慢吞吞地移動，輕快的皇后號像忠實的衛兵似的緊跟在它身邊；在大約一英里後，戰艦麥爾威厘號也邁著蹣跚的腳步跟了上來。擔任進攻靖遠要塞的艦船，除了這三艘，還有皮亞斯少校所指揮的三艘小砲艇。首先開砲的是皇后號。第一發砲彈好像是信號，靖遠砲臺裡約兩百門砲接連拉開砲門，到處都激起水柱。要塞裡的沙袋被打破了，沙子飛舞上天空，砲聲震耳欲聾。不過，伯蘭漢號和麥爾威厘號兩艘主力艦好像是蔑視這一切似的，一砲也不發，繼續前進。

伯蘭漢號前進到距要塞約六百碼時下了錨，準備用舷砲射擊。那樣子就好像是一個巨人挽起袖子、伸出拳頭說道：「我就要幹啦！」

五分鐘後，麥爾威厘號越過伯蘭漢號的左舷，又向前滑行了約兩百碼、下了錨。兩艦一起開始猛烈砲擊時，要塞裡的守軍更加動搖了。兩百門砲不停地朝著海上敵艦發射砲彈，有的擊中了船腹、有的炸飛了帆柱。但是這種作戰方法並不是英勇奮戰，而是近似於自暴自棄的行動。

「逃跑者斬！」關天培向各處指揮官下達了嚴厲命令。但是艦砲射擊一白熱化，手執軍刀的指揮官們就無法控制自己的部下了。

「他媽的！用二兩銀子來釣我們，叫他們騙了！……」不少砲手是一邊這麼想，一邊胡亂地點火放砲，哪怕只有少數，也很容易感染大多數人。不滿情緒在傳染著，當砲彈揚起沙土、炸碎磚石、燃著房屋時，這種情緒越來越強烈了。

不一會兒，軍官已經無法掌控部下了。「呸！我們就死在這裡嗎？逃吧！」無賴兵大聲地喚著他們的夥伴，而且用凶惡的眼光盯著指揮官。指揮官臉色蒼白——到處都發生了這樣的事情。

要塞的戰旗上繡著「龍心」兩個大字，但是旗子無力地垂著，龍的精神也振奮不起來了。逃跑的士兵逐漸增多，有的軍官跟士兵一起，不——帶頭逃了。

「大勢已去啦！」水師提督關天培回頭看了看麥廷章說道。

3

在靖遠要塞登陸的部隊是由聖荷斯準將擔任總指揮。這位擁有「薊章勳爵士」稱號的貴族軍人，在舟山時曾為釋放俘虜的問題和清朝當局打過交道。

這種登陸並沒有多大危險。陣地早已被砲艦打得體無完膚，守兵也大多逃跑了。如果登上背後的山頭逃跑，等於是把全身暴露在敵人面前，就會遭到狙擊，所以逃兵們都成群地沿著山腳，朝著安巨灣邊的村莊逃。途中有些地方沒有遮掩的牆壁，那些地方又正好是對著伯蘭漢號軍艦，這些逃跑的殘兵敗將都變成砲艦的餌食。黑色的泥土飛濺、人的肉塊四散狼藉。有的士兵跳進海中準備潛水逃跑，眼看著就要逃到村莊時，也遭到那裡的砲艦砲火轟擊，死傷了許多人。聖荷斯指揮的英軍是在這之後登陸的，所以登陸的戰鬥只是掃蕩殘敵。

守兵大半逃跑後，水師提督關天培親自手執點火棒，繼續向海上的敵艦開砲。「能夠死得壯烈就好啦！……」站在旁邊的麥廷章這麼說。

話音剛落，敵人的一顆砲彈就落在麥廷章腳下，黑色的土煙噴射到半空中。關天培伏下身子，飛起的土塊嚓嚓地落下來。這陣暴雨般的聲音停息後，提督爬了起來，揉了揉眼睛，他的眼睛裡進了沙子。

地面被炸了一個大坑。離坑四、五公尺的地方，一個像是人的身體似的東西在燃燒。關天培跑過去，猛地撲在燃燒的人體上面，他想用自己的身體把火撲滅。但是這已經是徒勞了。衣服上的火撲滅了，人則早已斷氣。炸飛了一隻胳膊和一條腿，當然不可能還活著。麥廷章的臉一半已燒得焦黑，只是還可以識識出死者是誰。

游擊麥廷章就這麼壯烈犧牲了。提督凝視著麥廷章的屍體，他的臉也是烏黑的，因為他親自充當砲手在開砲。他搖了搖頭，接著踢開掉在腳邊的點火棒，走進已經崩塌的司令部。司令部裡，老僕孫長慶帶著恐懼的神情，彎著腰、抱著膝頭，嘴裡嘰嘰咕咕地在說著什麼，也許是在向神明祈禱吧！

「長慶，快逃！」關天培說。

「不，老爺！」孫長慶狠狠地搖著頭說：「我伺候老爺已經三十年了，我還懂得一個『義』字。我怎麼能留下老爺……」

「住口！」關天培大喝一聲，拔出軍刀，杵在孫長慶的面前說：「你照顧了我三十年，到了現在這種時刻，你不想完成我交給你的最後工作而要留在這裡嗎？要是這樣，我就斬了你！」

「最後的工作？」老僕臉上深深的皺紋中滿是汗水。

「把提督的大印送回去！」關天培把水師提督的大印扔在孫長慶面前。

保護大印是無比重要的工作，如果發生了大印被敵人奪走之類的事情，那將被認爲是永世難以洗清的恥辱。所以提督把大印交給孫長慶，意味著他已決心殉國了。

老僕捧著大印，說了一聲，「我明白了。」就撲倒在地，放聲痛哭起來。

砲聲仍然隆隆不絕。孫長慶好像和這隆隆的砲聲競賽似的，放開嗓門不停地哭著。

「你痛快地哭一哭，就快走吧！」關天培說後，就轉過身子朝著砲臺的方向走去。但是他半路上停下腳步，側著耳朵靜聽著。敵艦砲擊突然停止了。他急忙返回司令部，老僕還在那裡抽泣。

「長慶，不要磨蹭了，馬上就走！敵人就要登陸了。下了山崖，沿著長滿蘆葦的海岸逃。」

「是。」孫長慶站起身來，搖搖晃晃地邁開了腳步。走了幾步又戀戀不捨地回過頭來喊了一聲：「老爺！」

「不准再回頭！」關天培大聲吼著。他自以爲放大了嗓門，其實他的聲音已經嘶啞了，硝煙已經嗆壞了他的嗓子。

砲艦射擊一直持續到登陸部隊上岸的前一分鐘，砲聲一停，就表明敵軍已經登陸了。

提督的身邊還有三十名士兵，他叫出兩名年輕的士兵說道：「你們跑步去追上孫長慶。他一個人我有點放心不下，你們跟著去吧！另外，讓他爲我傳達……關天培死的地點是在司令部前。」

砲聲停了，代替的是尖銳、短促，像雨點一般的槍聲。登陸的英軍胡亂放著槍，朝著砲臺衝去。關天培拿著軍刀，挺起了肩膀。人的腦子往往在出奇不意的時刻會產生一些奇怪的想法。提督一向不服老，這時卻突然想到，「我也老啦！」

要想壯烈犧牲也需要年輕活力啊！「好吧！」他使勁地點了一下頭，走到司令部建築物前，把自己的背靠在牆上。

「死也得要根支柱呀！」他笑了起來。

石牆和臺階的拐角處，已經開始閃現英軍的紅帽和鑲著金邊的軍服。司令部的牆上嘩嘩啪啪地響起子彈的撞擊聲，還夾雜著一種鈍重的聲音，那大概是子彈打進牆壁上泥塗的脆弱地方吧！

這樣的聲音越來越近了。「就要到吃子彈的時刻啦！……」關天培已經疲累了，但是他仍然把背緊貼在牆上，叉開兩腿站著。他用靴子搔了搔腳下的泥土，站穩了腳跟。「即使身體被子彈打成蜂窩，也絕不能倒下！」——他心想。

他猛地感到右肩上像火燒般地痛起來。「終於中彈啦！」

他把全身所有的力氣都憋在握著軍刀的手指和踩在大地上的兩腿上。「怎麼能倒下呢？絕不能倒下！」他靜靜地閉上了眼睛。

4

英國兵看到關天培屹立在司令部前，就亂糟糟地叫嚷起來。殘餘的敵人都把身體隱藏在別人看不見的地方，唯獨這個傢伙耀武揚威地把全身暴露在外面。

「喂——！那裡還有一個人！」

「握著軍刀，瞪著我們哩！」

一個士兵把槍端在肩上，朝著關天培瞄準。

「停下！」年輕的軍官制止了士兵。

「爲什麼？」士兵把槍從肩上放下來，好像有點不服氣。

「那是一個勇敢的軍人。從他那鬍子和服裝來看，年歲相當老，一定是高級軍官，說不定是總司令關天培。」

「是要捉活的嗎？」

年輕的軍官搖了搖頭，拔出軍刀說道：「這種方式有點陳舊了。不過，有軍人的氣概……」老軍人的意思是，寧可死在眞正的軍官刀下，也不願中無名小卒的子彈而亡吧！——年輕的軍官在想著這樣感傷的問題。

他拿著刀，跳上前去。對方仍然提著手中的刀，身體一動也不動。來到四、五公尺前時，青年軍官才發現對方有點異常——從肩上、胸口往下流著血，臉上沒有一點血色。

青年軍官又向前走了兩、三步，可以看清對方的眼睛了。他的眼睛睜得很大，但是已經散了眼神。這時他才想到他是不是已經死了？

他謹愼地走到旁邊，把手輕輕放到對方肩上，搖了搖身子。關天培的背一脫離牆壁，水師提督的身子就像大樹一樣筆直地倒了下去。

在司令部前發現可能是關提督的屍體——這個消息一下子在全體登陸的英軍中傳開了。這時石田時之助作爲翻譯，也搭乘最後一艘小艇登了陸。

「石頭，你認識總司令關天培嗎？」聖荷斯準將問石田說。英國人把石田叫做「石頭」。

「當然不認識……」石田撒了謊，其實他在蘇州時就見過關天培好幾次。

「那就無法確認了。」聖荷斯說：「以後讓俘虜去確認吧！得啦！我們先去看看吧！」

石田也跟在聖荷斯後面。關天培的屍體仰放在司令部前，聖荷斯脫下帽子跪在屍體前面，那樣子很有貴族的優雅風度。

石田透過聖荷斯的肩頭看了看屍體。灰白色的漂亮鬍子——果然是關天培。石田的胸中掀起一股熱乎乎的情感，但是沒有像他預料的那麼強烈。戰場上的死亡是不會帶有感傷情緒的。

「一定是總司令關天培。」石田說。

「你怎麼知道？」聖荷斯回過頭來問道。

「您看那帽子。」石田指著滾落在旁邊的帽子說。

從官帽頂上的「頂戴」可以看出官職。提督是一品官，官帽上應該有珊瑚的珠子，這一點常識聖荷斯當然也有。他看了看那頂帽子，別說珊瑚，連玻璃珠子也沒有安。

「不是什麼也沒有安嗎？」

「正因爲什麼也沒有安，所以才知道是總司令關天培。因爲沙角和大角的失陷，皇帝剝奪了他安頂戴的權力。」石田回答。

「原來如此……」聖荷斯眼睛仍然看著屍體，然後站了起來。關天培曾接到一道上諭，剝奪了他的頂戴，要他「戴罪立功」。

「遺體要鄭重對待。」聖荷斯命令部下。

「聖荷斯準將閣下，我有一個要求。」一名軍官走到前面敬了一個禮說道。他就是剛才的那位年輕軍官。他想按照軍人的精神和關天培決鬥，這才發現關天培已經死了。

「什麼事？」

「能把總司令的那頂帽子賞賜給我嗎？」

「哦！要帽子？」

「是的，是我最初發現總司令死了。爲了紀念這位勇敢的老軍人……」

聖荷斯定神地看著對方的眼睛，考慮了一會兒說：「可以。」青年軍官拾起關天培那頂沒有頂戴的帽子，小心拂去上面的沙土，然後挾在自己的腋下。

石田奉聖荷斯司令官的命令去探索亞娘鞋島的老百姓家中有沒有隱藏殘餘的敵軍。他走進村莊，在村子裡到處轉悠。他不打算進老百姓的家裡，即使有清兵嫌疑的人，他也不準備去報告。他雖然身在英軍，但是從未積極協助過他們。

「島上老百姓的家裡沒有清軍，他們大概逃到更安全的後方去了。」——他準備這麼報告。

他走累了，嗓子發乾。正好一家民房的前面擺著一條長凳，一名頭戴竹皮斗笠、身材魁梧的中年漢子在飲茶。長凳上擺著茶壺和茶杯。

「我想喝點水。」石田對那漢子說。

對方瞪了他一眼，沒有說話，只用下巴朝茶壺那邊指了指。這漢子穿著和漁民一樣的粗布衣服，但是態度傲慢，使人感覺到他那身服裝有點不合體。

石田倒了一杯茶，端起來正要喝的時候，屋裡走出一個矮個子、膚色黧黑、眞正的老漁民。他看了看石田，帶著懷疑的神情問道：「你是……？」

「我是過路人，討一杯茶喝。」石田回答。

「怎麼？這個人不是附近的人嗎？」戴竹皮斗笠的漢子問道。

「是，是的。」老漁民彎腰回答。

「我是到這裡來做買賣的。遇到打仗，吃了大虧，揀了一條命逃出來的。」石田帶著解釋的語氣說。

「仗已經打完了。」戴竹皮斗笠的漢子說。

「是的。」石田答話，「剛才聽說關提督陣亡了。」

「高級軍官活著逃回去是要問斬的。」那漢子笑了笑說：「關提督大概是算計了一下，反正是死，還不如死在戰場上好，家屬還可以得到照顧嘛！」

一聽到「算計」這句話，石田的胸口像吞下沙子似的軋得難受。他想到了關天培的臉。

「他會是算計了一下才去死的嗎？」石田問道。

「這個嘛！反正他是感到沒有希望了。不過，他還是傻呀！」

「爲什麼？」

「還是有得救的辦法嘛！」

「是嗎？」

「馬上逃到後方去是不行的。先在島上躲藏一些時候，等事情平息了之後才回去……就說是潛伏起來等待時機反擊，因爲手下無兵，只好退回來。你看，這麼一說，不就保住面子了嗎？」

石田露出憎惡的表情說道：「潛伏要花錢吧？不給窩藏的人、周圍的人很多錢，那恐怕……這是一般的士兵辦不到的。」

「嗯！也許是這樣。不過，關提督是可以辦到的，那位將軍太傻了。」

那漢子把竹皮斗笠往腦後挪了挪，用手背擦了擦額頭。他的右額上有顆大黑痣。接著他敞開胸口，讓涼風吹進來。他的臉讓太陽曬得很黑，但是胸口的肌膚是雪白的。如果是整天幾乎半裸著身體的漁夫，是不可能這樣的，這說明他平時總是穿著上衣。

在靖遠要塞堅守崗位而戰死的清軍只有二十人，其中一人就是水師提督關天培。

「打了那麼多砲彈，打死的人卻這麼少。」聖荷斯準將也覺得很意外，把這句話反覆說了好幾遍。

5

在逃跑的途中死去的士兵很多，但是不能說是戰死。留下堅持到最後、爲提督殉節的還不到二十人，而且英國方面的文獻記載爲「不超過一打人」。聖荷斯準將說戰死者太少，這也許不是出自對自己軍隊的戰果不滿，而是對丟下司令官的清朝軍隊的憤慨。

虎門的要塞駐有江西來的軍隊，這個地方的士兵本來應該是相當於日本「九州男子」的勇士。這支軍隊潰逃了，官軍的腐敗可以說已達到了頂點。「好鐵不打釘，好男不當兵。」——這句名言當時已經在人們的口頭上流傳。北京的命令是要派出精銳部隊，而接到命令的江西省卻選一些滓渣送來。有一個名叫朱琦的人寫的《關將軍輓歌》中說：

我軍雖然眾無鬥志，荷戈怯立不敢前，
贛兵昔時號驍勇，今胡望風同潰奔。
將軍徒手猶搏戰，自言力竭孤國恩，
可憐裹屍無馬革，巨砲一震成煙塵。
臣有老母年九十，眼下一孫未成立，
詔書哀痛如雨注。

孫衣言的《哀虎門》一詩中也寫道：

黑夷卷席入平地，砲火夜落城樓前。
苦戰身死關將軍，坐視不救誰能憐。
廣州婦女向天哭，白骨滿地群羊眠。

關天培被士兵們丟下而死去。他所訓練的廣東水勇已被琦善命令解散，沒在提督身邊。不，其中一部分人已投入敵人的陣營。皇帝對關天培的戰死深感哀悼，使其入祀昭忠祠，並賜諡號「忠節」，讓其次子從龍世襲騎都尉之職。昭忠祠在北京崇文門內，每年春秋的第二個月祭祠；同樣性質的賢良祠在地安門外西邊。武將祀於昭忠祠、文臣祀於賢良祠，都被看作是最高榮譽。日本有相當於昭忠祠的靖國神社，但是沒有相當於賢良祠的神社。

關天培戰死的那天晚上，林則徐聽說虎門告急，和鄧廷楨一起趕赴總督府會見了琦善，研究對策一直到深夜。午夜零時獲得橫檔失陷的消息，他在日記上寫道：「徹夜未寢。」

林則徐第二天才知道靖遠失守和關天培戰死，戰旗墜落了！林則徐不僅爲密友關天培而哭，他還爲戰敗而痛哭；未能打一場他所希望的「漂亮的仗」，他不能不爲此而哀傷。

傳來了當地最高司令官——提督關天培、參將劉大忠和游擊麥廷章三首腦殉職的消息——士兵們丟下他們逃跑了。

關天培的忠僕孫長慶送到提督大印後，非要返回靖遠去收拾關天培的屍體。他說：「我已是年邁的老朽了，儘管紅毛們像惡鬼一般，恐怕也不會把我這個老頭兒抓去殺掉。再說，我知道老爺殉國的地方，他清楚地和我說過。」

孫長慶跑到失陷後的靖遠要塞，眞的收回了關天培遺體。他背著主人的遺體往回走時，英國的戰艦伯蘭漢號鳴起了禮砲。他們是想告訴中國人這種道理——「文明人對勇敢的敵人是尊敬的。」

被炸斷的麥廷章屍體也找到了，也被收拾了回來。只是沒找到參將劉大忠的遺體，據說可能是被砲彈直接打中，變成碎粉了。

因爲這次戰鬥而入祀昭忠祠的有提督關天培和參將劉大忠。麥廷章也許是因爲官職稍低，沒有下諭旨讓他入祠，只允許在殉難的地點建立專祠。

過了很久之後，一直被認爲是戰死的劉大忠卻露了面，他辯解說：「我一直伺機反擊……」

二十世紀編寫的《清史稿》，卻忘了從祀昭忠祠的名單中刪去劉大忠的名字，一直留存到今天。

閃光

甘米力治號已在烏湧的海面上被英軍俘獲。義律想在民眾心理造成恐怖的效果，於是下令放火燒毀了甘米力治號。大火籠罩著火藥庫時，天色早已黑了，周圍已是一片黑暗。巨響和閃光打破了戰鬥結束後的夜晚寂靜，它確實起到了預期效果。

1

關天培戰死的二月二十六日是農曆二月六日，這一天，皇帝在北京紫禁城乾清宮召見重臣，做出了重大決定。

廣東巡撫怡良彈劾欽差大臣琦善的奏文已經到達北京——琦善把香港割讓給英國了。道光皇帝氣得青筋暴露，拍著椅子的扶手。

「請皇上再仔細調查之後……」穆彰阿戰戰兢兢地上奏。皇帝抬起腿，把地板跺得大響，大聲吼道：

「住口！有了這麼確鑿的證據，還說什麼需要進一步調查！」

怡良的奏文後面附有義律向香港居民張貼的布告，布告中說：

根據天朝及英國政府雙方高級官員明白訂定之正式協定，香港現在已成爲英國女王陛下領土的一部分。……

道光皇帝攥著這張布告狠狠地扔到地上。「朕已經決定，把琦善鎖拿解京，嚴加處分；他的家產全部沒收。對這個決定誰有不同意見？」皇帝兩眼瞪著軍機大臣們說。

「對聖諭沒有意見。」最先答話的是王鼎。

接著，去年剛由宗人府丞當上見習軍機大臣的何汝霖，跪伏在地上奏道：「臣也沒意見。」

潘世恩慢慢地彎下他七十三歲的身軀說道：「臣認爲皇上的處置是正確的。」

軍機大臣中的賽尚阿和隆文正到天津和廣東出差，剩下的只有穆彰阿了。他也哆哆嗦嗦地說道：「奴才也是一樣。」奴才是奴隸的意思。漢族的官吏對皇帝稱自己爲「臣」；滿族的官吏大多自稱「奴才」。

當他把額頭觸到地上再抬起頭來時，額頭上已沾滿灰塵。他已經滿頭大汗了。

琦善不僅被革職，而且還要「鎖拿解京」——鎖綁著押送到北京。廣州主和派的營壘一下子就崩潰了。

穆彰阿厚厚的朝服裡滲透了汗水。按照慣例，每處理一件政務，軍機大臣都要跪拜，他動彈一下身子就感到脊樑和胸口的冰涼，他從來沒有流過這麼多汗。他偷偷地看了看軍機大臣同僚們的臉。

王鼎緊閉著嘴脣，顯然想要抑制表情，大概是爲了不讓隱藏不住的喜悅心情流露到外面吧！但是他做作的技術不高明，一眼就叫人看破了。

潘世恩年歲大，臉上的皺紋多，把他的表情掩蓋了。不過，他這個人從年輕時起就不向外表露他的內心想法。乾隆五十一年（一七八六），潘世恩年僅十八歲就中了進士。林則徐被人們譽爲神童，在二十五歲以後才中進士；龔定庵中進士時是三十八歲。潘世恩中的是狀元——進士中的第一名。乾隆朝最大的權臣和珅愛潘世恩的才想接近他，他回避了；鴉片戰爭十年後，咸豐皇帝即位想舉用人才，徵求他的意見，潘世恩首先推薦了林則徐，認爲他是足以在北京擔當要職的人才。潘世恩就是這樣一個既有才華又有卓越見識的人物。他歷任工部、戶部、吏部等尙書，擔任了十七年軍機大臣，八十六歲時才結束他充滿榮譽的一生。

《清史稿》對於潘世恩在鴉片戰爭時的態度評價說：穆彰阿主撫（和）時，潘世恩心以爲非，但是未公開立異。他的才識歸根究柢是用於保身，這是十分可惜的。他十八歲中了進士第一名時，能不受權臣和珅的引誘，這種勇氣是值得稱讚的。和珅依恃乾隆皇帝的寵信，旁若無人地濫用他的權勢。在道光時朝，就連最大的權臣穆彰阿也不能徹底壓制林則徐嚴禁鴉片和主戰的主張，對同僚王鼎也無可奈何；相較之下，和珅則能隨心所欲、胡作非爲，如果能成爲和珅的親信，一定會青雲直上、飛黃騰達。但是十八歲的進士潘世恩，卻清楚乾隆皇帝當時已是七十六歲高齡，他看到和珅的橫暴已遭到朝野怨恨。果然乾隆皇帝一死，和珅即被賜死，其黨羽也全被肅清。潘世恩展示的這一點勇氣也是爲了保身。後來他推薦林則徐，也是在穆彰阿沒落了之後。他具有才識，卻缺乏勇氣。而且他是生活在最迫切需要當政者勇氣的時代。

中國在鴉片戰爭中的悲劇，應該說像潘世恩這樣「並不壞的人」也有重大的責任；其責任恐怕不在一味拘泥於文字的楷書、使世人喪失骨氣的曹振鏞（他也不是壞人）之下。在朝的大官當中也有具有勇氣的人，王鼎就是這種人。但是王鼎缺乏潘世恩的理智，他過於感情用事。

「誰可以接替琦善來擔任兩廣總督？」當皇帝這麼徵求意見時，王鼎好像迫不及待地回答：「如果從北京新派人去，到任就需要一個多月，這中間就會出現一段空白。在這種緊急的時刻，可以讓在當地適當的人……」他畢竟上了年紀，一口氣說到這裡就上氣不接下氣了。

當他喘過一口氣，穆彰阿就搶先插嘴說：「相當於總督地位的人在廣東有好幾個。不過，引起糾紛、尚未決定如何處分的鄧廷楨和林則徐，當然要排除在外。所以奴才認爲，恐怕只有即將到達廣州的祁了。」

「是呀……」道光皇帝考慮了一會兒。

穆彰阿感覺到王鼎充滿怒氣的目光正盯視著自己。

王鼎提議由在當地的人來擔任，其本意是要重新錄用林則徐。他的話說了前半，穆彰阿就插進來發言了。更糟的是，潘世恩說：「祁也可以，他曾經當過廣東巡撫，對當地的情況熟悉，而且在夷務上也經歷過苦勞。」

王鼎一激動，一時間說不出話來。在他喘氣和說不出話來時，就讓穆彰阿順順當當地給制約了。刑部尙書（司法部長）祁奉命爲軍糧事務去廣東出差，正在赴任途中，很快就會到達廣州。在發生律勞卑事件時，他是廣東巡撫。確實如潘世恩所說的那樣，他在夷務上經歷過苦勞，被認爲可以勝任這一工作。

「好吧！繼任的總督就這麼定了。」道光皇帝下了決斷。

2

召見結束後，時間是上午八點左右。

二月早晨的風刺骨般的寒冷，尤其是穆彰阿，因爲剛才決定要處分琦善，弄得他渾身大汗淋漓。一出乾清宮，他就感到全身涼氣，身體也索索地顫抖著。

他的心腹陳孚恩早就在保和殿旁邊等著他。「怎麼樣了？」

對於陳孚恩的問話，穆彰阿搖了搖頭說：「皇上腦袋發熱啦！」

「香港的問題到底還是沒有瞞住啊！」

「怡良這傢伙……」穆彰阿鄙視地說：「把他留在廣東是個失誤。」

「看來是受了林則徐的影響。」

「是呀！琦善的信中也透露了怡良不好對付。這傢伙……」穆彰阿說到這裡停了。他想說的話是，「這傢伙是滿族人，卻跑進可能會動搖滿洲王朝基礎的強硬派陣營。」

現在身旁的陳孚恩雖然是他的心腹，但是他畢竟是漢人，這種話不是同族的人是不能說的。

陳孚恩是江西人，曾任軍機章京，現在的官職是太僕寺卿。他是由拔貢而受到重用，並沒有正式中過進士，由此也可了解他是個善於在政界耍手腕的人物。後來他也曾參與軍機大臣議事，他經常像影子似的跟在穆彰阿身後，很有些智謀，當參謀是很有能耐的。

穆彰阿對陳孚恩說了召見的情況。

「只換了布政使、按察使還不行呀！」陳孚恩說。

爲了在廣州消除林則徐的影響力，在人事上曾做過調動。但是當時更換的最大官也只到布政使，如果要更換巡撫，事情就大了，辦起來不那麼容易；加上怡良又是滿族人，感到可以放心。現在看來這是個錯誤，因爲滿族人也不一定不受到林則徐的影響。

現在怡良彈劾了琦善，這只能認爲是受了林則徐的教唆。

「林則徐……」穆彰阿說出了這個討厭的名字。

「恐怕還是要把林則徐調到什麼地方去才好，儘管他沒有官職，仍然還有影響力呀！」

「是呀……」

「現在動手還不晚，正好他要求從軍贖罪。」

「是呀……他要求到浙江去。」

林則徐受到革職處分後，爲了贖罪，曾向北京提出懇求，希望到浙江去服軍役。因爲他覺得英國占領定海，自己也有責任。

「好吧！把他趕到浙江去。」穆彰阿這才仰頭看了看天空，天空中充滿耀眼的陽光。出了乾清宮後，他就一直害怕仰望天空，因爲仰首望天是一種悲嘆的動作。

「早晨的太陽眞扎眼！」他這麼說著，瞇起了眼睛。

他的心裡正在琢磨著——把林則徐打發到浙江去太寬大了，這麼危險的人物必須弄到更遠的地方。弄到新疆去！到西北的邊境就會和中央完全斷絕連繫；要把林則徐的影響力遏止在偏遠的地區。

不過，還有一個問題：要拯救政友琦善。鎖拿解京、沒收家產，接下來就是要判死罪了。無論如何也必須救他一命。這不只是失去一個同志的問題，而是涉及被人們稱爲「穆黨」這個權威集團的面子。

穆彰阿的腦子裡閃現出都察院的要人和刑部首腦的臉，他覺得難辦的有兩三個人。這些傢伙，用榮升的名義把他們趕到別處去吧！

穆彰阿在拚命地琢磨著今後對策。琦善到達北京還有一個月，之後都察院和刑部才進行審訊。時間不能說很寬裕，但是還是有一段時間的。

沒問題，可以救他！穆彰阿好像改變了想法。

「祁𡎴擔任兩廣總督，這也不太妙啊！」陳孚恩說。

三年前，律勞卑一行竄進廣州時，硬拉著容易妥協的總督盧坤，迫使英國使節團撤走的就是當時的廣東巡撫祁𡎴。這傢伙死摳著法律，一點也不會通融。

「不過，比林則徐還是好一點吧！」穆彰阿回答。

這時他產生了一種想法，要把召見以來的沉悶氣氛一掃而淨，不這麼做，恐怕也想不出什麼好辦法。他定睛看著陳孚恩的臉說道：「自從當了太僕寺卿以來，你的臉也好像慢慢地變長啦！」

太僕寺並不是寺廟，而是衙門的名字。清朝剛創建時屬兵部的武庫司，後來獨立成爲一個機構，掌管馬匹事務。太僕寺卿等於是牧場的管理人，不過對於遊牧民族出身的滿洲王朝來說，這可是個相當重要的官職。陳孚恩是掌管馬匹事務的長官，所以穆彰阿跟他開了這個玩笑。

「這太……」陳孚恩嘴裡這麼說，心裡已經飛快地察覺到對方的想法。

對方的臉色一直很陰沉，現在卻開起了他的玩笑。這時候是應該笑還是不應該笑呢？

「應該笑。」——陳孚恩做了這樣的判斷。對方想用笑來驅除什麼東西。

太僕寺卿陳孚恩於是愉快地笑了起來。「哈哈哈！這太有意思了！我的臉長得那麼長嗎？」他用右手摸著自己的下巴說。

在剎那間做出準確的判斷，這正是陳孚恩的特色。他是傑出的參謀，同時也是高級幫手。

穆彰阿也難得地放聲大笑起來。「琦善一定會得救！」——配合著笑聲的節奏，他在內心反覆地這麼說著。

離他們不遠的軍機大臣王鼎，聽到他們倆的笑聲停下腳步。照射在宮殿黃瓷瓦屋頂上的朝陽，正把陽光灑在四周。這時候，在廣東的虎門，英國艦隊準備進攻關天培把守的靖遠要塞，正在等待起風。

3

根據李芳的「把年輕人派到新地方去」的建議，連維材決定把二兒子承文派到香港去，讓正在廣州的溫章擔任他的保護人，溫章也會帶著女兒彩蘭同行。

從廣州東行二十公里就到烏湧要塞。靖遠失陷的那天，承文等一行人已通過烏湧，住宿在烏湧東南約六公里處的波羅。波羅有座南海神廟，林則徐在虎門燒鴉片時所祭的神就是這個南海神。據說南海神司掌夏季、南嶽、南海、南方以及火和水。廟前石柱上刻的「萬里波澄」四個字，是康熙皇帝的御筆；廟門上掛的「靈濯朝宗」的匾額，是道光皇帝的父親嘉慶皇帝賜的。金順記是海商，和南海有很深的關係，而且今後關係將越來越深。承文走進廟內，供上豬肉、點起線香。但是他未能靜心地參拜。他插上線香，兩手剛剛合掌時，一名士兵就伸手拿走了承文剛剛供上的那塊豬肉。廟周圍有三十來個士兵，一位士兵在追那個搶肉的士兵想把肉奪過來。

「這是我偶然撿到的！」

「胡說！是剛才那個人上供的，大家均分！」

「賣給你一半！」

「扯淡！」

兩個人開始扭打起來。一個像是軍官的漢子，坐在樹根上悠閒地抽著煙袋，看來他並不想制止這場爭吵。

從烏湧那邊傳來了砲聲。軍官從嘴邊拿下煙袋，站起身來說道：「該輪到我們去放砲啦！」他隨隨便便地拔出軍刀，士兵們也慢慢吞吞地集合在寺廟的院子裡。

「大家聽著，沒什麼可怕的，英國的砲彈不會往我們的地方打。」軍官大聲說著。這軍官就是釋放的鴉片犯梁恩升。

士兵們慢慢地朝西邊走去，一點也沒有英武的「行軍」樣子，倒像是無賴之徒在街頭漫步。士兵們走後，廟內暫時安靜了一會兒，不久就聚集了許多居民。他們擔心這裡可能要打仗，想打聽各種消息。

「看到紅毛的兵船啦！很多很多啊！」

「聽說靖遠、永安昨天失守了。」

「我聽說東莞鎮上逃來了敗兵。」

「據說關提督戰死了。」

「我們這裡怎麼樣了？」

「離烏湧砲臺近，很危險啊！」

「我們那裡已經把女人、孩子打發到石灘去避難了。」

「不只是女人、孩子要逃難，我們也要命呀！」

「該往哪裡逃呀？」

砲聲漸漸猛烈起來。由加略普號、前鋒號、硫磺號、摩底士底號、復仇神號、馬達加斯加號等組成的英國艦隊，在荷伯特大校的指揮下，正向烏湧砲臺的射程內靠近。

聚集在廟裡的人們不知什麼時候已經散了，他們趕忙回家去準備逃難，廟裡再次變得空曠無人。廟裡放著大小兩只古銅鼓，傳說那是從香港西北面的大海中撈上來的，銅鼓灣的名稱就是來自這個傳說。承文和溫章父女三個人圍著大銅鼓站在那裡。

「據說是漢代的，相當古老啊！」彩蘭好奇地看著大銅鼓。這只銅鼓直徑一百三十公分，高七十公分，但是下端已殘缺了一塊。彩蘭好像檢查銅鼓上的橫紋似的，正入神地蹲在那裡。

「聽說關提督戰死了，這是眞的嗎？」溫章和承文搭話說。

「怎麼說呢？如果靖遠已落到敵人手裡，他是提督，恐怕是活不了的。」

「英國的軍艦就要開到這裡來，只能認爲靖遠已經失守了。」

「那麼，關提督一定是陣亡了。」

兩個男人這麼談話，彩蘭卻專注地看著銅鼓。「據說從海裡打撈上來的是小銅鼓，這只大的是從什麼地方的墓裡挖掘出來的。」她仰視著父親這麼說。溫章感到疑惑不解。他們在談關提督陣亡的事，彩蘭卻插進來說那只破舊的銅鼓。儘管是自己的女兒，他也不理解她的這種心理。

「我在和承文談關提督的命運。如果是事實，那可是悲痛的事啊！……妳不感到悲傷嗎？」溫章凝視著女兒的臉。

彩蘭正面迎著父親的視線回答：「您說應該怎麼悲傷呀？」

「……」溫章答不上話。

「我認爲林大人就不會像爸爸這麼悲傷。」

「我不懂妳說的話。」

「時間像流水一樣過去。關提督的死，也只是從乘急流而下的船中所看到的一種景色……對，是往後奔跑的一棵樹。」接著，她對著承文說道：「承文哥，你能老是回頭看著這棵樹嗎？」

承文沒有作聲。他的胸中湧起了一種連他自己也感到太過突然的感情——他想現在就在這裡緊緊地摟住彩蘭，脫去她的衣服……，這和他過去經歷的許多放蕩場面根本不一樣，這是一種純潔激烈的慾望。

「也許是這樣。」回答的是溫章。他說：「年輕人有未來，大概吸引他們的是前景，而不是任何即將過去的景色。林大人也是個注重未來的人……」

彩蘭並沒聽父親的話，她一直凝視著承文。承文凝視著她的胸口，他並不指望能和彩蘭的心觸及在一起，他只想能把自己的慾望暴露在她面前，這是總有一天必須要做的事。當他抬起頭來和她的視線相碰時，她的眼睛已經承受了他所暴露出來的慾望。

砲聲更加猛烈了。廟裡的老道士拄著一根拐杖搖搖晃晃地走了出來，朝著三人說道：「快走吧！暫時到那邊躲一躲。」

老道士枯枝一般的手指頭，哆哆嗦嗦地指著廟西一個小山崗。

4

從烏湧要塞向西去，很快就到廣州的門戶黃埔，所以烏湧是保衛廣東省城的要地。它前方的江上浮著用鐵鍊鎖的筏子，以阻礙英國船艦溯江而上。但是駐守在那裡的軍隊士氣不振。昨天靖遠陷落的情況──猛烈的砲火把要塞打得稀巴爛之後，三千英國兵登陸等事已經傳到那裡。

英國艦隊對烏湧開始砲擊後不久，熟悉地理情況的廣東兵首先開始逃跑；接著是湖南兵也換上便服溜走了。英國早已透過久四郎等人為他們提供了逃跑用的便服。便服等於是護身符，士兵們由於這護身符而喪失了鬥志。烏湧有七百廣東兵、九百湖南兵，加起來共一千六百名兵員。要塞統帥是湖南的代理提督祥福。他負傷落水而死，也有人說他是因為部下逃跑而氣死的。

英軍登陸是因為破壞了要塞大砲，並沒有多餘兵力在要塞駐紮成占領軍。這裡也和靖遠一樣，因為迎擊登陸英軍而戰死的人很少，其中游擊沈占鼇和守備洪達科等高級軍官殉難。

在烏湧負責軍糧管理一個名叫瑞寶的八品官，也跟著士兵一起逃跑了，他在自己跑過橋之後把橋切斷。這裡雖然是珠江的支流，但是水很深，他身後敗逃的士兵被後面湧上來的同伴擠到河裡，淹死了一百多人。

敗兵大多朝西逃跑，因為可以收容他們的獵德砲臺是在這個方向。從安全程度來說，往東北方向的增城縣逃將會離戰場更遠。英軍登陸只是暫時的，他們接著一定會襲擊獵德。但是敗逃的士兵們並沒有考慮到這些，他們像一群狂奔的野牛，爭先恐後地朝大家都去的方向奔跑。不，也不必向東北方向逃，也許躲在烏湧附近更聰明，士兵們並沒有逃進承文他們躲藏的山裡，這裡從烏湧來看是在東邊。

砲聲一停，就表示英軍已經登陸了。

溫章不見了，他不知什麼時候走散了。「爸爸是故意走散的。」彩蘭說。

承文自然地把手放在彩蘭肩上，連他自己也對自己的這個動作感到吃驚。麻竹林在風中喧囂，遠處突然傳來了密集槍聲。兩人在巨大的油杉下面對面地站著，林中的濕草沾濕了兩人鞋子，鳥兒在頭上發出喧鬧的啼聲。

「這是什麼鳥兒呀？」

承文仰頭看了看，一片綠蔭好像籠罩在頭上。他把彩蘭抱進懷中，在她的耳邊輕聲說道：「這綠蔭好像滲透進我們的身體了。」

彩蘭的呼吸撲到他的臉頰上，那微弱的氣息似乎帶有香氣。「烏湧看來是失陷了。」彩蘭自言自語著，「楚兵（湖南兵）逃跑了吧？……一定會死掉很多人，現在又有什麼人被殺了？」

「彩蘭，」承文一邊吻她的脣，一邊說道：「妳眞是個怪人．」

「爲什麼？」「剛才妳爸爸說關提督戰死了，妳卻盡談那些破銅鼓的事；現在我說綠蔭很美，妳卻談起了戰爭。」

「不行嗎？在希望時間停止的時候，就要談當前的事，即使它是戰爭，也要談現在的……」

「希望時間停止？」

「現在就是這樣……」

他們的嘴脣重疊在一起。

溫章不願成爲兩個年輕人的電燈泡，故意走散，他走到山上的「浴日亭」在那裡休息。北宋的蘇東坡曾被流放到惠州，他經過這裡時所作的詩刻在石壁上。這詩的第一句這樣寫道：

劍氣峥嶸插夜天

明朝的陳獻章和韻而寫的詩也刻列在它旁邊。它的第一句是：

殘月無光拍水天

這兩句詩都帶有悲壯的味道。蘇東坡和王安石的新法爭鬥失敗，因爲直言時政而遭到猜忌，被流放到這南方邊陲。這位叛逆者一定對本地景色感到刺心吧！

時間如流水般過去，現在已不是宋朝新舊黨爭時代，現在的情況不適用蘇東坡的詩，而應該是這樣的詩吧！

忽驚烏動行人起

英軍的砲火大概已把烏湧的木造營房燒光了，再過一百年，這次戰爭的遺蹟將會從地面上消失，人們也不會有切膚之感的。

「彩蘭說的對，時間會流逝的……」溫章有過海外生活的體驗，今後將會變成什麼狀況，他自認爲比一般人要清楚得多。他知道這次戰爭是時代必須經歷的一個過程，戰後的情況他也能大致推測出來。

「這個場面就會這麼過去的。」他比誰都清楚眼前事件的發展，但是他還是產生了感傷情緒。對於關天培的死，他內心在哭泣，在尋覓哀悼的言詞。相較之下，彩蘭乾脆避開了感傷，直視未來。

「還是因爲年輕啊！」溫章是這麼想的。斷斷續續的槍聲猛烈地扎進他心裡。「這一瞬間又要死人了。……」

從浴日亭前的石階往下走時，那裡有十幾個難民，有的蹲著，有的躺在草蓆上，中間夾雜著婦女、兒童。

「不知道以後是什麼結局？」一個老人這麼說。

「打仗爲什麼偏偏選在波羅誕之前呢？」一個皮膚黝黑的婦女坐在地上，讓嬰兒吸吮自己的乳頭，這麼說後又挪了挪身子。

「是呀！延後一點就好了。」一個年輕男人幫腔說。

祭祀南海神的節日稱作「波羅誕」，每年農曆二月十三日舉行。這一天，從廣州和附近村鎮要來好幾萬香客，這一帶會熱鬧非凡，香客們會帶來很多消費。

沒等到這一年一度的節日來臨，英軍在農曆二月初七就攻打烏湧。

「太不像話了！不就只差六天嗎？六天也不等？南海神菩薩會讓他們遭到報應的。」

「這麼一來，今年的波羅誕就完啦！」

「客人也不會來的。」

溫章聽著這些難民們的談話。從阿美士德號北航偵察、黃爵滋上奏要求嚴禁鴉片的奏文以來，東印度公司退出舞臺、英國採取支持私人商業的政策、穆彰阿和林則徐兩大陣營的爭鬥、銷毀鴉片等這一系列的時代潮流，就以這樣的形式沖進這個和平的鄉村小鎭，這個鄉村小鎭的居民，只理解爲妨礙了一年一度的節日。從他們的生活來看，恐怕也只能做這樣的理解吧！但是這種生活太狹隘了。

溫章一邊想著這些事，一邊朝山下走來。「兩個年輕人現在正在哪裡的樹蔭下交談吧！他們有許多必須聊的事。」

溫章以爲小小的波羅鎭在居民們逃難之後一定會寂靜無人，可是，一進入鎭上，他看到了意料不到的情景——唯一的一條大街上熱鬧喧譁。

5

在波羅鎮唯一的一座糧庫牆上，倚放著一排無數根扁擔。牆前蹲著幾十個好像腳夫的漢子，他們正在喝著盛在大碗裡的稀粥。

糧庫後面是廣場。一個端著槍的漢子看了看溫章，小聲地問道：「劵？」

溫章搖了搖頭。

「談交易在糧庫裡面，這裡是交貨的地方。談完之後到這裡來。」對方說。這漢子端著槍，但不是軍隊；再一看，還有一個漢子提著槍在四處走動。

一看廣場上堆積如山的東西，馬上就了解他們是在幹什麼。

那些東西是黑丸藥——鴉片。裝在芒果木板箱中淨重六十公斤的鴉片，搬運起來很麻煩。在這裡把木箱打破，把裡面的鴉片倒在廣場上，然後把它裝在麻袋裡。拿槍的漢子是爲了防止偷盜而擔任站崗、放哨的。

「啊呀！您不是金順記的溫先生嗎？」溫章回頭一看，一個高個子的男人微微地揚了揚斗笠。那漢子穿著中國商人的服裝，但是他的眼睛是藍色的，鼻子是尖的。他是墨慈商會的哈利·維多。

「果然是密斯特溫呀！」這次哈利是用英語說的，他高興地吹起了口哨。

「你怎麼到這裡來了呀？」溫章問道。

「來卸貨呀！」

「正在打仗，很夠受的吧！」

「正因爲是打仗，才能夠這麼做。」

「哦！原來如此。現在沒有軍隊監視了？」

「全都逃光了，而且還給我們打了信號。」

「墨慈先生呢？」

「他從麻六甲趕到澳門，他非常想見您。」

「我準備這就去香港。」

「那麼，我就這麼告訴墨慈先生吧！」

墨慈商會是透過溫章而獲得「金順記情報」才發起來的，溫章簡直就像墨慈的方向盤。

「溫先生，」哈利說：「有關各種商品的行情和今後預測，您能繼續給我們指教嗎？」

「在我所知道的範圍內，我很樂意……」溫章一邊這麼回答，一邊驚訝地凝視著對方藍眼睛裡火一般的亮光。哈利一向是個開朗的人，一個深信追求利潤是上帝賦給天職的商人。

有幾個中國商人在倉庫裡談成交易，拿著領貨券來領取鴉片。這些人的眼裡也有和哈利一樣的亮光，儘管頭髮和眼睛的顏色不一樣，他們和哈利是屬於同一類型的人。那眼神、那掂量著貨物品質的手指頭，他們是多麼相像啊！

中國今後將和各個國家以這些共同點爲核心結成新的關係，中國將因此而改變面貌，想到這裡，溫章更露出驚訝的眼神。溫章雖然和十三行街有關，但是他知道自己的眼裡並沒有這種亮光。在士兵們流血的地方卻進行著成爲這次戰爭原因的鴉片交易；是趁著他人流血的機會在做這種交易。這對溫章來說不可能不感到震驚的。

天漸漸黑了，到南海神廟的銅鼓前去等兩個年輕人吧！溫章跟哈利道別後，拖著慢吞吞的腳步朝著廟的方向走去。

「天已經黑下來了。」在油杉林中，彩蘭朝四周看了看說。

「我們談了很多的話。」承文說，他仍然緊握著彩蘭的手。
「爸爸會擔心的。」
「他一定在廟那裡等著。」
「我們回去吧！」
好像什麼話都聊了，又好像還有很多話沒有說，甚至感覺到還有重要的話沒有談。熱戀的人們總是懷著永遠不能滿足的心情。
當他們倆慢慢地走在黑暗山路上時，西邊的天空升起了好像閃電的閃光。在閃光中閃現出一直被黑暗掩蓋的厚厚雲層，喘一口氣的工夫之後，連續不斷地發出好像悶在肚子裡似的、沉悶而可怕的「咚！咚！咚！」的巨響。
「啊呀！」彩蘭害怕起來，緊緊抓住承文。承文緊緊地摟著她說：「是海裡，好像是船上的火藥庫爆炸了。」
「有火藥庫的船，那是英國的……」
「不，清朝也有一艘，那是林大人買的甘米力治號，它一定是在烏湧的海上。」
一陣陣的爆炸聲接連不斷。甘米力治號已在烏湧的海面上被英軍俘獲，義律想在民眾的心理上製造恐怖效果，下令放火燒毀了甘米力治號。大火籠罩著火藥庫時，天色早已黑了，周圍已是一片黑暗。巨響和閃光打破了戰鬥結束後的夜晚寂靜，它確實起到了預期效果。

停戰前後

「這種工作非小人是辦不好的。他們去了，只停戰三天，現在又恢復了原狀，英軍也進攻了二沙尾。如果是小人去的話，那就不是停戰三天……會是永遠停戰……即使不能永遠停戰，起碼也能爭取一個月的停戰吧！」

「是嗎？」琦善沒好氣地說。說時遲，那時快，只見他右手一揚，細竹杖帶著尖厲的響聲劈空而下，接著一瞬間，在鮑鵬的大胖臉中央「啪」的一下，發出鈍重的響聲。

1

進攻烏湧的那天，義律待在加略普號軍艦上。晚上九點，他宣布勝利的捷報說：「由兩千多名精兵組成的清朝軍隊進行了頑強抵抗，喪失了許多人性命後，於今天下午不得不徹底敗逃。」

不過，在這次戰鬥中，英軍第一次戰死了一人。義律墨守其「無犧牲作戰」的口號，把這名士兵的戰死說成是自己的槍走火所致。另外，他爲了鼓舞士兵士氣，散布了敵軍統帥林則徐視察前線的謠言。

對英軍來說，敵軍的統帥當然是琦善，但是把敵人說成是沒收英國人鴉片的林則徐，士兵比較容易理解。英國從軍記之類的文章記載著，林則徐當時來到前線看到打了敗仗，就夾著尾巴返回廣州。

其實這一天到第二天，林則徐根本就沒離開廣州。林則徐居住的鹽務公署很大，而且有倉庫。各地派來的軍隊分駐在廣州各個地方，林則徐的臨時寓所也住進了一百名湖南兵。這些兵預定是派往烏湧的，但是還沒出發那裡就已經失守了。

據林則徐的日記記載，烏湧陷落的第二天（二月二十八日），總督琦善、巡撫怡良和鄧廷楨等三人，曾來到他的寓所議事到深夜。琦善這時臉色蒼白。他一再地讓步，英國還是發動進攻。議來議去，不外乎還是要採取增強防禦的措施。

「還是要招募志願兵，各省來的援軍人數有限。」林則徐這麼主張。以前的志願兵已被琦善解散，琦善聽了林則徐的意見，露出難堪的表情。

「沒有財源呀！」怡良說。

「可以想點辦法。」林則徐的腦子裡已經想好要給連維材寫信的內容。

琦善在考慮另外的事情，「已經讓到這步田地了，再退一步也不會是什麼大的錯誤吧？不過，鮑鵬恐怕不會被對方正常對待的。」

他終於意識到這個問題。實際上，琦善的「天朝意識」——「中華思想」的傾向比林則徐更強烈。他認爲丑類（外夷）如同猛獸，強大是強大，但是歸根究柢不過是野蠻人，有個馴獸師之類的人應付他們就行了。天朝的大官不應理睬他們，因此他用了鮑鵬。爲了照顧情面，還給了鮑鵬一個八品官銜。

鮑鵬如果不行，那麼用誰好呢？應該是個受英夷歡迎而且地位稍高的人……琦善的腦子裡浮現出廣州知府余保純的名字。在花園事件中，商館被民眾包圍時，是他巧妙地解散了民眾，夷人們曾對他表示感謝。他是從四品官，雖然不懂英語，可以配一個翻譯。

琦善的使命是很明確的。穆彰阿委託他的是堅決維持和平局面，難是難在皇帝的意向；問題是如何矇騙過去。

在烏湧失陷後進行的這次商討，以不得要領而告終。琦善因爲皇帝說過要他「和林則徐商量」，他不能不這麼做。如果是平時，一般都是琦善鄭重其事地要求林則徐大駕光臨，而林則徐則稱病不出席；二月二十八日是琦善親自去林則徐的臨時寓所。表面上看來好像很有禮貌、虛心求教。但是對琦善來說，他也有他的打算。各個要塞都已陷落，局勢已發展到最糟狀態，所以現在來和林則徐商量一下，多少也能向他的身上推卸一點責任。由於彼此想法不同，商量的結果必定是不得要領。

分手之後，兩人各做各的事情。林則徐向石井橋派出急使，要求連維材在招募志願兵上給予資金援助；琦善叫來了廣州知府余保純，進行密談，要他做求和的工作。

在第二天三月一日的商討中，命中注定遇事都要對立的林、琦二人之間，卻奇怪地取得了一致意見。

「在招募志願兵期間，我希望能考慮一下盡可能爭取時間的辦法。」林則徐說。

「可以讓英軍停止進攻。不過，要這麼做，恐怕要下相當大的決心。」琦善回答。他所謂相當大的決心，是意味著近似於屈服的讓步。

林則徐不介意地說道：「有幾天就好。有期限的停戰，英軍也許會同意的。」

他考慮有暫時停戰的可能性是有根據的。從在英軍內部工作的石田時之助等人的情報看來，從印度來的援軍即將到達。從虎門猛攻上來的英軍正在喘息，就像在進攻靖遠時那樣，發生過對氣象的錯誤估計。經歷多次戰鬥的士兵和因爲長期航行而疲勞的援軍都要暫時休整，要利用這個機會重新考慮作戰計畫，因此，暫時停戰對英軍是有利的。同樣是停戰，自己的一方應該比敵人更加有效地來利用停戰。林則徐是這麼考慮的——要趕快招兵、加強防禦。不用說，琦善是想把獲得林則徐同意的暫時停戰變爲永久停戰。總之，在停戰這一點上是確定了。

2

三月一日，休・戈夫❶少將率領滿載在兩艘運輸船上的援軍，從印度的馬德拉斯到達廣州。這個六十一歲的老將軍是個猛將。據說他十五歲時就加入軍隊，現在仍然精力充沛。決定由他指揮派遣軍中的陸軍。

英軍艦隊一邊切斷水路上繫在筏子上的鐵鍊、清除阻礙航路的沉船等；一邊繼續西進。三月二日進攻施加僞裝的獵德砲臺，三百名守軍敗逃。英艦隊一邊仔細測量水深，一邊向黃埔的定功砲臺逼近。站在廣州的城牆上，已經可以看到英軍艦隊的影子。

廣州知府余保純被琦善任命爲停戰談判的代表。他首先叫來怡和行的老闆伍紹榮。「無論如何，你是夷人最信賴的中國人，我希望你一定要協助。」余保純說。

「我這樣一個普通的商人能做什麼呢？」

「你能做的事太多了。請你跟我一起去黃埔會見英夷的頭目，要求停戰。」

「我是一個沒有官職的民間百姓，沒有任何代表官方的權威。即使外國人對我有一些信任，但是在這個問題上，他們恐怕是不會信任我所說的話的。外國人在這一點上是很嚴格的。」

「我和你一起去，朝廷的責任由我來負。以我的官職，從官方來配合你在私人方面所具有的信任。」

伍紹榮考慮了一會兒，低下頭說道：「現在是國家危急時刻，我同意陪您去。至於起不起作用，那是另外的事了。」

余保純探出身子說道：「太感謝了！你熟悉夷務，希望得到你的指教。你覺得有什麼要注意的事

❶ 舊譯臥烏古。

嗎？」

「我方向英國提出停戰要求——雙方都是當事者。根據外國人習慣，這種場合最好有第三者在場。」

「你的意思是……？」

「要有英國以外的外國權威人士作爲證人一起去。」

「哦！是這樣……那麼，帶誰好呢？」

「就權威這一點來說，最理想的是由他本國委任的領事，最適當的人恐怕要推美國領事戴拉羅先生吧！」

「美國領事會同意嗎？」

「我去說說看。美國渴望貿易，現在由於英國艦隊進攻內河，美國商船進不了黃埔，如果能夠停戰，就有可能恢復通商，他們大概會協助吧！」伍紹榮的話說得有點含蓄，但是充滿信心。

「通事要由誰來擔任呢？」

「這種談判需要有準確的翻譯，我認爲亞蘭仔可以。」伍紹榮毫不猶豫地說。

獲得特許的通事只有六個人，他們不僅做翻譯，還代辦通關事務。六個通事都有自己的店鋪，雇人經營。一般都用冠有「亞」字的通稱來稱呼他們，亞蘭仔的本名叫吳祥。

在獲得批准的通事中，亞蘭仔的英語說得最標準。透過長期貿易談判的經驗，伍紹榮很了解通事的水準。他向余保純告辭後，立即去十三行街會見美國領事戴拉羅。

「是有限期的停戰嗎？……」戴拉羅好像有點失望。

既然是有限期的停戰，那就會再開戰。美國商人的願望是恢復貿易，而不是打仗。英國如果能徹底打垮清朝，美國對清貿易的前途也是有利的。但是商人總是希望獲得眼前利益，畫餅是不能充饑的。戴拉羅雖然有個領事頭銜，但是他是個道地的商人。他覺得無論如何，現在先對雙方都賣個好。於是他主動握手說：「我樂意奉陪。」

這時，林則徐正在參加在大佛寺召開的會議。大佛寺在廣州市中心。總督、巡撫、海關監督、廣州將軍、布政使、按察使等地方的大員，都在彼此相距很遠的地方擁有自己的衙門，需要在一起議事時，往往在這座大佛寺裡設「總局」。

參加總局會議的頭頭太多，很難議出一個結論，所以早就決定他們各自要做的事情。琦善和林則徐分別投入和談和募兵的工作。

琦善沒精打采的。他剛剛接到剝奪他大學士稱號的消息，不過，「鎖拿解京」的事情他還不知道。林則徐說完了他該提的意見後就考慮募兵計畫，幾乎沒有聽其他人的發言。

昨天他已經去南岸的福潮會館，向同鄉的青年發出了號召。福潮會館是福建省及廣東省潮州府出身的人組織的同鄉聯誼團體會館，會員大多是商人，林則徐是福建省侯官縣人，所以也是該會館的會員。爲什麼廣東省的潮州人要和福建省的人同屬一個團體呢？原因是，潮州話接近福建話，和廣東話差距較大；潮州人也不認爲自己是廣東人，這和行政區化分沒有關係。

「大概能募集到五百人吧！」林則徐心裡這麼估計著，他開始對這個無休無止的會議感到焦躁起來。

「把余保純派到黃埔去和英軍商談停戰，這大家沒有意見吧？」琦善爲了愼重起見，挨次地看著出席者每個人的臉。當他和林則徐的視線接觸時，林則徐點了點頭。

林則徐把眼睛望著窗外。不知爲什麼，他感覺到好像是在北京。

廣州的大佛寺是清朝創業的功臣、因爲平定廣東而被封爲平南王的尙可喜，在明代的龍藏寺舊址上建造的。建造時從北方帶來工匠，一切都按照北方的樣式，所以沒有南方寺院的感覺。寺內建築物上綠色的瓦和樹木的綠蔭融成一片。平南王尙可喜在廣州營造府邸時，原本想按照親王府邸的慣例使用綠色的瓦，朝廷認爲藩王是臣籍，不得仿效皇族制度，沒有同意。但是當時已開設了特殊的窯，綠色的瓦已經燒製好，平南王只好把它捐贈給寺廟。像觀音寺、海幢寺、武帝廟等廣州寺廟大多是綠瓦，就是因為這個原因。君主制國家是靠血統來維持的，如果不把帝室和臣籍嚴格區分開來，就會削弱維持國家的倫理。

在這個莊嚴的北方樣式寺院裡，林則徐想起了遙遠的北京。朝廷的決定是在北京做出的，現在的行動如果違反朝廷決定，負責人就要受到處分。一國的命運掌握在那個情緒不穩定的皇帝手中，連權臣穆彰阿也不可能正面制衡皇帝，現在連他的盟友琦善也被剝奪了大學士稱號。

林則徐對北京的朝廷當然也沒有可以依恃的保護傘，王鼎一味地情緒激動，但是欠缺深謀遠慮；潘世恩戰戰兢兢，只看皇帝的臉色行事。「但是應該做的事還是必須做。」林則徐想到這裡，深深地嘆了一口氣。

建造這座綠瓦大佛寺的平南王，他的兒子尚之信因為和叛臣吳三桂勾結而伏誅，一族全部被殺。

「還有王舉志呀！」林則徐突然想到了王舉志。可以依恃的不是皇帝，也不是朝廷大官，而是民心和民力。當依恃這最後的力量時，那恐怕已不是正常的世道了。他感到民心和民力現在已在開始活動，企圖推動民心和民力的人也開始出現……

「今天的結論是等待參贊大臣楊芳的到來。」琦善做了總結。道光皇帝已命令身經百戰的猛將楊芳為最高負責人，從湖南趕赴廣東。

「誠村（楊芳的字）將軍什麼時候到達呀？」怡良問道。

「他現在在韶州附近，再過兩三天就會到廣州吧！」琦善回答。他的聲音不知怎麼有點發虛。

3

「楊芳是個什麼樣的將軍？」義律命令歐茲拉夫調查新出現的敵將情況。

義律透過他的諜報網，也知道琦善已失去權勢，清朝將新派三個大官到廣東。三個大官是靖逆將軍奕山、參贊大臣隆文和楊芳。必須弄清敵人的情況。歐茲拉夫眨著眼睛開始調查。

奕山是宗室——即皇族，鑲藍旗人，以前大多擔任侍從職務，在新疆工作的時間很長，主要不是打仗，而是在開墾事業上發揮其才能。

從形式來看，統帥是奕山，兩個參贊大臣大概是他的輔佐。但是奕山沒有打過仗；正紅旗人隆文是戶部尚書（財政部長），他也不是軍人。所以，要打仗，還是要靠湖南提督楊芳。楊芳是貴州省人，科舉落第，因而當了兵。嘉慶二年（一七九七）任守備，在南漳作戰有功，於是皇帝賜給其花翎。

「這會是眞的嗎？」查閱文獻的歐茲拉夫覺得難以置信——在一次戰鬥中發現一大群叛兵正在乘船渡河，楊芳拉弓射箭，一箭射翻一艘船，五箭射翻了五艘船。這簡直像在聽古代的戰爭傳說故事。

文獻記載，他在道光元年就當上直隸提督，可見是個老將。從當提督的年代來說，陳化成和關天培分別是道光十年和十三年，所以楊芳是他們的老前輩。

「這不就跟我們的戈夫少將一樣嗎？」聽了歐茲拉夫的報告，義律笑了起來。剛從印度來的戈夫少將，十五歲入伍，現在已六十一歲，仍然很有精神，喜歡跟士兵們一起摸爬滾打。

「這可不是笑話啊！」義律立即正色說道：「清朝一定是把最優秀的將軍選派來，這一點要傳達給各級指揮官，注意不要鬆懈了士氣。」三月三日，廣州知府余保純乘著懸掛白旗的船來到黃埔。清朝也學會了使用白旗的方法。除了怡和行的伍紹榮、通事亞蘭仔和美國領事戴拉羅外，還帶了一位西班牙籍的外國商人同行。

義律在加略普號軍艦上會見了余保純，同意停戰三天。這種停戰對英軍也是有利的。伍紹榮在加略普號上見到了許多老朋友，義律、歐茲拉夫、馬禮遜……都是十三行街上的熟人。

「在你們和我之間有著一片火海，落下了雨點般的砲彈。我們相距很近，可是又好像很遠很遠啊！」

伍紹榮說。

「會很近的。你看，這麼近。」年輕的馬禮遜湊到伍紹榮身邊，好像要擁抱他似的，「近得身上的體溫都能傳過來。」

「你越來越像你父親啦！」伍紹榮拍拍馬禮遜的肩頭說。死去的老馬禮遜是伍紹榮的好朋友。

歐茲拉夫也握著伍紹榮的手說：「火海一定會撲滅，撲滅了火的海會是風平浪靜的。」

暫時停戰兩天後，參贊大臣楊芳到了廣州。傳說他曾經帶領八旗人馬阻止了兩千敵軍渡河，一擊而斃賊十餘人等等。這些傳說雖然不足信，但是他生涯中確實有許多插曲。廣州的官民對這位老將軍寄予了很大的希望。他從佛山鎮進入廣州時，沿途百姓夾道歡迎。當時的情況是「望之若歲（收穫期），所到歡呼不絕」。

他一到任，立即聽取軍情。聽到沙角、大角、橫檔、靖遠、烏湧、獵德接連失陷的情況，楊芳睜大著眼睛說道：「不理解！我方是打安在地上的砲，敵人是從兵船上打砲，船在水上會不停地搖晃；可是我方的砲打不中，敵人搖晃的砲反而百發百中。你是這麼說的吧？」

「是的，是這樣的。」報告軍情的副將回答。

楊芳閉上了眼睛。他從湖南帶來的一群幕僚也在場，其中一個人走上前來。這人沒有穿軍裝，戴著一頂白毛帽子，穿著白衣，連長鬍子也是白的。

楊芳睜開眼睛望著這老頭問道：「象法道士，你怎麼看？」

這個怪模怪樣的老道士挺了挺胸口說道：「那是妖術。」

「你是說，敵軍陣營中也有術士嗎？」

「是的，而且是很高超的術士。從搖晃的船上打出的砲彈能百發百中，那只有依靠妖術。」

「象法道士能破這妖術嗎？」

「當然可以，現在讓我來想一下破妖術的辦法。」老道士斜著身子，做出隻手參拜的姿態。他「默想」了很長時間，然後放下手，施了一禮說道：「外夷妖術最忌的是女人的尿，所以制敵取勝的器具是女人的尿桶。把尿桶的蓋子揭開，尿桶口對著敵船，立即可破妖術。尿桶越多越好。」

「不愧是象法道士。」楊芳聽後，露出會心的微笑。

當時的婦女大小便不上室外的毛坑，而是用木板或屏風把寢室的拐角圍起來，把尿桶放在裡面。它也叫馬桶，有錢人家的馬桶是塗漆的，做得很漂亮，據說占領定海的英軍把它當成盛水桶，把飲水裝在裡面。很多年以後的日本軍甚至把它錯當成飯桶。

戰功赫赫的參贊大臣楊芳將軍，到達廣州發出的第一道軍令是：「命令保甲，蒐集女人的尿桶。」

4

人們擁擠著跑出廣州城門，那些掛在扁擔頭上的行李看來是匆忙打成的，口袋也鼓鼓的；男女老幼推著裝滿家具什物的板車。到處流傳停戰三天是英軍爲了進攻廣州做準備，人心十分混亂。人們朝東、朝西、朝北逃去；總之，先逃出城再說。

在石井橋一帶，不時也可以看到這樣逃難的人群。村子裡有些人家還收留了從廣州來逃難的親戚。在李芳家中，連維材反覆讀著林則徐的信：

……很遺憾，沙角、大角以後的戰鬥不能說打得漂亮。看來這是由於靜老（琦善）的避戰政策動搖了軍心，虎門各要塞的軍隊都沒有接到要堅決迎戰的命令。關天培、陳連陞之死，向世上表明清軍中也有人，想起來讓人不勝悲痛。現在朝廷看來已決定主戰，可惜以前的壯勇已不存在，但是可以重新召募。以前材翁慨贈之資金還剩下少許，我已決定用之於招募同鄉之愛國青年。從財力來說，這已是我所能盡到的最大力量，進一步還有賴於材翁愛國之義捐。……

連維材當然同意，他命令廣州金順記拿出備用的十萬兩銀子。

「爲什麼不拿出你全部的財產呢？」李芳說。

「銀子越多，死的人也越多。」連維材回答。義捐越多，用義捐招募的志願兵越多，這也意味著死傷的人數越多。如果這樣能打勝仗，那還可以，但是這次仗是不可能打勝的，即使想打得漂亮一些，也是很有限的。在可以預見到未來人們的腦子裡，已有了這種可以說是冷酷的預估。

「我明白，戰後你是很需要錢的。你知道這一點。」不愧是李芳，他早已看出連維材的打算。連維材那麼盼望新時代的到來，但是他赤手空拳是無法在那個時代活動的。

在李芳家前面的廣場上，一清早就有壯丁在那裡訓練，許多青年在高聲吶喊、舞動著竹槍。仗要打得漂亮，並不意味著只靠軍官，也必須在民眾抵抗方面留下成績。

「要靠流血的多少來決定對我們中國人的評價，這是多麼殘忍啊！」李芳把眼睛轉向窗外。窗外的鄉間小路上，難民絡繹不絕地走著。

這時僕人拿來了一封信，「連先生，您的信。好像是臺灣來的……」

「臺灣？哦！那是統文的。他寄信來，可是罕見的事啊！」信果然是長子統文寄來的。連維材打開了信封。

父親大人膝下，敬稟者，拜別慈顏，不覺數歲矣。久疏侍奉，罪與時增。……

羅列了這些公式化的詞句之後，就談起急需資金：

……臺北之地，雨水甚多，播下茶種，發育甚佳，一年四季均有收成，而且茶質優良，運往福州，每百斤納稅銀二兩仍有厚利。八裡坌之茶園經營成功，現正欲在平頂另設茶園，再增茶工，乞從廈門急匯銀五萬兩。……

連維材疊起信，喝了一口茶。

這次戰爭結束，廈門和福州都可能開放港口，臺灣的淡水也許開放爲對外貿易港。他曾經多次看過臺灣茶葉的樣品，確實如統文所說的那樣品質不錯。臺灣的茶葉，據說最初是嘉慶年間由一個叫柯朝的人把福建武夷的茶種帶到臺灣去種的，最多只有三十年歷史，是一個很有前途的產業。確實如李芳所說：「戰後需要錢。」戰後有光輝奪目的前途，爲此必須經歷阿鼻地獄的流血洗禮，而且還不允許袖手旁觀這次戰爭，因爲建造光輝的未來需要付出血的代價。

連維材放下茶杯說道：「李芳先生，我想捐助一萬兩作爲本地團練的經費。」

「那太好了，我十分感謝！」李芳說後，低頭行了一個禮，然後突然咳嗽起來，他咳得十分厲害，瘦弱的身子激烈地搖晃著。

5

三天的停戰一過，英軍試探性地進攻了二沙尾要塞，要塞立即失陷了。不過，英軍暫時把重點放在作戰準備上，沒有發動大規模的軍事行動。

根據楊芳的命令建造了特別筏子，上面放著許多婦女用的尿桶。一名副將載著幾名部下坐在筏子上，把尿桶口對著敵船，企圖破外夷的妖術。但是這種「巫術」筏子，被一艘小艇上的英國兵俘獲了。副將本來就認爲交給自己的任務「愚蠢」，敵人一襲擊，他就棄了筏子逃了。楊芳要將這個副將斬首，遭到周圍文武官員的強烈反對，副將這才保住了腦袋。

將琦善「鎖拿解京」的正式通知於三月十二日到達廣州，在這前一天，穆彰阿的急信已經送到琦善手中。信上說：

……皇上一氣之下，對您採取了苛酷的處置，我們今後當竭盡全力進行援救。我相信援救工作在秋季之前一定會取得成功。……

鎖拿解京和沒收家產，就意味著要處以「斬罪」，琦善感到全身無力、眼前一片漆黑。他不覺得手一滑，打翻了旁邊的燈罩。這盞在木框上糊著紙的華麗燈滾落在大理石地板上，發出空虛的聲響。

琦善閉上了眼睛——他聯想到斬首時人頭滾地的情景。他想躺到靠椅上，但是他的腿發抖，身子正往下沉，只好一屁股坐在身旁的金銀櫃上。他閉著眼睛極力鼓勵自己，「到秋天還有很長的時間呀！」

中國自漢代以來，除了特殊情況外，死刑原則上不在立春至立秋這一段時間內執行，即使罪行已經確定，也要在「秋後處決」。何況琦善還沒有受審，現在還只是農曆二月，到秋天還有半年的時間。

「後事只好委託給穆彰阿了，他會爲我盡最大的努力。審訊的時候，只要我說一句一切都是按照穆彰阿的指示辦的，他也會有罪的。所以……」琦善這麼一想，才感到恢復了一點力氣。

這時女傭進來問道：「鮑鵬大人來了，見不見呀？」

「見，讓他進來。」琦善說後，從另一個房間裡拿出一根細竹杖。

鮑鵬和往常一樣滿臉堆笑，卑躬地走了進來，「最近大人把余保純大人派到義律那裡去了，爲什麼不派小的去呀？」

「那是總局會上決定的。」

「而且聽說怡和行的伍紹榮也去了，那也是會上決定的嗎？」

「是。」

「這種工作非小的是辦不好的。他們去了，只停戰三天，而且現在又恢復原狀，英軍進攻了二沙尾。如果是小的去的話，那就不是停戰三天，會是永遠停戰；即使不能永遠停戰，起碼也能爭取一個來月的停戰吧！」

「是嗎？」琦善沒好氣地說。說時遲，那時快，只見他右手一揚，細竹杖帶著尖厲的響聲就劈空而下；接著一瞬間，在鮑鵬的大胖臉中央，「啪」的一下發出鈍重的響聲。

「哎喲！」鮑鵬雙手捂著臉。

「狗！豬！」琦善脫口而出的不是平常的聲音，而是激動的尖叫聲。這聲音還未落，竹杖的第二次打擊又落到鮑鵬捂著臉的手指頭上。

鮑鵬的手離開了他的臉，鮮血從他的眉毛間滴滴答答地流下來。他的兩隻眼睛睜得滾圓，拚命地想理解眼前發生的事，但是事情遠遠超出了他理解的範圍。

竹杖的第三次打擊落到他的右太陽穴上，他踉蹌了一下，帶著哭聲喊道：「饒命啊！」這哀求聲並沒有進入琦善的耳內，即使聽見了，也不可能制止他狂怒的行動。

琦善覺得自己的胳膊快要斷了，但是他還是劈下了竹杖。這一次是打在鮑鵬的肩頭上。「哎喲！」鮑鵬哀呼著倒在地上。琦善抬起腿，瘋狂地踢著鮑鵬的頭，踢得鮑鵬翻轉身子、仰臉躺在那裡。他那血流滿面的臉恐怖地扭曲著，直到現在他還不知道爲什麼要被這麼拷打。「饒了我吧……」他把兩隻滿是血的手合在一起，又哀求起來。

「不行！」琦善狂吼著。

琦善的腳踩著鮑鵬的臉。「就是因爲你！就是因爲你！……因爲你，因爲你飛揚跋扈，廣州的人都恨我，都變成了仇敵。……誰也不願來救我，到處都在說我的壞話。全都是因爲你！」

鮑鵬雙手抱住琦善踩在他鼻子上的腳。

「不准動！骯髒！」

鮑鵬慌忙鬆開了手，「小的一切都是遵照大人的吩咐……」鞋子上的沙子進了鮑鵬的嘴裡，弄得他直翻白眼。

「住口！」琦善的鞋子這次直接塞進鮑鵬的嘴裡。

鼻血噴射了出來。琦善大概是怕髒了自己的鞋，這才把腳從鮑鵬的臉上拿下來。「什麼是我的吩咐？……我說過要逮捕連維材嗎？那不是你說的嗎？……還有……」

「小的對連維材並沒有……」

「你去提他，他不在家，我早就聽說了！你是藉我的權力去洩私憤。你胡作非爲，所以大家才恨我。你這條狗！」

琦善又揮起了竹杖。隨著竹杖劈過空中的呼呼聲，發出吃進骨頭的鈍重聲，接著是鮑鵬的悲呼哀求聲——這樣反覆了許多次。

上諭正式到達廣州的第二天，三月十三日，琦善在副都統英隆的押送下從天字碼頭登船，溯珠江赴北京。

廣州的文武官員都到碼頭上來送這位被革職的欽差大臣兼總督，林則徐也來了。這是一次不計恩怨的送行，因爲同樣的命運不知什麼時候也會降臨到這些官員們的頭上。直接的彈劾人——巡撫怡良，不時地轉過頭去。這時鮑鵬也被逮捕，同樣押送北京。

人來人往

奕山在青年時代充當衣飾華麗的侍衛，是個頗有名氣的花花公子。這位奕山和參贊大臣隆文一起，像諸侯出巡似地於四月十四日到達廣州；新任兩廣總督祁也於同日到達。

奕山一行和新總督分別由大北門和天字碼頭進入廣州，林則徐對雙方都派去了代表迎接。實際上，林則徐前一天已在黃鼎地方見過他們了。

1

琦善在廣州的時代宣告結束了，出身於皇族的靖逆將軍奕山將代之而登上舞臺。不過，奕山和另一個參贊大臣、戶部尚書隆文一起從北京動身後，慢悠悠地在進行他們的長途旅行。

從湖南趕來的楊芳早已到了廣州。他是三月五日到的，一個多月以後的四月十五日，奕山、隆文以及新任兩廣總督祁才到廣州，所以在此期間，楊芳是清朝在廣州的代表。不過，他只是暫時代理人，奕山一到，他就變成助手。「任何事都要等到奕山來到之後」──這是年邁的楊芳基本態度。他在給北京的奏文上也寫道：「暫羈縻（拖延），等待奕山、隆文趕到。」道光皇帝也用朱筆批道：「卿善其籌之。」表示同意。

由於得到皇帝的許可，楊芳在和英國談判時公開採取了軟弱態度。之後在一切問題上他都可以辯解說：「那是拖延的手段。」楊芳態度軟弱是因爲援兵很少、志願兵訓練不夠。

義律最初感到奇怪。——琦善是被指責軟弱而受到嚴懲，他的接任者又進行軟弱的外交。義律在和清朝打交道上很有經驗，立即察覺到其中的隱情。

「這是拖延！」——義律了解到內情後，以美國領事戴拉羅爲中間人繼續進行談判。他想以既成事實的累積經驗來鞏固已恢復的通商。

在這期間，除了鳳凰崗砲臺的攻防戰外，沒有發生大規模戰鬥。三月十七日鳳凰崗砲臺失陷，第二天——十八日，義律乘坐掛著白旗的復仇神號來到怡和行前面，給伍紹榮送去書信，要求他調停通商。三月二十日，楊芳和義律締結了停戰和恢復通商的協定。五十艘在虎門外等待時機的商船，這時一起溯珠江而上來到廣州。正好這時是新茶的上市期，香氣四溢的新茶綑包、運送；十三行街一帶出現了好久沒有的生氣。外國船把棉花、毛織品以及南洋的香辣料卸在廣州，只是沒有帶進鴉片。已經沒必要把鴉片帶到廣州來了，因爲英國在虎門外新獲得的香港島已經變成鴉片交易的基地。

停在香港海面的外國船中，不少船上都插著長條旗，上面寫著「出售鴉片」四個大字。英軍光是雇用當地中國人就花了許多錢，現在軍費都是就地籌措，一切都靠賣鴉片的錢來塡補，連香港島的建設費也是靠賣鴉片來張羅。

「這裡的買賣只有鴉片了。」承文到達香港後感到有點失望。

「我這才明白維材伯父所說的話。」彩蘭好像要給承文打氣，「伯父不是說過嗎？當前要大力收購土地和房屋。」

連維材確實這麼說過。承文看著堆積如山的木材和磚瓦，點了點頭。

熟識的外國商人也很多，他們在恢復通商的廣州和香港島之間來來去去。英國人實際上是闊別了兩年後才進入十三行街的商館。墨慈商會的威廉·墨慈也出現在香港；哈利在波羅卸完了鴉片後也回到這裡；

連保爾・休茲也跑來了，他興高采烈地說：「我要在這裡建造旅館。」

「還是先弄間酒吧吧！」哈利開玩笑地說。

「不，要建個大旅館！」保爾抽動他的蒜頭鼻子說。

香港是一塊新土地，有待於今後開創。誰也無法預料，在這草草搭起的骨架上會建造起什麼樣的未來。

許多人都把澳門當成範本來考慮香港的未來，但是溫章卻對墨慈說：「絕不是澳門，這裡建成的城市將和澳門完全不同。確切地說，澳門已經不行了；香港一旦成長起來，澳門就會變成無用之地，而且香港的成長會很快。墨慈先生，您如果在澳門有不動產要早點處理，把它轉移到這裡來，這是最聰明的辦法。」

「會是這樣嗎？」墨慈感到有點懷疑，但是當天傍晚他就急忙去澳門了。

溫章和承文拚命奔走、四處尋找土地。這塊新的英國領地還沒有制定有關不動產的詳細法則，從原則上說，香港全島的土地是維多利亞女皇的所有地。反正不久英國就會張貼出售土地的告示，在這之前的時間裡，承文和溫章一起跑遍這花崗岩的丘陵地，物色有前景的地方。

「香港……多漂亮的名字！有異國情調……」在白金漢宮的一間屋子裡，維多利亞女皇小聲地說。她今年二十二歲，剛結婚兩年，已經生了長女。她望著嬰兒的臉蛋說：「妳除了『大公主』的名字外，還應該叫『香港公主』。」

女皇對「香港」這個詞的音調感到很滿意，她在給比利時國王列翁波爾特的信中也提到這個名字，說它「非常有趣」。不過，女皇最後並沒有把「香港公主」的稱號給予在搖籃中的大公主，她後來成了普魯士皇太子的妃子。

2

「流這麼多的血能結束就好了。」伍紹榮心想。

公行的成員們為突然恢復的廣州對外貿易而活躍起來。在公行的集會上，又可以聽到許久聽不到的會員們興高采烈的聲音了，總商輔佐盧繼光等人喜笑顏開。

「我說諸位，你們就努力賺錢吧！我們一直擔心的新茶，這下子可要徹底銷售掉了。」「鄉下武夷山的茶工，聽說又陸陸續續地回來了。」

「棉花的協議價格，那樣行嗎？」

「墨慈帶來的香辣料，應該殺他的價錢。」

在公行的聚會上，長年來都習慣於這樣交談，在貿易停頓了很長時間之後又說起同樣的話，卻使人感到無比新鮮，有些人還把這些陳年的老式談話說出來了。問題如果能就這麼解決，公行都要高呼萬歲了。廣州的公行今後又要繼續壟斷對外貿易了。

英國派出艦隊的目的當然是為了恢復鴉片貿易。獲得了香港，應該說他們的意圖在一定程度上已經達到。不過，英國是要「藉此機會」解決各種問題的，例如開放廣州以外的主要港口。這些問題的解決目前還毫無眉目。

伍紹榮看到公行的夥伴們欣喜若狂的樣子，心中又焦急起來。「諸位，可不能太高興啊！問題是否就這麼解決，還不知道哩！」他這麼說。

會場一下子又寂靜起來。他接著說道：「大家都知道，參贊大臣之所以同意恢復通商，不過是要等待靖逆將軍到來的權宜之計。北京的強硬方針是不變的，英國的方針也是要開放廈門、福州、寧波、上海這些港口。」

「那不行！」盧繼光把手中把玩的帶翡翠墜子的鑰匙圈往桌上一摔，站了起來說道：「開放其他港口可不行！對外貿易有廣州一個港口就足夠了。」

公行的成員是外貿商人，在通商這個問題上應該比一般人有更多理解。但是另一方面他們又是壟斷者，在廣州以外開放港口，那就意味著壟斷機構的崩潰。

「像現在這樣就好。」其他的成員附和地說。北京的既定方針如果得到貫徹，通商就會瀕臨危險。英國如果要堅持實現其預期目的，壟斷就會崩潰。現在是懸空吊在兩者之間，這對他們來說是理想的狀態。

「浩官，」盧繼光對著伍紹榮說：「我們應該做的事是努力使現狀永久化。是這樣嗎？」

「是這樣的。不過，這很難呀！所以我說不要一味地高興。」

「我們努力吧！」盧繼光精神抖擻地說。人有了精神時，即使前途有困難也會是樂觀的。

會議開到這裡才像個會議。大家商議著要透過北京的穆彰阿進行活動，這麼做當然需要獻款。在廣州也可以說服高級官員，讓他們建議北京維持現狀。

那具體該怎麼做呢？「要說服巡撫我還是有信心的。」伍紹榮說。

巡撫怡良最近經常把伍紹榮找去問話。自從予厚庵因爲服喪辭去海關監督後，這一職務現在由巡撫怡良兼任，所以有許多事要找公行的總商。在見面過程中，怡良受到伍紹榮很大的影響。怡良這個人本來就很容易受別人影響。在對外問題上，最初他是搖擺不定的，一旦受到林則徐的影響，簡直變成了第二個林則徐，最後甚至彈劾琦善。現在他正受到伍紹榮的影響。

「巡撫可以委託你去做工作，參贊大臣可不好辦呀！」盧繼光說。

「也不是沒有辦法。」伍紹榮望著天花板說：「也委託給我吧！」

參贊大臣楊芳是老頑固，不可能像對怡良那樣以道理去說服；這位老將軍就像個獨角仙，頂著頑固的硬殼，沒有一點縫隙可以容得他人的影響進入裡面。不過，伍紹榮早已掌握了老將軍的弱點，那就是——

象法道士。楊芳對道士的話是言聽計從的。這是一種信仰，並不表示道士的話有什麼合理性，而且伍紹榮還發現隱藏在道士白色法衣下的虛僞。象法道士是愛錢的。不僅象法道士，凡是出入於高官富豪之家的「術士」之流，都是貪財的。因爲如果是眞正的修練者，就應該避諱富家豪門。

當時很多術士、道士，都是懂原始心理學和催眠術的生意人。他們要說對方喜歡聽的開心事，阿諛奉承；另外要對對方的疑難問題下決斷，這種決斷如果下對了，他就會被當作有神通力的術士，以後就會受到重用，包在紅紙裡的謝金就會落進他們的荷包。

林則徐剛來廣州時，一些有名的術士也看上了這位「欽差大臣」想跟他接近。但是他出了一紙告示——「勿近術士」。

伍紹榮已考慮了收買價格，術士的價格是相當便宜的。「出五百兩就可以吧？不過，這次是特殊情況，給他一千五百兩吧！」

幾天之後，伍紹榮叫來了象法道士。在怡和行的一間屋子裡，道士喜笑顏開地捋著白鬍子說：「可以、可以。不過，我不能說得太露骨，我對大臣含蓄地說出這個意思吧！」

他的面前堆了一大堆洋銀，道士已把洋銀數了兩遍，然後「默想」了一會兒。——把西班牙元換算成兩。

「等於一千五百兩，這買賣不錯啊！」他「默想」到這裡，點了點頭。白毛的帽子在他的頭上晃動。

又過了幾天，伍紹榮藉口報告夷務來到楊芳將軍那裡。

「北京方面對英夷的反感是很強烈的。現在准許英夷貿易，完全是暫時的權宜之計，等靖逆將軍一到就要停止。我這麼做是得到北京的諒解的。」楊芳解釋說。

「另外還有各種的權宜之計。」伍紹榮說：「例如不准和英夷貿易，但是准許和其他恭順的國家……」

「這當然可以囉！准許其他國家，禁止和英國貿易，這就表明是一種明顯的嚴懲。」

「其他國家中也包括港腳吧？」港腳就是印度。准許印度船通商，這是一個變通的辦法。印度是英國殖民地，英國船可以借用印度船的名義進入廣州。

「這也是一個辦法……好吧！讓我考慮考慮。」楊芳沒有做明確的回答，他準備徵求象法道士的意見之後才做決定。

不久，參贊大臣和廣東巡撫聯名寫的奏文送到北京，其中就有詢問可否准許港腳船貿易的詞句。

3

和滔滔的時代洪流相較，在洪流中蠕動的個人或小集團的策劃，恐怕很快就會消失的、無常的波紋。連維材透過一個睢縫眼密探的報告，了解到伍紹榮等人在廣州的活動。他把這種活動看作是洪流表面上的泡沫波紋，他也要用自己的力量來消滅這種波紋。

他已經把歷史的車輪推下山崖，不做這種事，反正也閒得無聊，說不定即將到來的新時代也不會激起他這種熱情。

「歸根究柢，我不過是一個破壞的人啊！」連維材感覺到有一種說不出的寂寞——也許說是寂寞的預感更爲恰當。

爲了驅散這種討厭的預感，他也要做點什麼事。他要破壞伍紹榮那些人所進行的活動，於是給北京的吳鐘世寫了一封信。

「給我送一封特別快信。」他對自己所信賴的密探這麼說。

然後連維材走出門外。廣場上壯丁們正在練習步槍操練，他們五十人只有三枝槍，教練是附近兵營裡一個年輕的小軍官。壯丁們圍成一個圓圈，拳術大師余太玄兩手操在背後，在圈子外面來回走動。拳法教練已經結束了，但是他還不想離開，不時地還咳嗽兩聲。

「一旦打起肉搏戰來，槍頂個屁用！而且也沒有幾枝……」他覺得很不滿。最讓他難以忍受的是壯丁們都叫槍迷住了，忘了他這個拳術名手的存在，他的咳嗽大概是想喚起人們的注意吧！可是誰也沒有朝他望一眼。余太玄皺著眉頭，晃了晃肩膀。

北京也是一片春天的氣氛，軍機大臣穆彰阿府邸院子裡的桃花也盛開了。穆彰阿靠在椅子上，望著窗外院子裡的春色，他的太陽穴不時地顫動著。這時，昌安藥鋪的藩耕時掀起門上的繡花掛簾走了進來。穆彰阿只把他的小眼睛閃動了一下，臉上毫無表情。

「建議書已經弄到了，我把它帶來了。果然是吳鐘世的筆跡。」藥鋪老闆說。

穆彰阿一聲不吭，伸手接過建議書，用下巴指了指藩耕時，意思是，「沒有事了？滾吧！」但是，藩耕時還猶猶豫豫地站在那裡沒有動。

「怎麼啦？」軍機大臣沒好氣地問道。

「最近我要去南方。」藩耕時彎著腰回答。

「幹什麼？」

「爲了藥材的買賣，到上海、蘇州、江寧（南京）一帶……我不在期間，這邊的工作我想讓溫超光接替。」

「是那個庸醫嗎？嗯！可以。」

「那麼……」藩耕時還想說什麼話，他察看著軍機大臣的臉色，好像等著對方主動問他，但是穆彰阿已把視線轉到窗外的桃花上，藩耕時於是下定決心問道：「南方您有什麼事嗎？」

「幾時動身？」穆彰阿轉過身來。

「四、五天後。」

「那麼你明天再到這裡來一趟，南方我也有事情，把那件事再傳達一下。」穆彰阿用右手的手指頭撫弄著椅子扶手邊的象牙鑲嵌，他的這一動作好像是為了使自己的心情平靜下來。

藥鋪老闆回去後，他才打開建議書看了起來。民間人士和下級官吏是不能向皇帝上奏的，如果有什麼事非要提出來不可，就必須去擁有上奏資格的高級官員那裡提出所謂的建議書。據說在北京的高級官員，最近收到許多來自民間關於廣東夷務的建議書。沒有建議書送到穆彰阿這裡，大概是他的立場太鮮明了，人們早就對他敬而遠之；跟他一夥的官員也沒有收到建議書。但是為了要制訂對付的辦法，必須看一看這些建議書，因此他命令藩耕時去搜羅。

一看這建議書，穆彰阿大吃一驚。建議書的大意是指責廣東高級官員正在進行的種種策劃，企圖准許和英夷進行實質上的通商。接著詳細說明所謂的「港腳」就是印度，印度是英國殖民地。廣東官員企圖矇騙不熟悉外國情況的北京朝廷，「希望不要受他們的矇騙」……。

「不定庵的妖孽！」穆彰阿兩眼瞪著建議書。兩派在北京也展開了激烈的戰鬥了。

穆黨驅趕林則徐的活動總算取得成功，四月十六日朝廷做出決定，「賞林則徐四品卿銜，令其馳赴浙江軍營。……」客氣地把林則徐打發到浙江去。

獲得四品卿的待遇，這意味著在主戰派占優勢的狀況下恢復他的名譽。不過，穆彰阿是個棄名求實的人物，把林則徐從廣東趕走，他就失去對當地官員的影響；而且他去浙江也沒有上奏權，對北京也不可能發生直接影響。把林則徐趕到浙江獲得成功，在准許印度船通商一事卻失敗了，可以說是一勝一敗。主戰派的高級官員向道光皇帝詳細說明所謂「港腳」問題。

「給暴戾的英夷打掩護，這是什麼？下令處分楊芳、怡良兩個人。」皇帝大發雷霆。決定給這兩人「交部嚴議，革職留任」的處分。透過這件事，等於再次肯定了對英國要堅決採取強硬態度的既定政策。

4

靖逆將軍奕山是康熙皇帝第十四子恂親王的後裔，他的曾祖父弘春是同屬弘字輩乾隆皇帝的堂兄弟，父親綿備和道光皇帝（綿甯）是同輩，所以對道光皇帝來說，奕山算是他的近房侄兒。

奕山在青年時代充當衣飾華麗的侍衛，是個頗有名氣的花花公子。奕山和參贊大臣隆文一起，像諸侯出巡似地於四月十四日到達廣州，新任兩廣總督祁也於同日到達。奕山一行和新總督分別由大北門和天字碼頭進入廣州，林則徐對雙方都派了代表去迎接，實際上林則徐前一天已在黃鼎地方見過他們。

這三名大官雖然分道進入廣州，其實在途中一直在一起。在這次赴任途中，奕山被新總督祁灌輸了一個偏見——不能信任廣東人。

祁在發生律勞卑事件時是廣東巡撫，當時公行的成員庇護律勞卑，偷偷讓英國人登上船，爲英國人草擬中文的布告，有的人還把衙門裡開會的內容透露給英國人——這些事他至今仍然記憶猶新。

「廣東人長期和外國人接觸，和外國人之間有密切的關係，不知道誰什麼時候會變成漢奸，對他們絕不能掉以輕心。」祁一再向奕山提出這樣的忠告。

「那麼，廣東的女人怎麼樣？」奕山舊性未改，問了這種問題。

法律家祁面露不快的神情回答，他對女人不太清楚。

「哈哈哈！看來這要到廣州之後自己去學習學習囉！因爲誰也沒有給我指教呀！哈哈哈！……」奕山

放聲大笑起來。

他拜見道光皇帝時，皇帝當面賜給他的話是要「殄滅丑類」，丑類當中除了英夷外，當然也包括漢奸。這可不是簡單的任務。他在公務繁忙之際，仍然不忘生活中的享樂。奕山帶來的幕僚們也認爲，廣東是透過對外貿易而富裕起來的地方，早就盼望著能到這裡來，很多人想藉此機會發大財。科舉的考場「貢院」在平時是空閒的，奕山在這裡開設了兵器彈藥製造廠，許多人都要求到這個臨時工廠工作，因爲可以從材料、工人工資中揩油。

奕山到任的第二天，林則徐和鄧廷楨一起去正式拜訪了他，回來途中順便去拜訪新總督；但是總督不在，沒有見到。第二天，四月十六日，從早晨就開始下雨。新總督拜訪了林則徐，這是對他前一天的回訪。兩人一起去鄧廷楨處吃了午飯，林則徐回寓所時，怡良來訪。他們談的話題都是對英問題。廣州因爲恢復和英國貿易而暫時熱鬧起來，但是透過奕山的到任，已了解北京的意圖是堅決打仗。

「現在打仗是不可能取勝的。」林則徐說：「不過，敵人的補給線拉得很長，不要在短期內決戰就可以打持久戰。」

「我也是這麼想的。可是，靖逆將軍給我的印象好像是急於解決問題。」

「如果要徵求我的意見，我就要慢慢地向他說明道理。」

大顆大顆的雨點開始猛烈地敲打著窗戶，還沒天黑，天空卻黯淡下來，遠處傳來了雷聲。

「看來要下大雨，我這就失陪了。」巡撫怡良起身回去了。

林則徐感覺怡良有點靠不住，是個容易被人拉著走的人。

林則徐在任期間，怡良確實很好地給予協助；在對待時局的看法上，他們的意見基本上也是一致的，可是，一旦怡良兼任了海關監督後，好像很快就受到伍紹榮的影響。現在又來了一個主張短兵相接的奕山，怡良一定會倒向他那一邊。

「透過怡良向奕山轉達意見是困難的，直接向奕山陳述自己的意見吧！」在斷斷續續的雷鳴聲中，林則徐考慮了今後方針。

這是一場罕見的大雷雨，在夜空中滾動的雷聲，使廣州城內的人們聯想起英國艦隊的砲聲。

每到夜晚，伍紹榮就翻閱他蒐集的廣東出身文人著作，他把這當作他每天必做的工作。他準備用自己的財力去翻刻其中可以傳之於後世的著作。

他的先祖是從福建遷移來的，他是在廣東出生、長大，他打從心裡熱愛廣東。廣東是清朝唯一對外開放的省分，而且對外窗口就開在十三行街。不僅是熱愛鄉土之心，他熱愛公行的心也比任何人都強烈。

伍紹榮讀完了一本書、做了一次深呼吸。他現在的心情是悲傷的。

已經看得出來，靖逆將軍好像很敵視廣東人。過去發生律勞卑事件時，祁曾經威嚇公行說：「律勞卑不走，就要把公行看成是通敵份子。」而這位祁又當上總督。

前途多難啊！雷鳴聲好像在警告這多難的前途。

隨著天崩地裂一聲巨響，房屋突然搖晃起來，屋裡也傳來婦女們的驚呼聲，「落雷了！」

他跑到走廊上，看守倉庫的青年跑來報告說：「後面三號倉庫遭到雷擊了！」

「是嗎？倉庫沒關係，快去救火吧！」他穿上馬禮遜送他的西洋斗篷，來到涼臺上。

天空又發出了火光，近處又響起雷鳴。「看來是在海關附近。」伍紹榮低聲地自言自語。

閃電呼喚著閃電，雷鳴呼應著雷鳴，天空仍然在發出火光。後來知道，豎立在海關監督官署前面的「粵海關」旗杆，在這天晚上被雷打斷了。

自從靖逆將軍到任以來，連續下了十幾天的雨，大多是雷雨。在怡和行和海關遭到雷擊的第三天又下了一場大雷雨，兩名從貴州來的士兵被雷打死了。

「皇帝對英國的橫暴感到震怒，老天爺也感動了！」人們都這麼說。

5

五月一日，林則徐接到「馳赴浙江軍營」的諭旨，賞給了四品卿銜，名譽總算恢復了。總督、巡撫和其他官員都跑來表示祝賀。

第二天，他收拾好行李到各處去辭別。不過，廣州官衙裡的氣氛相當沉重，原因是北京來的上諭已經到達，獲悉楊芳和怡良聯名寫的那篇要求「與港腳通商」的奏文遭到了嚴厲譴責。

奕山一清早就來到林則徐的臨時寓所。他說：「楊芳和巡撫叫皇上狠訓了一頓。我也不能疏忽大意啊！」

林則徐看了看對方的臉，心想：「這可糟啦！」北京的上諭已經到達，奕山大概是因為要「殄滅丑類」這句話而急於行動。他出身於貴公子，不太擅長謀略，有可能想筆直地向前狂奔。清軍要想和英軍打一場漂亮的戰，只能進行長期的持久戰；而現在奕山的情緒好像是想一舉解決問題。

「我的想法是，要想挽回大局已經很難了。」林則徐說：「我認為當前最重要的是不要受對方的誘惑。」

「對方是指北京嗎？」奕山的腦子裡還殘留著昨夜的酒。他宿醉未醒，連「對方」這個詞也理解錯了。

「對方是指英軍。」林則徐耐心地解釋，「正面碰撞不是上策。首先要修補、鞏固要塞，有時讓少數人放火船去襲擊。只能來幾次這樣的戰鬥。」

「你的意見上次已經領教了。你說敵人在補給方面有弱點，應該打持久戰。不過，我想，敵人打了一連串攻擊戰，彈藥恐怕已非常缺乏吧？」

「是的，從印度來的補給還需要好幾天。」

「那麼，現在打不是很好嗎？」

「缺乏是缺乏，打一兩次大仗恐怕還是可以的。我們如果一下子打垮了，那可就一切都完了。」

「可是，北京在大喊大叫要迅速掃蕩啊！」

「正面決戰立刻就會決定勝負，但是我們是不可能打勝的。」

「增援部隊正陸續到來，不算壯勇，但是已有一萬五千人……」

「我希望你了解，問題不在數量。我就要去浙江，這是我的最後獻策了。」林則徐爲了說明正面決戰的不利把話都說盡了。他所建議的作戰方法，用今天的話來說就是游擊戰，而奕山由於徹夜宴飲十分疲勞，只是哼哼哈哈地敷衍了事。

第二天，五月三日，林則徐從天字碼頭出發，由水路赴任。

這天天氣晴朗，而且極熱，送行的人絡繹不絕，軍官們率領士兵排列在岸邊。路線和來廣州赴任時一樣溯珠江而上，出江西，赴浙江。雇了兩艘船，大船長十五公尺，寬三公尺半；有舵工、水手十四人；到南雄約兩週行程，約定付船費六十元。

在天字碼頭上舉行的是正式歡送會，預定在途中跟個別親友告別，開船後不久即在花地登陸和朋友們惜別，一起觀賞了榴花和秋海棠花；接著在佛山登陸，會見了越華書院的講師梁廷枏等人；第四天，船過清遠縣，到達飛來峽。連維材已約好在飛來寺和林則徐見面。

一過清遠，兩岸突然陡急。傳說軒轅（古代神話中的皇帝）的兩個庶子獲罪後隱居於此。河岸邊就是陡峭的高山，房屋重重疊疊地建造在山崖上。林則徐停船上岸，登上了山坡。途中有壯偉的瀑布，旁邊有小亭和觀音廟。林則徐的日記上寫道：「觀飛瀑甚佳。」

飛來寺就在瀑布上面，連維材早已來了，一名老僧在招待他喝茶。

「祝您一路平安！」連維材躬腰迎接林則徐。

「謝謝！到底能做點什麼事情，現在還沒有把握。先看看情況再說吧！」

「已經通知王舉志，他也許對您有點用處。」

林則徐在各種情況下都會想起王舉志這個名字，不知爲什麼，他覺得這個人是他的最後依靠。

「王舉志！……我希望他在我們倒下之後才登上舞臺。」如果登上同一個舞臺，當官的林則徐和普通百姓的王舉志有可能分爲敵我兩個陣營。兩人的談話是在默認「大勢已去」的基礎上進行的，他們都想鼓起勁頭，可是，這種勁頭不知什麼時候已經消失了。

「今後可能要看王舉志的了！……」林則徐想起了饑民團隊伍。這是這個國家的最後力量，說不定還是最可靠的力量。

飛來寺的老僧要求題字留念，林則徐於是提筆寫了一副對聯：

孤舟轉峽驚前夢，

絕磴飛泉鑑此心。

正在這時，外交大臣巴麥尊在倫敦決定罷免義律。他認爲一切事情只要蠻幹到底就會成功。希臘獨立戰爭；土耳其、埃及戰爭；阿富汗戰爭，都是靠這種辦法而使巴麥尊的外交獲得了輝煌成果，只有對清外交遲遲沒有進展。義律太過軟弱了，《穿鼻草約》早已使巴麥尊感到不滿。香港到底正式割讓了沒？據說在那裡的貿易還要向清朝納稅。義律從定海撤兵首先就惹巴麥尊不高興，因爲義律過於重視「實利」了。實利當然重要，但是巴麥尊的外交是爲了爭取「光榮」。

解除義律的職務後，新任命亨利．璞鼎查爲特命全權大使、威廉．巴爾克爲海軍司令。五月四日，巴麥尊緊閉著他的薄嘴脣，在這個人事變動書上簽了字。

英法海峽裝上海底電纜是在幾年之後，無線電報則是在五十多年後才使用。倫敦的這一決定傳到義律那裡還需要一段時間。

偷襲之夜

清朝水師的兵船扔出大量噴筒、火彈、火球、火箭等，也在夜空中劃出拋物線的火光互相交織一起。偷襲的第一次是十分重要的，這一擊如果不成功，那就沒有希望了。

西砲臺遭到海上砲擊早已籠罩在火海裡，很多大砲已被擊毀。「敵人是一開始就有準備的。」西砲臺的總兵段永福懊惱得直跺腳。

1

西玲回到廣州。石井橋平靜的氣氛，不知道什麼時候已使她感到難以忍受。

連維材除了去一趟飛來峽送林則徐外，一直待在石井橋沒有動作。

「鮑鵬不是已經被抓起來送往北京了嗎？你爲什麼還不回廣州？」西玲這麼問他，他只是搖搖頭說：「我喜歡這裡。」

西玲回廣州的原因，除了擔心弟弟、感覺到寂寞無聊外，還因爲越來越感覺憋得難受。待在讓人有清澈透明之感的李芳身邊，她感覺自己的心情會平靜下來。可是，自從連維材來了之後，她慢慢地覺得不是這樣了。李芳就像一面鏡子，承受著連維材的強烈光芒，並把它放大好幾倍照射到她身上——她是這麼感覺的。

廣州一直惶惶不安，人們害怕英軍會進攻而逃出城去，聽說停戰的消息又返轉回來；而現在他們又往外逃跑了，原因是外省的軍隊十分野蠻，尤其是湖南兵到處逞凶作惡。「我們廣東的軍隊到哪裡去啦？」街上的人們感到納悶。

奕山被祁灌輸了「廣東人是漢奸，不可信賴」的想法；把廣東兵趕到廣州城外去，廣東兵如果留在廣州城內一定會出大亂子。他們看到廣州市民受到湖南兵的欺凌，當然不會袖手旁觀，恐怕早就發生巷戰了。

「他媽的！太可恨了！」廣州市民們恨得咬牙切齒。

西玲看望了誼譚後跑出去買東西。誼譚的樣子使她心情黯淡，弟弟已變成一個沒有靈魂的肉體。她想沖淡一下黯淡的心情，來到一家叫信益的布店。五彩繽紛的布料還是可以讓女人高興起來的。

「太太，好久不見啦！」掌櫃的陪著笑臉說。他的臉上除了嘴脣長得特別厚外，其他部分還很端正。

「到鄉下去了一段時間。我想買點淡綠色的棉布。」天氣就要熱了，窗子上必須掛簾子。

「這個您看怎麼樣？」掌櫃的拿出好幾種綠棉布，擺在西玲面前。

「我要顏色更淡一點的……」這時候，門外跑進來一個小夥計。

「掌櫃的，湖南虎來啦！今天據說是盯上我們這裡。」

「這可不得了。」掌櫃的嚇得臉上變了顏色。

「怎麼啦？冷靜一點。」對方已嚇得哆哆嗦嗦，西玲帶著責怪的語氣說。

「太太……是，太太，您快點回去吧！」

「我不回去。要趕顧客，這太不像話了！」

「可是，湖南佬要是來了，那……」掌櫃的對西玲沒有辦法，只能對著小夥計喊道：「快，快關門！」他自己也幫著把門關起來。

「太不像話了！要把我禁閉起來嗎？」

「太太說不回去嘛！」掌櫃的一邊分辯，一邊不斷地注意門口。

過了一會兒，咚咚咚地響起了亂敲門的聲音。「啊呀！到底來了！喂！你們還磨蹭什麼呀？還不快把貨藏起來！」

夥計們慌忙地把貨物收攏在一起，抱著往裡面搬，幾匹布從他們懷中掉到地上。敲門的聲音越來越猛烈，好像是用腳在踢門了。

「怎麼辦？不開不成吧？」掌櫃的哭喪著臉問西玲。

「你問我，我有什麼辦法？不過，我想，你不開門，他們也會把門打碎進來的。」她的話還沒說完，杉板門已經稀里嘩啦地被打破了。他們何止是用腳踢，還帶來了大槌子，幾槌子一打，木板門就敲開了一個可以容一個人進入的大洞。

湖南兵一個接一個地從洞口鑽進來，進來了十來個。門外好像還有人，最後進來的好像是個小軍官。他回頭下令說：「你們在外面等著。」然後拔出腰刀。

這個小軍官用刀頂著臉色蒼白的掌櫃鼻尖說：「喂！你這裡有漢奸吧？現在要搜查。」

從湖南兵來看，所有的廣東人都是漢奸，他們的興趣是藉口抓漢奸而進行掠奪，而且一般都不闖進可能和政府有關係的大商店，因爲怕以後會帶來麻煩，所以才不斷地襲擊沒有後臺的中小商店。

掌櫃的全身發抖。西玲揚起眉毛，走到掌櫃的身旁對小軍官說道：「把刀收回去。」

「什麼？這個女人……」小軍官重新握緊了刀。

「我說：『你把刀收回去。』」

「妳是什麼人？」

「這店裡的顧客。」

「妳要幹什麼？」

「這倒是我想問你的問題。我以爲你們一定是破門搶劫的強盜……可是，你們穿著軍服。」

「什麼？『破門搶劫的強盜？』妳這個臭娘們！」小軍官瞪著西玲。這時他的眼睛已經習慣了店內的黯淡光線，發現西玲長得一副異相，不覺喊道：「啊呀！這女人是夷人吧？……」

「誰是夷人？」西玲挺起胸口說：「你是哪個國家來的？」

「這店是漢奸，這女人就是證據。」小軍官對部下說：「夷人派這個女人來做買賣。來人，把她綁起來！」

兩個士兵從左右揪住西玲的兩隻胳膊，擰到她的背後。

「哎喲！你們要幹什麼？你們這些湖南佬！」

其他士兵早已開始搶劫了。從各個角落拖出來紅、白、黃、綠等各種顏色的布。

「您就饒了我吧！」掌櫃的跪在小軍官面前，額頭不停地叩著地，苦苦哀求。

西玲從破門洞裡被推了出去。從緊閉著門戶、光線黯淡的店內，突然來到明亮的街上，她的眼睛一陣發黑。街上也有十幾個士兵，早已把扔到外面的棉、綢布料裝上事先準備好的板車。

「你們盡打敗仗，當強盜倒很有本事。」西玲的兩隻胳膊被擰在背後，她大聲叫罵著。

「胡說！」左邊的士兵放下西玲的胳膊，狠勁地朝她的腰上踢了一腳。

2

「什麼時刻？」奕山問道。在廣州舊城東邊貢院內的臨時司令部裡，軍事會議就要結束了。林則徐最後的建議也沒能阻止奕山要速戰速決的決心。

備戰的工作做得太露骨了，義律已勸告待在廣州的英國人退出廣州。「用夜襲來一決雌雄！」——這種豪壯的做法倒是有點像貴公子奕山的做法，但是一切的作戰措施卻全權委託給老將楊芳。

軍隊的調動已經結束，火船也準備齊全，剩下的只是決定進攻的時刻了。楊芳見問，自己也不能決定。他把視線轉向幕僚團，大概是向他們求援。一個白衣老頭好像是要回答這個問題似的，搖搖晃晃地走上前來。

他是象法道士。他跪在楊芳面前，開始了他那隻手朝拜的「默想」。過了一會兒，老道士仰起臉來說道：「今晚初更和二更之間大吉。」

「是嗎？」楊芳點了點頭說：「這麼說，是亥刻了。」

紫禁城裡也是這樣計時的。當時夜間巡邏是從晚上九點開始到第二天上午七點結束，每兩個小時換班一次，共換五次。這種換班稱作「更」。初更是從九點開始，二更是從十一點開始。初更和二更之間是十點，正好是亥刻。

「好吧！就這麼決定了。」奕山這麼說，好像鬆了一口氣。接著衝著楊芳問道：「軍隊的士氣怎麼樣？」

「士氣不用擔心，相當高昂。」楊芳回答。

「嗯！要求過嚴，兵心反而畏縮，我自己也有體會。能做喜歡做的事情可以蓄養英氣，到關鍵時刻兵心就可以振奮起來。」

外省來的軍隊在廣州街上不僅肆意搶劫，甚至隨意殺人。靖逆將軍奕山對這些一向不聞不問，其原因就是來自這種要求過嚴則兵心畏縮的理論，而且那些受害者都是「漢奸」，當然也不值得同情。當時人們這麼說廣州的軍隊——「兵不見將，將不見兵，紛擾喧呶，全無紀律。」這就是奕山所說的「英氣」的實質。

奕山說後，幕僚們開始輪流彙報一些瑣瑣碎碎的事情，奕山基本上沒在聽。他自己也因爲要蓄養「英氣」，從早晨就一直在喝酒。「昨夜的女人太不夠味了。」正當他想到這裡時，耳朵裡偶然聽到了「女人」這個詞。

「剛才說什麼？」奕山問正在彙報的一個參將說。

「是。我營的士兵捉住了一個夷人奸細，說那個奸細是個女人。」

「哦！是女人？」

「是，而且是個女夷人。不過，她能說一口流暢的中文。」

「確定是女夷人嗎？」

「她本人不承認。不過從容貌上看，我認爲不會錯。」

「女夷人怎麼敢大膽跑到廣州的街上來呢？」

「那個女人頭髮、相貌和中國人也有點相似，大概是因此而被選中、潛入進來的。」

「是嗎？聽說在澳門一帶的西洋夷人中也有黑頭髮。」

「她現在關在貢院的一個考棚裡，準備嚴加審訊。」

「夷人直接跑來偵察，這可是一件很大的事情。」

「大人說得對。」

「我要親自審問。」奕山說。他心裡是另有打算的，他一直對廣東的女人抱有期待，可是，帶進房中一試，感覺十分乏味，和北方的女人沒有多大差異；昨夜的女人也是如此。奕山是這方面的老手，沒有女人能使他感到滿足。

「女夷人！這可是變種，說不定有點意思。」奕山心裡在這麼琢磨著。他以前在新疆監督開墾事業時，曾經強姦過維吾爾族的婦女。那女人很有意思，說不定女夷人會和新疆的女人相似。奕山回想起維吾爾女人白嫩的皮膚、灰色的眼睛、栗色的頭髮、身上羊羶氣的氣味，不覺得嚥了一口口水。

這時，象法道士又走來。「小道有話呈稟。」老道士說。

「什麼事？」奕山皺了皺眉頭，俯視著醜陋的象法道士。

「這個女人恐怕是英夷的術士。在這種時刻偵察廣州市街，會不會是帶了什麼重大任務？據小道推測，這夷女一定是在市街的各個地方施展了妖術。」

「哦！是女術士？」奕山說。

「這可是一件大事。放大砲的時候也是這樣的，夷人的妖術實在可怕。」楊芳從旁插話說，樣子十分擔心。

奕山從來不相信什麼妖術，而遇事無主見的楊芳，一遇到仙術之類的事情卻頑固到可怕的程度。奕山想把這件事岔開過去，他已疲於酒色，沒有精力談論這些問題。

「那麼，該怎麼辦？」他問道士說。

「現在當然要破那個女人的妖術，我要求把這個女人交給我。」

「你要女人？」

「是，要破妖術，就需要施展妖術的人的身體。」

「是嗎？……」奕山氣憤地說。不過，他又想了想，今天夜裡就要進行決定命運的決戰，恐怕唯獨今天夜裡沒有時間摟著女人睡覺了，再說，那個老傢伙連走路也搖搖晃晃的……。

「好吧！把女人交給你。」他說：「不過，上次女人的尿桶可沒有發揮作用啊！」

「那一次是因爲不明白施妖術人的眞相。」

「這次已明白了眞相，要是失敗了，我可饒不了你。」奕山拍了拍軍刀的刀柄說。

五月二十一日，義律勸告待在廣州的英國人退出廣州。到這一天傍晚，所有英國人都撤離了十三行街的商館。清朝方面各營軍隊調動頻繁的情報，不斷地送到義律手邊。他當然也派出間諜。不過，這一次在過去毫無關係的市民當中，也有人跑來向他報告這些情況。廣州市民已由憎恨夷人而轉向憎恨外省的暴兵。義律向各個船艦發出命令，要他們進入警戒狀態。

3

四周一片漆黑。西玲兩手被綁在背後，倒在地板上。一條細長的光線射進來，光線擴大了，門打開了。影子遮住了光線，從鞋子的聲音知道進來了人。

「站起來。」這聲音軟綿綿的，跟這種場合很不相稱。

「你要我站起來，但是你們綁了我，我站得起來嗎？……」西玲已經喊累了，也說不出什麼大話了。

有人從左右把她拉起來走出門外。外面很明亮，簡直使她頭暈目眩。她以為已經過了很長時間，可是天還沒有黑。穿過一塊二十來公尺長的空地，她被帶進了另一棟房子。

她一直光著腳板。她那粉紅緞面上用金絲刺繡的華麗鞋子，早已被士兵搶走了。「就剩衣服沒有剝光了。」她想。沙子吃進她的腳心，痛得她直皺眉。

她是被十多個士兵簇擁著帶走的。穿過一條發出塵土味的走廊，士兵們在一扇朱漆的門前停下。門打開，裡面光線黯淡，西玲被人揪住兩隻胳膊帶進了屋子。

「讓她躺在這個檯子上。」一名好像是班長的漢子，用他那口齒不清的聲音下命令說。左右兩邊的士兵粗暴地把她推倒上去。她以為一定會倒在硬木板上，可是卻倒在一種軟綿綿的東西上。

「這是什麼呀？」她心裡琢磨著。因為兩隻手不能動，她彎了彎身子，用臉頰蹭了蹭那件東西，好像是毛皮。她想起了自己的披風，披風的裡子是狐皮的，觸覺和這個很相似。士兵們離開後，屋子裡一下子變得寂靜無聲。自己將會是怎樣的下場，她已決定不再去想了。想也沒有用，她已意識到靠自己的意志已經沒有辦法了。

門又吱的一聲打開了。這聲音剛一消失，就傳來了沉重的腳步聲。不，不是沉重的，而是一種飄移不定的聲音，她甚至覺得是不是進來了一名醉漢。一個白呼呼的東西搖搖晃晃地從她身邊走過。她覺得什麼東西在咯嚓咯嚓地作響，四周突然明亮起來，原來是點燃了蠟燭。白色的物體朝她的身邊靠近，西玲好不容易才弄清那是什麼東西。那是一個頭戴巍峨的高皮帽、拖著白色長衣的人。這人大概是想把他那不太多的白鬍子打扮得漂亮一點，故意把鬍子弄得蓬蓬鬆鬆的，所以鬍子變成稀疏線條，透過它可以看到他的喉嚨。

她看了一眼，覺得這是一個裝腔作勢的討厭老頭子。

白衣老頭俯視了她一會兒，默默地走了過去。西玲把臉轉向蠟燭，在兩支蠟燭後面有一個和眞人大小差不多的神像。這神像的臉孔塗得雪白，嘴脣血紅，看起來十分刺目；神像的眼睛像一條細條，向上斜吊著；鼻子下面垂著幾根泥鰍鬍鬚，這鬍鬚左右兩邊不一樣長。

大凡神佛的塑像，無論是木雕的還是乾漆的，一般都是連同衣服一起塑造。但是這個神像從脖子以下是穿著眞的衣服。衣服很華麗，大概是從戲院裡拿來的，連頭上戴的冠也好像是借用戲中閻羅王的帽子。

神像的樣子很不協調，如果是放在明亮的地方一定會使人發笑，但是西玲是被人縛住雙手、躺在這昏暗的屋子裡，這個很不協調的神像漸漸使她感到恐懼起來。這個神像擾亂人們的正常思維，好像要表現一種正常人無法理解的狂暴力量——就好像把她抓到這裡來的力量。

西玲的身上流動著兩個民族的血液。她是作爲一個中國人長大的，她一直生活在貿易港口廣州和澳門，經常處於哪一邊也不沾的位置。她有一種好像雙方都在拉扯她的感覺，她不能傾向於任何一方，西玲就是在這種狀況下生活的。因爲傾向於哪一方都會使她感到擔心害怕，她的兩邊都是深淵。現在她感覺到是向一方傾斜了，漆黑的深淵張著大口在等待著她。

她感覺到一個紅點靜止在那裡，不一會兒，這紅點開始劃著圓圈晃動了。白衣老頭在揮動著線香，老頭嘴裡嘰裡咕嚕地說著什麼，他的聲音越來越大。最初不明白是什麼意思，但是逐漸夾雜一些她可以聽懂的詞句：「八千女鬼亂天朝，……入南盡是鬼門關，……天有妖祥，人有……」

她只覺得這是在亂唱著語調好聽的詞句，把那些能聽得懂的片斷詞句連在一起，也得不出一個連貫的意思。

「……男非男、女非女、山非山、河非河……」接著又像咒語似的聽不懂的詞句。唯有節奏是同樣的，好像要無休無止地永遠這麼唱下去。單調的節奏使西玲害怕起來。「整天這麼唸，我會發瘋的。」她想喊出聲來，但是嘴唇一味地抽搐，簡直就像在噩夢中似的。

白衣老人一定是在向那奇怪的神像做什麼祈禱。這種場合一般都要獻上豬、雞之類的供物，可是祭壇上並沒有看到這一類東西。

「是把我……？」她想起了「活犧牲」這個詞，不覺得閉上了眼睛。她感覺到自己慢慢地往深淵裡沉下去，她一邊往下沉，一邊想起了澳門藍色大海。救星將來自大海。也許是老道士支離破碎的咒文緣故，西玲的意識也向著荒唐無稽的泥沼中沉溺下去。

4

信益布店立即把西玲被暴兵抓走的消息告訴了金順記。

到石井橋去教授拳術的余太玄，這時剛好回廣州店裡。「湖南的臭兵痞子！」他聽了情況，狠狠地說。余太玄對西玲並沒有什麼好感，主要是因爲她長了一副夷人相。但是他聽說和金順記有關的人遭到迫害，還是很氣憤。

「聽說五仙觀裡聚集了許多地痞流氓，正在商量要揍外省兵。」金順記的一個店員告訴大家。

「好，我也去！」拳術大師跑了出去。

五仙觀在舊城內的西面，在回教懷聖寺南邊。傳說周代有五個仙人騎著羊來到南海，廣州的別名叫「羊城」，就是起源於這個傳說故事。五仙觀是祭祀這五個仙人的道教廟宇，觀內有一座明代的壯偉建築物叫「嶺南第一樓」。樓內有一口大吊鐘，但是沒有撞木。據說敲這口鐘，老百姓就有災難，所以禁止撞鐘。人們稱這口鐘爲「禁鐘」。

在這嶺南第一樓前面聚集了一百多名廣州的地痞流氓，他們手裡拿著木棒、鐵搭（鐵扒子）之類的武器，正在吵吵嚷嚷地爭論不休。大概可以對他們發號施令的頭目們早已躲起來了。而地痞流氓一旦當上頭目、有了財產，看來也是愛惜性命的。

「呔！蠢貨們！」余太玄大喝了一聲。他作爲拳術大師，在廣州也是一個小有名氣的人物，但是他不是地痞流氓社會中的人。余太玄厭惡他們，把他們視如蛇蠍，所以他們也不去接近余太玄，只知道余太玄的名氣。

這個不太知底細的人物突然申斥了他們。「你們平時大模大樣、飛揚跋扈，現在眼看著外省軍隊欺壓我們廣州老百姓，卻不敢吱聲。懦夫！」余太玄劈頭蓋臉地大聲指責他們。

「『眼看著不敢吱聲？』我們這不是在開會討論嗎？」最前面的一個小夥子噘著嘴巴這麼說。

「你們只是聚在一起吵吵嚷嚷。」

地痞流氓們默不作聲。他們集合到這裡來已經很長時間了，他們想狠狠地揍一頓暴兵，一直在討論著辦法。余太玄來的時候，他們正在討論是一窩蜂擁上去，集中進攻一個地方；還是分成小股，採取游擊式的偷襲辦法？

「我們正在商議哩！」好不容易有人這麼回答。

「現在還商議什麼？」

「我們人數有限，對方有好幾萬人。」當時外省到廣州的援軍已近兩萬人。

「敵人只有兩萬人，我們這邊卻有一百萬廣州的老百姓。」余太玄高舉雙臂，挺著胸膛說：「我們去揍那些鄉巴佬！只要我們從這裡跑出去，一定有許多人會跟著我們走，人數一定會越來越多。」

余太玄突然從身旁一個人手中奪過一根棒子，開始呼呼地舞動起來。棒術也是他的拿手武藝，他飛速地揮動棒子，棒子旋轉在空中畫著各種圖形。人群中發出驚嘆聲，余太玄已用實際表演顯示了自己的實力。

「有膽量的跟著我走！膽小鬼可以留在這裡慢慢地商量。」他這麼說後，頭也不回地直接跑出五仙觀的大門。

他沒有回頭，但是他還是邊跑邊計算跟在自己身後的腳步聲。聚集在禁鐘前面的全體人員都跟著余太玄走了，但是要上哪裡去？去幹什麼？根本不知道。他們的胸中只燃燒著仇恨外省兵的烈火。連余太玄自己也不知道要上哪裡去。不過，有近兩萬人的外省兵，總會在什麼地方遇到他們吧？

這天晚上準備偷襲英國艦隊，軍隊正在調動。據說廣東人都是漢奸，不知道什麼時候會當敵人的奸細，所以軍隊都分散成小股移動，盡量不引起人們的注目。

果然如余太玄所說的那樣，一般的老百姓也加入了像洪水般沖溢到街道上地痞流氓的隊伍。那些赤手空拳的人們，隨手拿起商店的招牌和靠在牆上的扁擔當作武器。

當時廣州的街道彎彎曲曲，路面也很窄，到處都有胡同、小巷。這個龐大的人群擠滿了街道向前奔跑。

「打倒湖南佬！」

「貴州豬！」

人們狂吼著，揮舞著短棒和竹槍。即使能遇到他們所要尋找的「臭兵痞」，這樣狹窄的街道也不可能成爲集體亂鬥的場所，最多也只是前面幾個人交交手。

群眾由於有余太玄領頭，所以比軍隊占優勢。外省兵一看到這一大群老百姓，立即察覺到情況不妙，因爲他們做了於心有愧的事情。好在到處都有迷魂陣般的胡同小巷，那些深知老百姓如何痛恨他們的大兵們避開人群，順著胡同小巷走。

如果眞的拿起武器戰鬥，當然還是軍隊方面的勢力大。不過，外省兵早就爲他們過去的暴行所招致老百姓的痛恨而感到害怕，周圍一切都是敵人，稍一不小心就會被踩成肉餅。在這樣巨大的力量前，武器又能起什麼作用呢？聰明的辦法還是逃走。

從五仙觀出來的人群立即增多了十幾倍。他們蜂擁著在城內所有街道上到處奔跑，街道上籠罩著濛濛的煙塵。跑的時間太長，肚子就餓了。快近傍晚時，不斷有人回家去吃飯，這個疾風般猛跑的人群等於是自然解散了。

街上到處可以看到被眾人打倒的外省兵，輕傷的逃了；那些被打倒不能動彈的士兵，渾身是血，在那裡呻吟；也有受重傷瀕死的人。老百姓方面幾乎沒有人受傷。小的衝突以前曾經發生過很多次，但是像這樣大規模的反抗還是頭一次。

士兵們再次痛切地感受到老百姓對他們的憎恨。他們前面有英國艦隊這個勁敵，後面又燃起了老百姓怨恨的火焰。儘管奕山和楊芳很樂觀，但是士氣已不可能高漲了。而且，清軍方面雖然打算偷襲，但是義律已經察覺到，做好了一切準備，摩拳擦掌地在等待著。奕山不顧林則徐的忠告，試圖進行這場大賭博，其前途已籠罩著陰霾。

五月二十一日（農曆四月初一）。道光二十一年的農曆是閏年，三月有兩次，這個漫長的三月已經結束了。偷襲之所以選擇在這一天，除了初一是個吉利的日子外，還因爲這天沒有月亮，便於夜襲。

士兵們躲在珠江沿岸的防護牆和沙袋後面，等待著亥刻的到來。他們仰望著沒有月亮的漆黑夜空，想念著湖南、貴州、江西的月亮，但是背後沒有民眾支持的軍隊，即使有幾萬人也是孤獨的。

5

「怎麼能敗在這傢伙的手下呢？」西玲心想。

敵人不是穿白衣服的、搖搖晃晃的老頭子，而是那個扁平的大白臉上有著血紅嘴脣的神像。由於她對這個穿著華麗衣裳的神像懷有敵意，才使她快要昏迷過去時又清醒過來。這時她的心情也慢慢地冷靜下來，覺得要保存力氣，以備萬一的時刻。折騰只會消耗體力，她疲憊無力地躺在毛皮上一動也不動。

快到傍晚時，白衣老道士走出了屋子。已經傍晚了，這也只是她這麼想像。屋子裡始終是黑暗的，根本不知道時間。她心想：「這老傢伙肚子餓了吧？……」

過了很長時間，西玲根本無法知道究竟是什麼時候時，老道士又進來了。

象法道士又開始祈禱了。西玲已經沒有心思聽那些莫名其妙的詞句，她的雙手已經麻木得沒有感覺了。她側身躺著，背對著道士，兩眼呆呆地望著神像。

遠處傳來了砲聲。這時，老道士突然停住祈禱。「這就完了。」西玲聽到背後一陣痛苦的咳嗽聲。

英國的船艦分散地停泊在廣州西面十三行街的海面上。伍紹榮的怡和行前也有個小要塞，英國人稱它爲「怡和行砲臺」。鱷魚號就停泊在離這座怡和行砲臺不遠的地方，阿勒琴號、復仇神號、摩底士底號等船艦也停泊在附近；摩底士底號和單桅船路易莎號、縱帆船曙光號等的位置離岸最近。

十三行街西面的沙洲有正式要塞，稱作「西砲臺」；它和天字碼頭東邊的「東砲臺」共同防守著廣州。貴州安義的總兵段永福在西砲臺擔任總指揮，他是一位老練的武將。

數百艘小艇齊集在江岸邊，舟艇裡已經悄悄地載上士兵。小船每十艘用鐵鍊繫在一起，每艘船上都堆著木材、硫磺、棉花等易燃物，上面澆著桐油——，這就是火船，用它去撞敵艦，使敵艦起火。這在林則徐的時代是最有效的進攻方法。

亥刻（晚間十點），最前面的火船悄悄地划了出去，目標是摩底士底號。已處於警戒狀態的摩底士底號上的哨兵當然不會放過它，哨兵盤問的聲音劃破了夜空。火船已逼近到只有數碼的距離了，聽到摩底士底號上發出的盤問聲，乘坐在火船上的士兵們先向敵船投擲噴筒，然後把自己的船點著了火。投擲的噴筒沒有達到敵船，落在水面上。火船一點著火，船上的士兵立即迅速地跳進水中。摩底士底號所屬的小帆船和舟艇，用步槍射擊水中的清兵，把帶鉤子的鋼繩投向火船，企圖把火船拖開。西砲臺開始砲擊，摩底士底號也進行還擊。

火船又朝著路易莎號和曙光號划去，但是都沒接近這兩艘船。火船是趁著黑夜划出去的，火船一燃燒，火光照亮了黑夜，後面划出的火船就看得一清二楚了。

清朝水師的兵船扔出大量噴筒、火彈、火球、火箭等，也在夜空中劃出拋物線的火光，互相交織在一起。偷襲的第一次是十分重要的，這一擊如果不成功就沒有希望了。

西砲臺遭到海上砲擊，早已籠罩在火海裡，很多大砲已被擊毀。「敵人一開始就有了準備。」西砲臺的總兵段永福懊惱得直跺腳。

摩底士底號也被砲臺發射的砲彈打斷帆繩，甲板和船舷都中了砲，有的士兵受傷；路易莎號和曙光號不是軍艦，防禦薄弱，遭受的損害比摩底士底號更大。火船被擊退了，一艘接一艘開出的火船也被敵人彈雨形成的帷幕阻擋住了；別說接近不了敵船，連回到岸邊也困難。點燃的火船徒然地燃燒著自己，燒毀之後就沉沒下去。

誰都可以看出，偷襲已經失敗了。在西關海岸上督戰的文官已經死了心，給在貢院的奕山寫報告說：

「月黑潮順，但是我方進攻終於未獲成功。」

「沒什麼可怕的，敵人一定會被打退的……」老道士正面和西玲說話，這是第一次。

聽到這聲音，西玲猛地睜開眼睛。她並沒有昏迷，而是睡著了，她不知道睡了多少時間，還可以聽到砲聲。

6

老道士坐在那裡，兩隻手就好像划水似地在地板上往前移動。「啊呀！睡得像死了似的……一點也不可怕，我去換蠟燭。」他從西玲躺著的毛皮邊蹭行過去，向蠟燭那邊移動。

不知是第幾支蠟燭又快要點完了。點上新的蠟燭後，白衣道士才站起身向神像行了一個禮，轉身對著西玲。他向前伸開雙臂說道：「喂！女人，太乙元君召喚妳。」

老道士腳步蹣跚地向她的身邊走來。「喂！到元君面前去，快脫衣服！」

西玲緊縮著身子。

「哦！是呀！」老道士的臉上第一次露出笑容，「手被綁住了，自己不能脫衣服……好吧、好吧！我來脫。來，我幫妳脫吧！」

他的嘴角滿是口水的泡沫，沾著眼屎的兩隻眼角帶著猥褻下流的皺紋。不一會兒，這老道士乾枯的手摸了摸她的臉頰。她條件反射似地搖晃著頭，用牙齒咬他的手。

「啊呀！女夷人果然像野獸一樣啊！」象法道士這次把縮回的手放到她的肩上，她搖晃著肩頭，但是老頭的手抓住她那繡著大紅牡丹的衣領。薄綢的夏衣不結實，沒想到老道士竟有這麼大力氣，他使勁一扯，綢子哧啦一下被撕裂了，粉紅色的短上衣被撕成兩半，她的上身還穿著汗衫。

「哦！還穿著衣服呀！天氣這麼熱……防禦得真嚴呀！……哦！身上汗淋淋的。」道士把手伸進汗衫下面。西玲扭動著身子，打脫他快要到達乳房的手。

不過，汗衫很快也被撕裂了。奇怪的是撕扯衣服時，老頭的手卻很有力氣。

「對，不用急！」象法道士把撕裂的短上衣和汗衫從她身上剝下來時，把它們撕成一塊塊碎片。他好像對衣服撕裂的聲音感到無比歡悅，一邊撕著，一邊像陶醉了似地不住點頭。

「現在該脫下身了。」老道士彎下身子。

西玲穿著白色折裙，只用紐帶繫在腰上，很容易就解開了。西玲俯身緊貼在毛皮上。

「嘻、嘻、嘻……」老道士把臉緊貼在剝下的裙子上，發出變態的笑聲。「下面還有褲子呀！……老生不太清楚女子的衣服。」

褲子的上部用一根細褲帶繫在腰上。她的褲子是淡綠色的。

「這顏色很明亮呀！」道士伸出了手，西玲拚命地扭動著腰。

「啊呀！不要亂動嘛！」道士的手找到了褲帶的結把它解開了。

西玲這次吧嗒吧嗒地亂踢著雙腳，但是解開了褲帶的褲子一下子就褪下來了。

「呵、呵……」她聽到背後發出像從喉管裡迸發出來的怪聲，接著是哧啦哧啦撕布的聲音。看來老道士連撕碎裙子、褲子也感到很高興。

西玲在亂踢著雙腳時忽然想到，「對呀！我還有腳哩！」被綁住的只是兩隻手，腳還是自由的，爲什麼一直以爲自己完全失去自由呢？一定是因爲被幾個士兵簇擁著帶進來的緣故。軍隊不知到什麼地方去了，她已經不能動了。她自己一直這麼認爲。她眞想笑，如果對手只是這個老頭子，不用兩手也可以跟他鬥一鬥嘛！

「喂！太乙元君不高興哩！元君說他想看一看妳的前面。不能俯臥著光讓元君看妳的屁股，那可是大不敬啊！」老道士摸了摸她的雪白屁股。

西玲側轉身子，把身體彎成一隻龍蝦。老道士以爲她聽從了自己的話，就要仰開身體，於是向後退了一點。接著一瞬間，她好像是要翻過身子來，其實是雙腳憋足了勁，猛地朝老道士的身上踢去。老道士立刻仰面地跌倒在地。西玲的雙手仍然被綁在背後。她站了起來，雙腳同時騰空跳起。道士來不及欣賞她那躍起的裸體，她那兩隻有勁的腳後跟，不偏不倚地正好落在象法道士的心窩上。

她把全身重量都放在腳上，老道士的胸骨發出可怕的聲響。

「哼、哼、哼……」道士呻吟著。由於痛苦，他抓住掉在身旁的碎綢片。

這時，門扇發出吱吱的響聲，馬上就有人進來了。西玲飛快地躲到太乙元君神像背後。

進來的是身穿華麗蟒袍的大官，身後跟著三名侍從。蠟燭的光亮照出他補服上的圖案，那麒麟踏雲的圖案，表示這人是一品武官。

「是靖逆將軍？是參贊大臣？還是新上任的水師提督？」西玲心裡在琢磨著。福建海壇的總兵吳建勳已提升爲關天培的繼任，到廣州來赴任了。在廣州的一品武官只有這三個人。

這人是靖逆將軍奕山。

「女人跑掉了？」奕山朝屋子裡掃視了一眼說道。沒有女人的影子，豔麗女人衣服的碎片卻撒了一地。

「這傢伙中了美人計啦！」奕山拔出了腰刀。這腰刀細長、筆直，銅鞘上塗有金漆，柄上鑲嵌著白玉。

象法道士只顧著呻吟，把臉轉向神像，想說明女人就藏在神像後面。但是他心窩上挨的一擊使他說不出話來。而奕山並不了解這些情況。

「呔！道士，」奕山左手揪住象法道士的領口，一把把他提了起來，大聲說道：「剛才報告：今晚的偷襲失敗了。你沒有破掉蠻夷的妖術，別忘了你的保證。」

奕山右手裡的腰刀閃了一下，細長的刀身立刻刺進道士的胸膛，胸口的白衣漸漸地染成朱紅。奕山狠勁地一剜，拔出刀、鬆開了手。道士連哼也沒有哼一聲，身子咕咚一聲倒在地板上。奕山頭也不回地走了。

「門既未上鎖，也未上閂。」西玲想逃跑，可是，她全身赤條條的，連內衣也讓道士撕得粉碎。她看了看神像，神像穿著一件金光閃閃的戲裝長袍。借用一下，應該可以解決光身子的問題。雙手被綁著怎麼辦？那也有辦法。她用蠟燭的火燒斷繩子。火苗舔著她的手背和手腕，但是她一點也不覺得燙。人到緊急的時候，連疼痛也會忘記的；也可能是她那被綁著的皮肉已經麻木得沒有知覺了。兩手一自由，感覺到身子好像也突然輕鬆了。她趕忙從太乙元君的神像上剝下長袍直接穿在身上。西玲的身材在當時婦女中算是高大的，而且一般都時興寬衣高帽，稍微晃盪一點也沒有關係。

神像被剝掉長袍後，裡面是木頭，什麼也沒有塗，連木紋也露出來了。「眞是對不起！元君，請您忍耐一下吧！」西玲取下那威嚴的高冠時，摸了摸神像裸露的腦袋，唯有這腦袋還塗成黑色。

她戴上高冠，把頭髮弄得蓬鬆一點，她打扮成男人的模樣。感謝太乙元君還給她準備了一雙眞的靴子，稍微大一點，但是也還可以將就。

她躡手躡腳地走出屋子，屋子外沒有崗哨。貢院裡燈火通明，人來人往、川流不息，所有人好像都很忙，有的小跑著、有的奔跑著——大概沒有人會去注意別人。

「也許會很順利。」西玲心想。那個一品武官以爲女人已經逃了。不過，在這忙碌的時候，他恐怕不會下令搜索一個女人吧？而且她現在已經打扮成男人了。

大門附近，人們進出得更加頻繁。聯絡官員和傳令兵在設有司令部的貢院和江岸邊的戰場之間匆匆忙忙地來來去去。

令人擔心的是那件長袍太過華麗。不過，長袍的華麗反而起了作用，因爲這套服裝很不尋常，最近北京經常派遣大官來，看門的大概把她看作是北京派來的高級官員。

「您要出去嗎？」看門的彎著腰恭敬地說：「請乘坐備用的轎子吧！」

西玲點點頭，走下石臺階，風從金光閃閃的長袍衣襬下鑽進來。她裡面什麼也沒穿，涼風從兩腿之間直往上竄。她盡量粗聲地命令轎夫說：「去正北門。」

貢院的大門平安通過了，但是要回西關的住宅是很危險的，因爲必須穿過一道城門。她要去的地方必須在城內，而且一定是能保護她的地方。正北門內的清泉街有一座尼庵——名叫檀度庵。

白旗

不過，城牆上確實出現了罕見現象——那裡立著一根掛著一面大白旗的旗杆——白旗是表示停戰的標誌。清軍曾經氣勢洶洶地說過，這是夷狄之法，天朝沒有這種規矩，但是現在他們在自己的城頭上懸掛了這樣的白旗。

1

「我母親是廣東人，父親是白頭夷人，我是身爲中國人長大的。可是由於我的相貌很像夷人，使我遭受了意想不到的災難，現在我是光著身子逃出來的。」

庵主聽著西玲這些話，不住地點著頭。她頭巾下面的臉孔白皙、五官端正，顯得非常年輕。「您是西玲小姐，我知道您。」庵主站起身，向西玲走來。

「你知道我？」

「是的。」庵主停在西玲面前說：「請您仔細地看一看我。」

西玲從未見過這張面孔，但是她不覺得說不出話來。庵主的眼睛是藍的，鼻子也是高的；再仔細一看，眉毛也帶栗色。

「您也是……」

「是的，聽說我父親是英國人。我從小就因爲這張臉而嘗受了種種苦惱，我想西玲小姐是能理解的。我從旁看著西玲小姐勇敢地對抗這世道，心裡十分欽佩。不過，我是不行的，我只能從這世道中退出來，躲在這佛衣的下面。」

這兩個女人處於同樣境遇，卻走著兩條相反的道路。

「對抗這世道！……是我？也許是這樣吧！不過，是勝了還是敗了，連我自己也不太清楚。」

「那就請您在這裡好好地想一想吧！不過，想得太過了，也許反而不好。」庵主平靜地握著西玲的手。

香爐裡筆直地升起一縷紫煙。身披灰色尼姑衣服的庵主，也好像這縷紫煙一樣，一動也不動。「這裡是無風的世界。」西玲心想。

庵主說她是躲避世間的風而來到這裡的。西玲對這種無風的世界是無法忍受的；相反的，她要奔向狂風猛颸的地方。

聞到一股微微的幽香，西玲不知道是線香的香氣，還是庵主身上發出的香氣。尼庵裡沒有世俗的婦女衣服，西玲脫下太乙元君那件華麗長袍，也穿上灰色的尼姑衣、戴上了頭巾。在換衣時，光著身子的西玲，感覺到庵主在背後好像輕輕地嘆了一口氣。

「如果沒有連維材的話？」她心想。她不是從小就在連維材的保護下長大的嗎？她眞的是頂著世界的風嗎？也許是自己在屛風中任性地舞蹈，而把這種舞蹈帶起的風當作是世間的風吧！

「世間不用奇異的眼光來看待我們這樣的人的時代就要到來了。」庵主說。

「會這樣嗎？」

「您聽，那不是從海的對面來敲打緊閉門戶的聲音嗎？」

西南方不斷地傳來砲聲。

第二天，不僅從西南方，從正西方也傳來了砲聲。

「大概是泥城正在打仗吧！」庵主唸過經之後這麼說。

泥城在廣州城西面約八公里的江邊，據說是漢初文帝的重臣陸賈被派往南越時所築的土城遺址。英軍在遭到偷襲的第二天進攻泥城，那裡駐守著一千名湖南兵。

弱將手下有弱兵。在泥城負責指揮的副將名叫岱山，參將是劉大忠。劉大忠就是那個額上有顆黑痣的傢伙——人們都以爲他在靖遠和關天培一起陣亡了，他後來卻忝不知恥地活著回來。早已向北京報告他「壯烈戰死」，現在他是「戴罪立功」被派到泥城。

英軍放出漢奸部隊，首先放火燒毀了珠江岸邊約兩百艘清朝的舟艇。自從外省兵在廣州開始姦淫掠奪以來，義律很容易蒐羅漢奸。以前是用錢雇用，現在因爲痛恨「外省臭兵痞子」而來參加的人增多了。

劉大忠決定第二次逃跑。將逃了，兵也逃了。他們所依賴的是「浮游砲臺」，這種浮動的砲臺是把裝載八千斤砲的兵船浮在水上，周圍繫著小舟艇當作護衛。但是它早已被漢奸部隊燒毀，所以毫無用處。英軍一占領泥城，部隊和武器立即上岸，構築了前進陣地。

西玲去尋求保護的檀度庵，是康熙四年（一六六五）平南王爲女兒建造的尼姑庵。平南王的女兒出家爲尼，法號自悟，成了第一代庵主。這座尼庵並不大，只有二十多個尼姑。當時不僅是想遁世出家的人，有些生活困苦、沒飯吃的人也當和尚、尼姑，所以各個寺院都呈現滿員的盛況。這座有來歷的檀度庵總算還殘留著「靜室」。

這天傍晚，檀度庵來了幾個男人。他們說：「我們是過路的行人，夥伴中有人得了急病，不能行動，希望能讓我們在這裡暫時休息一下。」

尼庵是忌諱男人的，但是說是有急病人，也就不好拒絕。再說對方穿戴不錯，態度也很莊重。庵主讓一名尼姑把這一行人領進伙房裡的一間空房間，用門板把那個得了急病的男人抬進來。

「要叫醫生嗎？」庵主問道。

「謝謝你們的好意。我們已經叫了，馬上就會來的。」這一行人中的一個人彬彬有禮地回答。

西玲說她給庵裡添了麻煩，於是主動承擔給客人送茶的任務。她掀起紅色布簾走進客人房間時，只見那個躺在籐床上的病人已經起來在擦臉。原本是說這病人已病得不能動彈了……。她感到很意外。再一看，病人臉上的氣色也很好。不過，她一進來，病人好像疲憊不堪似的正靠到身旁一個男人的身上。

「您不要勉強嘛！」身旁的男人這麼說後，抬頭瞪了西玲一眼。

西玲把茶放在桌上說：「請喝茶！」她斜眼偷偷地看了看脫在竹椅子上的衣服。她看見了補服上有張牙舞爪的獅子圖案。她回來把這個情況告訴庵主。

「獅子！……那是二品武官，是總兵吧！說不定是四方砲臺的長春將軍，可能是他放棄砲臺逃跑了。」庵主說。

四方砲臺在廣州城的北面，原名叫「耆定砲臺」，因爲要塞是方形的，一般稱它爲「四方砲臺」。當年順治皇帝的滿洲軍追趕明軍、攻打廣州時，圍攻了近一年時間也沒有攻陷，因此滿洲軍在城北高地上又構築了高砲臺，從那裡攻打廣州城，當時攻城的將軍是平南王，構築的砲臺就是這個四方砲臺。站在這個砲臺上，廣州城就一覽無遺了。滿洲軍就是從這裡居高臨下、攻下廣州的。這段史實也可以了解，四方砲臺本來是攻打廣州城的砲臺，不是保衛廣州城的砲臺。南方平定後，沒有把四方砲臺毀掉，應該說是清軍的疏忽。

「要是把四方砲臺交給了英軍，廣州不就完了嗎？」西玲吃驚地說。

「是呀！不過，時代會因此而發生變化的。」這個混血兒庵主平靜地回答。

庵主說她逃避世道、躲藏在佛衣之下，但是這個尼姑身上有一種強韌精神——西玲是這麼覺得的。

2

義律於五月二十三日向廣東民眾發出告示：

清朝大臣違背停戰協議，整頓軍備，從各省陸續調入增援部隊，企圖進攻大英軍。但是大英軍是眞正護城之兵。……現各省之軍營壓迫勤勞善良之居民，如果他們繼續留於城內，城市將滅亡，並將累及全省之產業。現在奉告廣東省人們：除本省守護之官兵外，不許欽差大臣及各省軍營駐紮。如果他們不在一晝（十二小時）的期限內撤退出城、全體北移，大英國將毫不留情率兵占城，悉數沒收城內之產業。……

留下十二小時緩衝時間，當然是爲了做進攻的準備。義律並不期待民眾會眞的驅趕政府的高級官員和軍隊。

義律已把進攻廣州城的日期訂在五月二十四日。正如清朝方面選定農曆四月一日的吉日一樣，義律也選了吉日。五月二十一日星期一是維多利亞女皇的生日。這一天中午，英國艦船一起鳴放禮砲，慶祝女皇的生日。這時，滿載登陸軍的硫磺號溯航開往泥城；黑雅辛斯號、摩底士底號、哥倫拜恩號、阿勒琴號、巡洋號和寧羅德號，各艦已在十三行街前拋錨停泊。

激烈的砲擊戰開始了。載著第二十六團戰鬥部隊的阿塔蘭塔號於下午三點到達，很快地就在英國館前的花地登陸。岸上的砲擊使阿勒琴號和寧羅德號遭受了相當大損失，水上不斷地騰起水柱。十三行街東面的民房起火，一下子延燒成一大片。

在英軍登陸之前，十三行街一帶已經呈現一片混亂狀態。三天前夜襲時，外省兵已進入十三行街。他們闖進了外國商館，別說貴重的物品，就連壞了的鐘錶和桌椅也搶走，甚至把門窗上閃閃發亮的合頁也卸下來拿走了。

伍紹榮在怡和行一直待到阿塔蘭塔號到達。

「只把書籍搬走。」他命令店員說。

「其他的呢？」

「不要，都給英國兵吧！」

英軍一旦登陸，一定會對清軍踐踏夷館進行報復、掠奪中國人的商店。

「不過，還有人手，能搬的東西還是搬走吧！」掌櫃的一再勸說。

「怡和行不吝惜這麼點東西。還有人手的話，讓他們幫幫其他的店。」伍紹榮說。

怡和行的店員們隨同裝載書籍的板車穿過大火，朝著竹欄門奔去。那些堆滿行李什物的板車，在路上發出咕嚕咕嚕的急促聲響，沿途都有外省兵從車子上拿東西。行李什物的堆子倒塌了，衣服之類撒落滿地。

「怎麼？是書！」士兵持刀威脅怡和行護隨板車的店員們，看了看車上的東西，很不滿意地咂了咂嘴巴。他們大概對書籍之類不感興趣，掉頭就走。

「軍隊不准逃跑！逃跑者斬！」小軍官拿著大刀在路旁大聲地叫喊。可是，要逃跑的士兵早已換上老百姓的便服了。

伍紹榮在路上遇到金順記的店員，他們的板車上好像也沒裝多少東西。

「店裡的東西怎麼處理？」伍紹榮問道。

「老闆從石井橋傳來指示，無論發生什麼情況，店裡的東西一件也不要拿出去。搬出來的只是店員的私人東西。」店員回答。

「是嗎？……」難道連維材和自己想的一樣嗎？伍紹榮想到這裡，仍然感到心裡好像明亮許多。

清朝方面掠奪夷館；英國方面掠奪中國人的商店——帳面上算是收支相抵。

穿過竹欄門，進入城內，這才鬆了一口氣。這時，一起逃出來的總商輔佐盧繼光說道：「義律一定會指示軍隊不准動公行的店鋪。」

「爲什麼？」伍紹榮問道。

「我們是和他們有往來的店家，長期做交易，同甘共苦過。」

「一旦打起仗，恐怕不會考慮這些吧？再說，他們也不會像你所想的那樣把我們當朋友吧！」

「是嗎？」

「他們認爲由於我們公行的壟斷，所以無法擴大買賣，甚至歡迎我們破產哩！」

「我不這麼認爲。」

防守十三行街的清軍當然不都是懦夫，他們和登陸的英軍展開了壯烈的白刃戰。英國文獻上也記載：

「下午剩餘的時間，清軍仍然頑強地戰鬥。」

約拉特少校指揮的三百名登陸英軍打退清軍後，立即開始掠奪。義律並沒有發出什麼保護公行的特別指令，從店面來看，公行的店鋪看起來最有錢，它們成了最先掠奪的對象。

3

五仙觀是祭祀傳說時代，騎著五色羊來到廣州五個仙人的地方，現在成了余太玄的大本營。

民眾並非木石，他們對眼前發生的一切有批判也有不滿。他們的力量是分散的，不會產生動力，把自己的力量投進去就會產生巨大的動力。如果有這麼一個牽引車，他們願意把自己的力量託付上去。他們一直期待能出現這樣一個強而有力的牽引車。廣州的民眾在余太玄身上發現了這股力量，他向廣州城內的無賴之徒大喝一聲，就能帶領著他們從五仙觀跑向街頭，這可是一輛了不起的牽引車啊！

「余太玄在五仙觀裡！」——這個消息一傳十、十傳百，很快就傳遍了全城。只要到五仙觀去就有人帶領我們前進，不僅是那些無賴之徒，連那些熱血青年也聚集到五仙觀來了。

由於英軍發動進攻，江邊和要塞裡的守軍都退進城內、關閉了城門。他們是殘兵敗將，親眼看到身邊的戰友被砲彈炸飛、血肉模糊的慘狀，他們是身上沾著戰場上血腥氣跑進城裡來的，加上城裡原有的軍隊，其數達四萬人。

一八三年版《美國百科辭典》的「廣東」條中，推測當時廣州的人口爲七十五萬，但是裨治文在《中國叢報》上反駁了這種推測，認爲人口近百萬。無論廣州是多大城市，一下子收納四萬外省兵也是夠嗆的。

廣州的貢院是科舉考場，爲了把考生在這裡禁閉幾天，那裡擁有八千間單人房。房間極小，僅能容納兼作床用的一張桌子。貢院可以容納八千兵，但是這只是全軍人數的五分之一。

「其餘的自己去找住處。」——後來傳出了這樣不負責任的命令。

平常民眾和外省兵的關係已很緊張，現在雜居在一起，所以到處都出了問題。因爲是分散住宿，緊急時，指揮官也無法召集自己的部下。他們是臨時編成的軍隊，軍官只知道部下的人數，並不認識每個人的臉。軍隊中還有一些狡猾的傢伙，只在發薪餉的時候露一下面，到動員的時候卻又裝作什麼都不知道。爲了掌控好軍隊，曾經研究過一些分批分期發薪餉的辦法，但是手續太繁瑣，很難實行，所以依然是「兵不見將，將不見兵」的情況。

當時少數當地的志願兵也進了廣州城裡，他們是站在居民一邊——即和外省兵處於敵對狀態。英軍進攻十三行街的第二天，湖南兵在城內因爲爭吵打架殺死了一名南海縣的志願兵，目擊者把這件事到處傳開了。還有一個外省軍官，說一個工人擋了他的路，一怒之下用軍刀砍了工人的腦袋。

「他媽的！這些畜牲！」目睹情況的人們眼裡含著淚，像發瘋了似的跑遍大街小巷向居民們訴說著。

居民們早就對外省兵恨得咬牙切齒，終於再也無法忍受了。

「打倒湖南佬！」

「打敗仗的臭兵痞子！」憤怒的人群奔向街頭。

「到五仙觀去！」——這是他們的共同語言，五仙觀有帶領他們行動的余太玄。

余太玄叉開雙腿挺立在嶺南第一樓的禁鐘前，他張開大手喊道：「我們找誰去算帳呀？」

擁擠的人群亂糟糟地喊叫著——

「湖南佬！」

「找外省的臭兵痞子算帳！」

余太玄又喊道：「外省兵的總頭頭是誰？」

群眾的喊叫聲一下子停了下來。他們並不是不知道，總頭頭就是靖逆將軍奕山，但是奕山的身份太高了，他是身裹錦衣的天上之人，是當今皇上的侄兒。說奕山是他們的敵人，群眾一下子還轉不過來，因爲他們憎恨的是搶劫商店、殺害居民的軍隊。

「靖逆將軍奕山是他們的總頭頭、是他們的總代表。」余太玄見沒人答話，自己回答了。

過了一會兒，人群中才有幾聲，「對、對！」

「所以，我們要去見靖逆將軍，去控訴、去報仇。」

這一次人群立即發出一片贊同的喊聲。

「將軍在什麼地方？」余太玄問群眾。

「貢院！」——這聲音就像從四面八方落下的冰雹在跳動。

「對，是貢院！」余太玄大聲地喊道：「我們要去的地方就是貢院。」群眾中爆發出一片呼叫聲，余太玄為群眾的憤怒指出了發洩口，一萬多名群眾開始從五仙觀向貢院進軍。余太玄走在隊伍最前面，沿途又有大批民眾加了進來，人數越來越多。

這是一支沒有統一指揮的隊伍，但是人們心中有一個共同的東西——對外省兵的憎恨。充血的眼睛、緊咬著牙齒的嘴、滲出汗水的額頭——那樣子就像是衝鋒陷陣的軍人。不一會兒，他們開始放聲叫喊了，雜亂的聲音不知什麼時候開始變成口號聲，但是並沒有人指揮他們這麼做。

「湖南佬殺死廣東兵啦！」——這是向沿途民眾申訴。「去貢院！要報仇！」——這是向民眾號召。分不清是抗議還是復仇的怒潮，從城內西面五仙觀湧向東面拐角的貢院。

4

在貢院的司令部裡，首腦們一直在商討夜戰失敗的善後辦法。奕山想起了林則徐「要避免決戰」的忠告，但是已經晚了。他想盡量把林則徐的話從腦海裡趕出去，於是和隆文、楊芳等談著各種事情。

楊芳的臉色蒼白。像他這樣身經百戰的猛將，也是第一次見識到如此猛烈的砲戰。他太過相信自己的經驗，疏忽了研究敵情。他一直深信自己會「馬到成功」，可是這是極大的錯誤。楊芳的老臉好像一夜之間乾癟下去，他感覺到腳下發軟，好像馬上就要倒下似的——他已經失去了主心骨了。

「做了一件錯事啦！」奕山心裡感到內疚。他看著楊芳，不覺對楊芳同情起來。失魂落魄的楊芳是曾經有過主心骨的，主心骨就是象法道士。

奕山把象法道士殺死了。楊芳失去象法道士，不過是一個可憐的、膽怯的老糊塗。

「軍門，」奕山對楊芳說：「昨天的夜襲，就算和軍門沒關係吧！我準備向北京上奏，說那是我獨斷專行做的，軍門什麼也不知道。」

奕山是廣東夷務的最高負責人，在軍事方面，楊芳應該負指揮的責任。調動大批將士夜襲，說楊芳不知道，這未免也太可笑。

這是官官相護。奕山是皇族、是道光皇帝的侄兒，和皇帝的關係近，不太可能受到處罰，因此他想把楊芳的責任攬過來。他曾經是花花公子，早就精通這種人情世故。再說，他殺了楊芳所信賴的象法道士也有點內疚，所以也帶有補償的意思。

楊芳十分激動，當場放聲大哭起來。正在這時候，一名軍官進來報告說：「暴徒包圍了貢院。」

「什麼？暴徒？把他們趕走！」奕山命令說。

報告的軍官沒有動，繼續說道：「暴徒的人數估計有兩萬人。」

「什麼？」奕山豎起了眉毛。

「是街上的居民。」軍官補充說。

「滿城都是漢奸！」奕山滿臉通紅，氣呼呼地說。貢院裡只有八千兵，散在城內的軍隊也不容易召集來。而且現在貢院被包圍了，傳令兵大概也派不出去。

兩萬群眾——敵人不是英國兵。

「他們來幹什麼？」楊芳好不容易才恢復精神問道。

「吵吵嚷嚷地要交出殺死水勇的湖南兵。」

「胡說！我們來是打夷人、保衛廣東的。」老將軍的眼角上還殘留淚痕，他哆哆嗦嗦地大聲吼叫著。不過，傳來的人群吶喊聲好像要壓倒他的聲音似的。

第二個軍官連滾帶爬地跑進來報告說：「暴徒已經破門而入了！」

把多達兩萬群眾帶進貢院，確實是拳術大師余太玄的力量。不過，這兩萬人的動力，余太玄這時已經無法駕馭了。

「停下！停下！」他大聲地狂叫著，可是，已經沒人聽他的了。

貢院的大門被打破，蜂擁而入的人群已開始襲擊軍隊。就在余太玄的眼前，一名士兵的天靈蓋被扁擔打裂，腦漿迸出、鮮血四濺，血濺到了余太玄臉上。

「啊呀！我說要停下嘛！」余太玄喊得嗓子已經發乾了。

到處都有士兵遭到群眾的圍攻。最初是出其不意，士兵們不明白是怎麼回事，有點驚慌失措，但是很快就改變態度。群眾的武器不過是扁擔和途中從商店屋簷下摘下的招牌之類，而軍隊有眞正的武器，並響起了金屬的聲音，士兵開始揮舞刀槍了。如果是打著赤膊，那是很難分清敵我的。在一片毫無辦法的混戰中，似乎慢慢地也找到了一些規律。他們交手前，雙方都要發出喊聲。如果是廣東話對廣東話或彼此都是湖南腔，那就說明是自己人；廣東話和湖南話相遇，馬上就血花四濺。

「我們是來要求交出犯人的呀！」不管余太玄怎麼喊叫，已經毫無作用了。這樣的結果應該早就預料到，余太玄卻從未考慮。他是個強而有力的牽引車，卻不是優秀的領導人。

廣州的貢院後來改爲師範學堂，一進門有一條寬闊的道路，兩邊排列著營房似的建築物，一座建築物裡有幾十個小房間。爲了考生不會弄錯，各棟房子上都貼著由「天地玄黃、宇宙洪荒」開頭《千字文》中的一個字。例如「天」字建築物的對面是「地」字建築物。平常這裡很安靜，房子前貼著《千字文》上的字，很有學術氣息。而現在是血、汗、叫喊加上瘋狂，貢院內變成了悲慘的廝殺地獄。

「不應該發生這種事的，可是……」余太玄想到這裡，深深地嘆了一口氣。他既然帶來了兩萬名憤怒的群眾，卻沒想過會發生什麼事。

他拚命地叫喊著想制止。不過，亂鬥稍微停歇了一下，並不是由於他的叫喊。

軍鼓響了，銅鑼也響了。這是怎麼回事？敵我雙方都鬆了手，大概雙方都因爲互打、互殺而感到疲勞了吧！

自從成為司令部之後，貢院裡造了一座瞭望樓。幾個好像高級官員的人物登上瞭望樓，其中一人高舉雙手大聲說道：「你們要求的事我已知道了。殺害水勇的湖南士兵，目前正在調查。」

「我們才不會被騙！」群眾中發出喊聲。

「不騙你們！本大人是靖逆將軍奕山。」

一剎那間變得鴉雀無聲。奕山明白已產生了效果，他向前跨出一步，朝著群眾說道：「現在讓你們看一看不是騙你們的證據。在本大人身旁的是總兵段永福，殺人犯還在調查中，但是已了解這人是段永福手下的士兵。因此，我現在就摘掉他總兵官的頂戴。」

話一說完，他一隻手摁著段永福的脖子就取下他的帽子，然後擰下官帽頂上標誌二品武官的起花珊瑚。奕山拿著這個起花珊瑚高高地舉著。這時軍鼓和銅鑼都已經停了，群眾和士兵也不覺得屏聲斂息。他們平時和高級官員是無緣的，也深信官帽上那光鮮的頂戴是神聖不可侵犯的，他們只知道遭到天子斥責的官吏首先要拔去帽子上的頂戴。現在二品武官在他們面前被剝奪了頂戴，在他們看來，這是無法想像的果斷處分。儘管剛才還不顧一切地亂鬥，一旦停下來，環視一下倒在貢院通道和院子裡的人，以及濺在牆上的血跡，他們還是感到全身顫抖，被激動趕走的恐怖感又回到他們心裡。

「回去吧！總兵已經處罰手下了。」有人這麼一說，接著是一片讚成之聲。

「撤吧！……」無數手持大刀的軍隊排列在那裡，再待在這裡，不知道還會發生什麼事。

「軍隊不准動手，民眾立即退走。」奕山說。

闖進貢院的群眾像著了魔法似的一窩蜂向門外跑去。余太玄感覺到自己的無能，情緒消沉。他只是帶來了兩萬群眾，卻什麼事情也沒做。

群眾離開貢院後，奕山才從瞭望樓上慢慢地走下來，左右幕僚恭維他說：「處理得太漂亮了！」旁邊一個臉被打爛一半的士兵，此刻正痛得滿地打滾。

奕山朝他看了一眼，笑著說道：「沒什麼。竅門就和勸說女人一樣。……不過，這只是暫時的敷衍，這樣下去是打不了仗的。」

英軍已包圍了廣州城，而城內的民眾和軍隊卻在互相鬥毆，任何樂觀的人也會覺得這樣是無法打仗的。在這次貢院的事件中，雙方都犧牲了許多人，雖然無準確記載，但是《夷氛聞記》中說：「較場（貢院）中屍骸如積矣。」

5

世俗間人心動盪的風，從縫隙裡也吹進了尼姑們居住的檀度庵。在來了因爲容貌和夷人相似而被監禁在貢院裡的西玲後，四方砲臺的守將——總兵長春又稱病放棄要塞，逃了進來。廚娘和雜工們打聽到各種消息，據說英軍在城外西郊的十三行街登陸，搶劫了公行和附近店鋪。聽到這些，西玲心情很難受，她最擔心的是弟弟誼譚。

「據說那一帶的居民在夷人上岸前就到城內避難去了。」廚娘同情地安慰她。

誼譚如果是正常人，西玲也不會那麼擔心。誼譚比一般人聰明，他不會逃在別人後面的。可是，現在誼譚已經精神不正常了。而且平時照顧他的承文和彩蘭已和溫章一起去了香港，連維材又在石井橋的李芳家作客。西玲擔心人們會不會把誼譚丟下不管？

金順記的人要到城裡避難，大概會住進光孝寺南邊的選茶廠。爲了把武夷山運來的茶葉揀選分類，金順記在廣州設立了幾處選茶廠，其中一處是在城內，那裡很寬敞，完全可以容納下金順記的全部店員。

西玲讓廚娘幫她買來衣服。她脫下灰色的尼姑服，換上世俗衣裳走出尼庵。檀度庵在城內的北邊，離市中心較遠，但是這裡也籠罩著緊張氣氛。許多從城外來的難民把草蓆鋪在路旁休息，旁邊堆積著家具雜物，不時有人大聲地喊著什麼從這裡跑過去。

有的喊著：「打倒軍隊！」

「我們的人砸了貢院啦！」

在選茶廠見到金順記掌櫃時，西玲一看對方的表情，兩個膝頭就不自覺地發抖了。

掌櫃的低著頭走到西玲面前行了一個禮說道：「太對不起您啦！」

「這麼說，誼譚還是……」西玲聲音顫抖，這麼問道。

「是的，不知道什麼時候就沒人了。把他放在板車上還蓋上被子。因爲當時太混亂了……」

「是進城之後沒的？還是在城外？」西玲的兩只拳頭一直攥得緊緊的。

「這個不太清楚。發現的時候是在進了竹欄門之後不久。」掌櫃的頭垂得更低了，辮梢垂落了下來。

誼譚並沒有進城。逃難的行列在城門口因爲人群擁擠而停下來的時候，他從板車上爬起來，溜了下去。

因爲前面堵塞了，金順記的店員們有的踮起腳往前看，有的朝著前面大聲地喊叫：「快一點！」誰也沒有注意到誼譚從車子上溜下來。車子上還裝著其他東西，又是在這樣混亂的情況下，大概拉車的人也沒感覺到車上的東西變輕了。

誼譚慢悠悠地朝來的路上走回去。他一路上被進城的人們撞著、踢著、推著、搡著，他仍然朝著十三行街走去。他已經沒有意識，但是可能還殘留著慣性。他在金順記廣州分店前停下。因爲人都走了，門沒有上門，他用手一推，門開了。

「啊、啊、啊……」誼譚的口角流著口水，慢吞吞地走進店內。

這個長期被鎖在屋子裡發狂的青年，好像對現在自己能自由行動感到很高興。不，這也許不是高興，而是支配著他年輕肉體的動物本能，體會到一種解放感。

他臉頰鬆弛，不時地伸一伸舌頭。他輕輕地推了推監禁自己的那間屋子的門，朝裡面看了看，但是他沒有進去。他大概對監禁他的屋子有一種條件反射的反感吧！

他一邊走著，一邊四下張望。他走進了彩蘭的房間。也許是這屋子裡還殘留的年輕女性香氣吸引著他的本能吧！房裡有一架紫檀木的鏡臺。誼譚看著鏡子，拱著嘴脣，發出「嗚、嗚、嗚……」的叫聲；映在鏡子裡的人也拱著嘴脣。誼譚好幾個小時一直對著鏡子哼著、吼著、伸著舌頭，附近的砲聲好像根本沒有傳進他的耳裡。

不久，英軍開始登陸搶劫了。一般店鋪都把貴重的物品搬走，唯有怡和行和金順記幾乎全部原封不動地留了下來。第一批闖進金順記的英國兵高興地吹起了口哨——這裡有許多值錢的戰品。爲了爭奪一個翡翠獅子工藝品，三個英國兵扭打起來；衣櫃的衣服一搶而空。後來插進來一個軍官，宣布鑲嵌象牙的屛風應該歸他所有，還跟士兵們爭執起來。闖進彩蘭房間的士兵，一看那裡有人，吃了一驚，但是馬上就放聲大笑，「這傢伙是瘋子，所以把他扔下了。」英國兵沒有管瘋子，開始物色房間裡的東西。

首先物色上的就是紫檀的鏡臺。當兩個英國兵準備把它抬走時，誼譚發出「哇！」的一聲怪叫，撲倒在一個英國兵腳下。

「去你媽的！」英國兵的腳被絆住，打了一個趔趄。他狠勁地朝誼譚的臉上踢了一腳，誼譚就地趴倒在地板上，嘴裡噴出白沫。

搶劫完，英國兵把從清朝火船上拿來澆著油的枯枝點著火，扔進了金順記店中。

「瘋子燒死了是幸福吧！」一個英國兵這麼說。

6

英軍下午三點左右在十三行街附近登岸，與清軍交戰了一段時間；開始搶劫是在戰鬥結束之後，已快近黃昏了。金順記起火是在天黑了之後。瘋子誼譚在烈火騰騰的房間裡爬了起來，他只有動物本能，不需要透過知覺來判斷事物之類麻煩的過程，所以反應很快，而且他年輕的肉體有著能迅速適應本能的行動精力。

房子的一角已經燒塌了，那裡可以看到夜空。誼譚猛地朝那個崩塌的洞口跑去，他的光腳板多次踩在火焰上，但是他毫不在乎。

「嗚、嗚、嗚……」他跑到外面後，朝著黑暗的夜空發出咆哮般的吼聲。他逃走的時候動作極其敏捷。但是跑到外面後，又恢復痴呆人特有的慢悠悠步子。

他嘴裡嘟嘟噥噥地說著什麼，不時發出咆哮般的怪叫聲。他無意識地朝北走去，走過華林寺、走過陳家祠，這個失去魂魄的肉體不知疲勞地走了整整一夜。

天亮了。誼譚不知道、也不想知道自己是在什麼地方。廣州的城牆一度曾黑魆魆地出現在東邊，但是天亮時已經看不見了。他腳步緩慢，已經朝北走了很遠。

他是走在時間和空間的外面。遠處、近處不停地傳來砲聲、槍聲，誼譚只是向左歪著下嘴脣，兩眼直瞪瞪地向前走著，砲聲、槍聲都不能改變他臉上的表情。

歷史的車輪在這期間已經轉動了好幾次。由於總兵長春逃進城內的尼姑庵，廣州城外北邊的四方砲臺輕易地落入英軍之手。從東西兩方援護四方砲臺的兩座砲臺——東得勝砲臺和西得勝砲臺也遭到了同樣命運。它們都沒有像它們的名字那樣——「得勝」。

前面已經說過，四方砲臺主要不是保衛而是進攻廣州城的陣地。從那裡望去，廣州城是在眼下，英軍的砲彈可以從那裡自由地選擇目標打進城內。

英軍也知道清軍的司令部是設在貢院裡。「目標貢院——城內東面那個有好多列建築物的地方。」指揮官給砲手指著貢院所在的方向，雨點似的砲彈開始落在貢院裡。

不過，這時總頭頭奕山已經不在貢院。他聽到四方砲臺失陷的消息，立即轉移到巡府官署。他早已察覺到貢院會首先成爲砲火的目標。

他憑著浪蕩公子的那種敏銳感覺，和貴族式遇事滿不在乎的態度，早已對這次戰爭失去信心。他說過：「這樣下去是打不了仗的。」

是的，湧到貢院來的群眾已經解散了，但是街上仍然到處發生軍隊和居民之間的亂鬥；有的人已經豁了出去在四處放火。

「把余保純叫來。」奕山對巡撫怡良說。

自從花園事件以來，凡是和夷人議和，幾乎都要用余保純。

太陽已經出來了，誼譚仍然在鄉間的小路上有氣無力地走著。前方已經看到從泥城奔赴四方砲臺並塵煙滾滾的英軍行軍隊伍，誼譚仍然繼續走著。

廣東的五月已是炎暑天氣，即使下了一整天的大雨，第二天的太陽仍然是火辣辣地照射著，簡直就像要把村鎮融化似的。在這次稱作「廣州戰役」的戰鬥中，英軍所受的損失主要是因爲炎熱，而不是清軍的抵抗，就連那些經歷過炎熱天氣的印度士兵，也因爲中暑而成批地倒下。

誼譚連斗笠也沒戴，在這樣的酷暑之下走著。他踏進田地而被農夫叱罵著；被孩子們用石子投擲著，他仍然不停下腳步。誼譚是混血兒，皮膚本來就白皙，又被監禁了一段時期顯得更加蒼白，但是不到半天的時間，他的皮膚已被曬得通紅。不久，他開始在同一個地方繞圈子，然後又走上他走過的原路。他不管時間、空間和炎熱，仍然獨自一個人走著。左邊出現了城牆，誼譚這才停下腳步，好像看到什麼稀奇的東西似的望著城牆。

不過，城牆上確實出現了罕見現象，那裡立著一根掛著一面大白旗的旗杆，白旗是表示停戰的標誌。清軍曾經氣勢洶洶地說過，這是夷狄之法，天朝沒有這樣的規矩。但是現在他們在自己的城頭上懸掛了這樣的白旗。

余保純和義律所締結的「廣東和約」，內容如下：

1. 奕山、隆文、楊芳及外省兵不打旗號，撤出廣州城，六天之內撤至城外六十里以外之地。
2. 清朝當局交付英軍六百萬元，其中一百萬元於二十七日日落以前交付，其餘在一週之內交付。
3. 全部款項付清時，英軍撤至虎門口外，所占領之各要塞交還給清朝。但是在兩國之間的問題未完全解決之前，清朝不得在這些要塞設防。
4. 清朝另外交付掠奪外國商館及攻擊西班牙船畢爾巴羅號的賠款。
5. 奕山要委任廣州知府為全權代表。

這是徹底投降。

奕山把伍紹榮叫來要他籌措賠款。六百萬元換算為銀兩，相當於四百二十萬兩。其中由伍紹榮籌措了二百萬兩，其餘是從布政使、鹽運使和海關的三個公庫中支付的。

那麼，奕山怎麼把這件事向北京上奏呢？他編造說是「墊付了公行對外商的欠債」。關於近四萬名外省兵撤出廣州城的問題，他欺騙說是「為了剿伐土匪」。

不過這麼說還是顯得人數過多，於是他補充道：「廣東天氣炎蒸，病倒士兵甚多，因而使其移駐廣州城外十餘里之白雲山，以便居高臨下。」也就是說，為了避暑。

為了編造理由，奕山確實煞費苦心。

城外

他們覺得進不了廣州城，感到大失所望。廣州是靠對外貿易而富裕繁榮起來的城市，能在這樣的城市裡到處去奪取戰利品，那該是多麼令人高興的事啊！但是這種希望已經落空了。

他們一下子變成了野獸，狂暴地襲擊附近沒有掠奪價値的寒村，肆意地殺人放火、姦淫掠奪。

1

從泥城到四方砲臺的道路已成爲登陸英軍的主要幹線，沿途村莊基本上已沒有居民了。廣州城郊一帶的居民不是逃進城內，就是逃到更遠的地方去避難。

英國兵闖進了民房，但是裡面沒有人影，貧窮的農家又沒有什麼値錢的東西，他們一氣之下就放火燒了民房。不過，村莊的民房裡並不是全都沒有人，有的屋子還躲藏著沒來得及逃跑的老人和幼兒。有些年輕小夥子躲在莊稼地裡或樹叢中，他們希望能看到村莊的最後命運。

當一支英軍的小部隊燒了一家民房時，從煙火中爬出了一個老大娘。

「啊呀！有人。」

「好像是個女的。」

「穿著黑衣服，是男的吧！」

「不，這一帶的農家女人都穿著黑色衣服。」

在英國兵的眼裡，很難分清中國農村裡的男人和女人。尤其是老人，都穿著分不清男女的衣服。

「沒有鬍子呀！」

「男人也有沒鬍子的。」

老大娘戴了一頂棉帽子，更加難以辨認。到底是男是女？最後士兵們開始打賭。

「脫光就明白了。」——得出了這樣的結論。

由於害怕，老大娘說不出話來，趴在地上一味地叩頭求饒。幾個英國兵圍著老大娘，他們是布朗底號上的水兵。一個水兵朝老大娘的肩上猛推了一把，老大娘仰面跌倒在地。另一個水兵把雙手伸到她的胸前，使勁地撕裂她的上衣，老大娘的胸前露出兩個乾癟下垂的乳房。

「有點意思。有奶呀！」

「再仔細看看！」

另一個水兵撕裂了老大娘的褲子。「哇——！沒錯，我贏啦！」

老大娘被剝光了身子，像一隻龍蝦似地蜷縮著。英國兵一擁而上，捉住她的手腳、拉開她的身子。

「好好地看看！」

「裡裡外外都看看！」

枯瘦的老大娘又小又輕，被捉住手腳，就像玩具似地被顛來盪去。

「過去也許是女的，現在已經不是了。」打賭說是男人的那個水兵硬是不服輸，這麼說。

「年紀老了，女人總還是女人呀！」

「不，已經不是女人了，起不到女人的作用了。」

「不，還能起作用。」

「那你就試試吧！能成，我服輸。」

「好，來，我試試！」那個水兵開始脫褲子。

一個年輕的小夥子躲在老榕樹後面看到了這些光景。他充血的眼睛裡噙著淚水，牙齒咬得吱吱地響——老大娘是他的伯母。一定要報仇！可是，要是他跳出去，那只會白白地送死。他要把這件事告訴鄉親們，藉著高高雜草的掩護他離開這裡向北走去。四方砲臺的西北面有三元里，再往北去就是石井橋。那一帶在遠離四方砲臺到泥城這條路線的偏北方向，所以很多居民都沒有逃難。

小夥子來到三元里的入口處，不覺驚訝得目瞪口呆。到處都有民房在燃燒，難道英國鬼子也從這裡經過了嗎？

煙鑽進了小夥子的眼睛，汗水和淚水摻混在一起。小夥子走進燒塌的、連煙也滅了的廢墟，用赤腳板狠勁地踩了踩燒成焦黑的木柱。木柱已經燒透了，在小夥子的腳下塌成一堆灰。

就在這旁邊躺著一個白色物體。小夥子彎下腰，揉了揉眼睛。那是一個十二、三歲小姑娘的裸體，已經沒有氣息了。兩個乳房剛剛有點隆起，而就從這乳房的下端一直到小肚子上，有一道筆直切開的裂痕；從裂痕的縫中還可以看到血糊糊的內臟。小夥子轉過頭去。

聽到有呻吟的聲音，小夥子立刻朝發聲的地方蹭行過去。一個瘦瘦的中年男子躺倒在那裡，他敞開的胸膛上染滿鮮血，肩膀被打斷了，露出白骨。

「爸爸！你怎麼啦？」小夥子把臉貼在那男人的耳邊問道。那男人拚命地想要說什麼，但是聽不清楚他那像從什麼縫隙裡漏出來的話聲。

「妹妹呢？」小夥子好不容易聽出了這句話。

「她逃走了！她很好！爸爸，妹妹很好！她沒事！」小夥子在那男人的耳邊大聲喊著，大顆大顆的眼淚滴了下來。

那男子掙扎了一會兒，就一動也不動了。

「惡鬼！」小夥子衝著天大聲吼叫著。

在泥城附近登陸、進攻四方砲臺及廣州城北郊各要塞的英軍，分為四隊，總兵力為二千四百人。以第四十九團和愛爾蘭第十八團的精銳為核心，約有八百名水兵隊參加；另外還有馬德拉斯土著步兵團，和臭名昭彰的孟加拉志願軍等印度軍隊。砲兵團由富有戰鬥經驗的諾爾斯大尉指揮，率領約一百四十名工兵隊及火箭砲隊，配備有十二磅曲射砲四門、九磅野戰砲四門、六磅野戰砲二門和五寸半臼砲三門。

在這連其他軍隊都羨慕在十三行街登陸的第二十六團夥伴，那裡到處都有富裕的大店鋪，戰利品一定很多。相較之下，他們這支左翼部隊是被分配到沒有什麼可掠奪的窮鄉僻壤地帶。

他們一開始就感到「倒楣」，心裡憋著火，而且還遭到老百姓的敵視，在行軍途中不知從什麼地方會飛出來幾顆子彈。在攻陷四方砲臺之前，軍紀還比較嚴明；當停戰的消息傳到軍隊之後就突然亂了，每個士兵都暴露出他們的獸性。

他們覺得進不了廣州城，感到大失所望。廣州是靠對外貿易而富裕繁榮起來的城市，能在這樣的城市裡到處去奪取戰利品，那該是多麼高興的事啊！但是這種希望已經落空了。他們一下子變成野獸，狂暴地襲擊附近沒有掠奪價值的寒村，肆意地殺人放火、姦淫掠奪。

2

有一個名叫林福祥的青年，二十八歲，字季薇，廣東省香山縣（今中山縣，孫中山的故鄉）人。他不是軍人，從小喜愛孫子兵法，是名儒黃喜芳鍾愛的弟子。他是熱血沸騰的漢子，在其所著的《平海心籌》中，以激越的言詞談論時局，提倡主戰論。

最初他想當廣州知府余保純的幕僚，曾就時局獻過策，但是余保純不喜歡他那股熱情，沒有用他，於是師傅黃喜芳把他介紹給新任總督祁。總督委託他組織水勇。城外的清軍因爲英軍的反攻大多逃進城，殘留在城外的戰鬥部隊可以說只有林福祥的一支志願軍。這支義軍只有六百人，而且是臨時招募來的。但是他們是廣州附近的人，保衛家鄉的鬥志很高，比起那些懶散的外省兵，這支軍隊要強大得多。

林則徐曾經指出，兵離家鄉越近，戰鬥力越強。可是，奕山不信任廣東人，把他們看成漢奸，連水師也特地從福建省的廈門調來，不用熟悉水道的廣東海軍。所以外省兵缺乏鬥志，這是理所當然的。

英軍在泥城登陸時，林福祥由十六艘兵船組成的部隊駐紮在附近的離明觀；爲了避開英軍砲火，一度撤退到石井橋，集結兵力。他在這裡整頓部隊，準備襲擊四方砲臺的英軍。如果城內的軍隊從正面進攻、進行夾擊，他深信一定能擊破敵軍。

從偵察的情況來看，城內的大官們緊閉城門，毫無抗擊敵人的意思。不僅如此，還獲悉城頭上已懸掛白旗，實質上已開始投降的議和談判。

「這些腐敗的將軍們。」林福祥心中對大官們的不信任變成憤怒火焰，熊熊地燃燒起來。

自從軍隊轉移到石井橋後，他經常去拜訪李芳。李芳雖然體弱多病，但是好像有一種奇異的吸引力，能把他滿腔的憤懣一下子平息下去。

李芳家中的那個連維材，也是一個不亞於主人的奇特人物。這個人的目光好像是超越現實、注視著未來，一聽他的談話就有這種感覺。他經常談的是什麼對外貿易和產業開發，將成爲未來重要的課題之類的話。他也談當前的時局，但是只有談到未來時他的眼裡閃現出光彩，話裡也飽含熱情。

「連先生，您對現在好像漠不關心呀！」林福祥說。

「不，不是這樣。」連維材很罕見地慌忙搖著手說：「未來也還是和現在相連繫的。」

「這麼說，假定您對現在多少還有些興趣，那只是由於要和未來相連繫嗎？」

「我也是生活在現在的人啊！」

「我倒覺得您有點兒像是未來的人。」

「這個嘛！也許是我比別人更把重點放在未來吧……」

「對現在的局面保持冷靜的態度。看來這倒是我應該學習的地方，我對眼前的事情動輒就感到憤慨。」

「不，我也是重視現在的。因爲將來的收入額將因爲現在的支付額而有所不同。」

「現在的支付額？」林福祥銳利的目光打量著連維材的臉。

「是的，我對這個非常關心。」

「現在支付的好像並不太多。廣州城內那些軟骨頭的將軍們……」林福祥帶著鄙視的語氣說。

「支付不能全靠他們，我們也必須要支付。」連維材這麼說後，朝李芳看了一眼。

李芳一直默不作聲，這時站起來打開窗子說道：「你們看。」

林福祥走到窗邊朝外面看著，從這裡可以看到李芳家前的大場院，那裡曾經作爲訓練壯丁的地方，現在那裡聚集許多人——估計約有兩千多人。有男人也有女人，有老人也有小孩，廣場已經容納不下，連道路上也擠滿了人。

「那些人要幹什麼？」林福祥問道。

「爲了未來，現在準備支付呀！」李芳回答。

林福祥再一次仔細地看了看那些群眾，他們手裡拿著鋤頭、鐵鍬；有的甚至拿著扁擔、竹槍；少數人還拿著鳥槍。

「是誰召來了這麼多人呀？還是他們自己聚集在一起的？」林福祥問道。

「這怎麼說好呢！」李芳笑著說：「南邊村子裡來了一個年輕人，他控訴了英夷的暴行，說他們燒毀房屋、強姦了老大娘等等。這麼一來，沒有誰號召，大家都聚集到廣場上來了。據說廟那裡也聚集了許多人。」

「是要去打英夷嗎？……果眞如此，我也參加。我的手下有六百名健兒。」

「廣場上的那些群眾情緒激昂，現在重要的是幫他們指明道路，而不是援軍。我身體多病，不能拿武器戰鬥。不過，給他們指指道路恐怕還是可以的。」

這時一個年輕的僕人走進來說：「肖岡村那裡的人也在集會，高喊要打倒英夷。另外，何玉成先生派人送來了急信。」

據情報說，不光是石井橋，三元里一帶各個村莊的居民都憤怒地把農具當作武器，正在集結。

「必須要凝成一股力量……」李芳回頭看了看連維材這麼說，但是馬上咳得喘不過氣來。

「我來試試吧！」連維材站了起來。

林福祥定神地望著窗外的群眾，他那樣子好像爲那裡的情景所深深感動。

「我要到那些群眾當中去。」連維材這麼說。

3

肖岡村的居民之所以憤怒地來集會，是因爲英國的工兵隊挖他們祖先的墳。

英國兵正因爲得不到値錢的戰利品而情緒消沉。一個士兵提議說：「聽說這個國家再窮的人也重視墳墓，最好的東西都裝在棺材裡埋進土裡去了。」

也就是說，地上沒有值錢的好東西，但是地下有。至於挖掘的工作則是工兵隊拿手的。他們找到墳地就立刻挖了墳墓。

中國人最忌諱的是挖墳。正好一個來掃墓的中年農民看到英國兵在挖墓，氣得臉色都變了，跳出來說道：「你們要幹什麼？這裡是我們祖先長眠的地方。」

英國兵當然聽不懂，但是明白是制止他們挖墳。

「少廢話！你這個豬！」一名工兵舉起手中的鶴嘴鎬，朝那個農民的腦袋上敲下去。農民的腦袋敲碎了，鮮血四濺。

當時的書上稱這是「禍及枯骨」。許多書上都記載英軍暴行，《廣東軍務記》上寫道：「夫罹殃而妻受辱，兩命皆亡；子被縛而母困居，身家俱殞。而且田園被傷，室廬被毀，邱壟被掘，老少被淫，貧者室如懸罄，富者家徒壁立，洵屬鬼神積憤，草木含愁。……」

正義的戰爭只能是保衛家鄉的戰鬥，英國遠征軍的軍紀如此紊亂，士兵赤裸裸地露出獸性，其原因就在於戰爭沒有一絲一毫的正義。

三元里一帶的家畜、家禽都被英國兵給宰殺了，他們到處圍著圓圈燃起篝火，烤著牛、豬、雞，大開狂宴。印度兵當中的印度教徒不吃牛肉吃豬肉、回教徒吃牛肉不吃豬肉；而英國兵不管是牛肉還是豬肉都大啃大嚼。

舉人何玉成是番禺縣的大仕紳，他在給李芳的信中希望附近一帶的鄉紳能在一起聚會協商，地點指定在三元里的北帝廟。連維材麻利地進行準備。農民群眾本來就不懂得戰鬥方法，最首要的是不能讓他們對英夷的憤怒情緒降下去，因此要有一篇激昂的檄文。

「好，我來寫吧！」李芳提筆草擬了檄文，反覆做了推敲。

吹打樂器對於鼓舞士氣的作用很大，每個村子都有在節日或唱戲時使用的銅鑼、大鼓和喇叭，要立即把它蒐集來。在行軍和指揮戰鬥時沒有旗子不行，寺廟裡的那些幡幟不顯眼，需要有一色的旗子。趕快做旗，圖案也要確定。連維材到底是個實務家，工作起來很明快俐落。

「畫三個星吧！」他在三角旗上畫了三個圓圈，考慮了一會兒，又用粗線條把圓圈連結起來。他自己也對這個圖案感到很滿意，定神地看了許久。表示過去、現在、未來的三顆星連結在一起了。

「這種連結的樣式有點勉強。」連維材心想，拿起筆就把連結星和星之間的線條描得粗粗的。

在這期間，附近村莊不斷有人來連繫，檄文發到三元里一帶一百多個村莊，反應異常強烈。據說各個村莊的居民都拿著鋤頭、木棒，在寺廟或私塾前的廣場上集會，參加的不僅有男人，還有許多年輕婦女。在李芳家前的廣場上宣讀檄文時，群眾的情緒十分激動。只聽唸道：

……容縱兵卒，擾亂村莊，搶我耕牛，傷我田禾，壞我祖墳，淫辱婦女，鬼神共怒，天地難容。我等所以奮不顧身，困義律於北門，斬伯麥於南岸。……

唸到英夷暴虐處，群眾都流下眼淚；唸到要誓滅英夷處，群眾圓睜怒目、齊聲高呼。他們齊聲咒罵洋鬼子的橫暴，不過，他們痛恨的不僅是英夷。英夷鬼子在泥城登陸、進攻四方砲臺時，官兵不做抵抗，四散逃跑，三元里一帶的居民因此遭到英夷的蹂躪，難道官兵保護百姓不是他們的職責嗎？

「得了，我們自己打鬼子！」

「不要官府的援助！」

「我們跟那些臭兵痞子可不一樣！」

他們在談到自己國家的軍隊時，前面都冠了一個「臭」字的形容詞。

百姓們親身體會到不能依靠官兵。都察院御史曹履泰彈劾當時軍事當局的奏文寫道：「……（英軍）自泥城上四方砲臺，凡所經由地，曾無一人施放槍砲，而民已不服。」因為知道官兵不可靠，所以他們自己武裝起來。

水勇統領林福祥深入到群眾當中，和群眾打成一片。「對，民眾一旦武裝起來，就再也不要解除武裝啊！」林福祥心裡銘記著這一點。

他不是連維材，但是他也想到未來。他「未來清朝眞正的軍隊一定是我現在率領的義軍，和這種武裝民眾的混合體。」

自此以後他都沒有改變這個信念。鴉片戰爭後，他既沒有像以前那麼想當官，也沒有想當高級官僚的幕客，他感覺自己的背後有「山中之民」的力量。

談一點後話，林福祥後來參加太平天國革命軍，在衢州被清軍將領左宗棠所殺，這是二十年後的事。他在三元里活躍的情況，史書上漏載的很多，連他故鄉的地方誌《香山縣誌》也沒有為他立傳。不過，林福祥所率領的六百名水勇在這些不會打仗的農民中，無疑是一支核心力量。林福祥從廣場上的群眾中走出來，直接去尚未取得連繫的各個村莊。數十鄉的群眾由於他的說服而決心參加戰鬥。

李芳寫完了檄文，坐著轎子來到三元里北帝廟，在那裡和何玉成等人進行討論。

「為我們這個組織取個名字吧！」何玉成說。

李芳面前鋪開一塊白色絹子。他提筆飽蘸著墨汁，一口氣寫了三個大字——「平英團」。絹子上三個字蒼勁有力，跟他瘦弱的身子很不相稱。

「啊！平英團！平定英夷，好！……」何玉成不住地點頭。

4

五月二十七日上午，參贊大臣楊芳爲了協商撤出城內的外省兵問題，去了英軍設在四方砲臺的幕營。和他對談的是休・戈夫少將。戈夫少將後來在給印度總督俄庫蘭德的報告中寫道：「進行了長時間的無聊會談。」

楊芳顯得十分衰老。也許不是因爲遭到戰敗打擊的緣故，而是失去了主心骨——象法道士。

中午時，義律加入。義律看到一切都按照自己的計畫順利進行，感到很滿意。出動包圍廣州城的英軍兵力不足三千人，而城內的清軍有四萬。義律本來就沒有眞的想要占領廣州城的想法。要想趕散得不到老百姓支持的四萬名烏合之眾，那也是很容易的。當然，這麼做就必須準備做出流血犧牲；而且即使能攻下城池，也沒有信心長期占領。把廣東搞亂，讓它的產業帶來打擊，使貿易衰落，這也不是上策；應該威脅對方撤兵，創造一個有利於恢復貿易的和平環境——這就是義律的目的，而這個目的已經達到了。

義律爲了只顧眼前利益的商人們，他的想法也受到商人們的影響，使他只看眼前利益。如果發動大規模戰爭，清朝的產業一定會遭到破壞，生產力和購買力都會減退。如果能迫使清朝開放廣州以外的港口，取消施加於外商的限制，把英國的權益打進清朝領土，那對未來英國的利益是不可估量的。從這個觀點來看，義律的行爲顯然是違背了外交大臣巴麥尊的政策。

二十八日，清朝方面根據和議實行第一次撤軍。這一天五千名湖南兵撤出了廣州城，並交付第一次贖城金。贖城金的銀元裝在黑雅辛斯號上。

二十九日交付第二次贖城金，去接收的是摩底士底號。城內的清朝部隊絡繹不絕地從正北門、正東門和小北門等開往白雲山方向。白雲山在廣州城的東北面，三元里在城的西北面，方向正好相反。四方砲臺附近的英軍也準備撤退，賠款交付完畢，英軍就退到虎門外。這時，進攻十三行街的第二十六軍團也會合到四方砲臺。

余太玄不明白自己究竟做了些什麼事。總之，他是在盡最大的努力活動著，他做了自認爲是對的事情。廣州民眾憎恨外省兵，因此他率領他們闖進了貢院。

之後的事他就不太懂了。顯示群眾的威力、促進領導人反省、懲罰橫暴的外省兵，而且要獲得今後抑制外省兵的保證——這是他原本打算，看來這已經取得了勝利。但是這不是他的力量所取得的，而是由於靖逆將軍奕山戲劇性的表演所解決的。現在清朝的軍隊被英國兵包圍在城內，要求議和。擁有四萬大軍竟然要求和，這大概是深知廣州居民對他們的憎恨之深，害怕一旦和英軍作戰，民眾會變成暴徒從背後攻打他們。

余太玄曾炫耀是他把廣州居民的怨恨引到清軍的領導人身上，現在他看到那些不打旗號、沒有鑼鼓聲、一步一拖地走出城門的士兵，他心想：「難道這是我做的事情的結果嗎？」他對外省兵的暴行感到憤慨，但是他也不能容許英夷的不道德行爲。

問題一深入，他就糊塗了，就像一團亂麻似的。請教一下連維材，也許能得到一個明確的回答。但是連維材不在城內。事情就像他以前打死廣州流氓頭子時那樣地不明朗。

「我們快走吧！」一個女人的聲音催促著他。那是西玲的聲音。她在城內到處尋找弟弟誼譚，估計誼譚可能去的地方她都找遍了，但是誰也沒有看到他。

誼譚是個瘋子，在城內即使迷了路也容易引人注目，可是誰也沒看見，那就說明他沒有進城。她決定到城外去找，正好官兵要從城內撤出而打開了城門。可是聽說英國兵在城外橫行霸道，一個女人走在路上非常危險。這時余太玄表示願意陪她一起去，余太玄實際上是想去石井橋見連維材。

尋找誼譚的路程先從可能是他失蹤的地方——十三行街開始。西玲和余太玄決定出北門，沿著西邊的城牆南下。

5

英國兵主要是在四方砲臺和泥城之間搶劫、放火，這條路的南邊不是他們經過的路線，受害不太大，有些老百姓的家裡還留有人。

西玲和余太玄挨家挨戶地打聽有沒有看過像誼譚模樣的人。人們害怕英國兵，儘管天氣熱，家家都關門閉戶。西玲去叫門比余太玄去大聲高呼更有效果。因爲是女人的聲音，人們就不會擔心是洋鬼子。那些西玲去叫門也不開門的人家，大概是全家到什麼地方去避難了。打聽了好多家，都沒有人見過像誼譚模樣的人。

正要穿過一片小杉樹林子時，西玲感覺到那裡有人，草叢中發出沙沙的聲音。「誰？」西玲壓低嗓門，朝著發出聲音的方向問道。這時，跳出來一個十歲左右的男孩子，他的眼神發愣。

「你在這裡幹什麼？」西玲問道。

「我躲在這裡呀！夷人來了我害怕。」

「孩子，只有你一個人嗎？」

「不，爸爸、媽媽、哥哥……都躲在對面。」

「孩子，我跟你打聽一下。你在這一帶看見過外面來的人嗎？一個年輕的男人……」

「沒見過。」

「是嗎？謝謝你！」西玲微笑了一下。大概是她的笑容消除了孩子緊張的情緒。

「除了同村的人，誰也沒見過……不過，有一個瘋子從這裡走過去……」

「瘋子？」西玲用興奮的聲音反問，「那麼，瘋子往哪邊去了？」

「他慢慢吞吞地往北邊去了，但是北邊可危險啦！……」

「那瘋子是什麼樣子？」

「他不時地抬頭望著天空，嘴裡還嘟嘟噥噥地說些什麼。」

「那是什麼時候？」

「是昨天傍晚。」

西玲從提的籃子裡拿出二十文銅錢遞給小孩，然後朝北走去。

「聽說北邊有夷兵，要小心啊！」余太玄說。當他明確地意識到自己應該保護這個女人時，他的心情是愉快的。他必須竭盡全力來保護她，這對他來說也不是什麼難事。

前面傳來了沉重的車輪聲，當看到揚起的煙塵時，他抓住西玲的胳膊提醒她注意說：「臥倒！」好像是往西邊去的英軍小分隊。西玲伏在茂密的雜草叢中，閉上了眼睛。

草的熱氣鑽進她的鼻子，這股熱氣使她感覺非常熟悉，她感到她周圍的世界就好像籠罩在這股熱氣之中。誼譚、連維材、伍紹榮；談笑風生的錢江和何大庚；八面玲瓏的外國商館買辦、被逮捕的鮑鵬以及現在身旁的余太玄……這些人不就是這股熱氣嗎？他們都有同樣的芯。在這個芯的四周，有的人裹著一層厚厚的肉，有的人只有一層薄薄的肉；有的肉硬，有的肉軟。剝去這些裹著的肉，不都是同樣的芯嗎？

「總有人會死的吧？」西玲在心裡這麼想著。連維材和鮑鵬這兩個人是那樣地不同，總有一天會死在這一點上，兩個人都是一樣的。她心裡想著「死」，但是她聞到草的熱氣是「生命」的氣息。

「可恨的英國鬼子！」身旁的余太玄恨恨地說道。

「英國人也是會死的，爲什麼要打仗呢？……」西玲這麼想著。她好像明白了，但是還是不太明白。

「走啦！」余太玄爬了起來，盤腿坐著，擦了擦鼻子。他的聲音太大了，他注意到前方的小部隊，但是沒有注意到背後走過來的五名英國兵。那是愛爾蘭第十八團所屬的五個兵，他們聽到了余太玄的聲音。

如果只有余太玄一個人，他們也許不管他就走過去，但是還有西玲。儘管西玲爲了不引人注目，穿著樸素的草綠色衣服，一眼還是可以看出是個女人。

「有女人！」

「好像還很年輕，不像剛才那個老太婆。」

「旁邊有個男人。」

「男的會礙事的，幹掉他吧！」英國兵小聲地商量著。

「我來幹掉他！」一個士兵躡手躡腳地走到余太玄背後。他雙手握著槍身，悄悄地舉起槍。

這時余太玄已經感覺到背後有人，想轉過身來，但是已經晚了。愛爾蘭士兵衝著他的後腦勺使勁地揮下槍。余太玄已轉過半邊臉，劈空而下的槍托正打在他的太陽穴上。鮮血四濺。不過，余太玄仍然圓睜著兩眼，一邊「啊！啊！」地哼著，一邊想掙扎著起來。但是當他兩腳蹬地，正要挺腰起來時，槍托第二下已打到他的天靈蓋上。

余太玄飛快地伸出拳頭，那是拳術中的一種架勢，但是拳頭只朝空中虛晃了一下就一頭栽倒了。另一個士兵跑了過來，槍托像雨點一般狠敲著余太玄已經被打得半碎的腦殼。第三個士兵拔出刺刀，捅進俯伏在地上的余太玄的背。

西玲嚇得臉色蒼白。她搖搖晃晃地站起來想逃走，但是兩隻腳已經不聽使喚，下巴索索地顫抖，牙齒得得地作響。身上濺著鮮血的愛爾蘭士兵圍著她，他們的眼睛像野獸一樣，「男的是我幹掉的，這個女的讓我先來。」最先襲擊余太玄的士兵這麼說完，脫下頭上的帽子，露出火焰一般的紅頭髮。他用手背擦了一下額頭上的汗，伸手抓住西玲的胳膊。

西玲渾身的血液好像凝結了，周圍逐漸變成一片漆黑。她最後看到的是抓住自己胳膊那男人毛茸茸的手背，手背上的汗水閃閃發亮——但是連這也很快地消失了。她在黑暗的世界中墜落下去。在她失去神志之前，從她嘴裡漏出來的聲音是呼喊著誼譚。

誼譚在離她不到三百公尺的地方走著。不過，一眼看去，恐怕已經認不出他是誼譚。他的臉漆黑，兩頰已經瘦得陷落下去。在這三天裡，他什麼也沒有吃，只是喝水。只要走到河邊，他先是小便，然後就趴下來喝水。不分晝和夜，突然倒下時，就地就呼呼地睡去，醒了再走。已經走了三天，應該走得很遠了，其實他只是在同一個地方來回地繞圈子。

當西玲和余太玄躲過去的那支小分隊在大榕樹下休息時，誼譚從他們中間穿過。「那是個什麼人呀？」士兵們對這個膽敢從他們中間穿過的傢伙感到吃驚，但是仔細一看，發現這人不正常。

「把他帶來！」班長命令一個印度兵說。

印度兵跑了過去，抓住誼譚的胳膊，把他帶到班長面前說道：「看來像是個瘋子。」

班長一邊聽著印度兵的報告，一邊打量著誼譚的臉。誼譚那焦點不定的眼睛閃閃發亮。他的臉漆黑，那發亮的眼睛顯得很可怕。

「要這個瘋子沒用，給他塊麵包，放了吧！」班長說。

平英團

連維材完全理解李芳的心情。平英團召集了兩萬名武裝群眾，給英軍造成威脅，應該說這已經達到了目的。官兵不打，民眾就拿起武器來反抗英軍，其意義是巨大的。中國是抵抗了，民眾今後還會抵抗的，平英團大大提高了對中國未來所劃定的價碼。

1

「石田，你們國家的城市也是四周圍繞著城牆嗎？」戈夫少將回頭看了看石田時之助說。

在四方砲臺前方，延伸著廣州長長的城牆。戈夫少將曬得紅黑的臉上，只有眼角帶著細紋的地方有幾條白色線紋。他的臉色溫和，經常眯著眼睛笑著。

「不，城堡裡只住軍人，城市本身並沒有圍牆。」石田回答。

「日本這個國家，我眞想去看看。」

「您很快就會去的。」

「聽說日本閉關鎖國比清朝還厲害。」

「時間會解開這條鎖鏈的。」

「那太好了！」戈夫少將笑著說：「時間不早了，你沒事了，快去休息吧！」戈夫少將的言談舉止，使石田有一種溫暖的感覺。

五月二十九日晚上，英軍已經開始準備撤退了。戈夫少將把一切準備工作都交給部下，自己靠著椅背坐在那裡。他對撤退是反對的。同樣是軍人，但是擔任過六年貿易監督官的義律和「爲了打仗」而派來的戈夫等人之間，已經有了重大分歧，傳說他們兩個人曾爲此事激烈地爭吵過。

「這麼溫和的戈夫少將爲什麼那麼強硬呢？而且爲什麼對部下的暴行視而不見？」——石田感到很奇怪。

在回去的途中，他想起把一卷準備向沿途居民散發的布告忘在戈夫的司令部裡，於是他又返回司令部的帳篷裡。他從帳篷後面轉到入口處時，聽到從帳篷裡傳出戈夫少將的說話聲。

「甘米力治號的火藥庫爆炸時，那聲音眞大啊！」

「那艘船太可惜了。」答話的是翻譯馬禮遜的聲音。

「不，它的價値比船更大。它給清朝人民帶來一種恐懼心理；那一聲巨響會讓他們深深記住——無論如何也抵擋不住英國，英國是非常可怕的。城外的那些農夫們，現在大概也體會到英國的可怕了。」

「士兵們在城外搞得有點太過火了。」

「不過火，這麼幹好。不這麼幹，以後他們就會受那些穿著華麗衣服的官吏們矇騙，說是英國打了敗仗撤退的，那些無知的農夫就會相信，所以一定要顯示出英國是戰勝了。」

「燒毀的民房就是英國戰勝的證明嗎？」

「是的，這對農夫們來說是最容易理解的。被燒毀的民房、被殺死的親人、被強姦的婦女……只要把這些一擺，他們一下子就明白了。」

石田屛住了呼吸聽著。「快去休息吧！」——戈夫少將帶著關懷語氣的聲音還留在他的耳邊。作爲一個個人的戈夫少將，可以說是一個溫和的、明白情理的人。可是，一打起仗來，他的性格就被碾碎，埋沒到戰爭的目的裡去了。石田決定明天早晨再來取那卷布告，就轉身回去了。他再一次痛切地感覺到自己是處在戰爭之中。他回到自己的帳篷裡，一位稀客早已在等他。這位稀客是哈利維多。他被墨慈商會派到香港，現在因爲翻譯不夠而被調到這裡來。

「已經九年多啦！……」他們自從在阿美士德號認識以來，近十年的歲月已流逝。哈利帶有一點感傷的情緒。

「是呀！眞快啊！」石田答話。

「我感覺這次戰爭好像從那時就開始了，可是我們什麼也不知道……」哈利接著談起了香港情況。他說自從廣州陷入混亂狀況以來，香港的地位突然顯示了出來，商業極其繁榮。據說當年阿美士德號上的夥伴溫章也非常繁忙。

貿易基地好像已由廣州轉移到香港，讓人感覺到這是被什麼力量扭轉過去的。難道扭轉的力量是時間的洪流嗎？在阿美士德號上待過的哈利和石田，都感覺到好像有人的意志力在那裡活動。也許一切都是按照時間在行動。

兩人雖然談著香港的事，但是他們的心還是追溯到九年前阿美士德號的北航。他們一直談到天快要亮了，談到在廈門的情況——當時廈門的水師提督陳化成現在已調任江南水師提督；談到在上海的情況——當時的蘇松鎭總兵關天培已在虎門陣亡。

石田和哈利併著枕頭剛迷糊了一會兒，突然被搖醒了，是哈利把他搖醒的。哈利平時的眼睛總是清澈透明的，這時卻可怕地充著血。

「出了什麼事嗎？」

「好像是清朝兵發動了突然襲擊。」

「可是……停戰協定……」

營地正鬧鬧騰騰的，大概是準備迎擊敵人的襲擊。到外面一看，天已經亮了，晨風不知從什麼地方傳來了吶喊聲，這喊聲不是來自同一個方向。

「我們被包圍了嗎？」石田問道。

哈利正用望遠鏡朝四面觀望。他用手指著西邊喊道：「看到啦！」

石田拿過他的望遠鏡，把鏡頭對準哈利指的方向。那裡立著一杆旗子，上面有「平英團」三個字。旗子周圍有許多人，不過，不是穿軍裝，而且他們手裡拿的武器是鋤頭、鐵鍬或丁字斧。

「不是官兵。」石田低聲說，那是農民。不過，也許他們才可以和英國兵較量一番。他們和那些家在湖南、江西或貴州的官兵不一樣，他們保護的家和家屬就在本地。

在阿美士德號北航的第九年，平英團的旗子就好像給這歲月的長流劃分一個段落，在晨風中飄揚。

2

「把他們趨散！」戈夫少將一邊喝著咖啡，一邊下達命令。

平英團一遭到英軍的砲火攻擊，立即四散逃跑了。「他們不是正規軍，不過是烏合之眾。要叫他們吃點苦頭，讓他們再也不敢做這種蠢事。」戈夫少將懷著這種心情下達命令。英軍已包圍了廣州城，卻沒有和清軍交戰過一次，遠征軍的首腦們在這一點上對義律很不滿，也可以透過趕散農民來發洩一下胸中的怨氣。

不過，平英團並不是烏合之眾，有身體雖然多病，但是頭腦清醒的李芳在充當軍師坐鎮，而且連維材也參加作戰；水勇的統領林福祥也親臨第一線指揮。如果對堅固的四方砲臺挑戰會對平英團不利，上策是把英軍從陣地裡引出來，在農民們都熟悉的地方交戰。他們吶喊著向英軍陣地逼近，這是一種誘敵出戰的戰術，英軍上了鉤。英軍本來已做好撤退準備，有的部隊甚至已經朝泥城出發，所以也有一種輕敵的情緒，想順便把平英團趕散。

巴賴爾少將留守部隊，戈夫少將親自率領約一千名部下去剿伐農民。連維材等人在三元里村外，給林福祥率領的人們做了簡要指示，「敵進我退，敵退我進。進退都聽司令旗指揮。」

總之，要耍弄敵人使其疲勞。敵人在裝備上比平英團優良得多，不能正面碰撞。「要伺機肉搏！」——這也是平英團的重要作戰目標。打起肉搏戰就不能使用槍砲，平英團在人數上就會占優勢。

這次約有一百零三個村莊的兩萬群眾奔赴平英團的旗幟下。英國的文獻記載，有的說是二萬五千人，有的說是一萬二千人。總之，人數相當多。武器除了鋤頭、鐵鍬等農具外，也有不知從什麼地方拿來的長矛和大刀。有手持菜刀的年輕婦女，有握著斧頭的兒童，有拿著竹槍的老頭，也有用沙子在磨鐵搭（鐵耙子）的長鬍子漢子。

「過來啦！」瞭望哨跑回來報告說。

林福祥站起來說道：「旗子揮動三次，喇叭、鑼鼓一起吹打起來。在這之前，一律不准吹打。」

傳令的人把這個命令傳到分散在附近各個集團。英軍從高地上下來，沿著河堤前進。主力是在十三行街登陸後會合的第二十六團及馬德拉斯步兵第三十七團，他們拖著大砲，大地發出轟鳴聲。這時，縱隊的前鋒開始稍微偏離河堤前進，他們也發現平英團的人群準備進攻。平英團把無數面三星旗誇耀地豎立起來，書寫著「平英團」三個大字的司令旗在空中揮動了三次。以此爲信號，各處的鑼鼓一起敲打起來，發出了震天動地的聲音。

農民軍的每個人都緊咬嘴脣、彎著腰。大地像火燒一般的炎熱，每一張臉上都閃耀著汗水的光亮。他們的上衣已被汗水濕透，簡直就像被水澆了似的。

英國兵散開成橫隊走過來。平英團的司令旗根據敵人前進的距離往後退，團員們也看著旗子往後退。

英國兵一起湧到平英團原本集結的地點，但是那裡一個人影也沒有了。

英國的砲兵隊終於開始砲擊。「旗子倒下！」林福祥大聲地喊道，無數面三星旗一下子就好像被吸進地下似地消失了。

「後退時散開，前進時集中。」——這也是李芳傳授的戰術。後退就是要擺脫敵人，但是這時要考慮到敵人的砲擊。爲了把損失控制到最小，應該盡可能把集團分散開來。

落下的砲彈掀起塵土，飛進了連維材嘴裡。「呸！」他吐出了塵土，兩眼瞪著前方。

旁邊同樣濺了一身泥土的農民大聲地罵道：「狗娘養的英國大砲！」

這時，一個傳令的孩童連滾帶爬地跑到司令旗旁邊。他的腳板流著血，儘管他是習慣赤腳的農家孩童，看來還是拚著命跑來的。他大口大口地喘著氣，連話也說不出來。連維材和林福祥把這個全身是汗的孩童抱了起來。

孩童舉著右手，手裡緊攥著一個折成兩疊的白色信封。連維材從孩童的手指縫中抽出這個信封。信封上的字已被汗水浸透了，勉強還可以看出「火急」的字樣，裡面的信也被汗水浸濕了。信中寫道：「天之一隅頓暗，狂雨將至，乞稍待。李芳」連維材看完信，抬頭望了望天空，太陽火辣辣的，好像要把萬物都燒化似的。一股烏雲已從左邊的地平線湧起，往天空直竄。

英軍的優勢是他們的武器，當時大部分英軍還使用火石槍，火石槍一淋雨就不起作用。十八世紀已經發明了能夠防雨、帶有擊發裝置的步槍，但是到十九世紀三〇年代才開始爲英軍正式採用。在鴉片戰爭中英軍進軍長江時，才從印度大量補給了這種槍。

林福祥也看了李芳的信，點了點頭。埋伏在周圍的農民們稍微動一下身子，他們手中的搭爪尖、菜刀等武器就閃一下光，他們手中的武器是不怕雨淋的。林福祥舉著司令旗開始後退，等待大雨到來的時間，三元里的農民部隊也跟著司令旗後退了。

3

英軍也注意到那可以帶來雷雨的烏雲。「如果不趕快把他們收拾掉，槍就不能使用了。」——指揮官們開始焦急起來。但是隊伍一前進，敵人就往後退，而且不時地鑼鼓齊鳴，幾十面三星旗突然出現，一下子又不見了，弄得英軍焦躁不安。

「熱得受不了啦！快點下雨就好了。」士兵看到雨雲迅速地擴散，感覺鬆了一口氣。熱得就好像地獄，英軍中不斷有人中暑倒下。他們都穿著長褲子和長袖上衣、背著背囊；還有子彈盒、雨衣；頭上還戴著長筒靴子似的高帽子。

「為什麼把我們趕到這種鬼地方？我們也沒有什麼事情可做。」綢緞鋪的久四郎——林九思在石田旁邊嘟嘟囔囔地發牢騷。

「大概是和農民的頭頭談判時需要我們當翻譯吧！」石田回答。

英軍被平英團的撥弄戰術拖得精疲力竭，連軍官中的後勤主任畢查少校也支持不住倒下，戈夫少將立刻跑到畢查少校的身邊幫他解開胸口的衣服。

這時又響起了一片喧囂的鑼鼓聲。「別敲了！正常人也會被這種聲音弄昏了腦袋。這裡有病人呀！」少將大聲地吼叫著，但是他不可能命令敵人的鑼鼓聲停下來。

追趕平英團的英軍已經疲累了，他們挑選樹蔭休息，軍官和士兵都像死了似的坐在地上，享受一下暫時的休息。但是只要英軍一休息，平英團立刻豎起旗子、敲打著鑼鼓，齊聲吶喊著向前湧來。

本來想在撤退前順便把平英團收拾掉，看來這是極大的錯誤。諾爾斯大尉指揮的砲兵隊拉開砲門，但是平英團已散開，而且他們熟悉地形，藏在掩蔽物後面，並沒有因為英軍的砲擊造成什麼損失。

戈夫少將在給印度總督俄庫蘭德的報告書中也談到這次的砲擊情況說：「極其準確地發射砲彈，但是看來幾乎沒有收到什麼效果。」

天空開始響起雷聲。「這是神對夷人的憤怒！」平英團的林福祥立即利用雷聲，「大雨一下，夷兵就無法用槍了！」這大大地鼓舞了這些臨時組織起來的志願兵士氣。

林福祥回頭對連維材說：「連先生，請您退到後面的土地公祠去。」

「爲什麼？」

「您上了年紀。」連維材已年過五十，但是這裡和他同樣年紀的人也不少。

「如果說我是老人，那這裡也有許多老人呀！」

「這裡的人都習於勞動，而您是商人，我覺得您最好退到李芳先生那裡去。」

「是嗎？」連維材順從地點了點頭。

土地公祠是祀奉土地公的祠廟，李芳和各村的仕紳都在那裡。連維材每當看到自己手裡拿的棍棒，連他自己也感覺不相稱。他推到山頂上的車輪，現在自動地滾下山坡。即將到來的時代面貌，他已看得相當清楚了，但是這裡的許多人還未能看到。連維材竟然揮舞著棍棒，不知別人怎麼看，他自己是感覺很滑稽。

「那麼，我去了。」他扔下棍棒走了。

他到土地公祠時，大顆雨點落下來，雨發出了敲打祠門前石階的聲音。

雨勢非常迅猛。進入祠內之後，雨聲仍然遮住了說話聲，尤其是李芳的聲音細弱，他說的話基本上聽不清楚。好不容易聽清楚了一句話，「雨比預料的還要大。」

敵人由於這傾盆大雨不能用槍了，但是己方的行動也受到限制。周圍眼看著暗了下來，如注的大雨簡直就像一道帷幕，最多只能看到前面一公尺左右的地方。

在三元里的郊外，英軍和平英團在這場大雨中互相對峙著。英軍寸步難行，平英團則一步一步地往前進逼。這時，城內的官兵繼續從廣州城的正北面向外撤出。根據協定，他們沒有打旗子，也沒有奏軍樂，但是協定沒有談及武器，所以軍隊是武裝出城的。說是武裝，大多還是長矛、大刀，只有極少一部分軍隊手持步槍。很多士兵低垂著頭，把長矛當拐杖，拖著腳步走出城，隊列經常發生混亂。天一下雨，士兵都打著傘，沒有雨衣。不過，士兵打傘的樣子沒精打采，倒是很像敗兵。按照協定，英軍方面來了幾名軍官記錄出城清軍的人數。被英軍占領的四方砲臺大砲，正瞄著廣州的城門。

靖逆將軍奕山已經喪失鬥志，他是個容易灰心喪氣的貴族。兩位參贊大臣中的楊芳突然衰老了；另一位大臣隆文病倒了。官兵不打仗，而在三元里郊外，不是官兵的一般居民卻拿起武器準備狠揍英軍。

4

聽不到銅鑼聲，也聽不到喇叭聲，大概是樂隊的成員也拿起武器投入戰鬥吧！在聲音的世界裡，雨聲統治了一切。大雨猛烈地下著，就像無數支箭射在地面上；說它是雨，不如說是衝擊著岩石的瀑布，連一公尺遠的前方也看不清楚了。

好像和雨聲挑戰似的，可以聽到微弱的人聲：「殺！殺！」

接著是喘息聲，這些聲音也經常被雨聲所壓住。戰鬥是在黑暗中進行的，不用說眼睛，就連耳朵也失去了作用。爲了避免打了自己人，平英團和英軍雙方的動作都很遲緩。英國兵用步槍、平英團戰士用鐵鍬或木棒，不時地在自己周圍掃一個圓圈進行搜索；如果槍尖或棒頭碰上什麼東西就大聲叫喊；根據廣東話或英語來分辨敵我，然後才交戰。因爲基本上什麼也看不見，所以彼此都亂揮動著手中的武器；發射的武器已失去作用，形成了由人數多少來決定勝負的情勢。

石田時之助手中沒有拿武器，一直站在那裡。什麼東西觸了他的右胳膊一下，好像有人在摸索，接著看到好像有人影在雨幕中移動。

「誰？」石田用廣東話喊了一聲。

「原來是自己人……」這聲音是夾在雨聲中傳來的，但是石田還是很耳熟。

「是林九思吧？」

「這聲音是石先生……」

石田笑了起來，確實是自己人。這兩個在英國陣營中的人，彼此都用廣東話證實了是自己人，但是其實他們都是日本人。

「這次戰爭跟我們毫無關係。」石田用日本話說。

「一切都是上帝的安排。」久四郎答話。

「你沒有受傷吧？」

他們倆都是同一等級的翻譯，用日本語一說話，他們在日本時的身份差異就表現出來了。日本人說話時，上下、尊卑等的區分很嚴格，一般可以從話中聽出對方的身份及所屬的階級。

「是，沒有。」久四郎用商人的語調回答：「托您的福。不過，我馬上就要受罪了……」

「怎麼回事？」

「戈夫少將要我馬上回四方砲臺，說是要向知府大人抗議……我必須從農民軍中間穿過去。」

「你有辮子，不會出問題的。」

「我也是這麼想的……事情很緊急，我這就失陪了。」

踏著泥濘而去的久四郎腳步聲，很快就被雨聲遮住了，但是附近又傳來粗獷的喘氣聲，那不是一個人的聲音，好像是敵我在互相搏鬥。石田朝著和搏鬥聲音相反的方向走去。

「戈夫少將受不了啦！……」他心想。所謂向廣州知府抗議，不外乎是說：「已經締結了停戰協定，爲什麼還有人向我們發動進攻？」英軍跑出來討伐，沒想到變成由人數多寡來決定勝敗的情勢，現在只好向知府余保純求救。

石田被什麼東西絆了一下，他打了個趔趄，就勢蹲下身子。那裡躺著一個人，大概是戰鬥中的犧牲者吧！他湊近一看，原來是個裸體，後腦勺上還有條辮子。

石田心想，如果還沒死就救救他吧！他把那個漢子抱了起來。

「啊？」那漢子已經僵直了。戰鬥是剛剛打起來的，如果是在這次戰鬥中被打死的，那僵直得也太快了呀！

石田看了看這漢子的臉。天靈蓋和太陽穴已經被打爛了，那張臉已變成土色，但是他還是熟識的。「余太玄！」從屍體的情況來看，不是今天死的，一定是前一天。

「難道是這傢伙一個人想做平英團要做的事情嗎？」石田心想，放下赤條條的屍體又邁步走開了。

西玲昨天遭到英國兵的凌辱而昏迷過去，到傍晚清醒過來。她知道自己被剝得一絲不掛，余太玄倒在她身旁，已經僵了。於是她剝下余太玄的衣服，她的衣服大概是被英國兵拿走了。

「上一次是借用了太乙元君的衣裳。余太玄，這次要借您的衣服了。……」她在女人中個子算高大的，但是穿上大漢余太玄的衣服還是太肥大了，不過，她已顧不了這些。

天黑以後，她沒有目的地的在這一帶徘徊，之後就在同一地方來回地繞圈子。「該上哪裡去呀？」她沒有可去的目標，她只想把自己禁閉起來。她是這種心情，所以才在同一個地方繞圈子吧！

她走了一整夜，確實精疲力竭了。太陽出來之後，她倒在樹蔭下。「這是我嗎？我究竟是什麼呢？」她這麼想著的時候，不知不覺地睡著了。

她醒來時已是下午，她聽到了猛烈的雨點聲，而且睜開眼睛的時候她看到了誼譚。誼譚一動不動地站在她面前，傻傻地張著嘴巴、流著口水，俯視著她。誼譚的樣子完全變了，臉上漆黑，臉頰瘦削得凹下去，兩隻眼睛像兩個洞穴。

西玲沒有看錯弟弟。「誼譚！」她大聲地喊著。可是，誼譚一聽這喊聲露出害怕的神情，接著一瞬間，只見他一轉身就跑進滂沱大雨中去了。

「爲什麼要逃走？」西玲爬起來跟在弟弟後面追去。由於疲勞和肥大的衣服她跑不快。前方被雨擋著，看不清楚，她循著誼譚踏著雨水的腳步聲往前追。可是，腳步聲不知什麼時候已聽不見了，因爲響起了銅鑼聲，鑼聲響了一陣子又停止了，這時又聽到了腳步聲，但是她不知道這是不是誼譚的，好像是許多人的腳步聲，還夾雜著喊叫聲。

發生了什麼事嗎？——她不知道，她也不想知道。

5

土地公就是土地神，別名又叫福德正神。祂在眾神當中的地位很低，但是民眾對祂感到很親切。

在三元里郊外的土地公祠一間小休息室裡，一個名叫廖博的地主正躺在那裡抽鴉片。人們都集中在正廳裡，小休息室裡只有廖博一個人。這時一個名叫莊圭偉的胖男人走了進來，他和消瘦的鴉片鬼廖博都是地主。

「老廖，在抽鴉片呀？」莊圭偉搭話說。

「鴉片戒不掉呀！」廖博懶洋洋地回答。

「戒不掉的何只是鴉片，好多東西一旦上了癮都戒不掉。」

「圭偉，你說什麼呀？」

「有點兒擔心。你在抽鴉片，享受著太平的樂趣，可是……」

「擔心什麼？」

「兩萬泥腿子聚集一起哪！」

「英國鬼子搞得太過分了嘛！」

「老博，那些泥腿子不是經常也把我們地主說得像惡鬼一樣嗎？」

「嗯！為了佃租的事……那是經常有的事。」

「那些傢伙如果像現在這樣成群結隊地聚在一起，拿著鋤頭、鐵鍬鬧，一旦上了癮，那將會是什麼樣子呀？」

「哦！這……」廖博放下煙槍，抬起了上半身。

「不能讓他們太得意。」莊圭偉說。

「是呀！」廖博皺著眉頭，打了個哈欠。

「平英團應該儘快解散。」

「趁他們還沒有嘗到甜頭……」

害怕民眾的團結和武裝並不只這兩個地主，在土地公祠的正廳裡坐在扶手椅上的李芳，早已銳敏地感覺到仕紳們的擔心。三元里近郊一百多個村子的頭面人物都聚集在這裡，他們都是地主。

傳令的人進來報告殺敵的情況，仕紳們表面上說：「這太好了！叫他們好好地幹呀！」但是聲音裡沒有勁兒，他們感到擔心。

「去年為了佃租的事圍了二十來個農民，求了廣州的青皮才把他們趕散了。如果是成百上千的農民……」地主們看到平英團的大軍心想。

傳令的人又進來報告林福祥的情況：「英軍的大半已被引進水田，這等於是敵人的戰鬥人員已減少了大半，林統領正準備包圍還沒進入水田的敵軍。」

正廳裡的人們當中發出一陣嘈雜聲。「立了大功！立了大功！……」一名白髮的老地主稱讚說。

「芳兄，您的作戰計畫都實現了呀！」連維材向身旁的李芳說。

「不過，雨太大了。」李芳的聲音仍然那麼低，聽起來很費勁。連維材把耳朵湊了過去，李芳用更低的聲音說道：「這些傢伙好像很擔心剛才的事情。」

這話只有連維材能夠聽到，連維材也用只有李芳能聽見的聲音小聲地說：「是擔心農民學會戰術吧！」

「對，是擔心平英團的旗子變成造反的旗子時，會運用這次戰鬥的經驗。」

連維材朝廳裡掃視了一眼，那個名叫莊圭偉的胖子正在他的夥伴們中間轉來轉去，跟他們嘰嘰咕咕地說著什麼。

英軍想循著鑼聲追擊敵人。林福祥巧妙地指揮著銅鑼隊，把一部分英軍拖進了爛泥田。因為司令旗已經看不清楚，他使用了傳令兵，這裡能當傳令兵的人有的是。進了水田的英國士兵們陷在齊膝的爛泥裡，拔腳走一步路都很困難，可以說是寸步難行。英軍陷進泥濘中多少人，就等於減少了多少戰鬥力。

沒有陷進水田的是先頭走過去馬德拉斯土著步兵第三十七團的一支部隊。平英團包圍了這支部隊，準備發動進攻。正如李芳所感嘆的那樣，使英軍火器失效的大雨比預料中的要猛烈得多。大雨同時還使平英團喪失了機動性，這簡直像瞎子和瞎子打仗。水田中展開了一場拖泥帶水、連滾帶爬的搏鬥。戰鬥是慘烈的，但是速度很慢。

哈利·維多最初是作為隨軍翻譯跟著第二十六團來的，不知什麼時候走散了，混進馬德拉斯土著步兵第三十七團。這個團沒有被誘進水田，但是被平英團包圍了。不久，農民軍的突擊隊衝了進來。雨勢未見衰，視野仍然被雨擋住。聽到「殺！殺！」的廣東話就知道是敵人衝鋒了。當然，對方也是幾乎什麼也看不見，是瞎衝亂撞進來的。只聽到金屬和木材碰撞的聲音、喊叫聲、呻吟聲、喘氣聲，想去援助遭到襲擊的士兵也辨不清方向，而且說不定什麼時候自己也會遭到襲擊。哈利憑著一公尺範圍內的視野，慢慢地移動著。

「哎喲！」就在他背後傳來了一聲哀呼，接著是拖動腳步的聲音、重物吧嗒一下倒在水坑中的聲音。

哈利彎下腰，小心謹愼地用槍朝後面撥弄了一下，槍尖碰到了什麼東西。哈利朝那個東西爬過去。一個人倒在那裡，湊近一看，是一個年輕軍官。「巴克萊少尉！」哈利抱起這個軍官，他是馬德拉斯土著步兵團的旗手巴克萊。

哈利認識這個還沒有脫去稚氣的少尉，這張臉現在痛苦地扭曲著。「媽媽！……」少尉這麼喊了一聲，腦袋就軟綿綿地耷拉了下來。

哈利抱著少尉的手沾滿黏乎乎的血。哈利把巴克萊少尉的身子輕輕地橫放在地，然後站起來。這時，天空滾動的雷聲漸漸地向頭頂滾近，打了一道閃電，周圍突然明亮了起來。在好像劈開黑暗的青白色閃光中，一個用一隻手支著樹幹站在那裡的男人背影進入眼簾，連辮子也清楚地看到了。一定是這個傢伙用耙子什麼的扎進二十歲年輕的巴克萊肚子。

閃電消失了，又恢復了灰色世界，但是哈利已經看準了那人位置，他握緊槍。巴克萊奄奄一息地呼喊「媽媽」的聲音還殘留在他耳邊，哈利感覺到全身像火燒一樣。他極力抑制著慢慢地向前移動，很快就看到靠在樹幹上那個男人的輪廓了。

對方好像毫無警惕，只是傻傻地站在那裡。大概是在激烈的搏鬥之後歇一口氣吧！哈利倒舉著槍，使出全身力氣猛打下去。又來了一道閃電，他打得很準。在閃電的閃光中，他看到對方的腦殼已被打碎，鮮血四濺。雷聲仍在轟鳴，再次回到灰色世界。哈利癱軟地坐在地上，他全身的力氣都使盡了。哈利自己也不明白，他剛才爲什麼那麼狂怒，驅使他做出這樣的事情。

「殺了人！」雷聲好像叱責他似的，在他的頭頂上轟鳴。

雨聲中夾雜著喊聲、哀呼聲、呻吟聲和金屬碰撞的聲音，兩軍以雷鳴和閃電爲背景，在灰色世界中進行戰鬥。灰色世界已變爲漆黑的暗夜，但是戰鬥仍在繼續，只是戰鬥的速度更加緩慢了。

6

天亮了。早晨官兵仍然要從廣州城往外撤，穿著草鞋、隊伍不整的貴州兵，拖拖拉拉地走出正北門。廣州知府余保純從軍隊的空隙中穿過，小跑著出了城門。他被叫到英軍的陣地裡。

「省城的西北邊，大約有兩萬兵進攻了我軍，這是明目張膽地違反停戰協定的行爲。這種進攻如果繼續下去，英國軍隊將不得不降下停戰旗、進攻廣州城。」義律氣勢洶洶地緊逼著余保純。

「省城的西北邊不會有官兵，從城門出去的軍隊都開到東北邊去了，這您也是親眼看到的吧！」余保純一邊擦汗，一邊回答。

「好吧！即使不算是官兵，但是進攻我軍的人就是我軍的敵人，不管他是官兵還是民兵。如果不立即停止，那就要撕毀停戰協定。」

「請您給我一點時間。他們一定是一般民眾，不過是爲了保衛自己的家產而聚集到一起的，我去說服他們解散。」余保純拚命地哀求。現在如果撕毀停戰協定，一切都將化爲泡影。

「你有說服他們的把握嗎？」

「當然有。」余保純早就有了把握，三元里主要的頭面人物都是他的熟人，那些人都是精於打算的傢伙，只要說明利害就不會有問題的。其中雖然有李芳、何玉成那些棘手人物，但是他們是極少數。余保純的腦子裡浮現出一張張仕紳的面孔，他心想：「沒問題，一定會順利的。」

平英團雖然沒有像樣的武器，僅憑兩萬人就足夠對付英軍，一千名英軍現在已成爲袋子裡的老鼠。天一亮，平英團又後退了。他們準備再施展撥弄戰術，包圍的圈子擴大，但是隨時可以收縮。

林福祥回到土地公祠，和李芳、連維材進行討論。林福祥主張要一口氣打下去，李芳卻表示反對。

「現在進攻，可以戰勝。」林福祥說。

「戰勝並不是目的。」李芳回答。

「什麼？戰勝不是目的？」

「已經死了二十個人了。」

「打仗嘛！這是沒有辦法的事。」

「他們不是軍隊，而是普通的農民呀！」

林福祥的聲音激動高昂；相較之下，李芳的聲音低沉、冷靜。

連維材完全理解李芳的心情。平英團召集了兩萬名武裝群眾給英軍造成威脅，應該說這已經達到目的。官兵不打，民眾拿起武器來反抗英軍，其意義是巨大的。中國是抵抗了，民眾今後還會抵抗的，平英團大大地提高對中國未來所劃定的價碼。英軍原本打算趁部隊調動，順便把烏合之眾的農民軍踢開，並未準備打正式的出擊戰。如果現在把被圍的一千名英軍殲滅，那會產生什麼後果呢？接著而來的將會是難以想像的、可怕的報復，粉碎了虎門各個砲臺的英軍砲火，一定會把三元里一帶夷為平地。

該是退潮的時候了。——連維材也是這麼想的。

「我希望盡量不再損失更多的力量。」李芳的聲音雖小，但是堅決有力，連林福祥也默不作聲了。

「在平英團的旗幟下就能召集到這麼多民眾，這一點英國人也領教了……林統領，這就是李先生所說的目的，它已經達到了。」連維材說。

「該讓他們領教領教。」林福祥說。

這時，廣州知府余保純一行已在離這裡不遠的地主莊圭偉家裡。他召來了主要地主，但是唯獨沒有派人去叫李芳。

余保純對仕紳們說：「英軍要求我方交付六百萬元作為不進攻廣州城的代價。如果平英團不立即解散，那就要從三元里的居民中徵收這筆款子了。」

「六百萬洋銀！」莊圭偉睜大眼睛說：「我們三元里怎麼也出不起這麼多錢，大家都很窮。」

「農民可能窮，地主還是有錢吧！」

「您說有錢，六百萬也實在……」

「出不起錢，政府就沒收三元里的土地，然後從土地上來收錢。」余保純嚴肅地說。

「要沒收土地？」地主們嘁嘁喳喳地議論起來。

不一會兒，莊圭偉肥胖的身子在地主們中間轉來轉去，他在徵求大家的意見。徵求到鴉片鬼廖博的意見時，廖博懶洋洋地抬起頭來說道：「這還用商量嗎？把那些傢伙解散得啦！」

地主們商談了一陣子，意見很快就統一了——希望立即解散平英團。

問題是：

1. 如何說服強硬派李芳？

2. 勸解林福祥。

3. 最棘手的問題是要如何向兩萬名群眾說明，讓他們撤下來？

用沒收土地來進行威脅，對農民們是起不了作用的，因爲他們幾乎沒有土地。

余保純也參加了地主們的討論。他說：「和農民這麼說：『英軍已低頭認罪，所以可以不必打了。』」

「我們去說，有點……」莊圭偉一邊搔著腦袋，一邊說。

「哦！也就是說，他們不信任你們，是這個意思嗎？」余保純挖苦地說。

「在佃租之類的事情上，我們經常和農民們有些爭執。」

這時進來了一個地主跟莊圭偉耳語了幾句，莊圭偉臉上突然神采煥發說道：「知府大人，剛才有人來報告，說李芳也贊成解散……小人有個建議，讓他去說服農民。他去說很有作用。」

「等一等！」余保純抬手擋住了莊圭偉。能解散武裝的農民這將是一大功勞。他降伏了地主，這工作雖然很簡單卻是第一步，在最後階段如果被別人搶了功勞，那豈不是傻瓜。

在三元里一帶的地主當中，對農民有影響力的恐怕也只有李芳，民間的仕紳如果威望過高，也會影響「官」的權威。

余保純站起來說道：「本大人去說服農民吧！」

「義律已經俯伏求饒，保證一定要處死犯有暴行的英兵。是否會遵守保證，本大人身為大清朝的大員，將嚴密監視。靖逆將軍的方針也是要停止戰鬥、監視其懲罰暴兵。大家對英軍暴行的憤慨，本大人也是理解的。如果可能，本大人真想親自拿起武器報仇雪恨。不過，欽命靖逆將軍的方針是不能違背的，我希望大家在這方面要有克制……」余保純很有口才，他這麼進行了說服。其主要內容和廣州首腦向北京上奏有關停戰協定的文章很類似。

六月四日上奏的文章中寫道：「該夷頭目，即免冠作禮，喝退其左右，投兵杖於地，向城為禮。……」廣東的大官們這樣欺騙了皇帝。但是農民們和北京的皇帝不一樣，他們親眼看到官兵打了敗仗，是不會被這種巧言所蒙蔽的。不過，他們已經被李芳和連維材等人說服了。「不能要求你們和你們的親屬做出更多的犧牲。英夷已經心顫膽寒，所以目的達到了。今後讓我們不是拿著棍棒、鋤頭，而是用真正的步槍、大砲戰鬥吧！我們要燒掉平英團的旗子，把它的灰吞下肚子，永遠不忘這次戰鬥。」連維材用充滿熱情的聲音這麼說。

李芳正好相反，他完全不帶感情地說：「敵人不僅是英國，凡是危害大家生活的人都是敵人。例如我吧！說不定什麼時候也會變成大家的敵人。我覺得大家現在不能再浪費力量。」

余保純一邊鼓脣弄舌，一邊以爲農民們都在老老實實地傾聽自己的話感到洋洋得意，心想：「這些臭農民！矇騙這些傢伙不費吹灰之力。」

不過，農民們即使在聽余保純裝腔作勢的演說時，仍然在想著李芳和連維材的話，回味著他們話裡的意思。平英團的旗子降下來了，民眾四散了。

暫時的平靜

樸鼎查和海軍總司令威廉．巴爾克於八月十日到達澳門，交給他的第一個任務就是重新占領舟山。可見英國一直想擴大戰爭，而清朝方面卻完全相反。英夷是商業禽獸，派遣使節和動用軍艦、軍隊都是爲了貿易——清朝基於這樣的認識，所以認爲已經允許恢復通商、償還了公行的債務，就不會打仗了。

1

西玲已經忘了自己當時是在幹什麼。她感覺臉頰上有血液流動的聲響，那是健壯男人的心在跳動，那節奏她非常熟悉，她突然意識到——「是連維材的胸口！」

她確實是被連維材抱在懷裡。怎麼會這樣？她不明白。她隱約地記得三元里的黎明。自己是待著沒動？還是到處走動了？從身體疲累的情況來看，也許是走了整整一夜。

余太玄的衣服對她來說太大了，而且衣服都濕透了，緊緊地沾在肌膚上，就好像裹著一塊大抹布。「總之，是在什麼地方暈過去了。」西玲心想，想把腦子裡的記憶整理一下。但是她暈倒之前的記憶只有那濕抹布的感觸。她現在感覺自己的身子是乾的，而且什麼也沒穿。

「醒來啦？」連維材問道。

西玲的臉從連維材的胸上移開，好像晃眼似地仰視著他，她點了一下頭。

她早已有了預感——馬上將有一系列長長的詢問。她感到厭煩，默默地點了點頭，希望一切都這麼對付過去。

「誼譚的屍體在隔壁房間裡。」連維材說。

西玲又點了點頭。

「西玲，妳怎麼穿了余太玄的衣服？」西玲站起身來還是點頭，就像一個紙老虎玩具的腦袋一樣。

「出了什麼事情，我大致也能想像得出來。余太玄的屍體也收殮了，看來他不是在昨夜的戰鬥中死的，在這以前就已經死了。這些不說了。我已經把妳的身體擦乾淨了。」連維材這麼說著，遞給她一件薄綢的女人衣服。西玲接了過來。

「這裡是什麼地方？」她終於開口說話，但是她感覺到好像不是自己的聲音。

「是李芳先生的府上。」連維材回答。

西玲感覺到連維材的臉突然模糊起來——她的眼睛裡湧出了淚水。

「我為什麼感到悲哀呀？」她反問自己。但是一瞬間，她撲到連維材身上。她感覺到自己好像喊出很大的聲音，自己在流著眼淚，那大概是哭聲吧！她好像是叫著弟弟的名字——弟弟已經死了的現實，她好像終於能夠理解了。

「我什麼也不想！……」她在連維材的懷裡哭著、哭著。她不需要整理思路，不需沿著思路思考下去。在飛越過一切的地方，都有連維材的胸膛在那裡擋著。

眼淚流乾了，她用衣服擦了擦眼睛。「我再也不想待在這地方了。」她說。她腦子裡什麼也沒想，在這種時刻脫口說出的話也許是她最眞實的想法吧！

「那我帶妳到遙遠的地方去吧！」連維材說。

「遙遠的地方？」

「對，我要回廈門一趟，還有事要去臺灣；另外我還想去江南看看。西玲，能跟我一起去嗎？」

「廈門我不去。」廈門有連維材的妻子。要是平常的話，西玲是不在乎的，恐怕也會跟著去。無視連維材的妻子，不過是西玲一種虛榮感或要強心，但是現在她已經沒有這種虛榮感和要強心了。

「遙遠的地方，嗯……」她重複了一遍。她無意識地想起凌辱自己的士兵是遙遠地方的人。

在香港的墨慈商會辦事處裡，哈利．維多咬著嘴脣仰視著天花板。在三元里被包圍在隆隆雷聲中的戰鬥，他想起來就好像是在夢中發生的事情。他以爲一個人殺害了旗手巴克萊少尉，而用槍托打碎了那個人的天靈蓋，這是他第一次殺人。

打死那個人之後，他全身抖個不停。「我打死的是個什麼樣的人呀？他也有父母兄弟吧？」他一邊想著，一邊看了看那個人的臉。在閃電的亮光中，他所看到的是一張熟識的臉孔。

尖尖的鼻子、凹下去的眼睛——哈利曾在墨慈商會裡見過在那裡當買辦的簡誼譚這張臉。哈利早已聽說，誼譚因爲中了毒煙而神經錯亂了。如果他是農民軍，手中應該拿著武器。可是屍體的身旁，不要說鋤頭、鐵，連一根棍棒也沒有，顯然不是他打死了巴克萊少尉，是他認錯人了；看來他跟農民軍毫無關係。

「我幹了什麼呀？」哈利的視線由天花板落到寫字臺上。

這時保爾走了進來，「生意怎麼樣？」

「打仗回來，買賣談不上好壞。」

「你能馬馬虎虎說幾句中文，所以被趕去當翻譯了。……不過，津貼可拿了不少吧？」

「這……」

「我想在香港開一間旅館，這是我的理想。到那時候，你可得支援我呀！」

「我無法支援你的錢。」
「死鬼約翰克羅斯的錢不是你保管嗎？那可是一大筆錢呢？」
「約翰說過要捐贈給醫院。」
「捐贈？那太可惜了。借給我吧！我跟約翰在曼徹斯特的時候就是好朋友，由我來保管吧！」保爾一邊抽動他的蒜頭鼻，一邊說。
哈利站起身來大聲地罵道：「滾回去！」
「你說什麼？叫老子滾回去？」保爾把臉湊近前來。
哈利握緊拳頭，朝著他的下巴狠勁地猛擊了一拳，保爾被打翻在地。
「你他媽的！」保爾邊罵邊爬起來。兩人都擺開架勢，互相瞪視了好一會兒。
「哈哈哈！」保爾突然笑了起來說道：「我明白了、我明白了。哈利呀！約翰的錢我再也不提了。我可並沒有想著約翰的錢，我那是說著玩的。來，我們握手吧！」
兩人握了手。哈利想起死去的誼譚曾在鴉片躉船的甲板上跟保爾打架的情景。看來保爾有個習慣——對打架的對手感到滿意時就跟對方握手。
用槍托打誼譚腦袋時手上的那種感觸，現在又能感覺出來了，哈利不覺得縮回了手。
「我們今後繼續好下去。」保爾高興地說。

2

英國人為了停止貿易而苦惱，加上想收回給公行的債款，因而到處行凶逞暴。夷人乃是「犬羊之性」，所以立即付諸暴力。現在已經後悔，賠禮道歉、撤退回去——奕山是這麼向北京上奏的。

英夷已經保證老實溫順，因此可以給予恢復貿易的恩惠；商業上的借貸一定要清理，因此應該考慮償還債務——廣東的大官們陳述了這樣的意見，但是沒有提到六百萬元的「贖城金」。因爲一提到這個問題，那就等於承認打了敗仗。在這裡提出公行的負債問題，那是煞費苦心想把事情敷衍、搪塞過去。伍紹榮籌集的現銀不足部分——二百八十萬兩——已由地方官庫中支出。這筆款子並不是償還公行的負債，而是贖城金。所謂贖城金，意思是英軍一旦占領廣州城，必定要透過搶劫而獲得一大筆錢，現在這筆錢由於停戰而得不到了，因此要清朝支付這筆錢。

道光皇帝並沒有完全相信廣東的上奏。在割讓香港的事情上，他已受到琦善的欺騙，所以他已經察覺到廣東戰爭實際上可能打了敗仗。

廣州之役的消息已經傳開了，戰敗的消息首先傳到和廣東有關人員、通訊及貨物往來的長江下游一帶，然後立即沿著運河向北傳播。

「只是掩飾戰敗，不能算能耐。這種事總有一天會敗露的。」軍機大臣穆彰阿在自己家中反覆地思考著對策。

掩飾戰敗的階段已經過去，要讓皇帝銘記英軍的軍事力量是可怕的，從而證明戰敗不可避免。接著還必須讓皇帝理解：不理睬英軍的無理難題是不成的。

「要把局勢逆轉過來！」他心想。

藩耕時的代理人溫超光站在他面前問道：「關於戰敗的事，要極力誇大英軍的軍艦、大砲的厲害。是這樣嗎？」

「囉嗦！」軍機大臣厭煩地說。

他命令溫超光在街頭巷尾散布英軍神出鬼沒、無比強大的謠言。軍機大臣不了解下情，北京的大小胡同裡都早已在談論這一類傳聞，沒必要再派特工人員去散布這類謠言。

「這工作太容易了！」——溫超光心裡暗暗發笑。

穆彰阿的目的是希望英軍強大的輿論聲音能逐漸滲透到紫禁城裡去。如果「最初就知道戰則敗」，那麼，接著而來的問題就是追究戰爭責任：「既然如此，爲什麼要和英國打仗呢？」可以透過這個辦法來打擊主戰派。現在穆彰阿面臨的難題是如何拯救關在獄中的琦善，如果主戰派的意見被認爲是錯誤的，那當然對琦善有利。

「現在必須把林則徐打下去。」他心想。林則徐已革職待罪，但是由於主戰派的抬頭，可以說他已恢復了一半名譽。現在他享受四品官待遇被派往浙江，當地的高級官員如果同情他的強硬論調，可就麻煩了。

「把他趕到新疆去。」他心想。實際上他已按照這個計畫採取了措施。

「龔定庵有什麼動靜？」軍機大臣突然問道。

溫超光吃驚地低下頭說道：「他三月死了父親回到浙江。據說他繼承了父職，擔任紫陽書院的院長。」

「哦！我聽說他在丹陽的書院裡教書。這麼說，那裡的工作他辭了嗎？」

「不，目前是兼任。」

「是嗎？」穆彰阿說。他對這個搶了自己女人並逃跑的龔定庵始終懷著強烈的仇恨。定庵和默琴私奔已經整整兩年了，穆彰阿的憎恨不僅沒有減少，反而設了一套復仇計畫。

「要置他於死地！」他暗自下了這個決定。

三元里事件的八天後——即六月七日（農曆四月十八日），英國艦隊全部撤退到虎門外，並在香港集結。

就在這一天，林則徐終於到達浙江省會杭州的對岸。

龔定庵正在杭州服喪，現在他正默默地坐在父親曾當過院長的紫陽書院一間屋子裡。有一股什麼東西要從他的內心深處噴湧出來，他極力地抑制著。從一年前他就多次堅持「禁詩」。鬱積的感情本來是應該傾吐出來的，但是他的詩起不了這種作用，寫出的詩反而會使他產生更加熾烈的激情。

他已從書院的學生那裡聽說林則徐已到杭州。過去他們都是南詩社的同人，經常在北京的不定庵裡一起活動。林則徐爲領取欽差大臣的關防上京時，龔定庵多次去見他。但是自那以後已經約兩年半的時間沒有見面了。這兩年多的時間裡，林則徐從事夷務，沒收和銷毀夷商的鴉片，和英國進行了激烈的爭鬥，最後下臺。

「我做了些什麼呢？」辭去了做了二十年的官，和默琴也分了手，現在在江南的大地上漫步。林則徐是在風暴之中，龔定庵的身邊看起來好像很平靜，他的心中有風暴。前年他想用三百十五首己亥雜詩來解放心中的風暴，但是詩卻帶著熱風又回到他的心中。從那以後他斷絕了作詩，最後一首詩是：

> 吟罷江山氣不靈，萬千話語一燈青。
> 忽然擱筆無言說，重禮天臺七卷經。

本來是懷著給中國山河吹進靈氣的願望而寫詩的，但是這個願望落空了。他的詩軟弱無力，山河依然不振，他感覺到亡國的癥兆。無數話語就好像即將燃盡的燈火，一點微風就會把它吹滅。一切努力都是徒勞的，他再也不想提筆了，也沒有話可說，只是膜拜天臺七卷經文《法華經》。

「您要去見林大人嗎？」學生問道。

「他剛到任，一定很忙，暫時不去吧！」龔定庵回答。要說懷念，那是很懷念的。但是這兩年半的時間，他不能不感覺到和林則徐之間已有了很大距離。

林則徐一定是爲了挽救這無法挽救的山河而勤於軍務。龔定庵已經發出了「滅亡吧」的呼籲，他所說的「山中之民」、「破格之人材」恐怕都是要消滅這個世上一切權威的，到那時，林則徐會站在阻止他們的那一方。在分爲兩大陣營的內部，現在又在進行更細的劃分。龔定庵憑著詩人的直覺已經意識到了這一點。昨天的同志已不是今天的同志，和這樣的人重逢只會徒增傷感，見面將會是難受的。

其實林則徐只在杭州的對岸住了一宿，很快就去了鎮海。浙江巡撫劉韻珂在定海，劉韻珂率領文武官員坐船到途中去迎接林則徐。

林則徐過去的地位姑且不說，現在是四品卿銜，待遇相當於四品官，並不是正式的官職，也沒有上奏的資格。巡撫等高級官員特地去迎接，那是破例的。不光這樣，附近一帶的名士都爭著想見林則徐。虎門銷毀鴉片一舉已把他變成不可一世的英雄。光緒年間編纂的《鎮海縣誌》上寫道：「……四月，四品銜林則徐來參軍務，鄉人無智愚，爭一識面爲快。……」

不管是智者或愚者，都爭著以見林則徐一面爲光榮。

穆彰阿感到害怕是有原因的。「這樣的人應該把他趕到新疆的沙漠裡去。」穆彰阿聽到林則徐到浙江赴任的情況後，下了這樣的決心。

3

在廣州包圍戰前夕，外省兵在廣州城內和市民們發生衝突時，英國倫敦做出了重大決定——罷免了查理．義律。

巴麥尊外交大臣之所以毅然做出這樣的決定，簡單地說，是因爲他判斷義律的做法不是把國家榮譽和國家利益放首要地位，而是把商人的利益放在首要地位。歸還定海（舟山）也使巴麥尊感到不滿。從義律來說，他知道這個島不會起任何作用，所以歸還，給琦善留個面子，促進談判成功，從而恢復貿易。這六年半的時間，義律是遠離本國，在商人們的包圍中度過的。他深信商人們爭吵的問題就是國家利益，他和堂兄喬治查理發生爭執的原因也在這裡。

「有關清朝的事情、對清朝貿易的事情，應該交給我來辦。待在本國能知道什麼？」——義律有這樣自高自大的想法，當然變得獨斷專行。

英國派出遠征軍並不只是爲了保護商人的利益，而是要徹底打敗清朝、敲開它的門戶。而義律只能解決局部問題，英國政府對他終於無法忍受了。

五月十四日，任命了亨利．樸鼎查爲特命全權大使來接替義律。

樸鼎查和海軍總司令威廉．巴爾克於八月十日到達澳門，交給他的第一個任務就是重新占領舟山。可見英國一直想擴大戰爭，清朝方面卻完全相反。英夷是商業禽獸，派遣使節和動用軍艦、軍隊，都是爲了貿易——清朝基於這樣的認識，所以認爲已經准許恢復通商、償還了公行的債務，就不會打仗了。

當時因爲英國人四處騷擾，已經花了很多錢，吝嗇的道光皇帝十分痛惜。自從英國艦隊發動進攻以來，沿海各地加固防禦、增加兵員，要維持下去就需要花很多錢。如果不再打仗就不必花這筆錢了。

道光皇帝竟然下令縮小沿海的防禦、削減兵員。唯有廣東省是例外，他認爲那裡是和外夷接觸最多的地方，砲臺大部分也遭到破壞，因此要求增強防禦。這是一種顚倒的措施。以前的定海戰役也是如此，英國對停戰協定的解釋原則上只限於局部地區，定海的停戰並不適用廣東。可以類推，這次在廣東雖然締結了停戰協定，但是不能擴大解釋也適用於其他省份。儘管如此，清朝卻加強了廣東的防禦，這顯然違反了停戰協定；另一方面，對於什麼時候受到進攻，也不能說是違反協定的其他省份卻放鬆了防禦。

也有人注意到這一情況。兩江總督裕謙就提出暫緩實施裁軍的要求，他在八月十七日的奏文上說：

「……靖逆將軍奕山等……與之要約堅定……斷無止令退出虎門，仍任滋擾他省之理。現既聞（英夷）有赴浙之語……相應請旨飭下靖逆將軍奕山等，向該夷嚴行詰問，究竟是否誠心乞撫，抑仍是得步進步之故智，俾各省有所遵循。……」

道光皇帝對此答覆如下：「卿所見差矣。既謂之風謠，從何究其來歷耶？果逆夷別有思逞，豈有先行傳播透漏之理？即如本年四、五月間，朕已風聞義律有來天津之語，朕祕而不宣，料所必無，浮言亦息矣。」接著透過軍機大臣再次敦促「裁撤防兵，以節糜費」。

這時樸鼎查已到達香港，和參謀們制訂了重新占領定海的作戰計畫，而他們即將進攻的地方卻在迅速地裁減軍備。

林則徐的情況如何呢？由於北京穆彰阿的拚命活動，林則徐終於被剝奪了四品卿銜、流放新疆。他在鎮海只工作了三十五天。

再次下臺的原因是：「身為欽差大臣、兩廣總督，處於統轄全省軍務之地位，明知士兵沾染惡習很深，卻不加訓導，亦不監督勤加演習。另外，在從事夷務時，本應德威並用，採取適當措施，卻處置欠妥。……」總之是追究戰敗的責任，「以作為廢弛營務者戒」。

林則徐於七月十二日晚接到這一命令，第二天立即登船離開鎮海。林則徐在揚州會見了魏源，住在他家中。當時林則徐把在廣州時讓幕客翻譯的《四洲志》、《澳門月報》、《華事夷言》，以及其他有關外國情況和兵器等的參考資料，全部贈給魏源。魏源利用這些資料著了《海國圖志》，啟發了同時代的有識之士。這部著作及《聖武記》同是魏源的代表作。他的著作運到日本，啟發了幕府末期的有志之士，這是很多日本人都知道的事。例如吉田松陰在平戶滯留期間，就曾經從平戶藩家老葉山左內那裡借來魏源的著作閱讀。

林則徐在揚州逗留期間，朝廷突然派來急使。當時黃河決口，河南省的開封、歸德、陳州以及安徽省的鳳陽、潁州、泗州等地均遭到水災。欣賞林則徐的軍機大臣王鼎，建議起用曾任河道總督、具有治水經驗的林則徐，這一建議爲朝廷採納。但是流放新疆的處分並未取消，林則徐只是奉命臨時協助修浚河道。他從事約八個月的黃河修堤工作，完工後還要繼續流放新疆。

義律離開香港回國是八月二十四日，當時他可說是灰溜溜地悄然離去。伯麥也和他一起回國，巴爾克少將已代替他擔任新的海軍司令。這時，新任全權大使樸鼎查已率領威里士厘號和伯蘭漢號兩艘戰艦，以及運輸船、測量艇等三十五艘船艦的艦隊，正朝廈門出發。

義律就是這樣中途被拉下了鴉片戰爭的舞臺。他心裡無限懊惱，默默地緊咬著嘴唇，一直到香港島退出了他的眼簾。不過，他回國之後，又被起用爲德克薩斯州領事，之後歷任有關外交、殖民地方面的要職，最後隱退時任聖赫勒拿島總督。一八七五年義律死去，時年七十四歲。

4

海岸上木材堆積如山，旁邊還堆著磚塊和破碎的瓦片。溫章看著這些嘆了一口氣。金順記香港分店已經建造好了一大半，猛烈的颱風卻把它颳倒了。

「我們重新來吧！」連承文對彩蘭說。

「重新來是承文哥的拿手好戲。人生已經重新來了一次，重新建造倒塌的房屋當然不在話下。」

「不准妳說這種挖苦人的話。」承文說後放聲大笑起來，談笑聲中充滿著蓬勃的朝氣。

香港本身就充滿朝氣，儘管它遭到颱風摧殘，但是很快的到處都傳來了重新建設的槌聲。

溫章爲香港的迅速恢復感到驚訝。他心想：「看來像我們這樣的老頭大可不必出馬了。」儘管他還不到稱之爲「老頭」的年紀，但是對他來說，承文和女兒彩蘭確實是非常年輕。

海岸上的木材不只是房屋的殘骸，還夾雜海上被風浪擊碎的帆船船身，以及外國商船的桅杆。英國船路易莎號就是在這次颱風中沉沒的，其他的外國商船和軍艦也遭受相當大的損失。

這次颱風是七月二十一日來的，清朝的廣東首腦們把這當作奇貨可居，立即向北京上奏說：「……夷船漂泊無存，所留船隻亦皆桅柁俱折。……浮屍蔽海。……」

北京打開倉庫向海神大獻供品，感謝天佑神助。道光皇帝之所以強硬地命令沿海各省裁軍，大概也是受到這愚蠢的天佑報告迷惑吧！

英國艦隊迅速地恢復了，新香港的建設也沒有在颱風面前屈服，又開始動工了，溫章對這種飽滿的精力感到疑惑不解。

「遭受到很嚴重的破壞了呀！」

溫章聽到這熟悉的聲音，回頭一看，不知什麼時候連維材已站在他背後。這裡是金順記分店靠近海岸的房地，在臨時搭建的木板房旁已經夯實的地基上堆滿了磚瓦。

「啊！爸爸，您什麼時候來的？」正在指揮木匠工作的承文也發現了父親。

「我送人去上海，在這裡下船。」

「是嗎？……」承文並沒有問父親送誰，他知道一定是送誼譚的姐姐西玲。

「已經到了這裡，我想順便回一趟廈門。怎麼樣？你也去嗎？統文已經從臺灣回來了。哲文、理文大概七月都能回來。」

「兄弟們都能到齊嗎？」

「能。」

「太高興了！不過，七月還有些日子，等店鋪建造得差不多再去吧！」

颱風是七月二十一日（農曆六月四日），颱風過後沒幾天，農曆七月有盂蘭盆會，舉行「普渡」，施捨餓鬼、迎接祖先的靈魂。尤其七月十五日是一個月正中間的日子，遠離故鄉的家屬都要回家探望。

「好久沒回廈門了。」承文仰望著天空，擦了擦汗。承文自從偷了店裡的錢逃出來後，一次也沒有回過廈門。

在樸鼎查到達香港前，連維材帶著兒子承文以及溫章、彩蘭，一起登上去廈門的船。時局保持暫時的平靜。

第六部

孽火

石田返回鴻園時，才知道自己的一時疏忽竟然救了自己的性命。鴻園早已濃煙滾滾，連維材站在住宅的大門前。

「連先生，這是怎麼回事？」石田上前問道。

「啊呀！是老石。你看，我把宅子燒了。」連維材指了指大門，大門已用粗木頭封住了。門扇好像在微微搖動。「裡面的傢伙大概是用身子撞門吧！」連維材說：「不過，他們赤手空拳是撞不破的，門很結實……」

1

連家的別墅鴻園裡每天笑聲不斷。飛鯨書院那邊由於放暑假顯得寂靜無聲，一家人好多年沒有這樣聚在一起了。

「如果翰翁在這裡，這個位子不用說一定是他的。」連維材對妻子說。溫翰已在上海病倒，醫生的意見還是避免他長途旅行爲好。

「哲文和理文八月都要回蘇州，那時我也一起去，一定要看望一下翰翁……章先生，我希望您和彩蘭也一起去。」連維材喝乾了一杯酒，這麼說。

「可是，香港那邊……」溫章吞吞吐吐地沒有說下去。他很想看看父親，但是工作又不能擱下太久。

「香港的事情讓承文去做，不要緊的。」

「是嗎？……那麼，那時我跟您一起去吧！」

在他們談話時，連維材的三兒子哲文一直心神不寧。哲文有祕密，清琴跟著他到廈門來了，他們的婚事終究要告訴父母、取得父母的同意，大哥統文和二哥承文都還沒結婚，根據當時嚴格的長幼順序是忌諱先談自己的婚事的。哲文覺得很為難，只好讓清琴暫時待在奶娘家中。但是清琴的個性沒個準，說不定她什麼時候就會跑到連家來。承文和彩蘭的關係已經得到公認。即使如此，他倆要是結婚的話也必須在統文之後。「哥，你快點討個嫂子吧！我們後面等著哩！」承文可以毫無顧慮地開大哥這種玩笑。

「不用急、不用急！」統文挺著胸脯，故意用臺灣方言這麼說。他仍然不改老習氣，故意擺出一副豪傑的架勢。

大家都積攢著許多話要說。連維材好一段時間沒有回廈門了，妻子阿婉詳詳細細地跟他說了他不在家期間發生的事情。

據說自從嚴禁鴉片之後，連維材的異母哥哥連同松在買賣上又失敗了。一段時間他混得還不錯，但是之後反而更糟。買賣沒做好，他卻仍然過著奢侈的生活。加上遭到惡劣官吏的恐嚇詐騙，全部財產都被搶光了，現在被債務壓得抬不起頭來。連維材的夫人透過丈夫的異母姐姐桂華，給連同松接濟了許多錢。

「可是，這等於是向燒紅的石頭上潑水啊！我想還不如不借錢給他好。我跟姐姐這麼說了，她卻反而恨起我來了。」

連維材一邊聽著，一邊哼哼哈哈地點著頭。這些事跟他在廣州所接觸的怒濤洶湧的世界相比，顯得多麼渺小啊！可是，在這個窄小天地裡的一哭一笑也是普通人的生活，不能一概地輕視。

「這可是麻煩的事。」連維材說。

這時，統文突然放聲大笑起來。他啪的一下敲著桌子說：「媽，我告訴您一件事，我已經結婚啦！」

「什……什麼呀？」連維材夫人抓住了桌沿，才沒有倒下去。

「我說我已經結婚了。哈哈哈！」統文對母親的吃驚好像很高興似的。

「跟什麼人？」母親聲音嘶啞地問道。

「臺灣平頂茶園的一個採茶姑娘。哈哈哈！在一百五十個採茶女人當中，她是最漂亮的。」

「這……」可憐的母親簡直說不出話來了。

「爲什麼不告訴我們？」連維材厲聲地問道。但是統文仍然滿不在乎地說道：「告訴？爸爸，那可來不及呀！我們是在回廈門的前夕結婚的。」

「怎麼跟父母一聲招呼也不打呢？」阿婉帶著哭聲說：「我們也沒有說採茶的姑娘就不行，怎麼就不能稍微等一等呢？帶到廈門來，在這裡舉行個儀式，不就名正言順了嗎？你是長子啊！」

「我說媽，」統文的聲音始終是那麼快活開朗，「已經快到七月了，那樣一來，就要拖延一點時間了。」

農曆七月，地獄裡不開飯，給亡靈放一個月假，家家戶戶要在七月一日迎接祖先的靈魂；十五日那天要供上好飯好菜；七月底再把這些亡靈送回冥土。也就是說，農曆七月整整一個月，祖先的亡靈是家中的主要客人，所以農曆七月是「亡靈之月」，習慣上這個月絕對不能舉行結婚儀式。

「等到八月也可以，難道一個月也等不及嗎？」

「等不及啦！」統文用雙手在肚子上劃了個弧線說：「肚子已經這麼大了，等到八月就要抱著孩子舉行婚禮，那太不好看了。」

「已經這樣了？」阿婉不知道是生氣好還是高興好。

「嗯！好像也就在這兩三天了。哈哈哈！」

「這可不是說笑的事啊！」連阿婉也大聲地斥責起來，這對她可是少有的事。不過，她馬上又無可奈何地說：「在臺灣請了可靠的接生婆嗎？」

「不，我把她帶到這裡來了。」

「帶來了？」阿婉遺憾地搖了搖頭。

「讓即將臨盆的婦女坐船來，你到底是怎麼想的？」連維材代替妻子質問說。

「沒關係，爸爸，臺灣的採茶女人就是身體棒。在平頂，採著茶，突然生了孩子，然後再採茶……這樣的事有的是。」

「這姑娘……不，怎麼說呢？……你的媳婦吧！她現在在哪裡呀？」

「在阿芬那裡。我想讓大家大吃一驚，叫阿芬對誰也不說。哈哈哈！都嚇了一大跳吧！」

「這小子！……」連維材咂了咂嘴。

「情況就是這樣。我說承文，我已經結婚了，你就不必顧慮了，跟彩蘭成親吧！怎麼樣？下個月就舉行儀式吧！好不好？」

「突然提起這種事……」承文苦笑了笑。

哲文聽了大哥的話大吃了一驚。阿芬是連家以前的奶娘，硬要和哲文同來的清琴現在也是寄居在阿芬家裡。從大哥的話來看，阿芬大概早已收留了統文的「妻子」，只是不讓她說。一下子塞去兩個年輕女人，阿芬應該會感到莫名其妙吧！

再說，阿芬的家很狹小，清琴一定已和大哥的妻子見了面、談了自己的身世。

「再也不能隱瞞了。」哲文下定決心。按照長幼的順序來說，大哥既然已經結婚，順序就已經過了一道了，而且二哥承文已經決定了對象。

「正是一個好機會。家裡人剛才已叫大哥嚇了一跳，乾脆我也說出清琴的事，也讓大家吃驚一下……」哲文心想，深深地吸了一口氣。他正準備開口時，只聽父親說道：「統文，你的妻子叫什麼名字？」

「她姓謝，名叫阿寬，今年十七歲。」統文回答。

哲文失去了說話的機會，不得不再次重新調整一下呼吸。

「媽……」他剛喊了一聲媽，又有東西來阻礙了。

突然傳來了砲聲。農曆七月九日（國曆八月二十五日）的黃昏，樸鼎查率領的英國艦隊靠近了廈門。

2

「終於到來啦！……」連維材心想。他前一天已經接到英國艦隊北上的情報，知道他們的目的是要重新占領舟山。在進攻舟山的途中，艦隊會順便路過廈門吧！——連維材已做了這樣的預測。英軍第一次遠征舟山時，巡洋艦布朗底號途中曾砲轟廈門，但是很快就離開了。廈門不是主要的目的地，只是在未來打開清朝的門戶時，廈門將是開放的港口之一。

「這一次大概也跟上次一樣吧！」連維材這麼想。不過，這一次並不像第一次遠征隊那麼寬宏大量，只派出一艘巡洋艦。據金順記店員緊急報告，全艦隊有三十多艘船艦已逼近廈門了。

「不要驚慌！」連維材對家裡人說：「他們的目的是去舟山，到廈門來不過是攪和一下……不要害怕！」

不過，連維材實際上是害怕的，他不是怕英國艦隊。連維材發覺，廈門的風氣變得極壞。因爲國家多事，徵稅很嚴，加上嚴禁鴉片，鴉片走私犯都武裝了起來。做鴉片買賣要豁出性命，從事這一行的人當然要採取自衛手段；另外，裁減的兵員突然沒有工作，就到處晃悠，街頭上增添了許多歪眉邪眼的人。這些人不是從外地來的，那些原本做走私小買賣的人、從水師的軍營中被裁減的人，因爲生活被逼得走投無路，都變得歪眉邪眼了。連維材深深地感覺到，必須要有能代替鴉片交易的工作。不做鴉片買賣就無法養家活口，這種情況單憑嚴禁鴉片是不可能從根本上解決的。需要辦產業，而且必須是近代的產業，除此之外，別無拯救國家的道路可走。

連維材派了一個店員到阿芬家去，要他把統文的妻子帶到鴻園來。連維材擔心的是，街上的流氓無賴會趁英國艦隊來攻時的混亂，成群結夥、進行搶劫。

不一會兒，阿芬帶著兩個年輕女人來到鴻園。其中一個懷著大肚子，一看就知道是統文的妻子。她的膚色微黑，但是容貌端正，眼睛又大又好看，顯得很可愛也很健康；另一個白胖的女人，連維材不認識，他以爲是到阿芬家裡串門子的親戚，也就沒再詢問。

「我叫李清琴，給你們添麻煩啦！」這女人只報了一下自己的名字。她看到哲文，於是瞇著一隻眼睛露出一口雪白的牙齒，邊笑邊點頭。

因爲大家都很匆忙，哲文也無法向家人介紹她。「讓女眷們都到書院那邊去吧！」連維材對妻子說。如果發生暴徒侵入這座宅院的事，暴徒的目標將是鴻園的建築物。廈門的人都知道連家的貴重物品放在鴻園裡。飛鯨書院只有書籍，暴徒們是不會貪那種東西的，所以讓婦女躲到那裡比較安全。

連家的人八月二十五日傍晚在鴻園聽到的砲聲，主要是廈門島和鼓浪嶼島上清朝砲臺開的砲，英國艦隊只有摩底士底號還擊了幾砲。艦隊在砲臺的射程之外，艦砲的射程也達不到陸地。

英國艦隊避開了夜戰。拋錨的時候，哥倫拜恩號和威里士厘號相撞，船身略有損傷，因此要修復。由於兩船相撞，威里士厘號的馬依特蘭艦長受傷；海軍司令巴爾克也在該艦上，他安然無恙。不過，進攻之所以延到第二天，是因爲海軍司令巴爾克選定了這個日子。

第二天是八月二十六日。兩年前的這一天，在沒收了兩萬箱鴉片、全部英國商人退出廣州之後，林則徐又施加壓力，不問男女老幼，把所有英國人通通趕出了澳門。

這天一清早就很熱。例行公事的一番手續——勸告投降，勸告遭到拒絕，於是在下午就開始砲擊。

廈門的清朝當局對英國艦隊的進攻感到突然，他們以爲和英國的問題已在廣東獲得解決，他們正在裁減軍備。閩浙總督顏伯燾在泉州、水師提督竇振彪率領許多兵船，已出發做定期的外洋巡察。金門總兵江繼芸是留守的最高司令官，他連夜召集水兵。由於削減兵員，解雇了許多水勇，失業的水兵們沒有別的工作，就成群結隊地四處流動。

「怎麼？現在又要我們啦！」

「先把薪餉發給我們！」

他們一邊嚷著，一邊集合，膽小怕死的人都躲了起來。

「傻瓜！拿了槍再逃走多好呀！」有的人說出這麼危險的話。他們不是要賣槍，而是說要拿著槍去當強盜，可以發大財。

輪船西索斯梯斯號首先向廈門砲臺打出了第一顆砲彈。和廈門很有緣分的布朗底號、虎門最大的軍艦都魯壹號和摩底士底號，向鼓浪嶼砲臺發起了砲擊。

砲臺發射的砲擊很猛烈，不愧是以勇猛著稱的福建水師。艦砲發射了四小時，砲臺仍然沒有沉沒。《中國叢報》上記載說：「清朝軍很有丈夫氣概，能經得起砲火的轟擊。」

廣東的砲臺一般是把砲安放在臺上，最多左右有防護牆，是露天砲臺，所以容易破壞。而廈門的砲臺有的是在砲上面用石頭建造一個厚實的掩體，是帶有堅固屋頂的砲臺，只要敵方的砲彈不命中堡壘上的砲眼，就不可能擊毀大砲。砲眼從海上來看不過是一個小孔。

以前的砲臺遭到艦砲兩、三個小時的轟擊，一般都毀了；而廈門的砲臺遭到四小時砲擊，仍有三分之一的砲繼續朝著海上艦隊發射，但是它沒有廣東砲臺上葡萄牙製造的巨砲，所以破壞力不大。

英國艦隊的船艦也有中砲的，但是所受的損傷還不至於妨礙航行。伯蘭漢號上打死了一名水兵；威里士厘號上有三人受重傷，其中一人不久死去。

「解絕不了呀！」海軍司令巴爾克焦躁起來。特命全權大使樸鼎查抱著胳膊待在船艙裡一動也不動，凡是有關作戰的事情他從不插嘴。

前任全權大使義律，往往根據自己的判斷對陸海軍的指揮官一會兒下令進攻，一會兒命令停戰，這一點也使外交大臣巴麥尊等本國首腦感到不滿。作戰一旦開始，一切都應該由指揮官去判斷；而義律認爲，打到某種程度就可以進行談判時馬上命令停戰。正需要鼓一把勁的時候卻停止進攻，司令官當然很不高興。豁出性命的戰爭完全被用作談判的手段，派遣軍的這種不滿也傳到了英國國內。樸鼎查在被任命爲全權大使時，巴麥尊特別就這一點要他注意，「發起軍事行動之後，不能對陸海軍的作戰施加限制。」

其實樸鼎查本來對打仗就是外行，他的本領是在另一方面。在此之前，樸鼎查任職於印度。當時的印度還有像莫臥兒帝國殘留的藩侯國，他把這些藩侯國各個擊破，爲建立英屬殖民地印度做出貢獻。他有時懷柔，有時威脅或欺騙、施用離間計；必要時則收買無賴之徒，在藩侯國內製造叛亂。他是個搞陰謀詭計的老手，他之所以被起用，就是因爲他的這種本領受到賞識。

「情況是這樣，那就只有登陸，從背後拿下它。」巴爾克司令首先命令水兵隊登陸，接著第二十六團的陸軍在約翰斯頓少校的率領下從運輸船上下來，開始登陸。

3

背後遭到襲擊就毫無辦法了。由於遭到猛烈的襲擊，膽小的士兵已經逃了，只剩下那些眞正稱得上「福建水師」的精兵死守砲臺。但是他們人數很少，派不出兵員去迎擊那些登陸的英軍。

英軍一登陸，總兵江繼芸就開始默唸起《法華經》。他看到英國兵蜂擁而來，就走下砲臺朝海裡走去。副將凌志身受重傷，英軍逼近時，他拔刀捅進自己的肚子。都司王世俊把劍橫架在防護牆之間，把自己的喉嚨對準劍刃，壯烈地自刎了。最後也沒離開砲座的水勇們，揮動著點火棒迎擊英軍，他們不是中彈，就是被刺刀刺死，全部犧牲。

投海自殺的江繼芸屍體，第二天被海浪沖上了岸。《中國叢報》上寫道：「有人泰然自若地走入海中自殺。」就是指江繼芸。

此外，軍官中戰死的還有水師把總李啟明、楊肇基、紀國慶等三人。

在英軍進攻砲臺時，五個拖著辮子的男人從運輸船上登陸，偷偷地潛入廈門市區。其中也有石田時之助和綢緞鋪的久四郎——林九思。廈門的街上一片混亂，人們紛紛收起行李往山裡逃，逃得最快的是當官的。

官吏恃和不設備，踉蹌賊至爭逃奔。

這是三年後一位名叫陸嵩的文人，聽到從廈門來的客人談到當時情況所寫的詩中兩句。這首詩下面寫道：

何人拒賊誓死戰，金門總鎮江繼芸。
從之起者副將凌，都司王公勇絕倫。
水師把總李楊紀，或葬鯨腹或飧刀。
浩然正氣留乾坤，天陰月黑來忠魂。

孩子的哭聲、女人的哀呼聲、咕嚕咕嚕的車輪聲……在一片混亂中，久四郎拿著一張地圖急急忙忙奔向廈門的南門，他是他們五個人中的領頭人。

「大概是尋找什麼人家吧？……」

石田也只知道這些。因爲誰也沒告訴他去幹什麼。馬禮遜曾把久四郎叫去，大概是面授了什麼機宜。

「跟林九思一起去吧！萬一有什麼事的時候要保護他。」——馬禮遜對石田只說了這幾句話。

「啊！這裡。……」久四郎在一戶人家前面停下腳步。這戶人家並沒什麼特殊，門是開著的。

「啊呀！怎麼辦呀？」久四郎猶豫不前，朝石田看了一眼，看來是向石田求援。

「好吧！我先進去，你跟著。」石田用日本話說。

「謝謝您！這太好了！」久四郎也用日本話小聲地說。

石田走在前頭，久四郎和三個中國人跟在後面，走進去。進門的地方好像是個倉庫，亂放著破椅子和石臼之類的什物，緊接著就是一堵牆壁，讓人感覺這房子太窄小了；從那裡往左有一條走廊。在這條走廊上走了十幾步進入了一個小房間。房間沒有門，是走廊突然擴大形成一個房間，沒有一個人影。

「不知道你要找什麼人，要找的人逃走了吧？」石田回頭問久四郎。

「不，一定有人，事先連繫好了。」

「你要見什麼人？」

「一個名叫『沒耳朵劉』的人。」

「可是沒有一個人呀！」

石田掃視了一下房間，發現右拐角上有一道門。「好像還有裡屋。」

石田推了推門，門意外地輕，然後一聲不響地開了。這時傳來嘶啞的聲音：「誰？」

裡面是一個大廳，四個男人圍著桌子坐在那裡。一名老頭穿著一件白色長衫，其他三個人上身打著赤膊。桌子上散亂地放著紙牌，看來是在打四色牌（一種賭博）。剛才還聽到槍聲，這些人卻意外地冷靜沉著。

「你們這些傢伙是從海裡來的吧？」一名年輕的小夥子站起來，用粗暴的話這麼問道。他說話的時候還不停地搖晃著肩膀，看來是有點精力過剩。

久四郎走上前去說道：「我找一位姓劉的先生。」

「我就是。」一個大下巴、膚色微黑的四十來歲漢子坐在那裡一動也不動地說道。他兩眼之間的間隔很寬、眉毛很稀，不用他報上名字，一看左邊少了一隻耳朵就知道他是「沒耳朵劉」。

「我給您帶來了一封信。」久四郎從懷中掏出信，戰戰兢兢地向前走了兩步把信遞給了小夥子。小夥子接過信，交給了沒耳朵劉。沒耳朵劉拆開信封取出信，一聲不吭地看著。他像是在看信，其實並不識字。

「老頭，給我唸唸。」他把信塞給老頭，然後對久四郎說道：「你留下，其他的人到隔壁房間等一下。」

留下久四郎一個人，石田等回到原來的小房間裡。

「談妥了，你們進來吧！」大約十分鐘後，久四郎向石田他們招了招手。事情很快就談完了。

石田看到桌子上堆了一大堆西班牙銀元。久四郎陪著笑臉和沒耳朵劉說：「您只能召集三十來人嗎？一旦行動起來，我想會增加到十倍、二十倍的。」

石田最初不明白是怎麼回事，在聽他們談話的過程中才慢慢地明白了。

「幹掉鴻園吧！再沒有比那裡更有錢的地方，不幹那裡太吃虧了！」穿白長衫的老頭邊敲桌子邊說。

「老頭，」沒耳朵劉帶著微笑說：「那裡可是你弟弟的府上啊！」

「什麼弟弟？他是小老婆養的，是女傭人的崽子。」

這瘦老頭是金豐茂的老闆連同松，他已經淪落爲流氓無賴的食客，他是在做鴉片買賣時和地痞流氓搭上的。石田並未見過連同松，但是他早就聽說過連維材有個異母哥哥，而且彼此不和。

「原來是這傢伙呀！」石田心想。看來這些傢伙是想趁打仗的混亂去當明火搶劫的強盜，而且是遵照英軍的要求……

英軍最害怕的是什麼？不是清軍的抵抗，而是民眾的敵對情緒。這種情緒在門戶開放的目的達到後，也會長期留下隱患，對發展通商帶來惡劣的影響，樸鼎查根據他在印度的經驗很懂這一點。要把民眾的憎恨引到別處去——他在印度曾經多次做過這種事。要在英軍之外製造一批壞蛋。義律進攻廣州時，外省兵成了民眾的眾矢之的。那不是英軍有計畫弄的，從結果來看，本來對英軍的憎恨因此有所減少，有的人甚至只是因爲痛恨外省兵的橫暴而主動要求協助英軍。

不能說因爲廣州進展順利就永遠按照那種方式。在廈門採取的辦法是唆使地痞流氓搶劫，這樣就可以把民眾在英軍身上的目光挪開一些。石田和久四郎等人就是派出來做這種工作的。

「這不成！維材先生正在廈門呀！」石田正在考慮該怎麼做時，突然聽到一聲巨響，接著大地發出轟鳴。

連那幾個流氓也嚇得站了起來；久四郎則趴在桌子上。英軍占領砲臺後，掉轉砲臺上的大砲開始向廈門城內開砲了。

「快！請你們快動手吧！劉先生。」久四郎說。

「好吧！事已至此就豁出去了。喂！猴齊天，按照預定的計畫去召集人吧！」

「是！」那個小夥子抓起桌子上的銀元飛快地跑出去。猴齊天本來是指孫悟空，這小夥子動作敏捷，他的這個綽號果然名不虛傳。

看來這件事已透過澳門的流氓組織進行連繫。砲聲和地鳴仍在繼續，還是沒耳朵劉最鎮靜。他說：

「看來目標是衙門，離這裡很遠。」

連同松不知什麼時候不見了。他早已鑽進桌子下面，全身不住地發抖。「阿彌陀佛！阿彌陀佛！……」老頭抱著桌子腿、閉著眼睛，開始唸佛號了。

4

沒耳朵劉把三十名重要手下分爲三組，每組各十人，打發到城內、城外的市街及郊區等三方面去搶劫。他們已取得了「英軍不鎭壓」的保證。

這三十個人是搶劫集團的核心。「打倒財主！」他們四處奔跑、大聲喊叫。那些無賴之徒、失業的水勇、逃兵乃至流浪漢，都成群結隊地參加進來想分一杯羹。逃兵中不少人還帶著槍枝，其數大概超過千人。

沒耳朵劉親自奔赴郊外的鴻園。久四郎等人已返回在後山設營的英軍陣地，只有石田參加了外組。去搶劫鴻園的暴徒約有六十人，鴻園在郊外，跟著去的人比市區少。

石田曾受過連家照顧，他希望能盡量減輕連家所遭受的損失，但是靠他一個人的力量是無濟於事的。「我也不能當旁觀者。……」當暴徒們抱著大木材撞擊鴻園的大門時，石田小聲地這麼自言自語說。

鴻園呈階梯形，像一個筆架，裡面早已把暴徒的情況看得清清楚楚。

天還沒有全黑。「來得太快了點。……」連維材早已預料到那些歪眉邪眼的傢伙會趁火打劫，但是他沒想到，英軍剛占領砲臺，竟然會發生有組織的搶劫。無賴之徒其實是膽小的，在沒有完全弄清楚眞相時，他們是不敢公開活動的。而現在他們竟結成了相當大的幫派，這確實太快了。

「是英軍煽動的？……」——只能做這樣的設想。「不要做沒有意義的抵抗，大家都躲到院子裡去。他們的目標是値錢的東西，這些東西都給他們。」連維材把家裡人和店員們都召集在一起說。

「都給那些傢伙？」一個已在金順記待過多年的莊姓夥計，緊咬著嘴唇落下了眼淚。

「是呀！這個人長年努力工作，生活也不寬裕。」連維材心想，突然想起庫房裡還存著幾桶燈油。

「大家都去吧！」連維材催促著大家，接著說道：「老莊，你帶五個年輕人把庫房裡的燈油搬出來灑到房子各個地方。其他的人準備一些厚木板，把窗、門扇從外面釘起來。」

大家立即明白了連維材的意思。

「是燒掉嗎？」莊夥計問道，他的聲音有點顫抖。

「與其給那些傢伙，還不如化爲灰。順便也把那些傢伙一起化爲灰吧！」連維材用平常的口吻回答。

「這個有意思。好！書院離得很遠，也不用擔心燒到那邊去。」統文說罷，準備動手了。

承文的臉上毫無表情，呆呆地發傻；哲文和理文立即幫老莊他們打開燈油桶，把燈油灑到室內的各個地方。

這時，大門已被打破，暴徒們爭先恐後地朝坡道跑上來。看院子的郭老頭跪在大門口向暴徒們哀求說：「諸位，大批的銀元都放書院那邊……鴻園沒有什麼値錢的東西……都在書院那邊。」

「胡說！」那個叫猴齊天的朝郭老頭的肩膀踢了一腳。老頭仰臉朝天跌倒在地上，仍然不停地說：

「是眞的……是眞的……」

「傻瓜才信這種鬼話！」猴齊天和其他暴徒從奇岩怪石中穿過，開始登上院子。他們的目標當然是鴻園中那座主體大建築物，這座建築物的外面是磚石砌的，但是內部是用福州運來的上等杉木建造。好像是歡迎這些暴徒們似的，建築物的大門是敞開的。

「等一等！……」沒耳朵劉在大門前猶豫起來。他在廈門的流氓組織裡待了很長時間，對富商連維材的爲人他是知道很多的。

「這傢伙可不是好對付的。……」他的腦海裡浮現出跪在大門口那個老頭的形象。他是不是爲了保護主人家的財產而謊說財寶存放的地方呢？果眞如此，那可是個了不起的忠僕啊！

可是，儘管老頭那麼說，猴齊天仍然不相信。搶劫的集團朝著鴻園跑來，連維材居高臨下，早就從宅子裡看到了。沒耳朵劉想太多了。看院子老頭的話顯然是謊話，但是如果是連維材向看院子老頭傳授了計策，那會是什麼呢？一定是反過來利用這個明顯的謊言。只要看院子的老頭死纏著說是「書院」，大家一定不去書院，而是奔向住宅。現在的情況就是這樣。爲了不讓大家去書院，反而說是書院。

「連維材這傢伙很可能使用這一招。」沒耳朵劉這麼想。反正他的心腹猴齊天已去了住宅。「好吧！我去書院看看。」沒耳朵劉下定決心，朝著誰也不去的左邊走去。

不過，有一個人正在盯著沒耳朵劉，這個人就是石田時之助。「這傢伙爲什麼要去書院呢？」石田決定跟蹤沒耳朵劉。

連同松不親眼看一看弟弟連維材豪華的別墅遭到洗劫，怎麼也不甘心。

金順記店裡的現金大多存放在錢莊裡，貨物都分散放在靠海岸的倉庫，而且放在廈門的商品和現金，從整個金順記來說數量並不多。可是，鴻園遭到踐踏——那將是多讓人愉快的事啊！正好連維材久別回家，正在和家人們團聚。自己曾設下圈套，好不容易把承文引誘出來當流氓，沒想到承文現在又浪子回頭回到家裡，這對他也是一件讓人火大的事。

他已經年老，搶劫的暴徒們向前飛跑，把他遠遠地拋在後面。他哈哧哈哧地喘著粗氣來到鴻園大門前時，一看大門已經被打破，他滿意地點了點頭。

「啊呀！您不是金豐茂的大老爺嗎？」——突然聽到有人跟他打招呼，他大吃一驚。定神一看，一個老頭蹲在那裡，原來是他熟識的鴻園看院子的老頭。

「老爺，出了大事啦！流氓們……」看院子的老頭好不容易站了起來，指了指住宅那邊。老頭搖搖晃晃地走了兩步，腿一瘸一拐的，看來是什麼地方受了傷。

「是呀！我知道那些傢伙要到這裡來，所以趕快來報個信……你看我這麼上氣不接下氣地跑來，還是晚了一步……」連同松畢竟心虛，他在老頭面前皺著眉、搖了搖頭說：「這可糟糕啦！……唉！」其實他心裡早已迫不及待地想看一看鴻園遭到洗劫的樣子。連維材的家財遭到搶劫、家裡的人被暴徒們追逐著，那是多麼解恨的場面啊！

「不知道糟蹋成什麼樣子了，我去看看吧！……」他說後，就急急忙忙朝前走去。

走了一會兒，他回頭看了看，只見看院子的老頭一瘸一拐地扶著岩石，跟著他。

5

暴徒們用大木頭撞破了鴻園大門。他們以爲園子裡的房屋都要這麼撞，所以都抱著木頭往裡跑。可是裡面的門都是敞開的，這才把木頭都扔掉了。

莊夥計和哲文等人匆匆忙忙地把屋子裡都灑上燈油，剛剛跑出屋外，暴徒們已經湧進來了。屋子很大，一下子把闖進來的五、六十人全都吞了進去。

「好像沒有人呀！」

「怎麼這裡有點黏呼呼的。」

「啊呀！他媽的，滑了一下！」

「是不是油呀？有味道。……」

暴徒們這麼亂叫亂嚷著，在各個房間裡跑來跑去，物色著要搶的東西。隱藏在院子裡岩石和樹木背後的人們，很快就躡手躡腳地集合在一起，然後按照連維材的指示用暴徒們扔在地上的木頭門上大門，把主要的窗戶和後門也都從外面堵住——這些工作都迅速完成了。那些紅著眼睛在攫取獵物的暴徒們，一點也沒發現外面的動靜。建築物上有三個帶鐵格子的小窗，他們從鐵格子縫裡不斷扔進點著火的木棒……火燃著油，立刻發出熊熊的火焰。

「我覺得太殘酷了！」年輕的理文定神地望著從小窗戶裡冒出來的濃煙對父親這麼說。

「戰爭就是殘酷的。理文，這就是戰爭。當然，失去能感覺得到殘酷的心，那是很可惜的，但是必須把這顆心暫時收藏起來。戰爭就是這麼殘酷、淒慘的。你要好好看著，不要把眼睛背過去。」連維材好像是跟自己說話似的這麼回答。

石田緊緊跟蹤著沒耳朵劉，但是在書院裡把對方看丟了。書院太大，加上裡面又有許多教室、書庫、學生寢室之類的房間。連家的女眷躲在一間書庫裡，那裡有連維材的妻子、彩蘭，以及從臺灣來的統文的妻子阿寬，加上女傭人，共有十五個。果然如連維材預料的那樣，看來不會有暴徒到書院這邊來了。阿寬躺在那裡發出呻吟聲，她已經開始陣痛了。

「在這個糟糕的時候……」奶娘阿芬感覺到自己好像有什麼責任似的，但是又不知道該怎麼辦好。

「要趕快燒開水！」連維材妻子要女傭人到學生宿舍的廚房裡去準備開水。但是這時走廊上傳來嘶啞的聲音，「有人嗎？他媽的！這麼大的房子！有人給我出來！」

走廊上響起了粗暴的腳步聲，就好像給這嘶啞的說話聲伴奏似的，女眷們都嚇得變了臉色。

「那是沒耳朵劉的聲音啊！……」阿芬哆嗦著嘴脣小聲地說。

廈門城裡，人們把沒耳朵劉這個流氓頭子視如蛇蠍。他經常在街頭上大呼小叫，像阿芬這樣生活在社會底層的人們，當然不會忘記他那帶有特徵的聲音。女傭人嚇得不敢出房間。

「路上讓他抓住了可了不得啊！」

「聽說沒耳朵劉抓住女人就會糟蹋！」

「嚇死人了！」

這地方抓住跟有夫之婦通姦的男人往往要割掉他的耳朵，沒耳朵劉就是因爲十六歲時強姦了一名農家婦女而叫人割掉耳朵的。婦女們聽說過這個傳聞，當然會感到害怕。

「他發現了我們在這裡，是不會白白饒過我們的。」

「可是，少奶奶……」阿寬正在呻吟。這聲音一旦被聽見，那就暴露了她們躲藏的地點。不遠的地方發出東西被摔碎的聲音，好像是把教室裡的桌椅扔到走廊和牆上。

「盡是他媽沒用的東西！去你娘的！」摔東西的聲音和嘶啞的說話聲越來越近了。女人們把身子擠在一起。

「我到廚房去。」清琴站了起來。

誰也沒有把清琴向大家介紹過，所以除了阿芬外都不知道她是什麼人。

「外面有暴徒啊！」連維材的妻子說。

「我去燒水，孩子馬上就要生了……讓暴徒闖進這裡那可不得了。廚房離這裡相當遠吧！我把那些傢伙引到遠的地方去，這裡暫時就沒有危險了。」

「引到遠的地方？這種事，妳……」

「我習慣做這種事，因爲我一向跟暴徒打交道。再說，從那聲音看來，我想不會很多人，聽起來只有一個人的聲音。」

阿寬極力壓低嗓門，不時地發出痛苦的呻吟；連維材的妻子撫摸著阿寬的後背。統文信口開河，說什麼一邊採茶，一邊輕輕巧巧地生下孩子。其實採茶的女人並不都是這樣的，看來阿寬有點難產。

在大家都注意阿寬時，清琴走出房間。她大致知道廚房在什麼地方，但是她先朝有聲音的地方走去。

「啊呀！這不是有人嗎？」沒耳朵劉傻笑了一聲。也許是耳朵上有傷痕的緣故，說是笑，其實只是左邊臉上的肌肉往上抽動了一下。

周圍的光線相當黯淡。他抬起肩膀，一會兒低頭俯視，一會兒抬頭瞪上一眼，那樣子十分可怕，但是清琴滿不在乎。沒耳朵劉走近她身邊，一把抓住她的衣領說道：「這裡什麼值錢的東西也沒有，不過有女人……妳特地送上來，我就享受享受吧！」

沒耳朵劉手上一使勁就想把清琴的領子撕開，清琴卻扭過身子說道：「不要這麼猴急嘛！該脫的時候我就脫，等我先辦一點事。」

「哦！妳倒是滿沉著的。」

「再說，這裡有學生住的房間，裡面有床鋪，那裡總比這個走廊要好得多吧？」

「哦！……」連沒耳朵劉也有點傻眼了。

「我要到廚房去燒開水。」清琴大步朝廚房走去。

沒耳朵劉跟在她身後，心想：「呵！腳步一點也不抖，好大的膽子！」

廚房旁邊有一口水井。「你能幫我打點水嗎？」清琴毫不膽怯地這麼說。

「要我幹活？」

「是呀！過後我就讓你痛快呀！」

「用這麼大的鍋子燒水呀？」

「生孩子嘛！跟燒水沏茶當然不一樣。」

「生孩子？」沒耳朵劉看到清琴在點火燒柴的樣子，漸漸地不耐煩起來。心想：「她倒滿沉得住氣的。她把老子看成是什麼人呀？」

沒耳朵劉胡亂地從水井中打上水倒進鍋裡。他爲自己做這種事生起氣來，心想：「說要跟我睡覺，是眞的嗎？還是玩弄我？」

灶裡的柴燒旺了起來。

「喂！」沒耳朵劉揪住清琴的肩頭說：「我喜歡在這裡推倒女人就幹，什麼床上不床上的，沒意思。

我等不及啦！」

清琴毫無表情地站起身來說：「我早就想你會動手的，沒想到你還眞有點耐心。沒耳朵的傢伙！」

「妳這臭娘們！」

「你等一等嘛！外面的衣服我得自己脫，待一會兒還得穿，可不能叫你給撕破了。」

「少廢話！……」沒耳朵劉說。

清琴解開領子，伸手去解腋下的鈕扣。

石田在書院中看丟了沒耳朵劉，又返回鴻園那裡。

跑到書院這裡來的只有沒耳朵劉一個人，他應該不會出什麼大問題，心想：「可怕的還是暴徒們，我怎麼跑到書院這裡來了？」

石田返回到鴻園時，才知道自己的一時疏忽竟然救了自己的性命。鴻園早已濃煙滾滾，連維材正站在住宅的大門前。

「連先生，這是怎麼回事？」石田上前問道。

「啊呀！是老石。你看，我把宅子燒了。」連維材指了指大門，大門已用粗木頭封住了。

門扇好像在微微地搖動。「裡面的傢伙大概正用身子撞門吧！」連維材說：「不過，他們赤手空拳是撞不破的，門很結實……」

「那些傢伙全都進了屋嗎？」

「是的，有五、六十人吧！」

「你要把他們燒死？」

「不等燒死，早就被煙嗆死了吧……」

「書院那裡怎麼樣？」

「讓婦女們在那裡避一避。」

「有一個暴徒好像去那裡了。」

「只有一個人嗎？」

「是的。」

「那不要緊。儘管是女人，也有十五個人。如果只是一個暴徒，那不用擔心……這裡的房子燒光了，我們暫且還要住到書院去。我們過去吧！」

不遠的地方，連同松全身抖個不停，嘴裡嘟嘟噥噥地說著：「太可怕了！……太可怕了！……」

「妳一個人出去不成？」彩蘭不顧連維材妻子的勸阻，早已跑到走廊去了。

那個叫清琴的女人說要轉移侵入者的注意，把他引誘到什麼地方去，但是她離開房間已經好久了，摔桌椅的聲音也突然停止了。

「不能爲了我們而犧牲她！不能做這種事！」彩蘭是這麼想的。到萬一的時候，她還會拳術哩！她覺得不應該讓一個陌生女人來保護自己，要自己保護自己。

她飛快地朝每個房間看了看，所有的屋子裡都沒有任何人影。直到她踏進廚房才鬆了一口氣。

清琴在那裡正用一只大桶往鍋裡倒水，彩蘭悄悄地觀察了一下她的衣服——衣服穿得整整齊齊的，一點兒也沒亂。

「那群人呢？」彩蘭問道。

「那群人？……啊！只有一個。」

「那麼，那個暴徒呢？」

「在那個拐角上。」清琴朝廚房的拐角看了一眼。

「啊！……」彩蘭一轉頭，不自覺地用雙手捂住自己的眼睛。

一個赤身裸體的男人仰面朝天地躺在那裡。「我給他澆了滾水，已經死啦！」等到彩蘭把雙手從眼睛上拿下來時，清琴用空桶做了一個澆水姿勢。

「你……」

「給他澆夠了水，熱水用掉了很多。爲了孩子，現在我要加水。」

當天晚上，阿寬生了一個男孩。連家的婦女們非常忙碌，很晚才發現清琴不見了。

英軍這天夜裡在後面的山上野營，第二天才進入市區。他們讓城裡的流氓無賴打頭陣去姦淫搶劫，英軍也獲得相當於兩萬元的金塊、銀塊以及大量彈藥，他們還搶奪了大量食品。廈門的大街上幾乎空無一人，只有英國士兵們醉得東倒西歪、高聲唱歌、到處胡作非爲。

當時一位文人這麼寫道：

惡風十日火不滅，黑夷歌舞喧街市。

不過，廈門不是他們的目的地。占領十天後，英國艦隊於九月五日撤出廈門，將五百兵留駐在廈門的對岸鼓浪嶼；三艘軍艦和三艘運輸船留在廈門的海面上。

閩浙總督趕緊向北京奏報說：「我已收復廈門。」

中秋前後

「你等一等！」清琴攔住了龔定庵。

這麼死太沒意思了，死之前要不要做些什麼呢？例如躊躇呀！苦惱呀！流下眼淚呀……

「先生，我感覺這似乎太平淡了。人在死之前不要做些什麼嗎？」

「是呀！天臺宗的教義說，人在死之前要眞誠地做些人的活動。」

1

九月二十六日（農曆八月十二日），從英國艦隊占領廈門算起正好一個月，艦隊撤出廈門已過了二十天。這是颱風季節，這一天，猛烈的颱風又襲擊了臺灣海峽。英國運輸船涅爾布達號被捲進了颱風，桅杆折斷、船舵毀壞，船在大浪中顚簸，朝著臺灣海面漂去，還幾次險些顚覆。

颱風過去了，船身已被暴風雨打壞。「再過一、兩個小時就要沉沒了！」——船長做了這樣的判斷。船上的小艇幾乎全被海浪沖走，只剩下一艘了。

船長叫來航海士說：「我們乘小艇逃走吧！」

「那艘小艇只能乘二十人。」

「船上的白人正好是這個數。」

「您的意思？」

「那還用說嗎？印度人的神會救他們的。」

「他們會鬧事吧？」

「我自有辦法。」

船長命令兩個航海士和一個白人高級船員去檢查小艇。檢查只是藉口，實際上是把小艇放下海去。他命令二百四十名印度水手和軍伕修理桅杆和船艙，目的是把他們的注意力引開。

船長聲稱要對船上的十七名白人士兵點名，把他們集合在舷側。「檢查」好的小艇已放下到海上，只有二十一名白人飛快地改乘到小艇上，二百四十個印度人留在即將沉沒的船上。

「沒良心的東西。」

「帝國的軍魂到哪裡去了？你們這些騙人的惡鬼！」

船上各個地方都已損壞，無論怎麼堵塞海水流進船內，沉沒已經不可避免。有的開始咒罵白人士兵，有的則拚命求神保佑。回教徒祈求眞主、印度教徒向濕婆神求救。

「啊！看到陸地了！」在傾斜的甲板上有人這麼喊起來。也許是他們的祈禱感動了神吧！不，陸地並沒有救他們，他們很快就知道哪裡是地獄。

那塊陸地是基隆砲臺。「基隆」這個名字是日本人取的，當時叫「雞籠」。一個月前，對岸廈門剛剛遭到英軍進攻，雞籠砲臺即處於嚴密警戒狀態。

「夷船來了！夷船來了！」瞭望的人在望遠鏡裡看到涅爾布達號，立即大聲喊叫起來。可憐的遇難船遭到了無情砲擊，其實，即使沒有砲彈的打擊，它也即將沉沒了。儘管因爲浸水而開始傾斜，儘管桅杆已經折斷，它確實是「夷船」，而且看來是朝著雞籠港而來。如果是平時，會派船去詢問；但是現在是戰爭期間，無需訊問了。

聽到砲聲，船上的印度人絕望了，一個接一個地跳進大海。許多人淹死了；游到岸上的人，不是被砲臺裡的士兵殺死，就是當了俘虜。這次清軍俘獲了一百三十三名印度人，所以淹死或被砲臺守軍殺死的有一百多人。這批俘虜中，有二十人因為疲憊過度很快就死去了；剩下的一百一十四人最後是否活命了？沒有。臺灣當局請示北京，下來的諭旨是：對所有的俘虜進行審問，錄取供詞後，除了頭目暫時禁錮，其餘全部正法，以抒積憤、大快人心！廣州之役已過去了幾個月，英夷的暴行早已傳遍全國。清朝有著積憤，除了九個「頭目」外，俘虜全被斬首了。

當時臺灣還隸屬福建省管轄，駐有臺灣道官員，當時的臺灣道是領有按察使銜的姚瑩。姚瑩撰寫許多著作，和宣導嚴禁鴉片的黃爵滋是親密好友，較接近林則徐等人的南詩社。另外，指揮臺灣鎮十三營一萬四千名士兵的臺灣總兵，當時是鑲黃旗人達洪阿。

這次事件後來在南京和談時當作一個問題提了出來。英國方面認為是「殘殺了遇難船上的人員」，要求懲罰負責人。北京派當時的閩浙總督怡良去臺灣調查，了解到船不是被擊沉而是遇難沉沒。姚瑩以偽奏罪入獄，考慮總兵達洪阿在臺灣剿匪有功，僅給予革職處分。不過這兩個人很快就重返政界。

作者按：關於這次事件，臺灣道官員「冒功」的說法現在基本上已成定論，作者卻對此抱有懷疑。涅爾布達號可能即將沉沒，它確實是向砲臺靠近的。當時是在廈門之戰後不久，砲臺當然要砲擊夷船。事件的調查是在媾和之後，英國施加的壓力必定很大，儘管總督怡良做了調查，但不能不猜測，他有「不破壞媾和大局」的考量。

當時在英軍的進攻面前，各地清軍都連戰連敗，唯有臺灣勉強算是打了勝仗，臺灣道官員因而遭到其他各地戰敗的文武官員嫉妒。「對手是不可能戰勝的！」各地的負責人都這麼辯解。但是如果有了戰勝的事例，他們就不好辦了；如果說「那不是打勝的」，對他們則是有利的。

各地的官員都有自己的責任問題，所以都希望能否定臺灣打了勝仗，在這種情況下，怡良當然要考慮這些同僚間的利害關係。

《臺灣通史》上寫道：姚瑩被捕押送北京時，臺灣「兵民洶洶罷市」。人們抗議中央的判決進行罷市，經姚瑩說服才停止罷市。大概是怡良事先對他進行了勸說。

處死俘虜是根據皇帝的命令執行的，官員沒有責任。問題是有沒有砲擊？士兵們確實打了砲，居民們也確實看到了，所以他們不服；加上姚瑩很有威望，因此就發生罷市。

——作者是這麼解釋的。

姚瑩出獄後又被錄用，這大概也是爲了籠絡臺灣的人心。姚瑩雖然被關進監獄，其實只關了六天，這也證明他說的砲擊是正確的，對他的處分不過是對英國表示一點歉意。

媾和以後，英國的軍官也去臺灣調查，傳說當時姚瑩反問說：「你們不是也大批屠殺了我國的老百姓嗎？」英國人無言以對。

2

在紅色的蠟燭上用金泥繪上牡丹花，這稱爲「華燭」。辰吉凝神地望著搖曳的華燭光焰，心想：「我終於成了這個國家的人了。」

「亡靈之月」過後是農曆八月，可以舉辦婚禮了。

農曆八月十二日，正是涅爾布達號運輸船在臺灣海面被捲進颱風的國曆九月二十六日。舟山島漁村裡的婚禮是十分簡樸的，香月出身於貧苦的漁家，新郎辰吉又沒有親屬和親戚。香月穿著一身紅衣服。平常她沒有化妝打扮過，這時她抹一點白粉、描一描眉毛、臉頰上擦點胭脂，顯得異常美麗。在華燭前，香月和辰吉對面站著。首先香月對著辰吉一拜，接著辰吉也恭恭敬敬地回禮——這稱作夫婦對拜，然後兩人拜天地。婚禮只是如此而已。一般的情況要用漂亮的花轎去迎接新娘，向新郎的父母行禮、向祖先的牌位燒香跪拜。但是辰吉就住在香月家，不需要去迎接，也沒有可拜的祖先牌位。

中午舉行了一個小小的宴席。

「恭喜！恭喜！」王舉志舉起酒杯祝賀。他是媒人，名義上他是特地來舟山參加婚禮，其實他負有任務——帶來了約一百名部下，準備把他們分散到舟山各地去。他接到英國艦隊北上的情報，預料到舟山遲早會被占領，他想建立地下組織抵抗英軍。

「霹靂啪啦！」

不停地放著鞭砲，附近的漁夫都被請來喝喜酒。在貧苦的漁村裡，只有舉辦婚葬儀式時才是他們正式的社交場所，也是他們生活中的休息。酒是舟山的特產。屋子裡窄小，宴席一直擺到臨海的院子裡；桌椅是全村各家借來的。宴會一開始，席位就亂了。客人們穿的是平常的衣服，有的人甚至連鞋子也沒有穿。他們不需要裝模作樣，不時地像想起什麼似的舉起酒杯，例行公事地喊著：「恭喜！恭喜！」但是馬上就把話題轉到他們的生活上——最近海上風浪很大，無法出海捕魚。

「外面傳說英國佬又要來了。」

「據說廈門叫他們占了……」

雖然也有人談起這類事情，但是話題又回到生活上。

風很大。

「又要起風暴了，沒法去打魚啦！」

「不要著急嘛！風暴是年年都要起的。」

「有壞天氣，也有好天氣。」

鞭砲仍在霹靂啪啪地響著。在鞭砲聲中，突然聽到「轟！」的一聲巨響，接著發出地鳴的聲音。

「是什麼聲音呀？」

「大砲！」

「英國鬼子又來了嗎？」

透過上次的定海戰役，村裡的人已經熟悉了大砲的聲音。辰吉看了看王舉志的臉，可是王舉志好像根本就沒注意到砲聲，臉上的表情仍然像平常一樣平靜。

香月那描得濃濃的眉毛微微地抖動了一下。辰吉把嘴巴湊近她的耳邊說道：「香月，以後我教妳日本話吧！」

「啊？」香月攏著嘴脣，凝視著辰吉的眼睛。

英國艦隊撤出廈門後，因爲躲避颱風，過了二十天才出現在舟山群島前。九月二十六日，海上仍然波濤洶湧，臺灣海面上颱風的餘波也波及了舟山一帶。

上次英軍從舟山撤兵後，浙江首腦把處州總兵鄭國鴻和壽春總兵王錫朋派到定海，加強了舟山防守；加上定海總兵葛雲飛，等於是有了三名司令官，軍隊有五千人。在上次的定海作戰中，砲臺的大砲根本沒有發揮作用。後來從鎮海搬運來許多大砲，最大的也不過是二千斤砲。砲臺修復後，倚山建造的砲臺有二百六十七個砲眼，但是大砲的實際數還不到百門。而定海縣城內則有四十一門砲。

這天，清軍發現英國艦隊是在未刻（下午兩點）左右，從對岸鎮海的蛟門到定海的吉祥門海面上，排列著約三十艘英國船艦。所謂「門」，是指島與島之間的水道。復仇神號和弗萊吉森號兩艘輪船開進了竹山門。定海的砲臺打開砲門，一發砲彈掠過弗萊吉森號的桅杆。這兩艘輪船的任務是偵察，它們巧妙地避開砲彈，偵察了清軍的布陣後，很快就從吉祥門逃出，一發砲彈也沒有還擊。猛烈的艦砲射擊是從第二天開始的，英軍的參謀們已在定海南面五奎山登陸。那是一座很高的山，登上這座山，定海縣城一帶就瞭若指掌，清軍的布陣也一目瞭然。中秋（國曆九月二十九日）那天整天砲聲隆隆，一部分英軍已經登陸了，定海縣城是在十月一日失陷的。英軍從正面的五奎山、東面的東港浦和西面的曉峰嶺等三個地方同時發起進攻，清軍的三個總兵拚死奮戰到最後。

在曉峰嶺，壽春的八百名精兵進行了頑強抵抗，據點被強大的砲火摧毀，總兵王錫朋被砲彈擊中，一隻腿被炸飛，立即死去。突破曉峰嶺的英軍衝到竹山門砲臺，處州總兵鄭國鴻（湖南人）是六十五歲的老將，親自揮舞軍刀殺進了敵軍。這是一場淒慘的肉搏戰，鄭國鴻全身是血、壯烈犧牲，他的屍體上有九處傷痕。

定海的最後防衛據點是東嶽宮。定海總兵葛雲飛揮動司令旗，指揮砲擊。海上英國軍艦上的兩百門大砲集中轟擊東嶽宮，接著第五十五團和水兵隊發起衝鋒。這時東嶽宮的守軍已傷亡三分之二，總兵葛雲飛也在混戰中陣亡。他當時五十三歲，是浙江省山陰縣人。他經常帶著雙刀，戰死時兩隻手裡都緊握著刀。他是一位酷愛武器的將軍，刀上都刻有銘文。一把刀上刻著「昭勇」，一把刀上刻著「成忠」，也著有關於武器製造的《制械製藥要言》。他如果沒死，一定會對軍隊的近代化做出貢獻。

英軍的文獻記載說：擊倒了在堡壘上勇敢揮動司令旗的軍人，但是這個軍人不是葛雲飛。前面已經說過，總兵是在山崖上緊握著雙刀死去的。這一定是他部下的軍官，在代替總兵用旗子指揮時被擊倒了。這名軍官一被擊倒，另一名軍官又跑上去揮動司令旗，立即又被砲彈直接擊中，四肢被炸得粉碎。

在東嶽宮的守軍只有兩百人。在中秋前後六晝夜的戰鬥中，由於颱風的餘波經常下雨，將士們在泥水中奔馳，軍衣沒有一刻乾的時候，後來又斷絕了軍糧供應的管道。當英軍逼近時，死守的清軍都成了「餓疲之卒」。定海知縣舒恭壽被砲彈炸傷，當他聽說英軍攻破城門入城時，冷靜地呑下早已準備好的毒藥。在第一次定海戰役時，當時的知縣姚懷祥也在楚宮池投水自殺，這都表明了守土之臣的忠義。

定海再次失陷了。英軍在二月底一度從定海撤出；七個月後，英軍的國旗又再次飄揚在舟山島的關山上。

3

「新的生命誕生了！」在飛鯨書院裡聽到嬰兒的哭聲時，清琴考慮起自己的生命，這是她過去很少考慮過的問題。嬰兒的新生命是沒有被玷汙的；但相較之下，自己的生命看來是遭到破壞和磨損。

嬰兒泡在熱水裡發出一陣哭聲，那哭聲很有生氣。熱水是清琴燒的，她曾把這滾沸的熱水潑在痲痺大意的沒耳朵劉赤裸的身上。

「哎喲！」沒耳朵劉跳了起來，發出哀呼。

清琴不停地潑著沸水。

「饒命啊！……」

她聽到沒耳朵劉的求饒聲，但是她根本沒考慮是否要饒他的命，只是不停地向他身上潑沸水。也許是沒耳朵劉身上發出了一股臭氣，她突然覺得不能待在這裡，於是她走到外面，並沒有要去的目的地。她朝街上走去。暴徒們嘴裡亂嚷著什麼四處奔跑，但是她一點也不感到害怕。

「爲什麼我不能待在那裡呢？」她這麼問自己。

「我這樣的女人配不上哲文。……」她這麼回答了自己。

爲什麼配不上？——她不願再多想了，她一向害怕自我反省。她來到海岸上。有幾艘英國軍艦的黑影浮現在海上，軍艦上都點著燈，她覺得好像是螢火蟲。身旁傳來了水手們的談話聲——

「我們快點裝貨吧！」

「今天夜裡開船，不要緊吧？」

「英國軍艦不會搭一般的船，今天還有暹羅船從軍艦中間穿行過來。」

「只要掛白旗就沒問題。」

「趕快吧！稍微一耽擱，舟山那邊打起來，我們就回不去了。」

「是呀！軍艦兩三天內恐怕不會開動的。」

一艘很大的船停靠在碼頭邊，大概是從上海來的，誰都可以預料，下一個戰場將在舟山附近。水手們的意思是，想在這之前通過舟山。

「請問你們的船要到哪裡去？」清琴上前問道。

「啊呀？」一名水手轉過身用燈籠照了照她說：「是去上海的。妳……」

「能讓我搭你們的船嗎？」

「妳給船錢嗎？」

清琴搖了搖頭說：「我只有這個身子。」

「身子？」水手朝清琴的全身狠看了一眼。

清琴就這樣回到上海。她既沒有去金順記，也沒有去姐姐所在的斯文堂。她覺得那些地方都會促使她思考問題，但是她什麼也不願意想了。她希望仍然像過去那樣什麼也不想，只拚命地工作。上海有一個地方，只要她一去就會給她工作。她就朝那裡走去。

昌安藥鋪的藩耕時待在那裡。「這件工作妳不能推辭。我已經跟妳說了工作內容，妳無論如何都必須去做，而且也只有妳才能做，因爲只有妳能接近定庵先生。」

「我試試看吧！」她回答。

「謝謝妳，這太好了！軍機大臣閣下一定會高興的。」藩耕時這麼說，遞給了她一個小紙包。

清琴點了點頭，心中卻暗暗地說：「我可不是討什麼軍機大臣高興的。」

「就這點藥，足夠毒死十個人。」藩耕時指著清琴在手中撥弄的小紙包說。

龔定庵一個月前剛從浙江來到丹陽。丹陽靠近南京，是一個臨運河的城市。他原本就在丹陽的雲陽書院裡教書，因爲父親去世才暫時回鄉，現在是重返任地。廣州戰役的詳情，他已經從南方來的旅行者口中聽到了。歷史的車輪發出聲響，正要猛轉方向。在轉彎的地方有一個斷崖，車子會不會從那裡掉下去呢？

「難道我非得要看一看在谷底岩石上撞得粉碎的慘況嗎？」他已經疲憊了。

他生活了四十九年的這一個時代，即將撞成碎粉。從時代的屍骸下爬上岩石的「山中之民」，即將在暴風的席捲中、雷雨的打擊下，向崖上攀登。他不是「山中之民」，不是那種手指上染著鮮血仍然向斷崖上攀登的人。

「我的屍體將橫躺在谷底，再也爬不起來了。……」他的詩心不停地在躍動，但是他不想提起筆。他忘了點燈，獨自坐在屋子裡。

農曆八月十二日的月亮十分明亮。他想到自己的年紀，他年輕的時候就把年老之後出家、隱居故鄉的山中當作理想……現在不是已經到了這樣的年紀嗎？爲什麼還遍身是俗塵呢？

「我已經死了！……」他自言自語地說。

室外有人在吹笛子。他從小就有一個怪癖——害怕笛子的聲音。聽到那從笛孔中擠壓出來的聲音，往往要暈倒過去。他立刻俯伏在桌子上。

「有一個叫李清琴的小姐來訪，您見不見她？」

僕役走進來通報時他才清醒過來。

4

對於龔定庵來說，清琴是過去另一個世界的人。現在她站在自己面前，他意識到自己想在她身上尋找她姐姐默琴的身影。龔定庵說道：「妳好像也變啦！」

過去像羽毛一般輕飄、喜歡說話的清琴，現在變得沉默寡言了，龔定庵以爲這也許是年紀的關係。她已經二十五歲了吧？

「我也是這麼覺得。不過，我不知道爲什麼我會變成這樣。」

「在北京的不定庵和妳一說話，就覺得妳總是那麼喋喋不休。今天妳這麼冷靜，簡直叫人感到有點可怕。」

「是的，我自己也覺得可怕。」

「就好像是兩個亡靈在月下對話。」

「亡靈？」清琴閉上眼睛。她心想：「我們倆馬上都要變成亡靈了。難道定庵先生已經預料到了嗎？」

「我好像是已經死了的人了。」龔定庵說。

「我也是啊！」清琴滿不在乎地說。現在還想什麼麻煩的問題、注意對方的心理活動又有什麼用呢？我不是因爲想逃脫這些繁瑣的想法而只追求行動嗎？——她這麼說服自己。

「我們倆好像還有點談得來。」龔定庵笑著說。

「兩個亡靈嘛！……月光是蒼白的，先生的臉色也是蒼白的，好像不是活人。」

「月光是明亮的，很快就中秋了。」

「還有三天哩！」

「中秋每年都要來，花也是同樣。年年歲歲不變，但是人卻不一樣。不只是人，時代也會變的。」龔定庵望著窗子外的月光。

清琴定神地看著桌子上一個素陶的小茶壺。宣告這衰世死刑的人正是龔定庵，他用詩文的光芒爲下一個時代朦朧地照出一點光亮，但是他自己不可能進入下一個時代——他自己很了解這一點。由於父親的死，他最近經常想到死亡。死是眞正的結束，恐怕沒有比死更美的東西了。昨天還存在的一切，今天都徹底沒有了。死後也許還留下一些餘韻，例如像一個人的名聲等。但那也不過是別人的事情。

由於父親的死，他體會了死的美。

「妳姐姐好嗎？」龔定庵猶豫了一會兒問道。

清琴吃驚地抬起頭來，心頭怦怦亂跳。剛才她把可以毒死十個人的毒藥放進茶壺，藏在桌子下面的手還在微微顫抖。

「好、好。……不過，最近沒有見到她……她好像找到了生活的意義……是的，她很好……好得簡直令人羨慕。」

「過去妳姐姐整天不聲不響，妳卻好像很喜歡到處活動。」

「不聲不響會死的。可是，活動了一陣子也沒什麼用。」

「是呀！沒什麼用。」

「不過，我要是不做點什麼，總覺得心神不定，現在還是這樣。」

「這就是人嘛！……活著本來就沒有什麼意義，但是還是要活著。」

「最近我第一次體驗了戰爭。……人變得像禽獸一般。我感到厭倦了。先生，我對活著也感到厭倦了。」

「哦！……」龔定庵極力地想回憶十五、六歲時天眞活潑的清琴，但是馬上就聯想到默琴。

「先生，我只有死了。」

「這不該是妳說的話，像我這樣心已經死去的人說說是可以的。」

「先生的心已經死了嗎？」清琴的臉上露出高興的神色。

龔定庵點了點頭。

「先生，爲什麼不讓肉體也乾脆死去呢？」

「死去也沒關係。」

「現在就可以輕鬆地死去。」

「這麼簡單嗎？」

「嗯！只要喝一口這茶壺裡的茶。」

「那就讓我喝吧！」

「你等一等！」清琴攔住龔定庵。

這麼死太沒意思了。死之前要不要做些什麼呢？例如躊躇呀！苦惱呀！流下眼淚呀……

「先生，我感覺這似乎太平淡了。人在死之前不要做些什麼嗎？」

「是呀！天臺宗的教義說，人在死之前要眞誠地做些人的營生。」

「人的營生？」清琴站起身來，先拿茶壺裡幫兩只茶杯斟上茶，然後說道：「先生，喝了它就會死的。不過，在這之前……」她走到龔定庵身後，兩手放在他的雙肩上說：「請你站起來……」

龔定庵站了起來。

「請你把蠟燭滅掉。」清琴說。

清琴進來的時候，龔定庵才把桌子上一個小蠟臺上的蠟燭點著。他按照清琴的吩咐把蠟燭吹滅，月亮把青白的光投射進房間裡。

清琴站在龔定庵面前。他們相距這麼近，連呼氣都碰在一起。龔定庵緊緊地擁抱清琴。

各式各樣的詞句浮現在龔定庵腦海裡，狂飛亂舞了一番又消失了。

壽短心苦長……

我生受之天，哀樂恆過人……

萬千哀樂集今朝……

天道古如此，知之何晚矣……

這些都是他寫的詩的片斷，他覺得自己不過是一個詩人。

龔定庵光著身子伸手去拿茶杯。

「先生，我們就要死了。你不穿上衣服嗎？」清琴說。

「赤裸裸地生下來，死的時候也赤裸裸地吧！」龔定庵回答。

「這茶裡下了毒藥，先生不會以為是說笑吧？」清琴心想，她定神地看著龔定庵的眼睛。「先生是知道的。」——她堅定地相信了。

「那麼，我也像剛生下來的樣子吧！」她把已經穿好的衣裳又脫了下來。

「我們喝吧！」

一絲不掛的一對男女把茶杯舉到齊眉高，互相點了點頭，把茶一口喝乾了。

同鄉吳昌綬所編的《定庵先生年譜》上寫道：「道光二十一年，五十歲。……八月十二日，暴疾捐館。……」「暴疾」是得了急病，「捐館」是丟了住所──意味著貴人死去。

丹陽的雲陽書院無法宣布一代碩學的死是情死。

定庵的兒子龔橙帶著發呆的眼神說道：「父親是想讓人們知道自己的死是情死，否則他怎麼會這麼死呢？這一點我是很了解的。」

龔橙的話說明他只理解父親頹廢的一面。

5

臺灣海面因爲颱風而浪濤洶湧，在英國艦隊齊集在舟山群島的那天，也就是龔定庵在丹陽去世的那天──九月二十六日（農曆八月十二日），連統文還待在廈門。

昨夜的醉意還殘留在他的腦海裡。那是慶祝長子滿月，妻子阿寬可以離開產褥了，祖父連維材給長孫取了個名字叫「宙善」。鴻園裡的住宅燒毀了，他們都住在書院裡。書院的教學也暫時停止。統文登上書院上面的望潮山房，俯瞰著大海。那裡雖然是海灣，海面也不平靜。黑色的大浪翻滾，白色的浪花在跳躍。大海在狂吼。

統文一邊望著洶湧的大海，一邊嘆了一口氣說道：「我也當上父親啦……」

本來打算慶祝過孩子的滿月就立即回臺灣，由於天氣惡劣，看來一時間還開不了船。「我眞想快點看到臺灣的茶園啊！……」統文感覺到自己從來沒有像現在這樣關心事業，這也許是由於有了孩子的緣故吧！

他想儘快回臺灣，但是按照習俗，統文的妻子在產後一個月是不能外出的，要做月子。由於這原因，統文只好留在廈門。在這期間，連維材夫婦和哲文、理文、溫章、彩蘭一起去了上海，他們是去看望溫翰的。連維材的妻子想過了長孫的滿月再走，但是情勢不允許，如果不在英國艦隊北上前動身，就有在海上被捲入戰爭的危險。

哲文一聲不吭。「清琴怎麼就不見了呢？」他心想。她是個無法被人控制的女人，不知道她怎麼又改變了主意。

被沸水澆死的沒耳朵劉身上一絲不掛，這也叫他心裡犯嘀咕。究竟發生了什麼事呢？而且在清琴失蹤的那天夜裡，整個廈門很混亂，流氓無賴到處橫行。……

後來向各方打聽，聽說那天夜裡有一個女人從碼頭上搭上一艘前往上海的船。這個女人也許就是清琴。承文一個人回到香港。分店的房屋建造了一半就被颱風颳倒了，重建分店的工作正在那裡等著他。

好像是時代的氣息把連家的人集合到一起，又把他們分散了。

浙東風雲

裕謙的腰間繫著一個叫「佛來耳」的六角錘，這是蒙古兵在戰場上常使用的武器，這是他的傳家寶，現在它成爲加快他沉入池底的墜子了。

「你聽著，一定要把這六角錘和我的屍體一起打撈上來，我要把它當作送給我未來女婿的禮物。」他笑著說完，猛地就跳進了池子。

英國兵的喊聲離這裡已經很近了。

1

兩江總督兼欽差大臣伊里布，由於「遲疑逡巡」和派親信張喜和英夷談判等原因，遭到了革職處分，接替他的是江蘇巡撫裕謙。裕謙是蒙古鑲黃旗人，他確實是個不知道「遲疑」爲何物的凶猛人物。英國人稱他是「十九世紀的成吉思汗」。他非常勇敢，但是很單純幼稚，始終站在主戰論的前頭。他去鎭海，高高地張貼了一張告示：

1.無論文武官員、弁兵、商民等，有能將英夷裝載八十門砲之大兵船擒獲一艘，駕駛獻官者，賞洋銀兩萬元。小者按砲數遞減，少砲一門，減洋銀三百元，所有船內物件，除砲械、鉛丸、鐵彈、鴉片等連船繳官外，其貨物鐘錶、銀錢等物，無論多寡，全行賞給。若將大兵船燒毀擊沉一艘，確有實據者，賞洋銀一萬元，小者遞減。其首先出力之人奏請賞戴翎枝，官則越級超升，兵民賞給官職。

2. 將英逆貨船擒獲一艘，駕駛獻官者，除砲械、鉛丸、鐵彈、鴉片等物連船繳官外，其貨物、鐘錶、銀錢，無論多寡，全行賞給。若係三支桅大貨船，另賞洋銀一萬元，兩支半者賞洋銀五千元。焚毀擊沉，確有實據者，各比擒獲少賞三分之一。

3. 將英逆杉板船擒獲一艘，駕駛獻官者，賞洋銀五百元；擊沉者減半給賞。

4. 生擒義律、伯麥者，每擒一名，賞洋銀五萬元；馬禮遜、巴賴爾每擒一名，賞洋銀三萬元；奏請賞戴翎枝，不次獎擢。如係以次僞官，按其職分之大小，以次遞減，仍酌量保奏。殺死僞官將首級來獻者，如係義律、伯麥、馬禮遜、巴賴爾，仍照生擒論賞，其餘減半論賞。

5. 生擒白鬼子一名者，無論是兵是商，賞洋銀兩百元；積至五名以上，奏請賞戴翎枝。生擒黑鬼子一名者，無論是兵是奴，賞洋銀一百元；積至十名以上，奏請賞戴翎枝。殺死白、黑鬼子，將首級來獻者，照生擒例減半論賞。……

從上面的布告可以看出，這是義律被解職以前的事。這張懸賞的布告內容傳到英國人耳裡，所以給裕謙取了一個「十九世紀的成吉思汗」的綽號，就因爲他是蒙古人，才把他和成吉思汗連在一起。在廣州的英國人中，曾經流傳裕謙在民眾面前把英國俘虜剝皮示眾，實際上是把俘虜凌遲處死，並沒有剝皮。但是謠言傳到裕謙耳裡，他覺得反正已經傳出了剝皮的謠言，如果不眞的剝皮反而吃虧。所以，他帶出俘獲的白人溫哩和印度兵米哈勿二人，眞的實行了剝皮之刑。

九月十二日，英國艦隊攻陷廈門，向舟山前進。

裕謙洋洋得意地向皇帝報告說：「……從溫哩的兩腕及肩背中剝取一條皮筋作爲奴才的馬韁，然後再凌遲梟示；黑夷米哈勿斬首剝皮梟示。這向眾明示，奴才一心只想殲敵，以杜首鼠兩端之念。按察訪兵民狀況，無不踴躍稱快。……」這個欽差大臣確實可怕。他不遲疑，當然也不准軍隊和民眾遲疑。

文官裕謙這樣燃燒著殲敵的鬥志，而作爲武官的浙江提督余步雲卻是個懦弱狡猾的傢伙。

余步雲是無比幸運的人。他是四川人，由地方志願軍的一個小卒——「鄉勇」起家，在鎮壓宗教起義和新疆回教徒叛亂中立功，青雲直上，當上了重慶的總兵；接著又進一步提升，歷任貴州、四川、雲南和福建的提督；其中還任貴州提督兩次。就擔任提督來說，他比關天培、陳化成等人的資歷還老。

他升官的祕訣完全在於溜鬚拍馬、阿諛奉承。他屢立「偉勳」，都是由於拉攏收買向中央彙報戰功的記錄官。他認爲這不是誰都可以辦得到的事，因而把自己的破例提升歸功於神賜的幸運。如果說他有什麼優點，恐怕只有從不在人前誇耀自己是傑出的司令官，所以他對幸運的信仰是堅定不移的。這一年正月，他由福建提督調任浙江提督時，他又覺得是自己的運氣好。他是由於幸運而保住了接踵而來由幸運所取得的地位。這次他到浙江上任時，碰巧英軍從他管轄內的舟山撤軍。

「幸運」是不可能永遠跟著一個人的。英國艦隊不久又決定開赴浙江。「有我在這裡，吉人自有天佑。」他心想。他不靠軍隊，而只靠自己的幸運。

欽差大臣裕謙來到浙江，和浙江巡撫劉韻珂一起爲增強防務而拚命奔走，而余步雲只是敷衍地配合一下而已。裕謙對余步雲的這種態度很不滿。這位猛衝猛撞的蒙古大臣認爲，提督應該更積極地帶頭從事軍務。裕謙一氣之下向北京密奏：「余步雲不成，希望更換武官。……」

余步雲獲悉這一情況很不服氣，心想：「裕謙眞是個傻瓜，難道他就不想分享一些我的好運氣嗎？」

由於情勢緊急，最後沒有更換提督。余步雲斜著眼睛看著焦躁不安的裕謙，心裡暗暗地嘲笑他：「著什麼急？只要有我，沒問題。」

英國艦隊逼近舟山，定海當局要求派援軍時，待在鎮海的余步雲一口拒絕了，理由是：「分出兵力，鎮海如何防守？」

英軍攻陷定海後，立即把攻擊目標轉向鎮海。英軍知道剝過英國人皮的「十九世紀的成吉思汗」在鎮海，鬥志更加高昂了。

2

「舟山最有能耐的小偷兒是誰呀？」王舉志在定海縣城外一個祕密的住所裡問當地的江湖人士說。

「那當然是『賊兒貓』徐保了。」人們立即回答。看來徐保是個有定論的人物，是其他小盜賊望塵莫及的。

「有點事想請他辦。」

「我們去把他叫來。」

徐保之所以有「賊兒貓」的綽號，大概是由於他行動敏捷吧！當徐保來到王舉志面前，只見他全身的肌肉緊繃繃的，沒有一處虛肉。

「有件東西想請你盜來。不是什麼值錢的東西，賞錢由我出。」王舉志說。

「啊？」徐保警戒地看了看大俠王舉志的臉，問道：「你究竟要盜什麼？」

「屍體。」

「什麼屍體？」

「三個總兵在昨天的戰鬥中戰死了，他們的屍體還留在英軍的占領區。不能把忠義烈士的遺體長期丟在夷人當中，一定要找回來。」

「我明白了。」徐保點了點頭。

「能幫忙嗎？……不過，遺體是三具，你一個人不行吧？」

「我帶幾個夥伴去。」

「好呀！錢不多，表示我的一點心意。洋銀一百塊……」王舉志把銀元放在桌上，推到徐保面前。

「我不能接受這筆錢。」徐保挺著胸膛說。

「為什麼？」

「我是舟山人，去找回保衛我們定海的三位總兵遺體還要拿錢，那我就沒臉在舟山島見人了。」

「不過，一旦拿出手的東西就不能收回，這筆錢的用途以後再考慮吧！」

這時，旁邊的辰吉說道：「我要求把我帶去吧！」

「辰吉君，這次你就別去了，因為你剛剛結婚。」王舉志笑著說。

「讓他去吧！」——背後一名年輕的女人聲音，她是香月。因為還在蜜月中，她穿著粉紅衣服還化了點妝。她說：「他在夷人中有熟人，能起點作用。」

「行嗎？」王舉志瞇著眼睛看著她。

「當然行，我也跟他一起去。」

「無論如何，必須快。」王舉志道：「戰鬥剛結束，戰場還沒有動。英軍首先檢點兵員、軍糧、武器等，設營之後就開始打掃戰場。明天可能就晚了。」

「地點？」賊兒貓徐保問道。

「已經詳細問了士兵。」王舉志回答。

敗逃的士兵大多躲在老百姓家裡，他們之中有的人親眼看過總兵們最後犧牲的場面。

淒慘的戰鬥剛剛結束，曉峰嶺的英軍營裡仍然殺氣騰騰，尤其是五十五團的將士更是如此。

他們失去了旗手理查・捷姆士・杜奧少尉。這一天他剛由上士升爲少尉，被任命爲旗手。他在榮升的第一天就陣亡了。

「可憐的杜奧！……」在軍營中服務了三十二年，好不容易當上夢寐以求的軍官而喜笑顏開的杜奧。這個老兵多麼渴望在這次戰爭結束後回國，在鄉下買一間小房子，爲著名的獵手當助手——戰友們都要爲他報仇。他們帶了俘虜，要俘虜確認清軍司令官的屍體。

「是這個傢伙。」英國兵用腳踢著少了一條腿的壽春總兵王錫朋的遺體，接著又用繩子套在他的脖子上拖著到處跑。

「叫這傢伙也嘗嘗成吉思汗的刑罰吧！」有人提議說。英軍已經嗜血如狂，大家都表示贊同。

「剝他的皮！」刀子刺進王錫朋的身子。這身子被拖著到處亂跑已經失去了人形。一個軍士想剝他臉上的皮，但是剝不下來。「太麻煩了！」軍士用手中的刀子割下他的耳朵、鼻子；另一個士兵動手剝頭皮。其實哪裡是剝而是在削。他的兩隻手被切下來，剩下的一隻腿也被切斷了。

王錫朋是順天府寧河縣人，中武舉人後進入軍隊。他和余步雲不一樣，可以說是軍官學校畢業的正統軍人，道光元年就已是游擊，在新疆回教徒叛亂時，曾在遙遠的準噶爾、葉爾羌、和闐等地轉戰。據說他爲人溫和像個村夫，看不出是軍人。他的屍體被切成碎塊。石田時之助默默地在一旁看著，傳教士歐茲拉夫站在他旁邊也眨著眼睛。

石田疲憊極了，他搖搖晃晃地走到一座半毀的民房屋簷下躺了下來。他睏極了，第一天晚上他沒有睡。

「能睡上一覺那眞是極大的樂事啊！……」他想著想著就睡著了。

不知道睡了多久。他被「先生、先生」的叫聲叫醒了，那是日本話。「啊！是辰吉！……」蹲在他身旁的是辰吉。「先生，求您一件事。」

「什麼？」

「請您把肩上掛的布條借給我。」

「一條夠嗎？」

「如果可以，借五、六條……」

「沒那麼多，加上我的最多只有三條。」

「那也行，拜託您了！」

好久沒見面了。石田從辰吉的神情看出他有急事，但是他什麼也沒問。「那麼，你稍微等一下。」

不一會兒，石田拿來兩條用紅字寫著「MILITARY SERVICE」（軍務）的白布條，把自己肩上的那條也解了下來交給辰吉。

「謝謝您！先生。現在我有點急事，以後再……」辰吉朝四周看了看，然後悄悄地離開。

3

賊兒貓徐保一群人分散乘上小船去奪回屍體。他們兩人一組，分別到曉峰嶺、竹山門和東嶽宮等三個地方去收拾總兵的遺體；另外還決定派出二十名掩護人員支援。

送走這些人之後，王舉志抱著胳膊陷入了沉思。「我只能做這麼點工作嗎？」在雨點般的英軍砲彈面前他完全無能爲力。像他這樣的民間人士，當然無法採取左右戰爭勝敗的行動。奪取司令官的遺體不可能對戰爭發生直接影響。林則徐曾經對他說：「您可以調動千百萬人。」他也想這麼做，把江湖人士和無業游民組織起來。現在他在浙江東部建立了一個帶先鋒隊性質的新組織叫「黑水黨」。這個名稱很不錯，把許多經過挑選的優秀青年集合在一起，但是仍然沒有力量阻止英軍的入侵和進攻。

「只能製造一些逸事吧！……」他仰首望著天空。王舉志的工作不能進入眼前這場戰爭的核心，只能游離在它周圍，所以只能努力製造一些插曲。清軍遭到慘敗。只是以慘敗而結束是不行的，應該在慘敗的周圍裝飾一些可以使後人為之慟哭的壯烈插曲。從敵軍陣地奪回三個總兵的遺體，也將是裝飾歷史的一件逸事。

中國人民在今後漫長的時期將過著屈辱的日子，那時將多麼需要能振奮心靈的東西啊！

「我現在正在創造這樣的東西。」王舉志想到這裡，挺起了胸膛。

去曉峰嶺的是賭徒張大火和他的拜把兄弟小梁。他們已從士兵那裡打聽到王錫朋戰死地點的大致位置，但是怎麼找也找不到總兵的遺體。

「據說是炸掉了一條腿，我們就找少一條腿的屍體吧！」

張大火和小梁分頭去找。大概是被砲彈擊中的原因，被炸掉腦袋、手腳的屍體不少，但是沒有一條腿的屍體。

「是不是死後又讓砲彈給打中了呢？如果是那樣，那就辨認不清了。」張大火扯了扯掛在肩上寫著「軍務」的白布條懊惱地說。他們最後終於斷了尋找的念頭。

辰吉在竹山門的戰場上尋找，遠處有喊聲和槍聲。那是掩護的人故意在騷擾，以便他們尋找屍體。一向膽大的香月這時也臉色蒼白，她腳下絆了一下，辰吉用燈籠一照，原來是個沒有頭的屍體，而且肚子被剖開了，內臟流了出來。

「啊呀！」香月緊緊地揪住辰吉。

「香月，妳什麼也別看，只看著我的後背跟著我走。」辰吉抱著香月的肩頭說。

「氣味眞大啊！」香月直打哆嗦。

「這是忠勇義烈之氣。」辰吉低聲地說。

四周飄溢著屍臭，幾乎叫人喘不過氣來。辰吉用燈籠一個一個地照著——死去的人的臉都變成了土色，血已經變成黑色，臉上和身上的一些地方看起來就好像蒙著一塊黑布。有的眼睛是睜開的，有的是閉著的。這些臉儘管變成土色，但是大多是年輕的，在他們活著的時候，都是精力充沛的小夥子。

辰吉要找的處州總兵鄭國鴻是一個六十五歲的老人。在屍體成堆的地方，辰吉把屍體一具一具地搬開，仔細辨認每具屍體的臉，他的手上沾滿了血。起初辰吉把燈籠放在地上，雙手合攏向死屍禮拜，但是屍體太多了，他只好分開屍體，一隻手朝拜著走過去。這樣仍然太費時間，最後只在內心默禱著走過去。終於，他找到一個消瘦的白髮老軍人屍體。「是他！……」辰吉跪了下來。在辰吉身旁，香月也屈下膝頭，把顫抖的雙手合在一起。沒有錯！在戰爭開始前，辰吉曾經多次看過鄭國鴻。這位老將軍在青年時代，其伯父在征討苗族的戰爭中戰死。按照當時慣例，軍官陣亡後，要恩賜其繼嗣官職。他的伯父是千總，沒有孩子，因此侄兒鄭國鴻以養子的身份接受這一恩賜。恩賜的是「雲騎尉」這一武官的名譽職，他因爲這個機緣而進入軍隊。如果沒有這種機緣，他現在恐怕是在湖南栽種牡丹、歡度晚年吧！

「這麼大的年紀了！……眞可憐。……」香月的眼睛濕潤了。

「我背著走吧！香月，妳幫我把將軍扶起來。」

辰吉把手插進鄭國鴻的左肋，香月也跑到右邊幫忙。死者的右手還握著刀，手指早已冰涼僵直。香月閉著眼睛，像做祈禱似地把這些手指頭一個一個地掰開；然後劍柄落在石頭上，發出一聲微響。

辰吉背起屍體。聽說死人的身體特別重，但是這個六十五歲老人僵直屍體卻非常輕——輕得讓人感到可憐。他們來到海岸上，那裡繫著他們來時所乘的那艘小船。

賊兒貓徐保去了東嶽宮。東嶽宮是用土堆造的要塞，當地人稱爲「土城」。

在這裡戰死的清兵約有兩百人，屍體沒有竹山門多，而且葛雲飛戰死的地點也很清楚。他是死在山崖下，身子好像靠在山岩上，手裡仍握著兩把刀。徐保很快就找到他了。葛雲飛的體格和鄭國鴻不一樣，他是個肥胖的大漢，他的屍體重得要命。徐保的乾兒子盛大才背著屍體，他個子矮，屍體重到壓得他東倒西歪。

「乾爸，太重了，我受不了啦！……」盛大才不得不求援。

「好吧！我來吧！」徐保背起了總兵屍體。他肌肉結實，但是也不是什麼彪形大漢，還是感到重得不得了。

「這一定不只是身體的重量。」徐保心想。

葛雲飛兩手緊握雙刀、怒髮衝冠，大概是魂魄還留在戰場上，想找英夷的大軍報仇雪恨吧！總兵的魂魄不願離開戰場，對於想把他從戰場上搬走的人當然要使勁地增加重量以表示反抗——徐保是這麼想的。

「我說大將軍呀！您已經死了，以後總歸有人來收殮您的遺體。現在您就死了心吧！不要再這麼壓我們了。」徐保對背上的死屍說起話來，可是屍體好像更重了。

「啊呀！不行！大將軍，您是不高興了嗎？……對不起！對不起！請原諒我吧！……」可是，還是重得受不了。徐保這時想起了葛雲飛還有一位老母親。

「大將軍，您捨不得離開戰場的心情我們是理解的。不過，難道您就不想見一見您年邁的令堂嗎？」這麼一說，屍體突然變輕了。

徐保後來就是這麼向王舉志報告的。葛雲飛的墓碑上也記載著這件事，大概是要證明他是個孝子吧！不過，同一塊墓碑上記載說，在舟山戰死的三個總兵，唯獨鄭國鴻的屍體沒有找到，其實是和王錫朋弄混了。

道光皇帝接到三位總兵陣亡的報告，他在上諭中寫道：「王錫朋之屍身尚無著落，覽奏淚墮。」三人都按提督的禮儀安葬，入祀昭忠祠，並在原籍建立專祠。

4

英軍十月一日占領定海後，立即準備進攻對岸的鎮海。在廣東停戰所帶來的和平氣氛中，沿海一度裁減軍備，英軍的上策是不給對手增強防禦的時間。十月八日，英國艦隊在黃牛礁的海島上集結；九日開到甬江口外。鎮海位於甬江河口，再溯航約二十公里，即是擁有五十萬人口的浙江省第二大城市寧波。鎮海前面有招寶山，隔江有金雞山，這兩處高地是清軍扼守甬江的據點。欽差大臣裕謙已命令提督余步雲在最前線的招寶山拒敵防守，金雞山早已有狼山總兵謝朝恩駐守。兩地守軍各約一千多人，裕謙在鎮海縣城的軍隊也同樣是一千多人。鎮海附近只有這四千多名守軍。浙東風雲告急以後，曾決定將駐守江寧（南京）的八旗兵（滿族軍隊）八百人、壽山的鎮兵一千人和江西省的軍隊二千人調往鎮海，但是這些軍隊都沒有趕到。

「兵太少了！」裕謙咬著嘴唇。他想起了八十六年前死去的曾祖父班第，他幾乎是在天天聽人們談論曾祖父的功勳中長大的。

乾隆皇帝曾賜給曾祖父「一等誠勇公」的稱號。裕謙從少年時代就把勇猛果敢的曾祖父當作他心目中最佳的典範人物、努力要達到的目標。乾隆二十年（一七五五），一等誠勇公班第任定北將軍，出征新疆伊犁。他帶領兩萬五千名軍隊和七萬匹軍馬，如秋風掃落葉一般迅速平定伊犁，但是阿睦爾撒納發起叛亂，班第就壯烈地自殺了。

裕謙懂事之後，他經常想到「自殺」，也許是人們不斷地向他灌輸曾祖父「殉節」的原因。

「如果我打了敗仗，我也要像曾祖父那樣勇敢地自殺。」他自己對自己說。

一天，他巡視城外，來到學宮池，爲石碑上雕刻的雄勁文字所感動。他自言自語地說：「要是死，我願意死在這種地方。」這麼悲壯的話是脫口而出的，並不只是因爲英軍最近就要來進攻的原因。自殺對他來說隨時都可以在心頭上浮現出來，可以說已近似於家常便飯。

聽到定海失陷的報告，裕謙立即把文武官員召集到一起。軍事會議很快就結束了，目的不是討論軍事，而是舉行向天地神明宣誓的儀式。裕謙宣讀了誓詞，「……城存俱存，以盡臣職。斷然不准藉口退守，離開鎮海縣城一步。尤其不准以保全民命爲藉口，接受英人之片紙。……」

所謂英人之片紙，大概是指勸降書或停戰協定之類的東西。意思是說，這類東西絕對不准接受。

「跪下向城隍神君宣誓！」裕謙向齊集在廟中的文武官員命令說。

余步雲一瘸一拐地走上前說道：「我的膝關節有毛病，跪不下來。我在心裡宣誓吧！」他向城隍神君像低頭行了個禮。

城隍神君是保護地方的神，原本祭祀的是有德政的賢良官吏，所以和官吏的關係很深，新上任的官吏一定要去參拜城隍。

余步雲一味地相信神賦的幸運。有一個詞叫「頑福」，意思是指一種頑固地永遠跟隨著一個人的福氣。龔定庵的詩中也經常出現這個詞，例如《己亥雜詩》中在太湖南邊的上方山所寫的一首詩中，就有「頑福讓虎邱」的詩句。余步雲是不願把頑福讓給任何人的。他相信幸運，在這一點上他是虔誠甚至是迷信的。他心想：「如果跪下了，打敗仗的時候就不能逃跑，那就等於背叛了賜給我頑福的大慈大悲的神。不能做這種事。」

當了十多年軍隊的最高官職——提督，這個飽食終日、無所用心的人在精神上已經頹廢：身爲提督從不去視察軍隊的演習；每天的工作是和當地總督、巡撫會晤，飲酒閒聊；聽聽部下的報告，然後讓部下寫成上奏的文章。

余步雲十幾年來基本上是躺在靠椅上悠閒自在地度過的。「爲什麼要我守第一線招寶山？我不是鎭海的司令官，更不是招寶山一個小小要塞的司令官。我是浙江提督，是全省最高司令官！……」他越想越不滿。

這蓋有欽差大臣關防的命令不能違抗，他根本不想打仗。英國艦隊已經出現了，他還一味地相信頑福，認爲會「化凶爲吉」，把一切都交給部下去做。

英國海軍司令巴爾克少吸取了定海作戰的教訓，他認爲「太浪費了」，這是指砲艦的命中率太低。

「因爲天氣的關係，沒有辦法。」參謀說。

由於颱風的餘波，海上的風浪確實很大。從搖晃顚簸的船艦上開砲，當然要浪費很多砲彈。

「好吧！攻打鎭海我要更有效地使用砲彈。」巴爾克翻閱了各種資料。

由於上游帶來的泥土，甬江河口的水很淺，而且水底是泥漿。他把氣象班叫來，說道：「把潮汐表拿來，給我說明一下情況。」

四十年後達爾文才提出了三十八個「分潮」方法，開創了正確預報潮汐的道路。但是在鴉片戰爭時，由於航海的需要，已經大致掌握預報短期內潮汐的方法。

巴爾克少將把遠征軍的首腦們召集在一起制定作戰計畫。特命全權大使樸鼎查坐在他的位子上一言不發，外交大臣巴麥尊早就嚴厲地命令他不要在作戰問題上插嘴。不過，即使沒有這種命令，他對純軍事問題本來也沒有多大興趣，甚至有點輕蔑。他曾經在不到一小時的時間內說服印度一個藩侯，使一項工作取得了成功；它相當於兩個師採取一週的軍事行動、損失約五十名士兵所達到的成果。

「啊呀！弄得太嚴重了！」他冷眼看著作戰會議的進行，心想。

「我們要事先決定好占領後的具體方針。」巴爾克少將這麼說後才徵求樸鼎查的意見。

「您已經說了，定海作戰中消耗的彈藥超過預期，我認爲占領後的做法也同樣不能讓人滿意。占領後剛一週，在這期間我軍將士由於遭到暴徒的襲擊，死傷人數竟達三十人。」樸鼎查回答。

「這都是那個黑水黨幹的。我想徹底鎮壓，但是他們隱藏在群眾之中實在沒有辦法，我們分辨不清。」巴爾克這麼說，看來有點不快。

「民眾窩藏他們是因爲對我們懷有敵意。一定要消除這種敵意！這是有關軍政的問題。不知本人可不可以發言？」樸鼎查說後，朝在座的軍人掃視了一眼。

「請說吧！不必客氣。」巴爾克急忙說道。

「總之，要收買人心。」樸鼎查說道：「這非常簡單。諸位恐怕都知道，清朝的傳說中有好些壞蛋都博得了老百姓喜歡，原因就是他們把搶來的一部分財寶散發給老百姓。」

「哦！您的意思是要我們模仿那些義賊嗎？」巴爾克皺著眉頭說。

樸鼎查沒有理他，繼續說道：「我們從廈門官庫裡沒收了兩萬元，把它獻給女皇陛下。不過，區區二兩萬元對陛下來說根本微不足道，我想請大家比較一下把它散發給清朝貧民的效果。在小小的舟山島上，一週時間竟有三十人死傷。……如果我們能在占領後立即撒出一萬大洋，黑水黨恐怕就不可能那麼猖狂了吧？因爲他們所靠的不過是民眾的同情，我們必須把這種同情奪過來。」

「這話也有道理。……好吧！有關軍政的問題，以後和陸軍的戈夫少將再研究一下。」巴爾克說。

黑水黨在舟山島上神出鬼沒，給英國占領軍造成了很大苦惱。

5

十月十日早晨。——戰艦威里士厘號和伯蘭漢號的巨大艦身被輪船拖到甬江的河口；布朗底號和摩底士底號兩艘軍艦也航行到規定的位置停了下來。奇怪的是，這些地點都經過測量是最淺的地方，它們在那裡等待退潮，很快地就開始退潮了。水位逐漸降低，艦底終於接觸水底；潮水繼續後退，艦底深深地陷進泥土裡。軍艦一動也不動地挺立在那裡。只有到再次漲潮時軍艦才能浮起來，在這期間沒有任何波浪去搖晃它們。

河口突然建造起幾個要塞，靜止的砲艦準確地瞄準招寶山和金雞山。招寶山是明代爲了防禦日本海盜「倭寇」而構築的要塞，待在那裡的余步雲臉色蒼白。

「這不成！這裡已變成了死地。……」他心想，想要臨陣脫逃了。「我要去鎭海縣城，跟欽差大臣有重要的會談。」他對部下這麼說後，跨上馬就朝不遠的鎭海縣城跑去，其實壓根兒就沒什麼會談。

「你跑來幹什麼？敵人馬上就要進攻了。」裕謙一見余步雲就大喝一聲。

「有點事情求大人。」余步雲低頭行了一個禮說：「我有個女兒今天要出嫁。戰鬥一開始，我當然要拚一死。在這之前，我想看一眼我出嫁的女兒、跟她說兩句話……您看可以嗎？」

余步雲用哀求的眼光望著裕謙。他曾經聽裕謙閒談時說過這樣的話：「我那個女兒眞可愛啊！」裕謙多年沒有孩子，去年才生了女兒還在襁褓之中，正在牙牙學語。余步雲以爲跟疼愛女兒的裕謙一說自己的兒女要結婚，也許會准許他暫時離開戰場。至於什麼女兒的婚禮，當然是他胡編的瞎話。余步雲看來已被幸運弄昏了腦袋，因爲不管怎麼溺愛女兒的父親，也不會在英國軍艦即將進攻時准許提督離開戰場的。應該說，余步雲連普通的常識都不懂。

「混蛋！」十九世紀的成吉思汗滿臉通紅，手按著軍刀大聲吼叫，「快給我滾回招寶山！他媽的，你這個提督怎麼當的？」

到了這種地步，欽差大臣和提督之間已沒有什麼禮節可言了。裕謙命令身邊一個青年軍官說：「這傢伙說不定會逃跑，你給我把他押送到招寶山去！」

上午八點左右，穩固的海上要塞開始砲擊。砲彈極準確地摧毀了一個又一個目標。後來巴爾克少將誇獎說：「砲擊的效果遠遠超過了最樂觀的預料。」

令人喘不過氣來的猛烈砲擊一直持續到中午。

在招寶山這邊，提督余步雲一臉不快。欽差大臣把他趕了回來，但是他根本就不想打仗。他命令部下：「掛起白旗！」

軍隊的司令官知道在這種時刻白旗是停戰、投降的標誌，但是一般士兵還不知道。於是他們按照命令掛起白旗，可是招寶山的白旗並沒有阻止英國艦隊的砲擊。

中國有關這次戰鬥的資料，很多都記載了余步雲懸掛白旗；英國方面的資料上則根本找不到。原因是招寶山的要塞上飄揚著各種顏色戰旗，其中大多是紅色或黃色的旗子，在這種情況下掛起一面白旗，英軍大概還以爲是施展什麼咒術吧！其實應該把所有旗子都降下來只掛一面白旗，而且招寶山的大砲還在繼續開砲。

余步雲長期過著舒服的提督生活，看來連作戰方法也忘得一乾二淨了。「已經掛了白旗，英軍爲什麼還不停止進攻呢？」余步雲感到疑惑不解。

他深信幸運會永遠跟著自己，看來這次有點兒不靈了。「逃吧！」他下了決心。藉口是有的——「我身爲浙江提督要指揮全省的軍隊，不能只死守一個據點。」

在哥倫拜恩號的掩護下，英國兵很快在招寶山和金雞山登陸，砲擊變成了肉搏戰。守軍已處於潰敗狀態，當然不可能戰勝。狼山總兵謝朝恩在金雞山英勇奮戰，最後戰死。在占領金雞山的英軍中，約有四百名第五十五團的士兵，他們要爲團的旗手杜奧報仇；在定海把王錫朋的屍體剁成碎塊，似乎還不解他們的心頭之恨。

他們憤怒地說：「要用五個黑頭髮的軍官來爲一個紅頭髮的杜奧償命！」他們發現了總兵謝朝恩的屍

體，又動手剝皮。這次他們請教軍醫，順利地把皮剝下來了。在轉向進攻鎭海之前的短暫休息期間，金雞山的松枝上掛著一件像雨衣似的東西，那是英國兵在曬剝下的謝朝恩的皮。

招寶山的余步雲，在英軍登陸時早已逃之夭夭。這兩塊高地落到敵軍手裡，鎭海縣城也完了，因爲從山上可以隨心所欲地把砲彈射到城裡。

「吾休矣！」——裕謙仰首望著天空。在這之前，他親自擂著戰鼓激勵砲兵。

從少年時代就不斷地灌進他腦子裡的「自殺」，這時已變爲現實向他逼近，他甚至感覺到自己是爲這一天而活的。身邊的東西已經清理乾淨，重要的文件早已轉移到後方，手頭的資料都全部燒毀了。欽差大臣的關防和其他公印，已由副將豐仲泰和都司珠龍阿兩人護送到杭州。

「到那裡去。……」裕謙出了城，朝他已經選定的地點學宮池走去。出城之前，他站在城牆上朝四周看了看。招寶和金雞的軍隊已經潰敗，要塞上烈焰騰騰，到處都有民房燃燒。

他把千總馬瑞鵬帶到學宮池邊說道：「我選這裡作爲我死的地點，我希望一定要在這裡死。不過，這裡很快也要被英軍占領。聽說英夷爲我的屍體懸賞十萬元，大概是因爲我剝了夷人的皮，他們也要剝我的皮吧！但是我怎麼能讓夷人剝皮呢？這麼辦吧！我跳進這池子裡去，大概要不了一會兒就會死的。你在這裡等一等，我一死，你就把屍體撈上來送到杭州，千萬不能落到夷人的手裡啊！」

馬瑞鵬點了點頭。

裕謙的腰間繫著一個叫「佛來耳」的六角錘。這是蒙古兵在戰場上常使用的武器，也是他的傳家寶，現在成爲加快他沉入池底的墜子了。

「你聽著，一定要把這六角錘和我的屍體一起打撈上來，我要把它當作送給我未來女婿的禮物。」他笑著說完，猛地跳進池子。

英國兵的喊聲離這裡已經很近了。

斷章之五

進攻的五天前——三月四日，這位樂天的揚威將軍向北京送去一篇奏文說：「仰賴天威，一鼓成擒，殲除丑類，自不難也。……」

皇帝在北京收到這篇預告勝利的奏文做了批語：「速建大勳，揚我國威。著名逆首（英軍的重要人物），如能生致（活捉），更可稱快，立待捷音！」

道光皇帝提起朱筆寫這個批語時，奕經的大軍已在浙江東部潰滅了。

1

裕謙跳水之後，馬瑞鵬不得不立即把他撈起來，因為英軍的進攻異常迅速，從學宮池已經可以看到英國兵的金綬帶和紅帽子了。馬瑞鵬趕緊命令士卒把裕謙從水中撈起來，裝上小轎，抬到寧波。裕謙這時還沒死，進了寧波城，寧波知府鄧廷彩照料他換去濕衣服，蓋上暖和的被子，細心地看護；但是他一直昏迷不醒。

英軍趁勢殺向寧波，提督余步雲已從招寶山退到寧波。他一看城內的情況心想：「這座城也完了。」

聽說英軍已攻陷定海，寧波的半數居民已逃到城外避難。鎮海失陷的消息傳來時，剩下的居民們也紛紛外逃了。寧波城原本駐有幾百名守軍，後來又加入一千多名從定海、鎮海撤退下來的軍隊。但是靠這些垂頭喪氣的殘兵敗將當主力，根本無濟於事。余步雲說服知府鄧廷彩撤退了官兵，他們自己也棄城逃了。在退出寧波城之前，余步雲給北京送去的奏文中說：「夷船砲火凶猛，（守軍）恐不足恃。」這可以說是預告了要打敗仗。

溯甬江而上的英國艦隊旗艦是摩底士底號。英國兵從寧波碼頭登陸，打破了緊閉的城門。守軍已經逃光了，沒有抵抗，連一聲砲響也沒聽到。最先入城的是軍樂隊，他們在城牆上吹奏了英國國歌。英國兵簡直就像旅行團似的，一邊用驚訝的眼光四面張望，一邊往城裡走。樸鼎查主張要收買民心，但他的想法是，如果不同時採取恐怖政策就收不到效果。

在鎮海，已決心自殺的裕謙早就把官庫裡的銀子運到杭州了，所以英軍沒有撈到什麼油水，只獲得一堆體積很大的戰利品——兩百噸銅。這大概是唐船從日本長崎運來的日本銅。❶

英軍在寧波獲得的戰利品是十二萬銀元，陸、海軍的司令都同意把其中一部分發給老百姓，但是樸鼎查卻說：「我們應該在全城進行掠奪。」

陰謀家的血是冷的。巴爾克少將出於他軍人的本能發表了反對意見，「寧波是沒有抵抗陷落的，我們沒有流血占領了寧波，今後的戰鬥最好都是這種形式。如果我們在這裡掠奪，今後將會遭到被進攻的城市的拚命反抗。抵抗、不抵抗同樣都要遭到搶劫，他們一定會選擇勇敢爭鬥的。」

「既然如此，銀元就不用發了吧！」樸鼎查乾脆退出會場。這是有關軍政的事，他的主要任務是和清朝談判，看來談判還有段時間。他覺得待在這種地方沒意思，暫時回香港去了。

傳教士歐茲拉夫被任命為占領地區的民政長官，石田時之助和久四郎等人都分配到他手下工作。歐茲

---

❶ 當時日本主要向中國出口銅，日本稱中國開往日本的船為「唐船」。

拉夫出了這樣的布告：「二十天內不回來領取證明者，房屋、店鋪一律沒收。」

這是關係到生計的大事，逃到城外的難民都陸陸續續地回來了。

人事不省的裕謙被裝上轎子抬出寧波城，乘小船到達餘姚時他才恢復了一點意識。

「泰、泰……叫我？是誰呀？……是曾祖爺爺嗎？」——也許他是在說夢話吧！大概是遙遠的童年時代的事，又朦朧地浮現在他腦海裡。很久很久以前，家裡人都叫他「阿泰」，他原本的名字叫裕泰。道光六年，他在湖北省武昌當補缺知府時，湖南省的布政使名字也叫裕泰。由於同名相混，他又是後輩，所以他把「泰」字改爲「謙」。他發出不知是夢話還是低語的聲音後微微地笑了，那是兒童般的笑。從餘姚船行了四、五里，欽差大臣就斷氣了。

傳說裕謙在迎擊英軍前，像發表預言似地說過這樣的話，「我的曾祖父是乾隆二十一年八月自殺的，我將在道光二十一年八月自殺。年號雖然不同，但是都是二十一年八月。」

《中西記事》和《通甫類稿》等書上都記載了這類逸事，但是這可能是後人的假託。裕謙的曾祖父班第不是乾隆二十一年，而是二十年殉節的。人們把裕謙曾祖父的事蹟向裕謙灌輸了幾百遍，他絕不可能記錯曾祖父自殺的年代。

可憐的是在金雞山戰死的狼山總兵謝朝恩，他的屍體被英國兵剝了皮、砍成了碎塊，當然無法確認。而且清軍都已撤退，弄不清楚他究竟是戰死還是逃跑了，所以朝廷的恩賞暫時沒有頒發給他的遺族。

2

攻陷寧波是十月十三日，英軍在這裡暫時休整。十二月底，突然進攻餘姚和慈溪；第二年一月十日，攻陷奉化。不過，這兩次都只是破壞縣衙，把官倉裡的存糧發放給老百姓後立即撤回寧波，並未打算眞正打仗。

英軍占領寧波時，江南已是秋涼的季節。據說進攻餘姚、慈溪時已是零下十度的酷寒天氣。英軍計畫在浙東過冬，開春之後攻打長江下游所謂中國的心臟地區，斷絕通往北京的糧道，將戰爭告一段落。襲擊附近地區，目的是進行威嚇和解決糧食的困難。

由於定海、鎮海和寧波相繼失守，清廷大為震動。穆彰阿在大臣們中間不斷地散布和平論調，但是關鍵人物道光皇帝仍然堅持主戰。皇帝要「討伐丑夷，收復浙東」。他任命吏部尚書奕經為討伐軍的統帥，封為「揚威將軍」。奕經是乾隆皇帝的曾孫，和廣東的靖逆將軍奕山同屬「奕」字輩，相當於道光皇帝的侄子。廣東的奕山是康熙皇帝第六代子孫，所以奕經和道光皇帝的關係要比奕山近得多，他的祖父和道光皇帝的父親嘉慶皇帝是親兄弟。侍郎文蔚和副都統特依順被任命為輔佐奕經的參贊大臣，他們都是正藍旗人。

奕經在出發前，穆彰阿到他的家裡拜訪。

「這次遠征浙江，責任重大啊！重要的是盡可能增添一些有經驗卓識的幕僚。」穆彰阿說。來訪的是擅弄權術的軍機大臣，奕經提高了警覺。「您的意思是……？」奕經催促穆彰阿說下去。

「我想說一說前欽差大臣琦善。他仍然關在獄中，但是他可是個人物啊！義律的艦隊來天津時，他曾和英夷談判，後來又赴廣東為夷務操碎了心。現在他觸怒了皇上，但是他仍然滿腔熱情，希望能做點什麼來補救以前的過失。」

「您的意思是要起用琦善嗎？」

「是這個意思。他是栽過跟斗的人，正因為如此，他現在做了充分反省，我想他會吸取教訓的。」

「那倒也是……」

「我想請揚威將軍向皇上美言兩句。」

「行呀！明天召見時，我跟皇上說說吧！」

穆彰阿回家後，一邊欣賞院子裡的紅葉，一邊不住地點頭，「看來琦善可以活命了。」龔定庵從他的身邊奪走了默琴，現在已被藩耕時派人去把他殺了。詩人突然死去的消息當然早已傳到北京，但是只有他知道龔定庵不是如傳說的得急病而死，而是被刺客殺死的。

「這一下可解了我心頭之恨了。」穆彰阿挺直了腰板，自言自語地說。其實藩耕時把清琴毒死龔定庵，以及她自己也死了的事情都隱瞞起來，沒有告訴軍機大臣。

幾天之後琦善就獲釋了，讓他「赴浙江軍營效力贖罪」。工作的地點是浙江，這在形式上看來好像是步入林則徐的後塵。

奕經事後把這件事透露給他的幕僚臧紆青。臧紆青極力反對說：「不能用琦善。您揚威將軍是去征討的，如果目的是和夷人談判，那還勉強可以；這次是去打仗，琦善不會起任何作用。他很怕打仗，帶他去一定會把我們引到避戰的道路上去。」

「叫你這麼一說，我也有這種想法。」奕經抱著胳膊說：「那就算了吧！」

這位揚威將軍也有貴族那種對什麼事情都無所謂的個性，帶琦善去浙江的事就這麼吹了。

不過，穆彰阿的目的已達到了。琦善一旦獲釋就可以不必再回到監獄裡，也可能流放到新疆那一帶去，但是性命可以保住。

透過浙東之戰才知道江南的兵打不了仗，當時的情況是「敵從東門攻進，兵從西門奔出」。因此決定飛檄陝西、湖北、江西、安徽各省，共派七千兵急赴浙江。因爲裕謙已死，於是任命河南巡撫牛鑑接任兩江總督。

奕經於十二月上旬到達蘇州，在那裡待了五十天，悠閒地等待各省軍隊的到來。之後又發出命令，要河南、山西、甘肅、四川等各省也向浙江派兵。截至一月底爲止，共集中了一萬一千兵。「這次出師，務必對該夷大加懲創，以寒賊膽，以杜後患！」——道光皇帝的上諭像鞭子似的在奕經背後敦促，但是奕經迷戀風光明媚的蘇州，連日擁妓飲酒，還聲稱是「養浩然之氣」。他和廣州的花花公子、靖逆將軍奕山確實是一對活寶。

3

「溫翰最多也只能活半年啦！……」連維材一看病床上的溫翰，心情沉重了起來。

「再堅持一下，世道就變了。看不到這種變化就死去，怎麼能甘心呢！」溫翰從床上坐起來這麼說。可是，才說這麼兩句話他就喘了好幾次。溫章刷地一下湧出了眼淚，他怕父親看到自己的眼淚，悄悄地走出房間。

彩蘭還是很堅強的，她帶著微笑說：「爺爺，您快點好起來吧！喏，在我舉行婚禮之前，您一定會好起來的。」

連維材想改變一下氣氛，決定暫時到蘇州去看看。三兒子哲文仍然在蘇州學習繪畫，到底還是年輕的緣故吧！由於清琴的失蹤而心靈上所受到的創傷，看來已經逐漸恢復了。

連維材早已知道清琴的死，但是他沒有告訴哲文。「蘇州的情況怎麼樣？」他看了看兒子的臉問道。

「有錢的財主都避難走了。也許貨物都分散到各地去了，最近物價猛漲。」

「整天宴會……另外還賭博……」揚威將軍奕經這時正好在蘇州等待援兵。

「揚威將軍呢？」

「輿論似乎不佳呀！」

「聽說揚威將軍最近要去紹興。」

「老是待在蘇州大概也有點不好意思吧！」

「紹興那邊好像已來了很多軍隊，據說很不像話。」

「怎麼不像話？」

「據說蒙古兵特別很糟糕，說是禁旅（御林軍），卻沿途抓年輕人。」

「抓去當兵嗎？」

「不，供士兵使喚。」

「是一般的士兵？」

「是一般的小卒。一個蒙古兵要使喚四個壯丁。他躺在門板上，四個人抬著。」

「哦！是躺著讓別人抬著走的兵。」簡直是荒謬絕倫！這樣的軍隊當然不能戰勝英軍。

「也許在溫翰還活著的時候戰爭就收場了。」連維材心想。

在「斯文堂」書肆裡。以當時的女性來說，西玲是很任性的，她到各種場合去，活動的範圍很廣，但是到這種地方她還是頭一次來。她聯想起尼姑庵「檀度庵」，還是有很大的不同。默琴正坐在西玲面前。默琴性格文靜，這一點很像檀度庵那個混血兒庵主，但是總覺得有一些不一樣。

這裡有一股發霉的氣味，據說那是書的氣味。檀度庵裡焚著香，讓人感到很清爽，但是那也是人造的香氣。

「最近您哭了，是我親眼看到的。」西玲說。

「太不好意思了。因爲我聽說一個人死了……」默琴低著頭回答。

「那個人是您喜歡的人吧？」

「是的。……是他使我變成了人，給我帶來了一顆人的心。」

「太好了！」

「爲什麼？」

「能夠遇到這樣的好人，那是女人的最大幸福。」

「是嗎？」

「儘管這個人已經不在了，但是我還是羨慕您的。」西玲心想：「誰給我帶來了什麼嗎？是連維材嗎？連維材直到現在仍然是我不理解的人，我能理解的只有他愛我。說不定還是我幸福吧？」她低下頭凝視著自己的腹部，胎兒在腹中蠕動。

默琴背後的書架上堆積著裝在藍色書帙裡的書，那裡好像有一個固定不動的世界。

「眞安靜啊！世界好像完全靜止了，一動也不動。」西玲說。

「不，不是這樣。」默琴回答：「這些書裡面也有情緒非常激動的文章，好像作者就站在你面前說話，而且有血有淚，更有著讓人感到很可怕的東西。」

西玲突然感到懲氣起來，像她這樣的女人是不可能進入書的世界的。不過，她現在感覺到好像是自己在和眼前這個女人決鬥。默琴的工作是校閱書籍。據說有一種校閱方式是兩個校閱人相對而坐，「一人持本，一人讀書，像寃家相對」。也就是說，這兩個人彼此就像仇敵一樣，所以把這種方式稱作「校讎」。現在這兩個女人之間並沒有需要共同校閱的書籍，但是讓人感覺到好像彼此都把活生生的人暴露在對方面前，互相在校閱著。看起來好像是輕鬆地閒談，其實絲毫也不能疏忽大意。

「您累了吧？」默琴問道，她是憐恤對方懷孕的身子。

「不！……」西玲搖了搖頭。她意識到這是一場互比優越感的戰鬥，憐恤別人不就是想把自己擺在更高的位置嗎？

女人和女人這麼面對面而坐，往往就開始了究竟是誰優越的爭鬥。論容貌，兩個人不相上下。那麼幸福的程度呢？——看來最大的爭鬥在這裡。

「不知道我會生出一個什麼樣的孩子？」西玲誇耀地說：「皮膚是白的還是黑的……頭髮是紅的還是黑的……您能知道嗎？我不知道孩子的父親是誰。不過，是在我的肚子裡，是我的孩子，這是沒有錯的……是我的孩子。」

「是呀……」

西玲感覺到默琴的聲音裡帶有失敗的味道。「什麼戰爭，我一點兒也不害怕了。您知道我在廣州的戰場上吃了多大苦頭嗎？再發生比那更糟糕的事我也不會害怕的。據說街上到處都在傳說英軍什麼時候要打到上海來。」西玲說。她想跳到對手的上面去，但是默琴也並沒有失敗。

「我也是這樣的。您看看這些書，」默琴轉過身子，指著背後的書架說：「兩千年，有戰爭和其他各式各樣的災難、不幸，逃過這一切而殘存下來的東西都在這裡面。有各式各樣的知識，有各式各樣靈魂的呻吟，這些東西都正在傳給我們。我們有這些東西，遇到任何事情也不會害怕的。」

「是嗎？」西玲心想，「她向古書求援，太狡猾了。」

「無論是什麼東西，我們都要好好地接受下來，把它傳給後世。」

「把傳下來的東西傳給後世……默琴，我覺得這太沒意思了。這麼說，不就等於沒有現在了嗎？現在沒有意思，所以即使發生戰爭也不可怕……您是這個意思嗎？」

「不對！」默琴回答。她的聲調並沒有變，但是西玲卻感覺到對方的情緒帶著刺，稍一疏忽，自己就會被這刺刺穿。

「怎麼不對？」

「傳下來的東西都集中在這裡，它非常豐富，它會自然地傳給後世。」

「啊呀！您的話太難懂了。」西玲放鬆了肩膀說：「我呀！跟您不一樣，我沒有學問，這些事我不太懂。不過，只有一點，我確實有可以傳下去的東西，只有這一點我是明白的，因爲他在我的肚子裡動彈。」

她說後，摸了摸自己的大肚子。默琴定神地看著她的肚子。西玲心想：「我勝利了！」

這時理文走進來。「大姐，我要出門一下，來向您告別。」他一直叫默琴為大姐。

「啊呀！突然要上哪裡去？」

「寧波。」

「可是，那裡英軍……」

「政府正在招募探子，探聽英軍的陣地和軍艦的位置。我懂一點英語，說不定會探聽到一些事，所以決定去參加。」

「您父親的意見呢？」

「他說想去就去吧！跟以前我想去北京時說的話一樣。」

「是嗎？……」默琴感到自己的心好像縮了一下。

她的心裡像點著了火。她閉上眼睛，想起了死去的妹妹——那個一個勁兒到處奔忙的妹妹。妹妹為穆彰阿做事，卻完全不想知道這些事究竟有什麼意義。

「不，理文和妹妹不一樣，他完全知道自己工作的意義……」默琴極力這麼說服自己。

其實燃燒著她的心的並不是這件事。她意識到了，但是極力避開。那是連維材那個可以若無其事對兒子說想去就去的男人，這個男人熱愛著眼前這個女人，默琴極力想消除自己心中的失敗感。

4

在寧波，木匠、鐵匠等工匠在為英軍修理武器。鎮海已經建立帶有熔爐的臨時兵工廠，這顯然是要做戰鬥的準備。

理文潛入寧波，首先見了石田，打聽了英軍的各種情況。根據情況來分析，英軍是準備進攻長江沿岸地帶。

他們倆在寧波的街上一邊走著，一邊小聲地說著話。「人們要活下去，要養活妻兒老小，爲了生活，什麼工作都成。他們希望能找到吃上飯的工作……把這些人一概定爲漢奸，那太說不過去了。」石田朝一家爲英軍製造車子的店鋪看了看說。

「這個我完全明白。」理文回答。他父親就經常說，就是因爲沒有產業，所以中國才受了鴉片的毒害。在英軍的基地裡有的是工作。採購食物、搬運物資、上山砍樹、製造小船、釘馬蹄掌、冶煉硫磺、打掃營房——這些工作都可以掙錢。

「不過，招收的人太多了，超過了實際工作需要。當然，其目的可以根據他們在廣東所做的事來類推。」

「打起仗來就把他們趕到第一線了。」

「只能做這種設想。」

「那太悲慘了！」

「你看那個。」石田用下巴指了指右邊的牆壁。牆上貼著一張紙，那是英軍的告示，上面寫道：「現在杭州的巡撫會同知府，偷偷地向寧波城內派進七十名探子。一旦抓住探子，立即依法處死，隱匿者同罪，指名揭發者重賞。」

「啊呀！這可不得了！」理文摸了摸脖子說。

「理文君，」石田鄭重地說：「你到這裡來的心情我完全理解。你想爲自己的國家做一點事情，這種想法毫無疑問是正確的。不過，我認爲你的努力是徒勞的。」

「為什麼呢？」

「你可能送去正確的情報，但是光杭州派來的密探就有七十人，此外，清朝方面還會向附近居民探聽情報，這樣一來，你的情報只不過有百分之一的價值。」

「可是，其他人也會報告他們自己的見聞，內容不是一樣的吧？」

「我待在英軍裡，情況了解得很清楚，他們用給工作的辦法使居民就範。就拿這個寧波城來說，就有一個叫梁仁的人已成為歐茲拉夫的心腹正在四處活動。他是本地人，一眼就能看出誰是外來的。」

「他正在抓探子嗎？」理文縮著腦袋問道。

「不，是反過來收買探子，給他們大筆錢，要他們送假情報。事先說好，賞金的一半要等到戰爭結束之後才付，不讓他們在這之前反叛；另外還進行威脅，如果拒絕合作就砍頭。」

「是這樣呀！……」理文在應募時就了解了一些情況。志願當探子的人品都不太好，是因為沒有其他工作可做才做這種危險的工作。英軍下了這樣的誘餌，很多人會被拉過去的。

「你是今天剛到，再過兩三天就危險了，還是趕快回去吧！」

「我打算想辦法打入英軍的內部，聽聽他們的談話……」

「他們的談話我都聽了，記在腦子裡，我可以全部告訴你，所以你要馬上回去。」

理文沉默了。他覺得遭受了一次挫折。他懂得自己個人的力量是有限的，面對強大的、有組織的力量，個人是毫無辦法的。

所有的假情報就是這樣送到揚威將軍的手邊。例如：

——外面傳說樸鼎查已經死了。

——據說歐茲拉夫受重傷死了。

——英軍害怕打仗，知道清朝各地的官兵源源不斷地到來後，已經手忙腳亂地準備逃走。

其中也有一些英國的策略情報，好像也有些根據，所以奕經都相信了。

樸鼎查認爲還不是自己該出場的時候，所以去了香港，在浙江當然看不到他的影子。歐茲拉夫也把寧波的民政工作交給梁仁，自己四處活動。因爲要進行聯絡，船艦和小艇不斷地調動，這就被解釋爲害怕大軍的到來而「東駛西竄」。

奕經給皇帝的奏文中有這樣的話：「……聽說夷船在鎮海出航時，英國人都流淚相送。」他心想：「這大概是爲我大軍的威風所懾，害怕得哭了吧！」

他的主觀臆測甚至就這樣把一些認眞傳遞來的情報做了歪曲的理解，加上英軍方面也施展了巧妙策略。例如這樣的情報就是英軍製造的：

聽說英軍獲知各省官兵雲集江蘇，準備向廣東方面撤兵，時間已訂在三月十日左右。三月初，巴爾克和戈夫兩位少將到舟山視察時，帶去了大批隨員，這被認爲是做「遁走準備」，成了英國策略情報的佐證。以前曾有過先例，伊里布等占領定海的英軍全部撤走後，一彈不發地收復定海，遭到皇帝的痛斥。

「必須在英軍撤退之前發起進攻。」奕經挺著胸膛向清軍的指揮官們宣布。

5

「到底還是不行吧！哈哈哈！……」在紹興一家旅館的房間裡，王舉志放聲大笑起來。

在他面前，揚威將軍奕經的幕僚臧紆青沒精打采地坐在扶椅上。他嘔心瀝血地想出方法，終於未被奕經採納。他獻的方法是這樣：

首先爭取浙江官民的協助，招募志願兵約一萬人，同時糾集沿海之漁夫、水手、私鹽組織和江湖盜賊共兩萬人，從水、陸兩路進攻，此爲作戰之基本。只用散攻，不動大隊，不刻期日；陸路伺敵出入，水路乘各自風、潮，逢敵即殺，遇船即燒，人自爲戰，使彼出沒難防，而後以大兵殲之。

所謂散攻就是打游擊戰。提出不動用大部隊，不預先規定進攻的日期，各人靈機應變地進行戰鬥，使敵疲勞，這顯然是民眾戰爭的一種原始形式。要使這一計畫取得成功，就必須動員擁有江南一帶最大組織的安清幫水手、船伕團體、食鹽走私集團以及江湖上的盜賊幫派。能做到這一點的只有王舉志，所以臧紆青祕密地和他取得了連繫。

可是，奕經不採納這個建議。他冷淡地說：「還不至於要借用無賴之徒的勢力吧？」因爲他已經完全相信英軍喪失鬥志、即將撤退之類的情報，沒有必要動員盜賊。而且這樣做也會增加經費，他深知道光皇帝最吝惜戰費。

「官方已經決定不採用這個方法，但是王老師不妨把他們召集起來。民眾起來爭鬥，那是不能阻止的。」臧紆青說。他的語氣中帶有挑唆的意味。

王舉志立即回答：「算了吧！」

臧紆青感到很意外。他一直以爲，即使建議不被正式採納，以俠義聞名的王舉志也會靠自己的力量來爲他動員各種組織，難道這不正是俠義的精神嗎？

「是因爲官方不出錢就調動不了他們嗎？」臧紆青問道，他的臉上露出輕蔑的表情。

王舉志雖然已發覺對方的情緒，但是他未予理睬。「不，錢算不了什麼。問題是民眾一旦起來就會成爲官兵討伐的對象。」

王舉志早已預料到這次戰爭的前景，他的作用只不過是裝飾一下歷史。既然不能左右戰爭的結局，那就要避免無謂的流血犧牲。臧紆青失望地回去了，他那拂袖而去的動作顯得有點粗暴。王舉志帶著有趣的神情目送著他離去。

「王舉志這傢伙徒有虛名！」臧紆青走出大門憤憤地說。

還沒打仗，奕經就以爲已經打勝了。好像是預先祝賀似的，連日開宴飲酒。

農曆的歲末，他和參贊大臣做了同樣一個夢，夢見「夷黨悉數棄陸登舟，聯帆遠逝海上，寧波三城已絕夷跡。……」兩人都做了這樣的夢，這是一個「佳兆」。收復浙東諸城已在眼前。他決定總反攻的日期是三月九日（農曆正月二十八日）。

這年冬天大雨大雪不斷，火船上準備的薪葦和火藥都被淋濕，失去了效用。而且軍隊的指揮官們也要求推遲總反攻的日期，理由是需要到農曆二月中旬才能調配好收復三城的兵力。

奕經沒有聽進這個要求，他說：「不需要使用什麼火藥，要一舉把他們擊潰。敵人已經準備逃跑，要狠狠地朝他們背後猛踢一腳。」

英軍方面早已探明了清軍動向，一切準備就緒，只等清軍反攻。

在清軍總反攻前十天左右，英軍又特地派出奸細把假情報送到奕經面前，「英軍畏戰，爲阻止清軍的進攻，表面上採取強硬姿態。這已在軍事會議上做出決定。」

英軍擔心戰鬥的準備情況可能爲清朝方面獲悉，目的是要掩蓋其眞實意圖，要讓對方這麼認爲，「看來好像是在準備，其實是虛張聲勢，不過是苦肉計，讓清軍不要逼近。」

從英軍方面來說，希望奕經的軍隊盡量蔑視英軍，不做什麼準備就輕率地撲過來。清軍總反攻的一週前，英軍把一個持有軍書的印度兵派進清軍陣地。軍書上說：「不把定海、鎮海變成香港那樣，絕不撤兵。」

「果然來啦！」奕經心想，微微一笑。他以爲奸細送來的所謂英軍表面採取強硬姿態的情報已得到了證實。

他站起身來挺了挺胸膛，命令身旁的參謀說：「把信打回去！要大家好好記住，敗狗臨逃的時候總要吠叫兩聲的。準備進軍！」進攻的五天前——三月四日，這位樂天的揚威將軍向北京送去一篇奏文說：「仰賴天威，一鼓成擒，殲除丑類，自不難也。……」

皇帝在北京收到這篇預告勝利的奏文，做了批語：「速建大勳，揚我國威。著名逆首（英軍的重要人物），如能生致（活捉），更可稱快，立待捷音！」

道光皇帝提起朱筆寫這個批語時，奕經的大軍已在浙江的東部潰滅了。

敗逃

「不過，寫奏文時還是需要一些技巧的。例如把敵人的兵員數增多一些……」

「據估計，一千人到兩千人。」

「穆相大人說，奏報時應該增多一些。」

「我也想過這個問題……弄成五千左右吧！」

「不行，要改成一萬七千，穆相大人是這麼吩咐的。」

1

牆上掛著地圖，這裡是上海金順記溫翰的病房。床頭疊放幾塊褥墊，溫翰挺起上半身，把背靠在褥墊上，連維材用戒方指著地圖。戒方是一個帶板的長木片，是學堂裡老師對學生施加體罰的一種工具。

「紹興，揚威將軍在這個名酒的產地設下了大本營，手頭留下三千兵，聲稱已做好隨時向任何地方派出援軍的準備。」連維材做了這種說明。他接受溫翰的請求，介紹以失敗告終的、所謂浙東收復戰的情況。

「當然是一邊飲酒一邊等待囉！」溫翰用微弱的聲音說。

「參贊大臣文蔚帶兩千兵在慈溪城北布陣。城西有副將朱貴，兵力和城北相同，大多是甘肅的精兵，他們是奔赴鎭海的部隊。收復寧波的部隊是貴州的總兵段永福率領的四千河北、四川兵。第二陣是奉化的兩千兵，率領他們的是以前招寶山的敗將余步雲提督。」連維材的說明漸漸帶有說軍事故事的調子。

「這麼說，段永福又成了敗將啦……他可倒過大楣啊！」溫翰這麼說，微微地點了點頭。

段永福是曾經率領貴州兵赴廣東的一個總兵。前面已經說過，貴州兵在廣州城內胡作非爲，憤怒的廣州居民在余太玄的帶領下一起湧向司令部貢院。靖逆將軍奕山爲了消除民眾的憤怒，摁住了一個總兵後脖子，揪下了他帽子上的頂戴。這個總兵不是別人，就是段永福。溫翰說他倒了大楣就是指這件事。

「段永福首先讓五百精銳虎兵衝進寧波城。他事先讓數十名兵化裝潛入城內，由他們打開城門。來英軍早就有準備，當虎兵衝到城中央的市場附近時，突然從四面八方落下雨點般的砲彈，虎兵們這時才知道敵人已有準備，他們狼狽不堪。如果一開始就知道敵人有準備，他們在想法上也會有點警戒。但是他們一直認爲寧波城垂手可得，所以才會驚慌失措。這次作戰等於是英軍進行了突然襲擊，據說虎兵一片混亂，全都轉身朝城門口逃了。」

「那可壯觀啊！」溫翰低聲說。大概是哪裡感到疼痛，他微微地皺了皺眉頭。

所謂虎兵是一種穿著特殊制服的軍隊，這制服是把皮革衣服染成黃色，上面畫上虎斑紋的線條，帽子也是同樣畫著一個虎頭。製作這種制服是出於一種類似兒戲的設想，企圖以此來嚇唬敵人。虎兵隊是由精選的士兵所組成的。英國兵看到被遺棄的屍體，大概會以爲他們是居住在什麼深山老坳裡的另一種民族吧！據英國方面的文獻記載，他們的平均身高約爲一公尺七、八。穿著這種服裝的高大士兵們逃竄的情景當然十分壯觀。突然遭到被輕視的對手可怕反擊，當然會不知所措。他們原本想用肉搏戰奪回寧波，可是沒看到敵兵的影子，卻突然落下了砲彈。虎兵一半死在城內，一半逃到城外。

段永福原以爲可以自在地進入已被虎兵踏平的城內，當他帶著大部隊來到城邊時，遇到敗逃出來的虎兵。不僅如此，英軍的野砲已拖到城外，開始向敗逃的清軍發射。段永福感覺情況不對，一溜煙地逃回紹興。提督余步雲從甬江上游奔化奔向寧波，途中聽到了隆隆砲聲，他知道情勢不妙。

在這次反攻中，清軍沒有攜帶任何火器。有了砲聲或槍聲，那一定是英軍在開砲、開槍。余步雲不愧是具有豐富的打敗仗經驗，他早已察覺到戰況不利。不過，不需要他發出後退的命令，他麾下的浙江老兵大半已脫離了佇列，四散逃跑了。

進攻鎮海的清軍只到北門，他們連城內也沒有進。「回去吧！」——副將朱貴及其殘兵撤退到慈溪。

「目前只了解這些情況，據說英軍正準備反擊。」連維材說，把戒方放到桌子上。

溫翰望著牆上那張浙江東部地圖。他肩頭瘦削，兩只凹下去的眼窩深處還有光，但是已經沒有過去那樣銳利了。

連維材把視線從溫翰的臉上挪開，同樣望著牆上的地圖。那是他以毛筆手繪的一張略圖，只畫了大陸東邊一個角落，但是現在那裡發生的戰爭很快就會震撼整個大陸。

錢塘江的河口就像是把大陸深深地挖去了一塊缺口，這在連維材看來，就好像狂噴鮮血的傷口。錢塘江一向就以雄壯的潮景聞名於世，而現今的中國即將被捲進這洶湧的漩渦之中。連維材又把視線轉到溫翰身上，心想：「這個老人一定和我想著同樣的事情。」面對時代的大變局，這兩個有數十年共事經驗的主僕，不約而同地感覺到時代的崩潰已近在眼前，然而，他們卻不曾驚慌，也沒有不知所措，因爲他們長久以來的努力就是在等這一天的到來。

溫翰喘息起來，他好像要說什麼話。他那平板似的胸脯晃動起來。

「戰爭一結束，這裡會建造墨慈商館吧！……」老人說。話題好像飛得很遠，但是連維材是完全理解的。

戰後英國一定會在上海建立居留地，到了那時候，鴉片就會大搖大擺地進入中國，白銀將不斷地流往海外，民力將大大衰落。……不過，英國和其他國家並不希望這個國家徹底衰亡，以致財貨枯竭，因爲他們要榨取。爲此，他們會適當地加些肥料，構築港彎、建造工廠，設法不使井水枯竭。

連維材戰後的工作將是緊靠著外國人的這些事業去開展。如果靠著像查頓、顛地那樣的大資本家，自己也許會被他們任意擺布，最好是選擇在一定程度上自己能掌控主導權的對手——例如像墨慈。金順記正是爲了這個目的而培育墨慈。

「和墨慈友好，恐怕會遭到各種咒罵吧！」溫翰說。

連維材猛地打了一個冷顫。要想在這個國家建立鴉片以外的產業，不和外國人的企業合作是不行的。這樣一來，人們就會罵他，「和夷人勾結起來發財。漢奸！」

「爲什麼這個老人想的和我一樣呢？」——就好像回答連維材內心裡這種低語似的，溫翰開口說道：「我和你有一點是不同的。你今後會頑強地生活下去，而我就要消亡了。」

連維材走到床前抓住病人的手說道：「翰翁，你要活下去！」

但是老人只是痛苦地搖了搖頭。

2

合龍——把龍合在一起。龍王是水神，水利工程的完工稱爲「合龍」。

定爲流放新疆伊犁的林則徐，在去年農曆六月奉命前往進行修整黃河潰決的工程。修復東河堤防的工程於道光二十二年二月竣工。和黃河惡戰苦鬥約半年，終於把水治住了。河道總督文沖因爲負黃河潰決的責任而被革職，而且要他在林則徐之前去新疆流放。接著軍機大臣王鼎作爲臨時河道總督，由中央趕來赴任。

王鼎在朝廷裡一向狂熱地支持林則徐，他一見林則徐就淚流滿面。「少穆（林則徐的字），對不起你呀！老夫身爲軍機大臣，終日待在皇上身邊，卻沒能保護好你。你爲贖罪吃了很大的苦頭了。太對不起你啦！老夫已經老而無用……你就原諒我這個老朽吧！」

林則徐被這位八十老翁的激動感情弄得不知所措。治水工程一竣工，王鼎大大誇獎了林則徐，簡直就像這是林則徐一個人的功勞似的，對北京也做了這樣的奏報。

「我們要設一桌筵席來慰勞你。」在合龍的那天晚上，老軍機大臣舉辦了盛大宴會，在眾官面前把林則徐推到上座。

「這怎麼成呢！……」林則徐一再拱手謙讓，但是王鼎硬要他坐上座。

這時奕經反攻失敗約過了兩週，戰敗的消息沿運河北上，也傳到了河南省城開封。宴會上也自然談起了這件事。

「我說，大家可以看看嘛！」王鼎環視了一下眾官說道，「少穆一離開廣東，廣東就叫英夷給揍了；少穆一離開浙江，馬上就成了這個樣子。少穆如果一直待在浙東從事軍務，鎭海、寧波就不會讓英夷奪去。我眞想看一看讓少穆離開浙江的那個傢伙的蠢相。修整河道的工程已經竣工了，我不久就要回北京，很快就會看到那人的那副蠢相了。」

畢竟這是正式宴會，所以王鼎沒有說出穆彰阿的名字。不過，河道方面的官員都知道是穆彰阿把林則徐從浙江趕到新疆去的。

「我說諸位，大家都不談打敗仗的事了吧！今天是慶賀合龍的可喜日子，大家都辛苦了。不過，要讓我來說的話……這次修河的最大功臣是少穆。來，諸位，讓我們舉杯慶賀他的功勞吧！」老樞相站起來，正準備舉杯。

林則徐阻止他說道：「這種光榮給我太過分了。這次修河成功是許多人齊心協力的結果，我認爲不應爲我乾杯，而是要慶賀完工。」

王鼎勉勉強強地改口說道：「那麼，爲東河的竣工吧！……」但是眾官一乾杯，他立即不容分說地喊道：「下面爲林公！」強制大家乾了杯。

林則徐的眼睛濕潤了，王鼎的厚意沁入他的肺腑。他是流放之人，被這麼對待份外感到高興。他覺得這次能到這裡來協助治水實在太好了。一想到國家的前途，他就感到痛心。鴉片已流毒全國，正腐蝕著中國的靈魂。但是正因爲這樣的時代，一旦發現了可以託付國家前途的人才，就不由得讓人高興得心都要跳出來了。像張亮基這樣的人才，只不過當一名區區的內閣中書，其實他是一個很傑出的人物。單憑結識這樣的人物，這次來參加修河工程也是有價值的。——林則徐心想。王舉志、連維材，還有這位張亮基——這些人物將會交雜在一起，把這個國家當作舞臺大肆活躍的。林則徐閉上眼睛，想使心緒平靜一下。這些人物絕不可能屬於同一個陣營的，他們有時會握手，有時會互相拚死爭鬥的。——他不能忍受這樣的想像。他睜開眼睛，張亮基正向他舉起酒杯。他的笑容是爽朗的，林則徐向他點了點頭，喝乾了杯中的酒。

張亮基在治河工程中從未做過莽撞冒進的事，他是踏踏實實地把一件件的工作做好，不斷地回顧工作是否堅實、是否不會動搖。他的優點在於把自己的地盤踩結實，並能用冷徹的目光來看待自己所從事的工作。恐怕很少有人會像他那樣了解自己。後來張亮基升到雲貴總督。他沒有中過進士，這是破格提升。林則徐在上奏推薦他時說：「其才勝臣十倍。」其契機就是這次他們在一起共事。

微有醉意的王鼎又放大嗓門——他雖然上了年紀，聲音還很洪亮地說道：「諸位，少穆的贖罪已經透過這次修河工程結束了，再也不用到什麼新疆去。我已經上奏皇上，要求給他記一等功……」

林則徐默默地低下頭。這天他已經接到諭旨，諭旨上說：「林則徐合龍後仍往新疆。」

反正遲早會知道的，他不想在王鼎這麼高興的時候說出這件事。

第二天早晨，王鼎知道了諭旨，臉色都變了，跑到林則徐的宿舍。林則徐已經做好出發的準備。「穆彰阿這壞水，一定是他趁我不在的時候向皇上說了什麼壞話。怎麼辦呀？這個壞狐狸！」

「樞相，請您不要這麼激動，這樣會傷身體的。」

王鼎突然抱住林則徐放聲大哭，他慟哭的聲音連宿舍的外面都能聽到。

當天林則徐離開開封，王鼎一直送他到河邊，林則徐不斷地安慰老樞相。臨別時，林則徐寫了兩首詩送給王鼎，其中一首有這樣兩句：

塞馬未堪論得失，相公且莫涕滂沱。

意思是說，去新疆不一定對自己不利，請相公（軍機大臣）不要那麼痛哭。

王鼎很激動，無法收住眼淚。他上了年紀後，率眞的性格更明顯了。也許這時他已經決定拚著一死。

林則徐贈王鼎的另一首詩是：

元老憂時鬢已霜，吾衰亦感髮蒼蒼。
餘生豈惜投豺虎，群策當思制犬羊。
人事如棋渾不定，君恩每飯總難忘。
公身幸保千鈞重，寶劍還期賜尚方。

詩的大意是：我們彼此都爲國事奔走而年老體衰了。自己的餘生投給豺虎也沒什麼可惜的（指在新疆邊地死去），但是遺憾的是，費盡心機想制伏犬羊（夷人）卻未能達到目的。人生之事簡直就像棋局那樣不定，唯有君恩永遠難以忘記。請您多加保重！

最後一句中的尙方寶劍顯然是意味著「斬妖劍」。對這一句可做不同的理解，也可以這麼解釋：您身爲軍機大臣，在皇上的身邊工作，爲什麼不搞掉這個君側的佞臣呢？我在這方面對您寄予期待。這樣，就等於是煽動王鼎來打倒穆彰阿了。

王鼎回北京後不久，就留下一封彈劾穆彰阿的遺書自殺了，這謂之「屍諫」。王鼎是不是以此作爲「斬妖劍」來回答林則徐的期待呢？不過，從林則徐的性格來看，把這首詩解釋成這麼激烈的內容是錯誤的，林則徐只不過是想要這位哭得喪失理智的老前輩打起精神來。

「請您保重身體，您還有許多該做的工作啊！」——對於一個爲自己而哭的老人，恐怕誰都應該說這樣的話，讓他振作起精神來。這年林則徐已五十八歲。

3

英軍粉碎了清軍的反攻後，決定轉入追擊，進攻慈溪縣。按照老辦法，把漢奸部隊分配到第一線。這些人都從民政長官歐茲拉夫那裡獲得了工作。不過，像木匠、鐵匠等擁有技術的人仍然在城內留用。英國艦隊在這次遠征中也帶來大量鴉片，鴉片當軍費比運來銀元更爲有利。英軍在各地用鴉片引誘居民，許多人都處在慢性失業狀態，他們可以靠販賣鴉片來養家餬口。工作就是這樣把大批人和英軍緊密地連繫在一起。

戈夫和巴爾克兩位陸海司令官親自指揮這次追擊戰。由於甬江淵航作戰不能使用巨艦，因此由復仇神號、弗萊吉森號和皇后號等輪船，滿載著兵員出發了。

動員參加這次作戰的士兵共一千二百人，其中包括三百五十名水兵，和蘇格蘭來福槍第二十六團的一百五十六名士兵。他們攜帶了可放八磅重砲彈的砲。

慈溪的戰鬥十分激烈。清軍中有一位英勇的老將，他是浙江金華的副將朱貴。朱貴，甘肅河州人。他在慈溪的大寶山陣地上指揮四百兵都是甘肅省和陝西省的精兵，是和他意氣相投的部下。另外還有朱貴的二兒子昭南和小兒子共南，他們倆都是武生——見習軍官。

英軍首先攻擊大寶山，朱貴的部隊在那裡等待援軍。游擊謝天貴本應率領援軍前來，卻始終沒看到影子。英軍逼近時，朱貴只好向六公里外長溪嶺的參贊大臣文蔚乞求援軍。但是文蔚沒有出兵。「現在不能出兵，這裡不知道什麼時候也會遭到敵人的進攻，看一看情況再說。」

聽到文蔚的回答，朱貴決心拚一死戰。不久其背後也來了敵軍，他們遭到包圍。本來就不多的彈藥很快就打完了，能對付敵人的只剩下腰間的軍刀了。守衛大寶山一冀的都司劉天保的軍隊，剛和英軍接觸就四散逃跑了。等待著的肉搏戰開始了。

據說朱貴「軀幹豐偉，面如渥赭」。但是他已經六十四歲，打肉搏戰已力不從心。二兒子朱昭南始終跟在父親身邊，他成了父親的盾牌打著防衛戰，最後力氣用盡，被英國兵的刺刀刺倒；朱貴也緊跟著自己的兒子戰死。

在這次戰鬥中戰死的有朱貴父子以及游擊黃泰、都司陳芝蘭、守備徐官和魏啟明等二百一十五名將士。沙角的陳連陞是父子二人一起參加戰鬥，大寶山的朱貴是父子三人，小兒子共南身受重傷，由士兵抬著撤退下來才保住了一命。

英軍的損失不過是死了三人，輕重傷二十一人；漢奸部隊的損失沒有紀錄可查。

知縣顏履敬碰巧作爲督餉官待在一公里外的山中，他從那裡看到這次死戰的情況。「死地之兵，不能不救。」他換上短衣、手握佩劍，向大寶山跑去，在山腳下被砲彈打死。跟隨他的僕人葉升也遭到和他主人同樣的命運。

到了黃昏，長溪嶺的參贊大臣文蔚才派兩百兵去大寶山，但是已經晚了，朱貴已經戰死，部隊早已潰滅。文蔚之所以派兵，是因爲很多人都看到朱貴乞求援兵的場面，文蔚害怕將來會受到彈劾，譴責他「爲什麼不派援軍」？不用說，這兩百兵還沒到大寶山就四散逃跑了。

文蔚打發援兵走後，立即帶著少數隨員趁著夜黑偷偷地逃跑了。他丟棄了許多士兵和大批的輜重機械。參贊大臣的逃跑，和提劍奔赴戰場的文官顏履敬正好形成了鮮明對比。

4

揚威將軍奕經和參贊大臣文蔚等人逃進了浙江省會杭州城。

幕僚臧紆青憋著一肚子悶氣，他心想：「就因爲沒有採納我的『伏勇散戰』（游擊戰）策略，才招致了這種下場。……」他由於過度憤慨而病倒了。

當然，這也可能是假病。他本人說是「暴怒傷肝」，這話裡帶有刺。「我要回去看病、療養，現在來向您告別。」臧紆青這麼一說，奕經急得幾乎要哭出來。他的手下除了臧紆青外，已沒有一個可以有用的幕僚。

「我正在困難之中，足下能丟下我不管嗎？」

這句話刺到了臧紆青的痛處。在兵敗之後丟下主帥而去，這是大大違背俠義精神的。「那麼，您能實行我建議的方法嗎？這是我唯一的條件。」

「這是需要在軍事會議上討論的，我會努力採納足下的方法。我請你暫時留下來幫幫我的忙。」話已經說到這種程度就不好再拒絕了，臧紆青留下來了。求助於對方的俠義精神，這並不是奕經的策略，而是他確實感覺受不了了。

奕經這個人並沒有耍弄權術的靈活頭腦，這一點是他和廣東靖逆將軍奕山的不同之處。

奕山在夜襲失敗時，對臉色蒼白的楊芳說：「就算是你什麼也不知道，是我獨斷專行做的，責任由我一個人來負。」

奕山有著敢於承擔責任的度量，但是恐怕他也早已算計到自己是皇族，只因一次夜襲失敗是不會受到處罰的。他在情緒激昂的民眾面前揪下總兵段永福的頂戴，鎮住了民眾的騷動，這個插曲也說明了他的機智。他是個花花公子，但是絕不是傻頭傻腦的公子哥兒。奕經沒有這種心計和機智，他也不需要這些東西。他是皇帝的近親，不必算計也可以隨心所欲；不用機智也可以如願以償。但是唯獨這一次他有生以來第一次遇到難題。他抱著頭，束手無策了。正在這時，部下告訴他，北京的穆彰阿派來了一名使者。

「哦！沒想到穆相會派使者來。……」奕經說。

報告的人問道：「帶來穆相的一封信。不過，這個人沒有官職，不是正式的使者。大人接見嗎？」

「好，讓他進來吧！」

不知道捎來了什麼樣的信，目前是這種時期，一定是有關他的任務的事。奕經現在的心情是對什麼人都想伸手求援。

一個身穿平民服裝的中年男子彎著腰走進房裡，跪在奕經面前。「小的是北京人，名叫藩耕時。」那男人報了自己的名字。

「帶了穆相的信來了嗎？」

「是……」藩耕時遞上一封信。

奕經打開信封，裡面只寫了幾行字。「哦！很簡單的信呀！」奕經邊說邊看信：

此次軍務一定十分辛勞，如能賜聽余關於時局之方策，則不勝榮幸。唯其內容有難於寫成文字之處，雖有不恭，但是希賜聽使者口述。使者藩耕時是可以勝任將余之話直接轉達揚威將軍之人。

藩耕時待奕經把信看完後開口說道：「這封信只是證明小人確實是穆相大人的使者。」

「我認得穆相的筆跡，這個印章也不會是假的。我問你，穆相要你跟我說的方法究竟是什麼？」

「是！……」藩耕時再次把額頭蹭在地上說：「是關於揚威將軍奏報這次戰事的事。」

「是嗎？……」最叫奕經頭痛的正是這件事。報告戰敗的奏文是很難如實寫的，尤其是在剛剛發出好像預報勝利的奏文之後，寫起來更是困難。奕經趕忙說道：「那你就說吧！」

藩耕時猶豫了一會兒說：「小的誠惶誠恐。穆相大人有過嚴命，請大人左右的……」

「是要摒退左右嗎？好吧！大家都退到別的房間去。」穆彰阿說要傳授什麼方法，奕經希望能快點聽到。

「實在對不起！因爲穆相大人是這麼吩咐的……」

「快說吧！」

「是……這次慈溪作戰的詳細情況，穆相大人已透過當地的朋友知道了。關於作戰的眞相……」

「這有點太快了吧？」

「發急信比政府的摺差（傳送奏文的人）還要快。」

「是嗎……然後呢？」

「從當前的情勢來看，如果原原本本地奏報，可能會引起很大的麻煩。」

「沒錯。」奕經點了點頭。收復三城的突然襲擊好像事先已被人透露給英軍，英軍獲悉這一情況後早已做好準備——像這一類的事情用什麼話來奏報好呢？

雖然說他是皇帝的侄兒，在目前情勢下，爲了儆戒群臣，也有可能要受處罰的。

「因此，」藩耕時說：「穆相大人說，希望揚威將軍在奏報時要愼重地考慮。」

「是說要寫謊話嗎？」這位皇族不習慣委婉的表達方式。

「說謊話，太露骨了。……必須特別強調『戰敗是必不可免的，派出什麼樣的名將也不可能打敗對方。』一定要讓皇上理解這一點。」
「這可不是謊話啊！英軍的砲械確實非常可怕，就是從冥府裡把孫子叫來，讓他打也不會打贏的。」
「不過，寫奏文時還是需要一些技巧的。例如把敵人的兵員數增多一些。……」
「據估計，一千人到兩千人。」
「穆相大人說，奏報時應該增多一些。」
「我也想過這個問題。……弄成五千左右吧！」
「不行，要改成一萬七千，穆相大人這麼吩咐的。」
「把一兩千人改爲一萬七千人？這有點太多了吧？」
「請問我軍的兵力是多少呢？」
「正規的官兵是一萬一千。」
「加上雜軍、水勇等，大致是一萬五千人左右吧！總之，一定要把敵軍數說成多於我軍。」
「是嗎？……穆相因此而說一萬七千人？……」
「另外，劉天保軍的潰逃，恐怕報告說全體戰死爲好。」
「那有點太不像話了！我正爲那支部隊作戰狀況生氣呢！他們全部活著回來了，受傷的只有七個人。他們沒有認眞打。」
「那麼，就說活著的僅七人，其餘全部都戰死了吧！因爲透過這個事例就可以了解英軍的砲械具有多麼大的威力。」
藩耕時就這樣舉出具體的數字對奏文的寫法做了指導。
「在慈溪的長溪嶺，文蔚大人丟棄了堆積如山的軍糧、輜重……撤退到後方。這一類的事也不能如實地奏報。」

「那當然，那是驚慌逃跑的。」

「奏報時就說軍糧、輜重被附近的農民燒毀了。這樣就找了一個藉口，因爲有了漢奸的緣故，這種藉口用漢奸比用英軍好。」

穆彰阿深知奕經的爲人。如果是廣東的奕山，這種騙人的勾當不用教他自己就會做得很好。但是奕經不同，必須要手把著手一件一件地教他。

「我問你，你剛才說的那些話都是穆相的原話嗎？」奕經問道。

「是的。」藩耕時回答。

「那麼，現在我要聽聽你自己的話。我問你，穆相爲什麼要向我說這些？我聽聽你的看法。」

「小人不知道。……不過，穆相大人的想法可能是希望快點結束戰爭吧！」

「對，戰爭是十分可怕的。」

對於錦衣玉食、在幸福窩中長大的奕經來說，戰爭使他不能隨心所欲、自由自在。在北京出發時他意氣風發，剛遭到第一個挫折就垂頭喪氣，禁受不住了。

「下面還是穆相大人的話。」藩耕時謹慎地加上這句開場白，「一旦發生了戰爭，光靠官兵的兵力也不夠時，要從民間招募志願兵。但是戰爭不會永遠打下去，戰爭一結束，志願兵也解散。可是他們已經學會了打仗方法，學會了團結。……」

藩耕時已說得這麼明白，奕經還是反應不過來。他說：「萬一又發生戰爭，他們已有了經驗，不是馬上就可以用嗎？」

「他們下一次打仗的對手說不定就是官兵。」藩耕時用莊嚴的聲音說。

「不可能吧！」對奕經來說這是無法想像的事。他根本就不知道什麼是民眾，民眾跟他相距了十萬八千里。

「那種認爲不可能發生的事也應該考慮到……這也是穆相大人說的。」

「是嗎?……」奕經早就聽人說穆彰阿是個陰謀家，他心想：「原來陰謀家這類人還要設想各式各樣可能發生的情況呀！要是我，一想到這些事，腦袋都會發脹。」

他再次對穆彰阿感到佩服。接著他想起自己準備採納臧紆青的方法，要培養農民和盜賊的部隊的事。心裡琢磨著，「不要緊吧！要是萬一發生那種事，那可不得了。」

魏源的《聖武記》卷十曰：

……容照及聯芒（參贊大臣的隨員）等，力請文蔚棄軍宵遁，沿途賞輿夫，賞舟子，唯恐英兵追及。參贊既遁，全軍遂潰，棄輜重器械山積，反妄奏營被漢奸燒毀，其實次日薄暮，英兵尚未至嶺也。……劉天保軍僅傷七人，而奏言全軍覆沒，僅脫回七人。

「生了？」連維材挺起疲憊的身子，仰視著默琴的臉。

她點了點頭。

「是嗎？……在翰翁死的日子……人死了，又生了個人……」連維材像是自言自語地說。

默琴凝視著連維材的眼睛，低聲地問道：「您想知道生了一個什麼樣的孩子嗎？」

生與死

1

石田時之助站在屍體累累的大寶山上，感覺到一個世界和一個時代正在崩潰。由於奇巧的機緣，他成了這種崩潰的目擊者。他本來是打算從觀眾席上遠遠地觀望，現在看來他已經踏上舞臺的階梯了。

這個世界和這個時代確實已步入崩潰的命運。「那麼，日本將會怎麼樣呢？」他心想。對他來說，日本並不是讓他很愉快的地方，但是日本是他的祖國。在異國長期生活之後，他才逐漸感覺到了祖國。這不只是口頭上說說，而是切身地感覺到、是從心靈深處感覺到了。

「想回去看看了。」他小聲地說。以前也許在內心的什麼地方有過這種想法，說出口還是第一次。

再也不能欺騙自己了。老實說，他非常想回日本。只要把自己的這一段經歷帶回去，他覺得就會起一定的作用；只要把在清朝的見聞和人們一談，就等於是敲響了警鐘。

石田低下頭看著躺在那裡的無數屍體，幾乎所有屍體都燒得半焦了。在大寶山的戰死者當中，被刀劍砍死的占極少數，大多是被槍砲奪去了性命。

石田回想起日本江戶街上的練武場，想起那裡竹劍相擊的聲音——在江戶的街上，現在一定還能聽到這種聲音。

石田自從那次借布條後，在定海曾和辰吉見過好幾次面。有一次辰吉歪著頭說：「眞有點奇怪，和香月一起生活後就突然想回日本了。這是爲什麼？」

「你和香月結爲夫妻，就是徹底變成這個國家的人了。大概是和日本徹底斷絕了關係，所以反而覺得懷念起來了吧！」

「會是這樣嗎？我很久以前就決定要做這個國家的人了。」

「只是決定還不行，恐怕還必須要有結婚典禮那樣的事實吧！」

石田雖然做了這種解釋，但是連他自己也沒有完全弄清楚。也許是懷念自己出生的故鄉這種極一般的感情偶然變得強烈起來，它會像波浪的起伏，說不定什麼時候又平靜下去嗎？

不久前，石田在寧波街上一家雜貨店裡看到了日本字，已經好多年沒看到這種文字了。在店堂後面的一扇屛風上貼著一張浮世繪，畫的右上端寫著「阿輕小姐」幾個日本字。這一定是去日本長崎的唐船上的水手或商人帶回來的，阿輕小姐會不會是他們在長崎相好的丸山藝妓的名字呢？

從慈溪回到寧波的那天傍晚，石田在街角遇到辰吉。辰吉以前被英軍雇用過，之後他逃了出來。他不能公開地到英軍宿舍裡去找石田，所以才在附近街頭上等著。

「你什麼時候從舟山來的呀？」石田問道。

「昨天。王老師去上海，我送了他一程。我想看看先生……」

「以後怎麼樣？還想念日本嗎？」

「越來越想了，眞受不了！」

「我讓你看一件好東西。」石田把辰吉帶到那個雜貨店裡。

「啊！日本女人，還有日本的字！」辰吉緊瞅著那張畫和畫上的字，好像要把它呑下去似的。

石田和那家店裡的老闆說：「我只要這張畫，能賣給我嗎？」

老闆露出爲難的神情說：「分開可以送給您，但是它貼在屛風上揭不下來。要是連屛風一起買，那還好說。」

「屛風？……這麼大的東西買來，首先沒地方放。」

「您這麼喜歡日本的東西嗎？」

「嗯！稀奇嘛！」石田不能說他們是日本人，只裝作是對外國東西有興趣的愛好家。

「在寧波很難買到，到乍浦去則有的是。那裡是開往日本長崎的船的港口，有專門賣日本東西的商店。」

出了雜貨店之後，辰吉說道：「我眞想到那個叫『乍浦』的城市去看看。」

石田定神地看著辰吉的側臉，辰吉的懷鄉之情看來比石田所想像的強烈得多。

「是嗎？那一起去吧！」

「可是，先生的工作……」

「沒什麼，我這就想溜了。最近討厭的事越來越多……歐茲拉夫這傢伙我本來就不喜歡他，久四郎這小子我一看到他就討厭。需要的話，馬上離開都可以。我們要去了嗎？」

「先生，稍微等一等。」辰吉忸忸怩怩地這麼說。

「爲什麼？」

「我要先回舟山一趟，然後再走。」

「有什麼事嗎？」

「沒有，我想帶香月一起去。」

「哦！帶香月小姐……你對老婆蠻體貼的。不，剛剛新婚，可以理解的。」

「先生，不要笑我。因爲我經常跟香月說日本的情況，她也說過想去看一看。乍浦有日本的東西，我也沒那麼多錢買回去，只能讓她去看看……」

「那麼，我等著吧！」

兩人肩並著肩，默默地在寧波的街上走著。石田和辰吉以前就合得來，但是他們從來沒有感覺到像現在這樣，彼此的心緊貼在一起。對故鄉——日本的愛，把兩人緊緊地連在一起，他們感覺到一種窒息般無法排遣的哀愁。

辰吉越來越無法忍受這種沉悶的氣氛，他深深的吸了一口氣開口說道：「王老師去上海是看望溫翰老先生的，據說那位老爺子快要不行了。」

2

天已經完全黑了。石田最近一到夜晚就想到許多事情，黃昏的夜幕一降臨，他甚至感覺到有點害怕，這和石田平時的個性很不一樣。

在前方，一個高個子的漢子踉踉蹌蹌地在走著，他大概是在哪裡喝了酒的英國兵。英國兵一個人外出是禁止的，因爲不斷發生綁架英國兵的事件。

突然有兩個黑影從左右兩邊撲到那個高個子的身上。「啊——！」發出了這樣的叫聲，但是立即靜下來了，大概是襲擊者堵住了那個英國兵的嘴巴。兩個影子把那個高個子拖到屋簷下，街上已經沒有行人。

「又幹掉了一個。……」石田心想。

可是，不知又從哪裡出現了五、六條漢子，跑進人影已經消失的屋簷下。接著傳來了叫喊聲，還夾雜著哀呼聲。

「他媽的！」

「喂！說！」

不斷傳來這種中國話的罵聲，罵聲漸漸地遠了。

「看來我又要有事了，今天就在此分手吧！我等著你去乍浦。」石田這麼說後跟辰吉分了手，回到宿舍。

果然有事情在等他。因爲經常有士兵被綁架，所以英軍放出誘餌捕捉綁架人，那個腳步踉蹌的漢子就是這個誘餌。

在審訊兩個綁架的人時，讓石田和久四郎擔任翻譯，英軍想問出是根據誰的命令幹的。被捕的兩人都一口咬定說：「沒有誰的命令，是我們自己幹的。」

石田和久四郎輪流地訊問。

「爲什麼要捉英國兵？」

「因爲可以換錢。白皮膚的兩百元，黑皮膚的一百元。捉活的很費勁，捅一刀可以少點麻煩，但是只有一半錢。」

「就是爲了這個嗎？」

「就是爲了這個。」

「是不是因爲恨英國兵呢？」

「跟這個毫無關係。」其中一個人神態自若地說：「我是漁夫。英國軍艦來了之後，打魚就有點困難了。不要說外國的軍隊，就是我們自己國家的軍隊也經常妨礙我們打魚……談不上什麼恨不恨。」

一個特務機關的年輕少尉小聲地對石田說：「你提一下王舉志的名字，問他認不認識這個人。」

英軍還沒弄清楚各地抵抗運動的組織，已確定有這樣的組織，而且也知道它的最高領導人名叫王舉志。這個組織似乎有嚴格規定，抓到一些可能是這個組織成員的嫌疑人，無論怎麼嚴刑拷打，他們也絕不供認。也可能是從事具體工作的成員只知道他們身邊極小範圍內的情況。如果能順藤摸瓜地進行搜捕，把這個組織搞垮，那對英軍將是最值得慶賀的事。因爲在舟山海面上，經常有裝載著薪葦的火船撞擊英國船，而且光寧波城內就約有四十名英國兵遭到綁架。有情報說那些被綁架的英國兵已在杭州城內被砍頭示眾。英軍當局正在大力調查這個謎似的抵抗組織，但是無論怎麼放出探子，怎麼從鴉片販子和附近居民那裡蒐集情報，仍然找不到關鍵性的線索。

「知道王舉志這個人吧？」石田問道，心裡暗暗祈禱對方不要變了臉色。可是，其中一個人露出了驚慌神情。「不、不、不知道。根本不知道這、這個人……」——這種笨拙的回答，連不懂中文的人也明白對方已經慌亂不堪了。

「是這傢伙！」年輕的中尉站了起來。他的手中拿著鞭子，鞭子響了起來，接著是哀呼聲。

石田曾經多次看過這樣的場面，有時甚至被命令拿起鞭子鞭打被捕的人。他眞想轉過頭去，但是他還是決定和這種不堅定的心做爭鬥，一聲不吭地凝視著拷打。

「這只是皮肉受苦，你把知道的事情都說出來不就好了嗎？上帝也教導我們要誠實。怎麼？不知道，你可不能說謊啊！」在拷打的時候，久四郎蹲在被拷打的人身旁肉麻地說。

石田眞想朝這個久四郎的腰上狠踢一腳。

「不知道，……沒法說呀！……」那人一邊簌簌地流淚，一邊低聲說。

「林九思，拿水銀來。」年輕的中尉命令說。

透過剝死人皮而學到的技術，這時在英國特工人員之間已經把它廣泛地應用到活人身上了。

第二天，石田帶著挖坑的苦力去了城外墳地。要埋葬的屍體臉上沒有皮，連嘴脣也被撕掉了，露出雪白的牙齒——那牙齒的白色非常刺眼。

這一帶沒有人不知道王舉志的名字。那個被剝掉臉皮的人，也許當時只是因爲被英軍懷疑和王舉志這個大人物有關係而感到問題嚴重，嚇得變了臉色。白皮膚的兩百元，黑皮膚的一百元！——這個人也許只是因爲想讓妻子兒女吃上一頓好飯而產生去綁架英國兵的念頭……。

天下起雨來了，石田縮著肩頭。

3

溫章的眼睛已經哭腫了，他的父親只憑著一口氣勉強活著。彩蘭沒在人前流淚，她一直板著臉，咬緊牙齒、忍著眼淚。

「來，給我說說……舟山的情況……」溫翰說。他的聲音微弱，不把耳朵湊近去簡直就無法聽清楚。王舉志從舟山來到這裡。他心想：「能趕上見一面，實在太好了！」

生命的蠟燭已經燃盡了，好像是殘存在燭臺上一點燭淚還發出一點微弱的亮光，連這一點微光馬上也要消失了，那樣子眞叫人慘不忍睹。王舉志眞想乾脆把這微弱的火光吹滅算了。

他坐在病人身旁說道：「那麼，我談談舟山的情況吧！」

奕經發兵收復浙東三城，只向鎭海和寧波派出官兵。可能是定海（舟山）隔著海的原因，這方面的作戰實際上都交給鄭鼎臣的水勇。

水勇隊長鄭鼎臣是六十五歲高齡在舟山戰死的處州總兵鄭國鴻的兒子。由於早婚，他年紀不大卻已有了孫子。也就是說，鄭國鴻戰死的時候已有了曾孫。

「鼎臣不是正規的軍官，他率領近海水勇給英軍造成了很大的苦惱。他有著驚人的氣魄，一心要爲父報仇，於是製造了火船，拖著裝載薪葦的筏子，薪葦上都澆了油，幾乎每天都去狙擊英國的兵船和商船。」王舉志就像給兒童講戰爭故事似的，用緩慢的語調這麼說著。

溫翰想張口說話，他的嘴唇不停地抽搐著。

「爺爺！」彩蘭跪到祖父身旁，俯在祖父身上，把耳朵貼在祖父的脣邊。她好不容易聽清楚了祖父的話。

祖父是說：「英勇呀！」

「是英勇，對，是非常英勇。」彩蘭仍然忍著眼淚，但是她的聲音裡已帶著哭聲。

「水勇的人數不足。」王舉志說：「因此，從我那裡要去了兩百來人，他們都是沿海的漁夫或水手，水性好。敵人也有準備，即使撞上了火船，也只能損壞一點船腹或船頭，沒有燒毀過一艘船。這麼一點損壞，敵人幾天就修理好了。」

彩蘭用抱怨的眼神朝王舉志看了一眼。祖父好不容易高興地說了一聲，「英勇啊！」王舉志卻接著說沒有多大戰果。她心想：「爲什麼就不能想一想病人的心情呢？即使那都是事實，爺爺馬上就要死了，也不必跟他說這些話嘛！……」

可是，王舉志卻若無其事地繼續說道：「敵人一發現火船或筏子就開砲把它打沉。拖船也遭到砲擊，戰鬥十分艱苦。我多次跟他說，不要每天出擊，這樣敵人就會越來越警惕，我們就無法搞突然襲擊了。可是鼎臣不聽，還是年輕啊！我在陸上也試著搞了一些抵抗運動。不過，一旦到了眞正戰鬥階段，我就感覺那是不管用的。」

溫翰的嘴脣又抽動起來，彩蘭把耳朵湊過去。

老人說：「這個、我明白……就這樣、也不錯了……很好……確實很好……」

這時，一個僕人走進來，稟告江南提督陳化成來訪。

「請問把陳大人請到哪個房間？」僕人問道。

「請他到這裡來吧！」連維材說。

「明白了。」僕人走了出去。

把貴客領進快要死的病人房間，對僕人來說當然是難以理解的。這個僕人新來不久，他並不知道溫翰和水師提督的關係。

陳化成邁著有力的步伐走進房間，那樣子簡直讓人想不到他已是七十歲的老翁。連維材走到房門口去迎接，低頭行禮說道：「歡迎您！您軍務繁忙，實在不敢當！」

「不，今天是來告別的。英軍肯定要侵入長江，現在如果不來看看朋友，就一步也出不了吳淞要塞啦！」

陳化成的聲音很大。他年老之後，說話的嗓門卻越來越大，這是爲了不讓別人和他自己感到衰老。他甚至在腰上襯著一塊板子，用布裹在身上，以防止腰背彎曲。

連維材小聲地對提督說：「翰翁的病突然沉重了。」

「哦！這可不行。因爲太忙，好久沒來看他了……」老提督走到病床前。

「翰翁！」提督用一種幾乎是吼人的語氣喊著病人的名字。於是，連維材便靠近溫翰的耳際，輕輕地補充道：「蓮峰翁（陳化成的字）來看您啦！」

溫翰只是轉動了一下眼珠子，眼珠子只是微微地轉動了一下，但是他是想以此來表示他有許多話要跟陳化成說。彩蘭拿來椅子，提督不想坐下。他腰上襯著板子，坐下來也確實有困難。陳化成不想鬆開他那挺立的姿勢，對溫翰的眼珠轉動，他連頭也沒有點一點。如果稍微動一動身體，這位容易流淚的提督恐怕就忍不住要哭出聲來了，他自己也知道會是這樣的。

4

「翰翁……」陳化成在病人面前也沒有放低聲音說：「我所在的砲臺，人們都叫它吳淞砲臺，我卻暗暗地叫它『金順記砲臺』。那個砲臺多少還能起點作用，都是靠金順記的援助。只靠官家給的戰費，那是什麼事也辦不成的。」

溫翰的嘴唇又抽搐起來，彩蘭把耳朵靠過去。好像是穿過痛苦的呼吸，透出一句似話非話的話，這話也只有彩蘭能聽出來。

「爺爺對提督大人說……他等著看您的了。」彩蘭傳達了祖父的話。

「翰翁，你是不是說要看我在什麼地方打仗呀？」提督大著嗓門問道。

默琴不知什麼時候已走進房間，一聲不響地站在病人床頭。病人的呼吸一直是靠著肩膀喘動，現在肩膀也不動了。連維材和王舉志都走到床前，溫章雙膝跪在地上。

「翰翁，新時代很快就要來了！」連維材說。

溫翰好像點了點頭——使勁地點了點頭。但是他那好像吃進喉頭的深陷下巴再也抬不起來了……

「爺爺！」彩蘭撲到祖父的身上開始流下眼淚。這忍了又忍的眼淚不停地流了下來，她感覺到自己嗓子裡好像要撕裂了似的，接著感覺全身的血液好像要衝著這裂口噴射出來。衝破嗓門噴溢出來的是聲音，是很長很長的聲音，她並未感覺到這是自己的聲音。她的身子在顫抖，聲音也在顫抖。溫章早就在抽泣，這時變成了嚎啕慟哭。連維材把手放在額上遮住自己的眼睛，站在他身後的妻子阿婉用手絹擦著眼睛，但是她強忍住悲痛，馬上就走出去了。

溫翰死了，立即就要辦理逝者身後的事宜。在這種場合，只有她能出面安排人們來做這些事務。她要僕人端盆熱水來，又讓女傭人準備新布、剃刀和梳子等，這些是爲了洗屍體、剃鬚髮和梳辮子。

阿婉把手放在慟哭的彩蘭肩上說道：「爺爺的禮服不是準備了嗎？快把它拿來吧！身子一僵硬就不好換了。」

彩蘭像逃跑似地離開了這裡，阿婉衝著她的背後補充說道：「別忘了帽子和鞋子啊！」

人死了，要到祖先那裡去，必須要穿禮服。家裡人要趕忙爲這準備，必須要在死後僵直之前洗淨身子、換好衣服。這種習俗大概也是來自於生活的智慧——家裡人在失去親人最哀傷的時刻忙於這些事務，可以暫時忘記悲痛。

彩蘭一邊爲祖父梳整辮子，一邊心裡感謝有這樣的工作。

連維材回憶著跟故人同甘共苦過的往事。「翰翁還活在我的心裡。」他這麼想著。透過同甘共苦的往事，溫翰確實仍然盤踞在連維材心裡。

連維材感到頭暈，退到隔壁的房間裡坐在椅子上。默琴跟在他身後，來到兩手緊揪住椅子扶手的連維材身邊彎下身子。

「有件事不知道該不該在這種時候告訴您。……剛才西玲女士生了一個女孩。」默琴小聲地在連維材耳邊這麼說。

「生了？」連維材挺起疲憊的身子仰視著默琴的臉。

她點了點頭。

「是嗎？……在翰翁死的日子。……人死了，又生了個人。……」連維材像是自言自語地說。

默琴凝視著連維材的眼睛，低聲地問道：「您想知道生了一個什麼樣的孩子嗎？」

「想知道。」連維材坦率地回答。

「頭髮是栗色的，是個白皮膚、藍眼睛的孩子，眼睛如同星星一樣閃亮。」

「西玲怎麼樣？」

「她很好。原本以爲年紀不小了，有點擔心，沒想到平安地分娩了。孩子胖乎乎的，哭得很有精神。」

「要取個名字呀！……」連維材抬頭望了一會兒天花板，接著在椅子上重新坐端正了說：「如同星星一樣的眼睛。……是呀！這孩子好像是天賜的。如同星星……叫『如星』，這個名字好嗎？」

「如星……這個名字漂亮。」

「請告訴西玲，今天一整天我恐怕不能離開這裡，明天我就去斯文堂那裡。名字就決定叫如星……連如星！」

「姓連嗎？」

「對，如星是我的孩子。」連維材點了點頭，這麼回答。

陳化成因爲軍務繁忙先回去了。他用像發布號令的聲音對著死去的老友說道：「你從天上來也好，從地下來也好，讓你好好地看看我怎樣勇敢戰鬥吧！我很快也要去冥府了，你高興地等著我吧！」

彩蘭爲爺爺穿好壽衣後，阿婉吩咐她去監督女傭人縫製孝衣。她那紅紅的眼眶卻像是隨時都可能再度湧出淚水的樣子。

她聽著連維材夫人要她注意的各種細節，「妳爸爸的孝服直接用裁開的粗麻布，任何邊都不能縫。妳是孫輩，只縫下襬。懂了嗎？」

彩蘭點了點頭，喉頭不禁又哽咽了一下。

在斯文堂後面的房間裡，西玲躺在床上，望著睡在身旁的嬰兒。「是我的孩子，這是沒有錯的。」她一遍又一遍地這麼說著。

房間的四周全是書架，嬰兒又哭了起來。西玲跟自己的孩子搭話說：「如星，取了個多怪的名字呀！乖乖，妳盡情地哭吧！盡情地吸空氣吧！這裡的空氣帶著書味吧！……」

她突然想起弟弟誼譚正是死在懷這個孩子的時候。她一下子傷心起來，眼裡湧出了淚水。她扯起被子蒙住自己的臉。

殉難錄

辰吉蹲在地上，香月倒在他身旁。辰吉抱起香月，用焦急的目光望著石田喊道：「香月中了砲彈啦！」

抱在辰吉懷裡的香月，兩手無力地垂落下來——但是她的右手裡還緊緊握著那個鏤金的小盒子。她的臉上滿是血，粉紅色上衣的肩頭處滲出一片朱紅。

「我們先到附近人家的屋子裡去吧！」石田說，他眞想向天大吼幾聲。

1

總反攻以慘敗告終後，浙江巡撫劉韻珂向北京送去了所謂「十項可憂」的奏文。主和論的根據在這篇奏文中談得淋漓盡致，它的主要內容如下：

1. 由於反攻失敗，各省兵勇銳氣全消；未經戰之兵，聞敗戰後亦意氣沮喪。
2. 即使新派進西北各省精兵，路遠需四、五月，英夷驕縱至極，在此期間亦未必老實。確有燃眉之急。

3.夷軍火器之精，非僅大砲，火箭，火彈亦猛烈異常，以我軍之血肉不可抵禦。
4.以前皆云「敵不善陸戰」，其實不然。近兩年彼等略地攻城，皆由陸路登山越嶺而來，且有漢奸引導各處道路等，反比我軍熟悉，其陰謀詭計難防。
5.水戰爲敵最得意，我無精銳水師，亦無堅大戰艦，徒然望洋興嘆。
6.敵在各地以小惠收攏人心，無賴之徒爲敵效力，因而民間少有對英夷敵愾之心。
7.現在人心震動、士氣不揚，敵船僅數艘侵入，即全城如鼎沸，不戰而潰。近聞無業遊民欲乘機掠奪，甚至高興夷人來攻。人心如此，如何期望共謀保衛。
8.最近數月，浙江省因居民避難及其他緣由無法收稅收糧，而且搬運糧食之船隻亦阻滯無法航行。
9.去年冬，杭州、湖州、紹興府下各縣，眾多匪徒結夥搶劫。在此人心震擾之際，彼等互相煽惑，無法保證不再結徒黨。況去年有雪災，小民生活困苦，除彼等匪徒處，很可能出現另外不逞之徒。
10.沿海七省已嚴加警備兩年，有謠言敵正窺伺天津、上海。由浙江省情況推之，臣無法斷言絕對無有此種可能。縱使敵實際不攻他省，亦不能鬆弛防備。七省一月之防衛費巨大，長此採取防衛態勢，糜餉勞師將無休止矣。……

如果是幾個月以前，道光皇帝看到這樣軟弱的奏文一定會青筋暴露、大發雷霆，把劉韻珂革職查辦；但是道光皇帝也明白了。奕經自浙東送來的奏文報告敵軍一旦發動進攻，我軍即全部戰死的慘狀。英夷有堅艦巨砲和一萬七千大軍。軍機大臣穆彰阿也以國庫可能枯竭爲藉口對皇帝進行牽制。道光皇帝不得不閉上眼睛考慮「撫」（和談）了。

浙江巡撫不只是「憂」，在另一篇奏文中還提出了處理時局的方法，說英夷佩服前兩江總督伊里布。以前根據伊里布的命令，曾在定海和英夷談判的張喜，對方也有好感，因此希望派他們兩人到浙江來。伊里布因爲遲疑逡巡和指使張喜「通蕃」（和英夷談判）而被革職，正在北京待罪，任何事都不妨先試一試。

道光皇帝決定派伊里布和他的執事張喜去浙江，這固然是因爲劉韻珂的建議，也是穆彰阿在皇帝周圍製造這種氣氛的結果。道光皇帝還決定把自己最信任的盛京（奉天）將軍耆英派往浙江。耆英是正藍旗人，和皇帝的血緣關係相當遠，但是跟皇室的關係密切。他已被調任廣州將軍，在赴廣東前夕改任爲杭州將軍。

耆英於四月七日接受欽差大臣關防，十五日和伊里布等人一起從北京動身。從任命爲欽差大臣到出發的約一週時間，耆英連日聽取皇帝的訓令。這時道光皇帝已經考慮到和談，但是還沒有完全放棄打退英夷的希望。耆英被授予相當大的許可權，這反而使他感覺是個困難的任務。如果皇帝已經決定和或戰，執行起來反而容易。

伊里布根據第一次定海作戰的經驗，知道俘虜問題可以成爲和談的契機。他把這個經驗告訴耆英，耆英在被召見時也把它轉告皇帝。

在耆英出發的第二天，道光皇帝向當地各路軍隊發布命令：

——不得亂調動軍隊！——嚴禁殺害俘虜！

道光皇帝也有面子問題。他擔心起用因爲實行軟弱外交而被革職的伊里布，而被人看成是對英夷的屈服。伊里布的浙江之行沒有公開宣布，只藉口派他去浙江是爲了贖罪。據文獻上記載，連直隸總督納爾經額也不知道這件事。

賞給伊里布七品銜，這和前一年賞給去浙江贖罪的林則徐四品卿銜相較是相當謹愼的，這一措施的目的當然是爲了盡量不讓人產生重用伊里布的印象。道光皇帝對打退英夷還抱有一線希望，他把伊里布看成是在第二階段使用的人員。耆英一行於五月九日到達杭州，會見了奕經、文蔚等人。

在他們到達的前幾天發生了一件奇怪的事——英軍突然將寧波駐軍全部撤退到鎭海。英軍放棄寧波城究竟意味著什麼？大家意見不一致。

其實英軍的越冬期已告一段落，爲了襲擊乍浦，然後按照預定計畫侵入長江做準備。

在當時清朝當地的首腦當中，最有見識的恐怕還是上奏「可憂十項」的浙江巡撫劉韻珂。他奏報英軍的這一行動說：「敵未受重大損失，退出寧波，殊不可解。或許是窺伺他處，杭州、乍浦兩地，英夷垂涎已久，需嚴加戒備。」

可是奕經、文蔚等過高地評價鄭鼎臣在海上的游擊活動，送去了錯誤奏報，「鄭鼎臣焚燒大小夷船甚多，殺逆夷數百人，因而逆夷十分驚惶……倉皇遁去鎭海。」

在耆英到任之前，「不得亂調動軍隊，嚴禁殺害俘虜」的命令已經送達當地，並傳達到各路軍隊。鄭鼎臣無視這一命令，繼續進行海上游擊活動，幕僚中有人提出要按軍法懲處，但是據說奕經認爲鼎臣之意出於「忠孝」，不應深究。結果，自信是皇侄的奕經，當下就赦免了鄭鼎臣的罪。

2

辰吉原想回舟山帶香月一起去乍浦，但是他好一段時間無法脫身去寧波。王舉志去上海後，舟山抗英組織的領導混亂，水上游擊隊長鄭鼎臣和黑水黨發生了矛盾。鄭鼎臣本來是高級軍官的子弟，他和江湖幫派組織黑水黨本來就氣味不相投，是王舉志天才的組織力量把他們連結在一起。王舉志一走，他們之間就出現了裂痕。

賊兒貓徐保說：「不能把我們的夥伴放在那個臭大少爺手下。」然後把借給鄭鼎臣的全部人員撤回來。鄭鼎臣的部隊一半以上是從黑水黨裡找去的，如此一來，他的兵力就少了一半。

產生不和的原因是黑水黨方面產生了不滿，「不能這麼瞎打架，犧牲的人太多了。打架也有打架的方法，難道連這一點都不懂嗎？」

鄭鼎臣氣憤地說：「什麼打架？這和流氓打架可不一樣。這是打仗！我們是保衛國家的義軍。我父親戰死沙場，至今仇還未報，我們應該拚死奮戰。」

賊兒貓頂他說：「把你老頭子的遺體從敵人的陣地裡奪回來，不是我們的人做的嗎？」

是辰吉夫婦把鄭國鴻的遺體從竹山門背回來的。鄭鼎臣為這件事一直對辰吉抱有感激之情，辰吉因此不得不在兩者之間進行種種的調停。好不容易減少了出擊次數、達成了妥協，辰吉這才脫身出來。

他帶著新婚妻子到達對岸已是五月初了，這時正是英軍準備退出寧波的前夕。在寧波和石田會合，三人去了乍浦。石田是擅自離開英軍的，他不準備再回來了。

乍浦是和日本長崎進行貿易的城市，有專賣日本貨的商店。最初走進的一家店裡擺著乾鮑魚、乾海參和沙魚鰭等海味，店前貼著一張「零售日本海味」的紙條。

「這真的是日本的嗎？」石田有點不相信。

鮑魚和海參是在日本的海裡捕的，日本人並不常吃，在長崎甚至用法令禁止一般市民吃鮑魚和海參，理由是此為重要的出口商品。不過，即使沒有禁令，這些食品日本人也吃不慣，所以石田不熟悉。

辰吉和石田不同，他是漁夫的兒子，所以很感興趣。他說：「我們捕的海參、鮑魚，就是這樣擺在這個國家的商店裡呀！」他跟妻子說明這些東西在什麼地方能捕到。香月是漁村的姑娘，對海產品也有興趣。

「舟山可捕不到這樣形狀的海參啊！」

「日本沒有舟山能捕到的那樣大的海蜇呀！」

小夫妻倆這麼談話時，石田在一旁插不上話，他漫無目的地望著店裡的東西。對他來說，勉強使他感覺到像日本特產的東西只有海帶和乾魷魚。

辰吉夫婦買了點鮑魚和海參作爲送人的禮品，石田只買了一把魷魚乾。他說：「把牠烤一烤，我們來喝一杯。」

當他們走進一家小百貨店時，石田才感覺到日本的氣氛。那裡有帶泥金畫的漆器和鏤金的手工藝品，還擺著伊萬里的陶瓷器。

「太漂亮了！」香月看到泥金漆品發出了讚嘆聲。鏤金手工藝品是在銅上鑲嵌著金、銀的小器具，價錢很貴。但是仔細一看，上面的圖案花紋好像是日本和中國的折衷。大概是因爲純粹的日本式圖案不符合中國人的興趣愛好，而造得過於中國化，又妨礙打出「日本舶來品」的招牌，所以承接出口訂貨的工藝師在這種地方做了適當的折衷。

「這個也漂亮！」香月拿起一個鏤金的小盒子，入迷地看著。

「那就是我經常跟妳說的富士山。」辰吉告訴香月說。

銅製小盒子蓋的右方用銀子鑲著富士山的圖案畫，左下方還配著兩棵松樹。松樹是用黃銅鑲的。

「這盒子裝手鐲、戒指正好。」辰吉這麼說著，伸手就向懷裡掏錢。向老闆一問價錢，說要三兩。

「你眞的買嗎？太浪費了！也沒有什麼東西可以往裡面裝。」

「以後一點點地給妳買呀！」

辰吉不顧香月的阻攔開始向老闆討價還價。香月在一旁直擔心，好不容易把價錢砍爲二兩。

辰吉付了錢。「來，這是給妳的禮物。結婚的時候什麼也沒能幫妳買，連彩禮也沒送。……」

「呀！……太高興了！」香月雖然是在海邊長大的野姑娘，但是畢竟是女人。她雙手抱著鏤金的小盒子，緊緊地貼在自己的胸前。

「兩人都那麼高興。……」石田看到這種情景心想，突然感到羨慕起來。

正好這時候進來了一位客人，從他跟老闆的談話可以聽得出是最近從日本長崎回來的商人。石田聲明自己只是出於好奇心，向他打聽了許多日本情況。那商人說他在日本長崎一直住在唐人坊裡出不去，他所了解的日本情況都是從通事、官吏或日本的商人，以及出入於唐人坊的藝妓那裡聽來的。據他說，造成大鹽平八郎之亂的連續幾年饑荒，從去年開始情勢已經好轉，農作物已獲得豐收。不過，據說政府仍然限制人民奢侈。「去年盂蘭盆會的時候，連燈籠的數字都做了限制，據說煙火也不准放，太冷清了。」那個商人說。

石田和辰吉互相對看了一眼。關於日本鬧饑荒的事，他在廣州時就已從荷蘭船上傳出的情報聽說了，看來現在已經擺脫危機。「太好啦！」兩人心裡都這麼想，互相使了個眼色、點了點頭。

香月還在不厭其煩地看著那個鏤金的盒子。「這就是富士山呀！……什麼時候能去看看就好啦！」她自言自語地說。

這時，一個年輕小夥子上氣不接下氣地跑了進來，大聲地喊道：「爸爸，了不得啦！英國的軍艦來啦！有二十多艘大傢伙，有的還帶著輪子，從唐家灣到西山嘴的海上擺了一溜排。說不定要打仗了……爸爸，怎麼辦呀？」

3

英軍放棄寧波後又從鎮海撤退了，其目的是整編遠征軍，只在可以控制鎮海城的招寶山威遠要塞上留駐了兩百兵。艦隊在舟山海面的黃牛礁集結，五月十三日出發，十七日接近杭州灣北岸的乍浦。在錢塘江入海的地方潮流湍急，需要謹慎航行，所以速度慢。預定是五月十八日進攻乍浦。二千二百名遠征軍分別搭乘各個船艦，在乍浦海面，兵員改乘到吃水淺的輪船上。由於布朗底號和摩底士底號等的掩護射擊，戈夫少將率領的軍隊輕易地在燈光山的海岸上登了陸。乍浦城的攻城戰開始了。

「在意料不到的時候來了。」當砲彈飛到乍浦城內時，石田在旅館的房間裡正發愁地咋著嘴；香月和辰吉則緊緊地依偎在一起。

旅館的老闆臉色蒼白說：「據說城門都關閉了。不得了啦！全城都大鬧起來。敵人打來了，而軍隊卻和城裡的一些亡命之徒先打了起來，這是怎麼一回事呀？……」

守衛乍浦的清軍是以駐防旗兵爲骨幹，以及少數的陝西、甘肅的軍隊組成。旗兵是滿族人，跟一般的漢族居民的關係不太好。

砲擊聲音越來越激烈，不斷地發出地鳴聲，破舊旅館房間的牆壁簌簌地往下掉土。大火四處燃燒，乍浦城內到處冒起黑煙，紅色的火苗在濃煙中四處遊動。

「我們對這個地方的情況不熟悉，還是儘快離開吧！萬一走散了，我們就在上海的金順記碰面。……」石田對辰吉和香月說，香月使勁地點了點頭。

乍浦城的指揮官是副都統長喜。在駐防旗兵（滿族軍隊）中，都統相當於提督、副都統相當於總兵。看到駐防旗兵的營房上冒起了火苗，長喜就決定不再抵抗了。因爲營房還沒有遭到砲擊，也沒有飛來火箭，卻已經烈焰騰騰了。乍浦的居民平時就和駐防旗兵勢如水火，現在趁英軍進攻的時機四處放火了。連城內的居民都變成敵人，當然無法阻止英軍的進攻。

當時不論在政治上或軍事上，滿族實質上都不及漢族。滿族並沒有實力，遇事卻想誇耀自己是「統治民族」。就拿乍浦城來說，滿族的官吏和軍人常在商店裡不付錢而白拿貨物、坐轎不給錢。對富裕的漢人則威脅說：「你有漢奸嫌疑！」然後勒索金錢。如果提出抗議，就採取高壓態度反駁說：「對不起！我們駐防旗兵追隨太祖，已經統治中國兩百餘年。」漢人則罵他們是「韃虜」、「滿洲豬」，對他們恨之入骨。清廷以為把可以信賴的同族軍隊放在要害地區可保社稷的安寧，其實效果適得其反。在這樣的要害地區，滿漢兩族的矛盾日益加深，一旦外敵入侵，居民不僅不協助防守，一部分剛強的漢族反而在背後威脅駐軍。乍浦就是說明這種情況的最好事例。

佐領（相當於都司）隆福指揮下的三百旗兵困守在天尊廟裡，把廟門緊緊關閉起來。他們不得不在城裡面又造了一座小城。

「我們逃出這個城去吧！」石田說。

「城門已經關了呀！」辰吉拉著香月的手大聲地說。砲聲震耳欲聾，不大聲喊是聽不見的。

「不，不會的！」石田也大聲地回答：「居民一定會打破城門的。」

石田帶頭跑出旅館大門，街上居民們四處逃竄，有些地方兩邊的火焰已逼向街心。一個老頭已經精疲力竭，茫然地坐在路旁；一個懷孕的婦女雙手合十靠在牆邊，她的腳邊一個兩、三歲的孩子哭喊著。

「北門已經開啦！快逃出去吧！」一個男人邊喊邊跑了過去。他也許是把這個消息告訴在什麼地方等著他的家屬，可是正當他從街角拐彎時，突然從他的腳下掀起一股猛烈的土煙。一個巨大的黑色物體像土塊似地被掀飛起來，那男人瞬間連影子也沒有了。

「我們從還沒有著火的地方走吧！」石田跑了起來。

這時他才注意到天已經下雨了。「雨下得很大啊！恐怕也不能澆滅這籠罩全城的大火吧！」他心想。

他拚命地跑著。英軍的砲擊好像並沒有什麼目標，似乎只要把砲彈打到城裡就達到目的了。「只好聽天由命了！……誰中了砲彈，誰就完啦！」石田這麼想著。背後發出了猛烈的爆炸聲，聲音非常近。石田感覺到背上一陣疼痛，好像是挨了鞭子抽打似的。他不自覺的伏下身子，伸手朝背後一摸，背上盡是泥土，大概是砲彈爆炸掀起的沙土打在他的背上。

辰吉和香月應該是跟在他後面的。「辰吉！」他回頭叫了一聲，但是煙塵遮住什麼也看不見。

「先生！」——他聽到了辰吉的應聲。他感到放心了，但是立即覺得辰吉的聲音異常尖厲。

「怎麼啦？」石田跑了回去。

辰吉蹲在地上，香月倒在他身旁。辰吉抱起香月，用焦急的目光望著石田喊道：「香月中了砲彈啦！」

抱在辰吉懷裡的香月，兩手無力地垂落下來——但是她的右手裡還緊緊地握著那個鏤金的小盒子。她的臉上滿是血，粉紅色上衣的肩頭處滲出一片朱紅。

「我們先到附近人家的屋子裡去吧！」石田說，他眞想向天大吼幾聲。

4

石田他們走進一家因爲逃難而空了的人家，把香月放在床上。香月臉上的血在進屋之前已被雨水沖洗掉了。

「眼睛看不見了！」香月說，聲音非常微弱。

「還沒有死，能說話。」辰吉面露喜色，用日語這麼說。

「辰吉，給香月換掉身上的濕衣服，這個人家會有女人衣服的。另外，她好像是肩頭受了傷，把她的傷口好好地包紮起來……我暫時出去一會兒。」

砲聲已經停了，這意味著英軍很快就要衝進城了。石田他們進來的這戶人家房子很小，顯得很貧寒。石田故意選擇這樣的人家，如果房子很大，英軍一定會跑進來搶劫。

石田丟下辰吉夫婦走出屋外。那裡是鄰家的院子相當寬敞，房屋遭到砲擊，大部分已經毀壞。院子裡躺著六個人都已經死了，其中有一個是女人。屍體並沒有燒焦，石田以爲是砲彈的碎片打死的，近前一看，並非如此。有的頭顱被打裂了，有的是被刀劈死的，可是還沒有看到英國兵的影子。女的頭髮梳成方形，一看就知道是滿洲旗人。加上假髮，把頭髮梳成方形，漢人沒有這種習慣，看來這是滿族官吏的家庭。石田走進大半已經崩毀的屋子一看，房頂已經被掀掉了，被雨淋濕的桌子上放著一個精緻的銀燭臺，燭臺旁邊有一個帶翡翠柄的華麗手鏡。窗簾也被雨打濕了，上面繡著漂亮的仙鶴。

「這些東西都留了下來，不會是遭到搶劫。」大概這家滿洲旗人平時招惹了民眾，市井的亡命之徒就趁著混亂跑來報仇雪恨。

石田走進隔壁的房間一看，這間滿族人的住房根本看不到滿族的氣氛，看來生活方式已經完全漢化了。難道他們所炫耀的只是「統治民族」的血統嗎？這種血統的炫耀看來已變成了他們的悲劇。走進最後面的一間屋子，石田看到那裡放著一口朱漆的棺材，掀開蓋一看，裡面是空的。生前就準備好自己的棺材，稱之為「壽器」，以表吉利，這也是漢人的習俗；而遊牧民族的滿族人就沒有厚葬的習慣。砲聲停了一會兒後，不久就聽到連續不斷的尖厲槍聲，看來英國兵已經大批地湧進城來了，石田趕快返回去。辰吉正把臉頰貼在香月的臉上。在石田出去期間，辰吉脫去了香月的濕衣服，仔細地擦拭全身、包紮了肩上的傷口，然後給她穿上了乾淨的白衣服。這家人幾乎什麼也沒帶就逃走了。箱子裡有女人的衣服，辰吉借用了一套最樸素的衣服。

「先生，香月肩上的傷問題不大，可是眼睛裡好像進了砲彈的碎片，她說兩隻眼睛……都看不見了。」辰吉一見石田，一邊啜泣著，一邊這麼說。

「應該趕快找醫生。」

「這種時候能有醫生嗎？再說，英國兵好像已經進城了，我們恐怕出不去了。」

「一定要出去，英國兵一發現女人就會強姦她的。」

「我要豁出性命保護她！」

「我們想想最妥善的辦法吧！」石田考慮了一會兒說：「對，隔壁那家有口棺材，我們把香月裝在裡面抬出去。」

兩人趕忙跑到隔壁人家把朱漆的棺材連同棺架一起抬回來了。正往棺材裡墊棉被的時候，隔壁院子裡鬧騰了起來——中間夾雜著大聲的英語說話聲。

「辰吉，我去看看！」石田把後門打開一條縫，朝著隔壁的院子裡看著。

那裡有幾個白人兵，有個兵的手裡正拿著銀燭臺和那把手鏡。

「這裡好像已經被人搶過了，上別處去吧！」

「這些傢伙都死了。」一個士兵用腳踢著院子裡的屍體，他們以爲既然有了屍體，就已經被人搶劫過了。

士兵們正準備離開，最後面的肥胖士兵俯下身子說道：「呀！這個死人是女的。」

「死的女人沒用。」另一個士兵說。

「我們去找活的女人去。」帶頭的紅毛夷說。

「不，我喜歡死的女人。她們不會掙扎，我可以隨心所欲……我在廣東幹過，那種滋味我永遠忘不掉。」那個胖士兵蹲了下來說：「啊！還軟的哩！正好。」

這謂之「姦屍」，這個英國兵大概是嗜好屍體的性錯亂者吧！他露出一口白牙，開始剝掉死去的女人衣服。

石田回到屋子裡，幫助辰吉蓋上棺材蓋。蓋得太嚴，呼吸就會發生困難。他們把棉被露出一點在外面，留出了一點空隙。

「來，我們抬吧！」石田把手放在棺架上，辰吉繞到棺材後部。後門外傳來「哈哧、哈哧」的怪聲。

他們出了大門。一到街上，又開始聽到砲聲。英軍把曲射砲拖進城內，正在轟擊駐防旗兵死守的天尊廟，砲聲中還夾雜著槍聲。一個班的英國兵把守著北門監視逃往城外的居民，如果居民中有清兵，英國兵就當場把他們抓出來。不過，逃兵們恐怕早已換上便服。

「不行，久四郎那小子在那裡。」石田說。

一個臉色蒼白、瘦骨嶙峋的中國人站在久四郎旁邊，一個一個地盤問著出城門的人，「什麼名字？……住在哪裡？」

根據回答的情況不時有人被抓出來。這一帶說的話是所謂「吳音」的方言，那個瘦骨嶙峋的中國人，大概是在揭發不是說吳音方言的人。駐防旗兵說一種特殊語調的話，甘肅和陝西的兵操西北鄉音，一下子就能聽出來。石田姑且不說，辰吉已經在舟山生活了很長時間，可以用吳音說話，這一點不用擔心，麻煩的是遇到認識他們的人。因爲他們倆都是從英軍中開小差出來的。

「不要緊，我們出去！」石田這麼說後，朝前走去。

走到城門邊，石田首先打招呼說：「喲！久四郎，好久不見啦！」

出乎意料地聽到日本話，久四郎一時間愣住了。「啊！這……您怎麼突然一下子就不見了……」久四郎一邊搓著手，一邊這麼說。

「帶著特殊任務提前到乍浦來了。」

「是嗎？」久四郎用懷疑的眼光掃視了一下，問道：「那麼，這棺材……？」

「棺材裡裝死人，自古以來不是如此嗎？」

「不過，最近很流行在棺材裡裝各式各樣的東西欺騙人。」

「你的意思是要看看裡面嗎？」

「嘿、嘿！是的，這也是我的職責，沒有辦法。」

「那就打開吧！」

久四郎猶猶豫豫地掀起棺材蓋。裡面有一個女人，一動也不動，臉上蓋著一塊白布，白布上滲著血。

「請走吧！……」久四郎弓著腰。

辰吉戴著斗笠，久四郎沒有發現他。出了城以後，還遇到好幾次小股的英國兵。有兩次英國兵揭開了棺材蓋，往裡面看了看。可能是出於好奇心，也許是以爲裡面藏著什麼財寶吧！

「啊呀！石先生。」石田被這個快活的聲音叫住，停住了腳步。原來是哈利．維多。

「啊！是哈利先生，您不是在香港嗎？」

「十天前來的。知道我會中文，就把我趕來了……你抬著什麼呀？」

「病人。」石田坦率地跟哈利說了。

「正好有一個醫生跟我一起從香港來了，他叫曼斯費爾德，現在在那邊廟裡。我帶你們一起去吧！」

「不過，」石田猶豫了一下說：「那裡都是傷病員，恐怕不會幫清朝人看病吧？」

「不，不，曼斯費爾德說，軍隊交給艦隊的醫生去看，他是爲了醫治清朝人而來的。他以前跟我是麻六甲英華學堂的同學，不知他什麼時候竟然當上了醫生。來，走吧！帶著病人去，他一定會很高興的。」

5

乍浦很輕易地陷落了。從進攻開始，沒有幾個小時就被攻克了。最淒慘的是天尊廟的攻防戰。三百駐防旗兵死守在這裡，包圍他們的是漢人的敵意和英軍的砲火。廟內旗兵的彈藥用盡後，英軍才打破廟門衝了進去；第四次進攻才占領了廟內。英軍在那裡俘虜了五十名旗兵，這五十人全都受了傷，其餘約二百五十名旗兵都被英軍的槍砲打死了。戰死者中也有指揮官——佐領福隆。他的半個身子燒傷後，用自己的軍刀割斷了喉嚨。

英軍在這次戰鬥中戰死十三人，有六十二人受傷，戰死者中也包括愛爾蘭團的湯姆林森大校，他是迄今爲止戰死者當中官階最高的軍人。在進攻天尊廟時，廟內的舊式鳥槍射穿了他的頸部；參謀軍官芒頓少校受了重傷。清軍中除了旗兵外，還死了三百六十七名甘肅和陝西兵。千總李廷貴和張淮泗等人不是死在城內，而是死在唐家灣等海岸前線。海軍方面戰死的有水師右營把總韓大榮等十七人。乍浦的總指揮官副都統長喜曾投水自盡，被部下救起，撤退到嘉興時死去，他最後的命運很像裕謙。文官方面，乍浦的同知韋逢甲殉職。他是山東省齊河人，道光十六年進士，擔任過各地的知縣，前一年春天剛升爲同知，是一個前程遠大的人。有人說他是被砲彈打死的；也有人說他被俘後不屈，辱罵敵人而被殺死。

乍浦婦女的殉難尤其令人鼻酸。在占領的五天中，英軍極盡姦淫掠奪之能事。駐防營佐領果仁布的妻子，擔心乍浦陷落後受凌辱，帶著長女稱姑（十一歲）和次女榮姑（八歲）投井而死。英軍撤退後，丈夫果仁布收殮了遺體，填埋了這口水井，在上面建造了一座亭子，以悼念妻女的亡靈。劉若金的遺孀顧氏逃到城外，被印度兵追逼，從橋上投入水中自盡。劉東藩的女兒七姑，二十二歲，爲逃脫敵兵的毒手跳井而死。劉進的姑娘鳳姑，十八歲，在城外遇到夷兵，痛罵夷兵被刺死。胡贊喜的姑娘秀姑十三歲，夷兵闖入時抱著弟弟，投身後園的水池自盡。杜義茂的妹妹貞姑，十八歲，在城外被敵兵追趕，投身北濠河自盡。……

《壬寅乍浦殉難錄》上列著這些殉難者的長長名單，其中有僧侶、酒店老闆、木匠、布商、茶商、染匠和打日工的苦力。據英國方面的文獻上記載，英軍在乍浦埋葬了一千二百具到一千五百具清朝人的屍體。

「清朝即將屈服！」——巴爾克和戈夫兩個少將做了這樣的判斷，把復仇神號派往香港。樸鼎查認爲在開始談判之前沒有什麼工作可做，從浙江返回了香港，復仇神號是去迎接這位特命全權大使。

英國艦隊於五月二十三日撤出乍浦，終於進入了長江。

殉節圖

「國標，你要好好地看一看這場戰爭，可不能死。有了寶貴經驗的年輕人要是死了，那可是很大的浪費。」

劉國標是個血氣方剛的青年。「我不離開提督身邊。」

「別說傻話了！我不是說了嗎？不能浪費。我們國家有許多武將，但是能夠經歷這場戰爭的人不多，而能夠把這些經驗在將來加以運用的武將就更少了。」陳化成帶著責備的語氣這麼說。

1

江南提督陳化成已經顧不了去金順記參加溫翰的七七忌日佛事了，他沒日沒夜地忙於吳淞砲臺的整頓和兵員的訓練。欽差大臣耆英即將到達杭州。道光皇帝的心已在和、戰之間搖擺不定，但是在發給各地的上諭中仍然充滿強硬的言詞。接著下令逮捕連戰連敗的浙江提督余步雲，解送北京。命令中說……

臨事複貪生畏敵，首先退縮，大懈軍心。……未交鋒即奔潰棄城，此幾同兒戲。總因余步雲身爲提督屢失城池，並未追究，遂至人人各懷倖免之心，不思破敵之計，拖延觀望，坐失事機。若不再整飾綱紀，大申軍令，何能挽惡習而振軍容？

「頑福」也終於宣告結束，最壞的命運已降臨到幸運兒余步雲的頭上。審訊的結果判為「秋後處決」；第二年一月二十四斬首棄市。

余步雲確實是個懦弱無能的提督。不過，在整個鴉片戰爭中，除了他之外還有許多敗逃的指揮官，但是處死刑的只有他一個。他不救定海，從鎮海、寧波逃跑；在收復三城的總反攻中又敗逃，總反攻的最高負責人是奕經。乍浦、吳淞、鎮江等相繼失守的負責人雖然受到處分，卻並未判處死刑。再說，打著白旗，從廣州城撤出數萬軍兵的靖逆將軍奕山也沒有判處死刑。余步雲失掉的鎮海和寧波，在戰後還是收復了；而琦善獻給英國的香港最後也未能收復。琦善所受的處罰不過是「閉門思過」，以後還歷任駐藏（西藏）大臣、四川總督兼成都將軍的要職。

參贊大臣文蔚對在大寶山死戰的副將朱貴見死不救，接著又從長溪嶺乘夜逃跑，其結果又是如何呢？戰後他歷任新疆哈密的辦事大臣、駐藏大臣和奉天府尹，仍然活躍於政界。敗逃將軍確實不得人心，處死他也許是為了殺一儆百。不過，余步雲此人如何姑且不論，這種處刑是不能讓人心服的。讓我們看一看道光皇帝關於處死余步雲所發的上諭：

……以一品武職大員……從未殺獲一賊，身受一傷，畏死貪生，首先退縮。……且廣東之關天培、祥福，江蘇之陳化成，福建之江繼芸，皆以提鎮殉難；即定海失陷，總兵王錫朋、葛雲飛、鄭國鴻力戰陣亡；鎮海、寧波失事，總兵謝朝恩被砲擊落海身死，裕謙以文員督師殉節；獨余步雲係本省提督，乃竟志在偷生，靦人世，儻不寘之於法，不唯無以肅軍政而振人心，且何以慰死節諸臣忠魂於地下？……

其實不僅余步雲如此，諸如揚威將軍、靖逆將軍都是如此。人們只能這樣解釋，「因爲余步雲是漢人。」

清朝皇帝經常聲稱「一視同仁」，透過處死余步雲，說明那不過是一片廢紙。在占人口絕大多數的漢人心中，深深地刻下了這樣的印象——「這個國家是滿族的，不是我們漢族的。」處死余步雲，可以說起到加速滿洲王朝崩潰的作用。以上談的都是後話。

乍浦失陷後，伊里布曾企圖根據其過去的經驗提出交換俘虜，頻繁地和英軍接觸，他希望這能成爲和平談判的契機。英軍方面判斷時機還不成熟。香港來的補給十分順利，運來的鴉片暢銷無阻，軍費充足，戰死者也不多。「再敲打一下！」——這就是巴爾克和戈夫兩首腦的意見。而且，英軍方面委以全權參加談判的樸鼎查，現在還在香港。交換俘虜的協議雖然達成，但是英軍方面堅持交換俘虜和和平談判是不同性質的兩個問題。英軍給清軍俘虜每人發給五元釋放；伊里布把關押在杭州城裡的十六名英國兵送回英軍基地，當時賞給白人兵每人三十元、印度兵每人十五元。清朝方面在對待俘虜上也不「一視同仁」。

北京和華北地區的財政和糧食，幾乎全靠長江流域的富裕地區來供給。運河就是供給的管道，英軍深知這一點。英軍的首腦們認爲，如果侵入長江、封鎖運河、切斷通往北方的糧道，清朝就不得不屈服。

中國的大運河把長江和北方連結起來，其連結點就是鎮江（當時也叫京口）。要壓制鎮江，就必須拿下長江的咽喉上海。守衛上海的是吳淞的要塞，英軍就是這樣決定了他們的計畫。在南京（當時稱江寧）締結了可以稱之爲「城下之盟」的條約，所以有人認爲英軍的最終目標是南京。其實這種看法是錯誤的。要說目標，當然是皇都北京。可以順著運河往上攻打，如果控制鎮江一帶，就等於是卡住了北京的脖子。只是因爲在鎮江的旁邊碰巧有一個僅次於北京的清朝第二大城市南京，所以英軍順便攻打一下。當時的蘇州比上海大，在北京、南京之下，和廣州與蘇州互爭第三大城市的地位，都是百萬人口的城市。英軍一度曾制訂了進攻蘇州的計畫，由於蘇州運河過淺，軍艦無法航行才停止執行。預定的作戰計畫是在攻陷乍浦後，英軍艦隊進入長江。

2

過了溫翰的七七之後，連維材開始準備回南方，溫翰的棺柩必須送回故鄉廈門。南方人講究吉利，稱這種運棺柩的船爲「太平船」。已經雇好了船，由於海上籠罩著戰雲，十分危險，所以路線是溯航長江進入江西省，由那裡穿過福建北部的山地去廈門。福建北部山路險阻，不過，這一帶是茶葉產地，連維材曾走過許多次，地理熟悉。而且很多茶園和金順記有關，在崇安甚至有分店，所以比走英國軍艦群集的海路要安全得多。

在回南方前夕，連維材接到林則徐的幕客招綱忠一封急信，說林則徐在西安病重。據信上說，林則徐結束了修浚河道工程後，帶著家眷經洛陽到西安時得了病。林則徐原本預定把妻子和長子留在西安，然後只帶二兒子和三兒子去新疆。他以前作爲欽差大臣赴廣州時，也是把家眷留在廣東省北部的南雄，然後隻身進入廣州。看來他一向的方針都是把妻子帶到任地附近，而不是帶到任地。

這次他也決定把妻子留在西安。西安就是中國的古都長安，現在是陝西省的省會。當時的陝西巡撫李星沅是湖南人，道光十二年中進士，曾擔任過江蘇的按察使，和林則徐是故知，

此外，林則徐的兩個門生方仲鴻和劉鑑泉也在此地當道台。大概是由於有這些當權人物照顧家眷，所以林則徐才決定把妻子留在西安。當時中國的官吏沒有特旨是不准出塞外的。林則徐的旅程是在嘉峪關以西。長子汝舟已中進士，擔任翰林院編修，所以不能和父親一起去新疆，決定留在西安照料母親。

談點閒話，說說門生問題。上面談到林則徐的門生方仲鴻和劉鑑泉，其實這兩個人並不是林則徐直接教過的弟子。前面曾經說過，科舉考試及第的人，要把當時的監考官尊爲終生的老師。林則徐中進士那年

的會試，正考官是曹振鏞，所以他一直稱其爲曹師，稱自己爲門弟。林則徐在三十幾歲時曾擔任過江西鄉試的副考官和雲南鄉試的正考官，方、劉二人大概就是在林則徐當考官時中舉的。儘管這是一種偶然的機緣，値得注意的是，這種結合是異常牢固的。

「我不打算回舟山了，我感覺那裡的工作已經結束。維材先生，能讓我順便搭乘太平船嗎？」王舉志說。王舉志在溫翰死後一直留在上海。

「請吧！不要客氣。」連維材回答。

「到鎭江就可以了。我要從那裡經運河北上，維材先生恐怕也有這個打算吧？」

「王老師對什麼都看得清清楚楚。」連維材笑了起來。他也打算乘太平船到鎭江然後北上，到西安去看望林則徐。

借助傑出的高級官員力量，開闢通向新時代的道路——連維材一向是這麼想的，他一直把這種希望寄託在林則徐身上。

林則徐已經很好地完成了這個任務，但是林則徐始終是屬於舊時代的人物，他發出燦爛的光輝，點綴了舊時代的結束；舊時代將拖著明亮的尾光爲即將到來的新時代照亮新的道路。對連維材來說，林則徐已是在太空遠處逝去的流星，他的光芒還沒有消失。連維材並不是戀戀不捨，而要去追趕這種即將消失的光芒。留在他心裡的不是時代餘光，而是林則徐這個人的魅力。他是個傑出人物，光憑能結識這樣的人，也會感覺到生在這個世上是有意義的——林則徐對他來說是這樣的人。林則徐現在正重病在床，這麼一想就無論如何也要去看看他。王舉志早已看穿了他的心思，他也不是一個尋常的人物。

扶柩回鄉的是溫章和他的女兒彩蘭。連維材帶著妻子和哲文，和王舉志一起乘上了這條太平船。連維材是想讓哲文看一看更廣闊的世界。哲文看來已經克服了失去清琴的悲哀，藉這個機會讓他到陌生土地上去旅行，這對於哲文作爲一個藝術家的成長也會很有好處。

上了船之後，王舉志說：「蓮峰翁恐怕是再也見不到了。」

「是這樣吧！……」連維材朝著吳淞砲臺那裡看去，低聲地說。他比誰都清楚，英軍進攻吳淞已不可避免。

他收到石田已經間斷許久的來信，說英軍下一個進攻目標看來不是杭州，而是上海。這封信中還簡單地提到和辰吉的重逢，辰吉在舟山結了婚，他新婚的妻子在乍浦被砲彈的碎片炸瞎了眼睛。

「戰爭是殘酷的。」連維材低聲地說。

「對蓮峰將軍來說，那裡是一個很好的死之場所。」王舉志好像要驅除感傷情緒，高高地舉起雙臂伸了個大懶腰。

黃浦江的江水靜靜地流著。

3

「提督，你怎麼不穿鎧甲、戴頭盔呀？」一個把總笑嘻嘻地問道，話中帶有嘲笑的意味。

提督陳化成滿臉都是皺紋，大聲笑著說：「那玩意兒太重了。說老實話，穿戴上那些玩意兒，骨頭都要壓彎了，打不了仗呀！」

「不是準備好了一套嗎？」

「我準備在英國的大將請求投降的時候，勉強把它穿戴上。」

他的身邊都是從廈門帶來的部下。他當上江南提督，第一次檢閱演習時在江南水師的軍官佇列前信口說道：「江南的水兵太弱了。聽說關天培還訓練過，如果沒經過他的訓練，簡直無法想像會弱到什麼樣子。」

他想帶來精兵，以他們爲標兵以提高水兵的水準，因此從廈門要來了一百名軍官和士兵，這些人現在都圍攏在他身邊。一到這些人當中，陳化成就沒必要再說他那不太高明的官話了。他是福建泉州府同安縣人，這一百名親兵隊幾乎全是他的同鄉，他就完全用家鄉的方言說話了。

實際上他是因爲腰上襯著木板，所以穿不上鎧甲。「大家都穿上便於活動的服裝吧！」他說。

他不停地放開嗓門大聲地說笑。英國的船艦已來到眼前，摩底士底號首先向吳淞靠近。

「大砲隨時可放嗎？」他問道。

「準備完畢。」

「你們的胳膊也許得要借助神的力量，要到廟裡去討張護身符貼在大砲上。哈哈哈！……」

英國艦隊退出乍浦後，先鋒隊的三艘軍艦於六月五日進入長江口。由於濃霧，航行速度緩慢，八日才到達距吳淞十五公里的地點。在上海的兩江總督牛鑑，聽到這消息後來到吳淞，會見了陳化成。

上海縣城位於長江支流黃浦江的岸邊，吳淞是它的入口，吳淞的北邊是擁有數萬人口的寶山縣。牛鑑會見陳化成後進入寶山縣城，在那裡發出了奏文，奏文中說：「陳化成心如金石。」

陳化成曾拍著胸脯對牛鑑說：「總督，不用擔心，我在水師快五十年了，一切都交給我吧！」不過，陳化成絕不認爲能在這裡打退英國艦隊。儘管他一個勁兒地說笑，其實他早已決心一死了。

牛鑑曾問他：「這麼多兵員夠不夠？」

他回答：「數量上是夠了。」陳化成心想，反正能跟他戰鬥到最後的也只有他從廈門要來的那一百人，增加多少也是一樣。

兩江總督牛鑑在寶山縣城會見了知縣周恭壽和徐州總兵王志元。徐州兵原本是在余步雲指揮下駐守在招寶山，是一支從浙江東端一路敗退來的部隊，軍紀早已紊亂，在縣城內盡和居民鬧糾紛。

知縣周恭壽提議說：「寶山的砲臺是舊式的，面對這麼寬闊的水域，不能有效地迎擊敵人，應該把軍隊進一步往黃浦江裡面調，以吳淞為據點來抵禦敵人。」

周恭壽雖然是文官，但是任何一個戰爭的門外漢一看地形也會立即明白這個道理。黃浦江在寶山的前面突然開闊注入長江，這種地方一般是很難打仗的，如果進入黃浦江，到達吳淞附近則水面變窄，就可以把敵人引到隘路上來作戰。

「把兵集中到吳淞？……可是，陳化成說兵員已經足夠了。」牛鑑回答。

「那麼，在吳淞的對岸布陣可以夾擊敵人。」

「那裡也有小砲臺、有守軍，大砲不到三十門，如果湧去大批的人，恐怕施展不開吧！」牛鑑這麼說，否定了知縣的建議。

把防禦力量集中於吳淞一地，這本來是牛鑑的意見，知縣周恭壽感到疑惑不解。

其實此時的牛鑑早已心不在焉，他接到欽差大臣耆英和揚威將軍奕經的密信，密信上說：「我們的根本方針是羈縻。」「羈縻」就是維持現狀的意思。也就是說，再打也沒戰勝的希望要保持現狀，開闢通向和談的道路。

乍浦失陷後，耆英已制定了這個方針，並向皇帝奏報說：

戰則士氣不振，守則兵數不足，除羈縻外沒有別策，而現在羈縻亦無計可施。……

這篇奏文通篇帶有悲壯的味道，其中說：

臣劉韻珂憤恨之極、哭不成聲、訖無良策，臣等亦皆束手，唯相向泣。事已至此，臣何敢蹈粉飾欺蒙之陋習，致誤國家大事。仍一面極力設法，講究羈縻之術，倘竟無濟，臣唯與省城相存亡，仰報鴻慈之萬一。……

也就是說，事已至此，再也不能像以前的官員那樣寫粉飾現狀的假報告了，而要如實地說。這就是絕對的最高方針，牛鑑也想協助執行這一方針。他偷偷地讓心腹帶上禮品，乘坐僞裝成出售貨物的小艇靠近英國軍艦，要求會見英軍首腦。他和周恭壽談話時心不在焉，就是因爲一心在想著對方的答覆是什麼？答覆很快就來了。

「儘管是兩江總督，但是並沒有受委任爲談判的全權代表。」——使者被無情地趕回來，牛鑑大失所望。

英軍做這種答覆是理所當然的。他們那裡也沒有全權大使，樸鼎查這時剛從香港動身，需要十天左右才能到達。「在這之前要使勁地打，一直打到鎮江。」——他們一直是抱著這種想法在行動的，在這種時候當然不會討論什麼和平談判。

不過，上海已在眼前，英國艦隊還是十分緊張的，因爲江南提督陳化成在吳淞。英國方面也早聞陳化成的赫赫大名，他們要進攻的是清朝這位首屈一指的勇將所把守的要塞，進攻必須愼重。

4

「兔崽子們想戲耍我們。」陳化成把望遠鏡放在眼睛上說。

「喂！大砲不能放！兔崽子們想試驗試驗我們大砲的威力哩！」提督大聲喊道。

「敵人兵船的甲板上站著一排軍隊，我們放它一砲，起碼能轟倒他們幾十人。」游擊張蕙說。

「你瞎了眼啦？好好看看！那是木頭人。」張蕙重新把望遠鏡放到眼睛上。「啊……是嗎？果然是……提督的眼力眞不錯呀！雖然說您已經上了年紀。」

「什麼上了年紀？你不也有白頭髮嗎？」陳化成又放聲大笑起來。

摩底士底號把木頭人擺在甲板上，企圖試驗一下砲臺的砲擊技術和大砲的能力。

「讓我們看了一場好戲，我們也不能不回謝一下呀！」陳化成雖然已年老，但是還沒有脫掉孩子氣。他讓三百名士兵盡量穿上奇裝異服，現成的虎兵制服也用上了，穿上正合適。還搜羅了各種演戲用的面具——有老虎、狐狸、妖怪、閻羅王等，讓這些奇形怪狀的士兵分散伏在海岸的大堤上。幾十名士兵跳到大堤上胡蹦亂跳了一陣子。他們剛跳下大堤，在相隔很遠的大堤上又出現了另一隊士兵，又亂舞了一番。

「我們可不是木頭人，是眞正的活人演戲，讓他們好好地欣賞欣賞吧！」陳化成說。

六月九日露面的英軍艦隊，一直在愼重地進行偵察和測量水深，等待後續部隊。十五日，二十幾艘船艦會合在一起。當時的目擊者這樣寫道：「望見洋面，賊船檣列如林，檣間煙氣騰騰。」

「鐵和火馬上就要像傾盆大雨落下來了。」陳化成兩眼瞪著敵人的艦隊跟部下這麼說。

第二天——十六日早晨，英軍艦隊開始進攻。陳化成早已詳細地打聽浙東三城陷落的情況，也了解最近乍浦失陷的情況。艦砲的威力是很猛的。由於事先已經知道，所以他並不吃驚，還向部下詳細介紹了情況。他認爲不可能打勝，但是要盡最大的力量來打。他待在吳淞的西砲臺，參將周世榮、游擊韋印福和武進士劉國標等人在他左右指揮士兵。西砲臺是半圓形的要塞，當敵人的砲彈掀掉土壘時，陳化成把劉國標叫到自己身邊，他對這位年輕的未來軍官特別另眼看待。

「國標，你要好好地看一看這場戰爭，可不能死。有了寶貴經驗的年輕人要是死了，那可是很大的浪費。」

劉國標是個血氣方剛的青年。「我不離開提督身邊！」

「別說傻話了！我不是說了嗎？不能浪費。我們國家有許多武將，但是能夠經歷這場戰爭的人不多，而能夠把這些經驗在將來加以運用的武將就更少了。」陳化成帶著責備的語氣這麼說。

半圓形要塞裡的十門大砲對著海上的船艦拉開了砲門。砲數雖然不多，但是這些大砲的性能好。大砲是金順記出錢購置的，所以陳化成在私底下把這裡稱作「金順記砲臺」。

好像要把砲聲壓倒似的，陳化成大聲地說道：「正面的兵船叫摩底士底號，砲擊和進退的命令是從北面隔一艘兵船的布朗底號上發出的。怎麼樣？你發現正在發信號嗎？」

年輕的劉國標一臉緊張，把望遠鏡放在眼睛上。「啊！發現了，正不停地變換旗子。」

「從以前敵人進攻的方法來看，先猛轟一陣大砲，把砲臺基本炸毀之後就讓軍隊登陸，從背後攻上來。不過，吳淞四周有河流和壕溝圍繞，敵人想這麼攻打是有點困難的。」

劉國標對陳化成的說明使勁地點著頭。

「敵艦出現已經七天了，他們是在等待後續船艦。當然不僅是等待，他們還進行了偵察，重點大概是偵察登陸地點。你知道他們選擇了什麼地方嗎？」提督問道。

「這個嘛……」劉國標說：「要說薄弱的地方……」

「上次我讓三百兵在這裡和寶山之間的一些地方跳舞，那些戴著面具的士兵跳舞的地方就是薄弱的地方。這一帶排列著一百五十門大砲，但是只是數量多，沒什麼用。如果沒有寶山縣城的支援，很多地方都近似裸露的狀態。我讓士兵們跳舞，就是告訴敵人，我們也知道那裡是薄弱的地方。敵人會大吃一驚的，因爲他們所注意的地方都成了跳舞的舞臺。」

「啊！原來是這個意思呀！」

砲聲隆隆不絕，寶山那邊好像打得很激烈，陳化成不時地注意著寶山方向。半圓形的磚石堡壘也遭到了直接砲擊，很多地方已被炸毀，兵員開始出現傷亡。陳化成和張蕙輪流揮動司令旗指揮砲擊，劉國標也參加彈藥補給班的工作。

快近正午時，寶山來了使者報告說：「寶山大營已被燒毀，再也無法防守。制軍（總督）已下令軍隊後撤。」

「不行！」陳化成大喝了一聲。

使者跪伏在地上，額頭蹭著瓦礫說道：「兩千軍隊已經喪失了鬥志。」

「那是指揮官無能！」提督大喊了一聲之後，好像改變了心意說：「再說也沒有用了。本官不准撤兵。不過，兩千軍隊潰散，那也是沒有辦法的事。」意思是說，不准撤退，但是要退也可以隨便。

提督望著使者的背影對劉國標說：「敵人大概要在衣周塘登陸，接著奪取寶山。這樣一來，我們的吳淞也就完了。」

「希望寶山能夠頂住。」

「不行啦！剛才使者不是已經說了嗎？寶山的徐州兵就要潰逃了。那是在招寶山打過一次敗仗的軍隊，一旦打過敗仗，就沾染上了敗逃的惡習。而且徐州的軍隊和居民的關係也很壞。國標，你要好好地記住，軍隊要是沒有當地居民的支持，那就是最大的弱點。」

5

提督陳化成突然用右手捂住自己的左肩，呻吟了一聲，血從手指間流了下來。

「啊！提督！」劉國標抱著陳化成蹲在崩毀的堡壘後面。「是碎片……不要緊。」陳化成皺著眉頭說，劉國標用布包紮了提督的肩頭。

「不用管我，好好地看看這場戰爭。你可以不必去搬運彈藥了。」

不一會兒，果然如陳化成所料，英軍在衣周塘登陸，占領了寶山縣城。寶山的兩江總督牛鑑、知縣周恭壽、徐州總兵王志元和游擊王鳳祥等首腦，已棄城撤到嘉定。英軍進入沒有抵抗的寶山縣城，向孤立無援的吳淞發起進攻。

提督已經受傷，由劉國標來揮動司令旗。過了一會兒，劉國標把司令旗交給張蕙回到原來的地方，但是提督不見了。注意一看，提督正右手握著點火棒夾在士兵們中間在點砲。

「提督！」劉國標叫喊著，他的嗓子已被硝煙嗆啞了。

這時堡壘的磚石被擊碎，飛舞起來，把旁邊的陳化成彈到兩公尺左右的後面。劉國標跑了過去，提督的上衣上全是血跡。「提督，您受傷了？」

「沒什麼，只是被彈了一下。大概是上了年紀，身子變輕了……容易被彈飛起來。」

「可是，血……」

「是胸部……擦傷了。」

「可不要勉強啊！」劉國標抱起提督說。

「國標，求求你，把我的上衣掀起來……我身上裹著布……為這種時候準備的。」

劉國標照提督吩咐掀起他的上衣，從腹部到腰部緊緊地裹著一層布，解開一看，他「啊」的一聲，半晌說不出話來。腰上襯著板子。劉國標眼角發熱起來，胸口的傷也遠遠不只是擦傷。取下腰間的板子，老提督的身子一下子癱軟下來。

遠處傳來了「敵人來了」的喊聲。劉國標背起提督，他已經沒有時間考慮提督是活著還是死了，只覺得背上傳來這樣的聲音：「要活著！活下來根據這次的經驗重建砲臺。」

槍聲密集起來。他跑著跳過壕溝，又跑了起來。「要活著！要活著！」——這已經不是背上傳來的聲音，而是劉國標在命令自己。

絆了一跤，他跌倒了，背上的老提督掉了下來。他看了看提督的眼睛，瞳孔裡已經沒有反應。他摸了摸老提督滿是鮮血的胸口，心臟已經停止跳動了。

背後的槍聲不絕。「要活著！」——他聽到了年輕生命的呼喊。他脫下提督的一只鞋揣進自己懷裡，附近長著一片燈芯草。他把幾棵燈芯草紮結在一起，然後向提督的遺體行了一個禮，又開始跑了起來。

七天後，英軍撤了兵。因爲屍體有只穿著一只鞋子和躺在紮結的燈芯草旁的標記，陳化成的遺體很快就被找到、收殮了。

吳淞清軍戰死者有提督以及游擊韋印福、千總錢金玉等共四十人。英軍戰死二人，受傷二十五人。兩江總督牛鑑在傍晚到達嘉定，收拾殘兵又撤退到太倉州城，在上海沒有停留。牛鑑後來奏報戰況時，解釋他撤退到太倉的理由說：「上海無險可守。」

畫師曾畫過一幅陳提督的像，畫著他頭戴纓盔，身著鎧甲，右手捧著軍書，左手握著佩刀。據說當時江蘇、浙江兩省，幾乎每戶人家都供奉著陳化成的這幅遺像。這幅畫像又名《吳淞殉節圖》。有的畫上還刻印著這樣幾句話：「一戰甬江口，督臣死，提臣走；再戰吳淞口，提臣死，督臣走。」

甬江口死的（總）督是裕謙，走的提（督）是余步雲；吳淞口死的提臣是陳化成，走的督臣是牛鑑。另外還有許多詠題這幅畫像的詩，下面一首詩是奕經的幕僚貝青喬所作：

擊碎重溟萬斛艫，砲雲卷血灑平蕪。

誰將戰跡征新誄，一幅吳淞殉節圖。

屈服的道路

道光皇帝果然害怕了。另一方面，牛鑑也上奏說：「據廣東傳來的消息，英夷準備把馬車砲運到天津一帶，在陸地作戰。」

道光皇帝終於拉下了臉。屈服固然難以忍受，但是英夷可能闖進紫禁城啊！歷史上曾有不少皇帝爲蠻族所殺，例如被犬戎殺死的周幽王……

1

道光皇帝雖然以「遲疑逡巡」爲由懲罰群臣，實際上恐怕是他最拿不定主意。沉重的鐘擺在他心中不停地、大幅度地左右擺動。是戰是和呢？戰吧！要付出巨大的犧牲；和，會帶來難以忍受的屈辱。

軍機大臣穆彰阿再也不能只是拐彎抹角地搞點陰謀活動了，他要用相當露骨的言詞在皇帝面前直接了當地說出來，「皇上，如果失去了社稷，那就不是屈辱的問題了。奴才認爲，只要不傷國體，什麼事都應該睜一隻眼閉一隻眼算了。」

他就這樣把皇帝心中的鐘擺狠狠地彈動了一下。其他大臣也跟他配合，根據「只有和談，別無他路」的方針，向皇帝奏報。

在主戰派的軍機大臣王鼎去監修河道工程期間，穆彰阿拚命地想制伏皇帝。看來在一定程度上已取得成功，但是皇帝的自尊心又不時地把鐘擺扭轉到相反方向。

皇帝發出了這樣悲壯的上諭：「朕之憂憤苦衷，可與誰言？唯仰叩天恩，敬祈天佑，加護大清，殄逆安民，以宥朕辜。」

聽到戰敗的報告，他咬了咬嘴脣說道：「只有戰！」

他在上諭中還說：「下民何辜，罹茲慘酷？朕撫躬循省，五內焦勞。……痛心自責，恨才德未逮，夙夜難安！」

皇帝的感情如此激動，穆彰阿也坐臥不安。如果向皇帝報告慘敗的情況，以誇大敵軍的強大，也許反而會激起皇帝的憤怒，大喝一聲，「誓報此仇！」

王鼎一回京就質問說：「為什麼要讓林則徐去新疆？」引起了皇帝的煩躁。

「那已經是過去的事了。」皇帝生氣地回答。

「是呀！」穆彰阿從旁插嘴說：「現在不是算老帳的時候，為臣的應該考慮今後的方針。奴才考慮，目前的情勢最需要措施迅速。遇上大事，當地的官員要是一一向北京請示，有可能失去時機。因此，奴才請求能否擴大他們的許可權，像伊里布只是七品銜，恐怕遇事不能果斷地下決心。」

王鼎瞪了穆彰阿一眼說道：「伊里布能果斷下決心的事大概就是賣國了。」

「這話太過分了，說話要慎重一點。」穆彰阿也變了臉色說。

「這已經夠慎重了，我還沒說你是賣國賊哩！」

「什麼話？我是賣國賊？」

「我不是說我還沒說嗎？」

兩個軍機大臣爭吵起來，道光皇帝叫來了宦官命令說：「把王鼎扶出去！」

王鼎露出一副拚死的樣子。兩個人吵架，只把自己趕出去，對方卻在那裡不動，這叫他太不能忍受了。

兩個宦官從兩邊扶起老樞相，王鼎用充血的眼睛瞪著穆彰阿罵道：「你是秦檜！」宋朝秦檜的名字就是賣國賊的代名詞。

穆彰阿轉過身來。不管他怎麼有耐心，也終於忍不住了，「你說秦檜是什麼意思？」

「秦檜排斥忠臣岳飛，你把林則徐趕到新疆去了！」王鼎大聲說道。

道光皇帝從寶座上站起來說道：「朕要退出了。」他帶著不高興的神情，一邊拂著衣服，一邊對王鼎說：「卿醉了。」說後就出了乾清宮。

當天夜裡王鼎自殺了。他寫了一封給皇帝的遺書。遺書中強調應該重用林則徐，認爲英夷之所以得意忘形，都是由於琦善、伊里布、耆英等一味地實行軟弱外交，應該採用林則徐的強硬政策。接著陳列了穆彰阿的罪狀說：「以利誘諸官，結黨徒，在皇上的周圍設幕帳，使皇上什麼也看不到。……」

王鼎在當天召見時的言行確實是異常的。既然觸怒了皇帝，那後果是不堪設想的。王鼎一定是下了什麼決心，所以才走的這麼極端。穆彰阿是這麼想的，所以十分警惕，於是派軍機章京陳孚恩去打探王鼎府中的動靜。這天晚上王家果然有不尋常的舉動，人們進進出出的十分頻繁。陳孚恩問王家的僕人出了什麼事？

僕人哭喪著臉，把手放到脖子上比劃著說：「老爺這麼了！……」

「是上吊死了？……」陳孚恩一下子就意識到這是「屍諫」。一定會有遺書，一定要把遺書弄過來。因爲皇帝情緒多變、容易激動，也許會爲王鼎殺身進諫所感動而採納他的遺言。

他趕快假裝到王家去弔喪，一問王鼎的兒子王沆，果然有遺書。正確地說，應該是「遺疏」，即給皇帝的遺言。

「您知道令尊大人今天觸怒了皇上的事嗎？」陳孚恩問道。

王沆回答說：「知道。」他是翰林院編修，他在宮廷裡聽說當天皇上召見時父親所說的話，一直很痛心。

「皇上非常生氣，說以後再不願聽王鼎說話了。」陳孚恩一邊看著對方的神情，一邊說：「已經到了這種地步，再把這樣的遺疏呈上去，不知道皇上將怎樣地震怒。如此一來，不僅沒有恤典（給遺族的賞錢），說不定您也不得不辭官，這個問題希望您考慮考慮。幸好知道的人還不多，與其說是自殺，還不如說是得了急病更為穩妥。令尊大人已是八十高齡，恐怕誰也不會懷疑他突然去世的……」

陳孚恩利用三寸不爛之舌，終於把「遺疏」弄到了自己手裡。陳孚恩本是一個小小的軍機章京，五年後竟然升為兵部左侍郎軍機大臣兼刑部尚書，而且他連進士也沒中過，這種提升是罕見的。當時人們就傳說，這是因為他弄到了王鼎的遺疏，立下了功勞，所以穆彰阿極力推薦他，各種書上也記載了這件事。

王鼎的屍諫是在五月三十日發生的，這時已是英國艦隊撤出乍浦，即將在長江出現的前夕。

2

牛鑑逃跑，過上海而不入，其藉口是「上海無險可守」。上海縣城失去了吳淞確實是無法防守的。吳淞是六月十六日未刻——下午兩點左右失陷的，第二天上海知縣劉光斗就逃走了。居民們知道這一情況後極其憤慨，湧到縣衙、破壞了建築物。留在城內未走的官吏只有游擊封耀祖、教諭姚員瀾和典史（監獄看守長）楊慶恩等三人。教諭是正八品官，典史還不到最低級的從九品，不過是所謂「未入流」的低級官吏。他們極力安慰居民，但是無法平息上海居民的憤怒。

上海縣城本來是由揚州的參將繼倫守衛，他也逃了。但是游擊封耀祖卻留下來未走，這使得他的逃跑顯得十分引人注目。於是他派出使者勸封耀祖逃到城外去，封耀祖氣憤地拒絕了。

「這可是違抗命令啊！」使者威脅說。

封耀祖滿臉通紅回答：「是誰命令我？我是奉提督的忠魂之命留在這裡的。」

使者垂頭喪氣地回去了。封耀祖氣概宏壯，遺憾的是沒有兵。居民知道被拋棄了，搗毀了縣衙、發洩了鬱憤之後，也收拾行李逃出了縣城。

「人們眞蠢，城裡沒有軍隊，那是最安全的……不會打仗。」斯文堂的老闆魏啟剛回頭看著老伴這麼說。

待在斯文堂書肆裡的人，除了默琴外，還有抱著嬰兒的西玲。連維材曾勸西玲搭乘太平船，但是她不知道爲什麼不願回南方去。

「可是，夷人會搶劫的……」魏啟剛的老伴擔心地說。

「這裡只有對夷人沒有用的書籍而已，再說，妳已是老太婆了。」

「可是，還有默琴、西玲……」老伴沒有說下去。一旁的西玲一聽到這裡，腦中不禁憶起廣東夷軍的種種獸行，背脊也爲之涼了起來。

「躲進後面的書庫就不要緊。」魏啟剛說後，又把目光落到書上。

吳淞失陷三天後，英軍占領了上海。英軍占領上海沒有流血，他們沿途徵用了五百多名居民爲他們挑著行李，佇列整齊進入敞開著的上海城門，領頭進入上海城的是蒙哥馬利中校。

中國方面的文獻記載，夷船駛入上海時，「城內已空無炊煙」。但是英國方面的文獻說：「留下的居民們並不像其他地方的居民那樣怕我們，高興地提供食物等。」

吳淞的戰鬥已經過去了三天，英軍將士暫時拭去戰場上的血腥氣味，加上沒有打攻城戰，所以表面上看來是平靜的。入城的英軍繳獲了大量軍用物資，還打開了糧倉，把糧食分給民眾。也進行搶劫，但是沒有槍聲和砲聲的伴奏，大多是闖入沒有人的空房。

斯文堂打開店門，老闆魏啟剛認爲最安全的辦法是，一開始就表明這裡只有對夷狄無用的書籍。可是，一個年輕的夷人卻走進斯文堂。「請問有帶插圖的《紅樓夢》嗎？」夷人說的中文並不流暢，但是確實是能聽懂的官話。

懷著悲壯的情緒站在店裡的魏啟剛，抿著嘴唇問道：「您能看得懂嗎？」

「很費勁，不過，馬馬虎虎還可以。」年輕的夷人和善地笑著回答。

「請您等一會兒。」魏啟剛從書架上取出一部裝在書帙裡的插圖本《紅樓夢》。

「多少錢？」

魏啟剛凝視著對方的藍色眼睛，好一會兒才說道：「這部書奉送給您。您讀了它就會了解我們的國家，我希望您能了解。」

「不，這不行，我要付錢。」

西玲待在隔壁的房間裡。店堂裡傳來有點拗口的官話，她聽起來很耳熟。她記得誼譚曾經工作過的墨慈商會裡有一個年輕職員名字叫哈利．維多，那一定是他的聲音，她曾經多次見過弟弟的這位年輕同事。

她抱著如星走進店堂，哈利一下子就認出了她說道：「啊！是西玲女士……」

魏啟剛望著兩人的臉說道：「你們早就認識嗎？」

「嗯！在廣州。」西玲點了點頭，接著對哈利說：「我弟弟已經死了，您知道嗎？」

「啊？……」哈利說不下去了。在三元里的那場戰鬥中，儘管是無意的，但是殺死誼譚的正是他。看到哈利不安的樣子，西玲以爲他是第一次聽到誼譚的死而感到吃驚。

「是在三元里被打死的。你們國家的兵，把一個神經不正常、什麼也不知道的人打死了。眞慘啊！頭給打裂了！……」她已泣不成聲了。

哈利羞愧地低下頭。

「您看看這個孩子。」西玲把懷中的如星遞到哈利面前，帶著淚聲說：「我也生了這樣的孩子。」

哈利抬起頭，望著嬰兒——栗色的頭髮、藍色的眼睛……這個年輕的男人心中湧起一股激情，他像喊叫似地說道：「把這個孩子給我吧！我收養她，當作自己的孩子撫養。」

西玲後退了一步，把如星緊緊地抱在懷中說道：「別開玩笑了，她是我的孩子！」如星大聲地哭了起來。在隔壁的房間裡，默琴發呆地凝視著書帙上書寫的書名。默琴聽到西玲反覆地說著「我的孩子」，那是一種誇耀的聲音。

3

英軍占領上海的第四天，樸鼎查從香港來到這裡。

「快要輪到你出場了。欽差大臣和伊里布不斷地想和我們接觸，那個張喜還有一個叫什麼陳志剛的傢伙都在奔走。」戈夫少將說。

「張喜是伊里布的私人祕書，陳志剛是低級軍官……應該派地位稍高的官員來呀……先打下鎮江再說吧！不控制運河是不行的。」樸鼎查認爲自己出場還要些時候，所以非常冷靜沉著。

「伊里布不斷地來催促，該怎麼答覆好呢？」明明知道還不是談判的時候，但是清朝方面不斷地要求談判，怎麼答覆？軍人戈夫感到不好應付。

「過去清朝的拖延給我們添了很大的麻煩，這次我們也可以給他們拖延嘛！在這方面可不要客氣……對了，我看可以跟他們這麼說：已經來了這麼多軍隊，不打會挨本國大臣斥責的。」樸鼎查盯著桌子上的地圖，指著地圖上的一個點——Chin Kiang（鎮江）。

占領上海的英軍住在庭園和廟宇裡，他們搗壞了城隍廟裡的神像和佛像當柴燒。上海的居民們議論著，「這些夷兵馬上就會遭到上天的懲罰，恐怕不會活著出上海城。」

城隍廟裡的神是保護城的神，英軍並沒有受到神的懲罰，他們於六月二十三日退出上海，搭上了船艦。

從印度來了許多運輸船，運來了武器彈藥和二千五百名增援部隊。原有的軍隊和新來參戰的軍隊在吳淞口會合，總兵力達九千人。他們在海上一心做溯航長江的準備。已經進行了偵察，發現江岸上有砲臺就登陸破壞，一般的砲臺都沒有守軍。參謀中直到最後還有人沒有斷絕進攻蘇州的念頭，甚至出現了這種意見：「大的船艦去不了，可以用舟艇進攻。」

蘇州的吸引力是絲綢和煤。復仇神號和皇后號等輪船，當時都使用蘇州一帶產的煤。絲綢有一種浪漫的吸引力，煤在產業革命後的英國人看來是一種財富的動力——一種現實的誘惑物。

大多數參謀認爲，「軍事行動的目的是在於使清朝屈服。蘇州也可能是富裕的城市，它是大運河的尾巴，鎮江才是大運河的心臟。」不消說，打心臟的主張要比揪尾巴的意見強，最後還是決定七十多艘船艦溯長江而上。康威號率領測量艇進行了航路調查，弄清溯航並不如想像的那麼困難。長江的水流相當急，到處都有沙洲，但是沒有暗礁。江底淤積著柔軟的泥沙，即使在沙洲上擱淺，只要繫上鋼索用兩艘船拖曳，就可以輕易地脫離沙洲。

六月二十六日，有兩艘法國軍艦來到吳淞口，是配備有四十四門大砲的愛麗戈號，和擁有十八門大砲的發波利特號。愛麗戈號的艦長賽西爾要求巴爾克少將，准許他們和英國船艦一起溯航長江。

巴爾克露出爲難的神色，心想：「是想把我們苦心制定的作戰計畫全盤掏去吧？如意算盤打得眞不錯。」於是藉口這次作戰航行在測量工作上做得不充分，不能保證觸礁及其他危險，萬一出了事故，不能派出船艦救助而拒絕了賽西爾的要求。

六月二十八日，欽差大臣耆英和伊里布派外委（軍士）陳志剛登上英艦，再次提出和議的要求。

「軍隊已經集結，不能不戰。」——陳志剛把樸鼎查的這個回答傳達給伊里布。以前規定清朝的官吏不得直接和夷官對等地進行書函往來，這個原則早已有名無實了。

這時已賞給伊里布四品官銜。他原本是來贖罪的，現在不僅提高了級別，而且還被委任為乍浦副都統的實職，接替因乍浦失陷而投水自盡的長喜工作。這樣一來，他就不再是躲在幕後見不得人的人了，而是可以挺起胸膛公開從事談判。

伊里布一看樸鼎查的答覆，不覺得怒髮衝冠。因爲英軍在占領上海時，曾在城內各處張貼布告說：「我國絕不是要和百姓打仗，我們的願望是廣開和睦通商的道路，只是大清的官兵不肯議和。……」而現在清朝官吏要求議和卻被一口拒絕。

不過，還有一線希望。布告中寫有這樣的意思：可以約定一個什麼地方互相商談。伊里布和耆英聯名又給樸鼎查送去一封信。信中說：

你們說要約定一個地方，約定什麼地方呢？我方認爲，如果在浙江，則是鎮海恰當；如果在江蘇，則是松江爲宜。

信的末尾還滿懷誠意地寫道：「兩國之事，天必鑑之，若不以實心相對，天必罰之。」

可是，這次該輪到英國方面拖延了，溯航作戰的準備工作早已在進行。

4

道光皇帝仍然在紫禁城裡搖擺不定。

戰敗的報告紛紛傳來。兩江總督牛鑑在奏文中說：「高宗純皇帝（乾隆皇帝）征緬甸時，曾以准許朝貢爲條件，中途退兵。仿效這一前例，准許英夷通商，即可收兵。」

道光皇帝一看這奏文，頓足大怒。緬甸之役是外征，這次是外國打到國內，性質完全不同。「這樣的道理，連三歲孩童都不會不懂吧！」道光皇帝用顫抖的手提筆寫道，「總因朕知人不明，唯自恨自愧！」

欽差大臣耆英送來的奏文說：「現在可否把廣東洋商伍敦元（伍紹榮的父親）或其兄弟、兒子等有能力者叫來江蘇，令其與英夷談判。」

「又要使用商人！難道忘了琦善使用鮑鵬那樣的蠢才而一敗塗地的事嗎？」道光皇帝當然不知道伍紹榮和鮑鵬的差別，只覺得他們都是只考慮賺錢的買賣人。

皇帝朱筆一揮：「不准！」

不過，穆彰阿頻繁地派出密使向當地人員傳授計策。他沒有忘記前幾年義律率領艦隊來到天津時，皇帝的驚恐及之後軟化的情況。穆彰阿知道皇上的弱點是在這裡，他決定要當地的大員捅這個弱點。

耆英和伊里布在奏文中說：「聽說馬禮遜、歐茲拉夫聲稱先到長江，然後攻打天津。……」

「英夷的布告中聲稱，要立即到京師談判。」

道光皇帝果然害怕起來。另一方面，牛鑑也上奏說：「據廣東傳來的消息，英夷準備把馬車砲運到天津一帶，在陸地作戰。」

道光皇帝終於拉下了臉。屈服固然難以忍受，但是英夷可能闖進紫禁城啊！歷史上曾有不少皇帝爲蠻族所殺，例如被犬戎殺死的周幽王……

「啊！你爲何生在帝王之家呀？」——他想起了皇城爲敵軍包圍，親手殺死年幼的皇子然後自殺的皇帝所說的話。

如果按照傳說的割讓香港、開放各地港口、賠償沒收的鴉片價款、賠償戰費等條件能保住社稷，那也只好接受。這幾年已花費了巨額戰費，財政上已露出可怕的破綻。

道光皇帝提筆寫道：「朕豈能不思保全沿海生靈，聊爲羈縻外夷之術。……」

訣別

這次就好像是爲了分手而會面。

「我醉啦！」林則徐這麼說後，開始低聲吟起從西安動身時寫的一首詩：

出門一笑莫心哀，浩蕩襟懷到處開。

分手是難受的。連維材把杯中的酒灌進喉嚨後說道：「我要陪您一直到新疆。」

「啊！我正想說這句話哩！」王舉志說著，爽朗地笑了。

1

王舉志的眉毛倒豎起來，眼睛燃燒著怒火，他這個人是很少有這種表情的。「什麼？連廖居正也抓起來了？」王舉志氣呼呼地說，平時很難想像他會發出這種聲音。他這個人平時遇到任何事情都顯出超然物外、滿不在乎的樣子。

「這一次不會善罷甘休了！」連維材心想。

運載溫翰棺柩的太平船早已去了江西，連維材、兒子哲文、王舉志等三人在鎮江下了船，準備從運河北上去西安。連維材在鎮江上岸後不久就發燒病倒了，躺了二十來天，病才完全好，為了慎重起見，決定再療養些時候。前些日子他去了鎮江旁的丹陽，參觀了雲陽書院。那是龔定庵教過書的學堂，他從外面看了看丹陽縣衙的宿舍，龔定庵最後就死在那裡。從丹陽回來準備出發時，駐防滿洲旗營副都統海齡下令關閉鎮江所有城門，不准任何人出入。因為已傳來「英夷艦隊即將到來」的消息，人們感到害怕，開始有人到城外去避難。

海齡大聲叫喊說：「居民要和城池共命運！」海齡是鑲白旗人，在滿洲旗人嚴重漢化的潮流中，他對此感到十分憤慨。

他是個頑固不化的種族主義者。「中國是我們滿洲的，滿洲人應該在漢人之上統治他們；漢人應該俯伏在我們腳下，靠我們的慈悲活著。」——他真的這麼認為。他是一個性格古怪的軍人，他的字很蹩腳，也不怎麼看書。他說：「那不是漢族的文字嗎？為什麼我們要學呀！文官為了統治漢人也許還有必要，但我是武官。」由於不學無術，使他的種族主義更加無可救藥。

清朝設置滿洲旗營駐防在要害地區。鎮江是大運河的咽喉，當然也設置了旗營，由副都統統率，兵力是一千二百人。另外城內還駐有四百名綠旗營（漢族部隊）的青州兵，作為配角。海齡在精神上也有脆弱的一面，他不懂得忍耐。以前他曾當過綠旗營的正定總兵，感到沒有意思，整日酗酒、不理軍務。當時的直隸總督琦善看不過去對他進行了彈劾，把他降為副將。

他從部下那裡聽到同是由駐防旗營防守的乍浦失陷的情況，心頭火起，大聲說道：「那是漢人襲擊了我們旗人，而且是在外敵面前。……哼！我們鎮江絕不能讓它出現這種情況。」

向乍浦逃來的旗人一打聽，據說唆使襲擊旗人的是當地流氓、賭徒等遊民的頭目，於是他下了一道粗暴的命令，「把鎮江的遊民頭目全部抓起來砍頭！」

鎮江主要的遊民頭目當然和王舉志關係密切，這些人在眾人環視之下被砍了腦袋，王舉志恨得咬牙切齒。今天又抓捕了和他最要好的一個名叫廖居正的老人，王舉志聽到這個消息勃然大怒。廖居正過去開過賭場，但是他已年過七十，早已洗手不幹了。最近整天下棋，前些天還和王舉志對奕過，只能說他是個忠厚溫和的好老頭。

「給帶到北門去了！」一個跑來報告的小夥子這麼說。

「去看看！」王舉志站了起來。

「我也去。……哲文，你也去嗎？」連維材問兒子說。

「噯！」哲文放下畫筆，抬起頭。

駐防旗兵分成小隊在城內巡邏，發現稍有危險的動向立即無情地鎮壓。在北門下面，白髮蒼蒼的廖居正雙手被綁在背後，全身顫抖。這個小個子老頭顯得更加矮小了。

站在旁邊的旗兵是個彪形大漢，他像揮動鞭子似的輕巧地揮舞著手中大刀。只見他轉到廖居正的身後隨便地砍了一刀，鮮血噴射出來，腦袋就飛了出去。看熱鬧的人早已受到持刀的旗兵監視。這時連維材聽到身邊發出一聲尖呼，持刀的旗兵從看熱鬧的人群中抓出一個臉色刷白的中年男人。

「我、我嘴裡……進了沙子，我、我只是把沙子吐出來……請您饒了我吧！……」

「你這小子吐了一口口水，是對處死人不服氣嗎？」

「不，不，絕不是……」那男人趴伏在地上，雙手作揖。

「不服氣，就乾脆說不服氣！」旗兵用腳踢著那男人，那男人滾到廖居正的腦袋旁邊。

「喂！把這小子也幹掉算了！」踢人的旗兵說。

「好，順便幹掉吧！省了擦刀的時間。」砍掉廖居正腦袋的那個大漢又舉起了大刀。

連維材閉上眼睛。睜眼一看，地面上擺著兩顆人頭，好像含冤地瞪著自己。連維材看一看身旁的哲文。兒子緊攥的拳頭在顫抖，但是他的眼睛一動不動地盯著那兩顆人頭。

「回去吧！……」連維材的耳邊響起了王舉志的聲音，那聲音也是顫抖的。

2

鎮江的駐防旗兵好像全都傳染上海齡那種瘋狂種族主義，他們聲稱要查究漢奸、搶劫了富裕的商店，居民在大刀的包圍下斂息屏聲。英國艦隊已封鎖了長江支流和小運河，正朝著處於這種狀態的鎮江逼近。

「維材先生，您是怎麼想的？我一定要幹掉海齡……英國艦隊正在逼近，我也覺得在城內發起暴動不好。」王舉志問連維材。

連維材把手放在額上說：「王老師，您並不是在徵求我的意見。」

「是的。即使您說不好，我也得幹。」

「我並不認爲不好。現在我想起了定庵先生什麼時候說過的話。他說滿洲人也好，英國人也好，反正都是異族。」

「對呀！我感到羞愧……非常羞愧！兩百年來，我們都是奴隸啊！我要讓天下人都知道，不能永遠這樣下去了。」王舉志十分激動。

種族主義引起了另一種相反的種族主義。一旦著手組織工作，王舉志一下子就冷靜下來。城內的遊俠之徒被奪走了頭目，大多丟下了家潛伏在其他什麼地方。王舉志在他們之間建立了聯絡網，然後又蒐集武器，透過製造爆竹、煙火的工匠製造了火藥，連火焰筒也製造出來了。

「決定一個日期，幹的時候一起幹。零散地幹沒什麼效果，而且他們會藉口搜查犯人，給無辜的居民帶來牽累。幹的日期由我來訂吧！」王舉志對夥伴們說。

他已經組織了一個二十來人的敢死隊，以他們作爲整個組織的核心。王舉志想盡量把他們抑制到英軍發動進攻的前夕。

鎮江城距長江岸邊約一公里半，四周環繞著城牆，北面和東面靠山，西面和南面臨大運河。七月十四日，九艘英國軍艦進攻了江岸上的砲臺。湖北提督劉允孝帶領一千兵趕來支援，而鎮江副都統海齡卻緊閉城門，頑固地拒絕援兵進入城內說：「你們防守城外和江岸。」

十七日，布朗底號、摩底士底號和加略普號等軍艦封鎖了大運河，切斷通往北京的航道，於是海齡又在城內進行大屠殺，過路的僧侶、道士、流浪漢和乞丐等，只因爲沒有保證人就被逮捕、斬首；夜間或清晨外出的人均遭到槍殺。王舉志仍然抑制著敢死隊不要行動。在和英軍交戰之前，鎮江城內已經染上了鮮血。

由於關閉城門，糧食缺乏。有一個名叫關學增的人不忍看到這種狀況，因爲他家在城外存有四百石大米，他要求把大米運進城內發給居民。而海齡卻搖著頭說：「不行！城門絕對不能開！」

按照常識這是無法想像的，連維材也懷疑海齡是不是發瘋了。

這位副都統大概是患了狂亂的恐懼症吧！他不斷地更換居住的地方，夜間睡覺要有四十名持刀的親兵在他寢室四周守衛。鎮江的城門十分堅固，砲彈也不會把它炸壞。這樣的城門如果有一點點縫隙，他恐怕都會戰慄不安的。只要一想到開城門，哪怕開一會兒，他都會驚惶不安。

鎮江的各座城門上都有兩層城樓可守，本身就是一座要塞，守兵各有一百人。居民們在私底下竊竊私語，「英國佬快點打過來就好了！……」現在能打開城門的只有英國兵了。

商店裡當然沒有東西可賣，居民們也都關門閉戶。「還不到時候！還不到時候！……」王舉志制止了敢死隊裡性急的青年。

七月二十日傍晚。「王老師，我再也忍耐不住了。如果老師阻止，那我們就自己動手幹了。」一個青年兩眼瞪視著王舉志說道。

「是呀！我也……忍不住了。」

「今天旗兵們又強姦了漢人婦女，我們還能再容忍嗎？」
「只要老師一句話，我們就動手！」
「如果我阻止呢？」王舉志問道。
「大家會推開老師，自己去幹。」一個人回答。
「好。」望著天花板的王舉志大聲說道：「我一直在等待諸位能說出這句話。這句話既然說了，那就是行動的時候了。來，我們訂個周密的計畫，好嗎？……在這種時候，一定要按照冷靜的計畫來發起烈火一般的行動。」
這一天，五十六艘英國船艦已排列在甘露寺到對岸瓜州的河口一帶，一部分英軍正在大運河西岸的金山一帶登陸。王舉志已在城內一座高樓上用望遠鏡看到這些情況，他心想：「明天是和英國打仗，而現在就和海齡作戰……」
給二十名敢死隊做了詳細指示後，王舉志又叮囑說：「諸位是二十人，參加襲擊韃虜的居民恐怕會超過萬人，但是他們不了解我們的計畫，要告訴他們不要接近城門，城樓上會開槍的。那一百多名配備槍砲的軍隊，之後讓英國兵去收拾，旗營也是如此，要盡量減少犧牲。另外還要告訴居民，英軍一開始進攻就立即回家、關上大門……這些事都拜託你們了。要準備一百來人去講這些事情，同樣的話要到處去講、反覆地講，要把嗓子講啞。」
最後大家圍著桌子。沒有飯，也沒有蔬菜，只準備了雞肉和酒。敢死隊員們爲了預祝勝利，乾杯後就解散了。送走他們之後，王舉志走進隔壁的房間，連維材和哲文在那裡。
「肚子餓了吧？」這是平常的王舉志。他的臉頰上有微微的紅暈，但是是神情平靜。他手裡托著盤子遞到連家父子的面前說：「剩下的東西一起吃吧！……！忘了酒和酒杯了。」
王舉志又返了回去。

「爸爸，會死許多人吧？……所謂新時代必須要這樣才能到來嗎？」哲文小聲地問父親。

「連我們將會怎麼樣也不知道。」連維材回答。

王舉志拿著酒壺、酒杯走了進來：「啊呀！酒都沒有了……這些傢伙眞能喝呀！」

3

七月二十日，風颳得很大。在鎭江城內，從傍晚以後捲起了一股比風更猛烈的人的旋風。二十名敢死隊迅速地和城內約五百名遊俠之徒取得連繫，各處由十名武裝滿洲旗兵組成的巡邏隊，一下子就被捲進了黑色旋風的漩渦。旋風颳過之後，十具屍體橫躺在地，他們手中的武器都沒了。

旗人家裡的大門被推倒，饑餓的人群闖進廚房。官庫給旗人的家裡配給了足夠糧食。果然如王舉志所料，參加暴動的居民超過萬人，海齡的瘋狂病也傳染了他們。從服裝上一眼就可以認出是旗人，凡是旗人，不分男女老幼全都遭到了襲擊。

這是以血還血的戰鬥。

旗人換上漢人服裝爭先恐後地逃進旗營。街上到處是漢人居民，夜間外出也不會遭到槍殺，城內第一次成了他們的天下。

看起來好像是無組織的人群在到處狂奔，奇怪的是他們卻很有節制，他們沒有接近城門和旗營。海齡把大部分守軍分配到各個城門，嚴厲命令任何情況下都不能擅離崗位，所以守城門的旗兵都不敢出動鎭壓。指揮官對士兵們說：「我們的任務只是守城門。」

糧庫的守兵只有三十人。這裡遭到了襲擊，守兵開槍打死、打傷了幾名群眾，但是群眾很快就把守兵全部打死了。那裡有米、有鹽、有麥子、有穀子、有鹹菜。城內儲存了足夠官兵吃兩年的糧食。「不要亂，東西有的是。來，大家排好隊……」敢死隊員們拚命地忙著調整隊伍、配給食品。

夜深之後，旋風才平息下來。居民們拿到食物後急忙趕回家中，饑餓的妻子兒女正在等著他們，而且旗人的家裡都著了火，要保護自己的家不被火燒著了。

這是一個炎熱的夜，到處都升起了炊煙，十三日夜裡的月亮照著這白色的炊煙。王舉志跟連維材下了一整宿的圍棋。

卯刻（上午六時），一個敢死隊的青年跑進來報告說：「抓住的旗人供出了海齡的住所。」實行恐怖政治的人自己也會感到害怕。

「在什麼地方？」

「在吉祥寺佛殿的後面，據說還有四十名武裝旗兵守衛。」

「懦夫！膽小鬼！可是他卻喜歡屠殺。」王舉志一邊玩弄著棋子，一邊這麼說。

「您去嗎？」連維材問道。

「對方是四十人。……我們一邊下棋，一邊考慮吧！」王舉志這麼說後，把一粒棋子啪的下在棋盤上。

遠處傳來了砲聲，是在江岸的方向。

「就要登陸啦！」連維材說後，下了一粒棋子。

「哈哈哈！……這次我輸啦！」王舉志扔下棋子，站了起來。

「您這就……？」連維材問道。

「不趕在英國兵的前面不行呀！我得去收拾海齡。」

「警戒很嚴吧？」

「我有最後的手段，……燒死他。那傢伙好像沒有東西圍著他就不放心似的，恐怕大火圍住他，他也不會出來的。他害怕呀！哈哈哈！……」王舉志飄然地走出房間。

砲聲越來越猛烈，哲文卻在旁邊的床上睡得很香。英軍分三個旅登陸，一邊用砲火粉碎城外的湖北兵，一邊向縣城接近。

第一旅旅長是由印度率領援軍來的薩勒頓少將，第二旅旅長是叔得少將，第三旅旅長是巴特雷少將。兵員配備了新運來帶擊發裝置的新式步槍，他們靠武器的威力，很快就打到城牆邊。城門的防禦很牢固，駐防旗兵企圖從城門樓上用舊式砲和鳥槍擊退英軍。守城門的旗兵知道前面有敵軍逼近，後面也有敵人在等待。反正都是死，所以拚死地防禦。死地之兵是頑強的，英軍好不容易才打破西門。在摩斯沃斯中尉所指揮的兩門大砲掩護下，皮爾斯大尉把大量炸藥送到城門口，這才炸開了一個可容一人進出的洞口。

第二旅由山路進攻，在來福槍隊的掩護射擊下，把攻城梯架到城牆上，衝進了城內。英國方面的文獻上說：「這是迄今為止在清朝遭到最淒慘的戰鬥。」在這天的戰鬥中，英軍戰死了四十人，其中包括因中暑而死的士兵；受傷的達一百二十七人。駐防旗兵一千二百人幾乎全部陣亡，四百名青州兵死了兩百，進攻的英國兵是七千人。清朝在自己的國土上打仗，兵力卻比英國遠征兵少，這清楚地說明了清朝當局的無能。

林則徐走了、王鼎自盡了，主和派掌握了實權。他們準備和談，極力壓制派遣援軍。兩江總督牛鑑就待在旁邊的南京城裡，根本不想援救鎮江。

4

在英軍衝進城的前一刻，王舉志才回來。

「很費點事吧？」連維材問道。

王舉志一邊用兩手揉著膝蓋，一邊說：「早已不在吉祥寺裡了，也沒有去旗營，回家了。」

「哦……」

「我一個人進去見了海齡。」

「哦！見到了吧？」

「副都統家的四周已經湧去好幾百群眾，齊聲喊著：『海齡滾出來！』我攔阻了他們，說一切都交給我，然後我就進去了。因爲我讓群眾平靜了下來，守門的也只好讓我進去了。」

「後來呢？」

「我進去的時候，海齡正把刀子貼在他妻子的脖子上。」

「……」

「地上一個男孩子倒在血泊裡。那孩子大約五歲左右，一張臉很可愛。……我問這是誰，他回答說是孫子——不是海齡，是夫人回答的。」

「是孫子！……」

「海齡的夫人很了不起。海齡好像有點猶豫，直打哆嗦。他的夫人卻冷靜地催促說：『請你快殺吧！』……眞了不起啊！這確實使海齡有點受不，海齡還在打哆嗦。夫人帶著斥責的語氣說：『孫子是我殺的，你必須要把我殺了。』她還說：『像你這樣，我對你還眞有點擔心哩！』於是我對海齡夫人說：『你丈夫的事，可以不必擔心。』我這麼一說，叫我吃驚的是，夫人竟然若無其事地跟我說：『拜託您啦！』世上眞有了不起的女子啊！海齡向我低頭行了個禮，要我出去一會兒，於是我就退到隔壁的房間裡等著。聽不到海齡夫人的說話聲了，我估計時間差不多，回來一看，她已經倒在地上，四周是一片血海。……」

「聽了您這些話，好像您已經消除了對海齡的仇恨了……這可不行呀！」

「是的，我也是這麼想的。我一想起廖居正的臉就激勵自己：『這不成！消除了仇恨，你就不是王舉志了。』於是，我就對海齡說：『好幾百名群眾圍著你家，要你快死！』……我這麼一說，他就要求我把他殺死，還把刀遞到我面前……那是一把鮮血淋淋的刀。我大聲地喝道：『不行！』以後會調查遺體，如果是自殺的，那就是殉節。是自殺的還是被別人殺死，一看傷口就會明白。如果由我來殺，從現在的情況來看，也會把你當作被亂民殺害的，那樣你就進不了昭忠祠了。我這麼跟他一說，他就丟下刀拿出一根繩子要我套在他的脖子上……行，套脖子可以嘛？」

「是您把繩子套到海齡的脖子上了嗎？」

「是的。他非常感謝我，接著他要求我把他的家燒掉，……這也可以。我就放火燒了他的家……啊呀呀！連我也不明白自己究竟幹了些什麼。」王舉志大概太疲累了，他把身子深深地埋進椅子裡，肩膀上下抖動著。

「舊時代終於結束了！」連維材像朝著自己的心裡打進釘子似的，在心裡跟自己這麼說——到此就結束了。

「在這裡已經沒有事了。英軍一打開城門，我們就出城吧！……啊！好熱啊！鎭江這個城市好像對我有點不適合。……我想快點走。都已經結束了！」王舉志說著，用手背擦了擦額上的汗。

「已經結束了？……爲什麼想得都和我一樣呀？」連維材心想。也許是他和王舉志的精神結構十分相似吧！

「到此爲止是相似的。」連維材心想。他感覺到和王舉志分手的時刻就要到了，兩人今後就要分道揚鑣了。

「要渡過長江，英國的軍艦恐怕還在封鎖吧？」連維材說。

「這些事請不必擔心。有受英軍雇用去對岸的船，到了對岸之後，我有的是辦法。」王舉志笑嘻嘻地說。

砲聲和槍聲好像要打斷兩人的談話似的猛烈地響了起來，哲文這時才醒來，打了個大哈欠說道：「眞吵！」

「啊！城門好像打破了！」王舉志注意傾聽了一會兒說道。

連維材苦笑了笑，心想：「又想的是同樣的事情。」

城裡響起一種尖厲的槍聲。那不是清兵的鳥槍發出的聲音，是從產業革命誕生的，暗示著即將到來的時代，由冰涼鋼鐵製造的武器中發出來的尖厲聲音。今後必須面對著這樣的時代，那時王舉志也許已成爲相距很遠的陣營裡的人物。

連維材打了一個寒顫對哲文說：「哲文，準備準備吧！」

英軍進入鎮江後好像嗜血的惡鬼。英國兵見到婦女就強姦，然後把她們殺死。《出圍城記》中說：「夷鬼遝來，不移時，婦女屍滿道上，無不散髮赤體，未死者多被擁抱而去。生死離散，目不忍睹。……」

很多婦女因爲躲避英國兵的凌辱而活活地餓死；鑽進水池中躲避英國兵的婦女大半淹死；無數婦女寧願自殺也不願受凌辱。甦庵道人撰寫的《出圍城記》裡開列了自殺的民間婦女姓名，大概是爲了慰藉這些薄命的女性靈魂吧！在這些姓名後面都分別寫明她們是「投井死」、「縊死」、「溺死」、「吞針不死，刺心死」、「墜樓死」，令人不忍卒讀。其中寫道：「舉人徐元佐妻馬氏，年七十，縊死。」列名的婦女達七十五人。

還發生過這樣的事情：「卜卦巷程氏童子，夷鬼至其家，其母匿之床後，夷鬼將犯其母，呼號而出，中火槍死。」

連維材一行從這姦淫擄掠、地獄般的街上走過。英軍打開了北門，聲稱放難民通行，但是沒有一個婦女走過這座城門。

「哲文，看清楚了吧？能畫成畫嗎？」連維材問道。

哲文搖了搖頭。

5

連維材一行到達西安時，林則徐已經病癒出發離開了。

「是七天前，正好是七月初一走的。」留在西安的林則徐夫人說。

林則徐的夫人鄭氏，名淑卿。當初林則徐被判流放新疆時，福建鄉里的仕紳們聽說只要向北京的實力人物獻款，就可以取消流放，於是籌集錢款；而鄭氏喝止了這種活動。她就是這樣一位剛強的婦女。據說林則徐能果敢地從事政治活動，也是由於有這樣一位夫人。長子汝舟去送父親，還沒有回西安。農曆七月一日是國曆八月六日。

「我們去追趕吧！好不容易已經來到這裡了。」王舉志說。

「走吧！」連維材點了點頭。

哲文也很高興。以前在蘇州見到林則徐的時候，不知道為什麼，哲文感覺如果不離開這個人物，自己的人生就會被他所左右。但是哲文現在覺得不要緊了。他看到鎮江的大屠殺，心裡就好像有了一個什麼沉甸甸的重物。有了一顆穩定的心，似乎見什麼人都可以。

「我已跟孩子們說了，他病剛好，不要走得太急。加上各地有許多熟人會挽留他，不會走得太快的。」林則徐的夫人說。

一路上的風景，在連維材這些南方人看來簡直是另外一個世界。

「這就是中原啊！」王舉志指著黃河流域那一片黃泛泛的風景，深情地說。哲文用畫家的眼睛觀察，就好像要把它深深地刻印在心中。

林則徐於農曆七月二十九日到達甘肅省城蘭州。他現在雖然是「逐臣」，但是誰都把他看成是英雄。

陝甘總督富呢揚阿率領文武官員來到外城的藍山書院迎接，官兵沿途列隊向他表示敬意。他在蘭州滯留了八天，連維材一行在林則徐到達的第二天也到達蘭州。

「來得好！來得好！沒想到在這樣的地方……」林則徐吃驚地睜大眼睛。

「就是非常、非常想見一見您。」王舉志說。

九月六日（農曆八月初二）晚上，三個人在蘭州道署的林則徐宿舍裡圍桌而坐。連哲文和林則徐的兒子們在另外房間裡熱烈地談論著年輕人的話題。連維材和王舉志詳細地報告鎮江陷落的情況，林則徐不時地嘆著氣。欽差大臣耆英在南京和英國方面進行和約談判的消息已傳到蘭州。很多甘肅兵出征到江南，所以這裡對南方的戰事也很關心。

「聽說英軍把全部軍隊擺在南京城前進行威嚇……」林則徐說。

「大概會全面接受英國方面的條件吧！沒有別的辦法呀！」連維材斷言說。

半個月前，耆英、伊里布、牛鑑等人來到英艦皋華麗號上，已和英國特命全權大使樸鼎查締結了所謂的《南京條約》，但是這個消息還沒有傳到蘭州。

不過，連維材已可想像其大概。他談了自己的預料，「大概除了廣州外，還要開放廈門、福州、寧波、上海等港口；另外必須正式承認割讓香港。」

「香港……那是琦善獻給英國的。」林則徐好像自言自語地說。他在到達蘭州的五天前曾經到過一個叫安定縣的地方，安定縣的知縣給他送過飯菜。安定縣知縣琦齡是琦善的親弟弟。林則徐在內心裡始終沒有寬恕琦善，琦齡大概也察覺出這一點，所以只送了飯菜，而沒有親自去拜訪。

「其次是賠償沒收的鴉片價款。」連維材盡量用就事論事的語氣說：「英國在廣州就要價六百萬元。」

「沒收鴉片……那是我做的。」

「那是正確的，最正確不過了……再其次，恐怕是廢除公行吧！英國是希望自由做買賣的。」連維材一邊這麼說，一邊想起了伍紹榮。爲了搞垮公行，他採取了各式各樣的手段。事情過後，卻原來是這麼簡單。他現在想，過去爲什麼要爲這種事情付出那麼大的辛勞呀？

「廢除公行不是什麼大問題。」林則徐說。

「問題是賠償英國遠征軍的軍費吧！在上海時就聽人傳說，歐茲拉夫要求賠償兩千萬元。」

「這太多了！……」

「算是繳了一筆巨額的學費吧！」

「我做了我認爲是正確的事情。」

三個人一邊談話，一邊飲酒。這一天，在北京的紫禁城裡，道光皇帝帶著悲壯批准了《南京條約》。在蘭州的這三個人當然不知道這件事，賠償一千二百萬元戰費的事也是很久以後才聽說的。

假如當時他們知道這些事，林則徐恐怕會面朝北京跪下說道：「是臣不德所致！」王舉志大概會抱著胳膊說道：「稅捐又要提高了，必須助老百姓一臂之力呀！」至於連維材，他一定會挺起胸膛說：「一千二百萬元，看我幾年之內就把它從英國手裡拿回來。」

連維材好像改變了心情說：「不過，我們國家太廣闊了，在這次旅行中我深深地感覺到了。來到這裡，廣州的那些事情簡直就像夢似的。」

統文在臺灣、承文在香港、理文在上海——他們彼此都相距很遠。想到這些即將面對怒濤洶湧的時代的年輕人，連維材感覺自己已經老了。

在交談中，三個人喝了很多酒。

「時代要變的。」王舉志說。

「會有更大的變化。」林則徐喝乾了一杯酒說：「會變的……不僅會變，你們要使它變。」

一談到將來的問題，話就少了。三個人心裡都明白，他們將走上各自不同的道路去迎接新的時代——不，去創造新的時代。這次就好像是爲了分手的會面。

「我醉啦！」林則徐這麼說後，開始低聲吟起從西安動身時寫的一首詩：

出門一笑莫心哀，浩蕩襟懷到處開。

分手是難受的。

連維材把杯中的酒灌進喉嚨後說道：「我要陪您一直到新疆。」

「啊！我正想說這句話哩！」王舉志說著爽朗地笑了。

Note

博雅文庫 126

鴉片戰爭（下）
一本小說式的歷史史實書

作　　者　陳舜臣
譯　　者　卞立強
編輯主編　黃惠娟
責任編輯　魯曉玟
封面設計　韓衣非

出 版 者　五南圖書出版股份有限公司
發 行 人　楊榮川
總 經 理　楊士清
總 編 輯　楊秀麗
地　　址　106台北市大安區和平東路二段339號4樓
電　　話　（02）2705-5066
傳　　真　（02）2706-6100
劃撥帳號　01068953
戶　　名　五南圖書出版股份有限公司
網　　址　https://www.wunan.com.tw/
電子郵件　wunan@wunan.com.tw
法律顧問　林勝安律師
出版日期　2015年 3 月初版一刷（共二刷）
　　　　　2025年 7 月二版一刷
定　　價　新臺幣550元

國家圖書館出版品預行編目資料

鴉片戰爭（下）／陳舜臣著；卞立強譯. -- 二版.
-- 臺北市：五南圖書出版股份有限公司, 2025.07
冊；　公分
ISBN 978-626-423-361-3（下冊：平裝）

861.57　　114004773